JN053943

チェスナットマン

セーアン・スヴァイストロプ
高橋恭美子 訳

THE CHESTNUT MAN
BY SØREN SVEISTRUP
TRANSLATION BY KUMIKO TAKAHASHI

ハーパー
BOOKS

KASTANJEMANDEN
BY SØREN SVEISTRUP
COPYRIGHT © SØREN SVEISTRUP AND POLITIKENS FORLAG 2018.

The Japanese language translation rights licensed by Politiken Literary Agency, Copenhagen
through Tuttle-Mori Agency, Inc., Tokyo

All characters in this book are fictitious.
Any resemblance to actual persons, living or dead,
is purely coincidental.

Published by K.K. HarperCollins Japan, 2021

愛する息子たち、
シーラスとシルヴェスタに

チェスナットマン

おもな登場人物

ナヤ・トゥリーン――コペンハーゲン警察重大犯罪課の刑事
マーク・ヘス――同刑事。トゥリーンのパートナー
ティム・ヤンセン――同刑事
マーティン・リクス――同刑事。ヤンセンのパートナー
ニュランダ――コペンハーゲン警察重大犯罪課課長
シモン・ゲンス――コペンハーゲン警察科学捜査課長
ローサ・ハートン――社会問題大臣
スティーン・ハートン――建築家。ローサの夫
クリスティーネ・ハートン――ローサとスティーンの娘
ゴスタウ・ハートン――ローサとスティーンの息子
フレデリック・ヴォーゲル――ローサの私設顧問
リュウ――ローサの秘書官
アスガー――ローサの運転手
ラウラ・ケーア――歯科衛生士。シングルマザー
ハンス・ヘンリック・ハウゲ――IT開発者。ラウラの婚約者
エリック・サイア＝ラッセン――投資会社の経営者
アネ・サイア＝ラッセン――エリックの妻。専業主婦
ジェッシー・クヴィウム――シングルマザー
リーヌス・ベガ――服役囚

一九八九年十月三十一日
火曜日

1

赤や黄色に染まった木の葉が日差しのなかを舞い降りて、濡れたアスファルトの上に落ちる。穏やかな黒い川のように森を抜けるその道を、白いパトカーが猛スピードで通過すると、落ち葉は一瞬だけ宙に舞いあがり、やがてべっとりとしたかたまりになって路肩にたまってゆく。カーブに近づいたのでアクセルペダルから足を離してスピードを落としながら、マリウス・ラーセンは、清掃人をここへ派遣する必要があると役所に伝えることを頭にメモする。落ち葉をあまり長く放置しておくと路面が滑りやすくなり、こうしたことはへたをすれば人命にかかわる。そういう例をマリウスはこれまでに何度も見てきた。警察にはいって四十一年、そのうち最後の十七年は署の管理職を務めてきたので、毎年秋が来るたびにこの件で役所の尻をたたかねばならない。だが今日はちがう――今日は例の会話に気持ちを集中させなければならないのだ。

いらいらしながらカーラジオの周波数をいじくるが、求めているものは見つからない。聞こえるのはゴルバチョフとレーガンに関するニュースとベルリンの壁崩壊にまつわる推測ばかり。それは目前に迫っているという。まったく新しい時代の幕開けになりそうだと。

その会話が避けられないことは少し前からわかっていたが、どうしても勇気を奮い起こすことができなかった。妻が思っているマリウスの引退時期まであと一週間もない。となれば、そろそろ本当のことを告げる潮時だろう。仕事をしない暮らしなど考えられないと。あれやこれやの現実的な問題に対処しているうちに決断を先延ばししてきたのだと。コーナーソファにどっかりすわって『ホイール・オブ・フォーチュン』を観たり、庭の落ち葉を掃いたり、孫たちとババ抜きをして遊んだりする心の準備はできていないと。

頭のなかでその会話をおさらいすると簡単そうに思えるが、妻が動揺することはわかりきっている。彼女はがっかりするだろう。テーブルから立ちあがってキッチンでガスコンロをごしごし磨きはじめ、そしてこちらに背を向けたまま、わかったわ、と言うだろう。だが本心ではない。そんなわけで、十分前に無線で連絡がはいったとき、マリウスは自分が対応すると署に伝え、妻との会話を少しだけ先送りした。普段なら、農場の家畜にもっと目を配るよう注意するためだけに野原や森を抜けて、はるばるオーロム農場まで行くのかと思うと気が重い。柵を壊して逃げだした牛や豚が近隣住民の土地をうろついているのを、マリウスや部下の誰かが出向いてオーロムに事態を収拾させてきたことはこれまでも何度かあった。だが今日は気が重くない。当然ながら、署にはまず本人に連絡してみろと伝え、オーロムの自宅と、彼がパートタイムで働いているフェリーターミナルに電話をかけさせたが、どちらも応答がなかったので、マリウスは幹線道路をはずれて農場に向かっているのだった。

マリウスはデンマークの懐メロをかけている局を見つける。『真っ赤なゴムボート』が古いフォード・エスコートの車内に流れると、音量をあげる。秋の景色とドライブを彼は楽しんでいる。黄色や赤や茶色の葉っぱが常緑樹とまじりあう森。狩猟シーズンへの期待、それはいままさにはじまろうとしている。車の窓を開けると、梢《こずえ》を通して差しこむ木漏《こも》れ日が路上にまばらな光を投げかけ、マリウスはつかのま歳《とし》を忘れる。

農場は静まり返っている。車から降りてドアを閉めながら、最後にここを訪れてからずいぶん時間がたっていることに気づいて驚く。広い敷地は荒れているようだ。家畜小屋の窓には穴があいていて、母屋の壁の漆喰《しっくい》はめくれて筋ができているし、伸び放題の芝生に置かれた空っぽのブランコは敷地を取り囲むように生えている何本もの大きな栗の木にのみこまれそうになっている。砂利の敷かれた庭には葉っぱと落ちた栗の実が散らばり、それを靴で踏みつぶしながら、マリウスは玄関まで行ってドアを叩く。

三回ノックして、オーロムの名を呼んだあと、応答する者はいないのだと悟る。人のいる気配がないので、メモ帳を取りだし、伝言を書いて郵便受けに滑りこませていると、カラスが数羽庭を横切り、納屋の前にとめられたファーガソン社製のトラクターの陰に消える。はるばるここまで出向いてきたのは無駄足だったとなれば、フェリーターミナルに寄ってオーロムをつかまえるしかなさそうだ。だが気が滅入ったのはつかのまで、車に引き返す途中である考えがひょいと頭に浮かぶ。マリウスにはめったにないことで、してみると、あのまま自宅へ帰って例の会話をはじめるのではなくここへ車を走らせたことは、思いがけない幸運だったにちがいない。切り傷に絆創膏《ばんそうこう》を貼るように、妻にベルリン旅行を提案するのだ。一週間ばかり出かけてもいい——まあ、せめて週末だけでも、そう、休みがとれたらすぐに。自分たちで車を運転していき、歴史が作られるところを——新しい時代とやらを——この目でしかと見届け、茹で団子《ダンプリング》やザウアークラウトを食べよう、大昔に子供たちを連れてハルツ山地へキャンプ旅行をしたときのように。車まであと少しというところで、カラスがトラクターの陰に集まっている理由がわかる。カラスたちはなにか不格好な青白いものの上で飛び跳ねており、少し近づいてみてようやく、それが豚だとわかる。豚の目は死んでいるが、体はぴくぴく動いたり震えたりしている。銃で撃たれた後頭部の傷口をついばむカラスどもを追い払おうとするかのように。

マリウスは家に引き返して玄関のドアを開ける。廊下は薄暗く、じめじめした黴《かび》のにおいと、ほかにもなにか形容しがたいにおいが鼻をつく。

「オーロム、警察だ」

返事はないが、家のどこかで水の流れる音がするので、キッチンに足を踏み入れる。その少女はティーンエイジャーだ。十六か、十七か。テーブルのそばの椅子にすわったままで、破壊された顔の残骸がオートミールのボウルのなかに浮いている。テーブルの反対側で、リノリウムの床に息絶えた身体がもうひとつ。やはり十代の少年で、こちらのほうが少し年長、胸に銃弾を受けた痕《あと》がぱっくり口を開き、後頭部が妙な角度に傾いてオーヴンに寄りかかっている。マリウスは硬直する。もちろん死体を見たことはあるが、こんな状態のものははじめてで、一瞬、身体が麻痺してしまい、それからようやくベルトにつけたホルスターから拳銃を抜く。

「オーロム？」

マリウスはオーロムの名を呼びながら、今度は拳銃を持ちあげて、家のさらに奥へと進む。まだ返事はない。浴室のなかで次の遺体を発見し、このときは吐き気がこみあげて思わず口に手を押し当てる。水が流れているのは浴槽の蛇口で、とうに縁まで達している。あふれだした水は人造大理石の床から排水口へと流れ、血とまざり合う。全裸の女性――おそらく十代の子供たちの母親――のねじれた身体が床に横たわっている。片腕と片脚は胴体から離れている。のちの検死報告書で、彼女が斧《おの》で繰り返し襲われたことが明白になるだろう。最初は浴槽のなかで横たわっているときに、そして床を這《は》って逃げようとしたときに。手と足で身を守ろうとして、それでその部分がすっぱり切られたことも立証されるだろう。顔は判別不能で、斧は頭蓋骨を陥没させるのにも使われている。

その光景にマリウスが硬直せずにすんだのは、視界の隅にかすかな動きをとらえたからだ。浴室の隅に落ちたシャワーカーテンの下に半ば隠れているが、人影が見分けられる。おそるおそる、マリウスはカーテンを少しめくる。少年だ。くしゃくしゃの髪、歳は十か十一くらい。血のなかでぴくりとも動かず横たわっているが、カーテンの端が少年の口にかぶさったまま、小さく不規則に震えている。マリウスはすぐさま少年の上に身をかがめて、カーテンをはぎ取り、力のはいらない腕を持ちあげて脈をさがす。両方の腕と脚に切り傷やひっかき傷があり、着ているTシャツと下着は血まみれ、頭のそばには斧が落ちている。脈を見つけて、マリウスはすかさず立ちあがる。

居間へ行き、吸い殻のたまった灰皿の横にある電話機に飛びつくと、勢いあまって床にはたき落としてしまうが、署に電話がつながるころには、頭は冷静で、理路整然と指示を与えることができる。救急車。警察官。大至急。オーロムの痕跡なし。仕事にかかれ。いますぐ！　電話を切ってまず考えたのは急いで少年のところへもどることだが、そこで不意に思いだす。たしかもうひとり子供がいるはず——あの少年には双子の妹がいる。

マリウスは玄関ホールと二階へ続く階段のところへ向かう。キッチンと、地下室に通じる開いたドアの前を通り過ぎ、足をとめる。物音がした。足音か、なにかがこすれる音か、でもいまは静かだ。マリウスは改めて拳銃を抜く。ドアを大きく開き、忍び足で慎重に細い階段を下りていくと、やがてコンクリートの床にたどりつく。しばらくして暗闇に目が慣れると、廊下の突きあたりに開いたままの地下室のドアが見えてくる。身体は躊躇《ちゅうちょ》し、ここでやめろ、救急車と同僚たちの到着を待つべきだ、と告げている。だが少女のことが気にかかる。ドアに近づくと、こじ開けられているのがわかる。錠とボルトが床に落ちていて、部屋にはいると、照明は上部の煤《すす》けた窓から差しこむわずかな明かりしかない。それでも、片隅にあるテーブルの下にもぐって隠れている小さな人影は見分けられる。急いで駆け寄ると、拳銃をおろしてしゃがみこみ、テーブルの下をのぞきこむ。

「大丈夫。もう終わったんだ」

顔はわからないが、少女はこちらを見ようともせず、震えながら部屋の隅にうずくまっている。

「おじさんの名前はマリウスだ。警察の人間で、きみを助けにきたんだよ」

その声が聞こえもしないのか、少女はおどおどしてその場から動かず、ふとマリウスは部屋の様子に目をとめる。一瞥《いちべつ》しただけで、そこがどんな目的に使われていたのかを理解する。ぞっとする。それから、ドアの向こうにある隣の部屋の曲がった木の棚が目にはいる。その光景に思わず少女のことも忘れて、マリウスはドアのほうへ向かう。いったいいくつあるのかわからないが、肉眼ではとても数えきれないほどの数だ。栗人形《チェスナットマン》、男と女の。動物も。大きいのや小さいの、子供らしいものもあれば、不気味なものもある。その多くは未完成で、手足がそろっていない。マリウスはそれらを凝視する、その数と種類を。棚に並んだ小さな人形たちに胸がざわついたそのとき、背後のドアから少年がはいってくる。

とっさに、忘れないように鑑識を呼ばなければと考える。地下室のドアが壊されたのは内側からか外側からか。家畜が囲いから逃げたように、恐るべき怪物が逃亡したのかもしれないとの考えが浮かぶが、少年のほうを振り向いたとき、そうした考えはたちまち消え失せる。天国を通過する小さな迷える雲のように。そして斧がマリウスのあごを叩き割り、世界は闇になる。

十月五日　月曜日

2

その声は暗闇のいたるところにある。それは優しくささやき、彼女をからかう。彼女が倒れるときをとらえ、風のなかで彼女を振り向かせる。ラウラ・ケーアにはもうなにも見えない。木々の葉のざわめきも聞こえなければ、足元の冷たい草も感じない。残っているのはその声だけで、それは棍棒《こんぼう》が振りおろされる合間にささやき続ける。抵抗するのをやめればその声も静かになるかもしれないと彼女は考えるが、そうはならない。ささやきはやまず、殴打も同様、そしてとうとう彼女は動けなくなる。もう手遅れだ。のこぎりの鋭い歯が手首に当たるのを感じ、意識を失う前に、のこぎりの刃の機械音と骨が切断されていく音が聞こえる。

どれくらい意識を失っていたのかわからない。闇はまだそこにある。声もしかり、彼女がもどってくるのをずっと待っていたみたいに。

「大丈夫かい、ラウラ？」

その声は穏やかで愛情にあふれ、あまりにも耳の近くで聞こえる。でもその声は返事を待たない。一瞬、口を覆っていたものがはがされ、ラウラは懇願し訴える自分の声を耳にする。なにもわからない。なんでもする。どうしてわたしが――わたしがなにをしたの？　よくわかっているはずだ、と声が言う。声がすぐ近くまでおりてきて耳元でささやく。その声がまさにこの瞬間を楽しみに待っていたことがわかる。言葉を聞き取るのに意識を集中しなければならない。その声の言うことを彼女は理解するが、とうてい信じられない。そのときの苦痛は身体の傷の痛みよりはるかに大きい。そんなはずはない。そんなことは絶対にありえない。彼女はその言葉を押しのける、それが自分を暗闇にのみこむ狂気の一部であるかのように。立ちあがって抵抗を続けたいけれど、身体が言うことをきかず、彼女は激しく泣きじゃくる。本当は少し前からわかってはいた。でもどんなふうにかは――そしてようやく、声が耳元にささやきかけるうちに、それが事実であることを彼女ははっきりと理解する。声をかぎりに叫ぼうとするが、内臓はすでに喉元までせりあがっている。棍棒が頬をなでるのを感じると、彼女は渾身《こんしん》の力で前へ突き進み、よろめきながらいっそう深い闇のなかへとはいってゆく。

十月六日　火曜日

3

外ではようやく空が白《しら》みはじめるころだが、ナヤ・トゥリーンが手を下に伸ばしてそれを自分のほうへ誘導すると、徐々にではあるが、彼は眠りから目覚めてくる。自分のなかに彼がおさまるのを感じて、彼女は身体を前後に揺すりはじめる。両肩をつかむと、彼の手も目覚めるが、動きはゆっくりで、ぎこちない。

「ちょっと、待って……」

彼はまだ寝ぼけているが、トゥリーンは待たない。これが目覚めたときに欲するもので、彼女はますます熱心に動き、片手を壁について、いっそう激しく身体を後ろに滑らせる。彼がぶざまに寝ころがっていることも、その頭がヘッドボードにぶつかっていることもわかっているし、ヘッドボードが壁にぶつかっている音も聞こえているが、彼女は気にしない。相手が降参して受け入れるのを感じながら動き続け、彼の胸に爪を立てて絶頂に達し、ふたりの身体が同時に硬直するとき、彼の苦痛と悦《よろこ》びを感じ取る。

次の瞬間、彼女は横たわって息を切らしながら、建物の裏手の中庭から聞こえるごみ収集トラックの音に耳をすましている。それから、彼の両手が背中をなで終わるのを待たずに身体をころがしてベッドから出る。

「あの子が目を覚ます前に帰ったほうがいいわ」

「どうして？　ぼくがここにいるのをあの子は喜んでるよ」

「いいから。起きて」

「ふたりでうちに越してくればいいのに」

彼女が彼の顔に向かってシャツを放り投げ、浴室に姿を消すと、彼はにっこり笑って枕に背中を預ける。

4

　十月最初の火曜日。ようやく秋がやってきたというのに、今日は街の上空に低い天井を思わせる暗い灰色の雲が垂れこめ、雨が降り注ぐなかでナヤ・トゥリーンは車から飛びだして往来を駆け抜ける。携帯電話が鳴っているのは聞こえているが、コートのポケットに手を入れて取りだそうとはしない。片手は娘の背中に押し当てている。娘をせかしてラッシュアワーの渋滞のわずかな隙間を通り抜けられるように。けさは忙しかった。リーはもっぱらオンラインゲーム〈リーグ・オブ・レジェンド〉の話に夢中で、まだ幼すぎてなにもわからないくせに、このゲームのことならなんでも知っていて、〝パク・スー〟という名の韓国人プロゲーマーを自分の偉大なヒーローとして挙げた。

「長靴を持ってね、公園に行くかもしれないから。それと忘れないで、おじいちゃんが迎えにいくけど、道路を渡るときは自分でたしかめること。左を見て、右を見て、それから──」

「もう一回左、それにジャケットも忘れずに着ること、反射してちゃんと人から見えるように」

「じっとして、靴紐を結んであげるから」

学校に着いたふたりは自転車置き場の屋根の下にはいり、トゥリーンがしゃがみこむと、リーはブーツで水たまりのなかに立とうとする。

「あたしたちいつセバスチャンのとこにお引っ越しするの？」

「セバスチャンのところに引っ越すなんて言ってないでしょ」

「セバスチャンは夜うちにいるのに、どうして朝はいないの？」

「大人は朝忙しいの、セバスチャンだって急いで仕事に行かなくちゃならないし」

「ラマザンのとこは弟が生まれたから家系図《ファミリーツリー》の写真は十五枚になったよ。うちは三枚しかない」

トゥリーンはちらりと娘を見あげ、小さなかわいらしいファミリーツリーの列を呪う。教師が紅葉で飾りつけて教室の壁に貼りだしたのだ、保護者や子供たちが足をとめてじっくり見られるように。とはいえ、リーが当然のように〝おじいちゃん〟を家族の一員に数えていることはいつもありがたいと思う。厳密に言うと祖父ではないのだが。

「そんなことは問題じゃないの。それにうちだってファミリーツリーに写真は五枚あるでしょ、セキセイインコとハムスターも数に入れれば」

「みんなのファミリーツリーには動物なんていないよ」

「そうね、ほかの子供たちはそんな幸運に恵まれてないってこと」

リーが返事をしないので、トゥリーンは立ちあがった。

「たしかにうちは大家族じゃないけどわたしたちはちゃんとうまくやってるし、大事なのはそこ。わかった？」

「じゃあ、インコをもう一羽飼ってもいい？」

トゥリーンは娘をじっと見つめ、どうしてこんな話になったんだろうと考える。娘は自分が思っているより賢いのかもしれない。

「その話はまた今度ね。ちょっと待って」

携帯電話がまた鳴りだしている、今度は出ないわけにいかないだろう。

「あと十五分で行きますから」

「急がなくていいですよ」電話の向こうの声が言い、ニュランダの秘書のひとりだとわかる。「ニュランダは、けさはあなたと会う時間がとれなくて、ミーティングは来週の火曜日になる予定です。でも、今日は新しく来る人の面倒をみてほしいと伝えるように言われてます。彼がここにいるあいだなにかの役に立つように」

「ママ、あたしラマザンと一緒に行くね！」

トゥリーンは娘がラマザンとかいう少年のところへ駆けていくのを見送る。リーはそのシリア人一家のほかの家族ともごく自然になじんでいる。女性と、生まれたばかりの赤ん坊を腕に抱いた男性と、ほかにも子供がふたり。トゥリーンの目には、その一家は女性誌に掲載される理想の家族特集から抜けだしてきたように映《うつ》る。

「でもニュランダが予定をキャンセルしたのはこれで二度めよ、五分もあればすむ話なのに。いまどこにいるの？」

「たぶん予算委員会に向かっているところでしょう。あなたがどういう話をしたいのか事前に知りたがっていますよ」

一瞬、自分が重大犯罪課、通称〝殺人課〟で過ごしたこの九カ月がどんなふうだったか、警察博物館を訪れてどれほど興奮したか、そんな話だと秘書に告げようかとも思う。いまの任務には飽き飽きしている、警察のテクノロジーのレベルはコモドール64（一九八二年にコモドール社が発売した8ビットホームコンピューター）に毛の生えた程度で、自分はもっと先へ進みたくてうずうずしているのだと。

「たいした話じゃないの。じゃ失礼」

トゥリーンは電話を切り、校舎に駆けこんでいく娘に手を振る。雨がコートにしみこんでくるのを感じて、道路のほうに向かいながら、このミーティングはとても火曜日まで延ばせないと思う。行き交う車のあいだを縫い、自分の車に着いてドアを開けながら、不意に誰かに見られているという強い感覚を覚える。交差点の反対側、列をなして行き交う乗用車やトラックの向こうに人影を一瞬とらえる――が、車の列が通過してしまうと、人影は消えている。その感覚を振り払いながら、トゥリーンは車に乗りこむ。

5

警察署の広々とした廊下に足音を響かせながら、ふたりの男は反対方向へと歩いていく刑事の一団とすれちがう。重大犯罪課のニュランダ課長はこのような会話にはうんざりしているが、一日のうちで話ができそうな機会はいましかないとわかっている。プライドはのみこんで副本部長と歩調を合わせて歩いていると、聞きたくもない言葉が次々に繰りだされてくる。

「ニュランダ、とにかくわれわれはもっと経費を抑えなくてはならない。それはすべての部署に関して言えることだ」

「てっきりもっと人員を増やしてもらえるものとばかり――」

「問題はタイミングだな。目下、法務省が優先させているのはきみの部署ではない。彼らはNC3をヨーロッパ随一のサイバー犯罪部門にするという野望を抱いている。だからそれ以外のところは予算を削ろうとしているんだよ」

「だからといってうちの課が割りを食ういわれはないでしょう。いまの倍の人員が必要なことはずいぶん前から――」

「あきらめたわけではないが、これできみの負担も少しは減ったはずだ、そうだろう」

「負担は少しも減ってませんよ。欧州刑事警察機構《ユーロポール》から追いだされた捜査官がひとり何日かうちに来るというだけでは、なんの足しにもならない」

「状況次第では、もう少し長くここにとどまることになるだろう。だが法務省が逆に人員を減らすこともありうる。だからさしあたり、使えないやつでも最大限に活用しろということだ。わかるだろう?」

副本部長がその言葉を強調するように立ちどまってこちらに顔を向けたので、ニュランダは、いいえ、まったくわかりません、と答えようとする。前から言っているとおりもっと人員が必要なのに、ナショナル《N》・サイバー・クライム《C》・センター《C》、気取った略称を使うならNC3の連中のためにこちらはないがしろにされている。かてて加えて、ハーグで不興を買ってお払い箱にされた用済みの刑事で間に合わせろとは、いかにも官僚的な最大級の侮辱ではないか。

「ちょっといいですか?」トゥリーンがいつのまにか背後に立っており、そこで話が中断したのをいいことに副本部長は会議室へするりとはいってドアを閉める。ニュランダはその後ろ姿をちらりと見て、それからいま来たほうへと頭を振り向ける。

「いまは時間がない、きみもだ。フーソムから事件の報告が届いているから当直の警官に確認しろ。例のユーロポールのやつと組んでさっそく仕事にかかってもらいたい」

「でも大事な話が――」

「いまここで話を聞いている暇はない。きみの能力を認めないわけではないが、きみはうちの課に配属された最年少の刑事だ。だから、班長だかなんだか知らないが、きみが手に入れたくて躍起《やっき》になっているような地位を目指すのはどうかと思う」

「班長になりたいわけじゃありません。必要なのはNC3への推薦状です」

　ニュランダの足がぴたりととまる。

「NC3です。つまりサイバー犯罪――」

「ああ、どういうところかはもちろん知っている。理由は?」

「NC3の仕事がおもしろそうだからです」

「どこと比べて?」

「別にどことも比べてません。わたしはただ――」

「そもそもきみはまだほんの駆けだしだ。NC3はだめもとで応募してくるような人間は採らない。試すだけ無駄だな」

「応募するようにとの要請が名指しであったんです」

　ニュランダは驚きの色を隠そうとするが、トゥリーンの言葉が事実であることはすぐにわかる。目の前に立っている華奢《きゃしゃ》な女性に目を向ける。歳はいくつだ? 二十九か三十といったところか? とりたてて目を惹《ひ》くところもない、少し変わり者の小娘。彼女を過小評価していたことははっきり覚えている――よく知るようになる前のことだ。部下を査定するにあたり、ニュランダは刑事たちをA班とB班に振り分けたばかりで、トゥリーンはこの若さにもかかわらず、彼が迷わずA班に入れたうちのひとりで、同じ班には、まとめ役になってくれるはずのヤンセンやリクスといった経験豊かな捜査官たちもいる。じつを言えば、トゥリーンをこの班のリーダーにすることをニュランダは考えている。女性捜査官をえこひいきするつもりはないし、彼女のどこか超然とした態度は神経を逆なでするが、すばらしく頭が切れるし、担当した事件はことごとくあっさりと解決してしまうので、より経験のあるほかの刑事たちがみなぼんくらに見えるほどだ。トゥリーンからすれば、警察のテクノロジーのレベルは石器時代なのだろうし、彼女のようなテクノロジーに詳しい人間を自分がどれほど必要としているかはニュランダも自覚しているので、その意見には賛同せざるをえない。警察も時代の流れについていかなくてはならないのだ。それゆえ、何度かふたりで話をした機会を利用して、きみはまだ経験不足なのだと思い知らせてきた。あっさり出ていかれないよう手を打とうとして。

「誰に要請されたんだね?」

「あそこのボスに、なんとかという名前の。イサク・ヴェンガー?」

ニュランダは顔が曇るのを感じる。

「ここが不満だったわけじゃなくて、でもできれば応募したいんです、遅くとも週末までには」

「考えておこう」

「金曜日ではどうでしょう?」

ニュランダはもう足早に歩きだしている。一瞬、首の後ろに彼女の視線を感じて、金曜日にはその推薦状を手に入れようと彼女が追いかけてくるだろうとわかる。つまりこういうことか。重大犯罪課は、法務省の新たなお気に入り、NC3のためのエリート養成所となってしまったのだ。まもなく予算委員会がはじまれば、数字と厳しい予算の上限という形で、その優先順位を改めて突きつけられることになる。重大犯罪課のトップの地位に就いてこのクリスマスで三年になるが、ここへきて車輪はきしみをあげて急停止し、このままなにも変わらなければ、思い描いていたような出世のチャンスにはつながらないかもしれない。

6

ワイパーがフロントガラスを流れ落ちる雨を横へ払いのける。信号が青に変わると、警察車は車列を抜けだして――バスの側面に描かれた、豊胸手術やボトックス治療や脂肪吸引術を提供する私立病院の広告から離れて――郊外へと向かう。ラジオがつけてある。おしゃべりしたり、セックスだの尻だの欲望だのを歌う最新のヒット曲をかけたりしていたホストが、飛びこんできたニュースにつかのま番組を中断し、ニュースキャスターが今日は十月最初の火曜日――国会の開会日だと告げる。トップニュースは案の定、社会問題大臣のローサ・ハートンの件で、自身の娘が巻きこまれた痛ましい出来事から一年近くを経て大臣に復職するという。国じゅうが息をひそめて成り行きを見守った事件だ。だがキャスターがニュースを読み終えないうちに、トゥリーンの横にいるよそ者が音量を絞る。

「はさみかなにか持ってないかな」

「いいえ、はさみは持ってない」

一瞬、道路から目を離して隣にすわっている男を盗み見ると、新しい携帯電話のパッケージを開けようと奮闘している。トゥリーンが署の向かいにある立体駐車場に着いたとき、彼は車のそばに立って煙草を吸っていた。長身で、姿勢がよく、なのにどことなくしょぼくれた雰囲気。雨に濡れたぼさぼさの髪、ずぶ濡れのはき古したナイキのスニーカー、薄手のだぶだぶのズボン、キルティングの黒いショートコートもやはり水に浸かったように見える。服装がこの気候に合っていない。きっとオランダのハーグからここへ直行したんだろう、とトゥリーンは考える。脇にあるくたびれた小さなボストンバッグがその印象を強める。彼が警察署に着いてから四十八時間もたっていないのは知っている。食堂へ朝のコーヒーを取りにいったときに同僚たちが彼の噂《うわさ》をしているのを小耳にはさんだから。ハーグにあるユーロポール本部に派遣されていた〝連絡担当官〟が突然解任され、失態の処分だかなんだかでコペンハーゲン勤務を命じられたという。そのあと同僚たちはばかにするような感想をいくつか口にした。デンマーク警察とユーロポールとの関係は、数年前にデンマークがEUとの協力関係において司法内務分野の適用除外《オプトアウト》を放棄することを否決して以来ぎくしゃくしている。

　トゥリーンが立体駐車場で顔を合わせたとき、彼はなにか考えこんでいて、こちらから自己紹介をしても、握手をして「ヘス」と名乗っただけだった。あまり話し好きではなさそう。普段ならトゥリーンも同じだが、ニュランダとは首尾よく話をすることができた。重大犯罪課での日々が確実に終わりに近づいていることを思えば、逆境にある同僚に対して少しばかり親しみを見せても害はないだろう。そう思って、ふたりで車に乗りこんだあと、トゥリーンは業務に関して自分が知るかぎりのことをあれこれ話したが、相手はさして興味もなさそうにうなずくだけ。歳のころは三十七から四十一あたり、みすぼらしい街の浮浪児風の外見はどこかの俳優を彷彿《ほうふつ》させるものの、特定の名前は思い浮かばない。結婚指輪と思《おぼ》しき指輪をはめているが、とうの昔に離婚している――あるいは少なくともその渦中にいるのではないかとトゥリーンの本能は告げている。ヘスとのやりとりは、コンクリートの壁に向かってボールを蹴《け》るようなものだが、それで上機嫌に水を差されることはなかったし、国際間の警察の連携には純粋に興味がある。

「それで、どれくらいこっちにいるの？」

「たぶんほんの数日。いま上が検討している」

「ユーロポールの居心地はいい？」

「ああ、悪くない。あっちのほうが気候もいい」

「ユーロポールのサイバー犯罪部門は、自分たちが追跡して正体を突きとめたハッカーを採用しはじめたっていうのは本当？」

「さあ、おれの部署じゃないから。現場の作業が終わったら、ちょっと抜けてもいいかな」

「抜ける？」

「一時間ばかり。アパートメントの鍵を取りにいかないと」

「ええ、もちろん」

「ありがとう」

「でも、あなたの本拠地はハーグなんでしょう？」

「ああ、というか必要とされる場所ならどこでも行く」

「たとえばどんなところ？」

「あちこち。マルセイユ、ジュネーブ、アムステルダム、リスボン……」

彼はふたたび携帯電話のパッケージを開けることに集中するが、都市のリストは実際にはまだまだ続くのだろうとトゥリーンは推測する。荷物を持たない旅人のようなものだ。都会の輝きとはるかな空はとうの昔に失われてしまったけれど。仮にそんなものが存在したとして。

「向こうに行ってどれくらいになるの？」

「五年近く。ちょっとこれを借りるよ」

ヘスは座席のあいだのカップホルダーからボールペンを取って、てこの要領でパッケージを開けはじめる。

「五年も？」

トゥリーンは驚いた。自分が聞いたことのあるほとんどの連絡担当官の契約期間はせいぜい二年だ。延長して四年になる場合もあるが、五年も派遣されるなんて聞いたことがない。

「時間のたつのは速い」

「じゃあ警察改革のせいだったのね」

「あなたの出向。聞いた話じゃ、大勢の人が不満を抱いて警察を離れたって――」

「いや、そんな理由じゃない」

「じゃあ、なに？」

「ただおれがそうしたから」

「なにが？」

トゥリーンはヘスに目を向ける。一瞬だけ彼が見返してきたとき、はじめてその目に気づく。左目はグリーン、右目はブルー。不愛想な言い方ではなかったが、それは越えてはならぬ一線となり、それ以上の説明はなにもない。トゥリーンはウィンカーを出して道を折れ、住宅街にはいっていく。謎めいた過去をもつマッチョな捜査官を演じたいなら、それでけっこう。自分たちだけのサッカーチームを作るその手の男たちは署にも掃いて捨てるほどいる。


それはモダンな白い家で、専用のガレージが備わっている。場所はフーソムの家族連れの住む住宅街の中心部、道路に面して整然と並ぶ郵便受けとイボタノキの生垣《いけがき》のなかにある。中間所得層が、核家族を実現させて、なおかつ手が届けば越してくるような場所。治安のよい地域で、路上に設置された減速帯が、ここでは誰も時速五十キロの制限速度を超えたりしないことを保証してくれる。庭に置かれたトランポリン、濡れたアスファルトに残るチョークの跡。ヘルメットと反射加工したジャケットを身につけた児童数人が自転車で雨のなかを走り去ると、トゥリーンはパトカーと鑑識車両が数台とまっている横に駐車する。立入禁止テープの少し手前で住民が何人か傘をさしてひそひそ話している。

「応答しないと」ヘスが携帯電話にＳＩＭカードを差してメールを送信してから二分もたたないうちに、それが振動音を発している。

「どうぞ、ごゆっくり」

トゥリーンは雨のなかに出ていき、ヘスは車内にすわったままフランス語で話しはじめる。昔ながらのコンクリートの敷石でできた庭の小道を駆け足で進みながら、トゥリーンはふと思う。重大犯罪課を離れるのを心待ちにする理由がまたひとつ増えたかもしれない、と。

7

アウター・ウスタブロ地区にある洒落《しゃれ》た大邸宅に、テレビのモーニングショーの司会者たちの声が響き、彼らはスタジオの快適なコーナーソファにすわってコーヒーを飲みながら次なる話題の準備にはいる。

「さて、今日は国会の開会日で、また新たな年がはじまろうとしています。毎年特別な日ではありますが、今回は、ある政治家にとってとりわけ特別な日となることでしょう。昨年の十月十八日に十二歳のお嬢さんを亡くしたローサ・ハートン社会問題大臣のことです。ローサ・ハートン大臣が職務を離れたのはお嬢さんが――」

スティーン・ハートンは手を伸ばして冷蔵庫の横の壁に掛かっている液晶テレビのスイッチを切り、広々としたフレンチカントリー風のキッチンの木の床に落とした設計図と筆記用具を拾いあげる。

「ほら、用意して。お母さんが出かけたらすぐに出発するぞ」

息子はまだ大きなテーブルについたまま、朝食の残りに囲まれて数学のノートになにか書きこんでいる。毎週火曜日の朝、ゴスタウは通常より一時間遅く登校することになっており、毎週火曜日、スティーンは息子に、いまは宿題をする時間ではないと言わねばならない。

「でも、なんで自転車で行っちゃいけないの?」

「今日は火曜日で、おまえは放課後にテニスをするから、わたしが迎えにいくんだ。荷物はもうまとめてあるのか?」

「あるよ」

小柄なフィリピン人オーペア(留学先で現地の家庭に住みこんで育児や家事を手伝いながら語学を学ぶ女子学生)が部屋にはいってきてスポーツバッグをおろし、後片付けをはじめるのを、スティーンはありがたい気持ちで見守る。

「すまないね、アリス。行くぞ、ゴスタウ」

「ほかの子はみんな自転車だよ」

窓越しに、黒い大型車が私道にはいってきて外の水たまりのなかにとまるのが見える。

「パパ、今日だけだめ?」

「だめだ、いつもどおりにする。車がもう来てるぞ。おまえのママはどこだ?」

8

　スティーンは妻の名を呼びながら階段をあがって二階へと向かう。築百年の瀟洒《しょうしゃ》なこの家の面積は約四百平米あり、スティーンがみずから改修したので、人目につかない場所や隙間は知り尽くしている。この家を購入して越してきた当初はとにかく広さを重視していたが、いまとなってはいささか広すぎる。あまりにも広い。妻をさがして寝室と浴室をたしかめたあと、向かいの部屋のドアが少し開いていることに気づく。一瞬ためらってから、ドアを押し開け、娘が使っていた部屋をのぞきこむ。

　コートとマフラーを身につけた妻が、壁ぎわにあるむきだしのマットレスにすわっている。スティーンはざっと部屋のなかを見まわす。がらんとした壁と、片隅に積みあげられた段ボール箱。それから妻に目をもどす。

「車が来てるよ」

「ありがとう……」

　彼女はとっさにうなずくが、腰をあげようとはしない。もう一歩なかに踏みこんだスティーンは、部屋のなかが冷えびえとしているのを感じる。彼女は両手で黄色いTシャツをこねるようにもんでいる。

「大丈夫か？」

ばかげた質問だ。とても大丈夫には見えない。

「きのう窓を開けて、閉めるのを忘れたの、ついさっき思いだして」

その言葉は質問の答えになっていないが、スティーンは思いやりをこめてうなずく。廊下のずっと向こうから息子の声がして、ヴォーゲルが来たよ、と叫んでいるが、どちらも返事をしない。

「あの子の匂いがもう思いだせない」

彼女は両手で黄色い布地を優しくなで、織られた糸のなかに隠されたものをさがすようにじっと見つめる。

「ついさがしてしまったの。でもあの子の匂いはない。ほかのものにも、どこにもないのよ」

スティーンは妻の隣に腰をおろす。

「それでいいのかもしれない。むしろそのほうがいいのかも」

「そのほうがいいなんて、よくもそんな……いいはずがないでしょ」

スティーンが黙っていると、彼女の口調が穏やかになり、夫に対して声を荒らげたことを悔やんでいるのがわかる。

「こんなことをしていいのかどうか……まちがっているような気がする」

「まちがってはいない。これこそ正しいことだよ。きみは自分でそう言った」

息子がまた大きな声で呼ぶ。

「あの子なら、前に進めと言ったはずだ。あの子なら、きっと大丈夫と言ったはずだ。あの子なら、ママってすごいと言ったはずだ」

ローサはなにも言わない。しばらくTシャツと一緒にただすわっている。それから、スティーンの手を取ってぎゅっと握りしめ、笑みを浮かべようとする。

「オーケイ、よろしく、ではのちほど」ローサ・ハートンの私設顧問が電話を切ると、ローサが階段を下りて玄関ホールに向かってくるのが見える。

「来るのが早すぎたかな？　開会は明日に延期するよう王室に頼むべきだった？」

「いいえ、もう準備はできてるわ」

フレデリック・ヴォーゲルの溌剌《はつらつ》とした態度に顔をほころばせながら、これでうまく気持ちを切り替えられるとローサは思う。ヴォーゲルがそばにいれば、感傷のはいりこむ余地はない。

「よかった。プログラムをおさらいしておこう。質問が山ほど寄せられてる。いい質問もあれば、予想どおり下世話な興味本位の質問も――」

「車のなかでおさらいしましょう。ゴスタウ、忘れないでね、今日は火曜日だからパパが迎えにいくわ。なにかあったら電話するのよ。いいわね？」

「わかってる」

少年は力なくうなずき、ローサが大急ぎで息子の髪をくしゃくしゃとなでると、すかさずヴォーゲルが彼女のために ドアを開ける。

「新しい運転手にも挨拶して、それからどうしても話し合っておかないといけないのが、これらの交渉をどういう順序で進めるかで……」

スティーンはキッチンの窓から彼らを見送りながら、新しい運転手に挨拶をして車の後部座席に乗りこむ妻に、努めて励ますような笑みを送る。車が私道から出ていくと、スティーンはほっとする。

「ぼくたちも出かけるんじゃないの？」

息子が問いかける声がして、玄関ホールでコートを着てブーツをはく音がする。

「ああ、いま行くよ」

スティーンは冷蔵庫を開けて、酒の小瓶のパックを取りだし、一本の栓《せん》をひねって中身を全部口に流しこむ。アルコールが食道を駆け下りて胃に納まるのがわかる。残りのボトルを鞄《かばん》に入れると、冷蔵庫を閉めて、キッチンのテーブルに置いてある車のキーを忘れず手に取る。

9

その家に、トゥリーンは漠然といやな感じを覚える。その感覚がじわじわと湧いてきたのは、手袋と青いビニールの靴カバーをつけて家のなかに足を踏み入れたときで、暗い玄関ホールにはいると、コート掛けの下に家族の履き物がきちんと並べられている。廊下の両側の壁には繊細な額にはいった花の写真が掛けられ、寝室にはいってまず感じたのは、いかにも無垢《むく》な女性らしい部屋という印象で、おろしたままになっているピンクのプリーツブラインドを除けば、あらゆるものが白っぽい。

「被害者はラウラ・ケーア、三十七歳、コペンハーゲン中心部にある歯科医院の衛生士。就寝中に不意をつかれた模様です。九歳の息子は廊下の奥の部屋で眠ってましたが、どうやらなにも見聞きしていないようです」

年配の制服巡査から事件の概要を聞きながら、トゥリーンは片側しか使われていなかったダブルベッドを観察している。ベッド脇のランプがナイトスタンドから落ちて、分厚い白い絨毯《じゅうたん》の上にころがっている。

「息子が朝起きたら、家のなかが空っぽで、誰もいなかったそうです。ひとりで朝ごはんを作って、着替えをして、母親を待ったが、いつまでも現われないので、近所の家へ行った。その隣人がこの家までやってきて、誰もいないのを確認し、そのとき運動場のほうから犬の吠《ほ》え声が聞こえて、そこで被害者を発見し、警察に通報してきました」

「父親とは連絡がとれたの？」

トゥリーンは巡査の横を通り過ぎ、子供部屋をちらっとのぞいてから、また廊下にもどり、巡査もそのあとについてくる。

「その隣人によると、父親は二年前に癌で亡くなってます。被害者はその半年後に新しい相手と出会い、一緒にここへ越してきた。その相手はいまシェラン島のどこかで産業見本市に参加してます。この現場に着いたときに連絡したので、まもなくもどってくるはずです」

浴室の開いたドアの向こうに、三本並んだ電動歯ブラシと、タイルの床用のスリッパ、バスローブが二着フックに掛かっているのが見える。廊下から開放感のあるキッチンにはいると、白い作業服の鑑識員たちが忙しそうに物証や指紋が残っていないか確認している。家具類はこのあたりではごくありふれたものだ。北欧らしいデザインで、おそらくほとんどはイケアかイルヴァのもの、テーブルには三人分のプレースマット、花瓶には装飾を施した小枝をあしらった秋の小さな花束、ソファにはクッション。アイランド型キッチンにミルクとコーンフレークのはいった深めのボウルがひとつあるのは、息子が食べたものにちがいない。居間にあるデジタルフォトフレームは、その隣にある空っぽの肘掛け椅子に向かって、小さな家族の写真を繰り返し映しだしている。母親と息子、そして同居中の恋人。三人とも笑顔で幸せそうに見える。ラウラ・ケーアは赤毛のロングヘアで、すらりとした美しい女性だが、温かみのある優しそうな目はどこか頼りなげだ。素敵な家なのに、トゥリーンにはどうしてもいやな感じがしてならない。

「押し入った形跡は？」

「ありません。窓もドアも確認済みです。被害者は、テレビを観て、紅茶を一杯飲んで、それからベッドにはいった」

トゥリーンはキッチンの掲示板にざっと目を走らせるが、そこに掛かっているのは、学校の時間割、カレンダー、地元のプールの予定表、樹木医のチラシ、自治会のハロウィーンパーティーへの招待状、国立病院の小児科での検診に関する催促状といったものばかり。通常はこれこそトゥリーンの得意とすることだ——重大な意味をもつかもしれない些細《ささい》な事柄に目をとめること。昔はそういうことがよくあった。家に帰り、玄関の鍵を開けて、その日がよい日になるか悪い日になるかの予兆を読み取ることが。なのに、この事件では目につくものがなにもない。ごく平凡な一家とその穏やかな日常生活があるだけ。それは自分なら絶対に耐えられないような暮らしで、この家にいやな感じを覚えるのも単にそのせいかもしれない。つかのま、そんなふうに自分に言いきかせようとする。

「パソコンとかタブレットとか携帯電話はどうなってる？」

「見たところ盗まれたものはなさそうで、ゲンスの部下たちがその手のものを集めて持ち帰りました」

トゥリーンはうなずく。暴行事件や殺人事件はそういう方法で解明されることが多い。たいていの場合、携帯電話のメッセージや通話、電子メールやフェイスブックのメッセージが存在し、こんな状況に至った理由のヒントを与えてくれる。だからその元になる資料を手に入れたくて、トゥリーンは早くもうずうずしている。

「このにおいはなに？　吐いたの？」

家のなかをまわるあいだつきまとう強い悪臭を、トゥリーンはそこではじめて意識した。年配の巡査が恥じ入るような顔になり、その肌が青ざめていることに気づく。

「すみません。発見現場からもどったばかりで。自分じゃ慣れてるつもりだったんですが……案内しますよ」

「ひとりで大丈夫よ。同居中の恋人が来たら知らせて」

巡査が感謝をこめてうなずき、トゥリーンは裏庭に通じるテラスのドアを開ける。

10

トランポリンはくたびれており、テラスのドアの左側にある植物が伸び放題の小さな温室も同様。右側は、濡れた芝生が光沢のあるスチール製のガレージの後ろの壁まで続いている。便利で使いやすそうなガレージだが、モダンな白い家にはなんとなくそぐわない。トゥリーンは庭のはずれに向かって歩きだす。生垣の向こうに、投光照明と、制服巡査や白い作業服の鑑識員たちの姿があり、燃えるような赤や黄色の葉をつけた樹木や低木の茂みを抜けてゆっくり進んでいくと、運動場に到達する。雨のなか、子供用の古びた小さな家のそばでフラッシュが何度もまたたき、ここからでも、ゲンスが部下たちに指示を出しながらきびきびと犯罪現場の細部をカメラに収めているのが見える。

「なにかわかった？」

シモン・ゲンスがカメラのファインダーから目をあげる。深刻な表情だが、トゥリーンを見るとその顔がやわらいで一瞬笑みが浮かぶ。ゲンスは三十代半ばの活動的な男だ。聞くところによると、今年だけで五つのマラソンを走ったらしい。科学捜査課で史上最年少のボスでもある。トゥリーンは彼のことを、その意見が傾聴に値する数少ない相手と見なしていることにすぎない。端的に言えば、彼の判断力は信頼できる。ゲンスとのあいだに一定の距離を置いているとすれば、そのうち一緒に走らないかと誘われて、でも自分にはその気がないからにすぎない。重大犯罪課に来て九カ月、まがりなりにも関係らしきものを築いた唯一の相手ではあるが、トゥリーンが想像しうる性的な関係のなかでいちばんありえないのが、同僚との恋愛だ。

「やあ、トゥリーン。まだなにも。雨のせいでいろいろ面倒なことになっているし、犯行から何時間もたっているから」

「死亡時刻についてはなにか聞いてる？」

「まだ。検死官がもうじき来る。でも、雨が降りだしたのが真夜中ごろで、たぶん事件が起きたのもそのころじゃないかと思うんだ。地面に足跡が残っていたとしても、完全に洗い流されてしまったんだろうな、でもあきらめたわけじゃないよ。被害者を見るかい？」

「ええ、お願い」

芝生の上の息絶えた身体には鑑識が用意した白いシーツが掛けられていた。遺体は、子供がなかにはいって遊ぶ〝おもちゃの家〟の玄関ポーチの屋根を支える二本の支柱の片方にもたれていて、その光景は一見平和とも思える。背後では、鬱蒼《うっそう》と茂る低木にまじって赤や黄色の蔓性《つるせい》植物があざやかな色を炸裂《さくれつ》させている。ゲンスが慎重な手つきで白いシーツをめくると、女性の姿があらわになる。ぬいぐるみの人形のようにぐったりとした身体、身につけているのはショーツとスリップだけで、雨でぐっしょり濡れたベージュのスリップには赤黒い血のしみがある。トゥリーンは近くに行って、よく見えるようにしゃがみこむ。ラウラ・ケーアは頭にぐるりと黒い粘着テープを巻かれている。テープは開いたまま硬直した口を横切り、後頭部と濡れた赤毛のまわりを何周かしている。片方の目が陥没しているので、眼窩《がんか》の奥まで見え、もう一方は見えない目で虚空を見つめている。青ざめた顔は無数の掻き傷と切り傷と痣《あざ》で無残な状態、むきだしの両足はすりむけて血まみれだ。両手は膝の上の落ち葉の小さな山に埋もれ、幅広のプラスティックの結束バンドで両手首のあたりをきつく縛ってある。遺体をひと目見ただけで、年配の巡査が耐えられなくなった理由がわかる。普段のトゥリーンは、死んだ人たちを観察することになんの抵抗も感じない。殺人課で働く以上、感情に流されずに死と向き合うことが求められるし、死体を観察できないような人間はよそへ移ったほうがいい。とはいえ、おもちゃの家の支柱にもたれているこの女性ほどむごい仕打ちを受けた被害者は見たことがない。

「もちろんあとで検死官から聞くことになるだろうけど、ぼくの見たところ、傷の具合からして彼女はどこかの時点で樹木のあいだを走って逃げようとしたようだ。家から離れようとしたのか、それとも家にもどろうとしたのか。でも外は真っ暗だったし、切断されたあとで相当に弱っていたはずだから、たしかに言えるのは、それが行なわれたあとにこういう姿勢をとらされたということだ」

「切断？」

「これを持ってて」

ゲンスは無造作に重いカメラとフラッシュをトゥリーンに持たせる。遺体のそばに行くと、尻をついてしゃがみ、懐中電灯を使って被害者の縛られた両腕を少しだけ持ちあげる。死後硬直がはじまっている彼女のこわばった両腕がそのまま持ちあがって、トゥリーンにもいまやはっきりと見える――ラウラ・ケーアの右手がない。てっきり落ち葉の下に埋もれていると思ったのに。おぞましいことに腕は手首から先がなく、斜めになったぎざぎざの切り口から骨と腱がのぞいている。

「いまのところ犯行はここで行なわれたと考えているんだ。ガレージにも家のなかにも血痕が一滴も見つからなかったから。もちろんうちの連中にはガレージを徹底的に調べるように、特にテープやガーデニング用品やケーブル用の結束バンドをさがすように指示してはあるが、いまのところこれといったものは見つかっていない。もちろん右手がいまだに見つからないのも不思議だけど、そっちはまだ捜索を続けている」

「犬が持ち去ったのかもしれない」

ヘスの声――いつのまにか庭を抜けて生垣のこちらに出てきている。ざっとあたりを見まわし、雨のなかで両肩をぶるっと震わせるヘスを、ゲンスが驚いたような顔で凝視する。その可能性もあるとわかってはいるが、彼が意見を口にしたことがなぜかトゥリーンをいらだたせる。

「ゲンス、こちらヘス、何日かうちで仕事をすることになってるの」

「おはよう。ようこそ」ゲンスが握手をしようと進み出るが、ヘスはただ隣の家に向かってあごをしゃくる。

「誰かなにか聞いてないのか？　近所の人たちは？」

　がらがらという大きな音が響き渡り、運動場の向こう側にある濡れた線路を突然列車が疾走《しっそう》して、おかげでゲンスは返事を大声で叫ぶはめになる。

「いや、確認したかぎり、誰もなにも聞いてない！　S列車は夜間はそれほど通らないけど、代わりに貨物列車がかなり頻繁《ひんぱん》に通るんだ！」

　列車の音が遠ざかると、ゲンスはふたたびトゥリーンを見る。

「きみのために証拠がどっさりあればよかったんだけど、いまのところほかに言えることはなにもないな。ただ、ここまで残忍な手口は見たことがないよ」

「あれはなに？」

「あれって？」

「あそこ」

　トゥリーンは遺体の横にしゃがんだまま、ゲンスが身体をひねらないと見えないものを指さす。死んだ女性の背後、おもちゃの家のポーチの梁《はり》からぶらさがっているものが、本体につけられた紐にからまりながら風に揺れている。ゲンスが梁の下に手を伸ばして紐のからまりをほどくと、自由になったそれが左右にぶらぶら揺れる。焦げ茶色の栗の実をふたつ上下にくっつけたもので、上は小さめ、下は大きめだ。小さいほうに開けられたふたつの穴が目になっている。大きいほうに差しこまれたマッチ棒は腕と脚を表わす。二個の球体と四本の棒からなる単純な人形なのに、一瞬、なぜか自分でもわけがわからないまま、トゥリーンは心臓がとまりそうになる。

「栗人形《チェスナットマン》か。そいつを連行して尋問でもするか？」

ヘスが無邪気な顔でトゥリーンを見ている。ユーロポールでも昔ながらの警官流ユーモアは好まれているようだが、トゥリーンは反応しない。ゲンスとちらりと視線を交わすが、彼はすぐに部下からの質問を受け、話の続きはできなくなる。ヘスがまた鳴りだした電話に応答しようとジャケットの内側に手を入れたとき、家のほうから口笛が聞こえる。先ほどの巡査で、庭からトゥリーンに合図を送っている。トゥリーンが立ちあがって運動場を見まわすと、そこは黄金色の葉をつけた木々に囲まれており、ほかに見るべきものはなにもない。濡れたブランコやジャングルジム、アスレチックコースがあるだけで、大勢の巡査や鑑識員が雨のなかを苦労して歩きまわりながら一帯を捜索しているというのに、荒れ果てたわびしい感じがする。トゥリーンは家に引き返す。ヘスがまたフランス語で話している横を通り過ぎるとき、ふたたび列車が轟音をたてて通過する。

11

公用車で街の中心部へと向かいながら、ヴォーゲルがこの日のスケジュールをおさらいする。閣僚は全員クリスチャンスボー城（国会議事堂や内閣府や最高裁判所などの公官庁施設としても使われている）に集まり、隣接する礼拝堂で行なわれる伝統的な礼拝に参加する。それが終わったら、ローサはクリスチャンスボー城広場の向かいのホルメン運河通りにある庁舎でスタッフに挨拶をしたのち、国会の正式な開会時刻に間に合うようにまたクリスチャンスボー城へもどる予定になっている。

そのあともこの日は予定がぎっしり詰まっているが、ローサはそこにいくつか修正を加えて、ｉＰｈｏｎｅのカレンダーを更新する。秘書が本人に代わってすべてを逐一記録しているので自分でやる必要はないのだが、ローサはこのやり方を好む。そうすれば詳細を把握するのに役立つし、現実にしっかりと目を向け、自分がコントロールしているのだと感じられる。とりわけ今日は。けれども車が国会議事堂前の中庭にはいっていくころになると、ローサはもうヴォーゲルの言葉を聞いていない。中央の塔でデンマーク国旗が風にはためき、中庭にはメディアのヴァンがひしめいている。身支度を整えたり、照明をあてられて傘の下でカメラに向かって撮影テストをしたりする人たちをローサは眺める。

「アスガー、このまま通り過ぎて、裏手の玄関へまわってくれ」

新米の運転手はヴォーゲルの言葉にうなずくが、ローサはその提案をよしとしない。

「いいえ。こっちで降ろして」

ヴォーゲルがあわててローサを振り返り、運転手もバックミラーのなかでちらりと視線を向けてくる。彼の口の両脇に、若さに似合わぬ深いしわが刻まれていることにローサははじめて気づく。

「いまやっておかないと、一日じゅうつきまとわれることになりそうだから。まっすぐ玄関に行って、そこで降ろして」

「ローサ、ほんとに大丈夫？」

「大丈夫」


車が縁石沿いになめらかにとまると、運転手がすぐに降りてローサのためにドアを開ける。車から降り立って議事堂のある建物の広々とした階段のほうへ歩きだすと、ローサにはすべてがスローモーションのように思える――カメラマンたちが振り向き、記者たちが彼女のほうへ殺到し、口を開けた顔と言葉が錯綜《さくそう》する。

「ローサ・ハートンさん、ちょっとだけお願いします！」

現実が彼女に襲いかかる。人々がどっと彼女の周囲に押し寄せ、顔の前にカメラが突きだされ、記者から質問が浴びせられる。階段を二段あがったところで、ローサは振り返って人垣を見渡しながら、全体の状況を確認する。声、照明とマイク、しかめ面に引きおろされた青い帽子、振られる腕、後列からこちらの動きをとらえようとする褐色の目。

「ハートンさん、声明はありますか？」

「復帰するのはどんな気分です？」

「二分だけいただけませんか？」

「ローサ・ハートンさん、こっちを向いて！」

　この二カ月、とりわけここ数日、ローサのことは各社の編集会議で話題になっていたはずだが、この動きを見抜いた者はいない。彼らにはなんの準備もできておらず、だからこそ彼女はこれをやってのけたのだ。

「さがってください！　大臣が声明を発表します」

　ローサの前の人ごみを肘でかき分けて前に出てきたヴォーゲルが、全員に一定の距離を空けさせる。大半がその指示に従うと、ローサは彼らの顔を確認する。見知った顔も多い。

「みなさんもよくご存じのとおり、この期間は非常につらいものでした。これまで多大なご支援をいただきましたことに、家族ともども心よりお礼を申しあげます。議会は新たな一年を迎えようとしていますし、そろそろ未来に目を向けるべきときです。わたくしを信頼してくださった首相に感謝し、目の前の政治的課題に取り組んでいく所存です。みなさんにもどうかその点にご配慮いただけますようお願いします」

　通り道を確保しようとするヴォーゲルの後ろについて、ローサは階段をのぼっていく。

「しかしハートンさん、復帰の準備はできてるんですか？」

「いまの心境は？」

「殺人犯が場所を明かそうとしなかったことについてはどう思われますか、お嬢さんの――」

ヴォーゲルの誘導でどうにか大きな扉まで行き、片手を差しのべて戸口で待っている秘書官のもとにたどりつくと、荒れ狂う海から岸へと救助されたような心地がする。

12

「ごらんのとおり、新しいソファを入れたので少し模様替えをしましたが、元どおりのほうがよければ――」

「いえ、このままでけっこうよ。新しいほうがいいわ」

ローサは社会問題省のはいっているビルの五階にある大臣室に足を踏み入れたところだ。クリスチャンスボー城に着いたときも、礼拝の場でも、大勢の同僚議員たちと顔を合わせたので、みんなに注目される場所から少し離れられるのは気分がいい。ハグされたり、同情をこめて優しくうなずきかけられたりしながら、ローサはなるべく動きまわるようにした。ただし、礼拝のときは別で、そのときだけは努めて司教の説教に意識を集中させようとした。その後、ヴォーゲルは議員たちと話をするために残った。ローサは大臣秘書官やアシスタント数人と合流し、一緒に宮殿の広場を横切って、社会問題省のある灰褐色の大きなビルにはいった。ヴォーゲルの不在は好都合だ。これで自分の下で働くスタッフに挨拶したり秘書官と雑談したりするのに専念できる。

「どう言えばいいかわからないので、率直に訊《き》きますね。調子はいかがですか?」

この秘書官のことはよく知っているので、彼女が心から案じてくれているのは重々承知している。リュウは中国系で、夫はデンマーク人、ふたりの子を持つ母親でもあり、ローサの知るなかで誰よりも思いやりのある人だが、それでもやはり、そんな個人的な質問はうまくかわすしかないと感じる。

「遠慮なく訊いてかまわないわ。こんな状況にしてはなんとか元気にやっているし、いまは仕事をはじめるのを楽しみにしているの。あなたのほうはどう？」

「ええ、みんな元気です。下の子はよく疝痛《せんつう》を起こします。それに上の子は……でもみんな元気です」

「あそこの壁、なんだか殺風景じゃない？」

うっかり余計なことを口にしないようリュウが緊張しているのを察して、ローサは壁を指さす。

「ええ、以前は写真があった場所です。でもあなたに判断していただくのがいいと思って。飾ってあったのは――ご家族の写真で――もう一度あれを飾りたいかどうかわからなかったので」

壁のそばに置かれた箱を見おろすと、クリスティーネと一緒に写っている写真に見覚えがある。

「あとで確認しましょう。今日はミーティングに割ける時間がどれくらいあるのか教えて」

「あまりないですね。これからスタッフに挨拶して、次に国会の開会式で首相の演説があって、そのあと――」

「わかったわ、でもできれば今日からさっそくミーティングをはじめたいの。大げさなものじゃなくて、行事の合い間を見て非公式に。ここに来る途中で何人かにメールを送ろうとしたんだけど、システムがダウンしていたのよ」

「いまもです、たぶん」

「そう、じゃあエンゲルスを呼んで、誰とミーティングをしたいか説明するから」

「エンゲルスはちょっと用事があって外出してます、あいにく」

「こんなときに？」

リュウの顔を見て、その曖昧な口調と落ち着かない様子にはなにか別の理由があるにちがいないとローサは不意に気づく。今日みたいな日は、本来なら首席補佐官は大臣が来るのを待ちかまえているはずで、そうではないという事実に、にわかに不吉な予感を覚える。

「ええ。やむを得ない事情があって……でももどってきたら本人が説明するはずです」

「もどってくるって、どこから？　どういうこと？」

「詳しいことはわかりません。たぶんうまく片がつくはずですが、いま言ったように――」

「リュウ、なにがあったの？」

秘書官はためらい、ますます困ったような顔になる。

「本当に残念です。大臣への支援と激励のメールは山のように届いてるんです。なのにどうしてあんなものを送ってくる人がいるのか」

「なにが送られてきたの？」

「わたしも直接は見てないんです。でもおそらく脅迫メールかと。エンゲルスの話では、お嬢さんに関することだそうです」

13

「でもゆうべ彼女と話したんですよ……食事をして、それからうちに電話して、そのときはなにも変わった様子はなかった」

ラウラ・ケーアのパートナーである四十三歳のハンス・ヘンリック・ハウゲは、キッチンの椅子にすわっており、濡れたオーバーコートを着たまま、手にはまだ車のキーを握っている。赤く腫れた目で、庭や生垣のところにいる白い作業服の一団を困惑しながら窓越しに見つめたあと、トゥリーンに視線をもどす。

「どうしてこんなことに?」

「それはまだわかりません。電話ではどんな話をしました?」

騒々しい音がして、トゥリーンがユーロポールから来た男を横目でうかがうと、彼は家のなかをうろつきながら引き出しや食器棚を開けたりしている。この男には、黙っていてもトゥリーンをいらだたせる能力があることはもうわかっていた。

「特にこれといった話はなにも。マウヌスはなんて言ってるんです? あの子に会いたい」

「じきに会えます。彼女の言ったことであなたが不審に思うようなことはなかったですか、心配そうだったとか。あるいは――」

「いいえ。マウヌスのことを少し話して、そのあと彼女は疲れたからもう寝ると言ってました」

ハンス・ヘンリック・ハウゲの声がかすれる。長身でたくましく、身なりもぱりっとしているが、軟弱な男のようでもあり、事情聴取のペースをあげないと最後まで持ちこたえられないかもしれないとトゥリーンは考える。

「おふたりは知り合ってどれくらいですか？」

「一年半」

「結婚していたんですか？」

トゥリーンの視線は、指輪をいじりはじめたハウゲの手に向けられている。

「婚約してました。彼女に指輪を贈った。この冬にタイへ行って、そこで結婚する予定でした」

「どうしてタイへ？」

「ふたりとも以前に結婚してました。だから、今回は趣向を変えることにしたんです」

「彼女は指輪をどちらの手につけてました？」

「はあ？」

「指輪。どちらの手につけてました？」

「右手、だと思います。どうして？」

「単なる質問ですが、答えていただくことが重要なんです。きのうはどこにいたか教えてください」

「ロスキレに。仕事はＩＴの開発です。きのうの朝、車で向こうに行って、今日の午後まで見本市の会場にいる予定でした」

「じゃ、ゆうべは誰かと一緒でしたか？」

「ええ、上司と。えーと、車でモーテルに行ったのが九時か十時ごろ。そこから彼女に電話したんです」

「そのまま車で自宅にもどらなかったのはどうして？」

「会社からひと晩泊まるように言われたから。早朝に会議があったので」

「ラウラとのあいだはうまくいってましたか？　なにか問題を抱えていたとか、あるいは――」

「いいえ。うまくいってました。あの人たちはガレージでなにをしてるんですか？」

ハウゲの涙に濡れた目がまた窓の外に向けられ、今回見ているのはガレージの裏手で、そこの扉の脇に鑑識員がふたり立っている。

「証拠をさがしています、もしあれば。ラウラに危害を加えたがるような人物に心当たりはありませんか？」

ハウゲはトゥリーンを見ているが、完全に心ここにあらずといった様子だ。

「彼女についてあなたが知らなかったことがあるのでは？　別の男性とつきあっていた可能性は？」

「まさか、ありえない。そろそろマウヌスに会わせてください。投薬が必要なんです」

「どこが悪いんです？」

「よくわかりません。とにかく……あの子は国立病院で治療を受けていて、医者は自閉症の一種だろうと考えています。不安を抑える薬を出していた。マウヌスはいい子ですが、ひどく内気なんです。まだ九歳なのに……」

ハンス・ヘンリック・ハウゲの声がまたかすれる。トゥリーンは次の質問をしようとするが、その前にヘスが口をはさむ。

「うまくいっていた、と言いましたね？　なんの問題もなかった？」

「だから、そうだと言ってるでしょう。マウヌスはどこですか？　とにかくあの子に会いたい」

「なんで鍵を取り替えたんです？」

あまりにも唐突なその質問に、トゥリーンは思わずヘスを見る。さりげなく、ぶっきらぼうとも言える口調でそう尋ねながら、ヘスはキッチンの引き出しからなにかを取りだした。真新しい鍵が二本張りつけられた紙切れ。

ハウゲはヘスとその紙切れにぽかんとした顔になる。

「これは錠前屋の領収書です。鍵が取り替えられたのは十月五日の午後三時半とある。きのうの午後だ。つまり、あなたが見本市に出かけたあとですね」

「わからない。マウヌスが鍵を捨ててしまったことが何度かあったので、ふたりでその件を話し合ったことはあります。でもラウラがそんなことをしたとは知らなかった……」

トゥリーンはその領収証を見ようと立ちあがり、ヘスの手から取りあげる。あとでこの家を捜索すれば自分で見つけていたはずだが、いまはいらだちを抑えてこの機に乗じることにする。

「ラウラが鍵を取り替えたことをあなたは知らなかったんですね？」

「はい」

「電話で話をしたとき、彼女はそのことを言わなかった？」

「はい……えーと、はい、言わなかったと思います」

「なにか理由があってあなたに話さなかったのでは？」

「単にあとで話すつもりだったんでしょう。どうしてそれが問題なんです？」

トゥリーンは質問に答えず、ただ彼を見つめる。ハンス・ヘンリック・ハウゲは腑《ふ》に落ちないとばかりに大きく開いた目で見返す。それから唐突に立ちあがり、椅子が床に倒れる。

「ここに拘束されるいわれはない。わたしにはマウヌスに会う権利がある。いますぐ会わせてください！」

トゥリーンはためらったあげく、ドアのそばで待機している巡査にうなずきかける。

「あとで検体と指紋を採らせてもらいます。大事なことなんです、ここにあるべき指紋とあるはずのない指紋を識別するために。いいですね？」

ハウゲは気もそぞろにうなずき、巡査と一緒に出ていく。ヘスはすでにゴム手袋をはずし、ジャケットのファスナーをあげて、廊下に敷いたビニールの上に置いてあった小型のボストンバッグを手に持っていた。

「検死局で会おう。あの男のアリバイも調べてみたほうがよさそうだ」

「わざわざどうも。忘れないように気をつけるわ」

ヘスが平然とうなずいてキッチンから出ていくのと入れちがいに、別の巡査がはいってくる。

「あの少年と話してもらえますか？　いま近所の家にいます。窓から見えますよ」

トゥリーンはその近所の家が見える窓辺まで行き、隙間だらけの生垣を通して温室に目をこらす。少年は白いテーブルのそばで椅子にすわり、ゲーム機と思しきもので遊んでいる。見えるのは横顔だけだが、その表情やしぐさにどこか人間味に欠ける虚《うつ》ろな雰囲気があるのは充分に伝わってくる。

「ほとんどしゃべらないし、実際、少し発達が遅れているようです。口にするのはほとんど一音節の単語ばかりで」

巡査の話を聞きながら少年を観察していたトゥリーンは、つかのま、あの少年が今日とこの先の長い年月にわたって感じるはずの、ぽっかり穴が開いたような孤独を我がことのように意識する。そのとき、少年が年配の女性、その家の住人と思われる女性の陰に隠れて見えなくなり、女性の後ろからハンス・ヘンリック・ハウゲが温室にはいってくる。少年を見るなり涙にむせび、しゃがみこんで片腕を身体にまわすが、少年は両手にゲーム機を持ってすわったまま微動だにしない。

「あの子を連れてきましょうか?」

巡査はじれったそうにトゥリーンを見ている。

「あの――」

「いいえ、しばらくふたりにしてあげて。でもあの彼氏から目を離さないように、それから誰かに彼のアリバイを確認させて」

トゥリーンは窓に背を向ける。この事件が見かけどおりに単純なものであればいいのだが。おもちゃの家にあった小さな栗人形の映像が一瞬、心の目の前をよぎる。NC3に行くのが待ちきれない。

14

建築事務所の見晴らし窓からは街が一望できる。机は天窓から日の差す広々とした部屋全体に小島のように配置されているが、その部屋はいまにも傾きそうに見える。ほとんどの社員が部屋の片側にある天井から吊るされた液晶テレビのまわりに集まっているからだ。スティーン・ハートンが設計図を両手に抱えて階段をあがっていくと、ニュース番組に合わせてあったテレビ画面は、ちょうど彼の妻がクリスチャンスボー城に到着した映像を流し終える。スティーンが自分のオフィスに向かうと、社員の大半がそれに気づいてあわてて忙しく働いているふりをする。共同経営者のビャーケだけは、スティーンを見て気まずそうな笑みを向けてくる。

「おはよう、ちょっといいかな」

ふたりでスティーンのオフィスにはいり、ビャーケがドアを閉める。

「奥さんはじつにみごとに対処してるな、見たところ」

「ありがとう。クライアントとは話したかい？」

「ああ、先方も喜んでる」

「なのに契約が成立してないのはどうしてだ？」

「先方が慎重を期してるからだよ。もう少し図面がほしいと言ってるんだが、きみには時間が必要だと伝えておいた」

「図面をもう少し？」

「家のほうはどんな具合だ？」

「それならすぐにやってしまおう、問題ない」

製図台を片付けてパンフレットを置くスペースを作るが、いつまでもそこに立ってこちらを見ているビャーケに、スティーンのいらだちは募る。

「スティーン、そう自分を追いつめるな。仕事のペースを落として少しのんびりしたらい。みんなわかってる。ほかの連中にも仕事を振り分けてくれ、そのために雇ってるんだから」

「提案の件は二、三日中に明確にするとクライアントに伝えてくれ。この注文はなんとしても獲得しないと」

「だが最優先すべきはそのことじゃない。スティーン、きみが心配だ。やっぱり――」

「スティーン・ハートンです」

電話が鳴りだすと同時にスティーンは応答した。先方が事務弁護士の秘書だと名乗ったので、スティーンはビャーケに背を向ける。その意味を察してくれることを祈りながら。

「いまなら大丈夫です。ご用件は？」大きな窓ガラスにビャーケがしぶしぶ出ていく姿が映り、電話の向こうの声は話し続ける。

「すでにお話しした件についての確認ですが、もちろんお返事はいますぐでなくてかまいません。お待ちになりたい理由はたくさんおありでしょう。ですが、まもなく一年になりますので改めてお知らせしておこうと思いまして。お嬢さまの死亡を正式なものとして手続きをはじめることが可能だと」

それはスティーン・ハートンにとってまったく予期せぬ言葉だった。吐き気がこみあげ、身体が硬直して、雨の降りかかる窓に映った自分の顔に見入る。

「ご存じのように、行方不明者が見つからない場合、いくつかとれる措置はありますが、結果について疑念の余地はありません。むろん、いまここで区切りをつけるかどうかはあなたがた次第です。こちらとしてはそのことをお知らせするまでで、よければ話し合いを――」

「区切りをつけます」

電話の向こうの声がしばらく黙りこむ。

「いま申しあげたように、こうしたことは急がなくても――」

「書類を送ってもらえれば、それに署名して、妻にはわたしから話をします。よろしく」

スティーンは電話をおろす。雨に濡れた鳩が二羽、外の窓台の上を歩きまわっている。ぼんやりとそれを眺め、スティーンが身動きすると、鳩たちはぱたぱたと飛び去る。鞄からボトルを一本取りだしてコーヒーカップに注ぎ、それからパンフレットの作業に取りかかる。手が震えて、定規を取りだすのに両手を使わなければならない。これが正しい判断なのはわかっているし、早く片をつけてすっきりしたい。些細なこととはいえ、重要なことだ。死者が生者に影を落とすことがあってはならない。それは精神分析医やセラピストたちが口をそろえて言うことであり、スティーンの身体の細胞のひとつひとつが、彼らの言うとおりだと告げている。

15

「けさ早く送られてきたんです、大臣の公式メールアドレスに。諜報部が差出人を追跡中で、いずれ突きとめるはずですが、少し時間がかかるかもしれません。誠に残念ですが」とエンゲルスが静かに告げる。

スタッフに挨拶したあとローサが大臣室にもどると、エンゲルスが待っていた。机の後ろの窓辺に立ったローサは、首席補佐官が正視に堪えない同情のまなざしでこちらを見ていることに気づく。

「いやがらせのメールならこれまでにもあったでしょう。たいてい自分ではどうしようもないかわいそうな人たちから」

「今回はちがいます。もっと悪意がある。お嬢さんのフェイスブックに載っていた写真が使われていました。もう削除したはずのページです、あのとき……お嬢さんが行方不明になったときに。つまり差出人は相当前からあなたに関心をもっていたということになります」

その情報にローサは動揺するが、衝撃は表に出すまいと決めていた。

「それを見せて」

「あなたはどんなものでもかならず七部はコピーをとってるはずよ。それを見せて」

「もう諜報部と保安部に引き渡してあって、現在彼らが――」

「そのメールを見せて」

エンゲルスは困ったような顔でローサを見ながらも、ここへ来たとき手にしていたフォルダーを開いて、一枚の紙を取りだし、テーブルに置く。ローサはその紙を手に取る。紙一面に無造作にちりばめられた色とりどりの小さな断片は、最初はなんの意味もなさない。それからローサは理解する。それがクリスティーネの自撮り写真だと――ハンドボールウエアを着て汗だくで笑いながら体育館の床に寝ころがっているところ、新しいマウンテンバイクに乗ってビーチへ向かうところ、自宅の庭で弟のゴスタウと雪合戦をしているところ、浴室の鏡の前でドレスアップしてモデルを気取っているところ。楽しそうに笑っている写真の数々。ローサは喪失感と悲しみの波に襲われ、やがてまっすぐ自分に向けられた文章に目をとめる。《おかえり。おまえはこれから死ぬんだ、性悪女》。その言葉は写真の上部に赤い文字で弧《こ》を描くように配置され、不安定な子供っぽい筆跡のせいで、いっそう質《たち》が悪く思える。

ふたたび口を開いたローサは、懸命に平静な口調を装う。「頭のおかしな人はなにも今回がはじめてじゃないでしょう。たいていは騒ぐほどのことじゃないわ」

「ええ、でもこれは……」

「こんなことで怖気《おじけ》づいてどうするの。わたしはわたしの職務を果たし、諜報部は諜報部で彼らの職務を果たすまでよ」

「ボディガードを何人かつけるよう要請すべきだというのがわれわれの一致した意見です。彼らがあなたを守ってくれる、万一――」

「いいえ。ボディガードは必要ない」

「なぜです？」

「必要ないと思うからよ。このメッセージは送ること自体が目的なの。表に顔を出す勇気もない憐れな臆病者が書いたものだし、いずれにしろ、いまのところ自宅は警護なしでちゃんとやってる」

　エンゲルスは意外そうな顔でこちらを見返す。ローサがめずらしく私生活に言及したときにいつも見せる表情だ。

「前に進むつもりなら、なにもかも普段どおりにする必要があるの」

　首席補佐官はなにか言いたげで、ローサには彼が同意しかねているのがわかる。

「エンゲルス、あなたの気遣いには感謝してるわ。でもほかになにもなければ、首相の開会の演説に備えてそろそろ議事堂に行きたいのだけど」

「わかりました。ご指示は伝えておきます」

　ローサはリュウの待っているドアのほうへ歩きだす。エンゲルスに見送られて部屋を出たローサは、自分がいなくなったあとも彼はしばらくそこに立ち尽くすのだろうという気がする。

16

礼拝堂が併設された細長いその建物は、ノアブロ地区とウスタブロ地区をつなぐ渋滞の激しい幹線道路沿いにある。街の玄関口からほど近いこの界隈は、車両やあわただしく行き交う歩行者で活気にあふれ、すぐ近くの大きな公園にある運動場やスケートボード場からは楽しげな声も聞こえてくる。それでも、無菌の解剖室四つと地下に冷蔵倉庫を備えたこの長方形の建物のなかにはいると、死と、万物のはかなさを思わずにいられない。この場所には非現実感がある。検死局には何度となく足を運んできたトゥリーンだが、決して慣れることはなく、いま歩いている恐ろしく長い廊下の突きあたりにあるスイングドアからふたたび外に出るのがいつも待ち遠しくてならない。検死官がラウラ・ケーアの遺体を調べるのに立ち会ってきたばかりで、いまはゲンスと連絡をとろうとしているところだ。彼のボイスメールからメッセージを残すようにとの自動音声が流れはじめるが、トゥリーンは途中で切って、じりじりしながら再度かけ直す。ラウラ・ケーアの電子メールやテキストメッセージや通話履歴の予備報告書を三時までに作成するとゲンスは約束したのに、三十分が過ぎてもなんの音沙汰もない。普段ならゲンスを見て時計の針を合わせられるほどで、記憶にあるかぎり時間どおりに報告書が届かなかったことは一度もない。そもそも、トゥリーンが話したいときに電話に応答しないなどということはありえない。

検死で新たに判明した重要な証拠はひとつもなかった。ユーロポールだかどこだか知らないが、当人がいま本拠地と呼んでいる場所から来た客は——案の定——約束した時間に現われず、トゥリーンには半秒すら待つ気はなかった。検死官に報告をはじめるようあっさり伝えた。ラウラ・ケーアの亡骸《なきがら》を検死台に横たえたまま、検死官は画面上の自分のメモをスクロールしながら、いつになく忙しいこの日のことをあれこれとしゃべった。大雨のせいで交通事故が何件も起こったという。ともかく、と言いながら、彼は手順どおりにはじめた。ラウラの胃の内容物から、夕食はかぼちゃのスープにチキンとブロッコリーのサラダで、それを一杯のお茶で流しこんだと思われる——摂取した時間は少々早めだったかもしれないが。業《ごう》を煮やしたトゥリーンは、有益な情報まで早送りしてくれるよう頼んだ。そうした要求に対して、検死官はいつも不機嫌な反応を見せる——「トゥリーン、それは画家のペル・キルケビーに自分の作品を説明してほしいと頼むようなものだぞ！」——が、トゥリーンは引きさがらなかった。今日はまだ期待していた答えが得られておらず、検死官がメモを声に出して読みあげるあいだ、トゥリーンは棺の上に落ちてくるような勢いで屋根を叩く雨の音を聞いていた。

「刺し傷と裂傷が無数にあって、スチールかアルミ製の棍棒で五、六十回は殴られている。

棍棒の種類は不明だが、傷痕から判断するに、先端が拳《こぶし》大のボール状で、そこに長さ二、三ミリ程度の小さな突起がびっしりついている」

「中世の武器の鎚鉾《メイス》みたいな？」

「まあ、そんなところだ、だがメイスのわけはない。ガーデニングの道具ではないかと考えてみたんだが、まだなんとも言えない。両手首を縛られていたから、彼女は身を守ることもできなかった。おまけに何度も地面に倒れてさらに傷が増えた」

午前中のゲンスとの会話で、いまの話の大半はもうすでにわかっていた。それより知りたいのは、婚約者のハンス・ヘンリック・ハウゲを指し示す証拠があったかどうかだ。

「イエスでもありノーでもある」といういまいましい返答だった。「いまのところ、検査で彼女のスリップとショーツと身体に彼のＤＮＡが付着していることは判明したが、ふたりがダブルベッドを共有していたとすれば、それは当然予想されることで、それ以上の意味はない」

「レイプされていた？」

だが検死官はその可能性を否定した――性的な動機の線はここまで。「ただし、サディスティックな懲罰の陰になんらかの性的な衝動があるという見方をすれば別だが」その所見をもう少し詳しく説明するようトゥリーンが求めると、検死官はラウラ・ケーアが拷問されていた点を指摘した。

「犯人は彼女が苦しむ姿を見ながら苦痛を与えていた。単に殺したいだけならさっさと終わらせることもできたはずだ。おそらく途中で彼女は何度か気を失いながら、およそ二十分間にわたって暴力を受け、最後に眼球を強打されて、それが死因になったと思われる」

失われた右手はいまだ見つからず、残された傷口からも新たな証拠は得られなかった。切断に使われた道具の種類は特定できなかったが、切断というのはバイカーギャングのあいだでしばしば行なわれるやり方だと検死官は考えた。一般的に、彼らがこだわるのは指を一本ずつ借金のかたに回収することであり、そのときに使われる道具はたいてい肉切りばさみか武士の刀のようなものだ。今回の件がそれにあてはまるのかどうかは判断がつかなかった。

「刈り込みばさみとか？　植木ばさみは？」フーソムの被害者宅のガレージにある道具を思い浮かべながらトゥリーンは尋ねた。

「いや、のこぎり状のものだったのはたしかだ。おそらく丸のこかプランジソー。まちがいなく充電式だろう、犯人が運動場の真ん中でのこぎりを使ったことを考えると。見たところダイヤモンド刃かそれに近いものだな」

「ダイヤモンド刃？」

「のこぎりの刃には、用途に合わせていろいろなタイプがある。ダイヤモンド刃はいちばん頑丈だ。普通はタイルやコンクリートや煉瓦《れんが》を切断するのに使われ、ホームセンターならどこでも売っている。この切断作業は素早く行なわれた。だが目の粗い刃だったのはたしかだ。目の細かい刃に比べると裂傷がぎざぎざで乱雑だから。いずれにしても、切断されたことで彼女は相当衰弱したはずだ」

つまりラウラ・ケーアは切断されたとき生きていた——それはあまりにも不愉快な考えで、次の二、三文はほとんど耳にはいらず、もう一度言ってほしいと検死官に頼まねばならなかった。ほかの傷から判断するに、ラウラ・ケーアは失血のせいで朦朧《もうろう》となり、ますます体力を奪われながら、それでも逃げようとして、やがて力尽き、おかげで犯人は抵抗されることもなく、処刑場所であるおもちゃの家まで彼女を連れていくことができた。トゥリーンは暗闇のなかを必死に逃げる女性のすぐ背後に追っ手が迫ってくるところを思い描き、そこで心の目に突如として浮かんだのは、子供のころのある夏に目撃した光景だった。友だちの農家の庭で、首のない鶏《にわとり》が逃げ惑う姿。そのイメージを無理やり押しのけて、トゥリーンは被害者の爪と口と皮膚の擦過傷について尋ねたが、検死官からすでに聞いたとおり、損傷箇所を除けば、犯人との物理的接触を示す証拠はなにもなかった。とはいえ、雨が影響した可能性はある、と検死官は指摘した。

スイングドアの手前で、もう三度めになるが、ゲンスのボイスメールにつながる。今度は簡潔なメッセージを残し、大至急折り返しの電話をよこせと明確に伝える。外は相変わらずの土砂降りで、トゥリーンはコートの肩をすくめながら、電話を待つあいだに車で署にもどったほうがよさそうだと判断する。いまのところ警察が裏をとれたのは、ハンス・ヘンリック・ハウゲが、上司のひとりとユトランド半島から来た同僚ふたりと一緒に、新しいファイアウォールについて話し合いながら白ワインを一杯飲んだあと、午後九時半に見本市から引きあげた、ということだ。しかしそのあとのハウゲのアリバイははっきりしない。たしかにモーテルにチェックインしてはいるが、彼の黒いマツダ6がひと晩じゅうそこにとまっていたと明確に証言できる者は誰もいない。少なくとも理論上は、車でフーソムの自宅まで行ってもどってくることは可能だが、いまのところ警察には、ハウゲとその車をもっと徹底的に調べることを正当化するに充分な証拠がない。だからこそ、トゥリーンにはゲンスと彼の法医学的検査の結果が早急に必要なのだ。

「ごめん。ちょっと時間がかかった」

遺体安置所に到着したヘスがスイングドアから現われる。服からしたたる水が床に小さくたまり、彼はぐっしょり濡れたジャケットをひと振りする。

「管理会社の担当者がつかまらなくて。こっちは問題なかった？」

「ええ、なんにも」

トゥリーンはそのまますたすたとスイングドアを抜ける。雨のなかに足を踏みだし、濡れるのを必要最低限にしようと駆け足で車に向かう。背後からヘスの声が聞こえる。

「きみがどこへ行くつもりか知らないが、おれが被害者の職場へ話を聞きに行ってもいい。それか――」

「いいの、もう終わってる。だからそっちはご心配なく」

トゥリーンは車のロックを解除して乗りこむが、ドアを閉める前にヘスが追いついてきてさえぎる。雨のなかで彼は震えている。

「おれの言ったことを理解してないようだな。遅れたことはあやまるよ、でも――」

「ちゃんと理解してます。あなたはハーグでしくじった。誰かに、ゴーサインが出てまた向こうにもどれるまでとりあえずここの警察署に出勤するように言われた。でもあなたはここの仕事のことなんかこれっぽっちも気にかけてない、だからなるべくなにもせず適当に時間をやり過ごしてるだけ」

ヘスは動かない。突っ立ったまま、トゥリーンがいまだに慣れない瞳でじっとこっちを見ている。「まあ、たしかに今日のがいままでいちばん過酷な任務というわけじゃなかった」

「あなたがやりやすいようにしてあげる。ハーグとアパートメントのことだけ考えてて。ニュランダにはいっさい報告しないから。それでいい？」

「トゥリーン！」

呼ばれてトゥリーンが玄関のほうに目を向けると、検死官が傘をさして表に立っている。

「ゲンスがきみと連絡がとれないと言ってる。いますぐ科学捜査課に来るようにと」

「なんで？　わたしに電話すればいいのに」

「きみにぜひ見せたいものがあるそうだ。直接見てもらわないと、からかってると思われるだろうって」

17

科学捜査課の本部のある新しい立方体の建物は、街の北西部に位置している。表の駐車場の樺《かば》の木立のなかはすでに暗くなりはじめているが、大きなガレージの上階にある研究室では鑑識員たちがまだ熱心に仕事をしている。

「テキストメッセージ、電子メール、通話履歴、もう全部調べた？」

「IT担当者たちはまだめぼしいものを見つけてないけど、とにかく、それよりなによりきみにぜひ見てもらいたいものがあるんだ」

受付まで迎えにきたゲンスが、トゥリーンとヘスは自分の来客だと承認し、トゥリーンは彼についていく。ヘスも同行すると言い張ったが、それは単に、捜査をおろそかにしているとトゥリーンに言わせないためだろう。ここまで来る車中で、ヘスはさして興味もなさそうに検死報告書に目を通していたので、事件についてあえて彼と話し合う必要もないだろうとトゥリーンは考えた。そのドライブに加えて、ゲンスのもってまわった言い方にトゥリーンのいらだちは募るが、研究室に着くまでそれ以上の説明をしてくれる気はなさそうだ。

そこらじゅうにすりガラスの大きな間仕切りがある。科学捜査課の鑑識員たちは小さな白い蜂よろしく机の周囲をせわしなく動きまわっており、壁に設置された何台ものエアコンやサーモスタットのおかげで、ガラスで区切られたそれぞれの小部屋で行なわれる実験にふさわしい温度と湿度が確実に保たれている。ありとあらゆる犯行現場から集められた素材が、この科学捜査課で分析され評価される。法医学的証拠が捜査の行方を決定づけることもたびたびあり、重大犯罪課での短い在職期間に、トゥリーンは科学捜査課でさまざまな物質が徹底的に分析されるのを見てきた。衣類や寝具、絨毯に壁紙、食物、車両、植物に土――原則としてこのリストに終わりはない。検死局と科学捜査課はあらゆる捜査における科学の二本柱であり、この両者が証拠を明白にし、のちに検察官がそれを元に有罪を確実なものとしていく。

一九九〇年代以降、科学捜査課は、被害者と容疑者の所有する電子機器を分析するＩＴ部門を作り、デジタルの証拠に関しても責任を負うことになった。世界規模のサイバー犯罪やハッキング、国際的テロリズムに焦点をあてる機会が増えたのに伴い、二〇一四年からその責任は徐々にＮＣ３に移行されつつあるが、そのほうが現実的という理由から、ラウラ・ケーアの自宅にあったパソコンと携帯電話を調べるような限定的で比較的容易な作業は、いまも科学捜査課が担っている。

「ほかの証拠はどう？　寝室とか、ガレージとか」ゲンスに連れていかれた大きな研究室のなかで、トゥリーンはじりじりしながら立っている。

「いや。だが話を続ける前に、彼を信用していいのかどうか知りたいね」

　ドアを閉めたゲンスが、ヘスのほうへあごをしゃくる。ゲンスが突然よそ者に対してあからさまな警戒感を示していることをトゥリーンはむしろ歓迎するが、同時にそのことが意外でもある。

「どういう意味？」

「これからきみに重大なニュースを伝えなきゃならないが、情報がもれる危険は冒したくないんだ。個人的にどうこうという話じゃない、そこはわかってほしい」あとの言葉はヘスに向けられたもので、言われた当人はまったく表情を変えない。

「ニュランダが捜査官として引き受けた人よ。現にいまこの場にいるんだから、信用していいと思う」

「思う、じゃ困るんだ、トゥリーン」

「わたしが責任をもつ。いいからわかったことを話して」

　一瞬ためらったあと、ゲンスはキーボードに向き直り、素早くアクセスコードを打ちこみながら、もう一方の手をテーブル上の読書用眼鏡に伸ばす。こんなゲンスを、これほど熱心でかつ嬉々とした彼をトゥリーンは見たことがない。だから、この一種独特の空気の理由としてもっと衝撃的なものを予想していた。立派な机の上部の壁に設置された高解像度モニターに映しだされたなんの変哲もなさそうな指紋ではなく。

「見つけたのはほんの偶然だった。遺体が置かれていたおもちゃの家からも指紋を採取することにしたんだ。たとえば犯人が柱に寄りかかって、その拍子に釘かなにかで切り傷を作ってないともかぎらないからね。もちろん時間の無駄さ。そこらじゅう指紋がべたべたついてた。たぶんあの家で遊んだ子供たち全員のものだろう。でもそんなわけで、ぼくらは例の小さい人形、チェスナットマンにも通常の検査をしたわけだ。なにしろ遺体のすぐ近くにぶらさがっていたから」

「ゲンス、そんなに重要なことってなんなの？」

「指紋があったんだよ、下の栗に。つまり、ぼくらが胴体と呼んでるほうの実に。それがあの人形についてる唯一の指紋だった。きみたちが知ってるかどうかわからないけど、指紋を識別するとき、通常ぼくらは十カ所の類似点をさがす。この指紋に関しては、残念ながら、それが五カ所しか確認できなかった。不鮮明だったから。それで充分と判断された裁判もたしかに数例あって――」

「なにに充分なの、ゲンス？」

話しながら、電子ペンと机の上のタブレットで指紋の五カ所を示していたゲンスが、ペンを置いて、トゥリーンに顔を向ける。

「ごめん。その人形についてた指紋が――少なくとも、その五カ所が――一致していると確定するのに充分ということだ、クリスティーネ・ハートンの指紋と」

ほんの一瞬、トゥリーンは呼吸を忘れる。ゲンスがどんな爆弾発言をすると期待していたのかわからないが、少なくとも、おおよそ自分の理解の範囲内のことだと思っていた。

「その五カ所が徐々に判明するにつれて、一致するとコンピューターが判定した。この作業は完全に自動で行なわれるんだ、指紋は過去の事件で集められた何千という指紋のデータベースと照合されるわけだから。もちろん、通常ならもっと一致する箇所がほしいところだ。もっとも一般的なのは十カ所、でもさっき言ったように、五カ所でも充分に——」

「クリスティーネ・ハートンはもう死んでるはずよ」トゥリーンはどうにか落ち着きを取りもどすが、先を続ける声にいらだちがこもる。「彼女は一年ほど前に殺されたと捜査で結論が出た。事件は解決して、犯人は有罪宣告を受けた」

「知ってるよ」

ゲンスは読書用眼鏡をはずして、トゥリーンを凝視する。

「ぼくが言いたいのはあくまでも、指紋が——」

「なにかのまちがいよ」

「まちがいじゃない。ぼくは三時間かけて何度も何度も確認した、確信できないことを口にするのは避けたかったから。でもいまは確信してる。五カ所を何度比較してみても、一致するんだ」

「どのプログラムを使ってる？」背後で携帯電話をいじっていたヘスが椅子から立ちあがっており、その顔にはじめて真剣な表情が浮かんでいることにトゥリーンは気づく。ゲンスが警戒するような口調で自分の使った指紋鑑定システムを説明し、それはユーロポールで指紋の識別に使われていたのとたしかに同じシステムだとヘスが答える。

ゲンスが目を見開き、自分の来客がそのシステムを知っていることに驚いて気をよくするが、ヘスはその熱意に応えない。

「で、クリスティーネ・ハートンって誰だ？」と代わりに問う。

トゥリーンはモニター上の指紋から顔をあげて、ブルーとグリーンの瞳をのぞきこむ。

18

雨あがりのサッカー場はがらんとしている。人影がひとつ、木立のあいだから現われ、投光照明に照らされてきらきら光る人工芝のピッチを歩いてくるのが見える。最後にゴールポストを通過して、コンクリートのフェンスから空っぽの駐車場のほうへ近づいてくると、そこでようやく、それがまちがいなく彼女だという確信が芽生える。いなくなった日と同じ服を着て、彼がよく知っている足取りで歩いてくる。何千人という子供たちのなかにいても歩き方で彼女を見分けることはいつだってできるだろう。車に気づいた彼女は走りだし、彼が見守るなか、その笑みが大きくなり、フードが後ろに落ちて、照明が彼女の顔を照らす。寒さで両頰が赤らんでいる。早くも彼女の匂いが感じられ、ぎゅっと抱き寄せると、両腕のなかで彼女がどんな気持ちになるか彼には正確にわかる。これまで何度もしてきたように、彼女は笑い声をあげて彼に呼びかけ、彼は全身がいまにも爆発しそうに感じながら、勢いよくドアを開けて、彼女を抱きしめると同時にくるくるまわしはじめる。

「なにやってんの？　車を出してよ！」

後部ドアがばたんと閉まる。スティーン・ハートンは目を覚ましてうろたえる。サイドウィンドウにもたれていつのまにか眠りこんでいた。トレーニングウェア姿の息子がバッグやらラケットやらに埋もれて後部座席にすわっていて、外では子供たちが自転車で横を通り過ぎながらスティーンを見て笑い合っている。

「練習はもう――」

「いいから車を出して」

「キーを見つけないと」

薄闇のなかで車内灯がつくようにドアを少し開けてキーをさがし、ハンドルの下のマットに落ちているのをようやく見つける。子供たちの最後の数人が通り過ぎるまで、息子はシートのなかで身を縮める。

「おっと……ここにあった」

スティーンはドアを閉める。

「うまくいったかい、今日の――」

「もう迎えにこなくていいよ」

「どういうことかな――」

「車のなかがぷんぷんにおう」

「ゴスタウ、どういうことか――」

「ぼくだってお姉ちゃんに会いたいよ。だけどぼくはお酒なんか飲まない！」

スティーンは凍りつく。窓の外の木々に目をやり、べっとり濡れた枯葉の山に自分が埋もれていくような重みを感じる。バックミラーに映る息子は険しい目で窓の外をにらんでいる。この子はまだ十一歳だから、その言葉は滑稽《こっけい》に響くはずなのに、そうはならない。なにか言いたい。それはちがう、おまえの勘ちがいだと言って、本気で笑い飛ばし、なにかジョークを口にして息子を笑わせたい。この子はもう決して笑わない。最後に笑ったのはもうずいぶん前のことだ。

「すまない……おまえの言うとおりだ」

ゴスタウの表情は変わらない。ただ空っぽの駐車場をじっと見ている。

「こんなのはまちがってた。これからはもっとちゃんとしよう……」

まだ返事はない。

「信じてもらえないのはわかってる、でも本気だ。もう二度とこんなことはしない。おまえを不幸にするようなことだけはしたくない。それでいいか？」

「晩ごはんの前にケッレと遊んでいい？」

ケッレはゴスタウの親友で、彼の家は帰り道の途中にある。スティーンは最後にバックミラーをちらりと見てから、キーをまわしてエンジンをかける。

「ああ。もちろんだ」

19

「で？　それからどうなったんだい？」

「そう、それから野党の反論がはじまったの。もうめちゃくちゃよ、赤緑連合の角縁眼鏡をかけたあのきれいな女性を覚えてる？」

スティーンは大きなガスコンロのそばに立って、料理の味見をしながらにこやかにうなずく。背後でラジオがかかっていて、ローサはグラスにワインを注いでいる。スティーンの分も注ごうとするが、彼は手をひと振りして退ける。

「きみが言ってるのは、クリスマスパーティーで酔っ払って家に送り返された女性のこと？」

「そうそう、あの人。議場のど真ん中でいきなり立ちあがったかと思うと、首相に侮辱の言葉を浴びせはじめたものだから、議長は彼女をなんとかして座席にもどそうとしたの。そしたら彼女、今度は議長まで侮辱しはじめた。その前に女王陛下の入場の際に起立するのを拒んだりしてたから、いよいよ議員の半数からブーイングされるはめになって、ついに逆上した彼女は思わず手元の資料をぶん投げたわけ。それで紙がそこらじゅうに舞いあがった、ペンやら眼鏡ケースやらと一緒にね」

ローサは笑っており、スティーンも一緒になって笑った。ふたりで最後にこんなふうにキッチンに立ってしゃべったのはいつだったか思いだせないが、はるか遠い昔のような気がする。頭のなかで例のことを脇へ押しやる。できれば考えたくないこと——彼女を悲しませるであろうことを。微笑《ほほえ》んだあとふたりの目が合い、しばらくどちらも黙りこむ。

「きみがいい一日を過ごせてよかった」

彼女はうなずき、ワインを飲む。少しばかりペースが速すぎると彼は思うが、彼女はまだ微笑んでいる。

「あなたに国民党の新しい広報担当の話をまだしてなかったわね」キッチンのテーブル上にある彼女の携帯電話が鳴りだしている。「でも、あとで話してあげるわ。そろそろ行って、着替えをしながらリュウに明日の資料のことを説明しないと」

電話を手に取った彼女が階段をあがっていきながら話している声が聞こえる。スティーンは沸騰《ふっとう》した湯のなかに米を投入する。玄関ホールから呼び鈴が聞こえるが、驚きはしない——ゴスタウにちがいない。ケッレの家から帰ってきて、自分の鍵を出すのが面倒くさいのだろう。

20

邸宅の玄関ドアが開き、トゥリーンの目の前にはスティーン・ハートンが立っていて、彼女はたちまちここへ来たことを後悔する。腰にはエプロン、片手には少量の米がはいった計量カップ、彼のまなざしから誰か別の人間だと思いこんでいたのがわかる。

「スティーン・ハートンさん？」

「そうですが？」

「突然すみません。警察です」

相手の表情が一変する。彼のなかでなにかが壊れたような、あるいはひととき忘れていた現実に引きもどされたような感じ。

「おじゃましてもよろしいですか？」

「どういったご用件で？」

「ほんの一分ですみます。なかでお話しするほうがいいかと」

待たされているあいだ、トゥリーンとヘスはほとんど言葉を交わさないまま、落ち着かない思いで広々とした居間をちらちら見まわす。パティオに通じるガラス戸の向こうの庭には明かりがともっていない。アルネ・ヤコブセンの立派なランプの下でダイニングテーブルに三人分の食器が用意され、キッチンからシチューのおいしそうな匂いが漂ってくる。スティーン・ハートンがもどってくる前にドアから逃げだしたい。トゥリーンは不意にそんな衝動に駆られる。横目で連れの様子をうかがうと、彼はこちらに背を向けて立ち、そちらの方面からはなんの助けも期待できないとわかる。

科学捜査課でゲンスと話をしたあと、トゥリーンはニュランダに電話をかけ、会議中に割りこまれたニュランダは不機嫌な声で応答した。電話をかけた理由を説明しても機嫌は直らなかった。最初は取り合わず、なにかのまちがいに決まっていると言い張ったが、ゲンスが何度も繰り返し照合したことがわかると、黙りこんだ。重大犯罪課には概してあまりいい印象をもっていないトゥリーンだが、ニュランダが決して愚か者でないことは承知しており、彼はあきらかにこの情報を由々しき事態と受けとめた。これには筋の通った説明があるはずだ、われわれの気づいていない単純なつながりがあるはずだ、そう言ってふたりをハートン家へ差し向けたのだった。トゥリーン個人としては、筋の通った説明があるとは思えない。

ヘスは寡黙だった。ここに向かう車のなかで、トゥリーンはクリスティーネ・ハートン事件のあらましを話して聞かせた。当時はまだ重大犯罪課にいなかったが、言うまでもなく、この事件は署内でもメディアでも、落着したあとも長く話題になった。それを言うなら、いまだにそうだ。クリスティーネ・ハートンは、政治家にして社会問題大臣であり、今般政治的復帰を果たしたばかりのローサ・ハートンの娘だった。一年足らず前、その十二歳の少女は部活動から帰宅する途中で行方不明になった。バッグと自転車が森のなかに捨てられているのが見つかり、数週間後、ネットおたくの若者、リーヌス・ベガが逮捕された。性犯罪歴があり、証拠の重要性は圧倒的だった。警察署で取り調べを受けたベガは、クリスティーネ・ハートンに性的暴行を加え、そのあと首を絞めて、遺体を鉈《なた》で切断したと自供、クリスティーネの血痕がついたその凶器が自宅ガレージのなかから発見された。本人の証言によれば、遺体をばらばらにしてシェラン島北部の森のあちこちに埋めたとのことだが、妄想型統合失調症と診断されたベガは、その正確な場所を示すことができず、警察は大量の人員を投入して二カ月間集中的に捜索したものの、霜《しも》がおりて作業が困難になった時点で断念した。メディアが狂騒を繰り広げるなか、ベガは春に有罪を宣告され、可能なかぎりの厳罰に処された——精神科病棟での無期限の拘束。実際には最低でも十五年から二十年は監禁されることになるだろう。

トゥリーンはラジオのスイッチが切られたことに気づき、スティーン・ハートンがキッチンからふたたび現われる。

「妻は二階にいます。これはつまり、警察がなにか——」

ハートンは言いよどみ、言葉をさがす。

「もしなにか見つかったのなら……妻に知らせる前にわたしが聞いておきたい」

「いいえ、なにも。そういうことじゃないんです」

相手はトゥリーンを見る。安堵《あんど》しながらも、困惑し警戒している。警察がここへ来るのは理由があってのことだと、当然わかっている。

「今日、ある犯罪現場の証拠品を調べている過程で、おたくの娘さんのものである可能性の高い指紋が付着したものが出てきたんです。具体的に言うと、その指紋は栗の実で作られた小さな人形についていました。写真を持ってきたので見ていただきたいんです」

写真を差しだしたが、スティーン・ハートンは当惑しながら一瞥しただけで、トゥリーンに視線をもどす。

「娘さんの指紋だと百パーセント断定はできませんが、その可能性はかなり高いので、なぜここについているのか説明が必要なんです」

トゥリーンがテーブルに置いた写真を、スティーンは手に取る。

「よくわかりませんね。指紋……？」

「ええ。その人形を見つけたのはフーソムにある子供の運動場です。正確にはシーダー通り七番地。そこの運動場か、この住所に心当たりはありませんか？」

「いいえ」

「ラウラ・ケーアという名の女性には？　あるいはその息子のマウヌス、もしくはハンス・ヘンリック・ハウゲという名前は？」

「いいえ」

「娘さんがこの一家と知り合いだった可能性はありませんか？　もしくはあの地区のどこかの家族と——あのへんで友だちと遊んでいたとか、誰かを訪ねていたとか——」

「いいえ。うちはここに住んでいます。どういう質問かよくわからないんですが」

一瞬、トゥリーンは言葉に詰まる。

「たぶん筋の通った説明がつくでしょう。奥さまがご在宅なら、できればお話をうかがって——」

「いいえ。妻に訊くのはやめてください」スティーンはふたりをにらみつけ、その目には敵意がこもっている。

「誠に申しわけありません。でも警察としては真相を突きとめる必要があるんです」

「わたしにはどうでもいいことです。妻と話すのはやめていただきたい。訊いたところで答えはわたしと同じだ。そんな指紋とやらにはなんの心当たりもないし、あなたの言った住所も知らないし、そもそもどうしてそれがそんなに重要なことなのかわかりませんね！」

そこでスティーン・ハートンは突然、トゥリーンとヘスが自分の背後をじっと見ていることに気づく。階段を下りてきた彼の妻が、廊下から三人を見ている。

しばらく誰もなにも言わない。ローサ・ハートンが居間にはいってきて、夫が怒って放りだした写真を手に取る。またしてもトゥリーンはドアから逃げだしたくなり、ヘスに対するいらだちはますます募る一方で、当人は相変わらずだんまりを決めこんで背後に控えている。

「おじゃましてすみません。わたしたちは――」

「聞きました」

ローサ・ハートンは、なにか見つかりはしないかと期待するようにその人形の写真を見つめる。夫のほうはふたりを玄関ドアに向かって誘導しはじめる。

「もうお帰りになるところだ。わたしたちがなにも知らないことはもう伝えたから。どうもご苦労さまでした」

「あの子、こういうのを売ってたわ、この先の幹線道路で……」

スティーン・ハートンは戸口で立ちどまり、妻を振り返る。

「毎年秋に。マティルデと一緒に、クラスメイトの女の子よ。ふたりでよくここにすわってはこういう人形を大量に作ってた……」

ローサ・ハートンの視線が写真から夫に移ると、夫の顔にすかさず記憶がよみがえるのをトゥリーンは見て取る。

「どうやって売ってました？」ヘスが近づいてきて口をはさむ。

「小さな屋台で。通りかかった人や車が立ち寄ってくれるように。ケーキを焼いたりスカッシュを作ったりもしてました。人形はそこで買ったものかも……」

「去年もやってました？」

「ええ……このテーブルにすわって。庭で栗の実を集めてきて、ふたりともすごく楽しそうだったわ。夏にはフリーマーケットをしたり。でも……でもあの子は秋のそれがなにより好きで、時間があればみんなで一緒に作ったりしました。よく覚えています。あれが最後の週末になったから……」ローサ・ハートンの声が途切れる。「どうしてそれが重要なんです？」

「われわれが調べなくてはならない対象というだけです。別件にかかわることで」

ローサ・ハートンは黙りこむ。夫は一歩離れたところに立っていて、どちらもいまにもくずおれそうだ。トゥリーンは写真に手を伸ばす。それが命綱であるかのように。

「ありがとうございます。必要なことはわかりましたので。改めて、おじゃまして申しわけありませんでした」

21

アクセルを踏みこんで車を出しながら、トゥリーンはバックミラーに映るヘスに目をやる。私道にとめていた車のドアを開けると、ヘスが家のほうを振り返って、自分は歩いて帰ると言いだした。トゥリーンとしてはそれでいっこうにかまわない。最初の脇道にはいってその界隈から離れ、街へ引き返しながら、トゥリーンは電話を二本かける。最初はニュランダで、すぐさま応答がある。あきらかに連絡を待っていたのだ。電話の背後に妻と子供たちの声が聞こえ、クリスティーネ・ハートンの両親を訪ねた結果を報告すると、その説明に彼は納得したようだ。それでも、電話を切る前に、この情報は決して外にもらすなと念を押す――メディアが見当ちがいの情報に飛びつき、少女の両親にとって新たな苦痛の種を作りだすのは避けたいと――だがトゥリーンは半分しか聞いていない。それくらいのことはとうに自分で考えている。

次は、ファミリーツリーに貼られた三枚めの写真、娘が〝おじいちゃん〟と呼ぶ男性――どんなときも誠実で、なにごとにも動じない、トゥリーンが全面的に頼りにしているアクセルに電話をかける。彼の落ち着いた声は耳に心地よく、いまふたりでえらくややこしいゲームをしているのだがさっぱりわけがわからん、と言われる。後ろでリーが、今日はおじいちゃんちに泊まってもいいかと訊き、今夜はひとりになりたくない気分ではあるが、トゥリーンは降参する。そんな気分をアクセルは声から聞き取ってしまうので、急いでなにも問題はないと伝えて、トゥリーンは電話を切る。車の窓越しに、買い物袋をさげて家路につく家族連れが見えると、湧きあがる不安をどうにも抑えられなくなる。ある少女が道路脇の屋台で栗人形をひとつ売り、それがたまたま、フーソムのとある場所にあるおもちゃの家に行き着く。以上、ただそれだけのこと。トゥリーンは意を決して、コンゲンス大通りに折れる。

毛皮のコートを着て犬を抱きかかえた年配の男性が正面玄関から出てきて、呼び鈴も鳴らさずにロビーへはいっていくトゥリーンにいぶかしげな視線を向けてくる。広々とした豪華なエントランスホールを通過して幅の広い階段をあがり、三階に着くと、セバスチャンの部屋からもれてくる音楽が聞こえる。一応ノックするが、返事を待たずにトゥリーンはドアを開ける。セバスチャンが電話を手にして立っている。その顔に驚きの笑みが浮かぶ。まだスーツを着ており、それは彼の業界で唯一容認されている制服らしい。

「やあ」

トゥリーンはコートを脱ぎ捨てる。

「服を脱いで、三十分しかないの」

両手がズボンのファスナーをおろし、急いでベルトをはずそうとしているところで、足音が聞こえる。

「ワインの栓抜きはどこにしまってあるんだ、ぼうず?」

精悍《せいかん》な顔立ちをした年配の男性がワインのボトルを手に戸口に現われ、音楽が一段落した拍子に、トゥリーンは居間でがやがやと話し声がしているのに気づく。

「うちの親父だ。父さん、こちらはナヤ」セバスチャンがにやにやしながらふたりを紹介し、子供がふたり追いかけっこをしながら廊下を抜けてキッチンにはいっていく。

「お会いできてなによりだ。さあさあ、どうぞなかへ!」

トゥリーンが状況を把握する間もなく、気づいたときにはセバスチャンの母親やほかの家族にぐるりと取り囲まれている。招待をなんとか辞退しようと三回試みたあと、一家の夕食の席に加わるしかないことがはっきりする。

22

外は霧雨で、自転車置き場の蛍光灯がバスケットボールのコートの片側を照らしている。雨に濡れた子供たちが、動きをとめてその人物を見つめ、それからまたゲームを続ける。アウター・ノアブロ地区にあるオーデン・パークの住人に白人はあまりいないので、白人が現われると、誰もが目を向ける。制服か私服かを問わず、たいていは警官だが、それなら二人組で来るのが普通で、この人物のようにひとりということはまずない。その人物はテイクアウト料理の袋を手に持って建物のいちばん端にある部屋へとぶらぶら向かっている。

ヘスは外階段をあがって三階まで行き、通路を歩いていちばん奥の部屋へ向かう。ほかの部屋のドアの前にはごみ袋や自転車やガラクタが置かれ、わずかに開いた窓の向こうからアラビア語の会話と香辛料の匂いが流れてきて、パリのチュニジア人居住地区を思いださせる。いちばん奥にある三七C号室のドアの前には、風雪に耐えた古い庭用テーブルとがたつく白いプラスティック椅子がある。ヘスは足をとめて鍵をさがしだす。

アパートメントのなかは暗く、ヘスは明かりのスイッチを押す。部屋はふたつあり、くたびれたボストンバッグが壁ぎわに、今日管理会社の担当者から鍵を受け取ったあとで置いた場所にある。最後にこの部屋を借りていたのはボリビア人学生だが、その若者は四月に帰国してしまい、その担当者に言わせると、それ以来ヘスのアパートメントを人に貸すのは無理だとわかったという。当然といえば当然だろう。手前の部屋にはテーブルと椅子が二脚、ガスコンロが二口の簡易キッチン、床は穴だらけで傾いているし、がらんとした四方の壁はしみだらけ。私的なものはなにもなく、片隅に古いおんぼろのテレビが一台あるきりで、アナログ式にもかかわらず、まだ使える。自治会が団体契約を結んでいるケーブルテレビにつながっているおかげだ。これまで改装する理由がなかったのは、自分が住んでいないからだが、年月がたつうちに家賃収入で住宅ローンが完済できたので、そのまま部屋を所有している。ヘスはジャケットを脱いでホルスターをはずし、煙草を取りだして、ジャケットは乾かすために椅子の背にかける。事前に取り決めておいた番号を使ってフランソワに電話をかけるのはこの三十分で三度めになるが、今度も応答はなく、ヘスはメッセージを残さない。

テーブルについてベトナム料理の箱を開け、テレビをつける。食欲がないままチキンヌードルを食べながら、チャンネルをせわしなく切り替えて、ニュース番組にたどりつく。この日クリスチャンスボー城で撮られたローサ・ハートンの映像が流れて、彼女の娘の事件の詳細が語られている。そのままチャンネルを替え続けるうちに自然番組に行き着き、生まれると同時に自分の母親を食べてしまうことで知られる南アフリカの蜘蛛《くも》が紹介されている。とりたてて興味はないが、思考の妨げになるほどでもなく、ヘスはどうにかしてできるだけ早くハーグにもどる方法はないかと懸命に考える。

ヘスにとってこの数日間は劇的なものだった。先週末、ユーロポールのドイツ人上司フライマンから予告もなく解任された——即時発効。まあ、完全に想定外とは言えないかもしれないが、まちがいなく過剰反応だった。少なくともヘスの目には。その決定は組織内を伝わり、噂はすみやかにコペンハーゲンまで届いて、日曜の夜、ヘスは結果を潔く受けとめて帰国するよう命じられた。警察署での月曜のミーティングで、デンマーク人上司たちはヘスの見解を認めようとはせず、デンマーク警察とユーロポールの関係はあの悪名高い国民投票が行なわれて以来緊張状態にあり、すでにこじれていることを思えば、きみの態度は非常に残念であったとだめ押しした。いうなればヘスは状況を悪化させているわけで、両者の協働関係はいかにユーロポールの機嫌を損ねないかにかかっていた。実際、上司のひとりは、これは屈辱に近いことだと力説し、ヘスはしおらしい態度をとろうと努力してきた。その後、彼らはヘスの過失のチェックリストに目を通した。主に規律の問題で、内容は上司に対する口答え、欠勤、ずさんな仕事ぶり、ヨーロッパ各国の首都で酔って騒いだという告発、さらには燃え尽き症候群についての包括的意見。なにも大騒ぎするほどのことではないとヘスは反論し、その評価も結局は自分の思いどおりの解決に落ち着くはずだと思いこんでいた。脳内ではすでに十五時五十五分発のハーグ行きの便に乗っていて

――チケットは予約済み――飛行機が遅れないかぎり、ハーグのゼーカント通りにあるアパートメントの三階の自室にもどってソファに腰をおろし、延期になった欧州チャンピオンズリーグのアヤックス・アムステルダム対ボルシア・ドルトムントの試合を観るのに間に合うはずだった。ところが、そこへ爆弾が投下された。状況が落ち着くまで、ヘスは古巣の重大犯罪課へ追いやられることになった。翌朝からすぐに。

コペンハーゲンへはほとんどなにも持ってきていなかった。最低限の必需品をボストンバッグに放りこんで出発し、悲惨なミーティングのあと、気を落ち着けようと、チェックアウトしてきたばかりの鉄道駅近くのメソジスト・ホテルにもどった。手はじめとして、相棒のフランソワに電話をかけて状況を説明し、ハーグでの見通しについて最新情報を聞いた。フランソワは四十一歳で坊主頭、マルセイユ出身のフランス人で、三代にわたる警察官の家系、タフだが心優しい男で、同僚のなかでヘスが唯一好意をもって信頼している相手だった。フランソワの説明によれば、ヘスに対する評価はすでに動きはじめており、これからは自分もできるかぎり援護しつつ、随時最新情報を伝えていくが、互いの報告書のなかでふたりが結託していると思われないために、誰がなにを書くかを調整する必要があるとのことだった。規律上の問題となれば、ふたりの通話は盗聴される可能性があるので、互いに新しい電話を用意することになった。その通話のあと、ヘスはミニバーにあった缶ビールを飲み干し、アパートメントの鍵を持っている管理会社の担当者に連絡しようとした。これ以上ホテルに泊まって無駄に宿泊費を払うまでもない。ところが事務所はもう閉まっていて、ヘスは服を着たままホテルのベッドでうとうとしてしまい、結局アヤックス・アムステルダムはドイツのチームに三対〇という不名誉な完敗を喫したのだった。

蜘蛛たちがそれぞれの母親を食い終えたころ、ヘスの新しい電話が鳴る。フランソワの英語は流暢《りゅうちょう》とは言えないので、彼と話すときはフランス語を使うようにしている。ヘスのフランス語も独学のブロークンではあるが。

「初日の仕事はどうだった？」というのがフランソワの質問だ。

「最高」

ふたりは手短に情報を交換して、ヘスは自分の報告書の内容を説明し、フランソワは最新の進捗状況を教える。話が終わったとき、ヘスはこのフランス人の心になにかがひっかかっているのを感じ取る。

「なんだ？」

「おまえは聞きたくないだろうな」

「言ってくれ」

「おれは思ってることを口に出してるだけだからな。しばらくコペンハーゲンでのんびりしてもいいんじゃないか？　いずれはかならずもどってくるにしても、これはおまえにとっていいことかもしれない。面倒なことは忘れて羽を伸ばせ。充電期間だと思って。デンマーク人のかわいい女の子たちとつきあったり――」

「あんたの言うとおりだ。そんな話は聞きたくない。いいから自分の報告書に専念して、さっさとフライマンの机に置いてくれ」

ヘスは電話を切る。このままコペンハーゲンにとどまるという見通しは、今日一日で耐えがたいものになりつつある。ユーロポールでの五年近い歳月は決して安楽ではなかったが、ここよりはましだ。デンマーク警察を代表する連絡担当官として本部のオフィスでコンピューターの前にすわっていてもよかったのだが、着任後すぐに、多国間を行き来する特別部隊の捜査官として引き抜かれた。平均すると年間百五十日は出張に費やし、ひとつの任務が終わればすぐさま次の任務がやってきた。ベルリンからリスボンへ、リスボンからイタリアのカラブリア州へ、カラブリアからマルセイユへ、といった状況が続き、合い間のわずかな期間は専用のアパートメントが用意されているハーグに滞在した。ときおりの報告書を通じてデンマーク警察とはかろうじてつながっており、その報告書では組織犯罪と北ヨーロッパ――特にスカンジナビアとデンマーク――との関連を要約することになっていた。通常は電子メールで、ごくまれにスカイプを使って。こうした希薄な関係がヘスにはしっくりとなじんだ。根無し草になったような感覚も。そうこうするうちに、ヘスはヨーロッパ警察という機関――不安定な土台に立つ強大な組織であり、出くわすたびにますます乗り越えられないような気がしてくる無数の法的・政治的ハードル――とともに生きていくことを学ぶようにさえなった。

自分は燃え尽きてしまったのか？　ああ、そうかもしれない。捜査官として組織的な不正や悪意や死の生々しい実例を目にするのは日常茶飯事だった。手がかりを追い、証拠を集め、さまざまな言語で人々を尋問したところで、国境線を越えて合意に達することができない政治家たちの手で告訴が見送られることもしばしばあった。その一方で、ヘスの仕事はもっぱら自身の裁量に任されていた。少なくとも、最近になって新しい上司がやってくるまでは。旧東ドイツ出身の若手官僚、フライマンは、ヨーロッパ全土の警察が提携できると信じ、合理化と不要な人員の削減に熱心に取り組みはじめた。コペンハーゲンでの仕事の初日を終えたあとでは、そのフライマンと無人島で過ごす長い週末でさえそそられるような気がした。

公平に言えば、この日の出だしはまだ耐えられた。署内で昔の知り合いと顔を合わせるのを避け、早朝から任務で外に送りだされた。パートナーを組まされた女性捜査官はなかなかやり手で、どう見ても彼の存在には無関心だが、むしろこちらにとってそれは好都合だった。とはいえ、イボタノキの生垣のなかで起こった一見単純と思われた殺しは、ひとつの指紋によって複雑になり、気がつくと、悲しみがタールのようにべっとりと壁にまとわりついた家のなかに立っていて、そんなときヘスはいつも悲鳴をあげてその場から逃げだしたくなった。

ふたりでハートン家を訪ねたあと、ヘスには息抜きが必要だった。しつこく頭を悩ませているものがあり、それは単なる悲しみではなかった。些末《さまつ》なことだった。まだひとつの見解とまでは言えないもの、あるいは言えるのかもしれないが、それが疑問の嵐を引き連れてきたので、意識があわてて却下してしまった。単にその疑問に基づいて行動したくなかったのだ。

ヘスは雨の通りを歩いてまわり道をしながら、もはやなじみのない街のなかにはいった。どこもかしこもガラスと鋼鉄の建物だらけで、道路工事は変遷する都市の証明であり、ここも基本的にはほかの多くの都市と同じヨーロッパの首都ではあるが、南のほうの首都の大半よりは小さく、地味で、安全だ。子供連れの幸せな家族が、秋と雨にもかかわらずチボリ公園のアトラクションに向かっていたが、湖畔の栗の木立の下に降り積もった落ち葉はラウラ・ケーアのことを思いださせた。絵葉書にあるような、この安全な妖精の国のイメージはふたたび崩れはじめ、クイーン・ルイーズ橋にさしかかるころには、ヘス自身の記憶が実体化しはじめ、意地の悪い小さな亡霊たちは、アウター・ノアブロにはいるまで執拗《しつよう》につきまとった。

気に病む必要はないとわかってはいる。自分の責任ではない。頭のおかしな連中はどこにでもいて、子供たちが親を亡くすように、親たちもわが子を亡くしている。あちこちの国のあちこちの街で、いやというほど目にしてきた、とても覚えきれないほど多くの顔。数日中にはハーグから和解の電話がかかってくるだろうから、今日目にしたことは気にしなくていい。また次の明快な任務を帯びて、飛行機か列車か、あるいは車に乗りこむ。それまで時間をやり過ごせばいい。

色褪《あ》せた壁の一面をぼんやりと見つめていることに気づき、また不安感にとらわれる前に、ヘスは箱に残ったヌードルをごみ箱に捨てて、ドアに向かう。

23

『ボブとはたらくブーブーズ』の音がネール・アムディの居間に響き渡り、末っ子は特にテレビ画面に夢中になっているようだ。ネールが妻と四人の子供たちのためにラム肉とほうれん草のカレーを作っていると、ドアにノックがある。妻がいとこと電話中で手が離せないと叫ぶので、ネールが出るしかない。いらだちを覚えながら、腰にエプロンを巻いたままドアを開けると、三七C号室の白人男が立っている。この男の顔は今日ちらっと見かけていた。

「はい？」

「じゃまして悪いけど、部屋の壁にペンキを塗りたいんだ。三七C号室」

「壁にペンキ？　いま？」

「ああ、頼むよ。管理会社からあんたがここの管理人だと聞いた。だからペンキとか道具がある場所を知ってるだろうと思って」ネールは男の目の色が左右でちがうことに気づく。片方はグリーン、もう片方はブルー。

「でも勝手にペンキを塗ってもらっちゃ困るよ。そういうことには所有者の許可が必要で、その所有者は留守なんだ」

「おれが、その所有者だ」

「あんたが所有者だって？」

「なんなら鍵を貸してくれるだけでもいい。道具は地下室にあるのかい？」

「ああ、そうだ、でももう暗い。ランプがないとペンキは塗れない。ランプはあるのか？」

「いや、でもいましか時間がなくて」男はじれったそうに答える。「コペンハーゲンにいるのはほんの数日で、そのあいだに部屋をちょっとはこぎれいにしておきたいんだ、売れるように。だから、面倒でなければ鍵を貸してもらえないか？」

「地下室の鍵を勝手に貸しだすわけにはいかない。廊下で待っててくれ、すぐ行くから」

男はうなずいて立ち去る。妻が電話を耳から離してこっちを一瞥し、ネールはあちこちひっかきまわして地下室の鍵をさがしはじめる。オーデンに住むのはおろか、好きこのんでここでなにかを所有しようなんてまともな白人のすることじゃない。だから用心するに越したことはない。

ローラーが壁を上下にころがりながら、床に敷かれた段ボールの上にペンキをぽたぽた垂らしている。ネールがペンキの新しい缶を持ってドアからはいっていくと、男はトレーのなかでローラーをばしゃばしゃところがしてはまた作業にもどり、顔から汗をしたたらせている。

「もうひと缶あったよ。でもわたしは時間がないから、同じ色番号かどうか自分でたしかめてくれ」

「どうでもいいよ、白くしたいだけだから」

「どうでもよくない。同じ色番号でそろえなくちゃだめだ」

色番号をたしかめるために缶を置く場所を空けようとして、ネールは男のジャケットを動かす。その拍子に拳銃のホルスターが見えて、ネールはぎくりとする。

「大丈夫。おれは警察官だ」

「ああ、そうだろうとも」そう言ってドアのほうへ半歩あとずさりしながら、ネールは妻の目つきを思いだす。

男が指の先で警察の身分証を開き、その指には早くも白いペンキが点々とついている。

「本当だ。まちがいない」

ネールはほんの少しだけ警戒をゆるめながらバッジを観察し、長身の男はまたローラーを上下に動かしはじめる。

「私服の刑事か？　この部屋は張りこみに使うのか？」

オーデンは犯罪組織やイスラム教のテロリストたちの温床になっているとたびたび言われているので、ネールの質問はあながち的はずれでもない。

「いや、ただ所有してるだけ。張りこみじゃない。でもおれは外国で仕事をしてて、だからもうここは手放そうかと思って。出ていくときはドアを少し開けていってくれ、換気したいから」

その返事でネールは警戒を解く。この男がなんでまたオーデンで不動産を買おうなんて気になったのか、まだ疑念は残るが、暗に出ていくよう促されていることにほっとする。いかにもデンマーク人らしく、まともだ。この男を見ているうちに、ネールは辛抱できなくなる。長身の男は馬が跳びはねるみたいな勢いでペンキを塗りたくっている。それに命がかかっているみたいに。

「なにもそんなむきになってやらなくても。ちょっとそのローラーを見せて――」

「いや、大丈夫」

「だって、明かりがなくちゃなにも見えないだろう」

「大丈夫」

「いいから、やめろって。わたしが手伝わないと、あんたの満足のいく仕上がりにはならないよ」

「文句は言わないよ、約束する」

だがネールがハンドルをつかんでローラーを調べるあいだも、男は手を放そうとしない。

「だと思ったよ。交換しないとだめだ。すぐにやろう」

「いや、これで大丈夫」

「大丈夫じゃない。わたしはペンキ塗りの名人だ。もっとましな方法があるのに、あんたが壁をめちゃくちゃにするのを黙って見てられない」

「なあ、おれはただペンキを塗りたいだけで——」

「わたしはただ黙って見てられないだけだ。自分が手伝えるなら手伝うべし。申しわけないが、これがわたしの性分なんだ」

男がゆっくりとハンドルから手を放す。まるで生きがいを打ち砕かれたみたいに男は虚空を見つめ、ネールは気が変わらないうちにローラーを手に急いで出ていく。

自分の部屋にもどると、ネールはすぐさま作業用ランプをいくつかと、戸棚の奥にあるバケツにはいった新しいローラーを見つけだす。妻は子供たちと一緒にキッチンのテーブルについている。彼女には夫が理解できない——こっちの食事が終わるまで、三七Cは自分で自分の面倒くらいみられるはずだと。「だって、あの男が嘘をついてるのかもしれないでしょ。役所にこの建物をあてがわれた貧乏人の変人かも」

ネールは、ペンキ塗りをするなら正しくやるべきだ、ということを妻に説明しても無駄だろうとあきらめる。道具類を小脇に抱えて、廊下に出てドアを閉め、さっきドアマットの上に新聞紙を敷いて置いておいたローラーのハンドルを拾いあげようとした拍子に、三七Cの住人が外のバスケットボール・コートを急ぎ足で歩いていくのに気づく。

ネールはしばし途方に暮れる。それから自分に言いきかせる。近ごろの連中は互いに敬意をもつということをしない。変人や役所が云々と言った妻の言葉は案外正しいのかもしれない。いずれにしても、あの男が部屋を売ろうとしているのは喜ばしいことだ。

24

意外なことに、トゥリーンはセバスチャンの豪奢《ごうしゃ》なアパートメントでの夕食がだんだん楽しくなってくる。セバスチャンは評判のよい裕福な弁護士一家の一員で、父親はどこから見ても堂々たる家長である。十年ほど前に地方裁判所の判事に任命されたので、いまはセバスチャンが兄と一緒に一家の法律事務所を率いている――かならずしも彼らが真摯《しんし》に仕事に取り組んでいるという意味ではないが。それが夕食の席であきらかになる。彼の兄の、国家と地域社会に対する新自由主義的な困った意見がテーブルの上をぶざまにころがると、セバスチャンの素早い反論がそのあとを激しく追いかけ、さらに義理の姉が、夫の感情的な側面は弁護士の研修を終えた時点で正式に死んでしまったことを皮肉をこめて思いださせる。セバスチャンの父親は、トゥリーンの重大犯罪課における任務について尋ね、NC3に出願するという決断を褒め称えた。彼は旧態依然とした重大犯罪課とはちがってNC3には将来性があると確信していた。兄のほうはと言えば、二十年後にも残っている部署はひとつもなく、そのころには警察業務はおそらくすべて民営化されているだろうと主張した。メイン料理のなかほどで、彼の関心は、セバスチャンにはトゥリーンに一緒に住みたいと思わせるだけの魅力がないのはなぜか、という点に移る。

「きみの望みからすればこいつは物足りないってことだね？」

「いいえ、そんなことありません。一緒に住んで関係を破綻させるよりは性的に彼を利用するほうが好ましいというだけです」

その返答に兄の妻が思わず噴きだし、そのあおりで赤ワインが夫のヒューゴ・ボスの白いシャツに飛び散ることになり、彼はすぐさまナプキンでシャツをこすりはじめる。「その言葉に乾杯」そう言って、みんなが追いつく間もなく彼女はグラスを飲み干す。セバスチャンがトゥリーンに笑いかけ、彼の母親はトゥリーンの手をぎゅっと握る。「まあ、みんなあなたに会えてとても喜んでいるのはたしかよ。それにセバスチャンが幸せだってこともわたしにはわかってるわ」

「母さん、やめてくれよ」

「別になにも言ってないでしょ！」

母親はセバスチャンと同じ目をしている。その温かみのある輝く黒い瞳は、四カ月あまり前、担当した事件が判事の審問を受けるあいだ、トゥリーンが法廷で傍聴席にすわっていたときに目にしたのと同じものだ。予審が行なわれているあいだセバスチャン・ヴァレーアを眺めるのは、クラシックカー博物館のなかで工場から出荷したてのテスラを見るようなものだったが、どうせ傲慢《ごうまん》な男だろうというトゥリーンの脊髄《せきずい》反射的な判断は無残な負けを喫した。被告であるソマリア人の国選弁護人として、セバスチャンは良識をもって淡々と依頼人を弁護し、彼が起訴されていた家庭内暴力事件について罪状を認めさせたのだ。そのあと裁判所の外でセバスチャンが追いついてきて、そのときは誘いに乗らなかったものの、トゥリーンは彼に惹かれた。六月はじめのある日の午後遅く、彼女はアマリエ通りにある彼の事務所をいきなり訪ねて、ふたりきりになったとたんにズボンを脱がせた。それ以上の関係に発展するとは思っていなかったけれど、そのセックスが思いのほかすばらしく、彼女がビーチで一緒にのんびり散歩する相手を求めているわけではないことをセバスチャンは理解してくれた。こうして彼の風変わりな家族と一緒になって笑っていると、自分のそんな部分がいつもほど怖くないような気がする。

突然の大きな着信音がテーブルに沈黙をもたらし、トゥリーンはポケットに手を入れて電話に応答せざるをえなくなる。

「はい、もしもし？」

「ああ、ヘスだ。あの少年はいまどこにいる？」

トゥリーンは席を立ち、そっと廊下に出てひとりになる。

「あの少年？」

「フーソムのあの家の少年。あの子に訊きたいことがある、大至急」

「いま話を訊くのは無理ね。あの子を診察した医者が、ショック状態にあるようだと判断して救急治療室に入院させたから」

「どこの救急治療室？」

「どういうこと?」

「まだわからない。それをたしかめたいんだ」

「どうして——」

通話が切れる。電話を手にしたままトゥリーンはしばしその場に立ち尽くす。テーブルを囲んでおしゃべりは続くが、トゥリーンはもう会話の内容をろくに聞いていない。なにかあったのかとセバスチャンが訊きたそうな顔を見せるころには、すでにコートをはおりながらドアに向かいかけている。

25

トゥリーンがグロストロップ病院の児童青年精神医学センターにはいっていくと、院内はがらんとしていて、照明は薄暗い。受付まで行くと、ヘスが事務管理部で年配の看護師と押し問答しているのが見える。ガラスで仕切られた部屋のドアの下からふたりの声がもれていて、スリッパをはいたティーンエイジャーが数人、足をとめて見ている。トゥリーンはその子たちを押しのけてノックし、ドアを開ける。

「ちょっと来て」

トゥリーンに気づいたヘスがしぶしぶ彼女についてくるのを、看護師のほうは不機嫌な顔でにらんでいる。

「あの少年と話をしなきゃならないのに、どこかのばかたれが、今日はもう面会謝絶にすると約束したらしい」

「約束したのは、わたし。あの子となにを話す必要があるの？」

ヘスを見ると、どういうわけか顔と指先に白いペンキが点々とついている。

「あの子にはもう事情聴取をしたの。なんでこんなことをするのか言えないなら、たいした用じゃないということよ」

「二、三、訊きたいだけだ。看護師を説得してくれたら、代わりにおれは明日病欠の電話を入れると約束する」

「あの子になにを訊きたいのか教えて」

26

児童青年精神医学センターの病棟は基本的に大人のそれとまったく同じだが、ただし子供用のテーブルや椅子のそばにおもちゃと本が点々と散らばっている。だからといって大きなちがいはない——内装はやはりどこかわびしくて悲しげな感じだ——が、ここはまだずいぶんましなほうだとトゥリーンは経験から知っている。

やっとのことで先ほどの看護師が少年の病室から出てきて、ヘスには見向きもせず、まっすぐトゥリーンに目を向ける。

「話をするのは五分だけと言ってあります。でもあの子はほとんど口をきかないし、ここに着いてからずっとそうです。無理強いはだめですよ。いいですね？」

「わかりました、ありがとうございます」

「ちゃんと時間を計ってますからね」

看護師は自分の手首を軽く叩いて不満げにヘスを一瞥するが、当のヘスはもうドアの取っ手をつかんでいる。

ふたりがはいっていっても、マウヌス・ケーアは顔をあげない。ベッドのリクライニング部をあげて上体を起こした姿勢で布団をかけ、背面に病院の大きなロゴが描かれたノートパソコンを両手に持っている。ここは個室だ。カーテンが引かれ、ベッド脇のテーブルのランプがともっているが、少年の顔を照らしているのはパソコンの画面だ。

「やあ、マウヌス。じゃましてごめんよ。おれはマーク、こっちは……」

ヘスがちらっとこちらを見て、トゥリーンはヘスにファーストネームがあるという考えに頭をついていかせようとする。

「ナヤ」

少年は反応せず、ヘスはベッドのそばへ行く。

「なにをやってるんだい？　ちょっとだけすわってもいいかな」

ヘスはベッド脇の椅子にすわり、トゥリーンはぐずぐずとその場にとどまる。なんとなく距離をおいておきたい気がする。うまく説明できないが、そうすべきだと感じるのだ。

「マウヌス、きみにどうしても訊きたいことがあるんだ。できれば。いいかな、マウヌス」

ヘスは少年の顔を見るが、反応はなく、トゥリーンは時間の無駄だと判断する。マウヌスはパソコン画面に完全に集中しており、指先は熱心にキーボードを叩いている。自分のまわりに泡のバリアを築いているような感じで、このままだとヘスはなんの答えも得られないまま精魂尽き果てるまで質問しかねない。

「なにをやってるのかな？　うまくいってるか？」

少年はまだ返事をしないが、娘のパソコン画面で見覚えのあるトゥリーンには〈リーグ《L》・オブ《o》・レジェンド《L》〉だと即座にわかる。「オンラインゲームよ。いま人気の――」

ヘスは片手をあげてトゥリーンを制し、そのあいだも彼の視線は少年のパソコン画面にじっと注がれている。

「〝サモナーズリフト〟でプレーしてるのか。おれもこのマップがいちばん好きなんだ。きみのチャンピオンは不浄殲滅《せんめつ》者のルシアンか？」

少年は答えず、ヘスは画面の下部にあるシンボルのひとつを指さす。

「きみがルシアンなら、もうじきアップグレードできるくらい稼げるな」

「もうしてるよ。次のレベルを待ってる」

少年の声は感情に乏しく抑揚《よくよう》がないが、ヘスはめげずにまた画面を指さす。

「気をつけろ、ミニオンどもが来る。なんとかしないとネクサスがやられてしまう。マジックを押せ、じゃないとしくじるぞ」

「しくじらないよ。マジックはもう押した」

トゥリーンは驚きを押し隠す。これまでに署で会ったほかの同僚たちは、オンラインゲームを広東語でも見るような目で見ている。でもヘスはあきらかにちがう。これはマウヌスが今日一日で口にしたもっとも会話らしいものではないかとトゥリーンはとっさに思う。同じことは、少年の横で椅子にすわってゲームに熱中しているらしい男についても言えるかもしれない。そのことに衝撃を受ける。

「きみはなかなかのやり手だ。休憩になったら、次のミッションを与えよう。LoLとはちょっとちがうぞ。持ってるスキルを全部使わなくちゃならない」

マウヌスはすぐにパソコンを置いて、目を合わせずにヘスの言葉を待つ。ヘスは内ポケットから三枚の写真を取りだし、少年の前の布団の上に伏せて置く。トゥリーンは足を踏みだす。

「そんな話は聞いてないわよ。写真のことなんかなにも言わなかったじゃない」

ヘスはその言葉を聞き流して、少年のほうを見る。

「マウヌス、これから写真を一枚ずつめくっていくよ。きみは一枚につき十秒ずつ見て、教えてほしい、なにかおかしなものが写ってないか。そこにあるはずのないもの。妙なもの、見慣れないもの。きみの陣地にこっそりはいりこんだトロイの木馬をさがすような感じで。いいかい？」

九歳の少年は、布団の上に裏返しに置かれた写真を、決意をこめてじっと見ながらうなずく。ヘスが最初の写真をめくる。それはマウヌスの自宅のキッチンの一部で、棚にあるスパイスや少年の抗不安薬が見える。ゲンスと鑑識員たちが撮ったものだろう。ヘスは病院に来る前に警察署に寄ってこの写真を持ちだしたのだと不意に気づいて、トゥリーンの警戒心はいっそう募る。

マウヌスの目が細部をひとつずつとらえて機械的に分析していくが、やがて少年は首を横に振る。ヘスが満足げな笑みを浮かべ、次の写真をめくる。これも脈絡のない写真で、今度は居間の一角、女性誌数冊とソファの上のたたんだ毛布に焦点を合わせたものだ。背景の窓台に置かれたデジタル写真のフレームには少年本人の姿が写っている。マウヌスは同じ手順を繰り返し、今度も首を振る。ヘスは最後の写真をめくる。それはおもちゃの家の一部で、トゥリーンは胃のむかつきを覚えながら写真を精査し、ラウラ・ケーアの痕跡がどこにも写っていないことを確認する。写真は斜めから撮られ、本来はブランコと背景のブロンズ色の木々を写したものだが、少年の指がすかさず動いて、写真の右上の角で梁からぶらさがっている小さな栗人形をとんとんと叩く。その指を見てトゥリーンがひそかに胃が締めつけられる思いでいると、ヘスが口を開く。

「まちがいないか？　それには見覚えがないんだね？」

マウヌス・ケーアはうなずく。

「きのう、お茶の前にママと運動場に行った。栗の人形はなかった」

「いいぞ……きみはなかなか鋭い。誰がそれを置いたかも知ってるのかい？」

「知らない。これでミッション完了？」

ヘスは少年を見て、ふたたび身体を起こす。

「ああ。ありがとう……きみのおかげですごく助かったよ、マウヌス」

「ママはもうもどってこないんだよね？」

ヘスはとっさにどう答えていいかわからないようだ。少年はまだふたりの顔を見ようとせず、その質問はひとしきり宙に浮いた格好になり、やがてヘスは布団の上に力なく置かれた少年の手を取り、じっと顔を見る。

「ああ、もどってはこない。きみのママは、いまは別の場所にいるんだ」

「天国に？」

「そう。ママはいま天国にいる。いいところだ」

「また来て一緒に遊んでくれる？」

「ああ、来るとも。日を改めて」

少年はまたパソコンを開き、ヘスはやむなく握った手を放す。

27

ヘスは出口に背を向けて立ち、煙草を吸っている。その煙が風にあおられて渦を巻き、建物と樹木のあいだへ流れていく。彼の前には薄暗い駐車場と年老いた黒い木々があり、ねじれた根っこが地中からアスファルトを押しあげている。トゥリーンの目の前でガラスの自動ドアが開くと、救急車が揺れながらアスファルトの通路を地下の駐車場へ下りていくのが一瞬だけ見える。

あのあとトゥリーンは看護師と話をして、少年が今後できるかぎり手厚いケアを受けられるよう話をつけておく必要があった。話が終わるころにはヘスの姿はどこにもなく、外に出て駐車場に行くと、彼がそこで待っていて、そのことを自分が喜んでいるのがわかる。

「彼のことはどうするんだ?」

ヘスと知り合ってまだ二十四時間にもならないことを思えば、ずいぶん立ち入った質問のようにも聞こえるが、その意味するところは明白だ。

「あとはソーシャルワーカー次第ね。残念ながらほかに親類もいないから、たぶん義理の父親と相談して解決法を見つけるでしょう。もちろん、あの義理の父親が犯人でなければだけど」

ヘスはトゥリーンを見る。「犯人だと思うか？」

「彼にはアリバイがない。それにこういう事件はたいてい夫の犯行と相場が決まってる。目新しい話でもなんでもない」

「そうかな」トゥリーンの視線を受けとめながらヘスは続ける。「あの子の言ってることが本当なら、指紋のついた人形が犯行現場に持ちこまれたのは、おそらく殺しが行なわれたのと同じ晩だろう。控えめに言ってもそれはおかしい。誰かが一年前にたまたま道路脇の屋台であの人形を買ったというだけじゃ説明がつかないと思うんだ、そうだろう？」

「かならずしもつながりがあるとはかぎらないわ。あのパートナーなら彼女を殺すことが簡単にできたし、人形のことは少年の勘ちがいかもしれない。だって、そうでも考えないと筋が通らないでしょう」

ヘスはなにか言いかけるが、考え直して、煙草を靴で踏み消す。「いや。そうでもないかも」

彼はうなずいて唐突に別れを告げ、トゥリーンは駐車場をとぼとぼ歩いていくヘスを見送る。街まで乗せていかなくていいのか尋ねようと口を開くが、そのとき一陣の風が巻き起こり、背後でコンクリートの舗装路になにかが落ちる。振り返ると、棘《とげ》だらけの緑がかった茶色の球体がころがって、煙草の吸い殻入れのそばの窪《くぼ》みにはまり、そこにはすでに同じ仲間がたまっている。トゥリーンは栗の木を見あげながら、風に揺れる枝と、はじけるのを待っている棘だらけの緑がかった茶色の球体を観察する。その瞬間、栗人形を作っているクリスティーネ・ハートンの姿が目に浮かぶ。自宅の居間で。あるいはまったく別の場所で。

十月十二日　月曜日

28

「だから何度も言ってるでしょう。車でモーテルにもどって寝たって。それよりいま知りたいのは、いったいいつになったらマウヌスと一緒にうちへ帰れるのかってことです！」

重大犯罪課の長い廊下のいちばん端にある狭い部屋は異様に明るくて蒸し暑く、ハンス・ヘンリック・ハウゲはすすり泣きながら両手をもみ合わせている。服はしわくちゃで、身体は汗と尿のにおいがする。ラウラ・ケーアの遺体発見から六日後、トゥリーンが彼を勾留してからまもなく二日になる。起訴に足る証拠を見つけるために判事から与えられた猶予は四十八時間――これまでのところ、成果はなし。ハウゲは口にしている以上のことを知っているとトゥリーンは確信しているが、この男もばかではない。南デンマーク大学で教育を受けた情報科学者であり、保守的で、仕事に関しては凡庸だが、技術がないわけではない。各地を転々とし、フリーランスのＩＴ開発者だったころにラウラ・ケーアと出会い、その後、カルヴェボー埠頭にある中規模のＩＴ会社に正社員の職を見つけたと主張している。

「あなたが月曜の夜モーテルに泊まったことを裏付ける人は誰もいないし、あなたの車が翌朝七時までモーテルの駐車場にあったと証言できる人も誰もいない。どこにいたの？」

勾留されたとき、ハウゲは権利を行使して弁護士を任命していた。トゥリーンにはとても手の届かない服を身につけて香水をぷんぷん匂わせたやり手の若い女性だ。彼女がきっぱりと言う。

「依頼人はひと晩じゅうモーテルにいたと断言しています。この犯罪とは無関係だと何度も繰り返し言ってきました。ですから、新たな情報がないのであれば、一刻も早く彼を釈放していただきたいわ」

トゥリーンはハウゲだけを見ている。

「アリバイがないのは事実だし、あなたが見本市に出発したその日に、ラウラ・ケーアはあなたに黙って鍵を取り替えた。なぜです？」

「だから、言ったでしょう。マウヌスが鍵を捨てて――」

「彼女に誰か新しい相手ができたからでは？」

「ちがう！」

「彼女から電話で鍵を取り替えたと聞かされたあなたは頭にきて――」

「だから、彼女は鍵を取り替えたなんて言ってない――」

「そしてマウヌスの病気はまちがいなくあなたたちの関係に重くのしかかっていた。あなたが頭にくるのも無理はないわ、彼女がよそに慰めを求めていたなんて話を突然聞かされたら」

「ほかの相手のことなんかなにも知らないし、マウヌスに腹を立てたことなんて一度もない」

「じゃあ、ラウラに腹を立ててたの？」

「ちがう、わたしは腹を立ててなんか――」

「でも彼女が鍵を取り替えたのはもうあなたに会いたくなかったからで、電話であなたに伝えたのはそのことだった。あなたはがっくりきた。彼女と息子にはさんざん尽くしてきたのに。だからあなたはうちにもどって――」

「うちにはもどってない――」

「あなたはドアか窓を叩き、彼女は開けてしまった。騒いで息子を起こしたくなかったから。あなたは彼女を説得しようとした。あなたは彼女が指にはめている指輪のことを口にした――」

「そんなのでたらめだ――」

「――あなたが贈った指輪のことを。でも彼女は冷淡で無関心だった。あなたは彼女を外へ連れだした。でも彼女はあなたを罵倒し続けた。ふたりの仲はもう終わった、あなたにはなんの権利もない、息子には会わせない、あなたはもう赤の他人だから。そしてとうとう――」

「そんなのでたらめだ。さっきからそう言ってるだろう！」

弁護士の刺すような視線を感じながらも、トゥリーンはハウゲだけに目を向ける。彼はまたしても両手をもみしぼり、指輪をいじくっている。

「これじゃ埒《らち》が明かないわ。わたしの依頼人は婚約者を亡くしたんですよ。息子さんのことも考えなくちゃならないし、これ以上拘束するのは人道にもとる行為だと思われます。依頼人は一刻も早く家にもどりたがっています。息子さんが安心して日常生活を取りもどせるように。釈放されたらすぐにも――」

「とにかくうちへ帰りたいんだ。いい加減にしてくれ！　あんたたちはいつまでうちにいたら気がすむんだ？　もうとっくに調べは終わってるはずだろう！」

ハウゲの感情の爆発にトゥリーンはなんとなく違和感を覚える。この四十三歳のＩＴ開発者が、いまだに警察が自宅を調べていることや、自分が自宅への立ち入りを禁じられていることに対して、いらだちを表明したのはこれがはじめてではないが、論理的に考えるなら、証拠をひとつ残らず確保するために警察が現場の捜索に時間をかけるのはハウゲにとっても歓迎すべきことではないか。とはいえ、あの家は隅々まで何度も調べているから、ハウゲがなにか隠そうとしているのなら、それはすでに見つかっているはずだ。となると、トゥリーンとしては彼が純粋に少年のためを思っているのだという考えを受け入れるしかない。

「依頼人はもちろん警察の捜査には協力するつもりです。もう帰ってもよろしいですか？」

ハンス・ヘンリック・ハウゲが緊張した様子でトゥリーンを見つめる。釈放するしかないのはわかっているし、ラウラ・ケーア殺害事件がまだ足踏み状態にあることは、ニュランダにもすぐに報告しなければならなくなるだろう。ニュランダはまちがいなく不機嫌になり、とっとと仕事にかかれ、これ以上時間と人員を無駄にするなと言うだろうし、たぶんヘスはいったいどこだと訊かれるだろう。トゥリーンに答えはない、当然ながら。先週火曜日の夕方、グロストロップ病院で別れて以来、ヘスは必要最小限のことしかせず、たいていは好きなときに出たりはいったりしていた。週末に電話をかけてきて事件のことを尋ねたが、どうやらホームセンターにいるようだった。背後で誰かがペンキとカラー番号のことをしゃべっていた。電話を切ったトゥリーンは、まだ事件を担当している印象を与えるために連絡を入れてきただけだろうと感じた。もちろんそんなことを報告するつもりもないが、ヘスの不在は、トゥリーンがハウゲの勾留に失敗したことに劣らずニュランダを不機嫌にするだろうし、いずれにしてもトゥリーンにとっていいことはひとつもない。特に話の最後にNC3への推薦状の件を思いださせたりすればなおさらだ。金曜日に相談する約束はニュランダに時間がなくてかなわなかった。

「帰ってかまいませんが、われわれの現場検証が完全に終わるまであの家は立入禁止です。おたくの依頼人には別の解決策を見つけてもらうしかないですね」

弁護士は満足げな表情を浮かべてブリーフケースを閉め、腰をあげる。一瞬ハウゲが抗議したそうなそぶりを見せるが、弁護士の一瞥が彼を黙らせる。

29

黄色の葉をつけた大きな樺の木が風のなかで不気味に揺れるなか、ヘスは警察車を科学捜査課のビルの正面玄関の前にとめる。二階の受付に行き、とがめられるのを見越して先に身分証を提示しながら、面会の予約はとってあると告げる。白衣を着たゲンスがすぐに現われ、あきれた顔でヘスをまじまじと見る。

「ちょっとした実験で、ぜひきみの手を借りたいんだ。長くはかからないけど、ちゃんとした無菌室と顕微鏡を扱える鑑識員がひとり必要になる」

「ほぼ全員がそうだ。いったいなにをする気だ？」

「まずはきみが信用できるかどうか知りたい。おそらく無駄に終わるだろうし、時間をかける価値はないかもしれないが、情報が外にもれる危険は冒したくない」

ここまで胡散《うさん》くさそうにヘスを見ていたゲンスが、にやりと笑う。

「この前ぼくが言ったことへの当てつけなら、慎重にならざるをえなかったことはわかってもらいたいな」

「そうだな、今度はこっちが慎重にならざるをえない」——

「本気なのか？」

「本気だ」

ゲンスはさりげなく肩越しに振り返る。机の上の山積みの仕事を思いだしたみたいに。

「事件と関連のあることなら、そして法の範囲内のことなら」

「そのはずだ。きみがベジタリアンでなければだが。さてと、車ごとはいれる場所はどこにある？」

建物の脇にある電子ゲートの最後の扉が横に開いて、ヘスが車をバックでなかに入れると、ゲンスがボタンを押し、落ち葉があとに続いてはいりこむ前にゲートを閉める。その部屋は修理工場の作業場ほどの広さがある。科学捜査課の車両検査室のひとつで、ヘスが検査してほしいのは車ではないが、ここはまさにうってつけの部屋だ。まばゆいほど強力な天井灯があり、床は水で洗い流せる。

「実験したいものってなんだい？」

「そっちの端を持ってくれないか」

ヘスが車のトランクを開けると、ゲンスは目の前にあるのが厚手の透明なビニールに包まれた青白い体だと知って、ショックのあまり息をのむ。

「なんだこれは」

「豚。生後約三カ月の。肉屋で買ってきたんだ。店の冷蔵倉庫で一時間前まで吊るされていた。あそこの台にのせよう」

ヘスは後ろ肢《あし》二本を持ち、ゲンスはおそるおそる前肢を持ちあげる。ふたりは協力して部屋の壁沿いにあるステンレスの台までそれを運ぶ。腹を切り開いて内臓は全部取り除いてある。その目は無表情に壁を見ている。

「どうもよくわからないな。事件と関連があるはずはないし、もしなにかのジョークならつきあってる暇なんかないぞ」

「ジョークじゃない。こいつの体重は四十五キロ——ティーン前の子供とだいたい同じだ。これにも頭と四肢があるし、軟骨と筋肉と骨は人間のものと少しちがうけど、比較の対象として不足はないだろう。切断するなら」

「切断？」

ゲンスは信じられない思いで唖然としてヘスを見るが、彼はすでに車に引き返して、後部座席から事件ファイルとなにやら細長い包みを取りだしている。ファイルを脇にはさんで、細長い物体の包装を破ると、一メートル近くありそうな鉈が現われる。

「これを、使ったあとで調べてみたい。この鉈はハートン事件で犯人の自宅から見つかったのとほぼ同じものだ。これでこの豚を切断してみようと思う、犯人が尋問の際に自供した記述をできるかぎり参考にして。ちょっとエプロンを借りるよ」

ヘスは鉈とハートン事件のファイルをゲンスの横のステンレスの台に置いて、フックの列からエプロンを一枚はずす。ゲンスはファイルの報告書を見て、ヘスに目をもどす。

「でもなんでだ？　ハートン事件との関連はないと思ってたよ。トゥリーンの話だと――」

「たしかに関連はない。もし誰かに訊かれたら、クリスマス用の豚を冷凍庫に入れるために解体してることにする。じゃあはじめてくれ、それともおれがやるか？」

先週のいまごろなら、自分が豚を解体しているところなど想像すらできなかっただろう。ところが、あることがきっかけでラウラ・ケーア殺しに対する見方が一変したのだ。グロストロップ病院にマウヌスを訪ねたあとに感じた不安とはなんの関係もない。クリスティーネ・ハートンの指紋のついた栗人形が、殺害と時を同じくして犯行現場に残されたとすれば、驚くべき偶然と言うしかないが、グロストロップ病院から帰宅する列車のなかで、ヘスは気がつくとまた事件のことをあれこれ考えていた。トゥリーンから聞いたとおり、一年前にハートンの娘が殺されて切断されたことに疑念は抱いていない。デンマークの警察で働くのは決して楽な仕事とは言えない――それは身をもって知っている――が、重大犯罪課の徹底した捜査と犯人の検挙率は長年ヨーロッパでもトップクラスとされてきた。この国では人の命がまだ意味をもっている――それが子供たちの命となれば特に――さらにそれが著名な国会議員の子供となればなおのこと。クリスティーネ・ハートンが大臣の娘だったということは、大々的かつ綿密な捜査が行なわれたことを意味し、刑事も鑑識員も遺伝学者も、さらには特殊部隊や諜報部も不眠不休で働いたことだろう。この少女を狙った犯罪は、民主主義に対する潜在的な攻撃とみなされただろうから、警察も総力をあげたはずだ。ヘスも基本的には捜査とその結果を信頼している。だとしても、あの奇妙な偶然のことがあり、オーデンの隠れ家にもどったあとも不安は頭から離れなかった。

日がたつにつれ、疑いの目は必然的に恋人のハンス・ヘンリック・ハウゲに向けられて、ヘスもそれでよしとした。捜査はトゥリーンの手に委ねられた。彼女はしつこく粘り強いタイプのようだし、まもなく重大犯罪課を離れて出世街道を歩もうとしているらしい。ひどく冷淡な印象を受けたが、そもそもヘスの仕事ぶりが――自発的にマウヌス・ケーアを訪ねたことは別として――きわめてお粗末だったし、彼が隙あらば行方をくらましたりしていたからだろう。余暇のほとんどはユーロポールの上司に送る報告書の作成に費やし、それをフランソワと共有した。多少の調整をしたあと、ふたりはそれぞれの報告書をフライマンに提出し、そのドイツ人上司の判定を待つあいだに、ヘスは自宅アパートメントの化粧直しに取りかかった。すぐにいつもの仕事にもどれるだろうと踏んで――そう願いたい――不動産業者に連絡までとった。じつは数社に。最初の三社はあのアパートメントを自社の物件リストに掲載することに難色を示した。四社めは載せてくれたが、すぐに買い手が見つかるとは思わないようにと釘を刺された。ご存じでしょうが、評判のいい地区とは言えませんので、と。「イスラム教徒か、はっきり言って人生に愛想をつかした人でもないかぎり」とまで言った。むろん、あの熱意あふれる管理人は、うまいことヘスを言いくるめて部屋を改修させた。あの小柄なパキスタン人はヘスが部屋の壁を塗っているあいだたっぷりと口出ししてきたが、それでも改修計画はおおむね順調に進んでいた。

そしてゆうべ、あることが起きた。まずはハーグの本部から電話がかかってきた。冷ややかな口調の秘書が英語で、フライマンが明日の午後三時に電話会議を所望していると告げ、その話し合いへの期待がヘスの気分をいっそう盛りあげた。この明るい展開を利用してみずからに気合いを入れ、天井のペンキ塗りに取りかかった。こんなことがなければ天井など気にもしなかっただろうが。あいにく段ボールを使いきってしまったので、管理人が代わりに床に敷きつめろと言って古い新聞紙の束を地下室から持ってきてくれたのだが、簡易キッチンの天井を塗り終えようとしてはしごの上からふと下を向いたとき、紙面からこちらを見あげているクリスティーネ・ハートンを見つけたのだった。

誘惑は抗いがたく、ヘスはペンキまみれの指でそのページを手に取った。《クリスティーネはどこに？》という見出しが躍《おど》り、ヘスは無意識のうちにその記事の続きをさがしはじめ、結局トイレのそばの床に敷いたページのなかに見つけた。それは去年の十二月十日に掲載された特集記事で、事件と、いまだ成果のないクリスティーネ・ハートンの遺体の捜索について簡単にまとめられていた。その時点で警察はクリスティーネの身に起こったことを確信していたが、記事の論調は謎めいていて生々しかった。殺人犯のリーヌス・ベガは、その一カ月前の尋問で、彼女に性的暴行を加えたあと殺害して切断したと自供していたが、遺体の断片はいまもって見つからず、記事には森のなかを捜索する警察官たちの印象的な白黒写真が添えられていた。警察筋からの匿名の情報によれば、狐か穴熊あるいはほかの動物が遺体の断片を掘り起こして食べてしまった可能性もあり、それでなにも見つからないことの説明がつくのではないかという。しかしニユランダは、天候のせいで捜索が難航しているようだと言いつつも、楽観的な様子だった。捜索の成果がまったく得られない以上、リーヌス・ベガの自供が嘘である可能性はないかと記者に尋ねられたが、ニユランダはその考えを一蹴《いっしゅう》した。ベガの自供に加えて、警察は殺害と切断の決定的な証拠をつかんでいると言いながらも、詳細は語ろうとしなかった。

ヘスはペンキ塗りを続けようとしたが、結局、やはり一度は署に行かなくてはならないだろうと腹をくくった。ひとつは警察車を取りにいくためで、それは翌日ホームセンターで床の研磨機を買ってくるのに車が必要だから、もうひとつは心を落ち着かせるためでもあった。

署の廊下はがらんとしており――時刻は日曜の夜十時――運よく勤務中の管理スタッフの最後のひとりがつかまった。薄暗い刑事部屋のいちばん奥にあるコンピューターで、ラウラ・ケーア事件の記録を見る必要があるのだと言ってデータベースにログインしたが、スタッフが姿を消すなり、代わりにクリスティーネ・ハートン事件のことを調べた。

捜査資料は徹底していた。五百人近くが事情聴取を受けた。何百という場所が捜索され、膨大な数の品が検査のため鑑識に送られた。しかしヘスが見たいのはリーヌス・ベガに不利な証拠の一覧であり、おかげで検索自体は容易だった。唯一の問題は、それを読んでも、求めていた心の平穏が得られなかったことだ。むしろ逆効果になった。

最初にひっかかったのは、リーヌス・ベガは密告によって容疑者となったにすぎないとわかったことだ。もちろん、前科のある性犯罪者として型どおりの尋問はすでに受けていたが、そのときはなんの成果もなく、やがて密告が届いたのだった。そして警察は密告者の正体をついに特定できなかった。もうひとつへスがどうにも腑に落ちないのは、少女の切断した遺体を埋めた正確な場所を思いだせないというベガの主張で、それは現場が暗かったのと、当時のベガの精神状態がかなり不安定だったためらしい。

ベガに不利な証拠としては、ビスペビェアのアパートメントの一階にある彼の自宅のガレージからクリスティーネ・ハートンの切断に使われたと見られる凶器が発見された──記事のなかでニュランダがそれとなく口にしていた決定的な証拠とはあきらかにこれのことだろう。その凶器、長さ九十センチの鉈は科学捜査課の遺伝学者によって検査され、そして凶器から検出された血液がクリスティーネ・ハートンのものと百パーセント一致したという事実を突きつけられて、ベガは殺害を自供した。車で少女のあとをつけて森にはいり、そこで取り押さえて性的暴行を加え、首を絞めた、と本人は説明した。遺体は車のトランクにあった黒いビニールで包んで、それからガレージにある鉈とシャベルを取りに自宅へもどった。でもあのときは意識が朦朧《もうろう》としていて、なにが起きたのか断片的にしか思いだせないと主張した。あたりはもう真っ暗で、遺体を乗せて車で走りまわるうちにシェラン島北部の森に行き着いた、と彼は警察に語った。そこで穴を掘り、遺体を切断して、その一部、たぶん胴体を埋め、そのあと森を抜けて、腕や脚は別の場所に埋めたと。その鉈がクリスティーネ・ハートンの殺害に使われたことに疑念の余地はないという遺伝学者の分析をもって、事件は幕引きとなった。

しかし、この朝ヘスを肉屋に向かわせたのは、まさにその凶器の分析だった。街を走りながら途中で旧広場近くの狩猟・釣り具店に立ち寄った。殺人課時代の記憶にあったその店はいまでも風変わりな武器を売っており、それは果たして合法なのかとヘスは考えずにいられなかった。そこで見つけた件《くだん》の鉈はハートン事件で使われたものと厳密に同じ製品ではないが、刃長と重量と湾曲具合はほぼ同じ、使われている素材も同じだった。鑑識の専門家に実験の手伝いを頼むなら誰がよいか迷ったが、ゲンスの高い評判は聞いていたので――ユーロポールの専門家のあいだでも広く認知されていた――彼に白羽の矢を立てた。加えて、そうすればかつての知り合いに頼まなくてすむという利点もあった。

ふたりは豚の解体をほぼ終えようとしている。次の肢、今度は前肢を、肩甲骨の下の関節に正確な一撃を二回加えて切り離すと、ヘスは額をぬぐい、ステンレスの台から少し後退する。

「次はなんだ？　もう終わりか？」

ヘスのために豚を押さえていたゲンスが、前肢を胴体からはずして腕時計に目をやり、一方ヘスは鉈の刃を明かりにかざして、骨と接触した部分の反応を査定する。

「まだだ。あとはこの汚れをきれいに落として、それから超高性能の顕微鏡を用意してもらいたい」

「なんのために？　まだわからないな、自分たちがなにをしてるのか」

ヘスは答えない。おそるおそる、人さし指の先端で鉈の刃をなぞる。

30

トゥリーンは悶々《もんもん》としながら液晶画面の情報をスクロールしていき、ラウラ・ケーアがオンライン上に残した遺産を眺めている。科学捜査課のIT班は、ラウラのテキストメッセージや電子メール、フェイスブックの更新情報を三つのフォルダーにまとめてくれていた。この一週間でその情報をもう何度も確認してきたが、ハンス・ヘンリック・ハウゲは釈放されてしまい、捜査は方向性を失っている。つい先ほどオフィスに足を踏み入れるなり、トゥリーンはふたりの男性刑事に、ハウゲに代わる容疑者について取りまとめる仕事を手伝ってほしいと頼んだ。すべての情報をニュランダに提出できるように。

「息子の学習支援教師も、可能性はあるな」とひとりが言う。「ラウラ・ケーアとたびたび連絡をとり合ってた。なにしろ息子は、完全に引きこもったり、いきなり攻撃的・暴力的になったりと揺れ動いてるから。その教師が言うには、面談のときに何度か、あの子を特別支援学校に入れるべきだと提案したらしいけど、そこからふたりの関係が発展したのかもしれない」

「どう発展したの?」トゥリーンは答えを求める。

「ママはあの教師のために脚を開くようになったのかもしれない。ところがある晩やつはいきなり彼女の自宅に現われて一発やろうとして、そしておれたちは厄介ごとを抱えこむはめになった」

トゥリーンはその案を聞き流し、画面を埋めながら猛スピードで流れていく無数の文字や文章になんとか集中しようとする。

ＩＴ班の言うとおり、殺しに至るまでのラウラ・ケーアのネットワークの履歴は、決定的な証拠にはならないという点で興味深いものではなかった。ほとんどはどうでもいい些細なこと、とりわけラウラとハンス・ヘンリック・ハウゲとのあいだのことが多い。そこでトゥリーンは、テキストメッセージや電子メールの受信箱とフェイスブックの更新記録を、夫が亡くなった二年前までさかのぼって調べてほしいと頼んだ。そして警察署にある自分のパソコン画面から、ゲンスが電話で教えてくれたアクセスコードでキャッシュメモリーにログインした。その電話のついでにゲンスが、クリスティーネ・ハートンの指紋という驚くべき発見は事件にどんな影響を及ぼしたかと尋ねた。ゲンスにも当然それを知る権利はあるが、改めて思いださせられてトゥリーンは憂鬱《ゆううつ》になり、筋の通った説明がある以上、その件に時間を費やすまでもないとぶっきらぼうに答えた。そのあとで自分の返答を悔やんだ。ゲンスは捜査の進捗状況を気にかけてくれる数少ない鑑識員のひとりで、トゥリーンは彼と一緒にランニングに出かけることをもう一度検討してみようと決めた。

キャッシュのデータをひととおり読んだわけではないが、拾い読みしただけで、亡くなった女性の人となりを思い描くには充分だった。問題はそれがたいして役に立たなかったことだ。そこでトゥリーンはラウラ・ケーアの職場を訪ねた。街の中心部にある歩行者専用の洒落た通りに位置するありふれた歯科医院で、動揺し悲しみに沈んだ同僚たちは、ラウラが息子のマウヌスのことをなにより優先していた家族思いの女性だったことを裏付けてくれただけだった。二年前に夫を亡くして以来ふさぎこんでおり、その大きな理由は、父親の死で、以前は明るかった七歳の息子がほとんどしゃべらない極端に内向的な子になってしまったことだ。ラウラはひとりでいるのが苦手だったので、若い女性の同僚が、またいい人にめぐりあえるかもしれないと、さまざまなマッチングサイトを紹介した。最初は〈ティンダー〉〈ハプン〉〈キャンディデイト〉といったアプリを通じて、実際に何人かとつきあってみたことが電子メールの記録からすでにわかっていた。けれど、持続的な関係に興味のある男性を見つけられなかったラウラは、〈マイ・セカンド・ラブ〉というマッチングサイトに乗り換え、何人かのろくでなし男を経て、ハンス・ヘンリック・ハウゲと出会った。それまでの候補者とちがって、ハウゲには彼女の息子を受け入れる柔軟性があり、ラウラはどうやら本気で恋に落ちて、また家庭をもてることを心から喜んでいたらしい。しかしマウヌスの対人関係の問題は次第に顕著になり、根管洗浄と歯のホワイトニングの合い間の井戸端会議の話題はもっぱらそのことだった。ラウラは息子を助けてくれる専門家を見つけることで頭がいっぱいになり、そのころには息子の症状は自閉症の一種と診断されていた。

ハウゲはたまに仕事のあとラウラを迎えにきていたが、彼女の同僚からハウゲについての悪い話を聞くことはできなかった。ハウゲは大きな支えとなり、彼女の息子の幸せのために辛抱強く献身的に尽くしていたようで、彼がいなかったらラウラは崩壊していただろうと言う同僚も何人かいた。ところが、ここ数週間、彼女は息子のことをあまり話題にしなくなっていた。殺される前の週の金曜日、ラウラは息子と過ごしたいからと一日休みをとっており、また数人の同僚との予定——マルメへの一泊二日の研修旅行を取りやめていた。

そうしたことは全部、ラウラのメールからわかった。ハウゲは彼女が息子と過ごすために人づきあいを避けて孤立するのではないかと案じて職場からメールを送っていたが、彼女は素っ気ない返事を送るか、あるいはまったく返信しなかった。それでもハウゲが気を悪くした様子はまったくなかった。どうにかしてラウラの気を惹こうと繰り返し送ったメールのなかで、ハウゲは臆面もなく彼女を〝ぼくの生涯の恋人〟だの〝愛しい人〟だの〝かわい子ちゃん〟だのなんだのと呼び続けるので、トゥリーンはしまいに吐きそうになった。

トゥリーンが予想し、おそらく期待してもいたのは、勾留期間中にハウゲのネットワークのデータを調べる令状によって彼の別の顔が見えてくることだった。それだけに失望も大きかった。データから浮かびあがったのは、カルヴェボー埠頭にあるＩＴ企業の貴重な社員にして仕事熱心な男の姿で、彼の興味の対象はもっぱら——ラウラとマウヌスは別として——自宅と庭、それにガレージだった。そのガレージはあきらかに自分で地面を掘って基礎をこしらえて建てたもののようだ。ハウゲのフェイスブックのページはほとんど放置状態で、わずかに写真が一枚あり、そこにはオーバーオール姿でラウラやマウヌスと一緒に庭で手押し車の横に立っている本人が写っていた。写真に不審なところはみじんもなさそうだった。ありがちな、ネットでポルノサイトを検索した形跡すらなかった。最初のころ尋問のなかで、ソーシャルメディアに関心がないのかと尋ねたら、仕事でコンピューターばかり見ているので余暇にはなるべく別のことに集中したいという答えが返ってきた。どこから見ても人畜無害なこの印象は同僚や少数の友人によって裏付けられ、なにかおかしいと感じたことのある者はひとりもいなかった。見本市のときも、それ以前も。

次にトゥリーンが頼りにしたのはゲンスと鑑識の検査だった。ハウゲの車に加えてさまざまな衣類や履き物が押収され、ラウラ・ケーアの血液や事件当夜に採取されたほかの証拠品の痕跡がないか綿密な検査が行なわれた。成果はなし。そして、ラウラの口に貼られていた粘着テープも両腕に巻かれていた結束バンドも、ハウゲのガレージの棚にあった同種のものとは一致しなかったとゲンスに断言されたとき、トゥリーンは希望を失いはじめた。

ラウラの手を切断するのに使われたのこぎりも、そして棍棒もまだ見つかっていなかった——切断された手も。

ログアウトしながら、トゥリーンは決意する――ニュランダには当分待ってもらうしかない。立ちあがってコートを取りながら、まだ支援教師についてあれこれ仮説を披露し合っているふたりの刑事に声をかける。

「先生はもういいから、引き続きハウゲよ。交通監視カメラのテープを見直して、ハウゲの車がないかたしかめて。見本市会場とフーソムのあいだのルート、夜十時から翌朝七時までのあいだ」

「ハウゲの車？　それならもうやったよ」

「じゃあもう一回やって」

「ハウゲは釈放したばっかりだろう？」

「なにか見つかったら連絡して。わたしはもう一度ハウゲの雇い主の話を聞きにいく」

ふたりの抗議を無視してさっさと歩きだすと、戸口にいきなりヘスが現われる。

「ちょっといいかな」

ヘスは困ったような顔で、奥にいる刑事たちをちらりと見る。トゥリーンはそのまま歩いていく。

「いいえ、よくない」

31

「けさは立ち会えなくて悪かった。ハウゲを釈放したそうだけど、そっちはもうどうでもいいかもしれない。例の指紋の件で改めて話したいことがある」

「あの指紋のことは気にしなくていい」

長い廊下をすたすた歩いていくと、ヘスが後ろからついてくる足音がする。

「栗人形は殺しの前にはなかったとあの少年は言った。それを裏付ける人間がほかにもいないかたしかめる必要がある。あの界隈の住民、なにか見たかもしれない人たち」

トゥリーンは中庭へ下りていく螺旋《らせん》階段の少し手前まで来ている。携帯電話が鳴りだすが、歩調をゆるめたくないのでそのまま鳴らし続け、ヘスに張りつかれながら階段を下りていく。

「いいえ、それはもう説明がついてる。ここの警察では、未解決の事件に時間をかけるべきというのがわたしたちの基本方針なの、解決済みの事件じゃなく」

「話したいのはまさにそのことなんだ。ちょっと聞いてくれ、頼むから！」

階段を下りきって人けのない中庭に出ようとしたところでヘスに肩をつかまれ、トゥリーンはしかたなく足をとめる。身体をひねって手を振りほどきながらにらみつけると、ヘスは持っていたフォルダーに指を突きつける。事件の概要をまとめたフォルダーだ。

「当時の分析によれば、リーヌス・ベガがクリスティーネ・ハートンの切断に使った凶器から骨粉は検出されていない。検出されたのは血液で、その血液とベガの自供があれば、切断したと判断するのに充分だと警察は考えた」

「いったいなんの話？　そのフォルダーはどこで手に入れたの？」

「いま科学捜査課に行ってきたところだ。ゲンスに手伝ってもらってある実験をした。骨を切断すると、それがなんの骨だろうと、刃の隙間や刻み目にごく細かい骨粉が残る。おれたちが実験に使った鉈の拡大写真を見てくれ。粒子まで取り除くのはほとんど不可能だ、凶器をどれだけ念入りに洗ったとしても。ところが、当時の鑑識の遺伝子解析で検出されたのは血液だけ。骨粉はなかった」

　ヘスが差しだした数枚の拡大写真には、金属の表面、おそらくは鉈の刃についた小さな粒子らしきものが写っている。しかし彼女の目を惹いたのは、別の写真に写っている切断された四肢だ。

「後ろに写ってるのはなに？　豚？」

「実験したんだ。証拠としては使えない。でも肝心なのは――」

「そんなに重要なことなら鑑識がもっと前にそのことに言及したはずよ、そうでしょ？」

「そのときは重要じゃなかった。でもいまはちがうかもしれない、あの指紋が出てきた以上は！」

正面のドアが開いて、冷たい風が屋内に吹きこむと同時に男がふたり笑いながらはいってくる。ひとりはそびえるような長身でがっしりした身体つきのティム・ヤンセン刑事で、見かけるたびにいつも相棒のマーティン・リクスと一緒にいる。ヤンセンは経験豊富なやり手の刑事との評判だが、がちがちの性差別主義者のくそ野郎であることをトゥリーンは知っていて、いまでもはっきりと覚えているが、前の冬、格闘技の訓練の最中に股間をこすりつけてきて、トゥリーンがみぞおちに肘を叩きこむとようやく身体を離した。ヤンセンは相棒と一緒にリーヌス・ベガの自白を引きだした刑事でもあり、彼らの署内での地位は揺るがないだろうとトゥリーンは感じる。

「これはこれは、ヘス。また有給休暇か？」

ヤンセンがにやにや笑いながら挨拶をよこし、ヘスはそれを無視する。男たちが完全に通過するまでヘスは話を中断して待ち、そんな用心はばかげているとトゥリーンは言ってやりたくなる。

「意味はないのかもしれない。彼女の血液が付着していたのはたしかだし、おれとしては別にどっちでもかまわないが、きみは上司のところへ行って今後の方針を決めないといけないから」トゥリーンの視線を受けとめながらヘスは言う。

認めるのは癪《しゃく》だが、グロストロップ病院へマウヌスを訪ねたあと、じつはトゥリーンも保管ファイルにアクセスしてハートン事件の記録をじっくり読み返していた。懸念すべき材料などなにもないとただ確認するために——そしてトゥリーンの見たところ、そんなものはなかった。先日ヘスと一緒にいきなり自宅を訪ねたときのクリスティーネの両親の心痛はいかばかりだったかを改めて思いだしたことを除けば。

「わたしにそんな話をするのは、自分がハーグで仕事をしてて殺人事件の専門家だから?」

「ちがう、きみにこんな話をするのは——」

「だったら口をはさまないで。波風を立てたり関係者の悲しみをかきまわしたりするのはやめてほしいわ。ほかのみんなが自分の仕事をしてるあいだ、あなたは自分の仕事をしてなかったんだから」

ヘスがトゥリーンを見る。彼が面食らっているのが目の表情でわかる。彼はみずからの思考回路にのめりこむあまり、利益どころか害になることをしているのに気づいてもいない。それは酌量《しやくりよう》すべき要素ではあるが、だからといって状況はなにも変わらない。トゥリーンがドアに向かおうとすると、上から声が響く。

「トゥリーン、鑑識のIT担当者が話したいって!」

階段のほうを見あげると、携帯電話を手にした刑事がこちらに向かってくる。

「すぐに折り返すと言っといて」

「大事な用件だ。ラウラ・ケーアの携帯にメッセージが届いた」

ヘスが警戒モードになったのを感じながら、トゥリーンは刑事のほうを向いて差しだされた電話を受け取る。

かけてきたのはIT班のひとりだ。若い男で、名前は聞き取れない。彼は状況を説明しようとしてしどろもどろの早口になる。

「被害者の携帯のことなんです。ぼくらは調べ終わった時点でいつも電話会社に解約の連絡をするんだけど、それには数日かかって、だからその電話はまだ生きてて、つまりいまでもまだ――」

「いいからメッセージの内容を教えて」

トゥリーンは中庭を取り囲む円柱を見つめる。ブロンズ色の落ち葉がくるくると宙を舞うなか、鑑識員がメッセージを読みあげるあいだ、うなじにヘスの視線を感じる。ひんやりとした風が閉まりきっていないドアの隙間から吹きこみ、発信元を突きとめられるかと尋ねる自分の声が聞こえる。

32

連立政党の党首ギアト・ブッケとのミーティングをはじめてまだ十五分だというのに、ローサ・ハートンは早くも強い違和感を覚えはじめている。

クリスチャンスボー城でのここ数日は忙しく、来年度の財政法案に向けた社会政策予算に対するさまざまな追加の提案が、ローサの省庁とブッケのオフィスとのあいだを何度も行き来していた。ローサと私設顧問のヴォーゲルは、連立政党と政府の双方を満足させるような折衷案をまとめるために昼夜を問わず働いてきたが、忙しくしているほうがローサにはむしろよかった。この六日間というもの、ふたりの刑事がつかのま与えてくれた希望のことは忘れようと努め、その代わり、首相が期待している社会政策予算の合意に達するべく全精力を注いできた。首相の信頼に応えるのはローサにとってきわめて重要なことで、大臣職に復帰する準備はできているとみずから宣言した以上なおさらだった。かならずしも真実ではなかったかもしれないが、自分を仕事に復帰させるためにそれは必要なことだった。幸い、その週はそれ以上の脅しも妨害もなく、ローサはものごとがあるべき方向へ動きだしたように感じていた――こうして議場の隣にある会議室にすわってギアト・ブッケの様子を観察するまでは。こちらが提案した修正案についてヴォーゲルが説明するあいだ、ブッケは礼儀正しくうなずきつつも、手元の方眼紙にいたずら書きをするほうに気を取られているのがローサにはわかる。ブッケが口を開いたとき、ローサは意表をつかれる。

「そちらの言いたいことはわかるが、しかしわたしとしても党員たちと協議しなければ」

「それはもうやったでしょう。何度も」

「もう一度やるつもりだ。そういうことでいいね？」

「でも、あなたが話せば党員はみんな従うはずでしょう、ブッケ。まずは合意に達する可能性があるのかどうか知りたいの、それからでないと――」

「ローサ、手順はわかっているよ。だがいま言ったとおりだ」

ローサの見ている前でブッケが立ちあがる。有り体に言えば、ブッケの言葉の意味するところは単なる時間稼ぎだとローサにはわかっているが、わからないのはその理由だ。ブッケの政治的背景と一般有権者の支持は盤石とは言えないので、もしここでローサと合意に達することができれば、理屈の上では彼はまた軌道に乗ることになるはずなのに。

「ブッケ、こちらとしては歩み寄るのに異存はないけど、でもこれ以上の脅しに屈するつもりはないの。お互い一週間近くも交渉を続けてきて、こちらは妥協案も示したのに、それでもだめと言うなら――」

「わたしに言わせれば、首相がわれわれに圧力をかけているんだ。それは感心しないね。だからわたしとしては必要なだけ時間をかけるつもりだ」

「圧力とは？」

ギアト・ブッケは椅子にもどり、身を乗りだす。

「ローサ、きみのことは好きだよ。きみと娘さんのこともお気の毒だと思う。しかし率直に言わせてもらえば、きみがリングに引きもどされたのは、苦い薬を少しでものみやすくするためとしか思えない。そういうのはいかがなものだろうか」

「どういう意味かわからないわ」

「きみが現場を離れていたこの一年、政府は次から次へとへまをやらかしてきた。世論調査の結果は低迷しているし、首相は必死だ。いまは財政法案を大規模な補助金に変えようとしていて、そのサンタ役をやらせるためにあえていちばん人気のある大臣を――つまりきみを――引っぱりこんだ、再選に向けて有権者を呼びもどせるように」

「ブッケ、わたしは〝引っぱりこまれた〟わけじゃないわ。もどりたいと自分から頼んだの」

「きみがそう言うなら」

「この提案を補助金だと思うなら、その点を議論すべきでしょう。いまは国会の会期中よ。あと二年はいやでも協力しなくてはならないのだから、わたしとしては双方が満足できる解決策をなんとか見つけたい。なのにあなたは事態を長引かせているように思える」

「事態を長引かせているわけではないよ。ここにはいくつか課題があると言っているだけだ。わたしにはわたしの、そして当然きみにはきみの取り組むべき課題がある。だからこの交渉が厳しいものになるのは当然のことだ」

ブッケは愛想笑いを浮かべ、ローサはその顔をじっと見つめる。なるべく穏便に話を進めようとむなしい努力をしてきたヴォーゲルが、いま一度試す。

「ブッケ、もしこちらがあといくつか削減すれば――」

けれどローサはいきなり立ちあがる。

「いいえ、今日はここまで。ブッケに党員たちと協議する時間をあげましょう」

ローサはさよならとうなずきかけ、フレデリック・ヴォーゲルが二の句を継げずにいるうちにすたすたとドアから出ていく。

クリスチャンスボー城の大広間は観光客やその熱心なガイドたちで埋め尽くされ、みな歴代首脳が描かれた天井画を指さしている。けさここに着いたとき観光バスが何台もとまっているのを目にした。民主主義の透明性を全面的に支持してはいるが、ローサは険しい顔で人ごみをすり抜け、階段をあがる。ヴォーゲルが途中で追いついてくる。

「念のために言っておくと、われわれは彼らの支持なしにはやっていけない。彼らは議会制度の基盤なんだ。ああいう態度はどうかと思うよ。いくら彼があのことを口にしたからって――」

「ふん、誰がそんなことで。こっちはまるまる一週間を無駄にしたのよ。向こうの魂胆は、わたしにはこの任務は無理だって印象を与えること。そうすれば交渉が決裂してこっちが選挙を求めるしかなくなったとき、支持基盤に言い訳が立つから」

ブッケが政府と協力することにうんざりしているのはローサの目にあきらかだ。おおかた野党から持ちかけられたもっとうまみのある提案をすでに受け入れているのだろう。強引に選挙に持ちこめば、ブッケ率いる中道の党は新しい連合にいくらでも加われるし、最後のあの言葉――〝当然きみにはきみの取り組むべき課題がある〟――あれはたぶん、これから全力でローサの信頼性を叩きつぶしにかかるつもりだと暗に言っているのだろう。

並んで歩きながらヴォーゲルがちらりとこちらを見る。

「彼が野党から誘いを受けていると思ってるのかい？　だとしたら、その誘いを検討する立派な理由を与えることになるよ、あんなふうに交渉の席を蹴って退場したら。首相が大喜びするとはとても思えないね」

「なにも席を蹴ったわけじゃない。ただ、向こうが圧力を加えてこようとするなら、こっちもお返しするまでよ」

「どうやって？」

そこで、自分が重大なミスを犯したことにローサははたと気づく。復職してからずっとメディアを避けてきて、取材の申しこみはすべて丁重に、だがきっぱりと断るようスタッフには言ってある。ひとつには彼らの本当の狙いがなにかわかっているし、もうひとつはそれより交渉のほうに時間を割きたいから。だが主な理由は前者だ、たぶん。ヴォーゲルはその決意を変えさせようとしたが、ローサは自分の意思を貫いた。この状況を改めて客観的に見てみると、交渉が決裂した場合、こうした消極的な態度は自信のなさと受け取られかねない。

「取材を受けるから手配して。今日のうちに詰めこめるだけたくさん。わたしたちの社会政策の提案を公表して、ひとりでも多くの人の耳に届くようにする——それがブッケに対する圧力になるはず」

「同感だ。でも話題を政治のことに限定するのはむずかしいだろうな」

ローサは返事をしそびれる。若い女性がぶつかってきて肩に強い衝撃を感じ、倒れそうになって思わず壁で身体を支える。

「おい、どういうつもりだ！」

ローサの腕を取りながらヴォーゲルがその女性を憤然とにらみつけると、相手は歩調をゆるめもせず、振り返ってにらみ返す。赤いスウェットパーカーにベスト、フードはかぶっている。ローサがその黒い瞳をほんの一瞬とらえた直後、彼女は観光客の団体に紛れこんだのか、姿が見えなくなる。

「失礼なやつだ。大丈夫？」

ローサがうなずいて歩きだすと、ヴォーゲルは携帯電話を取りだす。

「すぐに手配しよう」

ヴォーゲルが最初の記者に連絡しながら、ふたりは階段にたどりつく。ローサは肩越しに一瞬振り返るが、観光客の一団のなかにさっきの女性の姿はもうない。どことなく見覚えがあるような気もするが、いつどこで会ったのか、思いだせない。

「最初の取材は十五分後だけど、準備はいいかい？」

ヴォーゲルの声にローサははっとして現実に引きもどされ、その女性のことはすぐに忘れ去られる。

33

秋の風が、車で渋滞したヤーマー広場の建築現場の足場にかけられた防水シートをはためかせ、脅すように引っぱってむしりとる。警告灯を点滅させてサイレンをけたたましく鳴らした白いパトカーは敷石の上を疾走し、中世の遺跡を通り過ぎたあと、濡れた落ち葉をうずたかく積みあげた市の収集トラックの後ろで立往生する。

「もっと正確に。信号はいまどこよ！」

ハンドルを握ったトゥリーンは、無線から鑑識員の答えが返ってくるのをもどかしい思いで待ちながら、市のトラックを追い越そうとする。

「携帯電話の信号はテーイン通りと湖を離れて、いまはゴーダー通りを進んでるから、まずまちがいなく車のなかだろう」

「発信者の情報は？」

「まだなにも。メッセージを発信した携帯電話は無記名のプリペイドカードを使ったやつだ。直接メッセージが読めるように転送したから」

渋滞の隙間を見つけた瞬間、トゥリーンはクラクションを派手に鳴らしてアクセルを思いきり踏みつけ、助手席のヘスが自分の電話に届いたメッセージを読みあげる。

「〝チェスナットマン、どうぞおはいり。チェスナットマン、どうぞおはいり。きょうは栗《チェスナット》を持ってきてくれた？　どうもありがとう、ゆっくりしていって……〟」

「童謡の替え歌ね。〝アップルマン、どうぞおはいり〟。でも子供たちは〝アップルマン〟を〝プラムマン〟とか〝チェスナットマン〟とか好きなものに変えて歌う。さっさとどいてよ、もたもたするんじゃないの！」

ヴァンを追い越しながらトゥリーンはまたクラクションにてのひらを叩きつける。ヘスがトゥリーンを見る。

「警察が犯行現場で栗人形《チェスナットマン》を見つけたことは誰が知っていた？　どこかで話に出たのか、報告とか分析結果とか――」

「いいえ。ニュランダが握りつぶしたから、いっさい話には出なかったはず」

ヘスがそう訊く理由はわかる。クリスティーネ・ハートンの指紋のついた栗人形が見つかったことが外部にもれたりしたら、どんな変人からメッセージが届くかわかったものではない。だがこれはそういうことではなさそうだ。メッセージはラウラ・ケーアの携帯電話に直接送られてきたのだから。そう考えたことで思わず無線に向かってまた声を張りあげる。

「どうなってるの？　どこに向かえばいいの？」

「信号はクリスチャン九世通りを進んでいて、どこかのビルのなかに消えていきそうだ。

だんだん弱くなってる」

　交差点の信号は赤だが、トゥリーンは歩道に乗りあげてペダルを床まで踏みこみ、ひたすら前方を見すえながら猛スピードで通過する。

34

ふたりは車から飛びだして傾斜路を全力で走り、立体駐車場のゲートの前に並んでいる車列を追い越す。最新情報によれば、問題の携帯電話は信号が途絶えるまでここに向かっていた。しかし駐車場は満杯に近い。月曜日の午後の半ばで、車列のあいだを人々が行き交っている。重そうな買い物袋やハロウィーン用にあとはくり抜けばいいだけのかぼちゃを手にした家族連れ。スピーカーから流れるBGMに、デパートの一階で買われるのを待っている選りすぐりの秋のお買い得品を知らせる騒々しい声がときおりまじる。トゥリーンは人ごみを縫うようにして、係員のいる駐車場の奥のガラス張りの詰め所に向かう。若い男がすわったまま身体を横に向けてファイルを何冊か棚にもどしている。

「警察です、教えてほしいことが――」

係員のヘッドフォンに気づき、トゥリーンが窓を叩いてバッジを見せると、ようやく反応がある。

「この五分以内にはいってきた車を教えて！」

「さあねえ」

「カメラがあるでしょ、ほらあそこに！」

トゥリーンが男の背後にある小さなモニターが並んだ壁を指さすと、相手もようやく緊急性があることを理解しはじめたようだ。

「巻きもどして、大至急！」

信号はこの建物のなかに消えたあと完全に途絶えてしまったが、この五分以内に到着した車がわかれば、ナンバーから徐々に範囲をせばめていける。なのにこの係員ときたら、あちこち引っかきまわしてリモコンをさがしている。

「たしかメルセデスが一台と、どっかの宅配業者と、あとは普通の車が何台か――」

「いいから、急いで、急いで！」

「トゥリーン、信号がクップマー通りに向かってる！」

トゥリーンはヘスを振り返る。彼は携帯電話を耳に押し当てて、追跡装置を元に中継されてくる位置情報を追っている。車のあいだをジグザグに抜けて出口に向かっていくところだ。トゥリーンはガラス張りの詰め所にいる係員に顔をもどす。ようやくリモコンが見つかったようだ。

「もういい。店内のカメラを教えて――一階でクップマー通りの出口に向けてあるやつ！」

係員は最上段の三つのモニターを指さし、トゥリーンは白黒の画面を食い入るように見つめる。大勢の客が、蟻塚《ありづか》の蟻よろしく店内をうろうろしている。ここから特定のひとりに的を絞るのはとても無理だと思われたそのとき、トゥリーンの目がある人物を一瞬とらえる。ほかの客とちがって目的があるような足取りで店内を進み、クップマー通りの出口に向かっている。防犯カメラに背中を向けたままだ。黒っぽい髪にスーツ姿のその人物が柱の陰になって見えなくなると、トゥリーンはいきなり駆けだす。

35

エリック・サイア＝ラッセンはその女性のほんの三歩後ろを歩いている。彼女の香水が嗅げるほどだ。歳のころは三十代前半、黒いスカートに黒いストッキング、クリスチャン・ルブタンのハイヒールのカツカツという靴音にぞくぞくしながら、ヴィクトリアズ・シークレットの前を通り過ぎる彼女についていく。きちんとした装い、大きな胸にほっそりしたウエストという好みのプロポーション。職場はきっと、鏡とかオイルとかホットストーンとか、そんなようなものがある場所だろう。暇つぶしに仕事をしながら、金持ち男が現われて彼女を家に持ち帰り、豪華な家具のようにそこに住まわせてくれるのを待っているのだ。自分が彼女にしたいことについて考える。彼女を強引に外へ連れだし、あのスカートをたくしあげて、ブリーチした長いブロンドの髪をつかんで後ろから突き立て、彼女が悲鳴をあげるまでぐいぐい押しまくる。あるいは彼女を高級レストランや洒落たクラブに誘えば、約束の地への切符が手にはいるかもしれない。そこで彼女はくすくす笑って感激し、彼がプラチナカードを機械に通すたびにパンティを濡らすだろうが、したいのはそんなことじゃない。彼女にそんな価値はない。携帯電話が鳴っているのに気づき、ショルダーバッグに手を入れてすかさず画面を確認したとき、エリックは一気に妄想から覚めた。

「なんだよ」

冷ややかな声で応答し、妻もその冷たさを声のなかに聞き取るだろうとわかってはいるが、こうなったのはそもそもあいつが悪いのだ。彼は足をとめてルブタンの女をさがすが、すでに人ごみに紛れてその姿はもう見えない。

「じゃましたのならごめんなさい」

「なんの用だ？　いまは話せない。そう言っただろう」

「ちょっと訊きたくて、今日娘たちを連れて母のところに行ってもかまわないかどうか。泊まりで」

彼は疑念を抱く。

「なんでそんなことをしたいんだ？」

妻はしばらく黙りこむ。

「もうずいぶん長いこと母に会ってないから。それで、もしあなたが家に帰ってこないのなら」

「おれに帰ってきてほしいのか、アネ？」

「ええ、もちろんそうよ。ただ、あなた今夜は遅くまで仕事だって言ってたし、それなら――」

「それなら、なんだ、アネ?」

「あの、ごめんなさい……やっぱり家にいるわ、それなら……あなたがあまり賛成できないと思うなら……」

妻にはどこか彼をいらいらさせるところがある。彼女の口調のなにか——信用できないなにかが。こんなふうになるはずではなかった。すべてを巻きもどして、まったくちがうようにやり直せたらどんなにいいか。そのとき大理石の床に靴音が響いて、振り返るとルブタンの女がシックな小袋を手に化粧品売り場から現われ、気取った足取りでクップマー通りの出口の脇にあるエレベーターに向かう。

「わかったよ。好きにしろ」

電話を切って、エリック・サイア゠ラッセンは扉が閉まる直前のエレベーターにたどりつく。

「一緒に乗ってもいいですか?」

彼女はひとりで立っており、人形のような顔できょとんとこっちを見ている。素早く彼を値踏みする——視線が彼の顔と黒っぽい髪、高級スーツと靴に注がれる——そして不意ににこやかな笑みを見せる。

「もちろんよ」

エリックはエレベーターに乗りこむ。笑顔を返し、ボタンを押して彼女を振り返った瞬間、血相を変えた男が扉のあいだに腕を突っこんできて、エリックを鏡張りの壁に叩きつけ、鼻を冷たいガラスに押しつける。女が恐怖の悲鳴をあげる。背中にのしかかる男の体重と全身を探る両手を感じ、一瞬の隙に男の目の色がちらっと見えて、こいつは頭がいかれているにちがいないとエリックは考える。

36

このクライアントは図面のこととなるとまるで素人だ、それがスティーンにははっきりとわかる。いままでも何度となくあったことだが、今回のはとりわけたちが悪い。というのも、このクライアントは自分の無知を美徳と勘ちがいしていて、それは自分のアイデアが〝独創的〟で〝王道からはずれて〟いて〝既存の枠にとらわれない〟ということだ、と主張しているからだ。

広々とした会議室で、スティーンと共同経営者のビャーケは、また別の図面をじっくり見ているクライアントが、ありがたくもご意見を述べてくださるのをじりじりしながら待っている。スティーンは時計をちらりと見る。会議はずるずると長引いていた。本当なら五分前には車に乗って学校へ向かっているはずなのに。だがクライアントは二十三歳で、ハイテク企業の億万長者で、パーカーに破れたジーンズに白いスニーカーといういでたちはまるで十五歳だ。スティーンには直感でわかるが、この男はたぶん最新のｉＰｈｏｎｅのスペル自動修正機能がなければ〝機能主義《ファンクショナリズム》〟を正しく綴《つづ》ることもできないだろう。その携帯電話をテーブルに置いて、さっきからひっきりなしにいじくっている。

「あのさ、ここにはあんまり細部が描かれてないけど」

「はい。前回は細部が多すぎるとおっしゃったので」

ビャーケが眉をひそめるのがわかり、彼がすかさずスティーンの言葉を取り繕う。

「描き加えるのはいくらでもできますよ、大丈夫です」

「どうでもいいけどさ、もっとこうズキュンがほしいんだよ、もっとガツンが」

まさにそのコメントを待っていたスティーンは、古い図面の束を引っぱりだす。

「これは前回の図面です。これにはズキュンとガツンがあったけど、これじゃやりすぎだとおっしゃったのでは？」

「ああ、たしかにそうだった。いや、ひょっとしたらやらなすぎだったのかも」

ステイーンがクライアントを見ると、相手は満面の笑みで応じる。

「なにもかも中途半端すぎるのが問題なのかもね。おたくは次から次へと図面を持ってくる。そりゃあプロだから詳しいのかもしんないけど、なんか微妙すぎて、もっとこう、しがらみとか捨てて無心にやってもらわないと。言いたいことわかるかなあ」

「いや、わかりませんね。なんなら私道沿いに赤いプラスティックの動物を並べてロビーを海賊船に変えましょうか、そのほうがよければ」

ビャーケがわざとらしくばか笑いをし、場をやわらげようとするが、若き〝太陽王《サン・キング》〟には通じない。

「それも悪くないかもね。なんならライバル社に頼んだっていいんだよ、おたくが今夜の締め切りまでにもっといい案を持ってこなかったら」

数分後、スティーンは車で学校に向かいながら弁護士事務所に電話をかけ、死亡推定を裏付ける証明書がまだ届いていない旨を告げる。秘書はあわてたような声で陳謝し、スティーンはその言葉を少々早すぎるタイミングでさえぎる——が、相手はメッセージを受け取り、すぐに手配すると約束する。

学校の前に駐車するころにはすでに酒の小瓶は三本空いていたが、今回はチューインガムを忘れず、数キロ手前から窓を開けて走ってきた。ゴスタウがいつもの木の下で待っていないので、携帯電話を確認する。不意に、ここに着くのが早すぎたのか遅すぎたのかわからなくなる。校庭には人っこひとりいない。スティーンは時計を見る。近ごろは校舎のなかにはいることもめったになくなり、それどころか最後に足を踏み入れたのがいつかも思いだせないくらいだ。外で待つほうがいいと息子も自分も互いにわかっているみたいに。でもいまは、息子はここにいないし、スティーンは三十分後にはオフィスにもどって〝太陽王〟のために図面を修正しなくてはならない。そわそわしてどうにも落ち着かず、スティーンは車のドアを開ける。

37

ゴスタウの教室のドアは少し開いているが、なかには誰もいない。足早に歩きながら、いまが授業中であることを幸運に思う。廊下にいてもじろじろ見られる心配はない。教室のドアの前をどんどん通過してその先にある騒がしい幼稚園の教室のほうへ進みながら、小枝や栗の実で作られた動物たちの飾りはあえて見ないようにする。先日の警察の訪問は悪夢だった。指紋。彼らがなにを言っているのか理解したとき、胸の内に目覚めた感情。困惑と同時に湧き起こる、希望。これまでにも何度となくあった――容赦なく振りだしにもどらされる――が、今回はいつも以上に思いがけないことだった。あれからふたりで話し合った――あれはただそれだけのことだと。娘を思いださせるような衝撃や落とし穴はこれからもあるだろうから、ゴスタウのためにも、せめて正面から受けとめられる強さを身につけるようにしなければならないと。それがどんな形でやってこようとも。いろいろあったけれど、ふたりで前に進もうと夫婦で約束したのだ。だから廊下の角を曲がって談話室に向かうあいだ、栗の実の動物たちの視線が自分を追ってくるような気がしてならないとしても、そんなものには振りまわされまいと決意していた。

スティーンはふと足をとめる。談話室にすわっている生徒たちが娘のクラスメートだと気づくのに少し時間がかかる。会うのはひさしぶりだが、みんなの顔には見覚えがある。生徒たちは茶色の絨毯の上に配された白いテーブルを囲んで静かにすわり、グループに分かれて作業をしているが、最初のひとりがスティーンに気づくと、室内に小さなさざ波が起こり、全員の顔がこちらを向く。誰も声を発しない。スティーンはとっさにどうしていいかわからず、次の瞬間、来た道を引き返しはじめる。

「こんにちは」

いちばん手前のテーブルにすわっている少女を振り返ると、教科書が前にきちんと積みあげてあり、それがマティルデだとわかる。少し大人びたようだ。黒ずくめの服で、前より落ち着いて見える。彼女は親しみのこもった笑みを向けてくる。

「ゴスタウをさがしてるんですか?」

「ああ」

この子には何度も会っていた。しょっちゅううちに遊びに来ていたから、自分の娘と話すように話しかけるのが習慣になっていたが、もう状況は変わっているし、なんと声をかけてよいかわからない。

「ゴスタウのクラスならちょっと前にここを通ったけど、すぐもどってくるはずよ」

「ありがとう。どこに行ったかわかるかな」

「さあ」

スティーンは時計を確認する、時間はわかっているが。

「そうか、じゃあ車のなかで待つとしよう」

スティーンはマティルデを見て、どうにか笑みを浮かべる。これは危険な質問のひとつだが、あまりに何度も訊かれてきたので、即答するにかぎるとわかっている。

「元気だよ。ちょっと忙しいけど、いいことだ。きみは？」

彼女はうなずき、無理に微笑むが、顔は悲しげだ。

「なかなかおたくに行けなくてすみません」

「いいんだよ。うちは大丈夫だから」

「どうも、スティーン。なにかご用でしたか？」

振り向くと、教師のヨナス・クラウが近づいてくる。四十代半ばで、ジーンズにぴったりした黒のTシャツ姿。彼の目は優しげで、同時に油断なく探るようでもあり、なぜそんなふうに見られるのかスティーンにはよくわかる。あの出来事はクラス全体に影響を及ぼしたので、生徒たちがあれを乗り越えられるよう学校側も懸命に努力してきたのだ。無理からぬ理由で、クリスティーネの追悼行事はいなくなった数カ月後に行なわれたが、そこに生徒たちは参加しないほうがよいと考えた職員のひとりがクラウだった。利益よりもむしろ害になる、治りかけた傷口をまた開くことになると彼は考え、スティーンにもはっきりそう言った。一方、教育委員会は参加するかどうかを生徒たちの自主的な判断に委ね、結局クリスティーネのクラスメートはほぼ全員が顔を見せたのだった。

「いや、なんでもない。もう帰ります」

スティーンが車にもどると、終業のベルが鳴る。車のドアを閉めて、正面玄関からあふれでてくる子供たちのなかからゴスタウを見つけることに気持ちを集中させる。これでよかったのだとわかってはいるが、マティルデの顔を見たことで、警察の訪問がまた頭の最前線に押し寄せてきたので、つい最近セラピストから聞いたばかりの言葉を自分に言いきかせる——悲しみとは行き場を失った愛であり、人は悲しみを抱えたまま、それでも前に進まなくてはならない。

ゴスタウが助手席に乗りこんでくる音がして、弁明する声が聞こえる。国語教師が生徒全員を図書室へ連れていって余暇に読む本を借りさせ、それでちょっと遅れたのだと。わかったとうなずいてエンジンをかけて走りだしたいのに、スティーンはじっとしたまま動かず、学校のなかにもどらなければならないと考えている。またベルが鳴り、彼は衝動と闘う。衝動に従えば、自分で引いた一線を越えることになるとわかっているが、いまやらなければ、マティルデに訊くチャンスは二度とないかもしれないし、その質問には大事な意味がある。ひょっとしたらこの世のなによりも大事な意味が。

「どうかしたの？」

スティーンは車のドアを開ける。

「ちょっと用事がある。待っててくれ」

「用事って？」

スティーンはドアを閉めて正面玄関に向かい、その周囲を落ち葉がくるくると舞う。

38

「いったい全体これはどういうことだ？　説明してもらおうじゃないか」エリック・サイア＝ラッセンが吠える。

トゥリーンは彼の携帯電話サムスン・ギャラクシーのメッセージ・アイコンを押してテキストメッセージをざっと眺め、一方へスは彼のバッグの中身を出して、ラウンジ風に配置された白い革張りのソファに置いていく。

彼らは建物の最上階にあるこの男のオフィスにいる。階下ではデパートのBGMが流れて大勢の人間が場所取り合戦を繰り広げているのに、いちばん空に近いこの階はエリックの投資会社の豪華なオフィスに捧げられている。日は陰りつつあり、部屋と廊下を隔てるガラスの仕切りの向こうには心配顔の社員たちが集まって、ついさっき誤解の余地のないやり方でエレベーターから引きずりだされてきた自社の最高経営責任者を見守っている。

「あんたらにこんなことをする権利はない。わたしの電話をどうするつもりだ？」

その言葉を聞き流して、トゥリーンは携帯電話の電源を切り、ちらりとへスを見ると、彼はバッグの中身をもう一度引っかきまわしている。

「例のメッセージはここにはないわ」

「削除したのかもしれない。信号はまだここから出てると言ってる」

ヘスがバッグからセブン－イレブンの買い物袋を引っぱりだすと、エリックがトゥリーンのほうに一歩近づく。

「わたしはなにもしてない。とっとと出ていくか、ちゃんと説明して――」

「ラウラ・ケーアとはどういう関係？」

「ラウラ・ケーア、三十七歳、歯科衛生士。おまえは彼女の電話にメッセージを送った」

「そんな名前は聞いたこともない！」

「もうひとつの電話はどうしたの？」

「ひとつしか持ってない！」

「こいつの中身はなんだ？」

トゥリーンが見ると、ヘスは買い物袋から取りだしたA5サイズのクッション付き封筒をエリックに突きつけている。

「知るか、いま受け取ってきたばっかりだ！　会議からもどろうとしたら、宅配業者からメールが来てセブン－イレブンに荷物が届いてるって言われて……おい！」

ヘスがクッション付き封筒を破っている。

「なにしてるんだ？　いったいなんなんだこれは？」

ヘスがいきなり封筒を白い革の上に取り落とす。破れめが大きいので、トゥリーンの目にも、黒っぽいしみのついた透明なビニール袋と、ランプが点滅している古いノキアの携帯電話がちらっと見える。電話は粘着テープで奇妙な灰色のかたまりに張りつけてあり、トゥリーンは指にはめられた指輪に気づいて、はじめて目の前にあるのがラウラ・ケーアの切断された手だとわかる。

エリック・サイア゠ラッセンはそれを見てぎょっとなった。

「これは、いったいなんなんだ？」

トゥリーンとヘスは視線を交わし、ヘスが一歩近づく。

「じっくり考えてもらいたい。ラウラ・ケーアは――」

「なあ、待ってくれ、わたしはなにも知らない！」

「この荷物の送り主は？」

「わたしは受け取っただけだ！　なにも知らない――」

「先週月曜の夜はどこにいた？」

「月曜の夜？」

トゥリーンはふたりの声を無視して、この男のオフィスをじっくり見まわす。ふたりの会話が嚙み合っていないのは直感でわかる。この混乱は意図的なものに感じられる。ボトルに落ちた虫みたいに大騒ぎしている自分たちを見て誰かがさっきから大笑いしている、そんな気がして、トゥリーンは意識を集中させる。自分たちがここへ来たのはなぜか、この場所がどういうわけか正しくてまちがっているように思えるのはなぜか。

誰かがわざわざメールを送って警察をここへおびき寄せた。誰かが警察にノキアからの信号を追跡させ、エリック・サイア゠ラッセンのオフィスでラウラ・ケーアの右手を見つけさせようとした。いったいなぜ？　捜査に協力するためではなく、ましてやエリックが事件解決に光を投じてくれるからでもない。なのに警察をまっすぐ彼のところへ導いたのはなぜ？

目が机の背後にある棚に置かれた美しい写真立てのなかのエリックとその妻子をとらえ、トゥリーンは考えうる最悪の理由に思いあたる。

「奥さんはどこ？」

トゥリーンの割りこみに、ヘスとエリックは黙りこみ、彼女を見る。

「あなたの奥さん！　いまどこにいる？」

エリックがあっけにとられて首を振り、ヘスはトゥリーンから棚の上の家族写真に目を移す。彼も同じことを考えたのがわかる。エリックは肩をすくめて笑う。

「知るわけないだろう。うちか、たぶん。どうしてだ？」

39

そこはクランペンボーでも大きな家のひとつで、アネ・サイア＝ラッセンは、数カ月前に夫とふたりの子供と一緒に越してきて以来、この堂々たる鉄製の電子ゲートの前でランニングを終え、そこから玄関ドアまでの砂利敷きの最後の区間は、呼吸を整えて脈を落ち着かせるために歩くのが習慣になっていた。でも今日はちがう。勇気を振り絞ってエリックに電話をかけたあと、彼女は全力疾走で家にもどり、砂利の上も走り続け、きれいに刈り込まれた植木も、雪花石膏《アラバスター》の噴水も、ランドローヴァーも通り過ぎる。ゲートは開けっ放しでもかまわない。またすぐにそこから車を出して、それきり二度ともどらないとわかっているのだから。オーペアにはすでに連絡して、リーナとソフィアの幼稚園と学童クラブへは自分が迎えにいくと伝えてある。玄関前の石段にたどりつくと、犬がいつものように跳びはねながらふざけて吠えかかってくるが、彼女はうわのそらで犬をなで、石鉢の下から鍵を取りだしてドアを解錠する。

家のなかには夕闇が迫りつつあり、彼女は明かりのスイッチを押して、まだ息を切らしながら警報装置を解除する。ランニングシューズを蹴って脱ぎ、決然たる足取りで階段をあがると、犬も後ろについてくる。必要なものはちゃんとわかっている、もう何度も脳内で荷造りをしてきたから。二階の子供部屋で、ワードローブの奥に用意してあるふたつの山を取りだす。浴室にある子供たちの歯ブラシと化粧ポーチも忘れないように。携帯電話が鳴りだして、画面で夫からだとわかるが、応答はしない。いま急げば、あとで夫に電話して運転中だから出られなかったと言えるし、そうなれば、なにが起こっているのか明日の朝まで彼にはわからない。三人がアネの母親の家にいないとわかったときにはもう手遅れだ。彼女は作業の手を早め、娘たちの衣類を主寝室にある黒いボストンバッグに詰めこむ。バッグはアネの衣類と三人のビーツ色のパスポートでもういっぱいになっている。バッグのファスナーを閉め、階段を駆け下りて、森の景色が望める床から天井までの窓がある居間まで行ったとき、突然忘れ物をしたことに気づく。バッグを床に放りだし、携帯電話をその上にのせて、また二階へと階段を駆けあがる。子供部屋はもう真っ暗だ。布団のなかやベッドの下をあたふたとさがしまわるが見つからず、窓枠にふと目をやってようやく、絶対に残してはいけない二匹の小さなパンダを見つける。すぐに見つかったことに感謝して、また階段を駆け下りながら、あとは財布と車のキーを忘れないこと、と自分に言いきかせる。どちらもキッチンにあり、中国の木材で作られた大ぶりの素朴なテーブルの上で彼女を待っている。それから居間にもどった彼女は硬直する。

床の真ん中、ついさっき黒いボストンバッグを置いたはずの場所に、なにもない。バッグもないし、携帯電話もない。庭の照明の青白い光があるだけで、それがテラスのドアを通して光沢のある木の床を照らしている――それと、栗の実でできた小さな人形を。一瞬、彼女はきょとんとする。娘のどちらかがオーペアと一緒に作った栗人形かもしれないし、ひょっとしたらバッグを置いたのは別の場所だったのかも――でも次の瞬間、そんなはずはないと確信する。

「ねえ……？　エリック、あなたなの？」

家は静まり返っている。返事はなく、さっきからうなっている犬を見やると、その目は彼女の背後の暗がりにあるなにかをじっと見ている。

40

クラウ先生が、ティム・バーナーズ＝リーからビル・ゲイツとスティーブ・ジョブズまでのインターネットの歴史を簡単に説明している最中に、教室のドアが開く。マティルデが窓ぎわの自分の席から顔をあげると、思いがけずクリスティーネの父親が戸口から顔をのぞかせている。突然押しかけて申しわけないと困惑したように彼はあやまる。まるでノックするのを忘れたことにたったいま気づいたみたいに。

「マティルデとどうしても話したいんです。ほんのしばらく」

先生が返事をする前にマティルデは立ちあがる。じゃまされたことを先生は快く思わないだろうし、その理由もわかっている。

談話室にはいってドアを閉めると、スティーンの表情からただごとでないのがわかる。一年前のあの日、彼がマティルデの家に来て、クリスティーネの居所を知らないかと尋ねた日のことはいまも鮮明に覚えている。マティルデは力になろうとしたけれど、自分の返事が彼をますます不安にさせているだけだとわかった。クリスティーネはたぶん別の友だちと下校したのだと、彼は自分を納得させようとしていたけれど。

クリスティーネがいないことに、マティルデはいまだに慣れない。ときおり彼女のことを思いだすと、長い夢を見ているような気がする。クリスティーネは引っ越していっただけで、いまもどこかで暮らしている――いつかまたふたりで一緒に笑える日がくるはずだと。でも学校で偶然ゴスタウとすれちがうたびに、あるいはごくたまにローサやスティーンを見かけるたびに、これは夢じゃないと思い知らされる。一家のことはよく知っていた。あの家に行くのが大好きだったし、彼らの深い悲しみを目の当たりにすると胸が痛んでしかたがない。できることならぜひ力になりたいけれど、こうして教室の外でスティーンとふたりきりになると、少し怖い気もする。彼はどう見てもいつもと様子がちがう。追いつめられて困惑しているような感じで、つんとくる息のにおいをさせながらあやまったあと、去年の秋にクリスティーネと一緒に栗人形を作ったことについて話を聞かせてもらいたいと説明する。

「チェスナットマン？」

なにを予想していたのか自分でもわからないけれど、その質問はマティルデをますます緊張させ、最初はなにを言われているのかさえよく理解できない。

「それって、どうやって作ったかってことですか？」

「いや。人形を作ったとき、実際に作ったのはきみかな、それともあの子？」

マティルデはすぐには記憶を掘り起こせず、彼はそわそわしながら見守っている。

「どうしても知りたいんだ」

「ふたりとも作りました、たぶん」

「たぶん？」

「うん、たしかに作りました。どうして？」

「じゃ、あの子も人形を作ったんだね？　まちがいない？」

「はい。ふたりで一緒に作りました」

表情からそれが相手の望む答えではなかったとわかり、どういうわけかマティルデは罪悪感を覚える。

「わたしたちいつもおたくに行って人形を作って、それから――」

「ああ、知ってる。それからきみたちは人形をどうしたんだい？」

「それから道端に行って売りました。ほかにもケーキとか――」

「誰に？」

「わかりません。買ってくれる人なら誰にでも。どうしてそんなこと――」

「売ったのは知り合いにだけかな、それとも知らない人にも？」

「わかりません……」

「知らない人にも売ったかどうか、思いだせるはずだよ」

「みんな知り合いというわけでも……」

「全然知らない人たちもいたんだね？　それともあの子の知り合いとか？」

「わからない――」

「マティルデ、すごく大事なことかもしれないんだ――」

「スティーン、どうしたんですか？」

クラウ先生が戸口に現われるが、クリスティーネの父親は素っ気なく一瞥するだけだ。

「どうもしない。あとしばらく――」

「スティーン、一緒に来てください」

先生がふたりのあいだに割りこみ、スティーンを引き離そうと誘導したが、彼は一歩も動かない。

「マティルデに大事な話があるのなら、手短にお願いします。この一年は誰にとってもつらいものでした、とりわけあなたのご一家にとっては。ですが、それはクリスティーネのクラスメートにとっても同じことです」

「いくつか質問したいだけです。ほんの一分ですみますから」

「どういう話か教えてください。だめならお引き取り願うしかありません」

先生がそこに立ったまま探るような目を向けると、クリスティーネの父親は空気が抜けきってしぼんだようになる。困惑顔でマティルデを見て、次に開いたドアの向こうからあっけにとられてこちらを見ているほかの生徒たちに視線を向ける。

「すまない。そんなつもりじゃ……」

スティーンはためらい、背を向ける。彼がぎくりとしたのがマティルデにはわかる。談話室の反対側からゴスタウがじっと見ていたのだ。ゴスタウは無言でただ父親を凝視し、それから踵《きびす》を返して立ち去る。スティーンがあとを追おうとして角まで行ったところでマティルデは行動を起こす。

「待って！」

スティーンがゆっくり振り返ると、彼女はそこまで歩いていく。

「すみません、全部は思いだせなくて」

「いいんだよ。すまない」

「でもよく考えたら、たしか去年は、わたしたち人形は作ってないです」

スティーンの視線は床に注がれたままで、身体全体が見えない重みに耐えかねたように前かがみになっている。でも、マティルデの言葉がしみこんでくると、彼は顔をあげて彼女の視線をとらえる。

41

この日七件めのメディアの取材が終わったところで、ローサが首席補佐官のエンゲルスと廊下を早足に歩いていると、携帯電話が鳴る。コートをはおりながら画面に目をやり、夫からだとわかるが、いま話している暇はない——エンゲルスと一緒に、省庁からあがってきた最新の報告書の数字に目を通しておかなくては。

取材はどれも首尾よくいった。ローサは自分たちのあらゆる提案の必要性について話し、連立政党との協力関係についてはきわめて楽観していると強調した。要はブッケをこちらへ引きもどそうという計算だ。気力を徐々に奪われはしたが、立ち入った質問にも耐えた。〝復帰するのはどんな気分です？〟〝これで生活はどんなふうに変わりました？〟〝あんな痛ましい出来事をどうやって乗り越えたんですか？〟。おかしなことに、最後の質問をしてきた若い記者は、大臣職に復帰したのはローサが娘を失ったことを乗り越えた証拠であると単純に考えたらしい。

「急いで！　大臣が遅刻したくなかったら、それは移動の途中でやってもらわないと」

エレベーターの前でじりじりしていたリュウがエンゲルスから報告書を受け取ると、エンゲルスはローサの肩を軽く叩いて幸運を祈る。

「ヴォーゲルはどこ？」とローサは尋ねる。

「あとでDRビルの前で落ち合うと言ってました」

彼らはテレビのニュース番組への生出演を二件応諾していた。最初は公共放送のDR、次がTV2と、スケジュールが詰まっている。一行はビルの裏側に通じるエレベーターに乗りこむ。車の渋滞している正面側よりこちらのほうが運転手に拾ってもらうのに都合がよい。リュウが一階のボタンを押す。

「首相も成り行きは承知してますが、ヴォーゲルの話だと、できれば大臣にはまだブッケと決裂してほしくないと思ってるそうです」

「ブッケと決裂するつもりはないわ。でもそれをコントロールするのはこっちでなければ――向こうじゃなくて」

「わたしはヴォーゲルの話を伝えてるだけです。いま大事なのは、大臣がどういう印象を与えるかということ。たとえば新聞は――」

「ちゃんと心得てるわ、リュウ」

「わかってます。でもこれは生放送だし、政治以外のことについても訊かれるでしょう。大臣に心の準備をさせておくようヴォーゲルに言われたんです、向こうは復帰のことを話したがるだろうからって。言い換えれば、かなり立ち入った質問もあれこれしてくるはず。ヴォーゲルもそこまでしないと保証させることはできませんから」

「うまく対処するしかないわ。いまさら取りやめてもしかたがない。車はどこ？」

ローサはエレベーターから降りて、裏側の玄関にいる警備員の前を通過し、リュウもあとに続く。彼らは吹きさらしのアドミラル通りに立っているが、公用車はいつもの場所にとまっていない。リュウはあわてながらも、いつものようにすべてを掌握しているふりをする。

「待っててください。運転手をさがしてきます。脇道に車をとめて休憩してることがよくあるので」

リュウは敷石の道を歩きだし、きょろきょろしながらバッグから電話を取りだしている。ローサの携帯電話がまた鳴りだす。応答しながらリュウのあとを追って歩きはじめる。風は冷たく、ボルフース通りを通過すると、運河の向こう側にあるクリスチャンスボー城が見える。

「ああ、スティーン。あまり時間がないの。いまDR局に向かうところで、車のなかで準備しなくちゃならないし」

電波の状態がかなり悪く、ほとんど聞こえない。夫の声は動揺し震えているようで、最初は〝重要〟と〝マティルデ〟という言葉しか聞き取れない。ローサはいま言ったことを繰り返し、相手の声が聞き取れないことを説明しようとしたが、夫は夢中でなにかを伝えようとする。小さな中庭に通じるアーチの下でリュウが足をとめ、どういうわけか車で迎えにこなかった新しい運転手となにやら話しこんでいるのが見える。

「スティーン、いまは間が悪いの。もう切らないと」

「聞いてくれ！」

　急に電波が強くなり、スティーンの声が明瞭になる。

「きみは、あの子たちが栗人形を作ってたと警察に言った。思いちがいってことはないか？」

「スティーン、いまは話せないの」

「いまマティルデと話したところなんだ。去年は栗人形を作ってないと言ってる。去年作ったのは、動物とか蜘蛛とかそういうもので、栗人形じゃなかった。それならどうして指紋があそこにあったんだ？　ぼくの言いたいことがわかるかな」

　ローサは口をつぐむ。スティーンの声がまた途切れる。

「もしもし？　スティーン？」

　胃が締めつけられるような気がして、でも電波の状態が悪く、すぐに小さくビーという音がして回線が切れたことを知らせる。リュウのほうへ歩きだすと、彼女は中庭のなかにあるなにかをじっと見ている。運転手が彼女の腕を軽く叩いてローサのほうへあごをしゃくると、ようやくリュウが顔を向ける。

「行きましょう、代わりにタクシーをつかまえます」

「ちょっとスティーンに電話しないと。どうして車で行かないの？」

「途中で話します。さあ行きましょ」

「待って、なにがあったの？」

「行きましょう、とにかく急がないと！」

だがもう遅い。ローサは公用車を見てしまう。フロントガラスが割れている。ボンネッボンネットに赤い不格好な大きい文字が書き殴られている。まるで血文字のように見え、その文字を言葉として理解したローサはショックで凍りつく――《人殺し》。

リュウがローサの腕をつかんでその場から引き離す。

「警備員に連絡するよう運転手に指示しました。わたしたちはもう行かないと」

42

　前方の暗闇のなかに森のシルエットが不気味に浮かびあがり、ヘスが番地を指さすが、トゥリーンには速度を落としている暇などない。クランペンボーにある豪邸の私道に猛スピードのまま突っこんだので車が砂利の上を横滑りする。そのまま玄関ドアの前まで突っ走ると、車がとまりきらないうちにヘスがドアを開けて飛びだしていく。連絡した地元警察のパトカーがすでにとまっているのを見てトゥリーンは安堵し、石段をのぼって玄関ホールにはいると、ちょうど巡査のひとりが二階から下りてくる。

「家のなかはひととおり見ました。問題は居間です」

「トゥリーン！」

　居間に駆けこんだトゥリーンが真っ先に目にしたのは壁の血痕と床の犬で、犬は頭が陥没してこと切れている。家具がいくつかひっくり返され、窓が一枚叩き割られ、戸枠と床にも血痕があり、その床にパンダのぬいぐるみがふたつころがっている。ドアの裏に黒いボストンバッグが隠され、そばの床には携帯電話が落ちている。

「警察犬を使って森のなかを調べさせろ、急げ！」

ヘスが巡査に指示を出すと、巡査はうなずき、あわてて電話を手探りする。テラスのドアを開けようとしていたヘスは、ドアに倒れかかっているガーデンチェアを蹴ってどかすと、芝生を全力で走って森に向かい、トゥリーンも猛然とそのあとを追う。

43

暗闇のなか、アネ・サイア＝ラッセンは木の枝に顔を叩かれながら死に物狂いで走っている。尖《とが》った松葉や木の根が裸足の足に突き刺さるが、かまわず走り続け、自分を叱りつけながら前へ進むうちに、両脚が乳酸でいっぱいになり、筋肉が痙攣《けいれん》しはじめる。熟知している森のなかで覚えのあるものが見つかればと絶えず願うが、あるのは暗闇と自分の呼吸音、ぽきんと折れてはこちらの居場所を明かしてしまう小枝だけ。

彼女は大木のそばで足をとめる。冷たく湿った樹皮にぴたりと張りつき、息を殺して森に耳をすます。心臓がいまにも破裂しそうで、泣きたいのをかろうじてこらえている。はるか遠くで話し声が聞こえるような気もするが、自分の現在地もわからないし、大声をあげれば追っ手に聞かれてしまうかもしれない。ランニング歴は長いので、追っ手がついてこられたかどうか必死に考えてみる。道に迷いはしたが、振り返っても懐中電灯のちらつく明かりはどこにもないし、暗がりのなかにはなんの物音も動きもない。ということは逃げきれたと考えていいはず。

前方の、ずっと遠くの樹間に不意に明かりが見える。明かりはゆっくりと弧を描くように移動し、その直後、遠くでエンジンの音が聞こえたように思う。突然、自分がどこにいるかを理解する。あの明かりは、環状交差点から海へと通じる小道を走っている車のヘッドライトにまちがいない。彼女は筋肉を緊張させ、勇気を奮い起こして、走りだす。あの小道までは百五十メートルほどある。でも急カーブの場所は正確に知っている。そこへ行って車の前に飛びだそう。あとほんの五十メートル、そろそろ大声で叫ぼう。あとほんの三十メートル、車は走っているとしても運転手には声が聞こえるだろう。そしたら追っ手もあきらめるしかない。

その一撃は前方から彼女を直撃する。なにかが頰に食いこみ、それがぶすりと突き刺さる。相手はさっきから前方にいて、彼女がヘッドライトに反応するのを待ちかまえていたのだと即座に悟る。身体の下に森の地面を感じ、鉄の味が口のなかに広がる。必死に這いあがって膝をつくが、その瞬間また顔を殴られ、彼女は地面にくずおれて泣きだす。

「大丈夫、アネ?」

耳元でささやき声がするが、答える間もなく攻撃が再開される。わずかな合い間に、か細い泣き声をあげながらどうしてと尋ねる自分の声がする。どうしてわたしなの、わたしがなにをしたの? そして声がようやくその答えを告げたとき、彼女は力尽きる。ブーツの足で片腕を地面に押さえつけられて、手首に鋭い刃が当たるのを感じる。彼女は必死に命乞いをする。自分のためでなく、子供たちのために。一瞬、相手は考えこむような顔になり、アネはなにかが頰をなでるのを感じる。

44

懐中電灯の明かりが濡れた木々のまわりで踊りながら切り株や枝を飛び越えるなか、トゥリーンは暗闇に向かってその女性の名前を呼ぶ。左前方の遠くでヘスも同じことをしている声が聞こえ、彼の懐中電灯の明かりがきらめきながら絶えず前進していくのがわかる。もうずいぶん走っていて、数キロにはなるだろうか。もう一度名前を呼ぼうとしたとき、足に鋭い痛みが走る。木の根に足を引っかけて、トゥリーンは地面に投げだされてしまう。闇にのみこまれながら、スイッチが切れた懐中電灯を必死に手探りする。両膝をついて、両手で濡れた下生えをかきまわし、周辺を捜索しはじめる。そのとき、突然人影が見えて彼女は凍りつく。それは微動だにせず、空き地の反対側からこちらをじっと観察していて、距離は二十メートルもないが、ほとんど闇に溶けこんでいる。

「ヘス！」

叫び声が森にこだまし、トゥリーンが震える手でホルスターから拳銃を抜くと、懐中電灯を手にしたヘスがこちらに走ってくる。ヘスがそばに来たとき、トゥリーンの拳銃は人影に向けられていて、ヘスも息を切らしながらコーン形の明かりで同じ方向を照らす。

アネ・サイア＝ラッセンが、小さな雑木林のなかに吊るされている。二本の枝が傷だらけの身体を脇の下で支えている。裸足の足は地面から浮いてぶらさがり、頭は胸の前にがくんと落ちていて、風に揺れる長い髪が顔を覆い隠している。トゥリーンはそちらに近づいていき、強烈な違和感を抱かせたものの正体を知る――アネの両腕が、異様に短い。両手がないのだ。そしてトゥリーンは気づく。あの小さな人形がアネの左肩の肉のなかからのぞいていることに。トゥリーンにはそいつがにやにや笑っているように見える。

十月十三日　火曜日

45

滝のような雨が降っている。黒っぽい服を着た警官が一列に並んで懐中電灯をひたすら地面に向けながら森をしらみつぶしに調べ、ヘリコプターが梢の上をあわただしく飛びながらサーチライトで地上を隈《くま》なく照らす。ヘスと同僚たちが作業をはじめてからおよそ七時間、時刻は真夜中を過ぎている。三名の作戦指揮官が森を五つの区画に分け、それぞれの区画を、強力なマグライトと警察犬からなるひとつのチームが捜索できるよう詳細な地図を作成していた。

アネ・サイア＝ラッセンの遺体が発見されると、ただちにすべての出入口が封鎖され、森に通じる何本かの道路には検問所が設置された。通行車はとめられて質問を受けているが、あまり意味はないだろうとヘスは考える。警察の到着は遅すぎたし、その差はいま現在も広がりつつある。彼らが森に到着してまもなく降りだした雨が、現場に残されていたであろう証拠を――足跡にしろ、タイヤ跡にしろ――きれいに洗い流してしまい、警察は天候の神を味方につけた亡霊をつかまされるはめになった。アネ・サイア＝ラッセンの遺体のことを考え、その肩に差しこまれていた小さな人形のことを考えると、ヘスは、目の前で奇怪な芝居が演じられているのを無理やり見せられて劇場から逃げだそうとしている客のような気分になる。ぐっしょり濡れた服で、森の北端から地図に書きこまれた本道のひとつに重い足取りで引き返す。若い巡査が隊列を離れて木の陰で小便をしていたので、ヘスは嚙みつく――捜索中に持ち場を離れるのは証拠を見つけてからにしろと。巡査はあわてて列にもどり、ヘスは八つ当たりしたことを悔やむ。自分の腕が錆《さ》びついているのは自覚している。身体はなまっているし、思考はまとまりがなく頭に霧がかかったようだ。こんな事件はひさしく担当していない――いや、じつはこんな事件など一度も担当したことがないし、本当ならいまごろはハーグのむさ苦しいアパートメントの液晶テレビでサッカーの試合を観ているか、でなければまた新たな任務に就くためにヨーロッパのどこかへ向かっているはずなのに、どういうわけかこうしてコペンハーゲン北部のどこかの森をさまよい歩いていて、そこでは鉄のボルトのような雨が降り注ぎ、あらゆるものを地面に釘付けにしている。

帰り道を見つけて遺体の発見場所へもどると、投光照明が雑木林を煌々《こうこう》と照らし、樹木のあいだを動きまわる鑑識員たちの後ろに長い影を投げかけている。アネ・サイア゠ラッセンの遺体は何時間も前に木から降ろされて検死局へ運ばれていたが、ヘスがさがしているのはトゥリーンだ。彼女が森の西端からもどってくるのが見える。濡れた髪をくしゃくしゃにして顔の泥をぬぐいながら、彼女は通話を終える。ヘスに気づくと、首を横に振り、西ではなにも見つからなかったことを知らせる。

「でも、いまゲンスと話したところ」

アネ・サイア＝ラッセンが発見されたあとゲンスが森に現われたとき、ヘスは彼を脇へ呼んで、あの人形を直接研究室に持っていくよう頼んでおいた。雨を透かしてトゥリーンの顔を見ると、返事を聞く前にゲンスの検査の結果がわかる。

46

午前の半ば。警察署の三階にある機動隊の司令センターの窓から、ニュランダは、言論の自由を盾に他人を食い物にする連中が電話やカメラやマイクを持って中央中庭の入口付近にたむろしているのを見て取る。全署員に対する警察幹部からの度重なる警告にもかかわらず、この組織ではざるから水がもれるように情報がもれていると思い知らされることがたびたびあり、今日とて例外ではない。森で遺体が発見されてまだ十二時間だというのに、メディアはすでに、匿名の〝警察筋〟からの情報に基づいて今回の殺人とフーソムのラウラ・ケーア殺しとの関連についてあれこれ憶測しはじめている。そして、メディアが押し寄せるだけでは足りないとばかりに、副本部長からも電話があったが、ニュランダはすぐにかけ直しますと簡潔に答えて、ひとまずその弾《たま》をよけた。いま肝心なのは捜査のほうであり、ニュランダはもどかしい思いでトゥリーンのほうを向く。彼女はこの事件を担当する刑事たちの一団に最新情報を伝えているところだ。大半がほんの数時間の仮眠で夜どおし働いているが、事態の深刻さを考えれば、トゥリーンの状況説明にみんなが耳を傾けるのも当然だろう。

ニュランダにとっても長い夜だった。アネ・サイア＝ラッセンの一件を知らせる電話は、ブレド通りのレストランで行なわれていたマネジメント協会の会食中にかかってきた。有力者が顔をそろえるこの会食は人脈を広げる絶好の場だったが、電話を受けたニュランダは、ティラミスを食べている途中で食事をあきらめた。厳密に言えば、犯罪現場にみずから足を運ぶ必要はない。そのために部下の刑事たちがいるのだが、それでもニュランダはともかく現場へ赴くことを旨としていた。大事なのはよい手本を示すこと、そしてしっかりと管理することだ。一度ものごとをおろそかにしはじめると、あとで思わぬ方向から攻撃を受けるはめになるので、そうならないようニュランダは慎重の上にも慎重を期している。上司や公務員が権力を手にしたことで慢心し、ズボンをおろしている現場を見つかってキャリアを棒に振るのをいやというほど見てきた。とはいえ、ラウラ・ケーア事件のときは予算委員会を理由に犯行現場へ行くのを怠《おこた》ってしまい、おかげでトゥリーンから指紋の件で電話をもらったときはまるで審判を受けているような気がしたものだ。だから昨夜は一瞬の躊躇もなくレストランをあとにした。いずれにしろ、デザートというのは決まって、悪趣味なスーツを着た男たちが泥酔しておのれの功績を滔々《とうとう》と語りはじめる頃合いだった。自分がいずれ彼らの大半を追い越すことはわかっているが、そのためには、赤信号が点滅しはじめたら頭を冷静に保ち、現状を正確に把握しておく必要がある、昨夜まさにそうしたように。森の犯行現場へ出向いてからずっと、ニュランダは脳内でさまざまなシナリオを考えてきたが、戦略はいまだに思いつかず、その理由は単純で、この事件があまりにも常軌を逸しているからだ。けさ科学捜査課のゲンスのところにわざわざ立ち寄ったのは、例の指紋は結局まちがいだったと言われるのを期待してのことだが、そんな幸運には恵まれなかった。ゲンスの説明では、どちらの場合も、クリスティーネ・ハートンの指紋と一致すると判断するのに充分な比較点があったとのことで、いまのニュランダにはっきりわかることはただひとつ、岩礁を避けたいならここは慎重に航行しなければ、ということだけだ。

「――そして被害者はどちらも三十代後半、自宅にいるところをいきなり襲われた。検死官の予備検査によれば、彼女たちは、眼窩を貫通して脳まで食いこむような凶器で殴打され、殺害された。最初の被害者は右手を切り落とされたのに対し、ふたりめは両手――どちらもまだ生存中に切断されています」

集まった刑事たちは、テーブルで回覧されているふたつの遺体の写真を凝視し、新入りのなかには眉をひそめたり顔をそむけたりする者もいる。ニュランダもその写真は見ていたが、動揺することはない。新米警官のころは、そうしたものを見ても平然としていられる自分に戸惑ったが、いまとなってはそれは強みとしか思えない。

「殺人の凶器としてはなにが考えられる？」ニュランダはトゥリーンの説明にせっかちに割りこむ。

「決定的なものはなにも。おそらく小さな突起のある重金属のボールが装着された棍棒のようなもの。中世の武器のメイスではないけれど、原理はあれと同じ。切断に関して言えば、ダイヤモンド刃かそれに類する刃のついた充電式のこぎりではないかと思われます。予備検査ではどちらの事件も同じ道具が使われたと見られ――」

「ラウラ・ケーアの携帯電話に送られてきたテキストメッセージの件は？　発信者は？」

「メッセージを送るのに使われたのは無記名のプリペイドカード式の古いノキアの電話で、どこででも買えるものです。電話機本体はラウラ・ケーアの右手にテープでとめてあって、そこからはなにもわかりません。ゲンスによると、電話にはそのメッセージ以外のデータはいっさいなく、製造番号ははんだごてで焼かれていたそうです」

「だがその荷物を配達した宅配業者、きみらが電話の信号で追跡した業者には、荷物の送り主の情報があるはずだろう」

「あります。ただ問題は、その送り主がラウラ・ケーアになってることです」

「どういうことだ？」

「カスタマーサービスの話では、きのうの昼どきに電話があって、送り主がラウラ・ケーア名義の荷物を取りにくるよう依頼があったそうです。場所はフーソムのシーダー通り七番地の玄関前の階段。ラウラ・ケーアの自宅の住所です。集配人が一時過ぎに行くと、荷物は送料を添えてすぐに集荷できるようにしてあったと。彼はその荷物を車でデパートまで運んで、エリック・サイア＝ラッセンの会社が配送に利用している一階のセブン‐イレブンに届けた。集配人から聞けたのはそれで全部で、荷物に残っていた指紋は、その集配人とセブン‐イレブンの店員とエリックのものだけです」

「電話をかけてきた人物は？」

「カスタマーサービスの担当者は、電話してきたのが男か女かも覚えていないと」

「ならシーダー通りの家は？　荷物をそこに置いた人間を見た者がいるはずだろう」

トゥリーンは首を横に振る。「われわれの第一容疑者はラウラ・ケーアの婚約者のハンス・ヘンリック・ハウゲでしたが、ハウゲにはアリバイがあります。検死官によれば、アネ・サイア＝ラッセンが殺されたのは午後六時前後で、ハウゲの弁護士が言うには、その時間は彼と一緒に自分の事務所の駐車場にいて、警察がハウゲを自宅に立ち入らせない件で苦情を申し立てるかどうか相談していたそうです」

「要するに全滅ということか？　目撃者も、電話も、なにもなし？」

「いまのところは。被害者同士のつながりもなさそうです。住んでる地域が全然ちがうし、交友範囲もまったく重ならないし、共通項はひとつもないようですね、栗人形と指紋の件を除けば。そこでまずは――」

「指紋って？」

ニュランダはその質問を発したティム・ヤンセンに目を向ける。いつものようにヤンセンは忠実な相棒のマーティン・リクスと並んですわっている。ニュランダはトゥリーンの視線を感じる。そのニュースを明かす役は自分がやるとあらかじめ彼女には話してあった。

「どちらの被害者も、すぐそばに栗人形が置かれていた。どちらの人形にも指紋が残っていて、指紋鑑定システムによる分析の結果、クリスティーネ・ハートンの指紋とほぼ確定した」

意図的にさりげない淡々とした口調で伝えると、しばらくは誰も口を開かない。それからヤンセンとほかにも数名がいきなりがやがやと話しだす。衝撃がやがて困惑まじりの不審の念になって広がると、ニュランダはふたたび口をはさむ。

「みんな聞くんだ。鑑識はまださまざまな検査をしている最中だから、もう少し情報が出てくるまでは誰も結論を急がないように。現状ではまだなにもわかっていない。指紋は事件とまったく無関係の可能性もある。だから、この件に関して誰かがひとことでもこの部屋の外にもらすようなことがあれば、わたしとしてはその人物が二度と仕事にもどれないようにする所存だ。いいな?」

この状況をどう扱うべきか、ニュランダはずっと考えてきた。未解決の殺人事件が二件はどう考えても手に余る。その二件が同一人物による犯行かもしれないとは――ニュランダとしてはその説を受け入れる気はこれっぽっちもないが。それに、例の指紋の身元についてまだ不確定要素がわずかでもあるかぎり、これ以上問題をややこしくすることは避けたい。クリスティーネ・ハートン事件はニュランダのもっとも輝かしい功績のひとつだ。一時はあの事件がキャリアの破滅につながるかと思われたが、その後、事態は急展開してリーヌス・ベガの逮捕と相成った。

「でもハートン事件を再調査する必要はある」

その声の主をさがそうと、ニュランダとほかの者たちは首をまわし、全員の視線がユーロポールから来た男の上に落ち着く。ここまでは人目につかず黙って回覧される写真に見入っていた。森にいたときのままの格好で、髪はもつれて汚らしく、地べたに一週間寝そべっていたのかと思うような風体だが、頭の回転が速く沈着冷静な男だ。

「指紋ひとつなら偶然かもしれない。ふたつとなればそうはいかない。それに、もし本当にクリスティーネ・ハートンの指紋なら、彼女の行方不明事件の前回の捜査はまちがった結論に達した可能性もある」

「そりゃいったいどういう意味だ？」

ティム・ヤンセンが振り返ってとがめるような目でヘスを見ている。ひと月分の給料をよこせと言われたみたいに。

「ヤンセン、ここはわたしに任せろ」

ニュランダには風向きが変わりつつあるのがわかり、まさにこうなるのを避けたかったのだが、話を続ける前にヘスがまた口を開く。

「おれもあんたたち以上に知ってるわけじゃない。でもクリスティーネ・ハートンの遺体は結局見つからなかったし、当時の鑑識の検査は、彼女の死亡を疑念の余地なく立証するのに充分だったとはとても言えない。そこへ今回ふたつの指紋が出てきたわけで、つまりおれが言いたいのは、今回のことでいくつか疑問が生じたということだ」

「いいや、おまえが言ってるのはそういうことじゃない、ヘス。おれたちが職務をまっとうしなかったんじゃないかって、おまえはそう言ってるんだ」

「これは別に個人攻撃じゃない。でも、女性がふたり殺されているし、また同じことが起こるのを阻止したいなら、おれたちがやるべきは――」

「別に個人攻撃だなんて思ってないさ。あの事件の解決に協力したほかの三百人の警官だってそうは思わないはずだ。けど、ハーグを追いだされたからここにいるにすぎないやつから因縁をつけられるっていうのもおかしな話だよな、そう思わないか？」

ヤンセンの同僚数人が鼻でせせら笑う。だがニュランダは無表情にヘスを見る。ヘスの言葉が頭にこびりついて、それ以外のことは聞いていなかった。

「それはいったいどういう意味だね、〝また同じことが起こるのを阻止したいなら〟とは？」

47

警察署お抱えの女性コミュニケーション・コンサルタントは、行動方針を策定するにあたり熱心に力になろうとするが、ニュランダは自分でどうにかすると言って断る。本来ならここはゆっくり時間をかけたいところで、なぜなら、彼女が赴任してきて、この部署に軽やかな足取りで出入りしては有益なアドバイスをくれるようになって以来、ずっと惹かれていたからだ。しかしいまは階段を下りて中庭へ向かっているところで、メディアと対《たい》峙《じ》する前に頭を整理しておきたいし、彼女のメディア研究の学位――おそらくはカフェラテと気軽なセックスの三年間――が助けになることはないだろう。自分のオフィスでヘストとトゥリーンとの三人で開いた心がざわつくようなミーティングの直後ではなおさらだ。柱廊のある中庭へ足を踏みだす前に、ローサ・ハートン大臣がスケジュールの合い間を縫っていま警察署に向かっているとの連絡がはいる。ニュランダは、大臣夫妻をまちがいなく署の裏口から誘導するように、そして自分の同席しないところで勝手に取材を受けさせないようにと厳命する。

先ほど状況説明が終わったあと、ニュランダのオフィスで少し三人で話したいと提案したのはヘスだった。そうすれば内密に話が続けられるからと。ヘスは、ラウラ・ケーアとアネ・サイア゠ラッセンの犯行現場で撮られた写真をニュランダの机に置いた。

「最初の被害者は片手がない。次の被害者は両手。おれたちがじゃまをしなかったら、犯人はアネ・サイア゠ラッセンの手足をさらに切断していた可能性はある。でも、もしも犯人が意図的に、発見時の姿になるように被害者をアレンジしたんだとしたら？」

「よくわからないな。もっと具体的に言ってくれ、時間がないんだ」ニュランダは言った。ミーティングの前にヘスから事情を聞かされていたにちがいないトゥリーンが、栗人形の拡大写真を二枚差しだす。それはニュランダがすでにうんざりするほど見たものだった。

「栗人形《チェスナットマン》には頭部と胴体があります。頭部には目があって、それは錐《きり》かなにか尖った道具で穴を開けて作られ、胴体には四本のマッチ棒が刺さっていて、それは腕と脚を表わしています。でも、栗人形には手がありません。同じように足もありません」

ニュランダは二体の栗人形とそれらの断ち切られた腕をじっと見ながら黙りこんだ。一瞬、幼稚園で読み聞かせをしてもらっているような気分になり、笑うべきか泣くべきかわからなかった。

「きみらが言いたいのは、まさかわたしが考えているようなことじゃないだろうな」

それは胸が悪くなるような考えだった。その発想にほとんど吐きそうになるが、そこで突然、ヘスが状況説明のとき口にした、また同じことが起こるのを阻止したいなら云々がなにを意味するかに気づいた。ふたりのどちらも返事をしないが、犯人が生身の人間で自分だけの栗人形を作っているのではないかという漠然とした考えが、どうしても振り払えなかった。

ヘスはハートン事件の再調査の必要性をふたたび力説した。捜査に言及するときに〝あんたたち〟を連呼するので――〝あんたたちがやるべきことは〟とか〝あんたたちが検討すべき可能性は〟とか――ニュランダはふたつのことを心得ておけと言ってやった。ひとつ、いまのヘスはこの署の一員でほかの捜査官たちとまったく同じ身分であり、ニュランダの知るかぎりヘスをハーグに呼びもどそうと働きかけている者は誰もいないこと。むしろその逆だ。ふたつ、ハートン事件の再調査などまったくの論外であること。指紋がなにを意味していようと、ハートン事件は解決したのだ。自白があって、証拠があったのだから、また一から捜査し直すことなど絶対にありえない。同じ理由で、ハートン夫妻とは自分が直接面会して、新たな指紋のことを伝えようと決めていた。この発見を大げさにとらえるべきではないし、いずれにしろ、大臣にはそれでなくとも過酷な一週間だったことを諜報部から聞かされたばかりだ――複数の匿名の人間からいやがらせを受けており、ついきのうも公用車の窓が割られ、ボンネットに動物の血が塗りつけられていたと。

ニュランダとしては、そちらの問題にヘスとトゥリーンを関与させる必要はないと考え、トゥリーンとふたりで話せるようにヘスをオフィスから追い払った。そしてトゥリーンに、ヘスはこの事件の捜査を担当できるほど有能かどうかを率直に尋ねた。昔の人事ファイルから、ヘスがそもそもここの警察を離れることになった痛ましい理由は知っているし、ユーロポールで多くの経験を積んできたとはいえ、上層部とのあいだに深刻な問題を抱えていることもあり、状況を鑑みると、彼の最盛期はすでに過ぎているように思われた。

トゥリーンがあの男を快く思っていないのはたしかだが、彼女の返事は肯定的なもので、だからニュランダは、ヘスと一緒にこのまま事件を担当するよう彼女に伝えた――ヘスが問題を起こしそうな気配が見えたらただちに報告するようにとの条件付きで。NC3への推薦状の件はこの状況が落ち着くまで待つべきだとの所見を付け加えることも忘れず、トゥリーンならその意味するところを正確に読み取るはずだった――そうした忠誠心も推薦の条件のひとつであると。

建物から外に出たニュランダは、窓から誰か落ちてこないかと期待してうろついている貪欲な連中のほうへ近づいていく。記者会見を開く代わりにこの場所で彼らと真正面から向き合うというのは、ニュランダ自身のアイデアで、その理由は、屋外のほうが話をまとめてさっさと自分の隠れ場所に引っこみやすいからだ。それでも、フラッシュがたかれはじめると、顔は自然といつもの見慣れた表情に落ち着き、注目を浴びることに飢えていたのだとつくづく思わされる。これが自分のいちばん得意とすることなのだ。たしかに危険な賭けではあるが、得られるものもまた多い。これからの数日間、彼は誰もが話を聞きたがる相手となるだろうし、この事件の注目度を思えば、これは自分が求めている絶好の機会になるかもしれない。もしすべてが失敗しても、マーク・ヘスという隠し玉の存在が役に立ってくれる可能性すらある。

48

二階にいる少女ふたりの泣き声がだだっ広い家の隅々まで響き渡っている。その声はキッチンまで届き、そこにある中国の木材で作られた立派なテーブルについているエリック・サイア゠ラッセンは、前日にオフィスでラウラ・ケーアの手が見つかったときに着ていたスーツのままだ。隣にすわっているヘスには、この男が一睡もしていないのがよくわかる。目は充血して腫れぼったく、シャツは薄汚れてしわだらけ、床にはおもちゃが散らばり、背後のコンロには使ったあとの鍋やフライパンが積みあげてある。テーブルの反対側では、トゥリーンがこの男の視線をとらえようとしているが、それは失敗に終わる。

「写真をもう一度よく見てください。奥さんがこの女性と知り合いじゃないのはたしかですか?」

エリックはラウラ・ケーアの写真を見おろすが、その目は虚ろだ。

「この女性はどうです? 社会問題大臣、ローサ・ハートンです。奥さんがこの人と知り合いとか、噂をしていたとか、ご夫婦で会ったとか、あるいは……」

だが、トゥリーンがテーブルの反対側から滑らせてきたローサ・ハートンの写真に、エリックは無表情のまま首を振る。彼女がいらだちを抑えようとしているのがわかり、ヘスは無理もないと思う。トゥリーンが妻を亡くしたこの男と対面するのは今週二度めで、彼はなにを訊かれてもただぼんやりしているばかりだ。

「サイア゠ラッセンさん、あなたの協力が必要なんです。なにか思いだせるはずです。奥さんには敵がいたか、恐れていた相手はいなかったか、あるいは――」

「でもほかになにも知らないんだ。敵なんかいなかった。あいつが関心をもってたのはこの家と子供たちだけで……」

トゥリーンは大きなため息をついて質問を再開するが、ヘスの感触ではエリックは本当のことを言っている。子供たちの泣き声を努めて無視しながら、先ほど署で思いがけずチャンスが訪れたときに、あなたを非難するつもりはなかったとあっさりニュランダに言わなかったことを悔やむ。だがいまさらどうにもならない。網膜に焼きついた二体の栗人形と切断された手足のイメージのせいで、けさは三時間しか眠れずに目が覚めた。その直後に管理人が現われて叱られた――ペンキ塗りの道具と床研磨機を通路に放置していたと――が、相手をしている暇はなかった。署に出勤する途中でハーグに電話をかけて、フライマンとの電話会議をすっぽかしたことを精いっぱいあやまった。前日の午後はそのことをすっかり忘れていたのだ。秘書の声はいかにも冷たかった。ヘスはうっかりミスの理由を説明するのをあきらめ、動揺しながら朝のあわただしい混雑を急ぎ足で通過して鉄道駅に向かい、おかげでアネ・サイア゠ラッセンの遺体の写真をもっと細部まで観察する時間が持てた。彼女の両手首以外の場所に切断の痕跡が見つかるかどうかを心配するのはやめようと事前に決めていた。もし、両手の切断に使われた道具による明白な切断痕がほかにも残されていたら、けさ目覚めたときに浮かんだおぞましい考えを追いかける理由はなくなるだろう。だが、犯人が彼女の身体のほかの部分を切断しようとした痕跡はまったく見当たらなかった。確認するためにヘスは検死局に電話までかけた。二件の殺しのどちらでも、凶器は手を切断するためだけに使われており、ヘスの恐れは裏付けられて、不安は深刻なものとなった。さらなる被害者が出るという予測が正しいのかどうかわからないが、その懸念は深まりつつある。本音を言えば、ここで捜査を一時停止し、クリスティーネ・ハートン事件をとことん調べてから新たな方針を打ち立てたかったが、ニュランダが強硬に反対したので、ヘスとトゥリーンはサイア＝ラッセン家に出向いてきて、いまだになんの成果もないというわけだ。

彼らは二時間かけて大邸宅並みの屋敷とその地所を捜索した。最初にわかったのは、家の北側の森に向けられた防犯カメラのスイッチが切られていたことだ。アネ・サイア＝ラッセンがランニングから帰ってきて警報装置のスイッチを切った瞬間から、塀を乗り越えて家に侵入しようと思えば誰にでもできた。隣人たちはなにも見ておらず、それも当然といえば当然だ。この通りにある瀟洒な家々はそれぞれ間隔がかなり広く、これなら不動産業者も、よくある誇大広告としてではなく合法的に〝人里離れた〟と表現してかまわないだろう。

ゲンスと科学捜査課の鑑識員たちが、証拠となりうるものをさがして庭と居間と廊下を集中的に調べているあいだ、トゥリーンとヘスは二階へあがり、アネ・サイア゠ラッセンの暮らしについての情報を収集すべく寝室や衣裳だんすやワードローブを調べた。スパとウォークイン・クローゼットも数に含めると、二階には九部屋あった。ヘスは贅沢品の専門家でもなんでもないが、寝室にあるバング＆オルフセンの液晶テレビだけでも、オーデンのアパートメント数軒分の保証金に相当するのではないかと思われた。高さのある壮麗な窓を覆い隠すカーテンやブラインドの類がいっさいないのは粋だが、部屋のなかに立つと、殺人犯はこの窓を利用して、アネ・サイア゠ラッセンと彼女の夕方の日課を薄暗い庭からこっそり監視していたのではないかと思わずにいられなかった。その庭にはふたたび滝のような雨が降っていた。

二階のほかの部屋も同様で、内装や備品は選び抜かれていた。ウォークイン・クローゼットは整理整頓が完璧に行き届いており、ハイヒールは一列に並べられ、ワンピースやアイロンをかけたばかりのパンツは統一した木のハンガーに掛けられ、ソックスと下着類も、同じく傷ひとつないたんすに美しく配置されていた。寝室とひと続きの浴室は五つ星のホテルかと見まがうばかりで、洗面台がふたつ、埋めこみ式の広々とした浴槽はイタリアのタイル製で、スパとサウナが併設されていた。一方、子供たちの部屋では、ジャングルの動物たちを描いたハンス・シェルフィーグの色あざやかな大きい絵に囲まれて、小ぶりのベッドが二台あり、そこから見あげると天井が星空になっていて、惑星や宇宙をさまようロケットまで描かれていた。

どこをさがしても、アネ・サイア゠ラッセンが自宅でいきなり襲われ、森のなかへ追いこまれて両手を切り落とされた理由を説明してくれるものはひとつもなかった。

しかたなく、エリック・サイア゠ラッセンの事情聴取に焦点を絞ると、彼はアネとオードロップ高校で出会ったことを話してくれた。ふたりはコペンハーゲン・ビジネススクールを卒業するのを待って、晴れて結婚し、世界一周旅行に出発して、その後、最初はニュージーランドに、それからシンガポールに落ち着いた。エリックは幸運にもいくつかのバイオテック企業に投資しており、一方アネのいちばんの望みは子供を産んで家庭を築くことだった。娘がふたり生まれ、長女が学齢に達したのを機に、一家は故郷のデンマークにもどって、最初はイスランスブリュッゲにある新築の賃貸住宅に住み、エリックが生まれ育った地区に近いクランペンボーの一戸建てを買えるようになるまでそこで暮らした。ヘスの印象では、この一家の生活水準を支えているのはエリックの収入と思われ、アネも数年前にインテリア・デザイナー講座に通ってはいたが、もっぱら育児や家事や仲間内の、といってもほとんどはエリックの仲間だが、パーティーを開くことにやりがいを感じていたようだった。刑事がひとり、アネの母親が住むヘルシンオアにも派遣され、母親の話のあらましから、貧しい家庭に育って早くに父親を亡くしたアネは、子供のころから家庭を築くことに強い憧れを抱いていたことがうかがえた。母親が涙ながらに語ったところによれば、一家がアジアから帰国したあと、娘や孫たちとなかなか思うように会えず、それはエリックが自分を嫌っているせいだという。エリックにしろアネにしろ、口に出してそう言ったわけではないが、母親が娘や孫たちと会えるのは、エリックが会社にいるときか、ごくごくたまに娘が子供たちを連れて車で顔を見せにくるときにかぎられていた。母親の印象では、アネとエリックのあいだの力関係は極端に偏っており、しかしアネはいつも夫をかばって別れることを拒んだ。そうした意見は自分の胸にしまっておかなくてはならないことは母親には明白だった。これからも娘に会いたければ。その願いは、きのうあんなことになった以上、もう二度とかなわない。

キッチンに置かれた大型のスメッグのオーヴン二台のあいだにあるデジタル時計がまた一分進み、ヘスは二階の泣き声ではなくトゥリーンの質問に強いて耳を傾けようとする。

「でも奥さんは荷造りをしてたんですよ。奥さんはちょうど出かけるところで、オーペアには自分で子供たちを迎えにいくと言っていた。だとしたらどこへ行くつもりだったんです？」

「言っただろう。母親を訪ねる予定だったんだ。泊まりがけのつもりで」

「そうは思えませんね。バッグには三人分のパスポートがはいってたし、着替えはたっぷり一週間分、奥さんはどうするつもりだったんでしょう。どうして家を出ていこうとしてたんです？」

「出ていくつもりなんかなかった」

「あったと思いますよ。人はこれといった理由もなくあんなふうに逃げだしたりしません。

だから、その理由を話してくれるか、さもなければ令状を取ってあなたの電話とインターネットの履歴を調べます。なにか出てこないかたしかめるために」

エリックはもはや限界といった顔をしている。

「妻とわたしはとてもうまくいっていた。でも、わたしたちには——いや、わたしには——過去にちょっとした問題もあった」

「どういう問題？」

「何度か浮気をした。別に深い意味はなかったんだ。でも……妻がそれを知ってしまったのかもしれない」

「浮気ねえ。相手は？」

「いろいろ」

「誰と、どうやって？　女性、男性？」

「女性。ほんの遊びだ。どこかで知り合ったとか、オンラインでやりとりしたとか、それだけの相手だ。深い意味なんかなかった」

「じゃ、なんでそんなことをしたんです？」

エリックは口ごもる。

「わからない。人生って自分が望んでたとおりにはいかないこともあるだろ」

「どういう意味ですか？」

エリックはぼんやりと虚空を見つめている。彼の最後の言葉にヘスとしては全面的に賛同したいところだが、それでも、エリック・サイア＝ラッセンのような男の望みが、よくできた自慢の妻と、家族と、優に三千五百万クローネはしそうな自宅でないというなら、ほかになにを望んでいたのかと考えずにいられない。

「奥さんはいつどうやってそのことを知ったんでしょうね」トゥリーンが不機嫌に話を続ける。

「わからない、あんたが訊いたから――」

「サイア＝ラッセンさん、わたしたちは奥さんの電話と電子メールとソーシャルメディアのアカウントを調べました。いまの話を彼女が知ったのだとしたら、あなたの浮気のことを普通は誰かに話してるはずです――あなたか、母親なり友人なりに――でも彼女はひとこともそれには触れてなかった」

「それはまあ……」

「ゆえに、彼女が逃げだそうとした理由はたぶんそれじゃない。そこでもう一度訊きます。なぜ奥さんはあなたと別れようとしたんですか？　なぜ彼女はバッグに荷物を詰めて――」

「だから知らないって言ってんだろ！　あんたは理由を訊いた。おれが思いつく理由はそれしかないんだ、いい加減にしてくれ！」

エリックの突然の怒りは、ヘスには過剰反応のように思える。とはいえ、この男はおそらくぎりぎりのところで持ちこたえているのだろう。長い一日だったし、事情聴取をこれ以上続ける理由は見当たらないので、ヘスは口をはさむ。「わかりました、そういうことにしておきましょう。なにか思いだしたらすぐに知らせてください、いいですね?」

エリックは感謝してうなずき、ヘスはジャケットを手に取ろうと背を向けていたが、トゥリーンがこの横やりに気分を害しているのがわかる。幸い、そこで声がして否応なく話を打ち切ってくれる。

「子供たちとアイスクリーム屋さんに行ってもいいですか?」

オーペアがふたりの女の子を連れて一階に下りてきており、子供たちはもう出かける格好をしている。オーペアにはヘスとトゥリーンがすでに事情聴取をしていた。彼女が最後にアネと会ったのはきのうの朝で、それからフィリピン自由教会でランチを食べたあと、午後にアネから電話をもらって、娘ふたりは自分が迎えにいくと言われた。オーペアがサイア=ラッセン一家と警察に多大な敬意を払っているのはあきらかで、あるいは在留許可になにかしら問題があるのかもしれないとヘスは考える。下の娘はオーペアの腕に抱かれ、姉のほうは彼女の手を握っている。子供たちは目を赤くして涙の痕をつけており、立ちあがっていたエリックがふたりのほうに向かう。

「ああ、それはいい、ジュディス。頼むよ」

エリックは娘のひとりの髪をなで、もうひとりに無理やり微笑んでみせて、四人でキッチンの通路のほうへと歩いていく。

「わたしの事情聴取が終わったときは、わたしが自分でそう言うから」

トゥリーンがそばまで来て、ヘスが彼女の茶色の瞳をのぞきこまざるをえないような姿勢をとる。

「なあ、きのうの午後、おれたちはあの男と一緒にいたんだ。アネ・サイア＝ラッセンが襲われていたときに。だからあいつにはやりようがなかった」

「わたしたちがさがしてるのは二件の殺しの共通項。被害者のひとりは鍵を取り替えていて、もうひとりは急いで逃げようとしてた――」

「おれがさがしてるのは共通項じゃない。さがしてるのは犯人だ」

ヘスは鑑識の報告を聞くために居間へ行こうとするが、トゥリーンがその進路に立ちふさがる。

「いまこの場で解決しましょう。この件についてなにか問題でもある？　わたしたちふたりが共同で仕事をすること？」

「いや、別に問題はない。でも状況を分けて考えよう、愚か者同士みたいに主導権争いに突入しないように」

「わたしが妨害してるっていうの？」

玄関ホールに通じるクリーム色の引き戸が開き、白い宇宙服を着たゲンスが、フライトケースを手に現われる。

「いま道具をまとめてるところだ。いまから誰かをがっかりさせるのは不本意だけど、見たところ、ラウラ・ケーアのときと同じで使えるものはなさそうだ。いちばん興味深いのは、玄関ホールの床板の隙間にあった血痕かな。でも古いものだし、アネ・サイア＝ラッセンの血液型とは一致しないから、事件とは無関係とぼくは見てる」

ゲンスの背後の玄関ホールの床に、蛍光灯の明かりの下で緑色に輝くルミノールの痕跡が見え、鑑識員がカメラで写真を撮っている。

「どうして玄関ホールの床に古い血の痕があるんですか？」

トゥリーンが、キッチンの通路からもどってきてぼんやりとおもちゃを片付けはじめていたエリックに質問をぶつける。

「階段の脇にあるやつなら、たぶんソフィアだ、上の娘の。二カ月ほど前にころんで鼻と鎖骨を折って、しばらく入院してた」

「それかもしれないな。そういえば、ヘス、うちの課のパーティー委員会がきみによろしく伝えてほしいと言ってたよ、豚の件で」

ゲンスは白い宇宙服の仲間のところへもどっていき、引き戸が閉まる。ふと思いついたことがあり、ヘスは新たな興味をもってエリックを凝視するが、トゥリーンに先を越される。

「ソフィアが入院してたのはどこの病院ですか？」

「国立病院。ほんの数日」

「国立病院のどこの科？」

それを質問したのはヘスだ。刑事がふたりそろってこの話題にがぜん興味を示していることに、エリックは当惑しているらしく、部屋の真ん中で三輪車を手に立ち尽くす。

「小児科。だと思う。でもほとんどアネが面倒をみて、クリニックに連れていってた。どうして？」

どちらも答えない。トゥリーンがすたすたと玄関ドアに向かい、ヘスは今度も運転させてもらえないのだろうと悟る。

49

ブライダム通りにある国立病院の小児科を訪れる者は、廊下に飾られている、子供たちが描いた大小さまざまのカラフルな無数の絵の前で足をとめて感心せずにはいられないだろう。ヘスとて例外ではない。多くの痛みと、生きることへの熱意が、この一カ所に集約されていて、ヘスは壁から目が離せなくなり、そのあいだにトゥリーンが受付に到着を告げに行く。

娘が国立病院に入院していたというエリック・サイア゠ラッセンの言葉でふたりが即座に思いだしたのは、ラウラ・ケーアのキッチンの掲示板にとめてあった催促状だった。街へもどる途中でヘスが署に連絡して、ラウラ・ケーアの息子とアネ・サイア゠ラッセンの上の娘はどちらもこの病院の患者だと確認がとれたが、ヘスが話を聞いた看護師からはそれ以上の有益な情報を引きだすことができず、当然ながら、子供たちの入院期間が重なっていたかどうかもわからなかった。いまふたりがこうして病院にいるのは、主にそれが手がかりになりそうな唯一の共通項だから。それと、どのみちこの病院は署までの帰り道の途中にあるからでもある。今日はここまでなんの成果も得られておらず、おまけにローサ・ハートンとその夫からもアネ・サイア＝ラッセンに関する新たな情報は得られなかったとニュランダから聞かされていて、状況がよくなる気配はいっこうになかった。

ヘスは受付からもどってくるトゥリーンを見守るが、彼女はその視線を避け、見舞い客用に用意されているコーヒーポットのほうへ向かう。「いま医局長に連絡してくれてる。カルテによれば、子供たちはふたりともその人が担当したらしい」

「で、これから会って話を聞くのか？」

「わからない。ほかに用事があるのなら、遠慮なくどうぞ」

ヘスは答えず、落ち着かない思いであたりに目を走らせる。病気や怪我で治療中の子供たちがそこかしこにいる。顔が傷だらけの子、両腕を吊っている子、両脚にギプスをはめた子。髪の毛のない子、車椅子の子、点滴スタンドにつながれたまま動きまわる子。中央には大きなガラス窓のある遊戯室があり、青いドアは風船や秋の小枝に覆われている。子供たちの歌声に誘われて、ヘスは少し開いたままになっているそのドアに近づいていく。なかでは、部屋の片側で比較的年長の子供たちが絵を描き、反対側では年少の子供たちがあざやかな色のプラスティックの椅子に半円形になってすわっている。子供たちは赤いりんごが描かれたかわいらしい絵を掲げている女性に顔を向けて、歌っている。

〝アップルマン、どうぞおはいり。アップルマン、どうぞおはいり。きょうはりんごを持ってきてくれた？　どうもありがとう、ゆっくりしていってええ……〟

女性は励ますようにうなずきかけ、子供たちが最後の歌詞を大きな声で引き伸ばして歌い終えると、りんごの絵をおろして、今度は栗の絵を手に取る。

「さあ、もう一度はじめから！」

〝チェスナットマン、どうぞおはいり。チェスナットマン、どうぞおはいり。きょうは栗《チエスナット》を持ってきて……〟

その歌詞が、冷たい指のようにヘスの背筋を駆け下りる。思わずドアからあとずさりすると、トゥリーンがじっとこちらを見ている。

「オスカーのご両親ですか、レントゲン写真を取りに？」

看護師がふたりに近づいてくる。プラスティックのカップからコーヒーを飲んでいたトゥリーンがむせて咳《せ》きこみはじめる。

「いや、ちがいます」とヘスは答える。「警察です。いま医局長を待ってるところで」

「医局長ならまだ回診中ですよ、たぶん」

なかなかきれいな看護師だ。きらめく黒い瞳、茶色の長い髪をまとめてポニーテイルにしている。歳は三十あたりだが、どこか思いつめたような表情のせいでもう少し上に見える。

「早めに切りあげてもらうしかないですね。急用だとお伝えください」

50

医局長のフセイン・マジッドからスタッフルームで椅子にかけるようにと言われ、ふたりは白いコーヒーカップやら、脂《あぶら》じみたｉＰａｄやら、しみのついた朝刊やら、椅子の背に掛けられたコートやらに囲まれてすわる。マジッドの背丈はヘスと同じくらい、四十代前半でぱりっとしており、白衣をボタンをとめずにはおって、首に聴診器をかけ、角張った眼鏡をかけている。金の結婚指輪が妻の存在を示唆しているが、この男は、とてもそうは思えない態度でトゥリーンと握手を交わす。次にヘスとおざなりな握手を交わし、またトゥリーンに視線をもどしたときには一転して笑顔になり、彼女から目を離そうとしない。この医者がトゥリーンに魅力を感じていることに、一瞬ヘスは意表をつかれる。そんな目で彼女を見たことは一度もなかったからだ。これまで彼女はもっぱらうっとうしい存在だったが、椅子をさがして背を向けたとき、そのほっそりした腰や形のいい尻を医者がさりげなく目で追う理由もわからなくはないと、不本意ながら認めざるをえない。ふと、マジッドはラウラ・ケーアやアネ・サイア＝ラッセンのこともそんな目で見ていたのだろうかと考える。彼女たちが病気や怪我をした子供を連れてこの病院へやってきたときに。

「あいにくいま回診の途中なんですが、手短にすませてもらえるなら、喜んでご協力しますよ、もちろん」

「それはご親切に。ありがとうございます」とトゥリーンが応える。

マジッドは二通のカルテと携帯電話をテーブルに置きながら、トゥリーンにコーヒーはどうかと勧め、彼女は愛嬌たっぷりに、いただきますと答える。ここへ来た目的を忘れてしまったのではないかと思いつつ、ヘスはそのいらだちをのみこんで、椅子のなかから身を乗りだす。

「さっきも言ったように、マウヌス・ケーアとソフィア・サイア＝ラッセンに関していくつか訊きたいことがあるので、どうか知ってることをありのまま話していただきたい」

ヘスをちらっと見ながら、フセイン・マジッドはごく自然な権威と親しみをこめて答えるが、それはもっぱらトゥリーンに向けられたものだろう。

「もちろんです。おっしゃるとおり、子供たちはふたりともここで治療を受けました——理由はちがいますが。まずはお訊きになりたい理由を教えていただけますか？」

「だめです」

「わかりました。そういうことなら」

医者は意味ありげな視線をトゥリーンに投げかけ、彼女はヘスの無礼を釈明するかのように肩をすくめる。ヘスはすみやかに話を進める。

「子供たちにはどんな治療を？」

マジッドは子供たちのカルテに片手をのせるが、内容を確認するそぶりはいっさい見せない。

「マウヌス・ケーアは、一年ほど前にはじめた長期的治療に関連してここへやってきました。小児科と連携するチームは、患者をそれぞれにふさわしい関連部門へ導く水門のような役割を果たしていて、彼はうちの病院の神経学の専門医たちが観察した結果、自閉症と診断された。一方のソフィア・サイア＝ラッセンは、数カ月前に自宅でのちょっとした事故による軽い骨折で入院しただけです。すぐに退院しました。どちらかというと単純なケースです。退院後に少しリハビリが必要でしたが、そちらは主にうちの理学療法科で行なわれました」

「つまり、子供たちはどっちも小児科病棟にいたんですね」ヘスはなおも訊く。「ふたりが出会ったかどうかわかりますか？　あるいは親同士はどうです？」

「断言はできませんが、おそらく交流はないと思いますよ、まったく異なる診断結果からして」

「子供たちを連れてきたのは誰でした？」

「わたしの記憶ではどちらもほとんど母親でしたが、確実なところを知りたければ、直接ご本人たちに訊いたらいいでしょう」

「あなたに訊いてるんです」

「ええ、わたしの答えはいま言ったとおりです」

マジッドはにこやかに微笑む。この男はそこそこ頭が切れるとヘスは判断し、もう母親たちに訊けないことは承知の上で言っているのだろうかと考える。

「子供たちが入院しているあいだ、母親たちと連絡をとっていたのは先生ですか？」

このあたりさわりのない質問をしたのはトゥリーンで、医局長は彼女に話しかけられたことでうれしそうな顔になる。

「わたしは多くの親御さんと連絡をとっていますが、ええ、そのふたりも含まれます。母親たちに――いや父親もですが――任せて安心だと思ってもらえるようにするのも、大事な仕事のひとつですから。治療をしながら信頼感と親近感を築く、これがきわめて重要になる場合もあるのです。それは関係者全員の利益になる。とりわけ患者の」

医者はトゥリーンに微笑みかけ、気障《きざ》なウィンクをしてみせる。モルディブ島でのロマンティックな休暇にでも誘っているつもりか。トゥリーンも微笑みを返す。

「では、こう言ってもまちがいないではないですね。先生はその母親たちをよく知っていた」

「よく？」マジッドは少し戸惑い顔になるが、トゥリーンに向けた笑みは変わらない。その言葉はヘスにとっても意外だが、ここからトゥリーンは本領を発揮する。

「ええ。彼女たちとふたりきりで会ったことは？　彼女たちと恋愛関係になったとか、あるいはただベッドに直行したとか？」

笑みを保ったまま、マジッドは口ごもる。「失礼、いまなんと？」

「聞こえたはずです。質問に答えてください」

「どうしてそんなことを訊くんです？　なんなんですか、これは」

「いまのところは単なる質問です。正直に答えたほうが身のためですよ」

「それならお安い御用です。この病棟では定員を一割ほど超える患者を診ている。つまり回診でひとりの子供にあてられる貴重な時間は数分しかない。だからその時間は、母親ではなく、父親でもなく、刑事さんでもなく、子供たちにあてています」

「でもさっきおっしゃいましたよね、母親たちとの親密な関係が重要になるって」

「ちがう、あれはそういう意味ではないし、あなたのほのめかすような質問はどうかと思いますよ」

「別になにもほのめかしてはいません。ほのめかしというのは、さっきあなたがわたしにウインクして親近感云々と言ったときにやったことで、わたしの質問は、ほのめかしでもなんでもなく、あなたは彼女たちと寝たのか、ということです」

　マジッドは信じがたいといった顔で苦笑し、首を横に振る。

「では、あなたから見た彼女たちの印象を教えてください」

「彼女たちは自分の子供のことを心配していた、ここへ来る両親の大半と同じように。だが、あなたの訊きたいのがその種のことなら、わたしにはこの時間を使ってほかにやるべきことがありますので」

　フセイン・マジッドは立ちあがろうとするが、この小競り合いを楽しんでいたヘスは、コーヒーのしみのついた朝刊を医局長のほうへ滑らせる。

「もう少しいてもらいます。われわれがここへ来た理由は、おそらくあなたもすでに気づいてるはずだ。さしあたり、われわれの捜査のなかではあなたが唯一の共通項なんです」

医局長は、紙面に掲載されている森の写真と、二件の殺人を結びつける見出しを見て、小さく震えているようだ。

「でも、これ以上話せることはありません。マウヌス・ケーアの母親のことはいちばん記憶に残っています、彼の治療はかなり長引いたので。神経学の観点からさまざまな病名が試されて、どれも効果がなかったので、母親は相当まいっていたのか、突然病院に来るのをやめてしまった。わたしにわかるのはそこまでです」

「彼女が来なくなったのは。あなたが彼女に言い寄ったか、あるいは――」

「言い寄ったりはしてません！　彼女は電話をかけてきて、地元の役所から息子のことで連絡があったのでそちらに集中したいということでした。またもどってくると思ってましたが、それきりもどってこなかった」

「でもラウラ・ケーアは息子の治療に自分の時間のすべてを捧げていたんですよ。もうあなたに会いたくないと思うような、それなりの理由があったのでは？」

「わたしに会いたくなかったわけじゃない。わたしとはなんの関係もありません！　いま言ったように、理由は役所からの通知にかかわることでした」

「どういう類の通知ですか？」ヘスが詰問口調で訊いたそのとき、先ほどの若い看護師がドアから顔をのぞかせて医局長を見た。

「お話し中すみませんが、九号室の件で回答が必要なんです。手術室でいま患者さんを待ってます」

「すぐに行く。話はもう終わったから」

「どういう類の通知かと訊いたんです」

フセイン・マジッドはすでに立ちあがって、テーブルの上のものを手早く集めている。

「わたしはなにも知りません。母親から聞いただけで――どうも誰かが役所に通報して、彼女が息子の面倒をちゃんと見ていないと告発したらしい」

「どういう意味です？　なにを告発したんですか？」

「さあ。彼女はショックを受けたようで、その直後にケースワーカーから病院に電話があって、あの少年についての証言を求められたので、わたしたちは応じた。つまり、あの子の治療や、わたしたちがあの子の問題を解決しようとしたことについて。では失礼、ご苦労さま」

「で、あなたは、様子を見にいってせめて彼女を慰めようとか、そういうことはしなかったんですね？」トゥリーンはなおも食いさがり、椅子から立って相手の進路をふさごうとする。

「ええ、しませんでした！　さあ、どいてください、頼みますよ」

ヘスも腰をあげる。「ラウラ・ケーアは、誰が通報したか言ってましたか？」

「いいえ。たしか、匿名でした」

フセイン・マジッドがカルテのファイルでじりじりとトゥリーンを押しのけ、角を曲がって姿が見えなくなると、ヘスの耳にまた子供たちの歌声が聞こえてくる。

51

ケースワーカーのヘニング・ローブは、市庁舎の地下にあるがらがらのカフェテリアで遅い昼食を終えたところで、そこへ電話がかかってくる。今日の午前中はなかなかの試練だった。自転車で出勤する途中雨に降られ、ようやく建物の裏にまわって駐輪場に着いたときには、服も靴もぐっしょり濡れていた。それなのに、上司――児童青少年課の課長――からアフガニスタン人家族およびその弁護士との緊急面談に同席しろと言われたのだ。彼らは子供を施設に入れるという市の決定を覆そうとしていた。

ヘニングはその案件のことを知り尽くしていて、子供を引き離すべきだと彼がみずから勧告したというのに、またぞろ彼らがぐだぐだとつまらない話をまくしたてるのにじっと耳を傾けて一時間半を無駄にするよう求められたのだ。近ごろでは、子供の保護命令の大半は移民の家族に対するもので、この案件でも面談に通訳を連れていかねばならなかった。当然そのせいであらゆることが長引いてしまった。はっきり言って、面談自体が完全に時間の無駄だった。この案件はすでに片がついていた。移民の父親は、十三歳の娘にデンマーク人のボーイフレンドができたという理由で、繰り返し暴力を振るってきた。しかしながら、民主主義の社会ではそんなクズ野郎にさえも権利があり、彼らは話を聞いてもらう機会を与えられる。テーブルをはさんで激しい口論が続くあいだ、ヘニングは——びしょ濡れのまま寒さに震えながら——市庁舎の窓の外を人生が通り過ぎてゆくのを眺めていた。

そのあとは、雨に濡れた全身がまだじめじめと湿った状態のまま、自分の抱えているいくつもの案件に本腰を入れて取りかからねばならず、頭の奥では時計がチクタク鳴っていて、なぜなら今日の仕事がすでに遅れていたからだ。あとたった一回の面接に通れば、三階にあるもっと組織化されたもっと気持ちのいい香りのする環境技術課の仕事に就ける。その面接が今日の午後に予定されているのだ。未処理の仕事をどうにかして片付けてしまえば、準備をする時間がとれるし、もしも面接がうまくいけば、すぐにもこの船から飛び降りられる。社会からはみだして船に飛び乗ってきた大勢の暴力的な近親相姦者や異常者といった乗客の重みで船が沈んでしまう前に。自分は都市の再生や市営公園の改善案を提案できるオフィスにいるほうがどう考えてもフェアだし、しかもそのオフィスでは、晴れだろうが雨だろうが一年じゅうミニスカートで不敵な笑みを浮かべている例の赤毛の研修生、建築課の女子学生の姿がちゃんと拝めるのだ。彼女には本物の男がふさわしい。その名誉に与《あずか》るのがかならずしもヘニングである必要はもちろんないが、彼女のいる景色とそれに不随する妄想——それを彼から奪うことは誰にもできなかった。

その電話に応じたことをヘニングは即座に悔やむ。というのも、その刑事野郎を追い払うのは至難の業だから。彼はヘニングがもっとも苦手とする話し方をする。威厳を感じさせる高圧的な口調で、ただちに情報が必要なのだということをヘニングに対して素早く明確にする。一分後でもなければ、まちがっても今日の午後などではなく。そこでヘニングは手に持っているものを打ち捨てて、急いでオフィスのパソコンまでもどるはめになる。

「マウヌス・ケーアという少年に関する案件で、わかっていることを全部教えてもらいたい」

刑事野郎はその少年のＩＤ番号を伝え、ヘニングはパソコンの電源を入れながら、自分は文字どおり何百という案件を担当しているので、捜査官が疑問に思っても、当然ながら全部をすぐに思いだすことはできないと説明する。

「いいからそこに書かれていることを教えてもらいたい」

ヘニングは画面上で案件の記録に目を通していき、一瞬手をとめる。それは自分が担当した案件で、幸いその場で簡単に要約できるものだ。

「おっしゃるとおり、うちで扱った案件です。通報が――実際は匿名の電子メールが――ありまして、それによれば、少年の母親のラウラ・ケーアは息子の面倒を見るのにふさわしくないと。調査の結果、その申し立てには根拠がないとわかり、そうなるとできることはほとんどないので――」

「その案件に関することを全部聞かせてもらいたい。ただちに」

ヘニングはため息をこらえる。それだと時間をとられそうなので、ペースをあげてファイルを流し読みしながら、可能なかぎり短いバージョンを刑事野郎に伝える。

「通報は約三カ月前、電子メールで、内部告発制度を利用して届きました。社会問題大臣が全国の市町村に設置したものです。市民が匿名の電話や電子メールで虐待されている子供たちの情報を知らせることができるように。なので、誰がこのメールを送ってきたかはわかりません。内容はこんな具合です。この少年をできるだけ早く母親のもとから引き離すべきだ、なぜなら彼女は——ここは引用ですよ——〝身勝手な性悪女〟だから。ほかにも、彼女は子供の問題に目をつぶって自分が脚を開くことしか考えていない、彼女は——ここも引用です——〝もっと分別があってしかるべき〟なのに。メールには、自宅で証拠が見つかるだろうとありました」

「なにが見つかった?」

「なにも。手順どおりに大変な労力をかけて、わたしたちはその養育放棄《ネグレクト》に関する告発を追跡調査し、内気なその少年とショックを受けた両親から——母親と、たぶん義理の父親からも話を聞きました。でも疑わしい点はひとつもなかったし、残念ながらこうした悪質ないたずらはめずらしくないんですよ」

「そのメールを見せてほしい。コピーを送ってもらえますか?」

これこそヘニングが待っていた質問だ。

「いいですよ。裁判所命令があればすぐに。では、ほかになにもなければ——」

「送信者の情報はいっさいなかった?」

「ええ、それが〝匿名〟ということですから。さっきも言ったように――」

「それを悪質と呼ぶ根拠は？」

「まあ、結局なにも見つからなかったし、そもそも内部告発制度は悪質ないたずらに利用されることが多いんです。租税・関税局に訊くといい。あの制度を後押ししてきたのは政治家たちですよ。みんななんでもないことでお互いに告げ口し合ってます、正当な理由なんかなくても。自分が書いて送ったガセネタを、実際に誰かが時間と労力を使って調査しなくてはならないことなんか、誰もこれっぽっちも考えていない。ともかく、何度も言ってますが、ほかになにもなければ――」

「ある。せっかくだから、ついでに同じような通報がなかったかどうか確認してもらいたい子供がふたりいる」

刑事野郎はさらにふたつのＩＤ番号をヘニングに伝える。今度は少女がふたりで、リーナとソフィアのサイア＝ラッセン姉妹。一家は現在クランペンボー――に住んでいるが、最近までイスランスブリュッゲ――コペンハーゲン市役所の管轄区域――に住んでいたことがわかっているので、聞きたいのはその期間について。いらいらしながら、ヘニングはまたパソコンを閲覧して、時計をちらっと見る。さっさとすませれば、まだ面接の準備をする時間は作れる。パソコンからようやく回答が返ってきて、ヘニングがその記録に目を通していると、刑事が番号を繰り返す声がする。この案件も自分が担当したので覚えていると言おうとしたとき、いままで気づいていなかったものを画面上にとらえる。自分の直感をたしかめようと、素早く画面をスクロールしてマウヌス・ケーアの記録までもどる――そして匿名のメールに書かれた言いまわしを確認する。自分の見ているものがなにを意味するのかよくわからず、そのことがヘニング・ローブを警戒させる。

「ないですね、残念ながら。そのふたりにはなにもない。わたしの見るかぎり、ですが」

「まちがいない？」

「システムがこのＩＤ番号を認識しません。ほかになにか？　いますごく忙しいんですよ」

ヘニング・ローブは後味の悪さを噛みしめる。安全を期して、彼はＩＴ部門にメールを送り、システムがダウンしたので警察からの特定の要請に協力できなかった旨を説明する。あとで重要な意味をもってくるとは思わないが、それは誰にもわからない。あとたった一回の面接が終われば出世の階段があり、それをのぼっていけばこんなくだらない世界から離れられるのだ。ずっと、ずっと遠くへ。環境技術課のある三階までどんどんのぼって――うまくすれば、赤毛の彼女のなかまでたどりつけるかもしれない。

52

フーソムの住宅街ではとっぷりと日が暮れていた。子供に優しい減速帯のある狭い道路沿いに街灯がともり、家々の庭の小道はあわただしいキッチンからもれてくる温かな光に照らされ、そこでは家族が夕食をこしらえたり、ルームランナーの上で相も変わらぬ冴えない一日のことをしゃべったりしている。トゥリーンがシーダー通りで警察車から降りると、ケーア家の近所の家の換気扇から揚げミートボールの匂いが漂ってくる。スチール製のガレージと、7という数字が描かれた郵便受けのある白いモダンな家だけが真っ暗で、打ち捨てられたように寂しげに見える。

トゥリーンは電話の向こうにいるニュランダの不機嫌な最後の声に耳を傾けたあと、雨のなかを走って、玄関に向かうヘスのあとを追う。

「鍵はあるの？」

ヘスが片手を差しだす。ふたりは、犯罪現場であることを示す黒と黄色の派手な立入禁止テープで封鎖されたドアの前まで行く。トゥリーンはジャケットのポケットを手探りして鍵を取りだす。

「ラウラ・ケーアに関する匿名の情報が届いたあと、市が調査して、でも告発が信頼できると判断する根拠はなにも見つからなかったんでしょ？」

「そのとおり。ちょっとどいて、きみがそこにいると暗い」

ヘスがトゥリーンの手から鍵を取り、街灯の薄暗い明かりの下で鍵穴に差し入れようとする。

「じゃ、わたしたちはここでなにをするの？」

「言っただろう。ただ家を見たいだけだって」

「家ならちゃんと見た。何回も」

ついさっきトゥリーンがニュランダと話したとき、彼はこの日の成果に――というか成果のなさに――ご不満で、ふたりがどうしてまたシーダー通りにもどる必要があるのかを理解しなかった。トゥリーンもだ。アネ・サイア＝ラッセンが殺された時刻にハンス・ヘンリック・ハウゲのアリバイがあったことで捜査は後退したが、トゥリーンはそれを受け入れた。にもかかわらず、すべてのはじまりだったこの陰気な家をふたたびこうしてじっと見つめている。

ヘスは、医者から話を聞いたあと駐車場へもどる途中で市のケースワーカーに電話をかけ、その相手との会話をトゥリーンに話して聞かせた。国立病院の表にとめた車にすわって、雨がフロントガラスを叩くなか、トゥリーンは、ラウラ・ケーアは悪い母親だから息子を保護するべきだと告発する匿名の電子メールに関する話の一部始終を聞いた。市当局は、その案件を調査し、通報は根拠のないものと判断した。結局それはいたずらメールとして処理され、トゥリーンの関心もそこで終わった。ラウラ・ケーアがその通報のことを国立病院の医者にしか話さなかったことは意外ではあるが、一方で理解できなくもなかった。ラウラ・ケーアの息子は、医師たちの診断によると自閉症を患っており、あの少年のふるまいは――たとえば学校側が説明したように――母親が息子の面倒をちゃんとみていないという誤解に容易につながりかねない。それが単純に誰かを誘発して市へのメールを書かせたのかもしれなかった。加えて、ラウラ・ケーアにはその匿名の情報提供者が自分の友人あるいは学校か職場の人間なのかどうか、知りようがなかったのだから、あれこれ考え合わせると、彼女が通報のことを秘密にしていたのもそれほど不思議ではなかった。ラウラ・ケーアはどこから見ても、息子を助けるために母親ができることは全部やってきたように思えるし、ハンス・ヘンリック・ハウゲのことは気に入らないが、彼が大きな支えになってきたらしいことも認めざるをえなかった。では、その内部告発に関する情報を自分たちはどうすべきなのだろうか。さらにケースワーカーは、アネ・サイア゠ラッセンに対する同様の通報は存在しないと否定した。となると、捜査すべき共通項はひとつもない。

それでもヘスがラウラ・ケーアの家に行きたいと言うので、トゥリーンはそこへ向かいながら、チャンスがあるうちにこの男を事件の担当からはずしておかなかったことを悔やんだ。殺人はまだはじまったばかりだというヘスの予言に目を閉じて耳をふさいでいたわけではないし、森のなかでアネ・サイア゠ラッセンの遺体のそばに立ったとき本能的に脅威を感じてもいた。でも捜査に対するふたりの取り組み方はあまりにもちがっていた。ヘスがまちがった方向へさまよってハートン事件に首を突っこみはじめたら、自分が密告者となってニュランダに知らせるという考えも気に入らなかった。それがＮＣ３への推薦状を手に入れるための条件だとしてもだ。

「わたしたちはいま二件の殺しの犯人をさがしてて、あなたはこれからもっと起こるかもしれないと言った。なのに、もう徹底的に捜索された家のなかをまた見てまわるなんて、時間の無駄でしょ！」

「きみはなかにはいらなくてもいい。むしろ近所の聞きこみをしてもらったほうがありがたい。例の通報のことでなにか聞いてないか、通報した人間に心当たりはないか。そのほうが効率がいいと思わないか？」

「そもそもなんで近所に聞きこみなんかするの？」

立入禁止テープを破ってヘスがドアを開け、乾いた家のなかにはいっていく。彼がドアを閉め、叩きつけるような雨がトゥリーンを一軒めの家へと走らせる。

53

家のなかにはいって玄関ドアを閉め、ヘスが真っ先に気づいたのは静寂だ。目が暗闇に慣れようとする。三カ所のスイッチを押してもなにも変わらず、電力会社が電気の供給をとめたにちがいないと気づく。この家はラウラ・ケーアの名義で、彼女の死亡が登録され、ひとりの人間の暮らしの法的な解体がはじまったのだ。

ヘスは持参の懐中電灯を取りだし、廊下を進んで家の奥へと向かう。ケースワーカーとの電話のことがまだひっかかっている。それにどんな意味があるのか、正直なところわからない。意味があるのかどうかも。ただ、この家をもう一度見なくてはならないことだけはわかる。この件がなければ、国立病院での医者への事情聴取はうまくいったのだ。しばらくのあいだ、自分たちは正しい場所と正しい相手を見つけたのかもしれないと思った。被害者はどちらもあの医者と交流があり、共通項は子供だという自分の直感は正しいと感じられた。ところが、あの医者が通報のことを口にした。

この家をもう一度捜索することは、当てずっぽうにすぎない。この家にあるものはすべて捜査員と鑑識員からなる複数のチームがすでに何度も確認しているのだ。なにより、通報があったのは三カ月前だから、仮になにか見つけるべきものがあったとしても、いまごろはまちがいなく消えているだろう。だが、誰かがラウラ・ケーアのことを通報した――彼女から子供を取りあげるべきだと勧告する憎悪に満ちたメールを書くほど関心をもっていた人間がいた――だからヘスとしては、この家からなんらかの答えが得られることを期待するしかない。廊下を歩いていくと、鑑識班の仕事の痕跡がまだ残っているのがわかる。指紋採取用の白い粉の痕がドアの取っ手や枠に残っているし、番号を振った標識がさまざまな品の上に置いてある――ラウラ・ケーア殺害に関連する起訴が行なわれた場合に利用される、あるいは利用されないかもしれない品々。部屋から部屋へと歩きまわるうちに、書斎として使われているらしい狭い客用寝室のなかにいる。いまは不気味にがらんとしている。机にあったパソコンは持ち去られ、それはまだ警察が保管している。戸棚と引き出しを開け、とりとめのないメモや紙の資料に目を通し、それから浴室とキッチンにはいる。同じことを繰り返すが、目を惹くものはなにもない。雨が激しく屋根を叩くなか、廊下を引き返して主寝室にはいると、ベッドは乱れたままで、ランプが絨毯にころがっている。ちょうどラウラ・ケーアの下着用の引き出しを開けたとき、玄関のほうで物音がしてトゥリーンが姿を現わす。

「近所の人は誰もなにも知らない。通報のことも聞いてないって。みんなが言うのは、やっぱり、ママも義理のパパも息子を大事にしてたってことだけ」

ヘスは次の棚を開けて、なかを引っかきまわし続ける。

「わたしはもう行く。あの医者のことと、それにエリック・サイア＝ラッセンが言ってた浮気のこともまだ調べなくちゃならないし。ここが終わったら鍵は返却して」

「わかった。お疲れ」

54

トゥリーンはシーダー通り七番地の玄関ドアを、わざとほんの少しだけ無用な力をこめてばたんと閉める。雨のなかを駆けだしながら、途中で黒っぽい服のサイクリストをすんでのところでうまくかわし、自分の車までもどってなかに乗りこむ。近所の家をあてもなく歩きまわったせいで服はびしょ濡れだ。ヘスが街へもどりたければ署まで歩いていくことになるだろうが、それは自業自得。今日はさんざんな一日だった。まだなんの手がかりもなく、自分たちが成果もないままあちこち駆けずりまわっているあいだに激しい雨がすべてをどんどん洗い流していく、そんな気がしてならない。

トゥリーンはキーをまわし、ギアを入れて、なめらかに車を発進させる。捜査班からあがってきた今日の報告を確認しなければならないが、本当にしたいのは、署にもどって事件ファイルに目を通すことだ。一から出直し。もう一度ファイルを読み返す。つながりを見つける。ハンス・ヘンリック・ハウゲとエリック・サイア＝ラッセンに連絡して、被害者ふたりと知り合いだったフセイン・マジッド医師のことを尋ねる。シーダー通りを折れて幹線道路に向かおうとしたとき、バックミラーに映ったなにかが目にとまり、トゥリーンは思わずブレーキを踏む。

見えるのは、五十メートルほど後ろにとまっている一台の車だけ。それはシーダー通りと合流する道の行きどまりにある唐檜《とうひ》の大木の下に駐車してあり、木と生垣に紛れてほとんど見分けがつかず、生垣の向こうは運動場のあるエリアになっている。トゥリーンは引き返してその車の横に並ぶ。黒いステーションワゴンだ。車のなかにも外にも、これといった特徴はない。だが、雨のなかでボンネットからかすかに湯気があがっていることから、エンジンがまだ熱を持っているのがわかる――ここにとめられたのはほんの少し前だ。トゥリーンは周囲に目を走らせる。住宅街に用事のある者は行きたい家の前に車をとめるが、この車は行きどまりの少し手前の狭い隙間に押しこまれている。ナンバーを確認するという考えがふと浮かぶ。でもそのとき電話が鳴って、画面を見るとリーからだ。おじいちゃんの家へ娘を迎えにいく予定を完全に忘れていたことにはたと気づき、トゥリーンは電話に出て、車を発進させる。

55

マウヌス・ケーアの部屋は、サイア＝ラッセン家の娘たちの部屋に比べると質素だが、懐中電灯の頼りない明かりのなかで見ても、居心地がよさそうだとわかる。厚手の絨毯、グリーンのカーテン、天井から紙製の提灯《ちょうちん》がぶらさがっている。壁にはドナルドダックとミッキーマウスのポスター、白い棚にずらりと並ぶプラスティックのフィギュアは、正義の味方が邪悪なものと戦うおとぎ話の生き物たちだ。机の上には鉛筆とカラフルなフェルトペンのささったカップ。机の横の小さな本棚から、マウヌス・ケーアがチェスに興味をもっていたことがわかる。なぜそんなことをするのか自分でもわからないまま、ヘスは本を何冊か取りだしてぱらぱらめくる。ここは安全な部屋、この家のなかでいちばん安全な部屋のように感じられる。

視線がベッドに移り、習慣でつい膝をついてベッドの下に懐中電灯を向ける。同僚たちがすでに調べたことはわかっているが。ベッドの支柱と壁のあいだになにかがはさまっていて、どうにか引っぱりだしてみると、〈リーグ・オブ・レジェンド〉の攻略本だとわかる。それを見て良心がちくりと痛む。また病院へ会いにいくと言った約束をまだ果たしていない。

ヘスは本をベッドに置いて、チャンスがあるうちにトゥリーンの車に乗せてもらわなかったことを後悔しはじめる。しばらくは、匿名の情報提供者が事件に新たな光をあててくれたような気がしていたが、いまは自分がばかみたいに思え、しかもこれから雨のなかを街の中心部まで、少なくとも最寄りの駅まで、あるいはせめてタクシーをつかまえられる場所まで、とぼとぼ歩いていくしかないのだからなおさらだ。疲れがどっと押し寄せ、ほんの一瞬、心地よく快適そうな少年のベッドでひと眠りしてしまおうか、それともこのまま警察署へ直行して、今夜どうしてもハーグにもどる必要があるのだと適当な話を作ってニュランダに訴えるべきかと思案する。もちろん本当のことを話したっていい。自分はこの任務に耐えられないと。クリスティーネ・ハートンも例の指紋もそのほかくだらないこともなにもかも自分とはなんの関係もないと。切断された手足と栗人形にまつわるあのおぞましい仮説がひらめいたのは単に睡眠不足のせいだと。少しの運があれば、八時四十五分のハーグ行きの最終便にまだ間に合って、遅くとも明朝にはフライマンの前にひざまずけるかもしれない。この瞬間、それはなんともそそられる名案に思える。

最後に窓の外に、庭とラウラ・ケーアが発見された運動場に視線を向けたそのとき、それが目にはいる。グリーンのカーテンの陰に半分隠れているA４の紙に描かれた子供の絵の束。壁にピンでとめてある。最初の一枚は家の絵で、マウヌス・ケーアが何年か前に描いたものにちがいない。近くに行って懐中電灯で絵を照らす。筆致は単純だ。九本か十本の線で玄関ドアのある家が描かれ、家の上に太陽が輝いている。誘われるようにヘスは次の一枚へと進むが、それも家の絵で、今度は白く塗られ、一枚めよりもいくらか正確に細かいところまで描かれている。シーダー通りのこの家だとわかる。三枚めのテーマも同じ――白い家、太陽、そしてガレージ。四枚めも、五枚めも同じで、一枚ごとに絵がじょうずになっていて、マウヌスの成長ぶりがわかる。どういうわけか、ヘスは感動し、ひとりでに笑みが浮かぶ。そして最後の一枚までくる。テーマは同じ。家、太陽、ガレージ。だが、この絵はどこかおかしい。ガレージがほかと比べて不釣り合いに大きく、家そのものよりずっと大きい。それは屋根の上にのしかかるようにそびえ、壁は黒くて分厚く、奇妙に歪んでいる。

56

ヘスは外に出てテラスのドアを閉める。大気はひんやりとして、家の裏庭の敷石を照らしながら歩いていくと、雨のなかに自分の呼気が見える。角を曲がるとガレージの入口がある。ミートボールの匂いが漂ってきて、ガレージのドアを開けるとようやく消える。ドアは封鎖されていたのに、開けるときにおなじみのパチンという音がしなかったことに気がつく。まあいいかと肩をすくめ、ヘスはなかにはいってドアを閉める。

ガレージのなかは広くて天井が高く、間口は約四メートル、奥行きは六メートルほどある。新しい素材で建てられ、骨組みはスチールで壁は金属の薄板だ。ホームセンターの販売カタログでこのタイプのものを見た覚えがある。車一台分にしてはずいぶんと大きい。何十箱もの透明のプラスティックの収納ボックスがコンクリートの床を文字どおりほぼ埋め尽くしている。車輪付きの箱もいくつかあり、それ以外のものは高く積みあげられている。ヘスは自分がこの世で所有する持ち物のことを思いだす。それは段ボール箱とビニール袋に無造作に突っこんでアマー島の小さな倉庫に預けたまま、もう五年になる。雨が屋根を激しく叩くなか、プラスティックのタワーの横をすり抜けて奥へと進むが、懐中電灯の明かりで見るかぎり、収納ボックスのなかには特に目を惹くものもない。衣類に毛布、古いおもちゃ、台所用品に皿やボウル、すべてきちんと分類されている。壁の一面ではガーデニングの道具が大きなアルミニウムのフックに掛けられて整然と列をなし、ペンキの缶やペンキ塗りの道具、ガーデニング用品が並んでいる。だがほかにはなにもない。ただのガレージだ。マウヌスの絵は一種異様だったが、こうしてガレージに立ってみると、それは彼が深刻な医学的問題を抱えた機能不全の子供であることを示すさらなる証拠にすぎないように思える。

いらだたしい思いで踵を返し、ゆっくりとドアのほうへ引き返そうとしたとき、不意になにか柔らかいでこぼこしたものを踏んだことに気づき、コンクリートの床がわずかに高くなっているのがわかる。大した厚みではない、ほんの数ミリだろうか。懐中電灯で床を照らすと、一メートル×五十センチほどの長方形のゴムマットに足が乗っている。スチール棚の前の床にそれが敷かれているのは、作業時に少しでも快適なようにとの配慮からだろうか。普通ならそれで忘れてしまうところだ――ヘスのように、干し草の山から一本の針を見つけようとしているのでなければ。ヘスは一歩後ろへさがり、ふとした予感から、しゃがみこんでマットを横に引っぱる。ところが、それはびくともしない。下に指を入れてみると二、三センチしかはいらず、マットの縁に沿って指を走らせると、コンクリートの床に細い割れ目が走っているのがわかる。スチール棚からねじまわしをつかみ、懐中電灯を口にくわえると、ねじまわしをマットの下に突っこんで割れ目に差しこみ、ぐいっと押してみる。コンクリートの一部と固定されたマットが少し持ちあがったので、指先を入れて上に引っぱると、そこが地下への昇降口だとわかる。

　そのハッチとコンクリートにあいた黒い長方形の穴を、ヘスは信じられない思いで見つめる。ハッチの裏側に取っ手があり、なかから閉められるようになっている。口にくわえていた懐中電灯を取って穴のなかにまっすぐ向ける。明かりは数メートル下を照らすが、見えるのは、内部の壁に取りつけられたはしごの足元の床材だけだ。ヘスはコンクリートの床にすわりこみ、懐中電灯を口にもどして、片足をはしごの最上段にかけ、下りはじめる。なにを見つけることになるのか見当もつかないが、底に向かって一歩下りるごとに胸騒ぎが激しくなる。紛れもなくにおいがする、建材と香水のにおいが奇妙に入りまじったような。足の下に堅い床を感じたところで、はしごから手を離し、明かりで周囲を照らす。

　大きな空間ではないが、思ったより広い。四×三メートルほどのスペースで、身をかがめなくてもまっすぐ立てる。幅木にコンセントがあり、壁は白い漆喰塗りのコンクリートで、床は市松模様の複合材。こざっぱり。ぱっと見るかぎり異様なところはどこにもない。この部屋が存在するという単純な事実を除けば。誰かが測定して掘ったのだ。資材を買い、それを取りつけて設置し、分厚い防音効果のあるハッチをつけて完成させた。ハッチは開けたままにしてきたが、頭上の雨と現実社会の音はすでに遠くなっている。頭のどこかで、クリスティーネ・ハートンの手足が見つかるのではないかと恐れていたが、ありがたいことにこの部屋はほぼ空っぽに近い。部屋の中央に洒落た白いコーヒーテーブル、その上に三本脚の不思議な形の黒いランプがある。壁の一面には背の高い白い衣裳だんす、その取っ手にタオルが掛かっている。部屋の奥には、頭上に赤っぽい壁掛けが飾られたベッドがあり、白い寝具できちんと整えてある。懐中電灯が点滅しはじめる。振って明かりをまたともす。ベッドに近づきながら、部屋のランプがすべてそのベッドに向けられていることに気づくが、ヘスの注意を惹いたのは段ボール箱だ。膝をついて、明かりで箱のなかを照らす。中身はごちゃまぜで、あわてふためいて大急ぎでぶちこんだように見える。保湿クリームとアロマキャンドル。魔法瓶と汚れたカップと南京錠。ケーブルといくつものWi－Fi装置。小型のマックブックエアーはケーブルがついたままで、それは複合材の床を伝ってコーヒーテーブルの上のランプにつながっている。そこでようやく、ヘスはそれがランプでないことに気づく。カメラだ。三脚にのったカメラで、レンズは、ほかのランプと同様、ベッドに向けられている。

吐き気がこみあげるのを感じて、立ちあがる。ここを離れたい。この穴から逃れて、雨のなかに出ていきたい。でも目が離れない。その目が突然、コーヒーテーブルの反対側にうっすらと残っている濡れた足跡を認識する。自分の足跡かもしれない、いやちがう。ヘスの背後の衣裳だんすから、なにかがものすごいスピードと勢いで飛びだす。後頭部に一撃を食らい、すぐさまその一撃が繰り返される。懐中電灯が手から落ちて、光の筋が万華鏡のように天井を行き交うのがちらりと見え、頭を何度も殴られるうちに、口のなかが血でいっぱいになる。

57

ヘスは身体を半分ひねるようにしてコーヒーテーブルに倒れこむ。意識が朦朧としたまま後ろ向きに足を蹴りだし、襲撃者とからみ合ってよろめきながらベッドに倒れ、その拍子にあごの骨を枠にしたたかぶつける。痛みが脳天に突き抜ける。片方の耳のなかに音ががんがん響き、マットレスの上でぶざまにふらつきながらなんとかバランスをとろうとする。誰かが段ボール箱を引っかきまわしたあと、はしごのほうへ走っていく足音を聞いて、ヘスは床に足をつけなければと思う。立ちあがるが、なにも見えない。暗闇のなかをよろよろ歩き、はしごの場所を懸命に思いだして両手を前に突きだすと、ざらついたコンクリートの壁にぶつけて関節をすりむく。が、そのとき左手がはしごの段に触れる。頭上のあわただしい動きで襲撃者がまだそこにいるとわかり、ヘスの両手と両足ははしごをのぼることを思いだす。ほとんどのぼりきったところで、暗がりのなかに片腕を突きだして足首をつかむと、襲撃者はつんのめってプラスティックの収納ボックスの山に突っこむ。男は足で蹴りはじめるが、ヘスはしがみつく。自分の身体を引きずりあげたとき、コンクリートの床に落ちているマックブックに気づく。その瞬間、かかとで顔を二回蹴られる。男の重みを感じる。恐るべきスピードで襲撃者の膝に首を押さえられ、床に顔を押しつけられる。下半身がまだ穴のなかにある状態で、ヘスはのたうちまわり、空気を求めてあえぐ。絞首刑になったように両足がひくひく動き、襲撃者の手が、愚かにもヘスがコンクリートの床に置きっぱなしにしたねじまわしのほうへ伸びる。あと数秒で気を失うのがわかる——視界がもうぼやけつつある——が、そのとき声が聞こえる。トゥリーンの声だ。彼女が大声でヘスの名を呼んでいる。たぶん道路か家のなかからだろうが、どんなにがんばっても返事ができない。フーソムのどこかのろくでもないガレージの冷たい床に、喉に百キロの重しを乗せられて押しつけられ、しかもその重しはびくともしない。両腕を振りまわすと、突然右手がなにかに触れる。なにか冷たいもの——スチール製の。それを引きはがして武器にするのは無理だ。だから代わりに渾身の力でそれを引く。スチールが動く。ペンキの缶の棚が倒れて頭のまわりに崩れ落ちてくると同時に、耳をつんざくような衝撃音が轟《とどろ》く。

58

トゥリーンはテラスの戸口に立ち、雨を透かして暗く静かな庭を見ている。もう何度かヘスの名を呼んでみた――最初は家のなかで、次は外に向かって――どちらも返事がなく、自分のほうがばかみたいに思える。あの黒いステーションワゴンの持ち主の可能性に思い至り、すぐにUターンして引き返してきたことはどうでもいい。いまひっかかっているのは、ヘスが玄関ドアに鍵もかけずに引きあげたことだ。

ドアを閉めようとしたとき、突然ガレージから大きな衝撃音が聞こえる。トゥリーンは一歩踏みだしてヘスの名を呼ぶ。とっさに、ヘスがまた意味もなくあちこち嗅ぎまわっているのだろうと考えるが、そのとき黒っぽい人影がガレージの奥から飛びだしてきて、雨のなかを裏庭のほうへ消えるのが見える。トゥリーンは三歩で銃を抜いて庭に出る。人影は庭の奥の木々のあいだを駆け抜けて運動場にはいり、トゥリーンも全力で走るが、おもちゃの家に着いたときには姿が見えなくなっている。ずぶ濡れで息を切らしながら向きを変えたとき、貨物列車が近づいてくる音がしてまた振り返る。人影は土手を飛び降りて線路沿いに走っている。トゥリーンもそちらへ猛然と走りだすと、背後から貨物列車が不気味な姿を現わす。

列車は警笛を響かせながらフルスピードで通過し、トゥリーンは草のなかに突っ伏す。人影が一瞬だけ振り返り、列車に追いつかれる直前に左へ直角に曲がって線路を横切る。トゥリーンはくるりと向きを変える。反対方向へ、列車の端に向かって走りながら、線路を横切って追跡を続けようと考える。だが車両の列は果てしなく続き、しまいに彼女は足をとめる。車両の隙間から、ハンス・ヘンリック・ハウゲが必死の形相でちらりとこちらを見返し、それから木々のあいだへと姿を消す。

59

青いライトを点滅させたパトカーが細い路地の両端を封鎖し、熱心な事件記者の最初の数人が早くも現場に集まっている。何人かはカメラマンや中継車を伴ってきて、次のニュース番組に使うための素材を記録している。警察からの情報はいっさいなく、非常線の手前から見えるもので我慢するしかないとしても。住民のグループも集まっており、この一週間で二度めになるが、ショックに茫然《ぼうぜん》として七番地を見つめている。この界隈では、ご近所同士のアウトドア・パーティーやごみの分別以外さしたるイベントもないだろうし、この一週間の出来事が忘れられるには相当な歳月がかかるだろう。

トゥリーンは家の前の路上に立ち、もうひと晩おじいちゃんのところに泊まることを喜んで受け入れたリーにおやすみの電話をかける。なんとか会話に集中しようとするものの、リーが新しいアプリと、ラマザンと遊ぶ約束のことをぺちゃくちゃしゃべっているあいだ、頭のなかでついこの晩の出来事を反芻《はんすう》している。環状道路を街に向かって走っているとき、ひょっとしてあの黒い車はハンス・ヘンリック・ハウゲのマツダ6ではないかとの考えが浮かんだ。だから引き返した。だがハウゲには逃げられてしまい、その追跡劇のあと、ガレージのコンクリートの床でヘスを見つけた。傷だらけでまだ震えていたが、すぐさまマックブックに意識を向けられる程度にはしっかりしていた。ハウゲはあきらかにそのパソコンを持ち去ろうとしたのだ。トゥリーンは科学捜査課に連絡し、ニュランダに最新情報を伝えて、ハンス・ヘンリック・ハウゲの逮捕状を発行してもらった——まだ結果は出ていない。

いまこの家の敷地は、今回はガレージの外となかも含めて、白い作業服の鑑識員たちでいっぱいだ。彼らは自前の発電機を持ちこみ、まぶしいほど強烈な投光照明を設置している。私道に白いテントが設営され、ガレージ内のプラスティックの収納ボックスのほとんどが外に運びだされたおかげで、地下の隠れ家への出入りが少しは楽になった。トゥリーンが娘との通話を終えてガレージにはいると、ちょうどゲンスがカメラを手にハッチから出てくる。うんざりした顔で、マスクを引きさげながら報告する。

「地下の部屋に使われている建材からして、新しいガレージを建てるのとほぼ同時に造ったようだ。それほど深く掘る必要はなかったから、ハウゲはガレージの基礎を造るときに借りた小型の機械を使ったのかもしれない。せいぜい二、三日もあればできるから、じゃまもはいらず作業に専念できたんだろう。当然、部屋は防音仕様になっている、ハッチを閉めてしまえば——ハウゲが好んでそうしたことは想像がつくね」

トゥリーンは黙ってゲンスの話の続きを聞く。部屋のなかではマウヌスのおもちゃもいくつか見つかり、ほかにもクリーム類や炭酸飲料のボトル、アロマキャンドル、その他の身のまわり品もあった。電気も供給され、Ｗｉ－Ｆｉも設置されていた。いまのところマウヌスとハンス・ヘンリック・ハウゲ以外の指紋はひとつも出てきていない。トゥリーンにとってはすべてが理解しがたいことだ。ニュースでこの種の事件のことを読んだり、その手の連中の記事を目にしたりはしてきたが――ヨーゼフ・フリッツルやマルク・デュトルー、ああいう異常者をなんと呼ぶのか知らないが――今日までそういう人間が身近に存在するとは考えていなかったことに衝撃を受ける。

「どうしてＷｉ－Ｆｉがあったの？」

「まだわからない。ハウゲはなにかを処分しにきたようだが、具体的にはわかっていない。段ボール箱にあったノートからパスワードがいくつか見つかった。どうやら匿名のピアツーピア・システムを利用していたようだ。たぶんストリーミングのためだろう」

「なにをストリーミングするの？」

「ヘスとＩＴ班がマックを開こうとしてるけど、パスワードがややこしくてね。署に持ち帰って解読するしかなさそうだ」

トゥリーンはゲンスから使い捨ての手袋を受け取り、横をすり抜けて歩きだすが、ゲンスがその肩に手を置く。

「ＩＴの連中に任せておけばいいさ。わかり次第きみに中身を報告するだろうから」

ゲンスの黒い瞳から、それが思いやりの言葉であることがトゥリーンにはわかる。彼女を休ませようとの意図だが、トゥリーンはそのまま穴のなかへ下りていく。

60

トゥリーンは頭上のはしごの段から手を放す。両足を複合材の床におろして地下室に目を向けると、そこはいまや強力な照明で隅々まで照らされている。鑑識員二名とヘスが、コーヒーテーブルに置かれたマックブックとＷｉ‐Ｆｉ装置を囲んでぼそぼそ話している。

「リカバリーモードから復元してみた？」とトゥリーンは訊く。

ヘスがはっとして振り向く。片目は腫れあがり、指の関節には包帯が巻かれ、片手で後頭部に押しつけているキッチンペーパーのかたまりは血まみれだ。

「ああ、でもやつは暗号化機能《ファイルヴォールト》を使ってたとかで、ここでは開けないらしい」

「ちょっとどいて。わたしがやってみる」

「できれば署に持ち帰ったほうが――」

「やり方をまちがえたら、プログラムの中身が消えてしまうかもしれないでしょ」

ヘスはトゥリーンを見て、マックブックから少し離れ、ＩＴ班にうなずきかけて、きみたちもそうしたほうがいいと合図する。

長くはかからない。トゥリーンはあらゆるオペレーティングシステムに精通しており、ゴム手袋の指でキーを打って、二分とかからずにハウゲのアクセスコードをリセットする。パソコンは彼女をなかに入れてくれ、デスクトップにさまざまなディズニーのキャラクターの大きな写真が現われる。グーフィー、ドナルドダック、ミッキーマウス。画面の左側には、それぞれ月にちなんで命名された十二、三個のフォルダー。

「最新のを見てみよう」

トゥリーンはすでに最新の〝九月〟のフォルダーをダブルクリックしていた。新しいウインドウが開いて五つのアイコンの選択肢が提示され、それぞれに再生マークがついている。トゥリーンは適当にひとつ選んでダブルクリックし、現われたビデオを観る。三十秒後には、胃がむかむかして吐き気がこみあげ、ゲンスの助言に従うべきだったと悟る。

61

いまのところ車のラジオのニュースから流れてくるのは、憶測の繰り返しとハンス・ヘンリック・ハウゲの捜索の告知だけだ。そのあとに続くポップソングがアナルセックスへの陽気な賛歌になると、トゥリーンはスイッチを切ることにする。とても話をする気分ではないので、ヘスが自分の電話に専念しているのはむしろありがたい。

フーソムをあとにしたふたりは、マウヌス・ケーアがまだ入院しているグロストロップ病院へ車を走らせた。スタッフルームで女性医師に事情を説明すると、相手は驚愕《きょうがく》し、少年の身を案じているようだったので、トゥリーンはほっとした。いかなる状況であれハンス・ヘンリック・ハウゲを絶対にマウヌス・ケーアに近づけないようにと指示を出した。万一現われた場合は。ハウゲが逃亡中で警察に手配されていることを思えば、その可能性はかなり低いと思われたが。幸いその医師の話では、この環境のなかで少年は落ち着いているとのことで、それでもトゥリーンとヘスはとりあえず帰る前に彼の病室の前まで行ってみた。少年はベッドで眠っており、ふたりはしばし足をとめて、ドアについている四角い窓からなかをのぞいた。

少年は十四、五カ月ものあいだ繰り返し虐待を受けてきて、そのあいださまざまな医師が、彼が人とうまくつきあえないのは自閉症のせいだとしてきた。集めた情報から推測するかぎり、父親が亡くなって母親がハウゲと一緒になるまでは、マウヌスもほかの同年代の子供と同じようにうまく適応していた。ハウゲがマッチングサイトからラウラを選んだのは、彼女がプロフィールで幼い息子がいると明かしていたからだ。一部の男の目にはマイナス要素と映ったかもしれず、それこそハウゲが彼女に的を絞った理由だった。ハウゲの交際歴から、主にシングルマザーにメッセージを送っていたことはわかっていたが、いままでは深く考えていなかった――ハウゲは単に同世代のパートナーを求めているだけなのだろうと。

ハウゲのマックブックの中身の断片から、彼がどんなふうに少年の口を封じたかがよくわかった。幻想的な赤い壁掛けのある地下の部屋のマットレスにすわって、ハウゲは諭すような口調でマウヌスに警告したのだ。パパが死んだときみたいに悲しむママより、幸せそうなママを見たいよね、そうだろう？　そして、ごく自然な軽い口調で、もちろんこう言い添えた。ぼくにママを傷つけるようなことはさせたくないよね、そうだろう？

そのあとに続くレイプにマウヌスは抵抗せず、トゥリーンはそんなものを観たくなかった。でもそれは起こり、ハウゲのI2Pのログから、その行為がオンラインでシェアされストリーミングされたこともわかった。もちろん最初の会話やハウゲの顔が判別できる場面は除いて。しかも一度きりではない。何度もだ。

ラウラ・ケーアはこの虐待のことを知らなかったはずだが、市に届いた匿名の通報が警鐘を鳴らしたにちがいない。おそらくそこで疑念が芽生えたのだろう。ちょうど通報があったころから、彼女は息子が学校にいるか自分と一緒にいるのでないかぎり、家から出たがらなくなった。ハウゲを恐れていたのかもしれない——彼が見本市で家を離れているあいだに鍵を取り替えたくらいだから。悲しいことに、それはなんの効果もなかったが。

「それじゃ、どうも」ヘスが電話を切る。「明日の朝にならないと、詳しい話を聞けるケースワーカーも市の職員もつかまらないようだ」

「例の匿名の情報提供者を追うつもり？」

「たぶん。調べる価値はある」

「ふたりを殺したのはハウゲじゃないのにどうして？」答えはもうわかっているが、トゥリーンはどうしても訊かずにいられず、ヘスはなかなか答えない。

「ふたりを殺したのは同一犯であることを示す重要な証拠がある。ハウゲにはラウラ・ケーアを殺す動機があったとは言えるかもしれないが、アネ・サイア゠ラッセンを殺す動機がない。そっちに関しては、たまたまアリバイもある。隠し部屋にあったパソコンの内容からして、ハウゲは小児性愛者だ。子供を性的に虐待することで喜びを覚える。暴力を振るったり、切断したり、女性を殺したりする必要はない」

トゥリーンは返事をしない。怒りの矛先はひたすらハウゲで、あの男を見つけるのに時間を費やせたらどんなにいいかと思う。

「大丈夫か？」

ヘスにじっと見られているのを感じるが、トゥリーンはハウゲのことも彼のマックブックにあった映像のことも、これ以上話す気にはなれない。

「それはこっちが訊きたい質問よ」

ヘスは少し戸惑ったような顔で見返し、トゥリーンは前方の道路に目を向けたまま、ヘスの耳から垂れている血の筋を指さす。ヘスがキッチンペーパーを丸めて血をぬぐうと、トゥリーンはハンドルを切って自分のアパートメントに向かう。そのときふと思いつく。

「だけど、その情報提供者はマウヌスが虐待されてたことをどうして知ってたの？　ほかの誰も知らなかったのに」

「わからない」

「それに、もし虐待のことを知ってて、たぶん母親が気づいてないってことも知ってたとしたら――どうしてハウゲじゃなくて母親を殺すの？」

「それも、わからない。だがそういう視点で考えるなら、理由はたぶんこういうことかもしれない――その情報提供者に言わせれば、母親は気づいてしかるべきだったからかもしれない。母親が通報に対して行動を起こさなかったからかもしれない。ともかく、すぐには行動しなかった」

「〝かもしれない〟が多すぎる」

「ああ、これは絶対に確実だ。なにしろケースワーカーがアネ・サイア＝ラッセンに関して同じ通報はなかったと断言してるんだから。それですべて完璧に辻褄《つじつま》が合うというわけだ」

皮肉を言ったあと、ヘスはかかってきた電話を、画面で確認してから拒否する。トゥリーンは車をとめてエンジンを切る。

「アネ・サイア＝ラッセンの場合は、荷物と一緒に子供たちも連れて家を出ていこうとしてた。マウヌス・ケーアの身に起こってたことが判明した以上、アネの上の娘の事故が、偶然なのか、まったく別のなにかの兆候なのか、調べ直したほうがいいかもしれない」

ヘスが彼女を見る。トゥリーンには彼が理解しているのがわかる。すぐには返事がないが、いまの自分の言葉で、彼の頭がすでに別の方向へと考えをめぐらせているような気がする。

「さっき〝かもしれない〟が多すぎると言わなかったか？」

「〝かもしれない〟じゃないかも」

ラウラ・ケーアのガレージであんなものが見つかったあとで笑うのは不謹慎な気もするが、トゥリーンは笑わずにいられない。ユーモアは自分と理解しがたいものとのあいだに距離をおいてくれる。その瞬間、自分たちはなにかをつかんだかもしれないという感覚にとらわれる。車の窓を指の関節で強く叩く音がして、外を見ると、ドアのそばにセバスチャンが立っていて、満面の笑みを浮かべている。スーツに黒いトレンチコート。片手にセロファンとリボンで包まれた花束、もう片方の手にはワインのボトルを持っている。

62

トゥリーンは居間のテーブルでノートパソコンを開き、この日ほかの捜査官たちが集めてきた情報に目を通しながら、特にエリック・サイア＝ラッセンにかかわるものに注目する。セバスチャンには、こちらから頼んで帰ってもらったが、この一幕はもう少しましなものにできたはずだった。

「折り返しの電話をくれないとこういうことになるんだよ。きみはぼくがいきなり現われるかもしれないという危険を冒した」ふたりでアパートメントに着くと、彼はそう言って茶化した。キッチンの明かりをつけたトゥリーンは、あまりの散らかりようにあきれた。クランペンボーの森を捜索したときの濡れた服がまだ片隅に積まれたままだし、キッチンテーブルには朝食のヨーグルトが乾いてこびりついたボウルが放置されている。

「この時間に帰ってくるってどうしてわかったの？」

「一か八か、そして幸運に恵まれた」

路上でのあの状況は気まずく、窓をノックされるまで、建物の玄関前にとまっている車列のなかにセバスチャンのダークグレーのメルセデスがあるのに気づかなかった自分にいまさらながら腹が立つ。トゥリーンが車から降りると、ヘスも降りてきて運転席側にまわった。帰宅するのにこの車を使うことで話がついていたのだ。一瞬、ヘスとセバスチャンが顔を見合わせ、会釈を交わし——セバスチャンはにこやかに、ヘスは控えめに——そしてトゥリーンは玄関ドアへ歩きだした。些細なこととはいえ、セバスチャンとヘスが顔を合わせたことで、ヘスに私生活の一端を見られてしまったのがいらだたしかった。それともいらだちの原因はセバスチャンだろうか。まるで異星人と出会ったような気分だった。普段は彼のそういうところが好きだったのに。

「ねえ、ほんとにこれから仕事に集中しなくちゃいけないの」

「あれがきみの新しいパートナー？　ユーロポールから放りだされたとかいう男？」

「彼がユーロポールから来たこと、どうして知ってるの？」

「ああ、今日は検察局のやつと一緒に昼めしを食ってね。そいつが言ってたんだ、ハーグでしくじって、こっちの殺人課に飛ばされるはめになったやつがいるって。それでぴんときたんだ。こっちに来たばかりでまったく仕事をやる気がなさそうな使えない男がいるって、きみが言ってたから。捜査のほうはどんな具合？」

この一週間、セバスチャンが何度か電話をくれたときに、ヘスのことを話してしまったのが悔やまれる。事件のせいで会う時間がとれず、新しいパートナーが役立たずなのでいつにも増して忙しいとつい言ってしまったのだ。いま思うと、それは正当な評価ではなかった気がする。

「夜のニュースで見たけど、最初の事件の現場でなにかあったらしいね。彼が交通事故にでもあったような顔をしていたのはそのせい？」

セバスチャンが近づいてくると、トゥリーンは身を引いた。

「もう帰ったほうがいいわ。わたしこれから読まなきゃいけないものがどっさりあるの」

セバスチャンが触れようとするのをトゥリーンは拒否した。すると彼は、会いたかった、きみがほしいと言いながらもう一度手を伸ばし、娘が家にいないことをわざわざ思いださせた。それなら好きな場所でできると。たとえばキッチンのテーブルとか。

「いいじゃないか。リーのことを気にしてるの？　あの子は元気にしてるかな？」

でもトゥリーンはリーのことを話す気分ではなく、その代わり、もう一度帰ってほしいと頼んだ。

「つまりそういうこと？　いつどうやるかはきみが決めて、ぼくに発言権はないってことか？」

「これまでもずっとそうだったでしょ。それがいやだと言うなら、終わりにするしかない」

「もっと楽しめる相手が見つかったから？」

「いいえ。でも、もしそうなったら、ちゃんとあなたに話すから。お花をありがとう」

セバスチャンは笑ったが、ドアから出ていってもらうのがひと苦労で、花束とワインを手に訪ねていった相手から追い返されるなんて、彼にはありえないことなのだろうとトゥリーンは推測する。よりにもよって自分がそんなことをするなんてどうかしている気がして、明日彼に電話しようと自分に誓った。

　パソコンに向かいながらりんごを半分食べたところで、携帯電話が鳴る。ヘスだ。車のなかで話したあと、ヘスがサイア゠ラッセンの娘の事故について調べる約束になっていたので、電話がかかってきても不思議はない。不思議なのは、おじゃましたのではないだろうか、と礼儀正しく尋ねてきたことだ。

「いいえ、大丈夫。どうしたの？」

「きみの言ったとおりだった。いま国立病院の救急外来のスタッフと話をしたところだ。上の娘が入院したという鼻と鎖骨の骨折の件とは別に、サイア゠ラッセン家の娘はふたりとも、イスランスブリュッゲでもクランペンボーでも、家庭内の事故で治療を受けたことがあった。性的な暴行をにおわせるものじゃないけど、娘たちが虐待されていた可能性はあるな。たぶんマウヌス・ケーアとはちがうやり方で」

「事故は何回あった？」

「回数まではわからない。ただ異常に多い」

　トゥリーンはヘスの調査結果に耳を傾ける。カルテの内容を彼が話し終えると、あの地下室で覚えた吐き気がまたよみがえりそうになる。明朝いちばんにゲントフテの役所を訪ねてみようというヘスの提案も、ほとんど耳にはいってこない。

「クランペンボーにあるサイア゠ラッセンの家はゲントフテ市役所の管区だから、もしそこの受信箱にアネ・サイア＝ラッセンに対する匿名の告発メールが届いているとわかったら、おれたちの理解は正しいことがわかる」

ヘスが「ところで、あの家にもどってきてくれてありがとう、まだ礼を言ってなかったから」という思いがけない言葉で会話を締めくくり、電話を切る前に自分が「どういたしまして、じゃあまた」と答えている声がする。

そのあとは、落ち着きを取りもどすのに苦労する。なにか別のもので気を紛らすことにして、眠ってしまわないように冷蔵庫から栄養ドリンクのレッドブルを取りだす。身体を起こした拍子に、なにげなく窓の外に目を向ける。

五階の窓から、普段は街の屋根や塔の向こうにある湖までがくっきり見える。だが、先月設置された向かいのビルの建築の足場でその景色はほとんどさえぎられている。今夜のように風が強いと、防水シートがばたばたとはためき、足場の金属の継ぎ目がこすれてぎしぎし鳴って、いまにも崩壊するのではないかと思わせる。だが、トゥリーンの目を惹いたのは人影だ。いや、本当に人影か？　この部屋の真正面にある通路に掛けられた防水シートの陰にシルエットが見えたように思う。一瞬、その人影がまっすぐこちらを見返したような気がする。突然、娘を学校へ送っていったときに車の往来の向こうから誰かにじっと見られていた記憶が脳裏によみがえる。トゥリーンは瞬時に警戒モードになる。本能があのときと同じ人物だと告げている。でも、風がまた防水シートを引っぱり、大きな帆のようにふくらませて人影を見えなくする。シートがもとの位置にもどると、シルエットは跡形もなく消えている。トゥリーンは明かりを消して、パソコンを閉じる。数分間、居間の暗闇に立って足場をじっと見ながら、呼吸をするよう自分に言いきかせる。

十月十六日　金曜日

63

いまは早朝だが、エリック・サイア゠ラッセンには時間がわからない。四万五千ユーロのタグ・ホイヤーの腕時計は、ベルトや靴紐と一緒に、きのうの深夜から警察署の三階で箱に入れて鍵をかけられている。エリック自身は地下の監房のなかにすわっている。重たい金属の扉が開いて、巡査がもう一度尋問を受けるようにと告げる。立ちあがったエリックは、地下の通路を歩き、螺旋階段をのぼって日差しと文明社会のほうへ向かい、怒りを爆発させる準備をする。

警察がいきなり自宅にやってきたのは昨夜のことだ。ベッドで泣きじゃくる子供たちと話をしていたとき、オーペアに呼ばれ、玄関に行くと刑事がふたりいて、尋問のために彼を連行しようと待っていた。いま自宅を離れることはできないと抵抗したが、刑事たちは有無を言わせず、子供たちの面倒をみさせるために義理の母親まで連れてきていたのは、まったくの不意打ちだった。アネが死んでから義理の母親とは話していなかった。孫たちのことを心配してあれやこれや質問し、こちらが望みもしない手伝いを申し出るに決まっていた。ところが、その母親は、まるで共謀者のように刑事たちの後ろの石段に立って、彼が娘を殺した犯人だと言わんばかりに、おどおどした目でじっとこちらを見ていた。エリックが待っていたパトカーのところへ連れていかれ、義理の母親が玄関をくぐって家のなかにはいると、娘たちは走ってきて祖母を出迎えた。ふたりは彼女の脚にしがみついた。

警察署では、なんの説明もなく、娘たちの度重なる事故と負傷の理由について質問された。どういうことか理解できなかった。なんの関連があるのかさっぱりわからないので、上司と話をさせろ、でなければいますぐ車で自宅へもどせと叫んだ。でもそうはならず、エリックは〝アネ・サイア゠ラッセンの殺害にかかわる情報を伏せている〟として勾留され、そこらの犯罪者かなにかのように地下の監房に入れられて耐えるはめになったのだ。

エリック・サイア゠ラッセンがはじめて妻を殴ったのは結婚式の夜だった。ダングレテール・ホテルのスイートルームのドアを開けるなり、花嫁の両腕をつかんで身体を揺すぶり、部屋じゅう引きずりまわして、食いしばった歯のあいだからののしりの言葉を吐いた。結婚式は豪華絢爛《けんらん》たるものだった。費用はエリックの家族が負担し、世界的な有名シェフ、十二皿の外国料理コース、ハウアホルム城の部屋、その他の装飾代すべてを支払った。アネの家族は教会のねずみ並みに貧しかったからだ。なのにアネはどうやって彼に感謝を表わした？　彼の寄宿学校時代の古い友人と、必要以上に親密に延々と話をすることでだ。会場をあとにして車でダングレテール・ホテルに行き、そこでふたりきりになるまで、鬱積した憤怒《ふんぬ》ではらわたが煮えくり返る思いを抑えているのは、エリックにとって耐えがたい屈辱だった。アネはただその学友に親切に話しかけただけだと涙ながらに訴えたが、暴力的な怒りに駆られたエリックは妻のドレスをずたずたに引き裂き、何度も殴りつけ、レイプした。翌日には自分のふるまいを謝罪し、心から愛していると宣言した。朝食の席で、招待客たちは彼女の赤くなった頰を情熱的な初夜のせいと見なした。この瞬間こそが、おそらくエリックの妻に対する憎悪のはじまりだった――彼女が我慢したから、彼女があの長いまつげをぱちぱちさせながらまだ愛情に満ちた目で彼を見ていたから。

ふたりのシンガポール時代はもっとも幸せな時期だった。エリックは有望な成長株で、バイオテック企業数社に賢明な投資をし、ふたりはたちまち現地在住のイギリス人やアメリカ人のジェット族に受け入れられた。妻に対して怒りを爆発させるのはほんのときたまで、それはたいてい彼が設定した忠実度の基準に彼女が達していないからであり、そこには彼女が自分の行動を逐一彼に報告することも含まれた。そのお返しに彼は甘い言葉でモルディブ旅行やネパールの山でのトレッキングを約束した。しかし、子供たちの登場で生活は変わった。最初は妻のいちばんの望みに反対していたエリックだったが、バイオテック企業のさまざまな経営会議の席で、生殖のことはみずからもたびたび話題にしたり議論を耳にしたりしているので、生殖によって家長的なものになるのも悪くないと思うようになった。エリックが動揺したのは、自分の精子の機能に問題があったためふたりで不妊治療クリニックに通わなければならないことだった――アネの提案で。その話題をもちだしただけで彼女をペントハウスで殴りつけた。九カ月後、ラッフルズ病院で小さな女の子が誕生しても喜びは感じなかったが、いずれ感じるようになるだろうと思った。だが、そうはならなかった。ふたりめが生まれたときも。ふたりめが生まれたときはこれっぽっちも感じなかった。ふたりめのリーナは帝王切開しなくてはならず、アネの身体のダメージがあまりに大きかったので、エリックがほしかった息子をもつという望みは断たれた――ふたりの性生活とともに。

シンガポールでの残りの歳月は、数々の浮気と、ビジネスの才能はまだ健在だという事実で自分を慰めていたが、アネが子供たちをデンマークで学校に通わせたいと言うので、一家はアジアから帰国し、イスランスブリュッゲの広い豪華なアパートメントに移って、クランペンボーの家ができるまでの一年間をそこで暮らした。コペンハーゲンの小さな社会は狭くて息苦しく、シンガポールでなじんでいた国際的で自由な雰囲気との落差は大きかった。まもなく彼は、つまらない僻地だとばかにしていたブレド通りで昔の友人たちと出くわすようになった。どいつもこいつも自分の家と子供のことばっかりべらべらしゃべるけちなステータスシンボルとトロフィーワイフだった。エリックの失望感に拍車をかけたのは、娘たちがどんどん母親のコピーのようになってきたことだ。すぐにぐずぐず言うところは母親の甘ったるい感傷的な気質を受け継いでいて、まるで出来の悪い不格好なクローンだった。なお悪いことに、娘たちはエリックが結婚した女と同じ気概のなさを見せた。

ある晩の就寝時、ふたりはどうでもいい些細なことでヒステリックに泣きわめき、アネもオーペアも留守だったので、ふたつの小さなお荷物の面倒をみるのは彼の役目だった。

たまりかねて娘たちをぴしゃりと叩くと、泣き声はやんだ。数週間後、上の娘が、何度も注意して手本まで見せているにもかかわらず、食べ物を皿からこぼしてしまうので、椅子から吹っ飛ぶほど強く叩いた。救急治療室で、娘は脳震盪《のうしんとう》と言われて治療を受け、彼はオーペアのジュディスに、いちばん早い便で水田にもどるはめになりたくなければ口を閉じていたほうがいいと言い含めた。母親を訪ねていたアネが急いでもどってくると、幼い娘の不器用さを利用して話をでっちあげるのは驚くほど簡単で、たいした知能もない子供でも、母親に本当のことを言わないほうがいいことだけはわかっていた。

イスランスブリュッゲでは多くの事故があって、もしかしたら多すぎたかもしれないが、それは役に立った。アネが疑いの目を向けてくることもあったが、決して尋ねはしなかった――少なくとも、引っ越しの直前に地元の役所からケースワーカーが突然やってくるまでは。娘たちが虐待されているという匿名の通報が役所に届いており、ケースワーカーが嗅ぎまわるのをエリックはしばらく我慢しなければならなかった。しかし、弁護士の手を借りてその男を追い払い、もう二度と来ないほうがいいとはっきりわからせたあと、今後はもう少し自制心をもとうと自分に誓った。少なくとも、わざわざそんな通報をしたやつが誰かわかるまでは。

その後、アネがはじめて、事故の責任はあなたにあるのかと直接訊いてきた。当然、彼は否定したが、クランペンボーの家に引っ越して、玄関ホールの階段での事故があったあと、アネは彼を信じなくなった。彼女は泣いて自分を責め、離婚したいと言った。当然それに対する備えはあった。離婚を切りだすなら、こちらは弁護団を差し向けて彼女が二度と子供たちに会えないようにするまでだ。何年も前に彼女は結婚後の契約書にサインしており、それによって彼が稼いだものはすべて彼のものと保証されている。従って彼女がクランペンボーでの金の鳥かご暮らしに満足できないというなら、母親の家のソファで国からの補助金に頼って暮らすしかない。

状況がよくなることは二度となかったが、彼はアネがあきらめたものと思っていた。警察から、彼女がじつは母親の家に行くつもりではなかったと——そうではなく逃げるつもりだったと聞かされるまでは。彼女は夫を捨てる計画を、夫をとんだ間抜け男に見せる計画を立てていた。ところが、まるで魔法のように、彼女はその任務を果たせなくなった。その部分はいまだに不可解だったが、それでエリックは正義感に目覚めた。子供たちとのつながり、それはいまや完全に自分だけのもので、今後はより気楽なものになっていくだろう。もう誰の意見も考慮する必要はないのだ。

エリック・サイア＝ラッセンは自信満々で重大犯罪課の取調室にはいっていく。そこにいるふたりの刑事は前にも会ったことがある。瞳の色がややこしい男と、子鹿の目をした小柄な女。別の状況で会っていればこの女に乗っかって生涯忘れられないような思いをさせてやるのだが。どちらもひどいありさまだ。疲労困憊《こんぱい》といった顔で、特に男のほうは、殴られたばかりなのか、顔が青と黄色に染まっている。このふたりならこっちは強気に出られそうだと瞬時にわかる。すぐに釈放されるだろう。なめられてたまるか。

「エリック・サイア＝ラッセン、おたくのオーペアから改めて話を聞いたら、今度は詳しく説明してくれたよ、おまえが子供たちを叩くところを少なくとも四回は見たと」

「なんの話かさっぱりわからないな。わたしが娘たちに手をあげたとジュディスが言ってるのなら、それは彼女が嘘をついてるってことだ」

少しは押し問答になるかと思ったら、あほどもふたりは彼の言葉を完全に黙殺する。

「彼女が事実を話していることはわかっている。おまえがシンガポールにいたときに雇っていたフィリピン人オーペアふたりにも電話で話を聞いたから、まちがいない。三人とも同じ話をしている、それぞれ個別に。そこで検察局は、おまえがデンマークに来てから行った病院のカルテに記載されている七つの事件に関して、子供たちに対する暴行罪でおまえを起訴することにした」

男が話しているあいだ、エリックは子鹿の目をした女の冷たい視線を感じる。

「さしあたり、おまえの勾留を四十八時間延長するよう要請してある。おまえには弁護士をつける権利があるが、もしその余裕がない場合は、裁判所が誰かを任命することになる。判決が下るまで社会福祉局が子供たちの祖母と緊密に連携して面倒をみることになるだろう。彼女はすでに孫たちの後見人になると申し出ている。有罪の判決を言い渡されたら、おまえが親権を維持できるかどうか、監視付きで子供たちとの面会が許されるかどうか、その決定も下されることになる」

すべての音が消える。一瞬、エリック・サイア＝ラッセンは虚空を見つめる。そしてうなだれる。目の前のテーブルに広げられているのは、医者の所見が記載された病院のカルテと、娘たちの負傷の画像やレントゲン写真で、ひどいありさまだと突然エリックは思う。どこか遠くで、子鹿の目が話している。イスランスブリュッゲから引っ越す直前に匿名の通報があったあと、市のケースワーカーの訪問を受けたこともジュディスから聞いている、と。エリックの事件がほかの担当者の手に渡される前に、その件についてこの場で話を聞いておきたいという。

「通報したのが誰か知ってるの？」

「通報しそうな人間に心当たりは？」

「オーペア以外にあんたが子供たちに暴力を振るっていたことを知ってる人は？」

顔を青と黄色に腫らした刑事が、この質問の答えがいかに重要かを強調するが、エリック・サイア＝ラッセンは言葉を発することができない。画像をぼんやりと見つめるばかりだ。まもなくエリックは連れだされ、監房の扉が閉まると、くずおれる。人生ではじめて、娘たちが恋しくて。

64

頭が割れそうな気分で、ヘスは市庁舎の壁の外で冷たい風のなかにとどまらなかったことを悔やむ。ハンス・ヘンリック・ハウゲとの格闘による頭のなかの強いしびれは、この数日でしつこい頭痛へと変わっていた。ハウゲがいまだに見つからないことも、頭痛をやわらげる役には立たない。けさは署でやむなくエリック・サイア＝ラッセンの尋問に同席し、そのあと大急ぎで市庁舎へやってきて、ケースワーカーのヘニング・ローブとその上司から話を聞き、いまそのふたりと一緒に児童青少年課の異様に暖かいオフィスにすわっていることも同様だ。この堅苦しい雰囲気とマホガニーの羽目板が子供をなごませるとは思えない。

ケースワーカーは保身に汲々としており、おそらくその大部分は、椅子のなかでそわそわと気をもんでいる上司のためだろう。

「いまも言ったとおり、システムがダウンしていたんです。だからお役に立てなかったんですよ」

「火曜日に話をしたときは、そんなことは言ってなかった。アネ・サイア＝ラッセンの子供たちに関する通報はないと、そう言った。実際にはあったのに」

「現時点でシステム上には見当たらないと、そう言ったような気がするんですけどね」

「いいや、そんな言い方じゃなかった。こっちが彼女たちのID番号を伝えたら、あんたは――」

「いいでしょう、わかりました。どういう言い方をしたかはよく覚えてませんが――」

「どうして本当のことを言わなかった？」

「いや、別になにかを隠そうとかそんなつもりは……」

ヘニング・ローブは始終もぞもぞしながら横目でちらちらと上司の顔色をうかがい、ヘスは、最初に考えたとおり、あと何日か早くこの男に直接会いにこなかった自分を呪う。ラウラ・ケーアに対する匿名の情報提供者への疑念は、ガレージで地下室が発見されたあとしばらく放置された。というのもアネ・サイア＝ラッセンに対する類似の通報はなさそうだったからだ。一家がイスランスブリュッゲに住んでいるあいだ市当局にはそのような情報は届いていないというケースワーカーの証言をヘスはすでに得ており、だからトゥリーンと一緒に、クランペンボーを管轄しているゲントフテ市役所に焦点を合わせたのだ。ゲントフテでは、アネ・サイア＝ラッセンに関する通報のことはまったく知らないと言われたので、二件の殺しは子供の虐待でつながるのではないかという仮説は立ち消えになるかと思われた。サイア＝ラッセン家の周辺の誰ひとり、娘たちの怪我が事故でないとは考えもしなかった。オーペアから答えを引きだすのが最大の難関だったが、それもきのうの午後遅くまで――ヘスとトゥリーンが彼女をエリック・サイア＝ラッセンの報復からかならず守ると保証したことで――彼女が泣き崩れて胸のつかえをすっかり吐きだすまでだった。いい機会だからと、彼女は、いつかイスランスブリュッゲの古い住所にコペンハーゲン市役所のケースワーカーが訪ねてきたことがあったとも話してくれた。アネが子供たちの面倒をちゃんとみていないと告発する匿名の情報提供があったので担当者が調査をはじめていたのだ。貴重な時間を無駄にしたとわかって、ヘスは地団太《じだんだ》を踏んだ。

火曜日に電話で話したあとも、ヘニング・ローブに対するヘスの印象はすばらしいとは言いがたかったが、この聞きこみのあいだもその印象が改善されることはなかった。ヘスがこれをひとりで担当しているのは、トゥリーンとＩＴ班が情報提供者のデジタルの証拠を求めてこの部署のコンピューターを徹底的に調べはじめていたからだ。ローブは自分の嘘を〝技術的なエラー〟だと弁解していたが、ラウラ・ケーアとアネ・サイア＝ラッセンを告発する匿名の通報二通を読み進めるうちに、ローブが電話であれほど逃げ腰だった理由についてヘスは別の仮説を打ち立てた。

内部告発制度を通じてアネ・サイア＝ラッセンに関する通報が届いたのは、ラウラ・ケーアに関する通報のおよそ二週間後、サイア＝ラッセン家がクランペンボーに引っ越す直前だった。その内容は異様なほどまわりくどく、Ａ４用紙一枚をほぼ埋め尽くしていた。要点は、アネ・サイア＝ラッセンのふたりの娘、ソフィアとリーナを母親の手から、娘たちが虐待されている敷地から、引き離せという要求だ。だがそのメールはとりとめがなく冗長で、思うところを一気に書きあげたかのように句読点がほとんどなく、ラウラ・ケーアのときの冷ややかで事務的で簡潔なメール文とはきわめて対照的だ。アネ・サイア＝ラッセンは、娘たちより自分のことにかまけている上流階級の頭空っぽ女と書かれている。彼女は金と贅沢な暮らしに執着していて、それは子供たちが治療のために運びこまれたあちこちの病院の傷害事故報告書を調べてみれば誰の目にもあきらかだろう、と。二通のメールは書体も字の大きさも極端にちがうが、続けて読めば、どちらにも〝身勝手な性悪女〟と〝もっと分別があってしかるべき〟という文言が使われていることは否応なく目につく。しかもアネ・サイア＝ラッセンに対しては一度ならず。そこからうかがえるのは、送信者が同一人物であること、両者のちがいは作為的なものかもしれないということだ。このことがヘニング・ロープを不安にさせ、サイア＝ラッセン姉妹の件について嘘をつかせたのだろうとヘスは推察する。

ロープは規則を盾に、ふたつの案件に対する自分の処理を擁護している。すべては規則に従って処理したものであり、両親は虐待の事実はないときっぱり否定した。彼は何度もそう繰り返す。市の職員が訪ねてノックすれば、両親は当然のようになにもかも正直に話すとでも思っているのか。

「しかし、警察の捜査でこの二件を別の観点から見直す必要が生じました。当然わたしとしては迅速かつ徹底的な内部審査を提言するつもりです」と、この課の責任者が口をはさむ。

この意見にローブは黙りこみ、そのあいだも彼の上司は保証の言葉をくどくどと繰り返す。ヘスはまた頭が締めつけられるような感覚を覚える。火曜日の夜に救急外来を訪ねたとき、みずから確認すべきだったのに、それをせずにオーデンへ、自分で散らかしたペンキ塗りの道具のところへもどった。眠りに落ちるときに考えていたのは、花束とワインを持ってトゥリーンを待っていた男のことで、驚いたことになぜかいらだちを覚えた。彼女にも仕事が終われば待っている相手くらいいるだろう、当然だ。なにも自分が気にすることはない。

その翌朝は史上最悪の頭痛とともに目覚め、待っていたように携帯電話が鳴りだした。フランソワからで、ヘスがフライマンとの電話会議をすっぽかしたあと、どうしてもっと積極的になにかしなかったのか理解に苦しむと言われた。仕事にもどりたくないのか？　いったいなにを考えてるんだ？　ヘスはあとでかけ直すと言って電話を切った。三四Cのお節介なパキスタン人が、ヘスが起きだすのを聞きつけたのか、すぐさま戸口に立ってなかの修羅場に目をやりながら、不動産業者がきのう訪ねてきたが無駄足だったと教えてくれた。

「ペンキの缶と床の研磨機が通路にあるのはどういうわけだ？　ほかの住人のことも考えてもらわないと困るよ、そうだろう」

ヘスはありとあらゆる約束をしたが、どれも守れていなかった。トゥリーンとふたりでエリック・サイア＝ラッセンを仕留めるのに大忙しだったのだ。

「その情報提供者についてわかることは？　あんたが訪問したと主張してるその家族を訪ねたときに、なにかわかったことがあるだろう」ヘスはもう一度言ってみる。

「ちゃんと行って調査しましたよ。主張してるわけじゃありません。ですが、さっきも言ったように――」

「もうたくさんだ。あの少年は地下室でレイプされていて、あの少女たちは何度も何度も応急処置を受けていて、状況は陰惨をきわめていた。なのにあんたにはそれを見つけだせなかった正当な理由とやらがあるらしい。おれがはっきりさせたいのは、その情報を送ってきた人物について、あんたがなにか知っているのかどうかってことだけだ」

「ほかにはなにも知りません。あなたのその言い草はどうかと思いますよ。さっきから言ってるように――」

「もういい。休憩しよう」

ニュランダが到着していた。オフィスの入口に立ち、ヘスにうなずきかけて話があることを伝えてくる。ヘスが暑い部屋から逃れられてほっとしながら階段まで行くと、職員たちがふたりをいぶかしげに見てあわただしく通り過ぎる。

「市当局のすることを評価するのはきみの仕事ではない」

「ならその話はしないようにしますよ」

「トゥリーンはどこだ？」

「隣の部屋、そこの。IT班と一緒に密告メールを送ってきたやつを突きとめようとしてます」

「われわれはそいつが犯人だと考えているのか？」

ボスの〝われわれ〟という言い方にヘスは一瞬むっとするが、努めて無視する。フライマンも同じ話し方をするので、ふたりは同じマネジメント講座に通っていたんだろうかとヘスは考える。

「そういうことです。ローサ・ハートンにはいつ話を聞けますか？」

「なんの話を聞くんだ？」

「まあ、それは――」

「大臣にはもう話を聞いた。ラウラ・ケーアのこともアネ・サイア＝ラッセンのこともまったく知らないそうだ」

「でもわれわれがいまここにいること自体が、彼女にもう一度話を聞くべきだって意味ですよ。被害者はふたりとも匿名の密告を受けていて、その目的はそれぞれの子供を保護させることだった。あるいは犯人の目的はそのことじゃなかったかもしれない。ひょっとしたら機能してないシステムを名指しで非難していただけかもしれないけど、どっちにしても、ローサ・ハートンと関連がありそうだってことがわからないとしたら、そいつはぼんくらですよ。なんといっても彼女は社会問題大臣だし、よくよく考えてみればはっきりしてる。今回の諸々の発端となった殺しが起こったのは、彼女が大臣に復帰したのとほぼ同時だった」

「ヘス、きみはよくやっている。普段のわたしは、あまり評判が芳《かんば》しくないからという理由でその人物をどうこう言ったりはしない。だが、どうもきみはわたしをぼんくら呼ばわりしているように聞こえるんだが」

「だったら、それはもちろんあなたの誤解ですよ。でも、さらに付け加えるなら、犯行現場で見つかったふたつの栗人形についていた指紋がローサ・ハートンの娘のものだという事実は――」

「いいからよく聞け。わたしはハーグにいるきみのボスから、プロとしてのきみの適性を評価するよう頼まれていて、当然ながら、わたしとしてはきみが復職できるよう力になりたい。そのためにも、きみには大事なことに集中してもらわねばならない。ローサ・ハートンにもう一度話を聞くには及ばない。なぜなら事件とは無関係だからだ。わかったな？」

ハーグにいるボスの情報にヘスは不意をつかれる。一瞬、驚きのあまり返事ができない。ニュランダが、この課のデスクトップコンピューターが置かれている部屋から出てきたトゥリーンに顔を向ける。

「どうだ？」

「密告メールはどちらもウクライナの同じサーバー経由で届いてますが、運営側は当局に協力的とは言えません。むしろ逆です。IPアドレスは二、三週間あればわかるかもしれませんが、そんな時間の余裕はないでしょう」

「法務大臣からウクライナの大臣に連絡してもらえるよう頼んでみたらどうにかなりそう

か？」

「どうでしょう。向こうに協力する気があっても時間がかかるでしょうし、わたしたちにはその時間がないんです」

「たしかにそうだ。最初の事件と二件めとの間隔はたった七日だった。犯人がきみの言うとおり頭のおかしなやつだとしたら、のんびり指をくわえているわけにはいかない」

「その必要はないかもしれません。密告メールはどちらも内部告発制度を利用して送られてきています。一件めは三カ月前、二件めはその二週間後。どちらも犯人が送ってきたものだとしたら、そしてそいつがまたやるつもりだとしたら――」

「――だとしたら、やつは次の被害者に関するメールをすでに送っている」

「そういうことです。ひとつ問題があります。いま聞いた話では、内部告発制度を利用して送られてくる告発メールは、児童青少年課あてのものだけで週に平均五通あるそうです。年間にすると二百六十通。その全部が子供を保護しろという内容ではないでしょうけど、システムがないので、実際に調べるメールがどれくらいの数になるかはわかりません」

ニュランダがうなずく。

「その課の責任者と話してみよう。もちろん彼らにも協力してもらわねばならない。必要なものはなんだ？」

「ヘス？」

ヘスの頭はずきずき痛み、フライマンとニュランダが通じているというニュースで状況は悪化している。トゥリーンの問いかけに答えるために、ヘスは頭をはっきりさせようとする。

「ここ六カ月以内に匿名で届いた、子供の養育放棄と虐待の通報メール。特に二十歳から五十歳のあいだの母親に対する告発で、子供を親元から引き離せと要求しているもの。実際に調査が行なわれて、でも介入する理由が見つからなかった案件」

この課の責任者が背後のドアから出てきて、期待をこめて三人を見守っている。この機を逃さず、ニュランダは必要なものを説明する。

「しかし、そういう案件が一カ所にまとめてファイルされてるわけじゃありません。集めるには時間がかかりますが」と責任者は答える。

ニュランダがヘスを見ると、彼はもう暑い部屋のほうへ歩きだしていた。

「ではおたくの課の職員を総動員したほうがいい。厄介な仕事のほうはわれわれがやるので、一時間以内に集めてもらいたい」

65

子供のいる女性に関してコペンハーゲン市役所あてに送られる匿名の通報は予想以上に多いことがわかった。相当な数に及ぶのはたしかで、任命された職員が赤い案件ファイルを持ってきて、テーブル上でどんどん高くなる山の上に加えると、ヘスはこの作戦が正しかったのか不安を覚えはじめる。だがニュランダとの会話のあとでは、どこかに焦点を絞ってとにかく手をつける以外にできることはなさそうだ。トゥリーンは開放感のある広いオフィスでエイサーのノートパソコンを使ってファイルを読むほうを好み、一方ヘスは、会議室に腰を落ち着けてページをめくっていて、なかには印刷したてでまだ温かい紙もある。

ヘスのやり方は単純だ。関連のありそうな案件ファイルを開き、匿名のメッセージだけにざっと目を通す。関連がなさそうなら、ファイルは左の山の上に投げだされる。関連がありそうなら――もっと精査する必要がありそうなら――ファイルは右の山へ行く。

はじめてすぐに、この大ざっぱな仕分け作業は予想外にむずかしいことがわかってくる。どのファイルにも、ラウラ・ケーアやアネ・サイア＝ラッセンに対する告発に見られるのと同じ憤怒がくすぶっている。怒りに任せて書かれたものも多く、なかには、母親の欠点をあげつらう匿名のメールを送らなければ気がすまなかった元夫や伯母や祖母からだろうと容易に察しがつくような露骨な暴露メールもある。だがヘスには確信がなく、右の山が次第に高くなっていく。メール自体、読むと気分が悪くなるものばかりだ。ほとんどは家庭内の争いごとの証拠で、子供たちはそのなかにとらわれている――いまもとらわれたままでいるのかもしれない、ヘスが要求したのは告発がすでに却下された案件だから。それでも役所には調査する義務があり、ヘニング・ロープの責任を免除するわけではないが、いまはあのケースワーカーの皮肉な態度が少しは理解できる。密告の動機は子供たちの幸福をはるかに超えたところにあることも少なくない。

ここ半年以内の匿名による介入提案メールのうち、四十件あまりの告発文に目を通すころには、いい加減うんざりしている。思った以上に手間のかかる作業で、すでに二時間近くたっており、比較のためにもとになる案件ファイルを始終めくらねばならないせいもある。さらに悪いことに、このメールの大半を犯人が書いた可能性もなくはないのだ。しかも〝身勝手な性悪女〟か〝もっと分別があってしかるべき〟という文言が使われているものがひとつもない。

職員の説明では、ヘスが提示した条件にあてはまる案件はこれで全部なので、もう一度ファイルの山を見直しはじめる。二巡めが終わるころには、国旗が掲げられた市庁舎の窓の外は夕闇に包まれていた。まだ四時半を過ぎたばかりだが、H・C・アンデルセン通りの街灯がともされ、チボリ公園の庭園沿いに立つ黒っぽい貧弱な並木で色とりどりの電球が輝く。今回ヘスは、悩んだ末に七件の告発メールを選びだした。だがこのなかに正解があるという確信はまったくない。七件すべてで、情報提供者はひとりないしは複数の子供をその母親から引き離すよう市に強く求めている。どれも大きなばらつきがある。短いもの、長いもの。なかの一件は、よくよく考えると送り主は家族の誰かとしか思えず、別の一件はおそらく教師からだ。学童クラブで行なわれたミーティングの内部情報が含まれているから。

しかし、残る五件は読み解けない。一件は祖父母が書いたような古風な言葉で書かれているので却下、もう一件はスペルのまちがいがあまりにも多いので却下する。残るは三件――子供たちに労働をさせて搾取していると告発されたガンビア人女性。本人が薬物依存で子供たちの養育を放棄していると告発された障害のある母親。自分の子供と性的関係をもっていると告発された失業中の母親。

いずれもぞっとする内容で、もしこのなかのひとつが本当に殺人犯の送ったものなら、その告発はおそらく事実だということにヘスは気づく。ラウラ・ケーアとアネ・サイア＝ラッセンの場合もそうだったのだから。

「うまくいってる？」トゥリーンがエイサーのノートパソコンを脇に抱えて部屋にはいってくる。

「いいや」

「なかで気になるのが三つある。ガンビア人の母親と、障害のある母親と、失業中の母親」

「ああ、ひょっとしたら」トゥリーンが自分と同じメールを選びだしたことにヘスは驚かない。むしろ彼女が単独でやったほうが事件を解決できるのではないかと思いはじめている。

「もう少し詳しく調べたほうがいいと思う。三件とも」

トゥリーンがじれったそうにヘスを見ている。ヘスの頭痛は治まらない。頭を使うこの作業自体がなんとなく無意味に感じられるが、なぜかはわからない。外はどんどん暗くなり、今日のうちに結果を出すつもりなら、なんらかの決断を下さねばならないのはわかっている。

「犯人は、被害者たちが役所に告発されていたことを、おれたちがどこかの時点で突きとめると予想しているにちがいない。これは正しいか否か」ヘスは問いかける。

「正しい。それが犯人の目的の一部でさえあるかもしれない、わたしたちが突きとめることが。でもわたしたちがどれくらい早く突きとめるか、犯人にはわからない」

「つまり犯人には、おれたちがどこかの時点でラウラ・ケーアとアネ・サイア゠ラッセンに関する密告メールを読むとわかっている。これは正しいか否か」

「〈二十の質問〉ゲームじゃないんだから。先へ進めないんだったら、もう一度近所の人たちに話を聞きにいったほうがいい」

だがヘスは自分の思考の流れを維持しようとして先を続ける。「じゃ、もしもきみが犯人で、最初の二件のメールを書いたんだとしたら――そしておれたちがその二通を見つけて自分たちはなんて賢いんだと得意になるのがわかってるとしたら――三件めはどんなふうに書く？」

ヘスには彼女が理解するのがわかる。彼女の目がヘスから両手のなかのパソコンに移る。

「だいたいにおいて、どれも読ませる文章じゃない。でも、わたしたちが意図的に脱線させられてるという発想で戯《たわむ》れに考えるなら、怪しいのは二件。一件はスペルがまちがいだらけの、もう一件は古風なデンマーク語で書かれたの」

「よりばかげてるのはどっちだ？」ヘスは問う。

トゥリーンの目が画面上を移動しているあいだ、ヘスもテーブルの上の二冊のフォルダーをさがしあてて開く。今回は、スペルミスだらけの告発メールを読んだときに、直感が働く。気のせいかもしれない。そうではないかもしれない。トゥリーンがパソコンの画面をこちらに向け、ヘスはうなずく。自分が選んだのと同じメールだ。告発されたのは、ジエッシー・クヴィウム。二十五歳。都市計画団地の居住者。

66

ジェッシー・クヴィウムは六歳の娘を連れてすたすた出ていくが、角を曲がる前に、優しそうな目をした若いパキスタン人教師に廊下でつかまる。

「ジェッシー、ちょっと話せますか？」

あら、残念だけどこれからオリヴィアと一緒に急いでダンス教室に行かないといけないの、と言い終わらないうちに、教師の決然たる顔つきから、もう逃れられそうにないとわかる。彼のことはいつも避けるようにしている。ものすごく巧みにジェッシーの良心をとがめさせるからだが、ここはなんとか愛想を振りまいて脱出するしかない。はにかむようにまつげをぱちぱちさせ、マニキュアを塗ったばかりの長い爪の先で顔にかかった髪を払いのけて、今日の自分がとてもきれいに見えることが相手にもわかるようにする。美容院に二時間もいたのだ。念のために言っておくと、そこはアマー通りで唯一のパキスタン人の店だが、価格が安いし、今日もそうしたように、少し待てばメイクアップとネイルもしてくれる。ジェッシーの腰にぴったり張りついているのは、街にあるH&Mで買ったばかりの新しい黄色のスカートで、値段はたったの七十九クローネ――ひとつには店の棚から片付けられる途中の薄手の夏物だったから、もうひとつは縫い目がほころびかけているのを店員に見せたかったからだ。このスカートが必要な理由からすれば、そんなことはなんの問題にもならない。

けれども、ジェッシーの微笑みとぱちぱち動くまつげは教師に跳ね返される。最初は、子供のお迎えが学童クラブの閉まる午後五時ぎりぎりなのでまた小言を食らうのだとばかり思い、市民が税金の恩恵を受けることはまだ許されているはずだと即座に言い返そうと考えている。ところが、今日のアリは――たしかそう呼ばれている――オリヴィアがレインコートと長靴を持っていないことについて尋ねる。

「もちろんいまはいてる靴に問題はないんですが、ただ本人が濡れると冷たいと言ってますし、秋にはあまりふさわしくないかもしれませんね」

教師の目がさりげなくオリヴィアの穴だらけのトレーナーに向けられ、ジェッシーは大きなお世話だとどなりつけたい気分になる。いまそういうものをそろえるための五百クローネはないし、そんなお金があるくらいなら娘をさっさとこんな教室から引きあげている。生徒の半数がアラビア語を話し、保護者と教師の懇談会ではいちいち三人の異なる通訳を介さなければならないような教室からは。もっともその懇談会に自分が参加しているわけではないが、そう聞いている。

間の悪いことに、ほかの教師も何人か近くをうろついているので、ジェッシーはプランBを選ぶ。

「ええ、でもレインコートも長靴もちゃんと買ってあるんです。ただ別荘に忘れてきちゃって、でも次は忘れないようにしますから」

もちろん、そんなのは全部口からでまかせだ。レインコートはないし、長靴もないし、ましてや別荘なんてあるわけがない。でも都市計画団地の部屋で着替える前に白ワインのハーフボトルを空けて、車を走らせながら言い訳を考えてきたのだ、いつものように。

「なるほど、そういうことならけっこうです。自宅でのオリヴィアはどんな様子ですか?」

通りかかる教師たちの視線を感じながら、なんの問題もないいたって順調だとジェッシーは説明する。アリは声を落として、オリヴィアがほかの子供たちにうまく溶けこめていないので少々心配していると言う。彼女が完全に孤立しているようなので、できれば近いうちに話し合いの場を設けたいと考えている、と。そこでジェッシーはすぐに承諾する。費用は全部持つからみんなでテーマパークへ遊びにいこうと誘われたのかと思うような親しみをこめて。

そのあとジェッシーはトヨタの小型車アイゴにすわり、娘が後部座席でダンスウェアに着替えているあいだ、開けた窓の外に向かって煙草をふかす。オリヴィアには、先生の言ったことはまったくそのとおりで、すぐにレインコートを買ってあげると話す。

「だけど、あんたもちゃんとして、もっとほかの子たちと遊ぶようにしないとね、いい?」

「足が痛い」

「少し動かせば治るから。毎回休まずに行くのが大事なんだからね、オリヴィア」

ダンススタジオはアマー・ショッピングセンターの最上階にあり、ふたりはレッスンのはじまる二分前にかろうじて到着する。駐車場のある階から階段を駆けあがらねばならず、当然ほかのお嬢さまたちは光沢のある木のフロアに立ってすでに準備をしており、みんな最新流行の高価な衣装を身につけている。オリヴィアが着ているスーパーマーケットで買った薄紫色のドレスは去年も着ていたもので、肩のところが少し窮屈ではあるけれど、まだどうにか着られる。ジェッシーが娘の上着を引っぱって脱がせ、フロアに送りだすと、教師が優しい笑顔で迎えてくれる。母親たちは壁ぎわに並んでいて、お高くとまった嫌味な女たちが夢中で話しているのは、健康や、秋のグラン・カナリア島への休暇旅行や、学校での子供たちの様子といったことだ。ジェッシーは女たちに礼儀正しくにこやかに挨拶する。内心ではみんな地獄へ堕ちろと思いながら。

少女たちがダンスをはじめると、ジェッシーはスカートを整えながら、じれったい思いでちらちらと周囲を見るが、彼の姿はまだなく、母親たちの視線にさらされて一瞬落ちこむ。きっと来ると信じていたのに、彼がそこにいないことで、自分が考えていたふたりの関係が不安になってくる。ほかの女たちと一緒にいるのが気まずくて、黙っているつもりだったのに、そわそわしてついくだらないおしゃべりをはじめてしまう。

「わあ、今日はみんななんて素敵なんでしょ、小さなお姫さまたちね。ダンスを習いはじめてまだ一年だなんて、信じられない！」

　ひとこと言うたびにみんなの憐れむような視線にどんどんのみこまれていく気がする。そして、ようやくドアが開いて彼がスタジオにはいってくる。一緒に来た娘が小走りでみんなのところへ行き、ダンスに加わる。彼がジェッシーと母親たちのほうを向いて親しみのこもった会釈をし、苦もなく笑顔を見せると、彼女は胸の高鳴りを覚える。彼は自信に満ちた態度で、いまや彼女もすっかりなじみになったアウディのキーをさりげなく揺らしている。彼がほかの母親たちと言葉を交わして笑わせ、ジェッシーは自分が見向きもされなかったことに気づく。尻尾を振る犬のようにすぐ横に控えているのに、完全に無視されて、彼女は思わず口走る。ああ、そういえば、あなたに相談したいことがあるのよ。学校の〝学級内文化〟について大事な相談が——その場にいる母親のひとりから聞いたばかりの言葉を使う。彼はびっくりした顔になるが、返事を聞く前に彼女は出口のほうへ歩きだす。肩越しにちらっと振り返りながら、大事な相談があると言われて断るのはあまりにも不自然だから彼としてはほかの母親たちに失礼と断って彼女のあとについてくるしかないだろう、そう思って内心ほくほくする。

　階段を下り、重たいドアを押し開けて、スタジオの真下の通路に出ると、後ろから彼の足音が聞こえてくる。彼女は立ちどまって待つが、顔を見たとたん彼が怒っているのがわかる。

「いったいなんの真似だ？　もう終わったのがわからないのか？　ぼくにかまわないでくれ、頼むから！」

ジェッシーは彼をつかみ、ズボンをつかんでファスナーをおろすと、手を突っこんですぐに求めていたものを見つける。彼は押しのけようとするが、彼女はつかんで放さず、すぐにそれを引っぱりだして口にくわえると、彼の抵抗は抑えたうめき声に変わる。彼がイキそうになると彼女は向きを変えて車輪付きごみ箱の上に身をかがめる。片手でもどかしくスカートをめくりあげようとするが、彼のほうが新しい黄色のスカートを引きあげて先にそこへ到達する。布地の裂ける音がする。彼を身体のなかに感じながら、相手が抵抗できないように腰をぐいぐい突きだすと、ものの数秒で彼は果てる。身体を硬直させながら息を切らしている。ジェッシーが振り返って相手の反応のない唇にキスしながら湿ったものに手を伸ばすと、彼は電気ショックを与えられたみたいにあわてて飛びのき、彼女の顔を引っぱたく。

ジェッシーは驚きのあまり声を失う。痛みが顔全体に広がるのがわかる。彼はズボンのファスナーをあげる。

「あれで最後だったんだ。きみのことはなんとも思っていない。これっぽっちもだ。家族を捨てる気もさらさらない。わかったか？」

彼の足音と、重たいドアの閉まる音がして、彼女はひとり残される。頬がひりひりする。両脚のあいだにまだ彼の感触が残っていて、でもいまはそのことを少し恥ずかしく思う。壁の薄い金属板に歪んだ自分の姿が映っていて、彼女は衣服を整えるが、スカートは完全に破れている。前から裂けめがわかるので、人に見られないようコートのボタンをとめなくてはならない。涙をぬぐっていると、上階のスタジオから楽しそうな音楽がかすかに聞こえてきて、彼女は気を取り直す。来た道を引き返すが、今度はドアに鍵がかかっている。思いきり引っぱっても甲斐はなく、助けを呼ぼうにも、聞こえるのはかすかな音楽だけ。

別のルートをとることにして、一度も通ったことのない、暖房用の配管が並ぶ長い通路を進んでいく。ところが、少し行くと通路が分かれていて、最初に選んだほうは行きどまりになっている。新たなドアも試してみる――そこも鍵がかかっている。撤退して、配管のある通路を引き返すと、二十メートルも行かないうちに背後で物音がする。

「ねえ？　誰かいるの？」

とっさに彼があやまりにもどってきたんだと自分に言いきかせてみるが、静寂がそれはちがうと教えてくれる。狼狽《ろうばい》してまた歩き続ける。すぐに駆けだす。通路は次の通路へと続き、背後で足音が聞こえる気がする。今度は声をあげない。途中にあるドアを片っ端から試して、ようやく開いたところに飛びこむと、階段室があったので彼女は駆けあがる。下でドアの開く音がしたような気がして、次の踊り場に着いたとき、ショッピングセンターの売り場に通じるはずのドアを思いきり押し開けると、それは壁にぶちあたる。

最上階まで一気に駆けあがると、そこでは秋のセールを呼びかける声を聞きながらショッピングカートを押す家族連れがひしめきあっている。ダンススタジオの入口に顔を向けると、女性と、顔に痣のある長身の男性が、母親のひとりになにか質問しているのが見え、訊かれた母親がジェッシーを指さしている。

67

「だが、本当に彼女なのか、それともちがうのか？」

「わかりません。現にショッピングセンターであとをつけられてるような気がしたそうです。問題は、積極的に協力する気がないことですね。あるいはなにもわかってないだけかもしれませんが」

ニュランダの質問に答えているのはトゥリーンで、そのあいだへスはマジックミラー越しに取調室を観察している。片側がコーティングされているので、こちらからジェッシー・クヴィウムは見えるが、向こうからへスのことは見えない。確信はないが、へスの直感は、彼女には犯人の興味を惹きそうな秘密がありそうだと告げている。それにしても、これまでの被害者とはまるでちがうタイプだ。へスの印象では、ラウラ・ケーアとアネ・サイア＝ラッセンはどちらかというと中産階級で世間体を気にしていたのに対し、ジェッシー・クヴィウムはもっと好戦的で手に負えない感じがする。だからこそ彼女は目立つ標的になってしまうのだ。百人の女性のなかにいても、男はジェッシー・クヴィウムに気づいて、惹かれると同時に怖気づくことだろう。いまも、この若い女性は、戸口で警備にあたっている気の毒な巡査に猛然と食ってかかり、なんとか横をすり抜けようと躍起になっていて、ヘスは壁のスピーカーの音量が最小になっていることをありがたく思う。外では空がすでに真っ黒になり、一瞬、ニュランダの音量も落とせればいいのにとヘスは考える。

「だが、彼女が協力しないのなら、それはきみらがまちがった相手に目をつけているということじゃないのか?」

「それか、ただ混乱しているだけかも、だとしたらもっと時間が必要です」

「もっと時間が必要だと?」

ニュランダはトゥリーンの言葉をじっくり思案し、警察署長たちを長年相手にしてきたヘスには、次に来るものがわかっている。

トゥリーンとヘスは市庁舎から都市計画団地へ直行して、ジェッシー・クヴィウムの玄関の呼び鈴を押した。ドアはいつまでたっても開かなかった。問題の女性は電話にも応答しなかった。案件ファイルによれば親族はひとりもなく、週に一度この母娘と連絡をとっている——厳密に言えば観察している——ソーシャルワーカーの番号しか書かれていなかった。その担当者に電話で話を聞くと、娘が毎週金曜の午後五時十五分にアマー・ショッピングセンターの最上階にあるダンス教室に通うことで合意したのだと説明してくれた。

ジェッシー・クヴィウムを見つけたとたん、様子がおかしいことにふたりは気づいた。その若い女性は、駐車用ディスクを車に置きに下へおりたら誰かにあとをつけられているような気がしたと言った。ふたりはすぐに階段と通路と地下を調べたが、不審なものはなにもなかった。通路には防犯カメラがひとつもなく、駐車場は週末の買い物客でごった返していた。

警察署で事情聴取をするうちに、ジェッシー・クヴィウムはどんどん攻撃的になった。ワインのにおいをぷんぷんさせ、コートを脱ぐように言うと、スカートがびりびりに引き裂かれているのがわかった。本人は車のドアにはさんだのだと言い、なぜ自分が警察署に呼ばれているのか説明しろと要求した。ふたりは精いっぱい状況を説明したが、ジェッシーから有益な情報はひとつも得られなかった。そのとき以外つけられているような気がしたことはなく、ジェッシーに言わせれば、二カ月前に、彼女が娘を叩いて養育を放棄していると非難する密告メールを役所に送ったのが誰かははっきりしていた。

「学校で会うお節介ばばあのひとり。いっつも偉そうに人を批判してさ。きっと怖くてしょうがないんだろうね。自分とこのスケベじじいのだんなが、そのうち隣の芝生のほうが青いのに気がつくんじゃないかって。あの女、スペルもろくに知らないくせして」

「ジェッシー、そのメールを送ったのは学校に来る母親のひとりじゃないと警察は考えている。ほかに心当たりはないか？」

だがジェッシーは譲らなかった――告発メールを送られたときもそうだった。彼女の気がすむように、市当局もしまいにはあきらめて本人の言い分を信じることにした。〝四六時中首を突っこんで様子を探るという面倒を背負いこむ〟ことになるのは目に見えていたが。

「ジェッシー、いまは正直に話してもらうことが、とてつもなく重要な意味をもってくる。きみ自身のためにも。きみをなにかで責めるつもりはまったくないが、このメールのなかに少しでも真実があるのなら、これを書いた人物がきみに危害を加えようと計画しているかもしれないんだ」

「あんた、いったい何様のつもり？」

ジェッシー・クヴィウムは逆上した。自分を悪い母親呼ばわりする権利なんか誰にもない。娘は自分ひとりでちゃんと面倒をみていて、娘の父親からはいっさい援助なんか受けてない。この数年は麻薬の売買でニューボーの刑務所にはいってるのをいいことに、あいつは一クローネだって払ってないんだから。

「ちょっとでも疑うんなら、オリヴィアに元気かどうか訊いてみてよ！」

ヘスもトゥリーンもそんなことをするつもりはなかった。幼い六歳の少女はまだダンスウェアを着たまま、母親は車を点検してもらっていると信じて、カフェテリアでビスケットと炭酸飲料を前に女性警官に付き添われてアニメを観ていた。服はすり切れて穴だらけ、少し痩せこけていて、髪はぼさぼさだが、この子が虐待されているかどうかはなんとも言えなかった。状況を考えれば、なにもしゃべらないことも不思議ではないし、母親からどう扱われているかを強引に訊きだそうとすれば、いじめているように見えただろう。

取調室からジェッシー・クヴィウムがまたひとしきり下品な言葉を吐きだす声がして、帰る許可がほしいと警備の警官に訴えているが、その声はニュランダにかき消される。

「もう時間がない。これが正しい道だときみらは言った。ならばそれを活用するか、さもなくば別の方向に進むかだ」

「本当に必要だと思われる事情聴取ができれば、話はもっと早いかもしれない」とヘスは言う。

「またローサ・ハートンのことを言ってるんじゃないだろうな」

「彼女と話をさせてもらえなかったと言ってるだけです」

「何度はっきり言えばわかるんだ？」

「さあ。数えるのはもうやめたので。でもなんの効果もなさそうだ」

「聞いて！　もうひとつ別の手がある」

ヘスとニュランダは口論をやめてトゥリーンを見る。

「ジェッシー・クヴィウムが次の標的かもしれないという点で合意するなら、基本的には、彼女をこのまま泳がせて、わたしたちはそれを監視しながら犯人が現われるのを待てばいい」

ニュランダがトゥリーンを凝視しながら首を振る。

「話にならない。ふたりも殺されたあとでジェッシー・クヴィウムを街にもどして、われわれは異常者が現われるのを漫然と待つなど、そんなことは断じてできない」

「ジェッシー・クヴィウムとは言ってません。わたしがやると言ってるんです」

ヘスはあっけにとられてトゥリーンをまじまじと見る。身長はせいぜい百六十五センチほど。機敏とはいえ、突風が吹けば飛ばされそうな華奢な女性で、その目をのぞきこめば、自分の強さなどたかが知れていると思わされる。

「背は同じだし、髪の色も同じ、身体つきも似たようなものです。娘の役は人形を使えばいいし、それで犯人をだませると思います」

ニュランダは興味をもってトゥリーンを見ている。

「いつやるつもりだ？」

「できるだけ早く。犯人が彼女はどこだろうと不審に思いはじめる前に。ジェッシー・クヴィウムが標的なら、犯人は彼女の日課を知ってるはず。ヘス、どう思う？」

トゥリーンの提案は単純な解決法だ。通常なら単純な解決法は好むところだが、これは気に入らない。わからないことが多すぎる。これまで犯人は常に警察の一歩先にいて、いきなりその形勢を逆転させられるだろうか。

「ジェッシー・クヴィウムにもう一度話を聞こう。もしかしたら――」

ドアが開く。ティム・ヤンセンが現われ、ニュランダがいらだちのこもった視線を向ける。

「あとにしろ、ヤンセン！」

「そうはいきません。それか、ニュースを観てもらってもいい」

「なぜだ?」

ヤンセンの視線がヘスに落ち着く。

「誰かがクリスティーネ・ハートンの指紋の件で口を滑らせたからですよ。どのチャンネルもその話題でもちきりだ。ハートン事件は結局のところ終わってなかったんじゃないかと言ってます」

68

ヴェスタブロにあるアパートメントの小さなガスコンロの上で鍋がぐつぐつと煮えるなか、トゥリーンは換気扇と玄関の呼び鈴にかき消されないようニュースの音量をあげなければならない。

「おじいちゃんにドアを開けてあげて」

「ママが自分でやれば」

「いいから手伝って。いまごはんを作るので忙しいの」

リーはしぶしぶ玄関ホールに向かい、手には片時も離さないiPadをしっかり持っている。その件でふたりは言い争いになったが、いまのトゥリーンにはそれに対処するだけの気力もない。メディアはたしかに、ラウラ・ケーアとアネ・サイア゠ラッセンの遺体のそばで見つかったふたつの栗人形《チエスナツトマン》にクリスティーネ・ハートンの指紋がついていた情報をつかんでいる。トゥリーンがネットから急いで収集したかぎり、最初の記事が出たのは今日の午後遅く、大手のタブロイド紙二紙のうちのひとつだったが、ライバル紙もすかさずあとに続いたので、情報源はそれぞれ別なのか、それとも単に最初の記事を書き直したのかは判然としない。その見出し――《衝撃：クリスティーネ・ハートン生存か？》――は森林火災のようにほぼあらゆるメディアに燃え広がり、そのすべてが情報源として件《くだん》のタブロイド紙を引き合いに出し、同じ内容を繰り返した。〝警察内の匿名の情報源〟は、ふたつの栗人形から見つかった謎の指紋がクリスティーネの死に疑問を投げかけていることから、クリスティーネ・ハートン事件と今回のふたつの殺人事件には関連があるかもしれないとほのめかしていた。そうした推測のすべてをニュランダと上層部は否定したが、基本的には、事実を要約した記事になっている。その意外な展開はあまりにも衝撃的なので、どこの社もその件をトップニュースで扱い、トゥリーンが最初に指紋の話を聞いたときの自分の驚きを仮に忘れていたとしても、いまは改めて否応なく思い知らされていた。ありとあらゆる仮説や憶測が飛び交い、ある電子版の新聞などは殺人犯に〝チェスナットマン〟という呼称までつける始末――これがメディアの狂騒のほんのはじまりにすぎないのは目に見えていた。ニュランダがこれから作戦会議に集中しようという自分たちをあっさり見捨ててメディア対応に向かったのも無理はない。

トゥリーンはトゥリーンで、都市計画団地での今夜の作戦の準備に専念していた。犯人を待ち伏せするという試みは、ヘスには反対されたものの、ニュランダには承認された。ジェッシー・クヴィウムは、自分たちが自宅アパートメントにもどれないという知らせに不満を爆発させたが、異議は却下された。歯ブラシやその他の必需品が用意され、母娘は厳重な監視のもと、ヴァルビューにあるキャビンで二、三泊することになる。そこは市が低所得家庭に提供している家だ。ジェッシー・クヴィウムとその娘にはすでにおなじみの場所で、夏にはそこで一週間の休暇を過ごしたこともあった。

ジェッシーは日課に関する質問に喜んで答え、質問がどんどん細かく執拗になるにつれて、警察の言う脅威の深刻さが身にしみてきたようだった。その質問はヘスと一緒にトゥリーンがみずから担当し、すべての情報をしっかりと頭に入れて、ジェッシーが車で自宅アパートメントに着いた瞬間からどう行動するかを正確に把握した。彼女の車もこの作戦の一環として使われることになる。

トゥリーンはすぐにも団地に出発できる準備を整えていたが、そのときになってジェッシーの日課がちがうことが判明した。毎週金曜の夜は、娘のダンス教室のあと、クリスチャンハウン広場で行なわれる断酒会の集会に参加することになっていて、ジェッシーが生活保護の支給金の一部である家族手当を今後も継続して受けたいなら七時から九時までこの集会に参加すること、というのが市から出された条件だった。集会のあいだ、娘はたいてい廊下の椅子でうとうとし、終わるとジェッシーが車まで運んでいた。しかし、それがわかったときにはすでに七時を過ぎており、トゥリーンがジェッシー・クヴィウムになりすますのは、このシングルマザーが断酒会の集会から帰宅したところからはじめることになった。

機動隊とその隊長は、待機時間を利用してジェッシーの自宅の間取り図と団地へ行き来するルートを検討し、トゥリーンは、遊び友だちのラマザンの家にいるリーを迎えにいって自宅へ連れ帰り、おじいちゃんが迎えにきて預かってくれるまでにパスタを作った。リーはその知らせに不満顔だった。それだと今夜は〈リーグ・オブ・レジェンド〉で次のレベルに到達するのをトゥリーンに手伝ってもらう時間はないということだから。それは娘が人生を捧げているらしいゲームで、トゥリーンは自分が家を空ける時間があまりにも長すぎることを改めて認めざるをえなかった。

「さあ、できたわよ！　おじいちゃんの夕食がまだだったら一緒に食べていいから」

娘が玄関ホールからもどってきて、なにやら勝ち誇ったような表情を浮かべている。

「おじいちゃんじゃないよ。ママの仕事場の人、顔に痣ができてて、目の色が二色なの。どうやったら次のレベルに行けるか、喜んで教えてくれるって」

69

トゥリーン自身は時間が惜しいので夕食は食べないつもりだったが、玄関ホールの明かりの下にヘスが現われたことで状況が変わる。

「団地と部屋の間取り図をもらったから、早めに来たんだ。きみも出かける前に頭に入れておいたほうがいい」

「でも先にあたしを手伝ってくれなくちゃ」トゥリーンが返事をする前にリーが割りこむ。「お名前はなんていうの？」

「マーク。でもさっきも言ったけど、いまはきみのゲームを手伝ってる時間がないんだよ。また次の機会にぜひ」

「いいから早く食べなさい、リー」トゥリーンがすかさず言い添える。

「じゃあ、マークも一緒に食べよう。お願い、マーク、そしたらそのあいだにあたしに教えられるし。ママはママのボーイフレンドはあたしたちとごはんは食べないことになってるけど、マークはママのボーイフレンドじゃないから、食べてもいいよね」

リーはキッチンへと姿を消す。子供の願いを却下するのはいかにも不自然に感じられ、トゥリーンはためらいがちに脇へどいて、ヘスをアパートメントのなかへ手招きする。キッチンでヘスはリーと並んですわり、リーがiPadをノートパソコンと交換するあいだに、トゥリーンは皿を三枚用意する。お姫さまにふさわしい魅力と寛大さで、リーは客の心をすっかり奪う。リーの馴れ馴れしさは、最初はおそらくトゥリーンへの当てつけだが、ヘスがゲームについて説明を進めるうちに──彼の知識の源はいまだに謎だ──レベル6という約束の地へ到達するための彼のアドバイスに娘はどんどん夢中になっていく。

「パク・スーって知ってる？　世界的な有名人なんだよ！」

「パク・スー？」ヘスは問う。

韓国のティーンエイジャーのポスターとプラスティックの小さなフィギュアが、すかさずテーブルに並べられる。三人で食べはじめ、話題はほかのいろいろなゲームのことに移り、どれも娘の口から聞いたことのないゲームだとトゥリーンは思うが、結局ヘスが知っているのはこのゲームだけで、それ以外は一度もやったことがないのだとわかる。娘にとっては弟子ができたようなものだ。リーは早口にまくしたててヘスの知識を広げ、ゲームの話題が尽きると、セキセイインコのかごを持ってくる──そうすればすぐに遊び友だちがひとり増えて、ファミリーツリーに新しい名前を加えられるだろうと。

「ラマザンのファミリーツリーには十五人もいるの。でもあたしのは三人しかいない。五人か、インコとハムスターも入れたら。ママはボーイフレンドをファミリーツリーに入れたくないの。だからあたしのは全然増えなかった。そうじゃなかったら、いまごろいっぱいいたのに」

その時点でトゥリーンは口をはさみ、そろそろレベル6に取り組む時間だと娘に言って、ヘスからもういくつかささやかなアドバイスをもらったあと、リーはようやくソファに移って戦場へと向かった。

「頭のいい子だ」

トゥリーンは素っ気なくうなずきながら、娘の父親や家族や一般的な状況についてお定まりの質問が飛んでくるのを待ちかまえるが、いまはそんな話をしたい気分ではない。ところがそうはならず、ヘスは椅子の背に掛けていたジャケットのほうを向き、紙の束をテーブルの上に広げる。

「じゃあ、ちょっとこれを見ておこう。予定をおさらいするんだ」

ヘスは徹底しており、トゥリーンは真剣に耳を傾けながら、彼の指が間取り図や階段の吹き抜けや建物の外側の区域をなぞっていくのを目で追う。

「建物全体が監視下におかれるが、当然、一定の距離はあける。犯人に悟られて逃げられないように。やつが現われたらの話だが」

ヘスは人形のことにも触れ、それはキルトにくるまれることになっていて、そうすればトゥリーンは眠っている子供を運んでいるように見せかけることができる。トゥリーンは監視班について二、三の意見を口にし、それが犯人の不審を招くかもしれない点を心配していたが、ヘスは絶対に必要だと言い張る。

「危険な賭けはできない。ジェッシーが次に狙われる標的だとしたら、犯人はまちがいなくあの団地のことを知り尽くしているから、こっちは即座に介入できるよう現場にいる必要がある。ちょっとでも危険を感じたらすぐおれたちに知らせるんだ。なんならきみはここでやめたっていい、ほかの誰かに代わってほしければ」

「どうしてわたしがここでやめるの？」

「危険がないとは言いきれないから」

トゥリーンはブルーとグリーンの目をのぞきこむ。自分がこれほど冷静でなかったら、この人はわたしの身を案じてくれていると思ったかもしれない。

「大丈夫。その点はちゃんとわかってる」

「ママたちがさがしてるのはこの女の子？」

リーがいつのまにか居間から水を飲みにキッチンにはいってきている。リーが見ているのはトゥリーンのiPadで、それはキッチンのテーブルに立てかけてあり、画面に映っているのはまた別のニュース番組の冒頭部分だ。やはり最初の話題はクリスティーネ・ハートンの件で、ニュースキャスターはあの事件の過去と現在を嬉々として語っている。

「そういうのは見なくていいの。子供が見るものじゃない」

トゥリーンは立ちあがり、急いで画面に手を伸ばして電源を切る。先ほど、今日は遅くまで仕事をしなくてはならないのだとリーに話したとき、むすっとした顔でどうしてかとしつこく訊かれたので、ある人をさがしにいくからだと答えたのだ。追っているのが殺人犯だとは言わなかったので、リーはクリスティーネ・ハートンのことだと思ったようだ。

「あの子どうなったの？」

「リー、もどってゲームでもしてなさい」

「あの女の子は死んだの？」

その質問はいたって無邪気に発せられる。ボーンホルム島にまだ恐竜は住んでいるのかと訊くように。だがその好奇心の下にあるのは不安で、これからはリーがそばにいるときはかならずニュース番組のスイッチを切っておこうとトゥリーンは心に誓う。

「わからないの、リー。だって……」

なんと言えばいいのか。どっちにころんでも落とし穴がある、なんと答えようと。

「誰にもはっきりとはわからないんだ。あの子はただ迷子になってるだけかもしれない。迷子になって一生懸命帰り道をさがすときってあるだろう。でも、もしもあの子が迷子になってるのなら、おれたちが見つけるよ」

答えたのはヘスだ。それはいい答えで、娘の目に明るい光がもどっている。

「あたしは迷子になったことないよ。おじさんちの子たちは迷子になったことあるの？」

「子供はいないんだ」

「どうして？」

ヘスは娘に笑いかけるが、今度はなにも言わない。そのとき玄関ホールで呼び鈴が鳴り、待ち時間は終わる。

70

都市計画団地は西アマー地区にある公営住宅で、コペンハーゲン中心部の市庁舎からわずか三キロの距離にある。これらの建物は一九六〇年代にアパートメント不足を解消するために急ごしらえで建設されたものだが、なにがうまくいかなかったのか、二〇〇〇年代初頭の数年間、この地域は政府の貧困地区リストに載っていた。市はいまだに問題を解決しておらず、オーデンの場合と同じで、たとえカジュアルな私服姿であっても、色の白いデンマーク人警察官たちの存在は否応なく目につく。そんなわけで、外見がどちらかといえば異国風の警察官たちがいちばん人目につきやすい場所に配置されていた――ヘスが詰めている建物の、左手の暗い駐車場にとめた車のなかも含めて。

一階の空っぽのアパートメントにあるオーヴンの時計は深夜の一時になろうとしている。売りに出されている空室なので、そこが作戦本部として使われることになった。明かりは消され、狭いキッチンの窓からは、真っ暗な敷地とほとんど落葉した木々、遊び場、そしてベンチの先にあるジェッシー・クヴィウムの住む建物の階段とエレベーターに通じる照明のついた入口がはっきりと見える。監視班は所定の位置についているようだが、ヘスは落ち着かない。ジェッシー・クヴィウムの建物にはいるための通過地点は四カ所あり、各地点に一名ずつが配置されて、その全員がヘスか建物周辺にいる警官の視界にはいっているので、出入りする人間を見落とすことはまずない。屋上では二百メートルの距離からクローネ硬貨に命中させられる腕を持つ狙撃手が待機し、二分の距離のところに機動隊を載せたバスがいて、ウォーキートーキーで要請があれば即座に介入できる態勢を整えている。それでもヘスにはまだ不充分な気がする。

トゥリーンの到着は問題なく運んだ。トヨタの小型車アイゴが道路を曲がってくると、ヘスはすぐに気づき、車はそのまま駐車場にはいって、直前まで覆面パトカーをとめて確保しておいた所定の場所にとまった。

トゥリーンはジェッシー・クヴィウムの帽子と服とコートを身に着けていた。スカートだけは似たような黄色いもので代用され、遠目には、彼女がなりすましている当人ではないことを匂わせるものはひとつもなかった。トゥリーンは後部座席からキルトにくるまれた人形を取りだし、苦労して――自分と子供を車のドアに押しつけて支えながら――車をロックしてから、ジェッシー・クヴィウムがいかにもやりそうな、どこか投げやりな態度で女の子を抱えて建物の入口に向かった。ヘスが見守っていると、彼女は階段のほうへ姿を消し、そこの照明がともった。想定外だったのは、エレベーターが使用中でなかなか降りてこなかったことで、だが幸い、トゥリーンはあっさり階段をあがって四階へと向かい、踊り場に着くたびに、子供がどんどん重たく感じられてくるような演出までしてみせた。

何人かの住人が階段で彼女とすれちがったが、誰も見向きもしなかった。彼女が視界から消え、小さなバルコニーのついた部屋の明かりがともるまで、ヘスは息を詰めていた。

あれから三時間、いまのところなにも起こっていない。今夜のもう少し早い時間、この団地はにぎやかで――住人たちが仕事場から遅く帰ってきたり、頭のまわりで枯葉が舞い踊るなか国際問題のあれこれについて議論したり――右側の建物の地下の集会室ではささやかなパーティーがはじまっていた。インドの楽器シタールの音楽が何時間か建物のあいだを漂っていたが、そのパーティーも徐々にお開きとなり、部屋の明かりがひとつまたひとつと消えていった。夜も更けてきた。

ジェッシー・クヴィウムの部屋の明かりはまだついているが、まもなく消えることがヘスにはわかっている。この時間にベッドにはいるのもジェッシーの習慣のひとつだ、少なくともめずらしく金曜の夜に家にいるときは。

「こちら11‐7。みんなに〝修道女とユーロポールから来た七人の小さな警官〟の話はもうしたっけな、どうぞ」

「いいや。まだだ、11‐7。聞かせてくれ」

ティム・ヤンセンからで、ウォーキートーキー経由で同僚を楽しませながらあからさまにヘスにジャブを放っている。キッチンの窓辺にいるヘスの位置からヤンセンは見えないが、西の玄関口に近い場所で、少数民族出身の若い巡査と一緒に車のなかにいるのはわかっている。無線の交信をジョークに使うのは感心しないが、ヘスは聞き流す。今夜トゥリーンの部屋を訪ねる前、署内でチーム会議を開いたとき、ヤンセンはすでにこの作戦に対する疑問を口にしており、その理由は、ジェッシー・クヴィウムが確実に危険にさらされているとヘスが断言できなかったからだ。メディアに情報をリークした張本人はヘスで、そんなことをしておきながらなんの罰も受けていないと疑っているのは明白だった。この数日、署にいるあいだ常に背中にヤンセンの視線を感じてはいたが、この日の夕方にメディアの騒ぎがはじまってからというもの、ほかの数人の同僚も胡散くさそうな視線を向けてくるようになった。ばかばかしくて話にもならない。メディアが殺人事件について勝手なことを書きはじめたら、その先はたいがいろくなことにはならないので、ヘスはジャーナリストと一定の距離を保つことを旨としていた。それどころか、今回の情報のリークには腹を立てていた——もし本当にリークならば。犯人が指紋のことを知っていたのはたしかで、ヘスの頭に浮かんだのは、警察が世間の笑いものになるのを見て犯人は楽しんでいるのではないかということだった。新聞の情報源を調べる必要がまだあることを頭に刻みつけ、ヤンセンが性懲りもなく次のジョークを口にすると、乱暴にウォーキートーキーに手を伸ばす。

「11‐7、作戦と無関係な交信はやめろ」

「さもないとどうする、7‐3？　タブロイド紙に電話するか？」

とぎれとぎれの笑い声が聞こえ、そのうち機動隊の隊長が割りこんで黙れと命じる。ヘスは窓の外に目をこらす。ジェッシー・クヴィウムの部屋の明かりは消えている。

71

トゥリーンは暗い大きな窓には近づかないようにしているが、ときおり部屋から部屋へと歩きまわって、自分が——というかジェッシー・クヴィウムが——家にいることが犯人にわかるようにする。犯人はもちろん表のどこかで見ていると想定して。

駐車場でのちょっとした芝居はうまくいった。人形はちょうど手頃で、黒い人工毛はほとんどキルトの下に隠れていた。エレベーターの件は想定外だったが、ジェッシー・クヴィウムなら当然いらいらして、待つより階段をあがるだろうと判断した。階段の途中で若いカップルとすれちがったが、ふたりともこちらには見向きもせず、トゥリーンはジェッシーの鍵を使ってドアを開け、玄関ホールにはいるとすぐに施錠した。

この部屋に足を踏み入れるのははじめてだったが、間取りは頭にはいっているので、人形を抱えてまっすぐ寝室に向かい、ベッドに横たえた。寝室にはジェッシーと娘の両方のベッドがあった。窓にカーテンはなく、そこから見えるのは同じようなコンクリートの建物だ。一階の暗い窓のなかのどこかにヘスがいるのはわかっていたが、上階のどこかからこちらが見えているかわからないので、自宅でリーを寝かしつけるように、人形の服を脱がせて布団をかけた。娘を寝かしつける代わりに、警察官の任務として人形におやすみを言っている自分にふと矛盾を感じたが、いまはそんなことを考えている場合ではなかった。次は居間へ行って、ジェッシーの日課に従い、液晶テレビをつけてから、窓に背を向けて肘掛け椅子に腰を落ち着け、アパートメントのなかを観察した。

最後にこの部屋にいたのはジェッシー・クヴィウム本人で、彼女には片付ける気などさらさらなかったらしい。ひどい散らかりようだった。ワインの空き瓶が十数本、食べ残しがのったままの皿、ピザの箱、使ったあとの食器類。おもちゃは少ない。ジェッシー・クヴィウムが本当に娘の養育を放棄していたのかどうか定かでないとはいえ、とても子供を育てたいと思えるような部屋ではなかった。つい自分の子供時代を思いだしてしまい、そのことはあまり考えたくなかったので、テレビに意識を向けた。

クリスティーネ・ハートン事件はいまなお優先度が高く、結局のところ事件は解決していなかったのではないかとの見解から、すべてが蒸し返されていた。報道によれば、ローサ・ハートンは声明を出すことを拒否しており、必死に乗り越えようとしている過去とまた向き合わされている大臣やその家族をトゥリーンが気の毒に思っていたとき、騒ぎはまた新たなクライマックスを迎えた。

「チャンネルはそのままで、まもなくスティーン・ハートン氏――クリスティーネ・ハートンのお父さま――を『ナイトリー・ニュース』のゲストにお迎えします」

スティーン・ハートンはこの夜最後の報道番組のゲストで、長たらしいインタビューのなかで彼は、娘がいまもどこかで生きているかもしれないと信じていることを明かした。なにか情報をお持ちのかたは警察に届け出てほしいと懇願し、さらには〝クリスティーネを連れ去った人物〟に直接語りかけ、どうか娘を無事に返してほしいと訴えた。

「娘に会いたい……まだほんの子供です。あの子には母親と父親が必要なんです」

彼がこんなことをする理由はよくわかるが、捜査にとってどれほどの役に立つかは疑問だった。同じくインタビューを受けた法務大臣とニュランダは、この挑戦を受けて立ち、そのような憶測のすべてからきっぱりと距離をおいていた。特にニュランダは、決然たる態度でメディアに対してほとんど怒りさえ見せていたが、口調はむしろ嬉々としていて、じつは注目を浴びることを楽しんでいるのではないかとトゥリーンは疑いたくなった。そうしたさなかに、ゲンスからメールが届いて、いったいこれはどういうことかと訊かれた。レポーターたちからついにそこまで問い合わせがいくようになったのだ。いっさいコメントしないことが肝心だ、とトゥリーンは返信した。ゲンスは、明朝の十五キロのランニングにつきあうと言ってくれたらコメントはしないと約束する、とジョークで返してきたが、それには返信しなかった。

メディアの大騒ぎがようやくおさまったのは深夜近くで、そのあとは退屈な番組の再放送が続いた。クリスチャンハウン広場の断酒会から車でここへ向かうあいだ感じていた楽観と緊張は、徐々に疑念へと変わった。ジェッシー・クヴィウムが正しい標的だとどうして断言できる？　犯人がなにか行動を起こすとどうして断言できる？　ティム・ヤンセンが暇つぶしにウォーキートーキーでくだらない冗談を言いはじめるのが聞こえたとき、その気持ちもわからないではなかった。ヤンセンはたしかにどうしようもない間抜けにはちがいないが、もし自分たちがまちがっていたとしたら、結局そのせいで捜査は大きく遅れをとることになる。トゥリーンは携帯電話で時刻を確認し、立ちあがって、予定どおり居間の明かりを消す。椅子にもどる前に、ヘスが電話してくる。

「問題はないか?」

「ええ」

ヘスが落ち着いているのが感じられる。状況について少し話をし、本人がそう口にしたわけではないが、彼がまだ厳重に警戒しているのがわかる。少なくともトゥリーン以上に。

「ヤンセンのことなんかほっとけばいい」突然そう言う自分の声がする。

「ありがとう。そうするよ」

「わたしが最初に来たときからずっと、あいつはハートン事件のことで得意になってた。あなたが——いまはメディアまでが——捜査を疑問視しはじめて、まるで切り詰めたショットガンで腹を撃たれたような気がしたんでしょ」

「きみ自身がそうしたいと思ってるみたいだな」

トゥリーンはにやりと笑う。返事をしかけたとき、ヘスの声が変わる。

「なにかあったようだ。無線に切り替えろ」

「どうしたの?」

「いいから。すぐに」

通話が切れる。

電話をおろしながら、不意に自分が完全にひとりきりだということを意識する。

72

ヘスは窓辺で硬直する。外から自分の姿は見えないとわかっているが、それでも微動だにしない。百メートルほど先の、ジェッシーの住むコンクリートの建物の端にある玄関のそばで、たったいまベビーカーを押した若いカップルが地下の駐輪場へ通じるドアを解錠してなかに消えるのが見えた。油圧式のドアがゆっくりとした動きで閉まっていくなか、ヘスは隣接する建物の暗がりになにかの動きをとらえる。風に揺れる木々かもしれないと一瞬思うが、それはまた動く。いきなり駆けだした人影が、閉まりきる寸前のドアのなかへ消える。ヘスはウォーキートーキーを持ちあげる。

「客が到着したようだ。東側のドア、どうぞ」

「こちらも見た、どうぞ」

東側になにがあるか、自分で直接行ってはいないが、わかっている。その玄関は地下の駐輪場に通じていて、そこから上にあがると階段とエレベーターがあり、そのまま上階へ行けるようになっている。

ヘスは一階のアパートメントを出ると、階段の吹き抜けにはいってドアを閉める。そこから正面の出口と外の広々した空間ではなく、階段で地下へと向かう。照明は消えたままにしておくが、懐中電灯を持っている。地下まで下りると、そこからどの方向に行くべきかは予習したのでわかっている。懐中電灯を前に突きだして、地下通路とジェッシーの建物に通じる廊下を走っていく。五十メートルほど走ってジェッシーの建物にはいる重たい金属のドアに近づいたとき、ウォーキートーキーから、エレベーターはベビーカーのカップルが使用中だという報告がはいる。

「未確認の人物は階段にいるはずだが、照明がついてないので確認できない。どうぞ」

「こっちは下から上へ捜索していく。いまからはじめる」とヘスは応える。

「まだはっきりしない、もし――」

「いまからはじめる。交信は以上だ」

ヘスはウォーキートーキーのスイッチを切る。なにかがおかしい。あの人影は照明のない芝地を徒歩でここまでやってきたはずで、とても用意周到とは思えない。犯人が屋根から這いおりて侵入してきても、マンホールから飛びだしてきても、別に驚きはしないだろうと思う。それがまさかメインロビーからとは。ヘスは拳銃の安全装置をはずし、金属のドアが背後できしみながら閉まったときには、もう最初の踊り場にいる。

73

トゥリーンは窓の外を見ている。客の到着が告げられてから八、九分たっている。前庭にはなにも見えず、ふと団地全体が異様に静まり返っていることに気づく。音楽はとうにやんでいて、聞こえるのは風の音だけ。この作戦の詳細について申し合わせたとき、自分がアパートメントのなかにとどまることに異存はなかったが、いまはそれがばかげた考えに思える。昔から待つのは得意じゃない。しかも、この部屋には裏口などない――いざというとき、逃げ場はないのだ。だから、玄関ホールからノックの音が聞こえると、ほっとする。ヘスかほかの誰かが助けに来たのだと。

けれど、のぞき穴から見ても、廊下は暗くがらんとしている。人の姿はなく、ドアの正面の窪みにある消火器格納庫が見えるだけだ。一瞬、空耳だったのかと思う。でもあれはたしかにノックの音だった。拳銃の安全装置をはずして、心の準備をする。錠のかんぬきをスライドさせながら、掛け金を左へひねり、銃をかまえて、廊下へ足を踏みだす。

スイッチがいくつか小さく光っているが、明かりはつけない。闇が守ってくれる気がする。幅の広いリノリウムの床に沿って並ぶドアは全部閉まっているように見え、薄暗がりに目が慣れてくると、左手の突きあたりの壁まで見通せる。反対側、右手の階段とエレベーターのあるほうを見るが、そっちもがらんとしている。廊下には誰もいない。

部屋のなかでウォーキートーキーからひび割れた声が聞こえる。誰かがいらだたしげに自分の名を呼んでいるので、トゥリーンはドアのなかへもどろうとする。廊下に一瞬背を向けたそのとき、消火器格納庫の脇の窪みから人影が飛びだす。うずくまって身体を丸め、まさにこの瞬間を待っていたのだろう。そいつに体当たりされてトゥリーンは玄関の床に倒れる。冷えきった手が喉に巻きつけられ、耳元でささやく声がする。

「この尻軽女め。写真をよこせ、さもないと殺す」

男が次の言葉を発する前に、トゥリーンは二発の強烈な肘鉄でそいつの鼻をへし折っていた。一瞬、男は暗がりにすわりこんで茫然とする。なにで殴られたのかもわからないまま、トゥリーンに三発めを食らって、男は床にくずおれる。

74

ヘスがジェッシーのアパートメントに着いたとき、ドアは開いていて、警官二名を従えて部屋に飛びこむと、痛みにあえぐ男の金切り声が聞こえる。ヘスは明かりをつける。部屋は惨状を呈している。床に散らばる洗濯物とピザの箱の真ん中で、鼻を血まみれにした男が両腕を背中にねじりあげられて横たわっている。トゥリーンは男に馬乗りになり、片手で男の両手をつかんで肩甲骨のあいだに押しつけ、もう一方の手は身体検査をするのに忙しい。

「なにしてんだよ。さっさと放せ!」

トゥリーンの仕事が終わって、警官ふたりが男の両手を肩甲骨のあいだにおいたまま引っぱって立たせると、いちだんと大きな金切り声があがる。

歳は四十前後。がっしりしたセールスマン風の男で、髪を後ろになでつけ、結婚指輪をしている。コートの下はTシャツとスウェットパンツだけで、ベッドから抜けだしてきたような格好だ。鼻はねじ曲がって腫れあがり、床をころげまわったせいで顔じゅう血だらけになっている。

「ニコライ・モラー。コペンハーゲンS、マントゥア通り七六」

トゥリーンが読みあげたのは男の健康保険証で、それは内ポケットから見つかった財布のなかにクレジットカードや家族写真と一緒にはいっていた。ポケットには携帯電話とアウディのロゴがついた車のキーもあった。

「なんなんだ？　おれはなにもしてないぞ！」

「ここへなにしに来たの？　なにしに来たのかって訊いてるの」

トゥリーンはまっすぐ男のほうへ行き、そいつの目が見えるように、血だらけの顔を無理やり上に向ける。男はまだショック状態で、知らない女がジェッシー・クヴィウムの服を着ているのを見てあきらかに驚愕している。

「ジェッシーと話したかっただけだ。あの女からここへ来いってメールがあったんだよ！」

「嘘つき。ほんとはなにしに来たの？　ええ？」

「おれはなにもしてない、ほんとだったら！　あの女にだまされてここへ来ただけなんだ！」

「そのメールを見せて。いますぐ」

ヘスがトゥリーンから電話を受け取って男のほうへ差しだす。警官たちが男を放し、男はすすり泣きながら、血のついた指でおもむろにロックを解除するパスワードを入れる。

「ほら、早くしろ！」ヘスはいらいらする。これが自分の疑念に対する答えだと直感的にわかるが、なぜどのようにして答えになるのかはわからない。

「見せてみろ、よこせ！」

男が差しだす前にひったくり、画面を凝視する。

発信者の電話番号はどこにもなく――〝不明〟とあるだけだ――メール文は短く甘ったるい。《いますぐ来て。じゃないと奥さんにこの写真を送っちゃうわよ》

メールに画像が添付されているのがわかり、ヘスは画面をタップしてそれを拡大する。写真は被写体から四、五メートル離れたところから撮られていて、写っている車輪付きごみ箱に見覚えがあり、それはジェッシー・クヴィウムを見つけたショッピングセンターのダンススタジオの下の階の通路にあったものだとわかる。ふたりの人間が身体をぴったりくっつけ合って、なにをしているのか一目瞭然だ。前にいるのがジェッシー・クヴィウムで、いまトゥリーンが着ているのと同じ服を着ており、彼女の後ろにいるのがニコライ・モラーで、ズボンを足首までおろしている。

ヘスの脳内で千もの考えが炸裂する。「このメールを受け取ったのはいつだ？」

「放してくれ。おれはなにもしてない！」

「いつだ！」

「三十分ほど前。だから、これはいったいどういうことなんだよ！」

一瞬、ヘスは男を凝視する。それからつかんでいた手を放して、ドアへ突進する。

75

ヴァルビューのハンモック・ガーデンズには百以上の菜園区画とキャビンがあり、冬期は閉鎖されている。夏のあいだは街でいちばん活気のある憩《いこ》いの場となるが、秋になると小さな木の家や庭に鍵がかけられて、翌年の春まで放置される。ただし、暗い庭の真ん中にある一軒のキャビンだけは明かりがともっている。コペンハーゲン市の所有するキャビンだ。

もう遅い時間だが、ジェッシー・クヴィウムはまだ起きている。外では風が木々や茂みを激しくざわつかせ、二部屋しかないこの小さなキャビンの屋根を引きはがしている音のようにも聞こえる。家のなかのにおいも夏とはちがい、眠っている小さな娘と一緒に暗い部屋のベッドで横になっていると、ドアの下の隙間から居間の明かりがもれているのが見える。警官がふたり、実際にあのドアの向こう側にすわって自分と娘のオリヴィアを守ってくれている、そのことがいまだによく理解できていない。ジェッシーは娘の頰をなでる。そんなことはめったにしないし、泣きたくなったり、ふと冷静になったりした瞬間には、このどん底人生のなかで娘だけが意味のあるものだと思ったりもするが、状況が少しでもよくなる可能性があるなら、まずは娘を手放さなくてはならないこともよくわかっている。

ドラマチックな一日だった。最初はニコライとの場面、彼にショッピングセンターで侮辱されたこと。それから通路をあちこちさまよったこと、警察署での取り調べ、そして最後が人けのない市民菜園に連れてこられたこと。ジェッシーは自分の潔白をかたくなに訴えたものの、事情聴取のあいだじゅう告発の件で動揺していた。彼女が娘を叩いて養育を放棄しているというあの告発のことだ、匿名の情報提供者が市に訴えたという。あるいはジェッシーを動揺させたのはあの告発ではないかもしれない。それなら前にも言われたことがある、もちろん。むしろショックを受けたのは、それに伴う深刻な事態のせいだったかもしれない。あのふたりの刑事は市の担当者とはわけがちがう。実際になにがあったか知っているようだ。彼女はかっとして叫んでどなった。不当な扱いを受けた母親ならきっとそうするだろうと想像して。けれど、いくらもっともらしく嘘をついても、信じてはもらえなかった。自分たちが護衛をつけられてこんな寒々とした湿っぽい小屋にいなくてはならない理由に納得がいかないとしても、こうなったのは自分のせいだということだけはわかる。ほかの多くのことと同じで。

寝室で娘とふたりきりになって、ジェッシーが最初に考えたのは、まだやり直せるということだった。一夜にして変わる。ばか騒ぎと酒をやめる。餌を差しだしては食いつかせて愛されている気分になる、そんなことを一生続けて自分を貶《おとし》めるのはやめる。ニコライの情報はもう携帯電話から削除したから二度と連絡することもない。でもこれで大丈夫？

ほかにもいるんじゃない？　彼の前にもいろんな人がいた、男も女も。そうして自分のくそみたいな人生は、それとオリヴィアの人生も、山ほどの厄介ごとを抱えこむはめになった。施設での長い日々を、遊び場での孤独を、バーでのいかれた夜を、家に連れこんだ見知らぬ他人との朝を。自分の人生にささやかな喜びを与えてくれればそれでいいと、相手の喜ぶことはなんでもさせた。娘を疎《うと》ましく思って、叩いたりもした。市から支給される児童手当だけがオリヴィアを手放さない理由だったこともある。

けれど、どれほど悔やんでみても、どれほど状況を変えたいと願ってみても、自分ひとりではどうにもならないこともジェッシーにはわかっている。

オリヴィアを起こさないよう、そっと布団から抜けだす。裸足で踏む床は氷のように感じられるが、時間をかけて娘を布団で丁寧にくるみ、それから彼女はドアに向かう。

76

マーティン・リクス刑事がアダルト動画サイト〈ポルンハブ〉で裸の女たちのページをスクロールしていると、腹が大きな音で鳴る。この仕事に就いて十二年、今夜のような任務を与えられるたびに、いつも死ぬほど退屈なのだが、〈ポルンハブ〉とブックメーカーの〈ベット365〉とスシは、待ち時間を楽しくしてくれる数少ないものに含まれる。延々と続くポルノ画像を次々にめくっていくが、このときは偽物のおっぱいやハイヒールやボンデージ写真をいくら見ても、あのヘスの野郎とハートン事件をめぐるメディアの騒ぎに対するいらだちは治まらない。

六年前にベラホイ警察署からこの重大犯罪課に異動してきたマーティン・リクスは、それ以来ティム・ヤンセンの右腕となっている。最初のうちは、探るような険しい目をしたこの長身の傲慢な男があまり好きになれなかった。ヤンセンはいついかなるときも皮肉とこきおろしが巧みで、昔からあまり弁の立つほうではないリクスは、彼のことを、学校時代に自分をぼんくら呼ばわりしていたあほ連中と同列に見なした。チャンスがあってその連中はこてんぱんにぶちのめしてやったが。ところがヤンセンとはそうはならなかった。

経験豊かなこの刑事は、リクスの頑固さと、人間や世界に対する漠然とした不信感を見抜いた。ふたりは車のなかで、取調室で、作戦指令室で、さまざまな部屋や食堂で、時間をともにし、半年たってリクスの正式な指導期間が終わったとき、ふたりはこのまま組んで仕事を続けたいと上司に告げたのだ。六年たって互いを知り尽くし、上司がころころ入れ替わったにもかかわらず、ふたりは誰からもとやかく言われないだけの足場を築いたのだった。少なくともしばらく前にあのいけ好かない野郎が現われるまでは。

ヘスは折れた葦《あし》だ。何年も前、まだ警察署にいたころはまともだったかもしれないが、いまやエリートを自認する偉そうなユーロポールのほかの連中と同類だ。ヘスが寡黙で横柄な一匹狼だったころをリクスは覚えていて、彼がいなくなったときはほっとしたものだ。ところが今度はそのユーロポールにも愛想をつかされたらしく、ヘスは役に立とうとするどころか、リクスとヤンセンの過去最大の功績である事件の捜査に疑問を呈しはじめたのだ。

去年十月のあの日々のことは、いまでも詳細に記憶している。プレッシャーは半端でなかった。リクスとヤンセンは不眠不休で捜査に励んだし、匿名の密告をもとにリーヌス・ベガを尋問して逮捕したのは自分たちだった――最初に捜索に乗りだしたのも。逮捕から数日後、ベガと向き合ってさらなる尋問をしながら、今回は特別なものになると感じた。自分たちはいいカードを手にしている。この男を確実に仕留められる証拠を。どう考えても最後には自白する以外に道はなかったのだ。安堵感は想像を絶するほどで、彼らは自白を祝い、ヴェスタブロにある安酒場でへべれけになるまで飲んで、夜が白々《しらじら》と明けるまでビリヤードに興じた。たしかに子供の遺体は見つからずじまいだったが、そんなのは些細なことだった。

そしていま、リクスはヴァルビューにある市民菜園で凍えそうな思いをしながら、どこかの不良シングルマザーのお守りをしている。それもこれも全部、ヘスとあのくそ生意気なトゥリーンのせいだ。班のほかの連中はみな、ヤンセンも含めて、刺激的なことがあれこれ起こるであろう都市計画団地であわただしく動いているというのに、自分はここから動けない。万事順調にいったとしても、解放されるのは明日の朝六時半になるだろう。

突然、寝室のドアが開く。警護することになっている女が、Tシャツ一枚という格好で出てくる。リクスは携帯電話の画面を伏せて下に置く。女は一瞬驚いたようにきょろきょろする。

「もうひとりの警官は？」

「警官じゃない。刑事だ」

「もうひとりの刑事さんは？」

本来なら教える筋合いはないが、ヴァルビュー・ラン通りへスシを買いにいったとリクスは説明する。

「なんでそんなことを訊く？」

「別に。今日あたしに事情聴取したふたりの刑事さんと話したかっただけ」

「なんの話だ？　おれに言えばいい」

不良ママはソファの後ろに立っているが、なかなかいいケツをしているのが見て取れる。一瞬、チャンスはあるだろうかと考える──相棒がスシを買ってもどってくる前にソファで手早く一発やる時間はあるだろうかと。それはリクスの数多《あまた》ある妄想のひとつだ。自分の保護下にある証人とのセックス。だがその特殊な妄想は実現することなく消え去った。

「あの人たちに本当のことを話したくて。誰かに相談して、娘をいい家庭に預けたいの、あたしが生活を立て直せるまで」

その返事にマーティン・リクスはがっかりする。もう少し待つ必要があると素っ気なく告げる。社会福祉局の窓口はまだ開いていない。それはそれとして〝本当のこと〟というのを聞きたいが、女が口を開く前にリクスの電話が鳴る。

「ヘスだ。異状はないか？」

ヘスは息を切らしていて、車のドアが閉まると同時に誰かがエンジンをかける音がする。マーティン・リクスは努めて尊大な口調で答える。

「異状があるわけないだろう。そっちはどんな具合だ？」

だがリクスは返事を聞きそびれる。車のアラームが鳴りだしたからだ。市民菜園のなかで。

やかましい音がいまいましい連続音となって物悲しく響き渡り、リクスは表にとめてある自分の車のほうに顔を振り向ける。秋の暗闇のなかで、ライトがまるでチボリ公園のメリーゴーラウンドのように点滅している。

マーティン・リクスは困惑する。彼の知るかぎり、車の周辺には誰もいないはずだ。まだ電話を耳にあてたままなので、ヘスの野郎に車のアラームが鳴りだしたことを伝えると、やつが警戒心を強めた口調で言う。

「家のなかにいろ。いまそっちに向かってる」

「なんでおまえがこっちに向かってるんだ？　どういうことだ？」

「家のなかにとどまって、ジェッシー・クヴィウムを守れ！　おれの言ってることが聞こえてるか？」

マーティン・リクスは一瞬ためらう。それからいきなり通話を切ると、聞こえるのはアラームだけになる。自分がヘスの命令に従うと思われているなら、それは大まちがいだ。

「どうしたの？」

不良ママが心配そうにこっちを見ている。

「なんでもない。部屋にもどって寝ろ」

その返事に彼女は納得せず、だが反論する前に、寝室から子供の泣き声が聞こえて、あわてて部屋にもどる。

リクスは携帯電話をポケットにしまって、拳銃のホルスターのストラップをはずす。彼もばかではない。いまの会話で状況が一変したことはわかっていた。これがあいつらの口を封じる唯一のチャンスかもしれない。ヘスと、トゥリーンと、とりわけ〝チェスナットマン〟の。メディアは殺人犯をそう呼びはじめている。まもなく機動隊がゲートからなだれこんでくるだろうが、いまのところ舞台は空っぽで、役者が来るのを待っている。リクスはジャケットから車のキーを取りだし、玄関ドアを解錠する。銃を片手に、菜園の小道を歩いていく。レッドカーペットを歩くように。

77

オリヴィアは木の壁に寄せてあるベッドで上体を起こしているが、完全に目覚めてはいない。

「どうしたの、ママ？」

「どうもしない、大丈夫。いいから寝なさい」

ジェッシー・クヴィウムは急いでそばへ行き、ベッドに腰をおろして娘の髪をなでる。

「でも、これじゃうるさくて眠れないよ」とささやいて、娘がジェッシーの肩にもたれてきたとき、アラームが鳴りやむ。

「ほら、もうやんだ。これでまた眠れるね」

まもなくオリヴィアはまた眠りに落ち、ジェッシーは娘を見守りながら、警官と話をしてよかったと考える。もちろんあれで充分ではないし、もう少し話ができて、胸の内をすっかり吐きだせたらよかった。でもいきなり車のアラームが鳴りだして、そんな雰囲気ではなくなった。ジェッシーはかつて感じたことのない恐怖を覚えたけれど、いまはアラームもやんだし、あの警官の携帯電話の、聞き覚えのある着信音が菜園のどこかで鳴りだすと、怯えた自分がばかみたいに思える。彼が電話に出ないとわかるまでは。耳をすまして待っていると、着信音がやむ。そしてまた鳴りだす、でも、やっぱり誰も応答しない。

外に出ると、風がジェッシーの髪を吹きあげる。靴ははいているが、風は刺すように冷たく、玄関を出る前に腰に毛布を巻いてくればよかったと悔やむ。車のそばのどこかで電話が鳴っているのが聞こえるが、警官の姿はまだ見当たらない。

「ねえ？　どこにいるの？」

返事はない。おそるおそる、ジェッシーは生垣と車のほうへ近づく。車はゲートの外の砂利の上にとめてある。あと一歩踏みだせば完全に砂利の上に出て、車全体と、どこか近くで鳴っている電話もたぶん見えるだろう。でもそのとき、事情聴取のあいだに刑事たちが言っていたことを思いだし、彼らが口にしていた危険がじわじわと迫ってくる。菜園の曲がった木々や葉の落ちた藪《やぶ》から這いだしてきた恐怖にむきだしの脚をつかまれ、ジェッシーは踵を返して家のほうへと駆けもどり、木の階段をのぼって、開けっ放しの玄関からなかにはいるなりドアをぴしゃりと閉ざす。

ついさっき警官が電話で話していた内容から、助けがここに向かっているのはわかっているので、あわてるなと自分に言いきかせる。玄関に鍵をかけ、整理だんすを引っぱってきてドアに押しつける。それからキッチンと小さな浴室へ走り、ドアと窓の鍵がちゃんとかかっているのを確認する。キッチンの引き出しで長いナイフを見つけ、それを手に取る。

窓の外には裏手の菜園しか見えないが、そのとき自分が煌々と明かりに照らされていることにはたと気づく。もし誰かが外にいたら――誰かいることはもう疑いようがない――こっちの動きが丸見えになってしまう。数歩で居間にもどり、あわてふためいて何度か試したあと、ようやく正しいスイッチを見つけて、どうにか明かりをひとつ残らず消す。

ジェッシーは無言で立ち、表の菜園に目をこらす。なにもない。キャビンをなぎ倒そうとする風だけ。立っているそばに電気ヒーターがあり、明かりのスイッチをさがしていたときにうっかりそれも消していたことがわかる。ジェッシーは身をかがめてもう一度スイッチを押す。ヒーターが小さな音をたてはじめ、ディスプレーの弱々しい赤いランプの光で、さっき警官がすわっていた椅子に小さな人形が置かれているのがふと目にはいる。

それがなんなのか、すぐにはわからない。そして徐々にわかってくる。その小さな栗人形は、マッチ棒の両腕を絶望したように天に伸ばしている姿がいかにも無邪気だが、それが彼女を恐怖で満たす。さっきはなかった、警官をさがしに外へ出たときは。ジェッシーは振り仰ぎ、目の前の薄暗がりのなかでなにかが動きだしたみたいに、持てる力を振り絞って、ナイフで空《くう》を切り裂く。

78

パトカーは市民菜園の正面ゲートを通過し、砂利敷きの道を走り続ける。寄り添うようにかたまっている小さな家々と菜園は闇に包まれ、ヘッドライトの長い光線だけが、前方の奥まった場所にあるナンバープレートを一瞬見せてくれる。トゥリーンは覆面パトカーのところまで突っ走り、ヘスも車から飛びだす。

スシの箱がふたつ、砂利の上に落ちていて、若い警官が人影の上にかがみこんでいる。ヘスを見ると大声で助けを求めながら、同時にマーティン・リクスのざっくり切られた喉からあふれる血を両手で必死にとめようとしている。リクスはがたがた震え、その目は頭上の黒い木々をひたと見すえている。ヘスはキャビンに向かって突進する。鍵がかかっている。ドアを何度も蹴って整理だんすを押しのける。居間は暗いが、銃をかまえながら目が徐々に慣れてくると、テーブルと椅子がひっくり返っているのがわかる。ここで誰かが争ったみたいに。寝室ではジェッシー・クヴィウムの娘が困惑しきって涙をいっぱいに浮かべながら布団にしがみついている。ジェッシーの姿はなく、トゥリーンが、勝手口のドアが大きく開いていることをヘスに教える。

裏の菜園は急斜面になっていて、ふたりは三歩で裏手の草地に降り立つ。芝地の真ん中にある大きなりんごの木の横を走り抜け、隣家との境界線にある頼りないフェンスのところまで行っても、視界には誰もいない。吹きさらしの菜園の列は大通りの高層の建物があるところまで続いている。ふたりは家に向かって引き返し、そこではじめて、彼女を発見する。りんごの木のいちばん下の枝は、枝ではない。ジェッシー・クヴィウムのむきだしの脚だ。身体は、幹が二股に分かれるところに押しこまれ、太いほうの枝に無理やりまたがる姿勢をとらされているので、両脚が不自然に両側に突きだしている。頭は傾き、ぐにゃりとした両腕は枝に支えられて空をさしている。

「ママ?」

風の向こうから困惑したような声が聞こえ、勝手口のドアのそばに少女の輪郭がぼんやりと見える。少女はすでに寒さのなかに足を踏みだしていた。だがヘスは動けず、斜面を駆けあがって少女を抱きあげ、家のなかへもどしたのはトゥリーンだ。ヘスは木のそばにとどまる。外は暗いとはいえ、両腕が不自然に短いのがわかる。片方の脚も。さらに近づくと、マッチ棒の腕を広げた栗人形が見て取れる。人形はジェッシーの開いた口のなかに立てて押しこまれている。

十月二十日　火曜日

79

雨のなか、トゥリーンは建物のあいだを駆け足で進みながら表示板をさがす。靴にじわじわと水がしみこんできて、ようやく《三七C》という表示が見つかるが、それはいま向かっているのと反対の方向をさしている。

まだ朝の早い時間で、トゥリーンは娘を学校で降ろしてきたところだ。都市計画団地の低い建物に囲まれて立っていたのはほんの数日前。あのときはヘスも公共の低価格住宅に住んでいるとは知らなかったが、どういうわけか意外な気はしない。イスラムのニカーブやヘッドスカーフを巻いた女性たちの親しみと警戒の入りまじった視線から、自分がここでは目立つ存在なのだとわかる。正しいルートをさがしながら、世間は大騒ぎになっているというのにヘスと連絡がとれないことで、トゥリーンはまたしても頭にくる。

この数日でメディアの報道合戦は最高潮に達し、犯行現場から、クリスチャンスボー城から、警察署から、検死局から、生中継による報道が繰り返された。被害者の女性三人と、市民菜園の砂利の上で死んだマーティン・リクスの顔写真。目撃者や、近隣住民や、親類への取材の模様。専門家と、専門家に対する批評家からの意見があり、警察による声明があり、特にニュランダはマイクの列の前に立つことを繰り返し求められ、法務大臣による周到に用意された声明と交互に放送されることも多かった。加えて、ローサ・ハートンにまつわる報道まで登場し、彼女は娘を失ったあげく、今度は、娘の事件がじつは解決していなかったのかもしれないと知らされる苦しみに耐えなければならない。やがて自分たちが同じネタを使いまわしているだけだと気づいたニュース編集者たちは、次におぞましいことが起こるのはいつかを予想しはじめた。

ヘスもトゥリーンも、金曜日からほとんど眠っていない。市民菜園で起こった複数の殺人という衝撃的事件のあとは地道な仕事が待っていた。果てしなく続く聞きこみと電話、都市計画団地と市民菜園のオーナー組合に関するデータの収集、ジェッシー・クヴィウムのややこしい家族関係と恋愛関係の解明。ジェッシーの六歳の娘は——ありがたいことに母親の遺体は見なかった——検診のため病院へ送られ、医師団により、養育放棄、栄養不良、身体的虐待を示唆する証拠がいくつも見つかった。精神分析医が、母親の死という悲しい出来事に焦点を絞って話を聞いたところ、幼い娘が自分の喪失感を言葉で表わすその能力に心底感心したという。なにはともあれ、彼女がエスビェアに住む祖父母に引き取られたことはよい兆候であり、祖父母も喜んで孫の面倒をみると言っている。ただし、長期にわたって預かることが許されるかどうかは様子をみなければならないだろう。トゥリーンはあいだにはいり、娘と祖父母にメディアを近づけないようにした。ともかくメディアは〝チェスナットマン〟に関する最新ニュースを伝えたくてうずうずしている。

メディアがこんなふうに殺人者を祭りあげるのをトゥリーンはいまいましく思う。いまこの瞬間も、犯人は恐怖を生みだしたくてたまらず、おそらく世間の注目を浴びることでますます図に乗っている、それがわかっているだけになおさらだ。だがこの流れを食いとめるのはむずかしく、鑑識の検査と数えきれないほどの聞きこみも、突破口にはつながらなかった。ゲンスと部下たちは寝る間も惜しんで働いているが、これまでのところ有望な結果は出ていない。ニコライ・モラーの携帯電話に届いたテキストメッセージの発信者を突きとめることはできず、ジェッシー・クヴィウムを監視していたと思われる人物の特定につながりそうな目撃証言もまったく出てこない――団地でも、当日のショッピングセンターでも、防犯カメラの映像を二回も念入りに観たにもかかわらず。ラウラ・ケーアとアネ・サイア゠ラッセンの事件と同様、犯人の痕跡はきれいさっぱり消えてしまっている。

検死の結果、ジェッシー・クヴィウムの死亡時刻は一時二十分ごろと判明している。切断に使われた道具はほかの二件と同じで、それは被害者がまだ生存中に行なわれた。少なくとも両手を切断されたときはまちがいなく生きていた。今回の栗人形は被害者の口のなかから見つかり、そこについていた指紋もやはりクリスティーネ・ハートンのものと思われた。当然ながら、被害者の女性三人に関する匿名の密告メールは同一人物によって書かれたものだという見解は一致している。しかし、市当局もケースワーカーたちも実際にはなんの助けにもならず、三通の電子メールとその迷路のようなサーバー接続からも、本当の発信者を突きとめる手がかりはまったく得られない。あまりにも絶望的な状況に、ニュランダは、市の内部告発制度を通して匿名の告発を受けている女性の選抜候補者リストを作成し、護衛の警察官を配置して、最高レベルの厳戒態勢を敷いていた。

署内の空気もそうした状況に大きく影響されていた。マーティン・リクスは聡明とは言えなかったかもしれないが、たまに数日間の休みをとるくらいで、六年間この重大犯罪課に勤めており、正面玄関の上に設置された金星と同様、常にそこにいてあたりまえの存在となっていた。また彼は婚約していて、それは大半の同僚にとって意外な事実だった。きのうの正午、署内では一分間の黙禱《もくとう》が捧げられ、その沈黙はやかましいほどだった。同僚たちは泣き、警察官が殉職したときの常で、捜査は恐ろしいほど気迫のこもったものとなった。

ヘスとトゥリーンにとって、答えのない最大の疑問は、犯行当夜、殺人犯はどうして警察の裏をかくことができたのか、ということだ。警察は都市計画団地で待ち伏せをし、犯人はそのことを探りだした。いったいどうやったのか、トゥリーンにはわからない。でも、現にそうなったのだ。そして犯人は市民菜園に向かった。ジェッシー・クヴィウムと娘が夏にそこで一週間過ごしたことがあるのを事前に知っていて、だからそこへ向かった。そうとでも考えなければ筋が通らない。ニコライ・モラーあてのメールは二件の殺しの前に——深夜の十二時三十七分に——プリペイドカード式の電話を使って市民菜園のどこかから送信されたのだろう。その部分がいまだになにより恐ろしい。犯人には、あわてふためいた浮気夫を都市計画団地におびきだして警察の腕のなかへ放りこむほどの冷静さがあり、その狙いは、まんまとしてやられたと警察に思わせることだろう、そうトゥリーンは読んでいる。ラウラ・ケーアが死んだあと彼女の電話にメールを送ってきたときと同じだ。労多くして功少なしのつらい捜査活動に加えてそんなことがあり、その結果、たまった不満が爆発して昨夜のニュランダとの衝突につながったのも無理はない。

「いったいなにを恐れてるんです？　ローサ・ハートンに事情聴取をしたらいいじゃないですか！」

一連の殺しはローサ・ハートンや彼女の娘の事件とどこかでつながっている、そうヘスは改めて主張していた。

「片方を捜査してもう一方をしないのは筋が通らない。三つの栗人形についていた三つの指紋でもうはっきりしてます。それに、これで終わるとは思えない——最初は片手がなくなり、次は両手、さらに両手と片足。次の犯行で犯人はどうすると思います？　誰が見たってはっきりしてる！　ローサ・ハートンが鍵を握っているか、次の標的になるか、どっちかしかない！」

だがニュランダはあくまでも冷静で、頑として応じなかった。大臣にはすでに一度事情聴取をしており、彼女には対処すべきことがもう充分にあるのだと。

「なにが充分なんです？　これ以上に大事なことがあるんですか！」

「落ち着け、ヘス」

「質問してるだけです」

「諜報部によると、大臣はこの二週間ほど誰かからいやがらせや脅迫を受けているそうだ」

「なんだって？」

「で、そのことをわたしたちにも知らせるべきだとは考えなかったんですね」トゥリーンは口をはさんだ。

「そうだ。殺人事件と関係があるはずがない！　諜報部によれば、直近の脅しは公用車のボンネットをペンキで汚されたことで、日付は十月十二日、時間帯はちょうど殺人犯がアネ・サイア＝ラッセンを襲うので手いっぱいだったころだ」

会議は険悪なまま終わった。ヘスもニュランダも憤然として出ていき、課内に生じた亀裂は捜査の現況をあまりも如実に表わしているとトゥリーンは思うが、そのことはなるべく考えまいとした。

雨のかかる場所からようやく屋根のある通路にはいり、いちばん奥の三七Cにたどりつく。ドアの両側にペンキの缶やニスや洗浄液が乱雑に積みあげられていて、真ん中にあるごつい機械はおそらく床研磨機だろう。トゥリーンはせっかちにドアをノックするが、もちろん応答はない。

「あんた、彼が床の件で電話した人かな？」

トゥリーンが声のほうに顔を向けると、小柄なパキスタン人男性が通路に現われ、茶色の目をした小さい男の子がその脚に張りついている。男性はあざやかなオレンジ色の雨合羽を着ているが、ガーデニング用の手袋とごみ袋から察するに、たぶん落ち葉の山を片付けているだけだろう。

「よかった、あんたがちゃんとしたプロなら。あの男は不器用で、でも自分じゃ大工のボブだと思ってる。そうじゃない。『ボブとはたらくブーブーズ』は知ってるかな」

「ええ……」

「売ることにしてよかったよ。ここはあの男が住む場所じゃない。でもこのアパートメントを売り払いたいなら、ちょっとはこぎれいに改装しないとだめだ。だから壁や天井のペンキを塗り直すのはかまわない――あの男には鋤《すき》とペンキ用の刷毛の区別もついてないけど――でも、わたしはここの床を磨くつもりはないよ。かといって彼が自分でやって床を台無しにするのも見たくない」

「わたしも床を台無しにするつもりはありませんから」トゥリーンは警察バッジをちらつかせて男を追い払おうとするが、相手はその場を動かず、彼女がノックするのを見守っている。

「あんたがここを引き継ぐつもりじゃないだろうね。それじゃ元の木阿弥だ」

「いえ、ちがいます。大工のボブが在宅かどうかわかりますか？」

「自分でたしかめるんだね。いつも鍵はかけてないから」

パキスタン人男性が肘でトゥリーンを押しのけて、建てつけの悪いドアを、少し押す。

「これも問題だ。この建物でドアに鍵をかけないなんて、そんなやつがいるかい？　彼にはなんべんも言ったんだ。でも盗まれるようなものはなにもないって言うから、まあそれならそれでかまわないけど――なんだこりゃ《アッラーフ・アクバル》！」

小柄なパキスタン人男性は唖然としている。トゥリーンにもその理由がわかる。室内に見るべきものはあまりなく、塗りたてのペンキのにおいが鼻をつく。テーブル、椅子が数脚、煙草、携帯電話、テイクアウトの箱がいくつか、新聞紙を敷いた床にペンキの缶と刷毛が数本。どう見てもヘスがまとまった時間を過ごしている場所ではない。どういうわけかトゥリーンの頭をよぎったのは、ハーグにしろどこにしろ、彼が住んでいる場所にあるアパートメントも、ここと同じくらい殺風景なのではないかということだった。しかしふたりが目を奪われたのは内装ではなく――壁だ。

破り取られた紙片、写真、新聞の切り抜きがそこらじゅうに貼られ、その隙間の壁には単語や文字が直接書きつけられている。もつれた巨大な蜘蛛の巣のように、それは塗り替えたばかりの壁の二面に広がり、真っ赤なペンがさまざまな項目を複雑な線やらマークやらでつないでいる。見たところ、ラウラ・ケーア殺しの欄からはじまって、そこから広がっていった先に、それに続く複数の殺しが含まれ、そのなかにマーティン・リクス殺しも含まれている。途中にはさまざまな線と栗人形の絵がペンで加えられ、さらに人名や犯行現場の地名が登場して、写真で説明されたり壁に直接書かれたりしている。壁に貼られた紙片のなかにはくしゃくしゃのレシートやピザの箱から破り取った厚紙もまじっているが、どうやらそうした素材も尽きたらしい。いちばん下に貼られているのは新聞を破り取ったもので、ローサ・ハートンに関する記事と彼女が復職した日付がはいっていて、そこにヘスが書き加えた線は、ラウラ・ケーア殺しへとつながり、そこからまた何本もの線が派生して無数の関連を生みだし、あげくの果ては長々と線が引かれた先にまったく別の欄があって、《クリスチャンスボー城――脅迫、いやがらせ、諜報部》の文字が並んでいる。いちばん上には古い新聞に掲載された十二歳のクリスティーネ・ハートンの写真、その隣にやはりペンで囲まれた欄があり、なかには大文字で《リーヌス・ベガ》、そしてここでも壁にメモが走り書きされている。ほとんどは判読不能で、ヘスはあそこまで手を伸ばすのに苦労したにちがいない。床にある小さなはしごを使ったとしても。

巨大な蜘蛛の巣を茫然と眺めながら、トゥリーンは複雑な心境になる。ゆうべ引きあげるときのヘスは口数が少なく殻にこもっていて、けさ連絡がつかなかったとき、トゥリーンはどう考えていいのかわからなかった。この壁を見るかぎり、彼はまだあきらめていない。とはいえ、この壁にはどこか尋常でないものがある。まずは全体像をわかりやすく整理しようとしたのかもしれないが、結局そうはなっていない。優れた暗号作成者かノーベル賞数学者が解読したところで、読み取れるのはせいぜい、この蜘蛛の巣の作成者は強迫観念にとらわれているか、ことによると精神を病んでいるということくらいだろう。

壁をひと目見ただけで、小柄な男からパキスタンの言語による罵声が噴出し、その状況は、ヘスが突然戸口に現われたことで改善されるはずもない。ヘスは息を切らし、全身濡れねずみで、身につけているのは黒のTシャツに短パン、ランニングシューズだけだ。ひんやりした大気のなかで、呼気は白く、身体から湯気があがっている。意外に筋肉質でがっちりしているが、健康的に引き締まっているとは言えない。

「いったいどういうつもりだ！　せっかくペンキを塗り終わったとこなのに！」

「また塗り直すよ。二度塗りが必要だって、あんたも言ってただろ」

ヘスは戸枠に左手をついて身体を支えていて、もう一方の手に丸めたビニールポーチがあるのにトゥリーンは気づく。

「二度塗りが必要だった、いまは三度塗りだ！」

茶色の目の少年が待ちくたびれているので、パキスタン人はしぶしぶ引き返して通路に出ていく。トゥリーンもあとに続きながら、ヘスを一瞥する。

「車で待ってる。ニュランダが打ち合わせしたいって。ローサ・ハートンに話を聞くことになってるの、大臣室で一時間後に」

80

「ちょっといいですか」

ティム・ヤンセンが戸口に立つ。目の下の隈と遠くを見るような目つき、きのうの酒がまだにおっているのにニュランダは気づく。

「ああ、はいれ」

ヤンセンの背後には刑事部屋のざわめきがある。きのうの追悼式のあと、このまま事件の捜査を続けたいという彼の願いはすでに却下してあるので、その件で来たわけではないだろう。だが、ヘスとトゥリーンがちょうど部屋から出ていくところで、ヤンセンはふたりに挨拶を返さなかった。ふたりの声が聞こえなかったようにまっすぐ前を向いたままなので、それもあって彼をなかへ招いたほうがいいと判断する。

トゥリーンとヘスに自分の意図を伝えるのに、ニュランダは時間をいっさい無駄にしなかった。社会問題省に連絡したところ、ローサ・ハートン大臣から、喜んで協力するし、情報の提供は惜しまないとの回答が、私設顧問のフレデリック・ヴォーゲル経由で返ってきていた。

「ですが、大臣に嫌疑がかかっているわけではありませんし、彼女の信用にかかわるようなことがあってはならない。そこで前提条件として、これは事情聴取ではなく、会談ということにします」

ニュランダが思うに、ヴォーゲルはこの状況を認めず、〝会談〟もすべて回避するよう助言したはずだが、大臣は個人的に協力したいと言い張ったにちがいない。このニュースを聞いても、ヘスは――ニュランダはこの男がますます疎ましくなっていた――オフィスから出ていこうとしなかった。

「つまり、クリスティーネ・ハートンの失踪事件を捜査し直すということですか？」ヘスが〝クリスティーネ・ハートンの死亡〟ではなく〝クリスティーネ・ハートンの失踪〟と言ったのをニュランダは聞き逃さなかった。

「いや、それは論外だ。きみが納得できないということであれば、都市計画団地にもどって戸別訪問の聞きこみを続けてくれていっこうにかまわない」

昨夜遅く、ニュランダはローサ・ハートンの事情聴取をもう一度延期するほうに気持ちが傾いたが、警察に対するプレッシャーはいまや半端でなく大きかった。市民菜園でニュランダを出迎えた光景は悪夢どころではなかったし、リクスの殺害で、多くの警察官にとって捜査は個人的なものとなった。命に変わりはないし、殺されたのが警察官だろうとそれ以外の人間だろうと、そこにちがいがあってはならないが、それでも三十九歳の警察官に対する冷酷な犯行は――検死官によれば、背後から襲われて頸動脈《けいどう》を切られた――警察に忠誠を誓ったことのある人間のＤＮＡの深部に反響したのだ。

あの日の朝七時、ニュランダは危機管理会議で進捗状況を報告するよう求められた。警戒レベルを最高まで引きあげたことや、各方面にはすでに捜査チームを派遣してあり、その多くは期待できそうだということを彼らに報告するのは簡単だった。しかし、一度も名前を口にしなかったのに、クリスティーネ・ハートンはその説明全体に影を投げかけた。彼らはニュランダの報告が終わるのをひたすら待っているようだった。そうすればこの会議の本題に移れるから――栗人形についていた例のいまいましい指紋の件に。

「今回起こったことを踏まえて、クリスティーネ・ハートン事件の結果に疑念が生ずるようなことはあったのかね？」

副本部長は微妙な言いまわしで質問したが、それでも侮辱にはちがいなかった。少なくともニュランダはそんなふうに受け取った。それはこの会話のきわめて重要なポイントであり、ニュランダは全員の視線が自分に向けられるのを感じた。この会議室にいる幹部の誰もニュランダの立場になりたいとは思わなかっただろう――その質問は、中東の補給路に劣らず地雷だらけだった――が、ニュランダは答えた。ハートン事件自体には、解決していないことを示唆するものはなにもなかった。捜査は徹底的に行なわれ、あらゆる可能性が綿密に調べられ、そして最終的には法廷に証拠が持ちこまれて、有罪の男に判決が下された。

とはいえ、三人の女性の殺害に関連して見つかった三つの栗人形についていた、いささか不鮮明な指紋が、クリスティーネ・ハートンのものと一致したのもたしかである。それはいかようにも解釈できることではあるが。その指紋は一種のサインであり、社会問題大臣と社会福祉局を批判するひとつの方法と受け取れなくもない。従って、当然ながら大臣には厳重な警護が必要である。そしてあの栗人形は、クリスティーネ・ハートンが生前に売っていた屋台で買われた可能性も充分にある。いまのところ断定できることはなにもない——あの少女がまだ生存していることを示す証拠はひとつもないことを除けば。幹部連中を黙らせるために、ニュランダはこんな提案までした。疑いと不確定要素の種をまくのが犯人の意図かもしれないので、われわれはプロとして事実と現実を重視すべきではないか、と。

「しかし聞くところによると、きみの部下の刑事全員がその意見を共有しているわけではないそうだな」

「それは聞きちがいでしょう。いささか独創的な者が一名いるようですが、別に驚くにはあたらない。その人物が、去年われわれが大々的な捜査を行なったときはここにいなかったことを思えば」

「いったい誰のことを言ってるんだね?」幹部のひとりが尋ねた。

ニュランダの上司の副本部長が律儀に説明した。それはマーク・ヘスというユーロポールの連絡担当官のことで、彼はハーグで問題を起こし、少し前にこちらへ飛ばされてきて、今後の処遇が決まるのを待っているところだと。ほかの面々の非難がましい顔つきから、ただでさえこじれているユーロポールとの関係をさらに悪化させる連絡担当官は快く思われていないことが察せられた。それでこの話は終わったと思ったが、そのとき副本部長が口をはさんだ。ヘスのことはよく覚えているが、あの男は決してばかではない、それはたしかだ。少々型破りかもしれないが、当時の彼は、この警察署へやってきたなかでも指折りの優秀な刑事だった。

「だが、彼は事実を取りちがえているときみは言っているそうだな。そうと知って安心したよ。一時間ほど前にラジオで法務大臣が、クリスティーネ・ハートン事件をまた掘り起こす理由などないと改めて否定するのを聞いたばかりだから、なおさらだ。それより、われわれは四件の殺人事件と警官殺しの犯人に対処せねばならない。だから、ただちに行動することがきわめて重要なのだ。自分たちの身を守ろうとして、そのために確認を怠るようなことがもしあれば、結局は墓穴を掘ることになる」

別になにかを守ろうとしているわけではないとニュランダは否定したが、パレードホールのマホガニーのテーブル上には疑念の気配がいつまでも漂っていた。幸い、目端のきくニュランダはすかさず、ちょうど今日ローサ・ハートン大臣にもう少し詳しく話を聞きたいと面会を求めるつもりだと付け加えた。大臣と社会問題省が犯人逮捕につながるようなさらなる情報を持っていないか再度確認するために。

ニュランダは堂々と顔をあげてパレードホールをあとにし、心の奥深くに巣食いはじめた心配の種——ことによるとハートン事件で自分たちは本当にまちがいを犯したのではあるまいか――のことはおくびにも出さなかった。

頭のなかで何度となく振り返ってみたが、やはりまちがえようはなかったとしか思えない。と同時に、早急に突破口を見つけないかぎり、署内なり市の別の部署なりで出世を果たすという野望のすべてに別れを告げることになるのもわかっている。

「おれを捜査にもどしてください」

「ヤンセン、その話はもうすんだはずだ。きみは捜査にはもどらない。うちへ帰るんだ。一週間の休暇をとれ」

「うちへは帰りません。協力したいんです」

「だめだ。きみにとってリクスがどういう存在だったかは知っている」

ティム・ヤンセンはニュランダが勧めたイームズの椅子にはすわらなかった。立ったままで、その目は窓の外の柱廊のある中庭をじっと見ている。

「いまどんな状況ですか？」

「面倒な仕事が山積みだ。なにかわかったらきみにも知らせよう」

「てことは、あいつら、まだなにもつかんでないんですね？　ヘスとあの生意気な女は」

「ヤンセン、うちへ帰れ。まだ頭が混乱しているんだ。帰って休め」

「ヘスのせいだ、今回のことは。それはわかってますよね？」

「リクスの死は誰のせいでもない。悪いのは犯人だ。あの作戦にゴーサインを出したのはヘスではなくわたしだ。誰かを責めたいのならわたしを責めろ」

「ヘスさえいなかったら、リクスがあの家にひとりで残されることもなかった。あいつにその仕事をさせたのはヘスだ」

「なにが言いたいのかよくわからない」

ヤンセンはすぐには答えない。

「三週間おれたちはほとんど寝ずに……みんな限界まで働いて、そしてついにおれたちは証拠と自白を手に入れた……なのに、あの野郎がハーグからふらっとやってきて、おれたちがへまをしたって噂をまき散らしはじめた……」

言葉はゆっくりで、ヤンセンの目はどこか遠くを見ている。

「だがそうじゃなかった。事件は解決したんだ。きみたちはへまなんかしなかった。そうだろう？」

ヤンセンは今度も答えない。が、そのときヤンセンの電話が鳴りだして、彼は応答するために出ていく。ニュランダはその後ろ姿を見送る。その瞬間、ニュランダは、ヘスとトゥリーンが大臣との会談でなにかをつかんでくれることをなによりも強く願う。

81

社会問題省の職員たちが箱を持ってきて、天井の高い部屋の中央にある白い楕円形の会議テーブルに置いていく。

「これで全部のはずです。ほかに必要なものがあれば言ってください」首席補佐官が親切にもそう言い添えてドアへと向かう。「幸運を」

箱が一瞬の日の光に包まれて、ほこりが舞い踊り、それから窓の外にふたたび雲が垂れこめて、明かりはポール・ヘニングセンのランプに委ねられる。刑事たちは箱のなかのフォルダーに取りかかるが、ヘスは既視感にとらわれて茫然とする。ほんの数日前、別の会議室で別のファイルの山を相手にしたばかりなのに、こうしてまた新たに山のようなファイルに目を通さねばならないという、次なるカフカ的な悪夢のなかに突き落とされたような気分だ。箱のなかのフォルダーを数えるほどに、なにかまったく別の作戦が必要だとの思いが湧いてくる。古い殻を破る、斬新なことが。だがそのやり方がわからない。

ヘスはローサ・ハートンの事情聴取に望みをかけていた。私設顧問のヴォーゲルが、これは事情聴取ではなく会談だとトゥリーンとヘスに念を押し、どうでもいい雑談を交わしたあと、三人で大臣室にはいると、大臣が待っていた。ふたりは被害者ひとりひとりについて詳しく説明したが、殺された女性たちのことはまったく知らないと彼女は断言した。被害者やその家族の誰かと以前にどこかで接点がなかったか、真剣に思いだそうとしているのはヘスの目にあきらかだったが、接点はなさそうだった。つい同情したくなる気持ちをヘスはどうにか抑えた。ローサ・ハートンは、娘を失ったこの有能な美しい女性は、ヘスが彼女を知るようになってからの短い時間でげっそりやつれていた。その目は追われる動物のように困惑しきっていて頼りなく、写真や書類を丁寧に調べるほっそりした指が震えているのも、その震えをなんとか抑えようとしているのもわかった。

それでも、ヘスはきっぱりとした口調を崩さなかった。ローサ・ハートンが鍵を握っていると確信していたからだ。殺された女性たちには共通点があった。三件とも、被害者の子供が自宅で虐待やひどい扱いを受けていた。どの事件も、子供たちを保護しろと提言する匿名の告発メールを犯人が送っていた。そしてどの事件でも、国の制度は、疑いをかけられた家族をまちがって放免したり、介入を怠ったりした。被害者のそばに、いずれもローサ・ハートンの娘の指紋がついた栗人形が残されていたことからすると、犯人の狙いは大臣の責任を問うことだったとも考えられる。だから、三つの事件は大臣にとってなんらかの意味をもつはずなのだ。

「でもわからないわ。申しわけないけど、なんの心当たりもないんです」

「最近の脅しについてはどうですか？　不愉快なメールが届いたり、公用車に〝人殺し〟

と書かれたりしたそうですね。そんなことをしそうな人物に心当たりは？　その理由には？」

「諜報部にも同じことを訊かれましたが、思いあたる人は誰も……」

脅しと殺人を結びつけることをあえて避けたのは、アネ・サイア＝ラッセンが襲われたのと同じ時間帯に車に落書きされたのなら、両者はそれぞれ独立した事件であるはずだからだ。ふたりの人間がかかわっているなら別だが、いまのところそれをにおわせるものはなにもない。

「でも、これがどういうことかおわかりですよね。あなたは万人に人気があるわけじゃない。それははっきりしているし、仕返ししたいと誰かに思わせるようなことを自分がしてきたかどうか、わかるはずですよね」

私設顧問のヴォーゲルが、トゥリーンの歯に衣《きぬ》着せぬ物言いに異議を唱《とな》えたが、ローサ・ハートンはあくまでも協力すると言い張った。ただ、どうすればいいのかわからなかっただけで。彼女が子供たちのために常に最善を尽くしてきたこと、子供が虐待されている場合は親から引き離すべきだと提言してきたことは広く知られている――それが、コペンハーゲン市にあるような内部告発制度を各自治体にも設置するよう求めた理由のひとつだった。子供たちにとって必要なことはなにか、それが彼女の重要課題であり、大臣に選出されたとき真っ先に着手したのが、その方面にもっと積極的に取り組むよう役所に発破をかけることだった。ユトランド半島の複数の自治体で、まれにみるひどい養育放棄事件

ともはっきりした。特に彼女の圧力の影響を受けた役所と家族のなかに。それは充分ありうることが起こったあと、その必要性は歴然とした。だが、彼女に敵対する者がいそうだということですよね」トゥリーンがなおも言った。

「でも、なかにはあなたが子供たちを見捨てたと考える人もいる。それは充分ありうることですよね」トゥリーンがなおも言った。

「いいえ、そんなはずはありません」

「なぜです？　大臣としてはほかにも考えることがいろいろあるはずで――」

「わたしはそういう人間ではないからです。関係ないと思われるかもしれませんが、わたし自身も里子でした。だからなにが危機にさらされているかわかっているし、わたしは絶対に子供たちを見捨てたりはしません」

ローサ・ハートンの目のなかに見える怒りの炎に、トゥリーンが思わず居住まいを正し、トゥリーンの質問に気をよくしていたヘスも、ハートンがこれほど人気のある理由を突然理解した。大臣として過酷な数年を過ごしたあと、彼女はいまなお誠実さをもち合わせており、政治家はみなカメラがまわっているあいだは必死に誠実さを装うが、ハートンのそれは天性のものだった。

「栗人形についてはどうでしょう。誰かが栗人形を、もしくは単に栗でもいい、それをあなたに突きつけるようなことをしたがる理由に思いあたるふしはありませんか？」

犯行現場に残された犯人の署名は独特のもので、ハートンが鍵を握っているという見立てが正しいとすれば、本人がなにか思いだしてくれるのではないかとヘスは期待していた。

「いいえ、残念ながら。クリスティーネが秋に屋台を出していたことくらい。ふたりでテーブルについて、あの子とマティルデとで、そして……あとはすでにお話ししたとおりです」

大臣は必死に涙をこらえており、ヴォーゲルは事情聴取を切りあげようとしたが、トゥリーンが、まだ大臣の協力が必要だと反論した。もっと多くの子供が保護されるべきだと大臣が役所に発破をかけてきたことを考えて、トゥリーンとヘスは、彼女の在職中に扱われた案件のすべてに目を通したいと言った。犯人はこの制度にかかわっていて、大臣と、彼女が指揮をとっている告発制度に復讐したくてたまらないのかもしれない。ローサ・ハートンはヴォーゲルにうなずきかけ、その要望に応じてくれるであろう首席補佐官のところへ話をつけにいかせた。ヘスとトゥリーンが腰をあげ、ローサ・ハートンに時間を割いてくれた礼を述べると、突然、彼女が質問でふたりを驚かせた。

「お帰りになる前に、娘が生きている可能性があるかどうか知りたいんです」

ふたりともなんと言ってよいかわからなかった。それは明白な質問であり、それでもふたりには想定外だった。気がつくとヘスはこう答えていた。

「娘さんの事件は解決済みです。ある男が自白して、有罪判決を受けました」

「でも指紋が……三度も？」

「犯人が自分なりの理由であなたを恨んでいるとして、あなたやご家族にそう信じさせることができたら、こんなにむごい仕打ちはないでしょう」

「でも、そんなことわからないでしょう。わかるはずがない」

「いま言ったように――」

「わたしは言われたとおりになんでもします。だからあの子を見つけて」

「それは無理です。いま言ったように……」

ローサ・ハートンはそれきりなにも言わず、濡れた目でただふたりを見ていたが、やがて気を取り直し、ヴォーゲルが彼女を迎えにきた。それからヘスとトゥリーンは会議室をあてがわれ、ニュランダが急遽、十名の捜査員を派遣して、案件ファイルを調べるのに協力させた。

トゥリーンがさらに追加の箱を持ってきて、それをテーブルにおろす。

「もうひとつあった。わたしは隣の部屋でパソコンで読むから。急ぎましょ！」

大臣から話を聞く許可をもらったときのヘスの楽観的な気分は消散していた。またしても、すわって読んでいる。悲惨な子供時代、傷ついた感情、役所の介入と失敗――ひょっとして警察と当局にこの現実を突きつけるのが犯人の狙いなのではないか。睡眠時間が絶対的に足りていないのは自覚している。意識があちこちに飛び、猛スピードで駆けまわり、なかなか集中できない。犯人はこのテーブルにある案件ファイルのなかに、そこで不当に扱われた人々のなかにいるのか？　論理的にはそうだろう、しかしこの犯人は論理的か？　警察がここにあるファイルを念入りに調べることなどやつにはとっくにお見通しのはずだ。ならばどうしてわざわざ警察の目を自分に向けさせるような危険を冒す？　どうして栗人

形を作った？　どうして手足を切断した？　どうして父親ではなく母親を恨む？　そして
クリスティーネ・ハートンはどこにいる？

ビニールポーチがまだ内ポケットにあるのを確認して、ヘスはドアに向かう。

「トゥリーン、出かけるぞ。なにか見つけたら連絡するようみんなに伝えてくれ」

「なんで？　どこへ行くの？」

「振りだしにもどる」

トゥリーンがついてくるかどうかたしかめもせず、ヘスは戸口から出ていく。途中でフレデリック・ヴォーゲルの姿を見かけると、彼はさよならと会釈して、大臣室のドアを閉める。

82

「でもどうしてハートン事件の話なのかな。ニュランダは関係ないと言ってるんだろう?」

「さあね。もし鉈と豚の解体の話なら、わたしは抜けるから、彼に訊いて」

トゥリーンはゲンスの研究室で彼の向かいに立っている。いらだたしげにヘスをあごで示すと、ヘスは誰にも話を聞かれないようにドアを閉める。ふたりは大臣室から車で街を抜けて、ガラス張りの小部屋と白衣のあるゲンスの立方体のビルに直行してきた。途中でヘスから、ゲンスがここにいるのを確認してくれと頼まれ、当人は自分の携帯電話で忙しそうに話していた。ゲンスに電話をかけると喜んでいるようで、たぶん予想外の電話だったから余計にうれしかったのだろうが、ヘスからゲンスに確認したいことがあるらしいと伝えると、少しがっかりしたようでもあった。ゲンスが多忙であることを祈ったが、どうやら会議がひとつ中止になったおかげで時間があったらしく、いまになってトゥリーンはヘスについてきてしまったことを悔やんでいる。ふたりが立っているのは、最初にクリスティーネ・ハートンの指紋を見せられたあの机のそばで、それがもう遠い昔のことのよう

てその柔軟性をテストしていたことがわかるが、いま彼の楽しそうな目は、机に近づいてくるヘスに注がれている。

「それは、ハートン事件は関係あるとおれが思ってるからだ。でもトゥリーンもおれも、あの事件の捜査のときはいなかった。だから助けが必要で、信用できるのはきみしかいない。もし面倒に巻きこまれるのが心配なら、そう言ってくれ、おれたちは引きあげる」

ゲンスはにやりと笑う。「興味があるね。また豚を切り分けてほしいという頼みじゃないかぎり、ぼくのほうは全然かまわない。今度はなんだい？」

「リーヌス・ベガに不利な証拠」

「そんなことだろうと思ったよ」

トゥリーンはすわったばかりの椅子から立ちあがるが、ヘスに手をつかまれる。

「最後まで聞いてくれ。ここまでおれたちは犯人の予想どおりにしか動いてこなかった。どうにかして抜け道をさがす必要がある。古い事件を掘り起こすのが時間の無駄なら、いまこの場で事件の経緯をはっきりさせよう、そしたらおれは二度と口をはさまない。クリスティーネ・ハートンのことについても」

ヘスが手を放した。トゥリーンは一瞬立ち尽くし、それから椅子にもどる。ヘスが彼女の手を握るところをゲンスも見ていて、その手をすぐに振りほどかなかった自分がなぜか気恥ずかしい。ヘスが分厚い事件ファイルを開く。

「去年の十月十八日の午後、クリスティーネ・ハートンはハンドボール部の練習から帰宅する途中で行方不明になった。失踪はすぐ警察に届けられ、数時間後に、森のなかで彼女の自転車とバッグが捨てられているのが見つかって、本格的な捜査がはじまった。警察は三週間かけて捜索したが、彼女は忽然と消えてしまったかに見えた。そこへ警察に匿名の垂れこみがあって、それはビスペビェアのアパートメントの一階に住む二十三歳のリーヌス・ベガの自宅を捜索しろと勧告する内容だった。ここまではだいたい合ってるか？」

「ああ。ぼく自身その捜索に加わったし、結局それはたしかな情報だった」

その感想には応えず、ヘスはファイルをめくり続ける。「警察はリーヌス・ベガの自宅へ行って、クリスティーネ・ハートンのことで事情を訊き、きみの言うとおり、家宅捜索した。その男はいかにも疑わしかった。無職で、無学で、人づきあいもない。ひとり暮らしで、一日じゅうパソコンに向かい、主な収入源はオンラインポーカー。さらに注目すべきは、三年間服役した前科があることで、十八歳のときヴァンルーセのある家に押し入り、母親と十代の娘をレイプしていた。ほかにも公然猥褻罪で何度か軽い刑罰を受けて、精神的に問題があるとされ、地元のクリニックで治療することになっていた。だが、本人は当初から一貫して、クリスティーネ・ハートンに対する犯行についてはなにも知らないと否定していた」

「たしか自分はもうまともになったとも言っていた。でも、そのあとぼくらは彼のパソコンを開けてみた、当然ながら。いや、鑑識員が、ってことだけど」

「そのとおり。おれの理解では、リーヌス・ベガは第一級のハッカーだとわかった。独学だが、根気があった。皮肉なことに、コンピューターに興味をもつきっかけとなったのが刑務所のＩＴコースで、少なくとも半年前から警察の犯行現場写真のデジタルアーカイブに侵入して、遺体の写真を見ていたことが判明した」

トゥリーンは時間節約のために口を閉じているつもりだったが、ここでヘスを訂正せずにはいられなくなる。

「厳密に言うと、侵入したわけじゃない。システムにログインしたコンピューターのひとつからログイン情報のクッキーを盗んだの。システムが古くて安全性が低かったから、クッキーを再送してだますことができた。化石みたいなシステムをいまだに使ってるなんて警察の恥もいいとこ」

「なるほど。いずれにしても、ベガは何年も前にさかのぼって何百枚という犯行現場写真にアクセスしていたわけで、それが判明したときはさぞショックだったろうな」

「ショックなんてもんじゃない。まるで核爆弾だった」ゲンスが口をはさむ。「あいつがアクセスしていたのは、関係者以外誰も立ち入れないはずの場所だった。ユーザーデータから、やつはそのクッキーを使って見つけられるかぎり最悪の殺人事件の情報にアクセスしていたこともあきらかになった」

「おれもそう理解している。主に性的な動機で殺された女性たち。裸にされて切断された女性がやつのお気に入りだったようだが、子供たち、特に未成年の女子に対する犯罪にも入れこんでいた。そういう写真を見るとサディスティックな衝動が湧いて性的に興奮するとベガは白状している。それでも、クリスティーネ・ハートンに関しては指一本触れていないと否定し続け、その時点では、彼の犯行を示唆するものはなにもなかった。それで合ってるか？」

「合ってる。警察があいつの靴を分析するまではだ」

「靴のことを教えてくれ」

「いたって単純な話だ。ぼくらはアパートメントにあったものをひとつ残らず調べた。はき古した白いスニーカーも含めて。それはワードローブのなかで新聞紙の上に置いてあった。靴底の土を分析したところ、クリスティーネ・ハートンの自転車とバッグが見つかった森林地帯の土の種類と百パーセント一致するという結果が出た。ところが、あいつは嘘をつきはじめた、当然ながら」

「嘘というのは、森のその地点に行った時期についてのやつの説明のことか？」

「まさしく。ぼくの理解では、やつは犯行現場に惹きつけられたと言った――アーカイブの写真に惹かれたように――クリスティーネ・ハートンが行方不明というニュースを聞いて、車で森のなかへ行ったと。ティム・ヤンセンか誰かに確認したほうがいいけど、ぼくの記憶では、やつはほかの野次馬にまじって警察の非常線のところに立っていて、現場にいることで性的に興奮したと証言していた」

「それは改めて確認しよう。でも事実として、それでもクリスティーネ・ハートンを殺してはいないとあくまでも言い張った。そのうち自分の行動を説明するのがだんだんむずかしくなり、意識喪失があったことを認めて、それもあって妄想型統合失調症と診断された。だが殺害に関しては否定し続けた。きみたちがクリスティーネ・ハートンの血痕のついた凶器を見つけたあとも。つまり、あの鉈のことだ、ガレージの車の横の棚から見つかった」

ヘスは事件ファイルのなかの、ある箇所を見つける。

「ヤンセンとリクスに尋問されて、その凶器の写真を突きつけられてはじめて、彼はようやく自白した。それでおおむねまちがいないか？」

「尋問のあいだになにがあったかはわからないけど、それ以外はまちがいなさそうだ」

「よかった。じゃあ行きましょうか」トゥリーンはヘスに鋭い視線を向ける。「こんなことになんの意味があるのかわからない。なんの関係もないんじゃない？　あの男はまともじゃない、そんなやつのことで時間を無駄にするなんてどうかしてる。別の殺人犯が野放しになってるっていうのに」

「リーヌス・ベガが健全だと言うつもりはないよ。問題は単純だ。ある日突然自白するまで、彼は本当のことを言っていたとおれは思う」

「ちょっと、勘弁してよ」

「どういうことだい？」

ゲンスが興味を示し、ヘスは事件ファイルをとんとん叩く。

「ハートン事件が起こるまでの一年間で二回、リーヌス・ベガは公然猥褻罪でつかまっている。最初はオーデンセにある学生寮の裏庭で、そこは数年前に若い女性がボーイフレンドにレイプされて殺された場所だった。二度めはアマーコモンで、十年前にある女性がタクシー運転手に殺されて茂みのなかに捨てられた場所だ。どっちも、ベガは昔の事件の現場でマスターベーションをしているところを見つかって逮捕され、軽い刑罰を科された」

「そこからすべてがわかると？」

「いや。そこからわかるのは、リーヌス・ベガが、ニュースを聞いてすぐに、森のなかのクリスティーネ・ハートンが行方不明になった場所へ行こうと決めた可能性はある、ということだけだ。ほかの人間には理解しがたいかもしれないが、彼のような性向をもつ人間にとっては筋の通ったことなんだろう」

「ああ、でも問題は、やつがすぐにはっきりとそう言ったわけじゃないということだ。無実の人間ならそうしただろう。でもおかしなことに、ぼくらがスニーカーの土を分析したら、はじめてその説明をもちだしてきた」

「それほど不思議だろうか。最初は、きみたちが土の証拠を見つけるとは思ってなかったのかもしれない。なにしろ事件から三週間もたってたし、おれはリーヌス・ベガを直接知ってるわけじゃないが、犯行現場を訪れたい衝動のことは話さずにすむほうに賭けたんじゃないかと想像はできる。ところが土の分析結果を突きつけられたので、本当のことを話すしかなくなった」

トゥリーンは立ちあがる。「これじゃ堂々めぐりでしょ。有罪判決を受けた異常者の苦しまぎれの言い訳が本当だったとか、なんでいまごろ急にそんな話をしてるのかわからない。じゃあ、わたしは大臣のところにもどるから」

「それは、リーヌス・ベガが本当に森のなかにいたからだ。本人が言ったとおりの時間に」

ヘスが内ポケットからビニールポーチを引っぱりだし、しわだらけのプリントの束を取りだす。彼がそれを滑らせてよこす前に、トゥリーンは、けさオーデンのアパートメントで、ランニングを終えてもどってきたヘスが手に持っているのがちらっと見えたポーチだと気づく。

「王立図書館はデジタルアーカイブで記事と写真を保管していて、あの晩、森の現場で撮られた写真のなかに、これを見つけた。いちばん上にあるプリントの写真は、クリスティーネがいなくなった翌日の朝刊の記事に添えられていたものだ。ほかのはその拡大写真」

トゥリーンはプリントの束に目をやる。いちばん上の写真には見覚えがある。それは象徴的とも言える写真で、新聞に事件の第一報が掲載されたときの写真を一対一の比率で再現したものだ。そこに写っているのは、森の一部と投光照明、そして大勢の警察官と警察犬のチーム——捜索活動の連携を図っているのだろう。みな険しい表情で、見る者に事態の深刻さを感じさせる。遠くの背景に見えるのは、警察の非常線の外側にいる記者やカメラマンや野次馬で、トゥリーンは改めてこんなことは時間の無駄だと言いかける。そのとき、次のプリントに、彼が見える。粒子が粗く、画像はぼやけている。それは集まった人々の顔の部分を拡大した写真で、非常線の後ろにいる人垣の一部を切り取ったものだとすぐにわかる。かなり後方の、三列めか四列めでほかの人たちの肩の陰にほとんど隠れているが、リーヌス・ベガの顔が見分けられる。拡大したせいで両目はただのぼやけた黒い穴のようになっているが、目鼻立ちとまばらな薄い髪は見まちがえようもない。

「問題は、言うまでもなく、どうして彼がここに立っていられるのかということだ。クリスティーネ・ハートンの遺体を車に乗せて埋める場所をさがしながら北に向かっていたと、のちに本人が主張しているまさにその時間に」

「なんてことだ……」

トゥリーンからプリントの束を受け取ったゲンスが言う。トゥリーンはしばらくのあいだなんと言ってよいかわからない。

「どうしてもっと早くに言わなかったの？　どうしてニュランダにひとこと言わなかったの？」

「この写真を撮ったカメラマンに、念のため撮影した時間を確認しないといけなかった。これがまちがいなくあの晩に撮られたものだと。で、その確認が、ここへ来る途中に車のなかでやっととれた。ニュランダに言わなかったのは、その前にまずふたりで話し合うのがいちばんいいと思ったからだ」

「だけど、これだけでベガの容疑が晴れるわけじゃない。理屈の上では、クリスティーネ・ハートンを殺して遺体を車に隠して、それから森にもどって警察の捜索活動を見守って、そのあと北へ向かうこともできた」

「そうだ。犯人のそうした行動はいままでにも例がある。でもこの前言ったように、銃に骨粉がまったく残ってないのもひっかかる。彼が本当にクリスティーネを切断したとするなら。そこが謎のはじまりで――」

「だけど、どうしてリーヌス・ベガは自分がやってもいないことを自白したりするの？ そんなの筋が通らない」

「理由はいくらでも考えられる。でも、それは直接本人に訊くのがいいと思う。はっきり言うと、クリスティーネ・ハートン事件の犯人こそ、おれたちがいまさがしてるやつだ。おれはそう見てる。そして、運がよければ、リーヌス・ベガが助けになってくれる」

83

スレーエルセの町まではおよそ百キロ、ナビの計算では約一時間十五分の旅になる。でも、トゥリーンがグロニンゲン近くの元屋外催事場——現在は精神科病院と警備病棟——へ通じる道にはいったときには、まだ一時間しかたっていない。

市境を越えて、赤や黄色や茶色といった色合いが流れるように過ぎ去る秋景色の原野や森を眺めるのは気持ちがよかった。じきにその色も消えて、灰色一色になる秋の部分がはじまるだろう。トゥリーンは景色を楽しもうとした。意識はまだ科学捜査課の研究室にとらわれていたけれど。

ヘスは自分の仮説を詳しく説明しながら、ゲンスとあれこれ考えをめぐらせた。もしもリーヌス・ベガがクリスティーネ・ハートンに関して完全に無実だとしたら、誰か別の人間が彼に濡れ衣を着せようとしたことになる。多くの点で理想的なスケープゴートであり、脚光を浴びた瞬間に警察の注意を惹かずにはおかない前科と精神的気質が彼にはあった。となると、犯人は——ここでヘスが言うのはリーヌス・ベガのことではない——相当前からすべてを計画していたにちがいない。おそらくは、クリスティーネ・ハートンが殺されて埋められたように見せかけるという明確な目的をもって。事件を解決へと導いたリーヌス・ベガに関する匿名の密告も、いまとなっては疑わしかった。

ヘスがゲンスにまず訊いたのは、警察をベガへと導いた通報に関する捜査のことだった。ゲンスはすぐさまキーボードへ走り、鑑識の報告書に書かれた内容を確認した。匿名の密告電話は、ある月曜の早朝、固定電話にかかってきたが、残念ながらそれは、すべての通話が自動的に録音される緊急通報の112ではなかった。どういうわけか、その通報はニュランダの執務室の直通電話にかかってきた。そのこと自体は不審とも言いきれない。なにしろ当時のニュランダはありとあらゆるメディアに露出していたので、事件を追いかけている人間が自分のつかんだ情報を彼に直接知らせることは理にかなっていたかもしれない。その通報は無記名のプリペイドカード式携帯電話からかけられたようで、情報提供者の追跡は不可能だった。捜査はそこで行き詰まった。報告書によれば、その電話を受けた秘書は、〝デンマーク語を話す男性〟が、ハートン事件に関連して警察はリーヌス・ベガを調べて自宅を捜索すべきだと簡潔に告げた、という以上の説明はできなかった。リーヌス・ベガの名前が繰り返され、そして通話は切れた。

ヘスが次にゲンスに頼んだのは、大至急、鑑識の証拠をもう一度あらためることだった。捜査の焦点がベガに絞られた時点で、あきらかに無関係と思われるほかの手がかりはおそらく廃棄されてしまっただろう。その手がかりこそ、いまヘスが関心をもっているものだった。時間はかかるだろうが調べてみる、とゲンスは快く言ってくれた。とはいえ、もしハートン事件の物的証拠と痕跡証拠を探っているのが誰かにばれたらなんと言えばいいのか、と訊いた。

「おれに頼まれたと言えばいい、そうすればきみが面倒に巻きこまれることはない」

一瞬、わたしはなんと言えばいいの、とトゥリーンは考えた。この成り行きは、ニュランダの気に入らない諸々のことにまちがいなく含まれるという確信があったし、もしばれたら、NC3にはいれる見込みにも影響するかもしれない。だとしても、ニュランダに連絡する気にはなれなかった。代わりに、庁舎でファイルに目を通してローサ・ハートンに恨みを抱いていそうな人間をさがしている刑事のひとりに電話をかけた。ほとんどの案件に、当局に対する激しい感情と反感がからんでいるという事実を除けば、容疑者に関して新たな情報はなにもなかった。だから、ヘスがリーヌス・ベガと話をするために面会の段取りをつけようと提案したとき、トゥリーンは同意した。ヘスはベガの収監されている警備病棟に電話をかけた。精神科の顧問医師は会議中だったが、その補佐役の医師に訪問の趣旨を伝え、いまそちらに向かっていて一時間以内に到着すると説明した。

「一緒に来てくれるのか？　無理しなくていい、行ったらまずいことになりそうだときみが思うなら」

「大丈夫」

その訪問がなにかの役に立つとはまだ思えなかった。犯行を自白したときリーヌス・ベガは本当のことを言っていた、というのがいちばんありそうなことに思えた。ベガが森のなかで警察の非常線の向こうに現われることも、不可能ではなかった。ティム・ヤンセンとマーティン・リクスについては、自分の知るかぎり、容疑者を自白に追いこむ必要があるとなれば、多少乱暴な――あるいはそれ以上の――ことも辞さないのはたしかだが、リーヌス・ベガがどれほど強い圧力をかけられたとしても、あとで自白を撤回するチャンスはいくらでもあった。だからあれが偽の自白であるはずがない。意識喪失があったと言われているにもかかわらず、一連の出来事がきちんとつながるだけのことをベガは覚えていた。事件を再構築することに同意し、そのなかで彼の行動は、車であてもなく走っていてスポーツバッグを持った少女に目をつけた午後から、気がつくと遺体と一緒に北のほうの森のなかにいた同日の夜まで、地図上に正確に記された。性的暴行と絞殺のことを詳しく説明し、遺体と一緒に車で走りまわりながらどうしていいかわからなかったと説明していた。法廷で証言したときは少女の両親に謝罪さえした。

あれだけは真実だったはず――それ以外のことは現実離れしていた。最後にそんなことを考えながら、トゥリーンは警備施設のゲートの前に車をとめる。

84

精神科病院の近くの正方形の土地に建設されたばかりの警備病棟は、高さ六メートルの二重の塀に四方を囲まれ、二枚の塀のあいだには深い堀がある。入口は南側にしかなく、駐車場の隣にゲートシステムがあり、ヘスとトゥリーンは重厚なゲートの横にあるドーム形のカメラとスピーカーの前に立つ。

ヘスとちがって、トゥリーンが警備病棟に来るのはこれがはじめてだが、もちろんこの場所のことは聞き及んでいる。ここは国内で最大の司法精神科施設であり、もっとも危険性の高い犯罪者を収容している。三十数名の収監者は、特別な法令による有罪判決を受けており、これは、その人物が他人に継続的な危険を及ぼすと考える理由のある場合にかぎって裁判所が適用する措置である。この危険性は精神疾患の結果であると判断されているので、その人物は警備精神科病棟——精神科病棟と重警備刑務所の混合施設——に送られ、不定期刑を終えるまでの期間そこに収容される。患者と呼ばれる収監者には、殺人犯、小児性愛者、連続レイプ犯や放火犯などが含まれ、一部の回復不能な重症者は、社会復帰を考慮されることもないだろう。

電子ゲートが開いて、トゥリーンがヘスのあとからがらんとしたガレージのような場所にはいると、防弾ガラスの向こうで刑務官が待っている。背後では別の刑務官が監視モニターの列の前にすわっている。モニターの数は多い。要請を受けて、トゥリーンは携帯電話とベルトと靴紐を差しだす。トゥリーンとヘスの場合はほかに拳銃も預けるよう求められる。だがいちばん痛いのは電話で、これで庁舎にいる同僚と連絡をとる手段を奪われてしまい、それは想定していなかった。ボディスキャナーのおかげで余計な検査はされずにすみ、ふたりはガレージで次の扉が開くのを待つ。そこを通過してゲートシステムのさらに奥へとはいり、その扉が完全に閉まるのを待って、次の扉が解錠される。部屋の奥にある頑丈な金属の扉を解錠してくれたのは、がっしりした体格の男性看護師で、名札には《ハンセン》とある。

「ようこそ。どうぞこちらへ」

明るい廊下と気持ちのよい中庭の景色のおかげで、病棟は最新のトレーニングセンターのように見える。ただし、それは家具の大半が当然のように床や壁にボルトで固定されているのに気づくまでのこと。普通の刑務所と変わらず、鍵束は絶えずがちゃがちゃと鳴り、ゲートの連動システムは続き、施設の奥へと進むにつれ、ソファにすわったり卓球をしたりしている患者の姿がちらほら目につく。ひげ面の男たちの何人かはあきらかに投薬治療を受けているらしく、サンダルをはいた足を引きずるようにして歩きまわっている。目にする患者たちは悲嘆に暮れた表情をまとっている。介護施設の住人を思い起こさせるが、なかには報道写真で見た覚えのある者もいて、その顔は老けて生気を失っているとはいえ、彼らが人の命を平然と奪えることを彼女は知っている。

「まったくとんでもない話だ。どうして事前にわたしに話を通さなかったのかわからないね」精神科の顧問医のヴァイランドはふたりに会うのが不愉快でたまらないといった様子だ。訪問の趣旨はヘスが補佐役の医師に説明したはずだが、ここでまた一からはじめなければならない。

「大変申しわけありませんが、どうしても彼と話さなければならないんです」

「リーヌス・ベガは回復しつつある。死や暴力といったニュースに直面させるわけにはいかない。そういったことはまちがいなく彼を後退させかねない。リーヌス・ベガは、一日一時間の自然番組以外、どんな形であれメディアに接することを禁じられている患者のひとりだ」

「彼が以前話したことについて訊きたいだけです。彼と話すことがきわめて重要なんです。話す許可がもらえないなら令状を取ることになりますが、遅れればそれだけ人命が危険にさらされる」

顧問医がこの返答を予期していなかったのがトゥリーンにはわかる。彼は一瞬たじろぐが、あきらかに譲歩したくないようだ。

「ここで待つように。本人が会うと言えば、それでけっこう。しかしわたしとしては無理強いするつもりは毛頭ない」

しばらくして顧問医がもどってくる。彼はハンセンにうなずきかけ、リーヌス・ベガが同意したとふたりに告げて、姿を消す。ハンセンがその後ろ姿を見送り、それからふたりに安全対策について話しはじめる。

「なにがあっても身体的接触はしないこと。万一ベガがほんの少しでも興奮するそぶりが見えたら、面会室の緊急コードを引くこと。われわれはドアのすぐ外にいます、不測の事態に備えて。でもそんなことにならないのがいちばんだ。いいですね？」

85

　面会室の広さはおおよそ五×三メートル。分厚い強化ガラスのおかげで鉄格子は不要になり、緑の中庭とその向こうにある高さ六メートルの塀がすっかり見渡せる。ボルトで床に固定された小ぶりのテーブルのまわりにプラスティックの硬い椅子が四脚、慎重に配置されている。ヘスとトゥリーンが案内された部屋にはいると、リーヌス・ベガがすでにその椅子のひとつにすわっている。

　驚くほど小柄で、おそらく百六十五センチほど。若くて、髪がほとんどない。子供みたいな顔、でも身体はがっちりしている。どことなく体操選手風なのは、白いTシャツにグレーのスウェットパンツという格好が似ているからかもしれない。

「窓のそばにすわってもいいかな。窓のそばにすわるのがいちばん好きなんだ」

　ベガは立ちあがり、そのまま不安げな男子学生のようにふたりをじっと見ている。

「全然かまわないよ。好きなようにしてくれ」

　ヘスが自分とトゥリーンを紹介し、彼が親しげで信頼できそうな印象を与えようとがんばっていることにトゥリーンは気づく。自己紹介の最後にヘスは、時間を割いてくれてありがとうとベガに言う。

「ここじゃ、時間だけはたっぷりあるから」

ベガは皮肉も笑顔もなくそう言う。それは単なる意見で、目は落ち着きなくまばたきしながらふたりを見ている。トゥリーンが若者の正面にあるボルトで固定された椅子にすわると、ヘスが、ここへ来たのはきみの助けが必要だからだと説明しはじめる。

「でも死体がどこにあるかぼくにはわからない。ほんとに悪いとは思うけど、でもなにも思いだせないんだ、もう警察に話した以上のことは」

「そのことは気にしなくていいよ。訊きたいのは別のことなんだ」

「あんたたちあの事件を担当してたっけ？　覚えてないな」

ベガは少しそわそわしているようだ。邪気のない目をぱちぱちさせている。椅子のなかで背筋を伸ばして、爪の根元をしきりにいじくり、そこはささくれて赤くなっている。

「いや、おれたちは担当じゃなかった」

ヘスが、ふたりで事前に決めておいた嘘を繰りだす。彼はユーロポールのバッジを見せて、ハーグに拠点を置くプロファイラーだと説明する。リーヌス・ベガのような人物の人格と行動様式を綿密に調べることで、プロファイラーは類似事件の解決に役立てることができる。トゥリーンを含むデンマークの同僚たちが同様の部門を設置するのに協力するためこの国へやってきた。自分たちは選ばれた患者と話をして、彼らが犯行に至るまでの反応パターンを学んでいるところで、きみにもぜひ参加してほしいのだ、と。

「でも、あんたたちが来るなんて誰も教えてくれなかった」

「ああ、なにかの手ちがいがあった。準備ができるようにもっと早く知らせておかないといけなかったのに、どうやら誤解があったようなんだ。協力するかどうか決めるのはあくまでもきみだ。もしそのほうがよければ、おれたちは失礼するよ」

ベガは窓の外を見て、また爪の根元をつつきはじめ、一瞬、彼は断るつもりだとトゥリーンは確信する。

「協力したい。ぼくがほかの人たちの役に立てるとしたら、それは大事なことだろう？」

「ああ、そのとおりだ。ありがとう、感謝するよ」

ヘスはそれから数分かけて、リーヌス・ベガに関するさまざまな事実を確認していく。年齢。住所。家族の状況。学校。右利き。入院歴。すでに答えがわかっているあたりさわりのない無関係な質問ばかりで、ひとえに信頼関係を築いてベガを安心させることを意図したものだ。ヘスが熟練していることはトゥリーンも認めざるをえず、辻褄を合わせるためにでっちあげた筋書きに対する自分の懐疑心は根拠のないものだったと証明される。しかしこのパフォーマンスには時間がかかり、トゥリーンは、自分たちが竜巻の目のなかにいて、意味のない与太話を続けているあいだに外では嵐が吹き荒れているような気がしてならない。ようやく、ヘスが犯行前日の話にはいる。

「その日のことはぼんやりしているときみは言ったね。断片的にしか覚えていないと」

「そう、意識喪失があったんだ。病気のせいで頭がくらくらして、二日ぐらい眠れてなかった。だからアーカイブの写真をずっと見てた」

「どうしてアーカイブを見るようになったのか話してくれないか」

「あれは少年時代の夢みたいなものだったんだ。そんなふうに言っていいなら。あのときは衝動に駆られてつい……」

ベガは言葉を切り、トゥリーンは、心理学的治療の一部が作用して、彼はもはやサディズムと死への情熱に屈することはないのだろうと考える。

「……犯罪関係のドキュメンタリーを観て、犯行現場で撮られた写真があるのは知ってた。ただどこに保管されてるかは知らなかった。科学捜査課のサーバーにはいりこむまでは。それからあとはすごく簡単だったよ」

そのとおりだとトゥリーンは断言できる。セキュリティの欠如に対する唯一の弁明は、被害者や犯行現場の写真のデジタルアーカイブに誰かが侵入することなど想定されていなかったということだ。リーヌス・ベガにそのバリアをまんまと突破されるまで。

「自分がどこにアクセスしたか、誰かに話したかい？」

「話してない。そんなことしちゃいけないのはわかってた。でも……さっきも言ったように……」

「その写真でどんないいことがあった？」

「たしかにあの写真は……ぼくにとってすごくいいものだと思った。だってそうすれば抑えられるから、あの……衝動を。だけど、いまならそうじゃなかったってわかる。あの写真はぼくを興奮させた。そのせいでひとつのことしか考えられなくなった。新鮮な空気が必要だって、そう感じたのを覚えてるよ。だからドライブに出かけた。でもそのあとのことはむずかしいんだ、思いだすのが」

ベガの申しわけなさそうな目がトゥリーンの視線をとらえ、相手は無邪気な子供のように見えるのに、トゥリーンは鳥肌が立つ。

「周囲の人できみの意識喪失のことを知っていた人はいるかな。もしくはそれについて誰かに話したことは？」

「ないよ。あのころは誰とも会ってなかったし。うちにいたんだ、ほとんど。出かけるとしたら、現場を見にいくときぐらい」

「現場って？」

「犯行現場。新しいのや、古いの。たとえばオーデンセ、それにアマーコモンとか、ぼくが逮捕された。でもほかにもいろいろある」

「そういうときにも意識喪失が起こったりしていた？」

「かもしれない。覚えてない。だって意識喪失ってそういうものだから」

「事件の日のほかのことはどの程度覚えている？」

「たいして。よくわからない、あの日はそのあとで見つけたもので手いっぱいだったから」

「覚えてるかな。たとえば、クリスティーネ・ハートンのあとをつけて森にはいったことは?」

「いや。あんまり。でも森ははっきり覚えてる」

「でも、彼女のことを覚えてないのなら、彼女を襲って殺したのが自分だってどうしてわかるんだい?」

一瞬ベガは驚きを見せる。不意をつかれたらしい。自分の罪はとうの昔に受け入れていたということか。

「だって……あの人たちがそう言ったから。ほかのことを思いだすのも手伝ってくれたし」

「誰が?」

「えーと、ぼくを尋問した刑事さんたち。あの人たちがいろいろ見つけたんだ、知ってるだろう。靴の裏の土とか。ぼくが使ってた鉈についてた血とか……」

「でもあの時点ではまだ、きみはやってないと言っていた。鉈のことは自分で覚えていたのかい?」

「いや、最初は。でも話がだんだんそっちの方向にいった」

「そもそも、あの鉈が見つかったとき、きみは見たこともないと言った。誰かがガレージの車の横の棚に置いたにちがいないと。そのあと、きみが自白した事情聴取のときにはじめて、あれは自分のものだと言った」

「ああ、そうだよ。でもお医者さんたちが、病気のせいでそんなふうになることもあるって説明してくれた。妄想型統合失調症だと、意識が現実を混乱させるんだ」

「じゃあ、それを置いたかもしれない人のこともわからないわけだね、もし本当に誰かがそれを置いたとして」

「でも、そうじゃなかった……置いたのはぼくだよ。あんまり役に立てないと思うんだ、そういう質問ばっかりされると……」

リーヌス・ベガはそわそわしてドアに目をやるが、ヘスが身を乗りだして彼の視線をとらえようとする。

「リーヌス、きみはよくやってるよ。知りたいのは、あの時期、きみの身近に誰かいなかったかということだ。きみがどういう状態かを知っていた誰か。きみが信頼していた誰か——突然きみの前に現われたとかオンラインでやりとりしたとか、あるいは——」

「誰もいなかったよ。あんたがなにをしたいのかわからない。もう部屋にもどりたいんだけど」

「心配しなくていい、リーヌス。きみが手を貸してくれたら、あの日なにがあったのかはっきりさせられると思うんだ。クリスティーネ・ハートンの身に本当はなにがあったのかも」

いまにも立ちあがろうとしていたベガが、疑わしそうにヘスをじっと見る。

「そう思う？」

「ああ、そう思う。まちがいなく。きみが誰と接触していたのか話してくれさえすれば」

ヘスは期待をこめてリーヌス・ベガを見ている。ベガのおどおどした子供のような表情から、一瞬、ヘスの話に納得したかに見える。でもそこでいきなり笑顔になる。

リーヌス・ベガが急にげらげら笑いだす。トゥリーンとヘスはあっけにとられ、必死に笑いをこらえようとしている小柄な男を凝視する。ようやく口がきけるようになったベガは、まるで仮面をはぎ取ったようで、そこにはもう疑念や不安のかけらもない。

「なんでほんとに知りたいことをはっきり訊かないんだ？　ぐだぐだ言ってないでさっさと本題にはいれよ」

「どういう意味だ？」

「どういう意味だ？」

ヘスの口真似をしながら、ベガはからかうようなにやにや笑いを浮かべて目をくるりとまわす。

「あんたが知りたくてうずうずしてるのは、ぼくがやってないなら、なんで罪を自白したのかってことだろ」

トゥリーンはリーヌス・ベガをまじまじと見る。その豹変《ひょうへん》ぶりは目を疑うばかりだ。この男はまともじゃない。完全にいかれている。トゥリーンは顧問医を呼び入れようかと一瞬考える。ベガの回復ぶりとやらを自分の目で直接見てもらえるように。ヘスはどうにか平静を保とうとする。

「わかった。じゃ、なんで自白した？」

「むかつくぜ。それを探りだすためにあんたは金をもらってんだろ。ほんとにそんなくだらないことを訊きだすためにわざわざユーロポールから呼びもどされたのか、それともさっき見せたバッジはぺらぺらの偽物か？」

「リーヌス、なにが言いたいのかわからない。だが、もしクリスティーネ・ハートンとはいっさい無関係だったのなら、いまからそう言っても遅くはない。おれたちはきみの事件を法廷にもどす手助けをする」

「あいにくぼくには助けなんか必要ない。ぼくらがまだ法治社会に生きてるとしたら、クリスマスまでにはまたうちに帰ってるはずだ。〝チェスナットマン〟が収穫を終えたらすぐにな」

その言葉がハンマーとなってトゥリーンに襲いかかる。すわったまま微動だにしないヘスにも。ベガは知っている。彼はにやにや笑い、トゥリーンはなにごともなかったかのようにふるまおうと努め、部屋のなかに不意に夜のとばりが下りたような感じがする。

「〝チェスナットマン〟……？」

「ああ、〝チェスナットマン〟。あんたがここへ来た理由だ。愛しのハンセン、あのばかでかい男、あいつはぼくらが談話室のテレビでまだ文字多重放送を見られるのを忘れてるんだ。一行にたった三十八文字だけど、そこからだって情報は得られる。なんでもっと早く来なかったんだ？　ボスは、自分がきれいに解決した事件をあんたたちにいじくりまわされたくなかった、そんなとこか？」

「〝チェスナットマン〟についてなにを知ってるんだ？」

「〝チェスナットマン、どうぞおはいり。チェスナットマン……〟」

ベガはあざけるように鼻歌を歌う。ヘスは我慢の限界にきている。

「なにを知ってるのかと訊いたんだ」

「もう手遅れだね。彼ははるか先まで行ってる。だからあんたたちはここへ来て、ぼくに懇願してる。彼にまんまとしてやられたから。あんたたちはどうしていいかわからないから」

「やつが誰だか知ってるのか？」

「彼が何者かなら知ってる。彼は征服者だ。ぼくを計画の一部に加えてくれた。そうじゃなかったら自白なんか絶対しなかった」

「やつが誰だか教えてくれ、リーヌス」

「やつが誰だか教えてくれ、リーヌス」

リーヌス・ベガがまたしてもヘスを真似る。

「あの少女のことはどうなんだ？」

「あの少女のことはどうなんだ？」

「なにを知ってる？　彼女はどこにいる？　彼女になにがあった！」

「どうだっていいだろ。あの子だってきっと楽しんでたはず……」

リーヌス・ベガは何食わぬ顔でふたりを見返し、下卑《げび》た笑いがその顔に広がる。トゥリーンが反応する間もなく、ヘスが立ちあがってベガに突進する。だが予期していたベガは、その瞬間にコードを引く。耳をつんざくような警報が鳴り響く。間髪をいれず金属のドアが勢いよく開いて、肩幅の広い男たちが突入し、リーヌス・ベガはまた怯えたような顔のおずおずした男子学生にもどっている。

86

ゲートがゆっくりと開きかけるが、ヘスは待てない。トゥリーンが防弾ガラスの向こうの刑務官から所持品を返してもらっているあいだに、開きかけたゲートを強引にすり抜けて、そのまま駐車場にはいっていく。あとを追いながら、トゥリーンは冷たく湿った風に解放感を覚え、新鮮な空気を肺に吸いこんでリーヌス・ベガを追い払う。

ふたりは施設から放りだされた。顧問医のヴァイランドは面会室での出来事について説明を求めた。ベガは説得力があった。肉体的あるいは心理的ダメージを被《こうむ》ったと言わんばかりに、不安げな怯えた様子でヘスとトゥリーンからあとずさりした。顧問医に向かって、ヘスに〝身体をつかまれ〟て、〝死と殺害について変な質問〟ばかりされたと訴え、顧問医は彼の側についた。ベガの主張に反論しても無駄だった。ヘスもトゥリーンも会話を録音する必要があるとは思っていなかったし、そもそもふたりの携帯電話は刑務官に預けてあった。ここまではるばる車を走らせたのは完全な失敗で、駐車場を横切りながら聞いているボイスメールも、トゥリーンの気分をよくしてはくれない。施設のなかにいるあいだにかかってきた電話は七本で、その最初のメッセージを聞くなり、トゥリーンは雨のなかを車に向かって走りだす。

「庁舎にもどらないと。詳しく調べる必要がありそうな案件がいくつか見つかった」

トゥリーンは車にたどりついて鍵を開けるが、ヘスは雨のなかに立ったままだ。「そっちはもういい。犯人に誘導されてたどりついた案件ファイルのなかにやつがいるとは思えない。ベガの言ったことを聞いてなかったのか？」

「異常者のたわごとと、あなたがだんだんおかしくなっていくところは聞いた。それだけ」

トゥリーンはドアを開けて車に乗り、ヘスの拳銃と所持品を隣の座席に放り投げる。ダッシュボードの時計を見ながら、暗くなる前に街までもどるのは無理だろうと計算し、リーをまた預かってくれるようおじいちゃんに頼むはめになりそうだと考える。ヘスが助手席の床に片足を置くか置かないかのうちにトゥリーンはエンジンをかけ、すかさず道路に向けて車を発進させる。

「ベガはおれたちが来るのを知っていた。有罪判決を受けてからずっと待っていた。おれたちが誰をさがしているか、あいつにはわかってたんだ」ヘスがドアをばたんと閉めながら言う。

「いいえ、なんにもわかってない。リーヌス・ベガは文字多重放送をちょっと読んだだけの倒錯した性犯罪者よ。あいつはわたしたちをおちょくって挑発しようとした。それにあなたはまんまとひっかかった。いったいなにを考えてたの？」

「やつは彼女をさらった人間を知ってる」

「ありえない。あいつが自分でさらったの。あの少女が死んで埋められたことは世界じゅうが知ってる。いまだにそれがわかってないのはあなただけ。だいたいなんで自分がやってもいない犯罪を自白したりするわけ？」

「本当は誰がやったのか突然わかったからだ。あいつはその誰かのためなら自分から進んで身代わりになる。なぜならあの病んだ頭のなかで、それがより壮大な計画の一部だと感じたからだ。やつが崇拝する誰か――尊敬する誰か。リーヌス・ベガが尊敬するのは誰だ？」

「誰でもない！　あの男はまともじゃない。興味があるのは死と破壊だけ」

「それだよ。ベガがいちばん重きをおいてることに通じた誰か。やつは不正に侵入した犯行現場写真のアーカイブのなかになにかを見たにちがいない」

その言葉がじわじわとしみこむ。トゥリーンは急ブレーキを踏み、雨の幹線道路を走る大型トラックとの接触を間一髪で回避する。トラックの横を車の長い列がびゅんびゅん走り去り、トゥリーンはヘスの視線を感じる。

「おれが一線を越えたことはあやまる。あれはまちがってた。だけど、もしリーヌス・ベガが嘘をついてるとしたら、クリスティーネ・ハートンの身に起こったことは誰にもわからないってことだ。彼女が死んでるのかどうか、それさえも」

トゥリーンは答えない。もう一度スピードをあげながら、携帯電話である番号にかける。

ヘスは核心をついている。腹立たしいほどに。少し間があるが、ゲンスが電話に出る。接続状態が悪く、向こうも車のなかにいるような感じだ。

「やあ、どうしてつかまらないんだ？　ベガのほうはどうだった？」

「その件で電話したの。彼が手をつけたすべての犯行現場写真にアクセスできる？　あいつが不正に見た写真に」

ゲンスは驚いたようだ。

「できると思うけど、調べてみないと。どうして？」

「あとで説明する。でもどうしても知りたいの、ベガがいちばん興味をもった写真はどれか。どの写真がお気に入りだったか、突きとめることは可能なはず。閲覧回数の多い写真のリストを作って。それと、ダウンロードした写真も、もしあれば。その写真のなかに重要な手がかりがあるかもしれないとわたしたちは思ってる。だから大至急必要なの。ただし、ニュランダには絶対に知られないようにして、いいわね？」

「ああ、わかった。もどったらうちのＩＴ班に連絡しよう。でも、もう少し待ったほうがいいんじゃないかな、ヤンセンが正しいかどうかわかるまで」

「ヤンセン？」

「彼から連絡がなかった？」

トゥリーンは胸騒ぎを覚える。けさニュランダのオフィスを出るとき素っ気なく顔を合わせたきり、ヤンセンのことはすっかり忘れていた。まるで生ける屍《しかばね》といった様子だった。

殻にこもり、無言で。ニュランダが話をするために彼を部屋に入れるのを見て安堵し、結局家へ帰らせることになればいいがと思った。たぶんそうはならなかったのだろう。

「どうしてヤンセンが連絡してくるの？」

「シューハウネンの住所のことで。ついさっき彼が無線で応援を要請するのを聞いたんだ。その住所に容疑者たちがいるような予感がすると言ってた」

「容疑者たち？　なんの容疑者？　ヤンセンはこの事件の担当でもないのに」

「おっと、そうなんだ。本人はそのことを知らないみたいだな。いまごろその住所に踏みこんでるよ、殺人犯たちが潜伏してると思って」

87

覆面パトカーの前の座席で、ティム・ヤンセンは愛用のヘッケラー&コッホの弾倉を確認し、スライドさせて元にもどす。応援が到着するまで早くてもあと十分はかかるが、そんなことはどうでもいい。どっちにしても待つつもりはない。リクスを殺した犯人がこの建物のなかにいるかもしれず、できれば自分ひとりで最初に対峙するなり尋問するなりしたい。少なくともここにいることは知らせてあるし、もし面倒なことになって、なぜ突入したのかと説明を求められたら、選択の余地はなかった、応援の到着を待てないほど状況は切迫していた、と主張することはいつでもできる。

じめじめした風を顔に感じながら、ヤンセンは車から降りる。シューハウネンの古い製造業地区には、背の高い倉庫や小さい貸倉庫、廃品置き場、工業用の区画のあいだに押しこまれたひと握りの住宅などがごちゃごちゃと並んでいる。通りに車は一台もなく、風に吹かれた砂とごみが舞うなか、ヤンセンは建物に向かって歩いていく。

それは通りに面した二階建ての建物で、一見したところごく普通の住居のようだが、近づいていくと、ぼろぼろの壁に、ここがかつて食肉処理場だったことを示す看板の名残が見える。正面ドアの脇にあるショーウィンドウの内側が黒い布で覆われていて、通りからなかが見えないので、ヤンセンは私道を歩いていって中庭にはいる。通りに面した建物から少し奥まった場所にある大きな長方形の建物が、おそらく昔の食肉処理場だろう——建物沿いに走るプラットフォームの上に積み下ろし用の大きなゲートがある。遠くのほうで処理場と隣接している庭には、壊れたフェンスと果樹が三、四本あり、風でいまにも引き抜かれそうになっている。通りに面した建物を振り返ったヤンセンは、勝手口のドアがあるのに気づく。表示はなにもないが、ドアマットと枯れかけた唐檜の鉢植えがある。ヤンセンは片手をあげてノックし、もう一方の手はコートのポケットのなかでヘッケラー＆コッホの安全装置をはずす。

ヤンセンにとって、マーティン・リクスが死んでからの日々は現実ではなかった。非現実が訪れたのは、点滅するライトと、救急車と、市民菜園を隅々まで捜索する警察犬の吠え声とに囲まれて、相棒の息絶えた姿を見たときだった。友人の運命など知る由《よし》もなく都市計画団地からそこへ到着すると、とうてい理解しがたいものがいきなり目の前にあった。最初は、ひどく青白いその生き物がまさか自分の同僚のはずはないと思った。死がリクスをその足元にある無機質なホルスターと同じものに変えてしまうなどありえないと。でもそうなってしまった。それから数時間は、リクスがふらりと現われて、何時間も砂利の上に放置されたことで誰かをとっちめるのではないかと半ば期待したが、そんなことは起こらなかった。

　相棒になったのはほんの偶然からだったが、思い起こせば、初日から波長が合っていた。リクスは我慢できる相棒になるにふさわしい資質をもち合わせていた。気の利いたやりとりができるほど賢くも頭の回転が速くもなかった——むしろ一度に長く話すことはめったになかった——が、ひとたび味方につければ、犬のようにどこまでも忠実についてくる男だった。ほとんどあらゆるものとあらゆる人間に対して健全な猜疑《さいぎ》心をもち合わせていて、それはどうやら子供時代のほとんどをいじめられて過ごしたことが原因らしく、ヤンセンはこの男の可能性をどうやって引きだせばよいかを即座に理解した。自分が頭だとすればリクスは身体で、ふたりはすぐに、上司や弁護士たちに対する当然の反感を共有するようになった。どいつもこいつも警察業務のなんたるかをまるでわかっちゃいないと。ふたりで大勢のバイカーやパキスタン人や暴力夫やレイピストや殺人犯を逮捕してぶちこんできたから、退職するその日まで昇給と勲章の嵐を浴びてしかるべきだった。なのに社会はそんなふうには機能しなかった。世の中の恩恵は公平には分配されなかった。ふたりはバーやクラブで、ひっそりと祝杯をあげながらしばしばそのことを話題にし、正体をなくすまで酔っ払ったり、アウター・ウスタブロ地区にある小さな売春宿に立ち寄ったりしたものだった。

　それもこれも全部終わった。リクスが手にする感謝のしるしは、せいぜい警察署の慰霊碑にほかの殉職警官たちと並んでその名を刻まれることくらいだろう。ヤンセンは感傷的な質《たち》ではないが、きのうの朝、出勤して柱廊のある中庭を歩きながらそんなことを思いだしていたら胸が詰まった。二日間は自宅にこもっていた。事件当日は、あまりに衝撃が大きすぎて、リクスの婚約者になにがあったかを知らせる以外なんの役にも立てず、その日の深夜、妻が目を覚ますと、ヤンセンはヴァンルーセにある自宅の温室で明かりもつけずにぼんやりとすわっていた。翌日、家族は誕生パーティーに出かけていき、ヤンセンは息子たちの部屋で箱にはいったまま放置してあったイケアの本棚の組み立てに取りかかった。でも取扱説明書が理解できず、十時半ごろには白ワインを飲みはじめた。午後になって妻が子供たちを連れて帰宅したときには、ふらふらと裏庭の物置小屋まで移動してウォッカのレッドブル割りを飲んでいて、だいぶたって床で目が覚めたとき、すぐにも仕事にもどらなければならないとわかったのだった。

月曜が復帰の初日だった。署内は目的意識をもった捜査活動でざわついており、みな同情をこめてヤンセンにうなずきかけてきた。ニュランダにはもちろん捜査の担当にもどることを拒否されたので、代わりに少数の同僚を更衣室に集め、犯人の追跡に関して、なんでもいいから重要な情報が出てきたらすぐ知らせてくれるよう話をつけた。その考えに承服できない者も何人かいたようだが、ほかの者たちはヤンセンと意見を共有してくれた——リクスが死んだのはヘスとトゥリーンが任務をちゃんと遂行しなかったからだと。それればかりか、メディアに情報を流したのはふたりのどちらか、おそらくはヘスで、ハートン事件に対する彼のしつこい疑念は、リクスが殺されたいま、ヤンセンにとっていっそう大きな侮辱となっていた。

残念ながら、けさ同僚たちが社会問題省に派遣されたときも状況ははかばかしくなかった。ヤンセン自身の任務はどうでもいいようなことだったので、車でグレーヴェの郊外まで行き、途中の売店でビールの六本入りパックを買って、数本飲んでから、リクスが住んでいた地下鉄駅のそばの小さなアパートメントの一階の部屋をノックした。婚約者は涙に暮れていた。なかに招かれて、紅茶のカップを受け取ったとき、庁舎にいる同僚のひとりから電話がかかってきた。候補者を数人見つけたという——国家や制度や社会問題省や世の中全体に恨みを抱くそれ相応の理由がある人々を。選択肢に耳を傾けると、なかのひとつはほかの案件と比べてより強い動機があるように思われた。ヘスとトゥリーンにはまだ知らされていないことを確認してから電話を切り、ヤンセンはリクスの婚約者に暇《いとま》乞いをして、車でシューハウネンの住所へ直行してきたのだった。

「どなた?」ドアの内側から声がする。

「警察だ！　開けろ！」

ポケットのなかで拳銃を握りながら、ヤンセンはしつこくドアを叩く。ドアが開き、眉間にしわを寄せた心配そうな顔がのぞく。ヤンセンは驚きを抑える。出てきたのは老婦人で、その背後から煙草と腐った食べ物のにおいがする。

「ベネディクテ・スカンスとアスガー・ネアゴーに話がある」

このふたりの名前は庁舎にいる同僚から聞いたものだが、老婦人は首を振る。

「ここにはもう住んでません。半年前に引っ越しましたよ」

「引っ越した？　どこへ？」

「さあ。聞いてません。どういうことですか？」

「あんた、ひとり暮らしか？」

「はい。でもわたしにそんな馴れ馴れしい口をきいていいと言った覚えはありませんよ」

ヤンセンは一瞬口ごもる。これは予想外だった。老婦人は咳をし、寒さに対抗するためカーディガンを身体にきつく巻きつける。

「わたしになにかご用でも？」

「いや、なんでもない。おじゃまして申しわけなかった。失礼します」

「では失礼、さよなら」

ヤンセンが戸口から離れると、老婦人はドアを閉める。しばらくはどうしていいのかわからない。この女性の返答には意表をつかれた。暖かい車にもどって庁舎にいる同僚に電話をかけようと思った矢先、ふと二階の窓に目が行って、視線が釘づけになる。しばらくしてそれが天井からぶらさがったモビールだとわかる。小鳥がたくさんついたモビール、普通はベビーベッドの上に吊るすもので、あの老婦人の言うとおりふたりがもう引っ越したのなら、あれがここにあるのはおかしいとヤンセンはすぐに気づく。

改めて、今度はもっと強くノックする。老婦人がやっとドアを開けると、ヤンセンは拳銃を抜きながら彼女を押しのけてなかへ踏みこむ。老婦人が大声で抗議する。ためらうことなく狭い廊下を進んで、キッチンにはいり、そこから居間へ行く。かつての作業場だ。そこが空っぽなのを確認してから階段のほうへ突進すると、年老いた魔女がそこに立ちはだかっている。

「どけ！」

「二階にはなにもありません！　そんなことする権利は――」

「いいからどけ！」

老婦人を乱暴に押しのけ、後ろでまだぐずぐず訴えているのを無視して階段を駆けあがる。銃をかまえて引き金に指をかけ、部屋のドアを次々に押し開けていく。最初のふたつは寝室だが、最後のひとつは子供部屋だ。

モビールはベビーベッドの上に静かに吊るされているが、それ以外はなにもなく、とっさに勘ちがいだったかと思う。そのときドアの後ろの壁に気づいて、ヤンセンは瞬時に悟る。マーティン・リクスの命を奪った事件を、自分が解決したのだと。

88

夜のとばりが下り、普段ならこの時間には最後の車がシューハウネンから引きあげ、通りは閑散となる。だが今日はちがう。かつてコペンハーゲンの主要な食肉処理場のひとつだった荒れ果てた建物の前の通りで、警察官や鑑識員たちがフライトケースを手に動きまわっている。車両が列をなし、通りに面したこの建物の窓という窓に投光照明が煌々ともっている。ヘスの耳に、二階の部屋で事情聴取を受けている老婦人がときおりあげる泣き声が聞こえ、そこに早口の指示や足音、無線から発せられるひび割れた声が重なる。だがいちばんよく聞こえるのは、ドアのそばにいるトゥリーンとヤンセンの会話だ。

「誰の垂れこみでここへ来たの？」

「垂れこみがあったって誰が言った？　おれはただドライブしてただけかもしれないだろ」

「なんで電話してこなかったのよ」

「おまえとヘスに？　電話したらなんかいいことでもあるのか？」

その写真は二年ほど前のものだろう。ガラスはほこりっぽいが、黒い縁取りのあるきれいな額に入れられて、白いベビーベッドの枕の上に、おしゃぶりと、白っぽい細い髪の束と一緒に置かれている。写真のなかの若い母親は、保育器の横に立ち、毛布にくるまれた赤ん坊を抱いてカメラに笑顔を向けている。無理に浮かべたその表情は大変な重労働と疲労感を物語っており、まだ病院のガウンを着ていることから、出産直後に病院で撮られたものだろうとヘスは考える。女性の目は笑っていない。その表情には、どこか頼りなげな、どこか現実と乖離《かいり》したところがあり、まるでいきなり子供を手渡されて、まだ心の準備もできていない役割をなんとか演じようとしているような感じだ。

写真のなかのベネディクテ・スカンスは、ヘスとトゥリーンがマウヌス・ケーアとソフィア・サイア゠ラッセンの件で国立病院へフセイン・マジッドに話を聞きにいったとき小児科病棟にいた、あの思いつめたような表情のきれいな看護師だ。そのことに疑いの余地はない。この写真が撮られたあと、髪が伸びて、顔が少し老けて、そして笑顔は消えてしまった。だが、これはまちがいなく彼女で、ヘスはそのつながりを理解しようと苦心する。

トゥリーンと一緒に警備精神科病棟を出てからずっと、リーヌス・ベガとの会話は、悪性腫瘍のようにヘスの内部でどんどん重みを増している。エネルギーと関心のすべては、ベガが侵入したアーカイブの写真を通して犯人にたどりつくという可能性に向けられていたが、そこへこのニュースが降ってきたのだった。最初はゲンスから、そのあとは庁舎に残してきた刑事のひとりからで、彼はヤンセンから応援要請の電話を受けてシューハウネンの現場へ急行していた。庁舎でファイルを調べていた刑事のひとりがこっそりヤンセンに情報を流したにちがいないことは容易に察しがついたが、ベネディクテ・スカンスとその恋人に関する大発見に比べれば、いまそんな事情は些末なことだ。

「どこまでわかった?」

ニュランダが到着して会話が中断されたことにヤンセンはほっとしているようだ。

「賃貸契約の名義人はベネディクテ・スカンス、二十八歳、国立病院の看護師。彼女とその恋人は一年半前にコペンハーゲン市役所に子供を取りあげられた。子供は里親の家庭に送られ、ベネディクテ・スカンスは法的手段をとった。メディアにも訴えて、もっと多くの子供を保護すべきだと役所に発破をかけたことで社会問題大臣を攻撃した」

「ローサ・ハートンか」

「はい。メディアが大騒ぎしたものの、市役所が正当な理由で子供を取りあげたことがわかると、その件は忘れ去られた。でもベネディクテ・スカンスとその恋人は忘れなかった。というのも、まもなくその子供が死んだから。ベネディクテは鍵付きの病棟に収容されて、そこから出られたのが今年の四月だった。そして元の職場に復帰して、恋人と一緒にここへ越してきた。でも部屋の壁を見ればわかるとおり、ふたりはその出来事を決して忘れなかった」

ヘスは壁を観察するのに忙しく、ろくに聞いていない。その情報のほとんどは、庁舎から刑事が持ってきたコペンハーゲン市役所の案件ファイルのコピーですでに知っている。ティングビュアで青春時代を過ごしたベネディクテ・スカンスは、派手な夜遊びやブティックでの中途半端な研修などで無駄に時間を費やしたのち、二十一歳でコペンハーゲンの看護学校に入学した。堅実な成績で課程を修了し、同じころ恋人のアスガー・ネアゴーと再会。彼はティングビェアの高校で彼女より二学年上だった。ネアゴーのほうは兵士としてスレーエルセの兵舎にいたが、アフガニスタンに送られ、その後ふたりは一緒に荒れ果てた元食肉処理場に居をかまえた。ベネディクテ・スカンスは国立病院の小児科病棟で看護師として仕事に就き、同時に彼女と恋人は自分たちも親になるべく努力していた。ケースワーカーの記録によれば、いざ妊娠すると、ベネディクテの不安や自尊心の問題が表出しはじめた。二十六歳のとき予定より二カ月早く男児を出産し、それが産後鬱《うつ》の引き金となった。子供の父親はあまり助けにならなかったようだ。ケースワーカーは、当時二十八歳の元兵士は未熟で引きこもりがちであり、ベネディクテ・スカンスが彼を怒らせたりすると、ときに攻撃的になることもあると記していた。役所はさまざまなプログラムを通じてできるかぎりの支援を提供したものの、半年後、ベネディクテ・スカンスの心理的問題はさらに悪化し、双極性障害と診断された。この家族と数週間連絡がとれなくなったので、役所は警察に連絡し、警察が部屋に突入した――結果的にそれは正しい判断だった。ベビーベッドにいた生後七カ月の男児は意識不明の状態で、排泄物《はいせつ》と嘔吐物《おうと》にまみれ、栄養不良が懸念される兆候が見られた。病院では、慢性喘息《ぜんそく》と、さらに命にかかわる食物アレルギーがあることも判明し、その危険なナッツ入りチョコレートを彼らは子供に与えていた。

その介入はおそらく子供の命を救ったのだろうが、ベネディクテ・スカンスを怒らせる結果になった。彼女は何度かインタビューに応じ、自分たち家族が受けた仕打ちに対する怒りを表明した――《わたしが悪い母親なら、そんな母親は大勢いる》という見出しが案件ファイルのなかに引用されていた。役所は子供が養育放棄されていたことを公表しなかったため、ベネディクテの主張には充分な根拠があるように思われたにちがいない。だがそれも、ローサ・ハートンが前面に出て、関連法案四十二項を可能なかぎり厳格に解釈することが子供たちの最大の利益になるのだと、メディアと役所を納得させるまでのことだった。メディアは鳴りをひそめた。そしてその男児は、保護されてからわずか二カ月後に急性肺疾患で死亡した。ベネディクテ・スカンスはその訃報を知らせたケースワーカーに暴力的な反応を示し、外来精神科医への通院は、やがてロスキレにあるサンクトハンス病院への長期入院となった。そして今年の春に退院し、国立病院の元の職場に仮採用という条件で復帰していた。

ヘスはその考えに身震いする。というのも、ドアの後ろの壁を見れば、この女性が健全とは言いがたいのがよくわかるからだ。

「おれが思うに、この女とその恋人は共犯ですね」ヤンセンがニュランダに向かって続ける。「ふたりはあきらかに自分たちが不当に扱われたと感じていて、だから病んだ小さい脳みそで計画を練った。大臣をばかにして恥をかかせ、この制度のことを暴露して、子供の面倒をちゃんとみてない女たちを罰することにした。見てのとおり、誰が栄光を手にすることになるのか、疑問の余地はない」

その部分に関しては、ヤンセンはまちがっていない。部屋の片側は死んだ子供の霊廟に捧げられ、反対側はローサ・ハートンへの異常な執着をあらわにしている。左から右へと、彼女の娘に関する新聞記事の写真と見出しの切り抜きが並び、なかにはパパラッチが撮った、悲しみに暮れる大臣のスナップ写真もある。《切断されて埋められた》《レイプされたあげく切断》といった言葉が、追悼式で泣き崩れる喪服姿のローサ・ハートンの写真の横にあざわらうように貼りつけられている。《ローサ・ハートン崩壊》《悲しみに打ちひしがれる》といった見出しのついたものもあるが、その後、切り抜きは一気に時間を飛び越え、右側の壁に目を移すと《ハートン復帰》の見出しの下に、もっと最近の、おそらく三、四カ月前の写真がある。壁にピンでとめられた記事を見ると、大臣が十月の第一火曜日に国会にもどるという部分が手書きの丸で囲まれ、その横にあるA４の用紙には大臣の娘のさまざまな自撮り写真と《おかえり。おまえはこれから死ぬんだ、性悪女》の文言がある。

しかしそれ以上に気になるのは、切り抜きに続いて、また別の一連の写真が貼られていることだ。今度は新聞からではない――フィルムから現像された写真で、見たところ九月下旬以降、秋が深まるまでのどこかの時点で撮影されたものらしい。さまざまな角度から撮った大臣の自宅、彼女の夫、息子、体育館、大臣の公用車、社会問題省、クリスチャンスボー城などの写真、そして街の中心部へのルートを示す大量のグーグルマップのプリントアウト。

この資料にはとてもかなわない。ヘスが警備病棟を出るときに組み立てようとしていた頼りないカードの家などあっさり吹き飛ばしてしまう。リーヌス・ベガを訪ねたことは無意味だったのか？　どうがんばってみても、もう一度組み立てるのは無理だ——だが、ヘスを悩ませているのはそれだけではない。まちがいなく新たな脅威が存在する。目前に迫ったなにか、たったいま注意を向けるべきなにかが。警察が事件を掌握したと思いこんでいるこの瞬間にも。そう思って壁の観察を続けていると、ニュランダがヤンセンに質問する。

「で、そのふたり組はいまどこにいる？」

「女のほうは二、三日前に国立病院に病欠の電話をして以来、見かけた者はいなくて、恋人のほうもどこで寝泊まりしてるのかわかってません。男の情報がほとんどない。ふたりは結婚してないので、すべてのものがベネディクテ・スカンスの名義になってますが、軍のほうから記録が手にはいるでしょう。おれたちが発見したことはもう諜報部に知らせてあるんですか？」

「ああ、もちろん。大臣は無事だ。階下の女は誰なんだ？」

「ネアゴーの母親。彼女もここに住んでるようです。ふたりの居場所は知らないと言ってますが、まだこれからじっくり話を聞きますよ」

「だが、そのふたり組が本当に連続殺人の犯人なのか？」

ヤンセンが答える前にトゥリーンが口をはさむのが聞こえ、そのときヘスは壁に刺さった数本のピンに気がつく。ピンの下に紙の切れ端がいくつか残っている、まるで急いで写真を引きちぎったみたいに。

「それはまだわかりませんね。結論に飛びつく前にもっと調べないと――」

「これ以上なにを知る必要がある？　いいか、おれたちには洞察力ってもんがあるんだ」ヤンセンが吠える。

「そのとおりよ！　ここにある資料は全部ローサ・ハートンに関するもので、殺された女性たちに関するものはひとつもない。このふたり組が連続殺人の犯人なら、それらしいものがなにかあるはずなのに、なんにもない！」

「だがこの女は小児科病棟で働いてて、そこで少なくとも被害者のうちふたりとその子供と出会ってた可能性はある。それは無関係ってことか？」

「いいえ、無関係じゃない。もちろんふたりを逮捕して尋問する必要はあるけど、いまとなってはそう簡単にはいかないでしょうね。あなたが銃を手に威勢よく乗りこんで警察がふたりを待ってるって世界じゅうに宣言してしまったんだから！」

ヘスが壁にピンでとめられていたと考えられる写真をさがしていると、背後でニュランダの冷静な声が会話に加わる。

「わたしの見るところ、ヤンセンの行動は権限の範囲内のものだ、トゥリーン。それよりベガの病棟の顧問精神科医の話では――親切にもついさっきわざわざ知らせてくれたんだが――きみとヘスはリーヌス・ベガにいやがらせをするのに忙しかったようだな……そんなことはするなとわたしがはっきり命じたにもかかわらず。なにか釈明することはあるか？」

いまこそトゥリーンを弁護すべきだとヘスにはわかっているが、そうはせずヤンセンのほうを振り向く。

「ヤンセン、ここの女性が、あんたが踏みこむ前に壁からなにかを取りはずした可能性はないか？」

「おまえら、リーヌス・ベガにいったいなにをしたんだ？」

背後で口論が続くなか、ヘスは、もし警察が玄関にやってきたら、自分ならとっさにどこへ隠すだろうかと考えてみた。試しに壁ぎわの整理だんすを動かしてみると、しわくちゃの写真が一枚床に落ちたので、急いで拾って広げてみた。

若い男、おそらくアスガー・ネアゴーだろうと思われる姿勢のいい長身の男が、手に鍵束を持って車の横に立っている。ぱりっとしたダークスーツを着ていて、弱い日差しを浴びた黒い車は、洗って磨いたばかりのように輝いている。そのスーツと高級ドイツ車は、彼の背後の崩れかけた食肉処理場と著しい対比をなしている。なぜアスガー・ネアゴーの母親は特にこの写真を選んで処分したのか、すぐにはわからないが、そのうち車に目が行き、急いで壁にもどってその写真とローサ・ハートン大臣の公用車を見比べたとき、疑問は氷塊した——大臣の車とアスガー・ネアゴーの写真に写っている車はそっくりだ。だがヘスが口を開く前に、ゲンスがいつもの白い作業服でドアから顔をのぞかせる。

「じゃまして悪い。どうやら長期間の監禁用に用意されてたような部屋がある」

89

午後の遅い時間、コペンハーゲンの南西を走る高速道路E二〇号線には車がびっしり詰まっている。アスガー・ネアゴーはクラクションを鳴らして高速車線を空けさせようとするが、前方に連なるばかどもは雨のために慎重な運転に固執しているので、いらいらしながら低速車線を走る。大臣の公用車はアウディA8、3・0で、ちゃんとエンジンを働かせたのはこれがはじめてだ。人目を惹くことは気にしていない。いま大事なのは逃げること。すべては失敗に終わり、警察が、追うべき相手は自分とベネディクテだと知るのも――もしもまだ知らなければ――時間の問題だ、それはわかっている。

三十五分前までは、万事予定どおりに進んでいた。アスガーはあの小僧と一緒にテニスコートのある体育館にはいり、練習前はネットの点検でいつも忙しく動きまわっているマネージャーに軽く挨拶してアリバイをこしらえた。それからさよならと声をかけて、車で体育館の裏にまわり、樅《もみ》の木のあいだに駐車してから、少年と一緒にはいったときに少し開けておいた通用口からなかへ引き返した。その時点で体育館には人がいなかったので、誰にも見られずにあっさり更衣室に忍びこむことができた。少年は着替えに忙しく物音は聞かれなかったようだが、手袋と目だし帽をつけたアスガーがピエロのように立ってクロロフォルムを取りだした瞬間、近づいてくる足音が聞こえた。マネージャーがはいってきたので、あわてて目だし帽をはぎ取ったものの、更衣室のなかにいるのをゴスタウに気づかれたときはあせった。一方マネージャーはほっとしているようだった。

「ああ、ここにいましたか。いま諜報部から電話がはいってます。あなたと連絡がとれないのでゴスタウをさがしてほしいとのことだったんですが、これで直接話してもらえますね」

マネージャーが電話を差しだしてきた。ハートンの横柄なボディガードのひとりが、ゴスタウを庁舎にいる母親のところへ連れてこいと命じた。緊急事態が発生したからと――警察が、殺人の容疑者たちの住所、シューハウネンの廃業になった食肉処理場を突きとめたという。アスガーは喉が締めつけられるのを感じた。でもそのあと、警察はさがしている相手がこの自分だとはまだ知らないことに思い至った。自分の電話に出なかったことを呪い、それから小僧と一緒にふたたび体育館を出た。マネージャーがずっと見ているので、ゴスタウをせかして車に乗せなければならなかった。いまとなってはそんなことはどうでもいいが。庁舎へ行くつもりなどさらさらなかった。

「なんでこっちに行くの？　これじゃ方向が――」

「黙ってろ、おまえの電話をよこせ」

後部座席の少年は驚きのあまり反応もできずにいる。

「電話をよこせ！　聞こえてんだろ！」

ゴスタウは指示に従い、電話を受け取ったアスガーが開いた窓から外に放り投げると、濡れたアスファルトにぶつかるガチャンという音が背後で響く。少年が怯えているのがわかるが、かまってはいられない。いまの心配ごとはただひとつ、自分とベネディクテはいったいどこへ行ったらいいのか、ということだ。具体的な逃走ルートなど考えていなかった。警察が少しでも疑念を抱くころには自分たちはとっくに姿を消していると思いこんでいたが、そううまくはいかなかった。パニックで頭のなかがごちゃごちゃになっているが、ベネディクテは許してくれるはずだ。計画が頓挫したのはアスガーのせいではない。彼女はわかってくれるし、ふたり一緒ならきっとうまくいく。

ベネディクテの黒い瞳をのぞきこんだ瞬間から、そんなふうに感じてきた。出会ったのは、ティングビエアにあるカーテンが縛られたあのさびれた古い高校。アスガーのほうが二学年上で、あのときからずっと彼女を愛していた。ふたりは授業をさぼって酒を飲んだり、煙草を吸ったり、環状道路のガードレール脇の草に寝ころびながら全世界に向かってくそくらえと叫んだりした。そしてベネディクテは彼がはじめて寝た女の子だった。でもそのあと、アスガーは何度も喧嘩騒ぎを起こして放校処分になり、ついにサウスユトランドの青少年矯正施設に入れられたとき、ふたりの関係は自然消滅した。それから十年ほどたって、クリスチャニアのヒッピー・コミューンでばったり再会し、彼女は病院の看護師友だちと一緒にいたが、翌日にはふたりで暮らそうと相談していた。

彼女が自分に寄りかかって守られていると感じてくれることがアスガーにはなによりうれしかったが、それでも心の奥では彼女のほうがずっと強いことを知っていた。軍隊での暮らしは性に合っていたが、二年間アフガニスタンへ送られて哨戒車両《しょうかい》や前線への補給トラックを運転したあと除隊した。パニック発作が起こるようになり、夜中に汗びっしょりになって目が覚めることもたびたびで、不安にさいなまれた。でもベネディクテが彼の手を取って自分の両手でしっかり包みこみ、落ち着かせてくれた。少なくとも次の発作が起こるまでは。勤務が明けて帰ってくると、彼女は決まって病棟で世話をしてきた子供たちのことを話し、ある日、自分も家族をもちたいと言った。それが彼女にとってどれほど大事なことかは、顔を見ればわかった。ふたりはすぐに、元は食肉処理場の広い家を見つけて、彼女が妊娠したとき、アスガーは抜かりなく自分の登録住所を古い戦友のところに移した。そうすれば、ふたりが必要としているひとり親世帯の福祉手当を受ける資格ができるから。

出産後、彼女になにが起こったのかアスガーには理解できず、子供のせいにちがいないと考えるようになった。子供を取りあげられたことはたしかにショックではあったが、じつを言えばその男の赤ん坊にそれほど愛情を感じていたわけではなかった。子供が生まれてからは現金を稼ぐために工事現場で必死に働いたし、彼の目にはベネディクテはいい母親だった――自分の母親と比べたらはるかにましなのはたしかだ。母親はしょっちゅう家に押しかけてきたり息子から酒代を巻きあげたりしていた。ベネディクテは弁護士や新聞社やテレビ局に働きかけて、人でなしの性悪女ローサ・ハートンに対する不満をぶちまけたが、結局すべては徒労に終わり、メディアはもう自分たちを助けてくれる気がないのだと彼女は涙ながらに訴えた。それからまもなくあの男の子が肺の病気かなにかで死んでしまい、それが状況を一変させた。ベネディクテは福祉事務所のわからずやと派手に喧嘩したことで病院に強制収容され、アスガーは毎日仕事が終わるとロスキレまで車を走らせて、精神科病棟にいる彼女を見舞った。最初のうちは薬漬けで表情を作ることもできず、女医から長々とわけのわからない説明を聞かされたアスガーは、その女を壁に叩きつけたくなった。でもそのうち、じれったいほどゆっくりとではあるが、彼はベネディクテに新聞や雑誌を声に出して読んでやることをはじめた。夜になって元食肉処理場の家に帰ると、ひとりぼっちで無力だと感じた。ひとりで酒を飲んでテレビの前で眠りこむこともしばしばだったが、去年の秋に大臣の娘が行方不明になったのを機に、ふたりは前に進みはじめた。

大臣が子供を失ったことは、ベネディクテにとって大いなる慰めとなり、ある午後、仕事のあと車を走らせていくと、ベネディクテが椅子にすわっている彼に、声に出して読んでほしいと新聞を差しだしてきた。それは、捜査が打ち切られて事件が終結した日だった。記事は次第に先細りになったが、ベネディクテの顔には笑みがもどりはじめ、雪が降って、病院の裏手の湖に氷が張ると、ふたりは長い散歩に出るようになり、これでなにもかも乗り越えられたとアスガーが思ったとき、ローサ・ハートンが夏季休暇のあと仕事に復帰する見通しだと新聞が報じた。本人もそれを楽しみにしていると書かれていた。ベネディクテがアスガーの手を取ってぎゅっと握った。アスガーは、こうして手を握り合っているかぎり、彼女が望むならどんなことでもしようと思った。

ベネディクテが退院するのを待って、ふたりは計画を立てはじめた。最初に考えたのは、匿名の電子メールやテキストメッセージでハートンを脅す、自宅に侵入して破壊する、なんなら車ではねて路上に置き去りにするといったことだった。ところが、ベネディクテが電子メールのアドレスをさがそうと彼女のウェブサイトをのぞくと、大臣が新しい運転手を募集しているという広告が現われ、計画はより具体的になっていった。

ベネディクテがアスガーの書類を作成して応募すると、まもなく彼は庁舎で行なわれる代理人との面接に呼ばれた。あの間抜けどもは、アスガーとベネディクテの関係も、大臣とのメディア論争のことも、まったく知らなかったのだろう。おそらくアスガーの住所が別のところになっていたおかげで。面接では、たしかな軍歴があること、家族を抱えていないので融通がきくことを強調し、終わったあとは、さまざまな候補者をふるいにかけるはずの諜報員と気さくに雑談をした。その後、採用の知らせが届いたとき、アスガーとベネディクテは、ハートンの娘のフェイスブックの写真をコラージュした電子メールを作成し、復帰する初日の大臣をそれで迎える準備をして祝った。

新しい仕事に就いた日、アスガーははじめてローサ・ハートンに会った。アウターウ・スタブロ地区にある立派な大邸宅の前で大臣を乗せると、私設顧問のヴォーゲルという、思わず殴りたくなるような傲慢な野郎にあれこれ指図された。それから間をおかずに、ふたりはねずみの血を使って大臣の車に落書きをした。ほかにも悪意のある悪ふざけをいくつか思いついたが、そこへ突然降って湧いたのが、奇妙な連続殺人と謎めいた指紋付きの栗人形の件で、ローサ・ハートンはそこに巻きこまれてしまった。アスガーとしては――ベネディクテとしても――そこまでは別にかまわなかったが、そのあとに爆弾が投下された――ローサ・ハートンの娘が、世界じゅうがとっくに死んだと思っていた娘が、じつは死んでいないかもしれないという。

その出来事はふたりをさらに駆り立てたが、いまやローサ・ハートンは厳重に警護されていた。アスガーでさえ大臣に手を出すのは不可能となり、そこでベネディクテがあの小僧のことを訊いてきた。焦点を移して、あの少年をさらうほうがもっと効果的だとの考えに彼も納得した。ゴスタウを誘拐したのは例の殺人犯だと警察は考えるかもしれない。そんなふうにも思っていたが、いまウィンカーを出して高速道路を降りながら、逆に自分たちがまったく身に覚えのない犯罪で指名手配されているとは、なんという皮肉かと思わずにいられない。

雨がフロントガラスを叩き、待避所に着くころには最後の日の光も消えていた。けさハーツで借りておいたヴァンがようやく見えてくるが、あえて二十メートルほど離れた場所に車をとめてエンジンを切る。グローブボックスから自分の荷物を取りだして、少年のほうをちらりと振り返る。

「誰かが来て見つけてくれるまでそこにいろ。そこにいるんだ。いいな?」

少年はびくつきながらうなずく。アスガーは車から降り、ドアを閉めて、ベネディクテのほうへ走っていく。彼女はヴァンから降りて雨のなかで待っている。赤いスウェットパーカーに薄いベストしか着ていないというのに。

うれしそうな顔ではない。計画どおりにことが運ばなかったことをもう知っているにちがいなく、アスガーは息を切らしながら経緯を説明する。

「道はふたつにひとつだ、ベネディクテ。さっさと逃げるか、これ以上ひどい事態にならないうちに警察へ行ってなにもかも話すか。どうする?」

だがベネディクテは返事をしない。アスガーがレンタカーのヴァンのドアを開けて、キーに手を伸ばしても、まだ反応しない。雨のなかに立ち尽くし、笑みも笑いもとうに消えてしまった静かな思いつめた目で、彼の背後のどこかをいつまでも見つめている。肩越しに振り返ると、彼女がじっと見ているのは、大臣公用車の色付きガラスの窓に寄りかかっている小僧の不安げな顔だとわかる。その瞬間、彼女の決意は変わらないだろうとアスガーは悟る。

90

首相官邸から階段を下りていく諜報員のあとに続きながら、ローサはスティーンをつかまえようと電話をかけるが、無駄に終わる。夫と話をしたくて、いてもたってもいられない。いま自分のなかで渦巻いている感情を夫なら共有してくれるはずだ。少し前、諜報員が会議中に割りこんできて、警察がたったいま突入して殺人犯の隠れ家と思われる場所を発見したと知らされたのだ。長いあいだ感情を押し殺してきたローサだが、栗人形にクリスティーネの指紋が残っていたことには意味があるはずだというスティーンに押し切られ、期待を抑えきれなくなっていた。警察の発見は自分たちが待ち焦がれてきた突破口なのかもしれない。それでもまだなにかがローサを不安にさせ、落ち着かなくさせている。

通常は官邸のために確保されているプリンス・ヨーエンス・ゴー通りに通じるドアのところまで行くと、数人の諜報員がローサを待っている。彼らは盾となって彼女を囲みながら黒い車のほうへ誘導し、社会問題省の建物までの百メートルほどを走ったあと、車から降りて正面玄関へと向かうローサに、また同じ予防措置を繰り返す。

玄関のそばでキャンプを張っている記者たちの質問を無視して、ローサは建物のなかにはいり、警備員たちの前を通り過ぎると、秘書官のリュウがエレベーターの前に立って一緒に上にあがるのを待っている。クリスティーネに関する衝撃的なニュースをつかんでからというもの、メディアはあの手この手で近づいてきたが、いかなるコメントも出すつもりはなかった。スティーンがクリスティーネの屋台や娘の友だちのマティルデのこと、栗人形や栗の動物についてわけのわからないことを言いだしたとき、最初ローサは夫にいらいらして腹を立てた。彼がお酒を飲んでいるのは知っていたし、自分が強いところを見せようと日夜努力していることも知っていたけれど、実際の彼はローサ以上に神経をすり減らしてぼろぼろになっていたのだろう。ふたりは最初の二件の殺人現場の栗人形に残されていた指紋の有意性について口論し――それは重要なものなのか、マティルデとクリスティーネは去年本当に栗人形を作ったのか――ローサはなにを言っても無駄だと悟った。スティーンはどうあっても引きさがらないのだから。家庭にも、警察のなかにも、たぶん彼の味方は誰もいなかったかもしれないが、ついに彼はローサを納得させた。納得したのは彼の論拠を信じたからではなく、彼を信じたから、信じたかったからだ。何カ月ものあいだ自身の影のようだったスティーンの姿はもうなく、彼女が震える声で、わたしたちの娘はまだ生きているかもしれないと本気で考えているのかと尋ねると、彼はうなずいてローサの両手を握り、彼女はこらえきれずに泣きだした。ふたりは半年以上ぶりに愛を交わし、スティーンは自分の計画を話してくれた。自分がそれに耐えられるかどうかわからないいま、彼女は夫を支持し、金曜の夜、彼はニュース番組でクリスティーネの生存を信じていると話したのだった。一年前とまったく同じように、視聴者に情報の提供を呼びかけ、誘拐犯にクリスティーネを解放するよう訴えた。ローサはできるだけ地盤を固めておくために、その特集番組をゴスタウと一緒に観ようとした。でもゴスタウは怒っていて、理解はしてもらえず、ローサには息子の困惑と嫌悪感もわからなくはなかった。自分たちの決断を悔やみそうになった。その日の深夜になって、ローサとスティーンは、ある犯行現場――三件めの現場――でまたしても指紋のついた栗人形が見つかったことを知らされ、そのニュースはふたりの気持ちを高揚させた。重大犯罪課のトップと、今日彼女に話を聞きにきたふたりの刑事から、期待しないほうがいいとはっきり言われたとしても。

しかし、ニュースでスティーンを観た人たちからの善意のメッセージは結局なんの役にも立たず、クリスティーネがいなくなった日の行動を調べるスティーンの独自の調査も成果はなかった。週末になると、彼はクリスティーネが体育館を出たあと通ったかもしれないいくつものルートを再検討しはじめた。謎の解明に役立つかもしれない新たな可能性や目撃者が見つかるのではないかと期待して。建築家である彼は、下水設備やトンネルや変電所の設計図を入手することができ、そういった場所がクリスティーネを素早く人目から隠すのに使われた可能性もあった。干し草の山から一本の針をさがすようなものだったが、その作業への夫の献身ぶりにローサは胸を打たれた。だから、ついさっき会議を中断させたニュースを彼に知らせたくてたまらなかった。それは不愉快な会議で、はじまりは戸口に立った彼女に首相が挨拶をしてきたときだった。

「さあ、はいって、ローサ。どんな具合だね？」

首相は彼女をハグした。

「ありがとうございます。あまり明るくはありませんね。ギアト・ブッケともう一度話し合おうと何度か連絡したのですが、なにも言ってこないので、なるべく早くあちら側と交渉をはじめたほうがいいと思います」

「わたしが言ったのはブッケのことではなくて——彼がわれわれと話し合いをしたくない理由はいまやはっきりしている。わたしが訊いたのはきみとスティーンのことだ」

てっきり難航している予算案の交渉について報告を求められるものと思っていたら、法務大臣も同席していて、議題はまったく別のことらしかった。

「どうか誤解しないでほしい。きみの立場はよくわかっているが、知ってのとおり、政府は今年すでにいくつか傷を負っていて、目下の状況はまちがいなくそれをさらに悪化させている。スティーンがメディアに登場すると、それは暗に法務大臣の仕事を批判することになるのだ。大臣は、クリスティーネの痛ましい事件は徹底的に捜査されたと何度も説明してきた——できることは全部やった、きみたちの力になるためにあらゆる手を尽くしたと。それに対してきみ自身も感謝の意を表した。ところが、その大臣の信頼性にいまや重大な疑念が生じているのだ」

「わたしに言わせれば、政府そのものの信頼性にだ」法務大臣が言葉をはさんだ。「法務省には電話が殺到している。昼夜を問わず。記者たちは情報公開請求をばんばん出してくるし、野党は事件の再捜査を求めているし、わたしを公式会議に引きずりだして議論しろという意見さえいくつかあった。わたしはまだいい。だがけさは首相までが事件についてコメントを求められた」

「もちろんコメントを出すつもりなどない。しかし圧力があるのは紛れもない事実だ」

「わたしにどうしろと？」

「きみに頼みたいのは、法務省と歩調を合わせてほしいということだ。スティーンがなにを言おうと、きみはそこから距離をおく。むずかしいことだというのは承知しているが、大臣として復帰するのを許すことでわたしはきみに信頼を示した。その信頼にぜひとも応えてもらわなければならない」

ローサは憤慨した。あの事件には現に不確定要素があると主張した。首相は妥協点を見出そうとしたが、法務大臣は怒りを募らせる一方で、そんなときに会議が中断したのだった。ローサは気にしなかった。ふたりとも勝手にしろという心境だった。

スティーンのボイスメールに急いでメッセージを残し、ローサはリュウと一緒にオフィスにはいる。

「首相とはどんな具合だった？」ヴォーゲルが訊く。

「それはもういい。わかってることは？」

ヴォーゲルと諜報員二名、それに首席補佐官のエンゲルスと、ほかにも同僚数人がテーブルを囲んでいて、ローサが腰をおろすと、彼らが状況をざっと説明する。十分前に諜報部から庁舎に、シューハウネンのその建物を借りている人物の名前が伝えられ、エンゲルスがすぐさまベネディクテ・スカンスの案件ファイルをさがしだしていた。ローサもすでに思いだしていたが、彼らはローサのためにファイルに目を通し、エンゲルスとヴォーゲルは先を争うように現状がどうなっているのかを推測し合う。課報員のひとりが電話を受けて、応答するために部屋を出ていく。残った諜報員がローサに、最近ベネディクテ・スカンスと接触した覚えがあるかどうかを尋ねる——さらに言うなら、彼女の恋人とも。男のほうは写真がまだ入手できていないが、ベネディクテ・スカンスのほうは以前の報道写真が大量にある。

「これがその女です」

黒い瞳に怒りをたたえたその若い女性にローサは見覚えがある。つい一週間ほど前にクリスチャンスボー城の大広間でぶつかってきた女だ。赤いスウェットパーカーにベストを着ていて、ふたりがぶつかったのと公用車に血で落書きをされたのは同じ日だった。

「それなら断言できます。わたしも彼女を見た」

ヴォーゲルの言葉を諜報員が手早く書きとめ、エンゲルスが引き続き案件ファイルから読みあげる——ベネディクテ・スカンスの息子は保護されたが、残念なことに里親の家で亡くなった。不意にローサは、自分がどうにも不安でたまらない理由に思いあたる。

「ゴスタウはどうしてまだ来ないの?」

ヴォーゲルが彼女の手を取る。「運転手が車に乗せていまこっちに向かってる。心配することはなにもないよ、ローサ」

「ベネディクテ・スカンスについてほかに覚えていることは？　その日、彼女はクリスチャンスボー城で誰かと一緒でしたか？」諜報員がなおも訊く。

だが不安感はまだ消えない。きのう運転手に、明日ゴスタウをテニスに送っていくのは自分かスティーンかと訊かれたことがなぜか頭をよぎる。しかし彼女を硬直させたのはエンゲルスの声だ。

「その女の恋人、子供の父親についてはあまり情報がないようだ。わかっているのは、運転手としてアフガニスタンに派遣されていて、名前はアスガー・ネアゴー……」

ヴォーゲルも凍りつき、ふたりは目を見交わす。

「アスガー・ネアゴーだと？」

「ああ……」

ローサは即座に携帯電話のアプリを確認し、ヴォーゲルはいきなり立ちあがって椅子を後ろにひっくり返す。それは〝うちの子をさがす〟という防犯用アプリで、ゴスタウの携帯電話の位置情報を追跡するために去年ローサとスティーンがインストールしたものだ。ところがGPSマップが表示されない。ゴスタウの携帯電話は信号を発していない。そのことをローサが口にする前に、諜報員が電話を耳からおろしながら急ぎ足で部屋にもどってくる。その顔を見た瞬間、ローサは足元の床が消滅したような感覚を覚える——クリスティーネがいなくなった日と同じだ。

91

この数分間、自分が話を聞いていなかったことにヘスは気がつく。作戦指令室の長テーブルでトゥリーンの左隣にすわって、中庭を見おろす窓にぼんやりと目を向けており、その中庭もいまは闇に包まれている。周囲でストレスに満ちた声があわただしく飛び交い、事態の深刻さを誰もが実感している。こういうことはいままでにもあった。世界のどこにいようと、誘拐の一報がはいれば、かならずこうなる。ただし、被害者が著名な政治家の子息となれば、その緊迫度は格段に増す。

ハートン大臣の公用車は、五時間ほど前にコペンハーゲン南西部の高速道路の待避所に乗り捨てられているのが見つかった。少年とベネディクテ・スカンスとアスガー・ネアゴーの痕跡はなし。誘拐犯からの要求もなし。無人の車の発見により、デンマーク史上もっとも大がかりと言っても過言ではない捜索活動が開始された。国境、空港、鉄道駅、橋、フェリーターミナル、海岸線などが、監視もしくは巡視され、ヘスにはパトカーの全車両が街へ送りだされたように思える。作戦は諜報部とコペンハーゲン警察とのあいだで共有され、郷土防衛隊のメンバーまでが夕食の席から引きはがされて秋の暗闇のなかへ送りだされた。ノルウェー、スウェーデン、ドイツの警察にも情報が送られ、インターポールとユーロポールも同様。だがヘスは、彼らが捜索に加わることのないようにと祈る。国際機関から連絡がはいるということは、誘拐犯たちがいくつかの国境を越えたことを示唆しており、そうなると、ゴスタウ・ハートンを見つけられる可能性は極端に低くなる。とりわけ生きたまま見つけられる可能性は。誘拐事件における経験則では、見つかる可能性がいちばん高いのは痕跡がまだ温かい最初の二十四時間とされている。だが一日たてばそれだけ見込みは減り、ヘスはハーグでの統計から、その見積もりが実際の子供の誘拐事件に基づいているのを知っている。数年前にかかわった子供の誘拐事件のことはなるべく考えまいとする。その事件にはドイツとフランスの警察の協力が必要だった。ドイツのカールスルーエで二歳の男の子がいなくなり、フランス語を話す誘拐犯が、ドイツの銀行の支店長である父親に二百万ユーロの身代金を要求してきた。ヘスは受け渡しの現場に立ち会ったが、身代金が指定された場所から回収されることはなく、一カ月後、支店長の自宅からわずか五百メートルほどの下水管のなかで男の子の遺体が発見された。検死の結果、頭蓋骨が割れており、おそらく犯人が、誘拐したその日に逃げる途中でマンホールの蓋のそばのアスファルトに落としたためだろうと思われた。犯人は結局つかまらなかった。

ゴスタウ・ハートンの行方不明は、幸い状況が異なり、まだ楽観できる根拠がある。刑事たちは目下、庁舎と議事堂にいるアスガー・ネアゴーの同僚たちに話を聞いているところで、ベネディクテ・スカンスについてもほかの刑事たちが国立病院で同じことをしている。ふたりが少年を連れて逃走しそうな行き先を知る者はいまのところ誰もいないが、その可能性を排除するのは早計すぎる。ニュースはゴスタウ・ハートンの顔写真を盛んに流しているので、誘拐犯が少年を連れて公然と移動するのはむずかしくなるだろう。それも良し悪しではある。良いのは、市民の大半がすぐにゴスタウ・ハートンの顔を覚えて、見かけたら当局に通報してくるから。悪いのは、それが誘拐犯に多大なプレッシャーを与えることになるからで、犯人が発作的に致命的な判断をしてしまう危険性は常にある。その問題は警察幹部と諜報部とのあいだで激しい議論の的となったが、結局は無意味だった――ハートン一家が少年のために警報を発令することを主張して、すべての議論を封じた。彼らの決断はしごくもっともだとヘスは理解する。一年前、一家は悪夢を経験し、そこから覚めやらぬうちに、また新たな悪夢がはじまったのだ。ともかくできることは全部やらなければならない。ヘスの横でトゥリーンがいらいらした声でゲンスに呼びかけるのが聞こえる。ゲンスは科学捜査課という立場から、テーブルに置かれたニュランダの携帯電話のスピーカーフォンを通して最新情報を伝えている最中だ。

「ふたりの携帯電話の追跡からニュースはないの?」

「ない。ベネディクテ・スカンスとアスガー・ネアゴーがそれぞれ電話の電源を切ったのが、今日の午後四時十七分で、それが誘拐した時間と見ていいと思う。おそらく別の使い捨て携帯電話を持っているんだろうが、まだそこまでは――」

「ふたりの自宅のｉＰａｄやノートパソコンはどうなってるの? ｉＰａｄとレノボのノ

ートパソコンが一台ずつあったはずよ。飛行機かフェリーか列車のデジタル領収証が残ってるかも。もしくはクレジットカードの請求書は？」

「いま言ったように、役に立ちそうな情報はまだ見つかってない。レノボの削除されたファイルを見るには少し時間がかかりそうだ。なにしろファイルのダメージが——」

「じゃあまだ調べてないのね。ゲンス、こんなこと話してる時間はないの！　削除されたファイルがあるならリカバリー・プログラムを走らせればいいでしょ。ねえ、頼むから——」

「トゥリーン、そんなことはゲンスもわかっている。ゲンス、なにか出てきたらすぐに知らせてくれ」

「もちろん。じゃあ地道な作業にもどるよ」

ニュランダが電話を切ってポケットにもどす。トゥリーンは、たったいまリングにもどってはならないと言われたボクサーのように憤然としている。

「ほかには？　先へ進もう」ニュランダが続ける。

ヤンセンが自分のメモ帳をテーブルの前に滑らせる。

「ロスキレの精神科病院に話を聞きました。いますぐ使えるものはなにもないが、ベネディクテ・スカンスは、子供が死んでからしばらくのあいだ心を病んでいたのはまちがいない。顧問医のひとりは入院中に完全に回復したと断言してるけど、凶暴なふるまいをする可能性は除外できないな。まったく、ありがたいこった。スカンスが小児科病棟で働いてるかと思うと心強いかぎりだ」

「じゃあ居場所の心当たりはなしと。アスガー・ネアゴーのほうはどうだ？」

「元兵士、三十歳、アフガニスタンに二度、運転手として派遣、所属は第七および十一戦闘群。記録はまともだけど、兵舎の元仲間に話を聞いてみたら、何人かは、やつの除隊の理由は単にいやになったというだけじゃないと考えてた」

「説明してくれ」

「何人かが言うには、やつは両手が震えるようになって、人との接触を避けるようになった。短気になって、攻撃的になって、ほかに心的外傷後ストレス障害《PTSD》の兆候もいくつか見られたけど、治療を受けたことがないのはたしかです。なんで諜報部がやつを運転手として承認したのか、理解に苦しむね。たぶん首がひとつかふたつは飛ぶだろうな」

「だが話を聞いた相手は誰もやつの居場所を知らないんだな？」

「はい。母親も。少なくとも本人はそう言ってます」

「では会議はここまでにして、先へ進もう。われわれはまだなにもつかんでいない。それでは通用しないぞ。このハートン事件の動機ははっきりしている。だからいまは少年の発見に全精力を注ぎこまねばならない。さしあたり、やつらが犯した四件の殺人の捜査からこちらに人員をまわすとしよう。少年が無事に保護されるまで」

「もし彼らの犯行なら」

会議のあいだにヘスが口を開いたのはこれがはじめてで、ニュランダがヘスを見る。ドアのそばにいてなかにはいりたがっているよそ者を見るような目で。ドアをぴしゃりと閉められる前にヘスは続ける。

「いまのところ、彼らの自宅に連続殺人の犯人であることを示唆する具体的なものはなにもない。彼らはローサ・ハートンに殺しの脅迫文を送り、彼女の息子の誘拐を計画して実行した。でも、女性の被害者三人に関してはなにもないし、それにアスガー・ネアゴーには少なくとも一件の殺しについてアリバイがある。諜報部によれば、アネ・サイア＝ラッセンが殺されていたころ、彼はローサ・ハートンやその秘書と一緒に庁舎のそばの中庭にいた」

「だが、ベネディクテ・スカンスはいなかった」

「たしかに、でもだからといって彼女がアネ・サイア＝ラッセンを殺したことにはならない。そもそも動機はなんです？」

「きみがリーヌス・ベガを訪ねたことのくだらない弁解はもう聞きたくない。ベネディクテ・スカンスとアスガー・ネアゴーがわれわれの第一容疑者で、きみのちょっとした遠出については改めて話し合うとしよう」

「別に弁解するつもりは――」

「ヘス、きみとトゥリーンがちゃんと良識をもって庁舎で案件ファイルを調べていれば、もっと早くスカンスとネアゴーにたどりついていただろうし、そうすればゴスタウ・ハートンがさらわれることもなかったんだ！　わたしの言いたいことがわかるか？」

ヘスは黙りこむ。自分でも同じことをずっと考えていて、一瞬、罪の意識を覚える。それで許されるとは思っていないが。ニュランダが部屋を出ていくと、ヤンセンとほかのみんなもそのあとに続き、トゥリーンは後ろの椅子からコートを手に取る。

「いま大事なのは、とにかく子供を見つけること。彼らが殺しをやってないなら、わたしたちで犯人を見つけるまでよ」

彼女は返事を待たない。ヘスはトゥリーンが廊下を歩いていくのを見送る。窓ガラスの向こうでは、事件が終結に近づいたとき特有の熱意と目的意識をもって刑事たちが熱心に動きまわっている。しかしヘスはその感覚を共有できない。操り人形の糸が天井からぶらさがっているような感覚があり、外に出て新鮮な空気を吸おうと、ようやく腰をあげる。

92

普段のアスガーなら暗闇など気にしない。すぐに目が慣れて、たいていは落ち着いてコントロールできるようになる。いまのように降りしきる雨のなかを高速で運転していたとしても。

本当に夜の運転を楽しむようになったのはアフガニスタンにいたときだった。キャンプから次のキャンプまでの部隊や物資の移送は日没後に行なわれることがあり、仲間の運転手たちはそうした旅には危険が伴うと考えたが、アスガーの印象はいつもちがっていた。とにかくハンドルを握っているのが大好きだった。心が静かになり、視界が新しい環境のリズムに合わせてどんどん変化していくような感じがした。アフガニスタンでは夜の運転がいちばん楽しいことを学んだ。見るべきものが少なくなるとしても。暗闇が守ってくれるような、自分に欠けている冷静さや心のバランスをもたらしてくれるような気がした。でもいまはそう思えない。真っ暗な道路の両側は深い森でほとんどなにも見えないが、闇のなかからいまにも危険が飛びだしてきてのみこまれてしまいそうな感じがする。皮膚がぴりぴりして耳のなかの圧力が高まるのがわかり、彼は自分自身の影から逃れようとするかのようにアクセルを踏みこむ。

警察の封鎖がいたるところにあり、絶えず方向転換を迫られた。最初はゲッサーの港に向かい、次はヘルシンオアのフェリーを目指したが、どちらもサイレンをやかましく鳴らしたパトカーに追い越され、自分たちの行き先があっさり読まれているのがわかった。いまアスガーが向かおうとしているのはシェランス・オッデで、そこの半島の突端からフェリーが出ている。グレートベルト橋はあまりにわかりやすいので問題外だが、ユトランド半島行きのフェリーならあるいは無防備かもしれないと期待する。そんなことはなさそうだとわかってはいるが。もしそこまでの道路が封鎖されていたらどうするか、頭のなかをいくつもの考えが駆けめぐるが、次の策は思いつかず、ベネディクテはむっつりと暗い顔で助手席にすわっている。

小僧を連れてくることに気乗りはしなかったものの、議論の余地はなかった。アスガーにはわかっている。あっさりあきらめてしまったら、すべてが茶番になってしまう。そしてあの性悪女大臣は、自分がなにをしてしまったのか一生知ることなく終わる。あの女も地獄を味わうべきだ。それは当然の報いだから、少年を誘拐することに良心の呵責はなく、この子がいまヴァンの後部座席であちこち連れまわされているのも、責任はひとえにその母親にある。

アスガーは急ブレーキを踏む。一瞬、濡れた路面でヴァンが横滑りしてコントロールを失いそうになるが、アクセルを少しもどして車の体勢を立て直す。道路の先のほうで、雨のしたたる木々のあいだにぎらつく青い光が見え、パトカーの姿はないが、次のカーブを曲がったらまた別の封鎖が待っているのがわかる。車を路肩に寄せながら徐々にスピードを落とし、ヴァンを停止させる。

「どうする?」

ベネディクテは返事をしない。アスガーは方向転換し、車をバックで道路にもどしながら選択肢を大声であげていく。

彼女はようやく口を開くが、その返事はアスガーの予想とはちがっている。「森にはいって。次の曲がり角で」

「なんで? 森にはいってどうするんだ?」

「次で曲がって森にはいってって言ってるの」

次の曲がり角まで行き、道を折れて森にはいると、すぐに車はでこぼこの細い砂利道を走ることになる。そこでアスガーは彼女の意図を理解する。もちろんベネディクテにはわかっていたのだ。自分たちは包囲されていて、こうなったら残された賢明な道はひとつ——できるかぎり森の奥深くまで退却して、そこで嵐が過ぎるのを待つのだ。元兵士の自分がそれを思いついて当然だったのに、打開策を見つけるのはやはりベネディクテだ。走りだして三、四分、アスガーとしてはまだまだ森の深さが足りないというあたりで、彼女が突然車をとめてほしいと言う。

「いや、まだだ。もっと奥まで行かないと。これじゃ見つかってしまう。もしあいつらが

「――」

「ヴァンをとめて。いいからヴァンをとめて！」

アスガーがブレーキを踏むと、車は揺れながらとまる。エンジンは切るが、ヘッドライトはつけておく。ベネディクテはしばらくじっとしている。彼女の顔は見えず、息づかいと車の屋根を叩く雨音だけが聞こえる。彼女はグローブボックスからなにかを取りだし、ヴァンのドアを開ける。

「どうするんだ？　ここで休んでる暇はないんだぞ！」

ベネディクテがドアを勢いよく閉め、一瞬アスガーは車内にすわって自分の声のこだまに耳をすます。ヘッドライトの光線のなかで彼女がヴァンの前をまわりこみ、運転席の横を通過するとき、彼は思わずドアを開けて外に出る。

「どうするつもりなんだ？」

ベネディクテは彼の横をすり抜け、決然とした足取りでヴァンの後部のスライドドアに向かう。彼女の右手にある尖ったものがちらりと見え、けさハーツでヴァンを借りたときグローブボックスにアーミーナイフを入れたのを思いだす。彼女の狙いがわかってくると、自分でも意外なことに小僧がかわいそうになって、思わずベネディクテをつかむ。彼女がどれほど強いか、どれほどこれを望んでいるかが感じられる。

「放して！　放してったら！」

ふたりは暗闇でもみあい、彼女が身を振りほどこうとした拍子に、ナイフがアスガーの鼠径部《そけい》のあたりを切り裂く。

「まだほんの子供だぞ！　この子がおれたちになにかしたわけじゃない！」

少しずつ、アスガーは彼女を自分のほうへ引き寄せる。両腕から力が抜けて、彼女は泣きだす。涙がどっとあふれだし、そうして森のなかにふたりでどれくらい立っていたのかわからないが、アスガーには永遠にも感じられる。ひさしぶりに味わう最高の瞬間だ。ベネディクテも同じことを理解してくれたのがわかる。自分たちに敵対する力はあまりに大きい。でもふたりにはまだお互いがいる。彼女の顔は見えないが、涙は次第におさまり、アスガーは彼女の手からナイフを取って地面に投げ捨てる。

「子供を解放してやろう。おれたちふたりだけのほうが動きやすいし、子供さえ見つかれば警察も少しは警戒をゆるめるだろう。それでいいね？」

これでうまくいくはずだとアスガーは確信し、彼女の身体がとても身近に感じられる。ベネディクテがうなずいてすすり泣くのを感じながら、顔をなでてキスで涙をぬぐう。片手はまだ彼女がしっかり握っているので、スライドドアを開けてやろうと、アスガーはもう一方の手を伸ばす。どっちに向かって歩けばいいか教えてやれば、数時間後には警察の道路封鎖にたどりつくだろう。そうすれば自分たちが必要とする時間が稼げる。

アスガーの動きをとめさせ、暗闇に警戒の目を向けさせたのは、なにかの物音だ。遠くから聞こえてくるエンジン音。ベネディクテの手を握ったまま、アスガーはいま来た道を振り返る。五十メートルほど先でひと組のヘッドライトが水たまりに反射して光ったかと思うと、すぐにふたりはその明かりを全身に浴びて、目をしばたたく。車が停止し、運転手が一瞬ふたりを観察したあと、エンジンがとまってヘッドライトが消える。

いまや道路は完全な闇だ。アスガーの脳内で無数の考えがはじける。最初はてっきり覆面パトカーかと思うが、警察ならこの状況でこんなに落ち着いてはいないだろう。次は農夫か森林管理官かもしれないと考える。それからやっと、誰かがこんな時間にこの砂利道を走ってくる理由はひとつしかない、自分たちをさがすためだと気づく。でも道を曲がって森にはいるところは誰にも見られていないはずだし、携帯電話の追跡が不可能なことはとっくに確認済みだ。

握ったベネディクテの手から緊張が伝わり、車のドアの開く音が聞こえたので、暗闇に向かって問うが、答えは返ってこない。

「誰だ？」アスガーは繰り返す。足音が近づいてくるのでじきにわかるだろうと思い、すかさずかがんで草の上からナイフを拾いあげる。

93

トゥリーンはキッチンの床に敷いた新聞の折りこみ広告二枚の上にごみ箱の中身を空け、引き出しからフォークを取りだして、それでごみをひっかきまわしはじめる。腐った食べ物や煙草の吸い殻や缶詰類のにおいが鼻をつくなか、ゴム手袋をはめた手で汚れたレシートを広げながら、どうかここからふたりの逃亡先がわかりますようにと祈る。ゲンスと鑑識員たちがすでに家じゅうを調べ終えていたが、トゥリーンは自分の目で現場を分析するのを好む。まだなにも出てこない。あるのはスーパーマーケットで日用品を買ったレシートばかりで、ほかにはドライクリーニングの受領書、これはたぶんアスガー・ネアゴーがローサ・ハートンを車で運ぶときに着る服のものだろう。トゥリーンは折りこみ広告の上のごみをそのまま放置する。いまいるのは元食肉処理場の住居部分で、トゥリーンと、数組のパトロール隊が少し離れた場所からこの建物を監視しているのを除けば、ここには誰もいない。いまのところゲンスとその部下たちが仕事を完璧にこなしたことは認めざるをえない。このカップルがほかに住まいを持っていることを示すものはなにもなく、逃走ルートを決めていたとか別に隠れ家を用意していたという証拠もない。この日の早い時間に、元処理場の冷蔵倉庫のひとつに装備が整えてあったことが確認された。床にはマットレスとキルト、ポータブルトイレに雑誌の『ドナルドダック』が数冊——ゴスタウ・ハートンを閉じこめておくつもりだったことはまちがいなさそうだ。

トゥリーンはその考えに身震いする。それでも、この家のなかを観察するかぎり、彼らが冷酷な連続殺人に取り組んでいることをにおわせるものはなにもない。ともかくトゥリーンが想像するような形では。アスガー・ネアゴーが、古い友人から借りているとされる部屋ではなく、ここに住んでいたのはたしかで、どうやら裸の女性が出てくる日本のマンガの愛読者だったらしい。でも彼の持ち物のなかで見つかった過激なものはせいぜいそれくらいだ。こうして見るかぎり、ネアゴーの性格をもっともよく表わしていると思われるのは、七〇年代のホームコメディと、ダーチ・パサーやオーヴェ・スプローエ主演の古いデンマーク映画を好んでいたことだ。これらの作品は、よく言えば、緑の草原とはためくデンマーク国旗という陽光あふれる時代が舞台になっている。そういうものを、古ぼけた革のソファに寝ころがって、ほこりっぽいDVDプレーヤーで再生したり古い液晶テレビで観たりしていたようだが、そこから異常者や狂気の叫びは、トゥリーンには聞こえてこなかった。

むしろ気になるのは、ここで見つかったベネディクテの人格を示す痕跡のほうだ。子供を取りあげて保護できる役所の権限について書かれた教科書、社会福祉法の条文を印刷した紙——条文は読みこまれて細かくチェックされている。ほかにも児童福祉や同様のテーマを取りあげた法律専門誌。居間の引き出しから出てきた彼女の持ち物のなかには、このカップルの男児に関する資料をまとめたファイルやリングバインダーがあり、ほかにも彼女が役所や国選弁護人とやりとりした文書などがあった。ほとんどのページに手書きのメモが添えられ、判読不能な文字にまじって疑問符や感嘆符が氾濫していて、その裏に怒りや不満が隠されているのは一目瞭然だった。ほかにもベネディクテの学校時代のアルバム、彼女とアスガー・ネアゴーが不格好につぶれたフェンスの外の草地にいる写真、看護師の研修課程と、妊娠と出産に関するさまざまな追加の課程の修了証書と書類があった。

そうしたものを見ているうちに、このカップルが自分とヘスのさがしている殺人犯である可能性はいよいよ受け入れがたくなった。少なくとも、彼らが数週間に及ぶ大がかりな殺人捜査を出し抜くことができたとはとても思えず、従ってトゥリーンが達した結論は、ヘスの疑いは正しいというものだった。

あの朝、オーデンのヘスのアパートメントの壁を見て、彼は方向を見失っていると思いはじめた。ハートンの娘がとうに死んでいることを受け入れられないだけだと。ましてやヘスからゲンスの研究室と警備病棟への異例の訪問を提案されて、彼女のその気持ちが変わるはずもなかった。考えてみれば、ヘスのことも彼の過去もほとんど知らないが、それでもふたりでベガを訪ねた小旅行は彼女のなかに疑念を残した。自分たちがもう一度ベガに話を聞きにいって、連続殺人とクリスティーネ・ハートンについて彼がなにを知っているのか探りだそうとしているところが目に浮かぶ。

しかし、いま大事なのはゴスタウ・ハートンで、だから寝室の整理だんすを隈なく調べたあと、トゥリーンは階下へおりる。いまから科学捜査課へ行けば、面倒なことになっているらしいレノボのノートパソコンの件でゲンスの力になれる。階段を下りきって角をまわり、廊下を歩いていくと、かすかな音が聞こえてふと足をとめる。家の外のどこかでアラームが鳴っている。車のアラームよりゆっくりとしたリズムだが、同じくらいしつこい。向きを変えてキッチンを通り抜け、食肉処理場に通じる廊下まで行く。ドアを開けると、音がよりはっきりする。長方形の広々とした空間は暗く、照明のスイッチがどこにあるかわからなくてトゥリーンは立ちどまる。その瞬間、頭をよぎるのは、このカップルが殺人の糸を引いているのでないとしたら、本当の殺人者は暗闇のどこかにいるかもしれないということだ。その考えを必死に振り払う。そいつがいまここにいると考える理由なんてなにもない。仮にいたとしても、銃を抜いて、安全装置をはずすまでだ。

携帯電話の明かりを頼りに、トゥリーンは元食肉処理場のなかをゆっくりと進む。音源に向かって、ゴスタウ・ハートン用の部屋も含め、冷蔵倉庫をひとつまたひとつと通り過ぎていく。いくつかの倉庫は天井からフックがさがっているだけで完全に空っぽだが、ほとんどは箱や古いガラクタが積まれている。

最後の冷蔵倉庫のドアの前で立ちどまる。音はそのなかから聞こえ、二歩で戸口をくぐると、そこはアスガー・ネアゴーがジムとして使っていた部屋だとわかる。携帯電話の青白い明かりのなかで、使いこまれた古いダンベルやバーベル、ぼろぼろの自転車、サンドバッグなどが、泥だらけの軍用ブーツや不潔な迷彩柄の制服と、かぎられた床のスペースを奪い合っている。しかし彼女の注意を惹いたのは、その悪臭だ。においのことが頭をよぎった直後、片隅でなにかが動くのに気づく。すかさず光線を向けると、白い光を浴びているというのにその動物たちは動じない。四、五匹のねずみが、ガーデニング用品と折り畳み式のアイロン台の横にあるぼろぼろの小型冷蔵庫の底を狂ったようにかじっている。冷蔵庫の前面の表示部が点滅してビービー鳴っており、たぶんねずみたちがドアを密閉している底のゴムを噛みちぎったせいで半ドアになってしまったのだろう。トゥリーンは冷蔵庫に近づくが、ねずみたちは動かず、足で押しのけられてようやく彼女の両脚のあいだをちょこまかと走って逃げる。少し離れたところでとまり、まだヒステリックに鳴きながらうろうろしている。おそるおそる冷蔵庫のドアを開けてなかをのぞいたトゥリーンは、思わず手で口を押さえて吐き気をこらえる。

94

「たしかに、まちがいないか？　ベネディクテ・スカンスは、十月十六日の金曜日から十月十七日の土曜日にかけて、夜勤についていたんだな？」

「ああ、百パーセントたしかだ。病棟の看護師長に確認した。彼女も同じシフトで勤務していたんだ」

刑事に礼を言って電話を切ったところで、ヘスはローサ・ハートンのオフィスのあるフロアに着く。もう夜の十一時に近く、メインのオフィスは抑えた緊張感と電話の鳴る音でざわついている。数人の刑事がまだ職員たちから話を聞いていて、目を赤くした女性職員ふたりが鼻をすすりながら小声で話をし、テーブルのあちこちにテイクアウトのスシの白いビニール袋が置いてあるが、まだ誰も開封する暇はないようだ。

「大臣は部屋にいるかな」

疲れきった表情の大臣秘書がうなずき、ヘスはマホガニーのドアの並ぶほうへ向かいながら、議事堂にある運転手の控室から借りてきたばかりのｉＰａｄの暗証番号を記憶に焼きつける。

トゥリーンの言うとおり、いまなによりも重要なのはハートン少年のことだ。そこでヘスは署からこの庁舎へ直行し、アスガー・ネアゴーと日常的に接していた人たちから話を聞くことで、このカップルの予測される行動や潜伏場所に関する情報を掘り起こすのに協力することにした。刑事たちはすでに各自の仕事をこなしており、同じ人たちに話を聞いても新しい情報は出てこないだろう。ネアゴーは誰とも親しいつきあいがなく、私生活や、余暇の過ごしかたや、興味のあることについてもまったく話さなかったようだ。聞こえてきたのは、彼の人柄に関する描写ばかりだった。何人かはこの運転手が最初から少しずれていると考えていた。変わり者で、口数が少なく、見方によっては少々危険な感じだと。だがヘスから見れば、そうした描写はみな後付けでよく言われることだった。テレビ各局は長時間にわたってゴスタウ・ハートン捜索活動の全国的な集中キャンペーンを行なっており、誘拐犯とされるふたりの人物像を詳細に説明しながら、そのうちひとりは――あろうことか――ほかならぬローサ・ハートン自身の運転手と判明したことを伝えた。このニュースの注目度を疑う者がもしいるなら、庁舎の前の狭い広場に集まった中継車や記者の大群を見おろすだけでいいが、この報道のマイナス面は、アスガーの人物像についての発言がことごとくメディアによって脚色されてしまっていることだった。とはいえ、メディアが断言したことで、ヘスが実際そのとおりだと思える部分もあった。アスガーは内向的で、少々単純で、人づきあいを嫌い、休憩時間は運河のそばで煙草を吸ったり電話をかけたりしていた――議事堂にある運転手用の暖かい休憩室にいるほうを好む同僚たちとはちがって。

その休憩室まで実際に足を運ぶと、年配の運転手が、夜間に大臣の公用車をとめておく駐車場のロックシステムのことで何度もアスガーに手を貸さねばならなかったと話してくれた。それを聞いただけでも、アスガー・ネアゴーとその彼女が、綿密に考え抜かれたラウラ・ケーアとアネ・サイア＝ラッセンとジェッシー・クヴィウム殺しを計画するのは無理があると思われた。

その思いがますます強まったのは、ネアゴーの別の同僚――記憶が正しければ、エネルギー大臣の運転手――から運転手用のデジタルカレンダーのことを教えられたときだった。大勢いる運転手の行動はシステムで厳密に管理されており、運転手は全員、何時にどこでなにをしていたかをデジタルログに記録する義務があった。ヘスは即座に、アスガー・ネアゴーのカレンダーの特定の日付に注目し、それを確認してから庁舎に引き返した。デジタルログの件についてローサ・ハートンに話を聞こうと思い、その途中でベネディクテ・スカンスの職場に派遣されていた刑事のひとりに電話をかけたのだった。

大臣室にはいると、ローサ・ハートンが息子の身を死ぬほど案じているのがよくわかる。両手が震え、怯えきった目は赤く充血し、涙をぬぐおうとしたのか、マスカラがとれて顔にこびりついている。夫もその場にいて、電話で熱心に話しこんでいる。ヘスに気づくと会話を切りあげようとするので、ヘスは首を横に振って、新たな情報を持ってきたのではないことを伝える。ローサ・ハートンとその夫はこの庁舎にとどまることを選ぶ。ひとつにはアスガー・ネアゴーに関する質問に答える必要があるため、もうひとつはここにいれば職員たちが協力してくれて常に最新の情勢を知ることができるからでもある。ふたりきりでいるよりはそのほうがいいとヘスも思う。自宅にいたらふたりで恐怖と向き合うことになるが、ここなら少なくとも自分たちもなにかしている気になれる――さまざまな事情聴取の結果についてそのつど刑事たちに質問したりして。

スティーン・ハートンが会話を続けているあいだに、ヘスはローサ・ハートンの視線をとらえて会議テーブルを指さす。

「ちょっとすわりませんか？　少し訊きたいことがあるので答えてもらえると助かります。これは大いに役立つはずです」

「なにか新しい情報ですか？　いまどうなってるの？」

「残念ながら新しい情報はありません。でも、警察官が総動員されて、パトカーも全車両が街に出ているし、国境はすべて監視下にあります」

彼女の目に浮かぶ恐怖が見えて、息子の命が危険にさらされていることを理解しているのがわかるが、ヘスとしては、会話を自分の発見したことに向けなければならないので、新しい情報を持ってきたのでないことを彼女が受け入れるまでのあいだに、ｉＰａｄをテーブルに置く。

「十月十六日金曜日の午後十一時五十七分、あなたの運転手アスガー・ネアゴーはデジタルログに、王立図書館で催し物に参加している大臣を迎えにいったと記録しています。そのまま十二時四十三分まで玄関前で待機して、そのあと彼は《勤務終了。帰宅》と書いている。このとおりですか？　彼は玄関前で待機していて、その時間にやっとあなたを家に送り届けたんですか？」

「これがどうしてそんなに重要なのかわかりません。ゴスタウと関係があるの？」

それは三人めと四人めが殺された晩だとわざわざ思いださせて、これ以上彼女を動揺させたくはない。ログに書かれた情報が正しいとしたら、アスガー・ネアゴーがこの時間内に市民菜園まで行って、ジェッシー・クヴィウムとマーティン・リクスを殺し、なおかつヘスとトゥリーンが到着するまでに両腕と片足を切断するなどとうてい不可能だ。それに、ベネディクテ・スカンスがその同じ夜に小児科病棟で夜勤についていたとなると、これはもう決定的だろう。

「なぜ重要かはまだ言えません。でも、思いだしてみてもらえると非常に助かります。彼が待機していて、あなたを自宅まで送るのが一時十五分前になったというのは、そのとおりですか？」

「あの、どうしてログにそう書かれているのかわからないわ。あの晩は予定を取りやめたんです、だから図書館にはいなかったのに」

「図書館にいなかった？」

ヘスは失望を努めて顔に出さないようにする。

「ええ。フレデリックが――顧問のフレデリック・ヴォーゲルが、わたしの欠席を伝えました」

「図書館にいなかったのはたしかですか？　アスガー・ネアゴーの記録では――」

「たしかです。あそこは庁舎からそれほど遠くないので、フレデリックと相談して歩いていくことになっていました。でも数時間前になって、また相談したんです。あの晩はちょうど夫がテレビに出ることになっていて、だから予定をキャンセルしてもかまわないだろうとフレデリックが言うので、わたしはほっとしました。いずれにしてもゴスタウと一緒にいたかったので……」

「しかしヴォーゲルがあなたの代わりにキャンセルしたのなら、どうして運転手はログにこんなことを――」

「わかりません。フレデリックに訊いてみてください」

「そのフレデリックはいまどこに？」

「なにか用事があったらしくて。じきにもどってくるはずです。それよりいま知りたいのは、ゴスタウを見つけるためになにをしているのかということ」

フレデリック・ヴォーゲルの広々としたオフィスは薄暗く、誰もいない。ヘスはなかにはいってドアを閉める。人間味がなく冷たい感じのする庁舎のほかのオフィスとはちがって、居心地のよいラウンジのような部屋だ。女性がうっとりするさりげなく贅沢な空間とはこういう感じかもしれないとつい考えてしまう。ヴェルナー・パントンのランプ、毛足の長いリーア織りのラグ、柔らかいクッションをいくつも置いたイタリア製の低いソファ。これでマーヴィン・ゲイがいれば完璧だ。嫉妬しているのだろうかとふと考える、どうがんばっても自分にはこういう部屋を作りあげる気力はないから。

大臣の顧問はいったいどこにいるのかとヘスが考えるのは、今夜これがはじめてではない。刑事たちがアスガー・ネアゴーに関してフレデリック・ヴォーゲル三十七歳に事情聴取をしたのは七時ごろで、そのときのヴォーゲルはショック状態でなにひとつ情報を提示できなかった、そこまではわかっている。しかしその数時間後にヘスがここに着いたときには、顧問の姿はなく、秘書が言うには用事で街へ出かけたという。ヘスにはなにかの暗示のように思える。自分が顧問を務める大臣が危機に陥ってメディアに包囲されているというのに。

ヴォーゲルについてヘスが知っていることは多くない。ローサ・ハートンに以前話を聞いたとき、彼には昔からとてもお世話になっていると言っていた。ふたりはコペンハーゲンで何年か一緒に政治学を学んだあと、ヴォーゲルがジャーナリスト養成学校へ進んだのを機に、それぞれの道を歩んだ。その後も交流は続き、ヴォーゲルは次第に一家の友人となった。ローサが大臣に就任したとき、彼が顧問になったのは当然と言えば当然の選択だった。クリスティーネが行方不明になってからのつらいこの一年、彼はローサとその家族を献身的に支え、彼女が復職の決意を固めるにあたっても大きな役割を果たしたという。

「あなたとご主人は娘さんがまだ生きているかもしれないという希望をもっている。そのことについて彼はなんと言ってました？」

「フレデリックは少し過保護で、最初はかなり心配だったみたいです。大臣としてのわたしの立場が。でもいまは心からわたしたちを支持してくれています」

この男の印象をつかもうと、少しあたりを見まわすと、机の上にはベネディクテ・スカンスの案件に関する資料やメディア戦略に関するメモなどが積みあげられているが、ほかに目を惹くものはなにもない。と思ったのは、机の上のマックブックのマウスに偶然触れるまでのことだ。ノートパソコンのスクリーンセーバーが表示したのは、職務中のヴォーゲルのさまざまな写真だ――ブリュッセルのEU本部前にいるヴォーゲル、クリスチャンスボー城でドイツの首相と握手を交わすヴォーゲル、ニューヨークのワールド・トレード・センター跡地の記念館の前にいるヴォーゲル、国連の子供支援キャンプを訪れているヴォーゲルとローサ・ハートン。ところが、公式写真のなかに突然、フレデリック・ヴォーゲルとハートン一家の私的な写真が現われる――子供たちの誕生パーティー、ハンドボールの試合、チボリ公園での行楽。昔ながらの家族写真で、ヴォーゲルもその一部になっている。

最初は、どうせ冷淡で狡猾《こうかつ》な策士だろうという自分の偏見が裏付けられなくてよかった、と自分に言いきかせようとする。だがそのとき不意に、漠然とした違和感の原因に気づく。スティーン・ハートンがどこにもいないのだ。彼の写っている写真がただの一枚もない。あるのはヴォーゲルの自撮り写真ばかりで、ローサや子供たちと一緒か、またはローサとふたりだけ、まるでふたりが夫婦のように。

「大臣秘書から聞きましたよ、わたしに話があるとか」

ドアが勢いよく開いて、ヴォーゲルの視線が、まずヘスをとらえ、そこからヘスの顔を照らしているパソコンの画面に移ると、警戒の色が濃くなる。コートは雨に濡れ、茶色の髪は乱れているが、それを片手でなでつけて正しい位置にもどす。

「どんな状況ですか？　運転手は見つかった？」

「まだです。あなたも見つからなかった」

「街でミーティングがあって。メディアのくそったれどもに詮索されたり利用されたりする機会を最小限にしようとがんばってたんですよ。運転手のほうはどうなってます？　もちろんあなたも自分の時間を使ってなにかしてたんでしょうね」

「いま取り組んでます。とりあえず別件であなたの協力がいる」

「別件にかかわってる暇はないんです。どうか手短に」

ヴォーゲルが椅子にコートをかけて電話を取りだしながら、いかにも自然な動きでさりげなくパソコンに近づく。

「十月十六日の金曜日、あなたは王立図書館の夜の催しに大臣を欠席させた。その数時間前に話し合ったとき、大臣は夫がテレビに出ることをあなたに話した。あなたはキャンセルしてもかまわないだろうと言った」

「だいたい合ってます。ただし、大臣が予定をキャンセルするのにわたしの許可はいりませんよ。そういう判断は彼女が自分でします」

「しかし、たいていはあなたの助言に従うんでしょうね」

「なんとも答えようがありませんね。どうしてそんなことを訊くんです？」

「深い意味はない。それより、欠席の連絡をしたのはあなたですね？」

「大臣に代わって主催者に欠席の電話をかけたのはわたしです」

「アスガー・ネアゴーにも伝えましたか？　大臣は予定をキャンセルしたから、催しが終わったあと自宅まで送る必要はないと」

「ええ、その連絡もしました」

「彼のデジタルログでは、その夜は仕事をしたことになっています。王立図書館の玄関前で、深夜近く、一時十五分前まで待機して、大臣を家に送り届けるために催しが終わるのを待っていたと」

「あんな男の書いたことなんか誰が信用するんです？　よそでなにか別のことをしてて、アリバイが必要だったのかもしれない。あいつに伝えたのはたしかです。どっちにしても、こんなことをあれこれ言い合うのは時間の無駄です。ゴスタウが行方不明だっていうのに」

「そんなことはない。あの夜、アスガー・ネアゴーに伝えたんですか、それとも伝えなかった？」

「だから言ってるでしょう、ちゃんと伝えました。いや、もしかしたら代わりに誰かに頼んだかもしれないけど」

「誰に？」

「どうしてこんなことが重要なんです？」

「じゃ、あなたは彼に伝えなかった、そして彼は実際に玄関前で待っていた可能性もある？」

「この話を続けるつもりなら、そんな暇はない」

「その晩、あなたはなにをしてました？」

ドアに向かっていたヴォーゲルが、足をとめてヘスを見る。

「あなたは大臣と一緒に王立図書館へ行くことになっていた。でもキャンセルしたのなら、別のことをする時間ができたわけですね」

冷笑のようなものがヴォーゲルの顔をよぎる。

「あなたが言いたいのは、まさかわたしが考えてるようなことじゃないでしょうね」

「どう考えてるんです？」

「あなたは、ある犯罪が起こっていたまさにその時間に、わたしがなにをしていたのか訊きだそうとしている。大臣の息子の誘拐事件に集中すべきときに。そうではないことを切に祈ってますが」

ヘスはただヴォーゲルを見つめる。

「どうしても知りたいなら言いますが、自宅のアパートメントにもどって、スティーンの出たニュース番組を観て、その余波に対する準備をした。ひとりきりで、証人はいない。人を殺して栗でちょっとしたいたずらをする時間はひと晩じゅうたっぷりありましたよ」

「十月五日と十月十二日の夜の六時ごろはどうです？」

「それは弁護士も同席の上で正式な事情聴取のときにお答えしたほうがよさそうですね。それまでは自分の仕事をさせてもらいます。あなたも自分の仕事をしたほうがいい」

ヴォーゲルは失礼とうなずく。まだ行かせる気はなかったが、そのときヘスの電話が鳴りだして、ヴォーゲルはするりとドアから出ていく。表示を見るとニュランダからだ。自分の発見した情報を伝えてヴォーゲルへの疑念を説明しようと決めるが、ニュランダが機先を制する。

「ニュランダだ。庁舎と議事堂にいる全員に捜査を一時中断するように言ってくれ」

「どうして？」

「ゲンスがスカンスとネアゴーの行方を突きとめた。わたしはこれから機動隊と一緒に現場へ向かう」

「現場はどこです？」

「ホルベックの西、森のなかだ。ゲンスがやつのパソコンを復活させて受信箱にハーツのヴァンの請求書を見つけた。レンタカー会社に連絡したら、けさヴェスタポート駅でヴァンを借りたらしく、ゲンスがそれを追跡した。会社は盗難に備えて全車両に追跡装置を設置しているそうだ。全員に知らせたら、署にもどって報告書を書け」

「でもこっちは――」

ニュランダはすでに電話を切っている。腹立ちまぎれにヘスは電話をポケットに突っこみ、ドアへと急ぐ。刑事のひとりにニュランダの指示を伝えると、彼は廊下の先へと走る。自分も引きあげようとして、途中でたまたま大臣室を通りかかると、開いたドアからなかがちらっと見える――慰めるようにローサ・ハートンの肩を抱くヴォーゲルが。

95

雨にもかかわらず、シェラン島北西部までは四十分しかかからないが、それは永遠にも感じられる。森のなかを走る暗い道に近づくと、ヘスには曲がるべき場所がわかる。砂利道のそばの道路脇に無人の機動隊の車両があり、その横に何台ものパトカーがとまっていて、雨でずぶ濡れになった巡査ふたりにバッジを提示すると、ヘスはそのまま走ることを許される。通過させるということは、まちがいなく作戦は終了しているということだ。結果がどうなっているのかわからないが、このふたりの巡査に質問して時間を無駄にするつもりはない。幹線道路のそばに配置されている彼らに情報が逐一知らされることはないだろう。

ここまで車を飛ばしてきたヘスは、スピードを落とせと自分に言いきかせながら砂利道に車を入れる。署へもどれというニュランダの命令を無視し、ここへ来る道中でフレデリック・ヴォーゲルを調べようと決めた。たぶんもっと早くにそうすべきだったのだ。アスガー・ネアゴーが十月十六日の深夜に仕事をしていたことは確認がとれるだろう、そんな気がしてならない。いずれにせよ、ヘスはたったいまハートンの秘書と話したところで、彼女が断言したところによると、あの晩は十二時半過ぎにネアゴーからの電話で起こされ、王立図書館の玄関前でずっと待っているが大臣はどうしたのかと訊かれた。秘書は彼が連絡網からもれたことを謝罪したという。もしネアゴーが律儀に玄関前で待っていたとすれば、それを裏付ける証人はほかにもいるだろう。もしベネディクテ・スカンスが同じ時間帯に国立病院で夜勤についていたとすれば、このふたりがジェッシー・クヴィウムとマーティン・リクスを殺すのは不可能で、そうなるとヴォーゲルへの関心がますます深まる。市民菜園の二件の殺しについてアリバイはなかったようだし、ヘスはその前の二件の殺害時刻にヴォーゲルがどこにいたか、アスガー・ネアゴーに訊いてみたくてうずうずする。うまくすればヴォーゲルとローサ・ハートンとの関係についてもなにかわかるかもしれない。自分とトゥリーンがこれまで気づかなかった動機がじつはあるのかもしれない。ヘスはもう一度トゥリーンに電話をかけたい衝動に駆られる。コペンハーゲンから車を走らせながらすでに二回、連絡してみた。

細い砂利道の前方からヘッドライトが近づいてくるので、急いで車を脇へ寄せて、救急車を一台通す。サイレンは鳴っていないが、それがいいのか悪いのかヘスにはわからない。救急車の後ろに覆面パトカーが一台続き、その後部座席にほんの一瞬、電話で話しこんでいるニュランダの顔が見える。そのまま走り続けると、今度は、ぽつぽつと幹線道路へもどっていく機動隊とすれちがい、彼らの深刻な顔つきからヘスは死の存在を察知する。非常線のところまで行くと、状況は自分が望んでいたようなものではないのがわかる。

もう少し先にさらに警察官の姿があり、およそ十メートル四方の区域が投光照明で煌々と照らされている。その真ん中にハーツのロゴのついたヴァンが後ろ向きにとまっている。前部ドアの片側と後部のスライドドアが開いていて、左の前輪のそばに誰かが横たわり、白いシーツがかかっている。もうひとりは十メートルほど離れた場所に横たわっている。

風雨をついて、ヘスは車の外に出る。見覚えのある顔はヤンセンだけで、かならずしも友好的な関係ではないが、ヘスは彼のほうへ近づく。

「あの子はどこだ？」

「なんでおまえがここにいるんだ？」

「子供はどこだ？」

「子供は無事だ。外傷はなさそうだが、いま診察のため病院に連れていってる」

安堵の波が押し寄せるが、それで二枚の白いシーツの下の地面に横たわっているのが誰だかわかる。

「機動隊が子供を見つけて、ヴァンから降ろした。万事順調にいったから、ここでおまえの出番はないぞ、ヘス」

「なにがあった？」

「なにも。見つけたときにはこうなってた」

ヤンセンがヴァンの前輪のそばにある遺体のシーツをめくる。その若い男はたしかにアスガー・ネアゴーで、目を開けて死んでおり、胴体はまるで針刺しのように刺し傷だらけだ。

「おれたちの仮説では、女が逆上した。ここから六キロのところに道路封鎖地点があって、だからやつらは見つからないように森へ逃げこんだ。だが女はもう逃げきれないと悟った。そこでアーミーナイフをまず男に使い、そのあと自分の頸動脈を切った。おれたちが着いたときは、まだ身体が温かかったから、たぶん二時間もたってない。言っとくが、おれはこうなって満足してるわけじゃないぞ——ここに三十年放置されて腐った姿を見るほうがよっぽどうれしかったろうよ、こいつらがリクスにしたことを思えば」

ヘスは雨が顔を流れ落ちていくのを感じる。ヤンセンがシーツを放すと、ネアゴーの動かない片手だけが突き出る格好になり、一瞬、ベネディクテ・スカンスの布にくるまれた遺体のほうへ手を差しのべているかに見える。十メートルも離れていないところで泥のなかに横たわる彼女のほうへ。

96

「警察はなんと言ってるの？　いまごろはなにかわかってるはずでしょう？」

フレデリック・ヴォーゲルには答えられないと知りつつ、ローサはついその質問を口にしてしまう。

「警察がいま確認して調べてるところだけど、わかり次第、殺人課のトップからすぐに連絡が――」

「待ってられない。もう一度確認して、フレデリック」

「ローサ――」

「なにがどうなっているのか、わたしたちには知る権利があるはずよ！」

ヴォーゲルは調子を合わせてくれるが、もう一度警察に電話をかけても意味はないと考えているのがわかる。ローサも内心では彼の協力に感謝している。彼はできるかぎりのことをしてくれるはずだとわかっているから。たとえ彼女のやり方に賛同はしていなくても。昔からそうだった。ローサとしてはもうこれ以上待てない。時刻は深夜の一時三十七分で、ローサとスティーンとヴォーゲルがゴスタウを国立病院から自宅へ連れて帰ってから十五分がたっている。苦しくてどうにかなりそうだ。自宅前には、記者たちの一団を近づけないために警備の警察官が二名いるが、彼らはなにも知らないだろう。ローサが訊きたくてたまらないクリスティーネに関する質問に答えられるのは殺人課のトップだけだ。

スティーンとふたりで国立病院の救急治療室にはいったとき、ローサは泣きだした。つらい体験のあと少しぐったりしていたゴスタウは、検査のためそこへ運ばれていた。ローサは最悪の事態を恐れていたが、外傷はなく、息子を抱きしめることを許された。かすり傷がいくつかある程度で、いまはキッチンの片隅のいつもの席にすわり、スティーンが急いで用意したレバーパテ付きの全粒粉ロールパンを食べていて、とても命の危機にさらされていたとは思えないほどだ。そばに行って、ローサは息子の髪をなでる。

「もっとなにか食べる？　パスタも作れるし、それとも――」

「ううん、いらない。それよりサッカーゲームで遊びたい」

ローサは微笑む。その答えは健康のあかしだが、まだわからないことがたくさんある。

「ゴスタウ、本当はなにがあったの？　あの人たち、ほかになにか言ってた？」

「もう話したよ」

「もう一度、聞かせて」

「あいつらはぼくを連れ去ってヴァンに閉じこめた。そのあとだいぶ走ってからヴァンをとめて、それでふたりが喧嘩をはじめて、でもすごい大雨だったから、なにを言ってるかまでは聞こえなかった。そのあと静かになって、それが長いこと続いて、そしたら警察の人たちが来てドアを開けてくれた。ぼくが知ってるのはそれで全部だよ」

「でもふたりはなにを言い争ってたの？　あなたのお姉さんのことはなにか言ってた？　車はどこを走ってたの？」

「ママ――」

「ゴスタウ、大事なことなの！」

「ローサ、こっちへ」

スティーンが、ゴスタウに聞かれないようにローサを居間へ引っぱっていくが、彼女は落ち着いてなどいられない。

「どうして警察は誘拐犯たちが住んでた家からあの子の痕跡をなにも見つけられなかったの？　どうして警察はあの子の居場所を彼らに吐かせられなかったの？　わたしたちにはなにも話してくれないっていったいどういうことよ！」

「きっといろいろ事情があるんだろう。なにより肝心なのは、警察が誘拐犯をつかまえたことで、きっとあの子も見つけてくれるはずだ。わたしは一瞬たりとも疑ってないよ」

どうかスティーンの言うとおりであってほしいとローサは心から祈る。夫をしっかりと抱きしめていると、誰かの視線を感じる。振り返ると、ヴォーゲルが戸口にいて、ローサが訊く前に、警察に電話をかけるまでもないと言う。殺人課のトップがたったいま到着したと。

97

ニュランダは九カ月ほど前にもこの玄関ホールにいて、娘さんの事件がようやく解決しましたとハートン一家に伝えていた。それは覚えているが、部屋のことは覚えていない。あのときの状況を再現しているような気がして、地獄とはまさにこのことかと思わずにいられない――おぞましい場面が何度も何度も再現されること。だが、これが避けられない訪問であることもわかっている。たぶん終わって外に出れば肩の荷もずいぶん軽くなっているはずだ。署にもどってお偉方に最終報告をすませたあとで開かれるはずの記者会見の内容を、早くも頭のなかであれこれ考えている。この二週間ほど開かれてきた会議とはちがい、今回の報告は勝利の喜びに彩られたものになるだろう。

このような結果になろうとは、ほんの数時間前、機動隊と一緒に森に到着してベネディクテ・スカンスとアスガー・ネアゴーが地面で息絶えているのを発見したときには、思いもよらなかった。大臣の息子がヴァンのなかで無事に見つかったことにはもちろん安堵したが、誘拐犯のふたりが物言えぬ状態では、事件をきれいに決着させるために必要な説明と自供が得られないこともわかった。ところが、救急車が大臣の息子を運び去るのを車の後部座席から見送りながら、懐疑的な連中をいったいどうやって黙らせたものかと思案していたちょうどそのとき、トゥリーンから電話がはいったのだ。近ごろのトゥリーンはヘスの影響を受けているようで、ますます厄介な存在になりつつあるが、それを考えると、元食肉処理場の小型冷蔵庫から発見されたものをニュランダに報告してきたのがその彼女だったのは、なんとも皮肉な話だ。だがそのニュースは、今日の締めくくりとしてほぼ完璧だった。すぐゲンスに連絡してただちに証拠を保全させるようトゥリーンに伝えて、電話を切ったときには、もう記者会見の席でも署内でも、懐疑的な連中を恐れる必要はなくなっていた。

「ゴスタウは大丈夫ですか?」

玄関ホールに出てきたハートン夫妻にニュランダが声をかけると、スティーン・ハートンがうなずく。

「ええ。大丈夫だと思いますよ。いま食事をしています」

「それを聞いてほっとしました。すぐに失礼します。一応お知らせしようと思って寄っただけなので。われわれは連続殺人がこれで解決したと考えています。ですから——」

「クリスティーネのことはなにかわかりましたか?」

ローサ・ハートンがニュランダのスピーチに割りこんでくるが、準備はしてあるので、その部分まで一気に飛ばして、冷静かつ重々しい口調で、残念ながら娘さんについて報告すべきことはなにもありませんと説明する。

「娘さんが亡くなられた状況については、去年で結論が出ていますし、今回の事件でその事実が変わることはありません。ずっと申しあげているとおり、これはそれぞれまったく異なる事件でありまして、われわれの捜査が完全に終わったあかつきには、もちろん今回の事件の詳細な報告もさせていただくつもりです」

両親のどちらもあきらかに不満を募らせており、ふたりで相談しはじめて、さらなる詳しい説明を求めてくる。

「でも指紋の件はどうなんです？」

「あれには意味があるはずです。そうでしょう？」

「誘拐犯たちはなんと言ったんですか？ 尋問はしなかったんですか？」

「ご不満はよくわかりますが、ここは警察の捜査を信頼していただかねばなりません。わたしの部下たちは、息子さんが発見された車と、誘拐犯たちの住まいや職場も捜索しましたが、娘さんが生きていることを示唆するものはなにも見つからなかった。そもそも誘拐犯たちと娘さんとの関連を示すものも、ただのひとつも見つからなかったのです。われわれが発見したときには、残念ながら犯人はどちらもすでに命を絶っていました。逮捕されて刑罰を受けるのは避けたかったんでしょう。従って、犯人たちからはもうなんの答えも得られない。しかしいま申しあげたように、彼らを尋問すれば娘さんについて新たな情報が出てきたかもしれないと考える根拠はなにもないのです」

両親のどちらも、必死につかんでいる藁《わら》を放すまいとしているのがよくわかり、ローサ・ハートンの次の一撃は痛烈で攻撃的なものになる。

「でも、警察がまちがってる可能性だってあります！　たしかなことはなにもわかってないんですよね！　娘の指紋のついた栗人形があったし、クリスティーネの痕跡がなにも見つからなかったのは、本当は彼らが殺人犯じゃないからかもしれない！」

「彼らが殺人犯であることは事実としてわかっています。百パーセントの確率で」

ニュランダは元食肉処理場で今夜見つかった動かぬ証拠のことを説明する。その証拠のことを考えるとうれしさがこみあげてくるが、話し終えたとき、自分がローサ・ハートンの最後の希望の灯を吹き消してしまったことが、彼女の目から見て取れる。こちらを見てはいるが、その目にはなにも映っておらず、この女性の傷が癒される日は永遠に来ないのかもしれないとニュランダはふと思う。そのことに動揺し、自分が恥ずかしくなる。だしぬけに、ニュランダは彼女の両手を握ってなにもかもうまくいくと言ってやりたい衝動にとらわれる。あなたがたにはまだ息子さんがいる。まだお互いがいる。生きていく理由がまだまだたくさんある、と。でもそうは言わず、ぼそぼそとこうつぶやいている自分の声が聞こえる。残念ながら、娘さんの指紋のついた栗人形がどうして殺人犯の手に渡ったのか、はっきりとは説明できないのですが、しかしそれで結果が変わることはありません。

大臣にはなにも聞こえていない。ニュランダは暇を告げ、もう振り返っても大丈夫だと思えるまで、重い足取りで玄関ホールを引き返す。玄関の外に出てドアを閉めると、お偉方との会議までまだ二十分あるが、ニュランダは息を切らしながら自分の車へと急ぐ。

98

ヘスは人けのない中庭の濡れたタイルの上を駆け足で進む。警察署の正面玄関脇にある警備員の詰め所の液晶テレビから夜のニュースが流れてくる——アウター・ウスタブロ地区にあるローサ・ハートン邸からの生中継。だがヘスは無視する。大広間の階段をあがりきって廊下を進み、殺人課に行くと、事件の解決を祝ってあちこちでビールの缶が開けられているのが見える。長く過酷な一日がようやく終わりに近づいているが、ヘスにとってはまだ終わっていない。

「ニュランダはどこにいる?」

「ニュランダは会議中です」

「話がある。重大なことだ。大至急!」

秘書が憐れむようにヘスを見ながら会議室のなかに消え、ヘスは表で待つ。靴は泥だらけ、服は雨でぐしょ濡れだ。両手が震えているのは、興奮のせいか、森で冷えきったせいかわからない。静かに仕事をさせてくれという検死官の懇願を頑として聞き入れず、この数時間を森で過ごしてきたのだ。無駄ではなかった。

「いまは時間がない。記者会見がじきにはじまる」

お偉方数人に挨拶を終えたニュランダが部屋から出てくる。ヘスは経験から知っているが、これは警察幹部なら誰もが楽しみに待つ瞬間だ。事件が終結したことを公に宣言してメディアを追い払える瞬間。

だがニュランダが記者会見をする前にどうしても話す必要がある。そこでヘスはあとについて廊下を歩きながら、事件が解決していないことを説明する。

「ヘス、きみがその線にこだわっていることはもう充分わかった」

「ひとつには、ベネディクテ・スカンスとアスガー・ネアゴーが被害者の女性たちを知っていたことを示すものがなにもない。彼らの自宅には、被害者たちに近づいたことをにおわせるものすらなにひとつない」

「それについては同意しかねるな」

「ふたつめ、彼らには被害者たちを殺す動機がなかった。さらに言えば、手足を切断する動機もまったくなかった。彼らの怒りの矛先はローサ・ハートンであって、女性や母親全般じゃなかった。理屈の上では、スカンスは病院の仕事を通じて被害者の子供たちのカルテを見ることは可能だったかもしれない。でも役所にあの密告メールを送ったのがスカンスとネアゴーなら、その証拠が見つからなかったのはどうしてです？」

「まだ捜査が終わってないからだ、ヘス」

「三つめ、スカンスと、たぶんネアゴーも、十月十六日の夜のジェッシー・クヴィウムとマーティン・リクス殺しに関してはアリバイがある。ネアゴーが、もし本当に王立図書館の玄関前にいたことがわかれば、ふたりのどっちもあの夜の殺害を実行するのは不可能だった。そうなれば、ほかの二件の殺しもやってない可能性が高いことになる」

「ぐだぐだとなにを言いたいのかよくわからないが、証拠があるのなら、喜んで話を聞こう」

作戦指令室に到着したニュランダは、記者会見用の資料を取りにいこうとするが、ヘスはその前に立ちはだかる。

「もうひとつ、ついさっき検死官と話をしてきた。ベネディクテ・スカンスは自分で頸動脈を切ったように見える。でも動きを再現してみると不自然で、誰かが自殺に見せかけようとしたという解釈もできなくはない」

「検死官の話はわたしも聞いたよ。スカンスが実際に自分でやった可能性も充分にあると強調していた」

「ネアゴーの刺し傷もスカンスの身長からすると位置が少し高すぎるし、彼女が恋人と心中するつもりだったのなら、どうして十メートルも離れた場所に倒れていたのか。まるで逃げようとしてたみたいに」

ニュランダはなにか言いかけるが、ヘスはその隙を与えない。

「あの連続殺人を実行できるほどの人間が、簡単に追跡可能なレンタカーのヴァンで子供をさらって逃げるような愚かなことをするはずがない！」

「では、どうすべきだと思う、もしきみが任されたとしたら」

ニュランダの質問にヘスは虚をつかれ、話しながらついつい興奮していたことに気づく。リーヌス・べガのことや犯行現場写真のアーカイブについて早急に調べる必要があることをもごもごと話す自分の声がする。今日の午後ゲンスに送ってほしいと頼んでおいた資料のことは、ついさっきIT班のひとりに念を押したところだ。

「それからハートンの顧問のフレデリック・ヴォーゲル、彼も調べる必要があります。特に三件の殺人のあった時刻のアリバイがあるかどうか」

「ヘス、わたしが電話に残したメッセージをまだ聞いてないみたいね……」

トゥリーンの声に振り返ると、いつのまにか彼女が部屋にいる。写真の束を手にして、じっとヘスを見ている。

「メッセージって？」

「トゥリーン、最新情報を教えてやってくれ。わたしは時間がない」

ニュランダがドアに向かうと、ヘスはその肩をつかむ。

「栗人形の指紋の件はどうなんです？　あそこに行って事件が解決したと宣言するのは、それが解明してからだ！　三人の女性被害者が四人になる可能性はまだ残ってる。あんたがここで道を誤ってしまったら！」

「わたしは道を誤ってなどいない！　それがわかっていないのはきみだけだ」

ニュランダがヘスを振りほどき、服の乱れを直して、トゥリーンにうなずきかける。へスが目顔で問いかけると、トゥリーンはためらいながら写真の束を差しだす。ヘスは一枚めの写真に思わず見入る。切り落とされた人間の手が四つ、冷蔵庫内の棚に無造作に置いてある。

「スカンスとネアゴーの家でわたしが見つけた。元食肉処理場の冷蔵倉庫のなかの、小型冷蔵庫で……」

切断された女性の手のさまざまな写真を信じられない思いでめくっていくと、別の写真が現われてヘスは手をとめる――足首で切り落とされた青みがかった女性の足が、ダミアン・ハーストのインスタレーションよろしく野菜室の引き出しにはいっている。

ヘスは途方に暮れる。どうにかして言葉を見つけようともがく。

「でも……どうして先に調べた鑑識がこれを見つけなかったんだ？　鍵がかかっていたのか？　誰でもそこに置くことができたんじゃないか？」

「ヘス、もううちへ帰れ」

顔をあげると、ニュランダと視線がぶつかる。

「でも、あの指紋は？　ハートンの娘は……おれたちがさがすのをやめたら、そしてあの子が死んでないとしたら……」

ニュランダはドアから出ていき、残されたヘスは茫然とする。次の瞬間、トゥリーンに目を向けて同意をさがし求めるが、彼女はいたわるようにこちらを見ているだけだ。その目は暗く同情に満ちているが、それはクリスティーネ・ハートンのせいではない。行方不明になってそれきり見つからない少女のせいではなく、栗人形についた謎の指紋のせいでもなく、ヘスのせいだ。この人は常識と判断力を失ってしまった、そう彼女が考えているのがまなざしからわかる。彼女がまちがっていると確信できない自分にヘスは激しい戦慄《せんりつ》を覚える。

よろめくようにあとずさりしてドアから出ると、自分の名を呼ぶ彼女の声を聞きながら、ふらふらと廊下を歩いていく。雨のなか、駆け足で中庭を横切りながら、振り返らなくても彼女が窓から見ているのが感じられる。出口の少し手前で、ヘスは猛然と走りだす。

十月三十日　金曜日

99

ヘスの記憶にあるかぎり、これほど早い初雪はない。十月がまだ一日あるというのに、積雪はすでに二、三センチ、空港の国際線ターミナルの背の高い窓の外では依然として雪が降り続いている。キャメルを一本吸い終えて、これで禁断症状に陥ることなくブカレストまで無事に持ちこたえられるようにと祈る。

最初に雪に気づいたのは四十五分前、これが最後とアパートメントの玄関ドアを閉めて、冷たく澄んだ大気のなかに足を踏みだし、待っているタクシーに向かって階段を下りているときだった。昼の光に目がくらみ、手探りで内ポケットの使い古したサングラスを見つけたときはほっとした。そこにあるという確信がなかったのだ。それを言うなら、目覚めたらひどい二日酔いだったのでだいたいのことに確信はなかった。だからサングラスがあるべき場所にあったことで、やはり今日はいい日になりそうだと思った。タクシーのなかでは、ゆっくりと葬られてゆく秋の景色を眺めて楽しんだ。その前向きな気持ちは、保安検査場を通過して空港の国際色豊かな環境にはいっていくあいだも続いている。まわりは旅行者や外国人だらけで、誰もがさまざまな言語で勝手にしゃべりまくり、ヘスはすでにコペンハーゲンのことなどすっかり忘れたような気分になる。出発時刻案内板を確認し、自分の乗る便の搭乗がはじまっているのを満足げに眺める。ここへ来るときに持ってきたわずかな荷物のはいっているバッグを手に取って、ヘスはゲートに向かう。ブティックの窓に映るわが身を見て、自分の装いがコペンハーゲンにふさわしくなかった以上にブカレストの気候に合わないかもしれないと気づく。ブカレストは暖かいのか、それとも雪と霜の世界なのか？　ターミナルビルでパーカーとティンバーランドのブーツでも買うのが正解なのだろうが、二日酔いと、早くこの国を離れたい一心から、スターバックスのクロワッサンとコーヒーのテイクアウトでよしとする。

ハーグからのゴーサインは、昨夜フライマンの秘書からの電話とルーマニア行きの片道搭乗券という形でやってきた。皮肉なことに、いまの状態は、不興を買って四週間ほど前にコペンハーゲンへ飛ばされたときよりはるかにひどい。この十日間というもの、コペンハーゲンのあちこちのバーやパブで飲んだくれ、昨夜も電話がかかってきたときはほとんど呂律《ろれつ》がまわらない状態だった。すぐに上司のフライマンが直接電話口に出てきて、評価はきみの望みどおりになったと簡潔に告げた。

「だが、覚えておくんだ。もしも怠慢や不服従のささやきが聞こえてきたり、無断欠勤の気配が少しでも見えたりしたら、ただちに鉄槌《てっつい》が下されることになる。コペンハーゲンでのきみの上司はきみのことを好意的に話していたし、非常に意欲的だと保証してくれた。従って、きみがこの方針に従うことはむずかしくないはずだ」

ヘスは長い文章を避けて肯定的な返事をするにとどめた。ニュランダの好意的な評価は、単に目ざわりだから厄介払いしたかっただけだとあえて説明する理由はなく、その知らせの意味がだんだん頭にしみてくると、ヘスはフランソワに電話をかけて協力に感謝した。ユーロポールという居心地のよい殻にまた引きこもれるかと思うと、心底ほっとする。ブカレストを経由したあとは、もちろん、また次の名もないホテルの部屋と次のヨーロッパの案件が待っているが、どこだろうとここよりはましだ。

アパートメントの件もよい結果につながった。たしかにまだ契約書にサインはしていないが、思いがけなくも不動産業者が買い手を見つけてくれたのだ。あるとき酔った勢いで希望価格を二十万クローネさげることに同意したのが主な要因だろう。昨夜遅く管理人に鍵を預けると、ニュランダや署の大多数に劣らず、彼もヘスを厄介払いできた安堵感が全身からにじみでていた。この男は、それでヘスのアパートメントが売れるなら喜んで床磨きや部屋の補修をすると言って、今週はじめに大騒ぎしながらやってくれさえした。ヘスは感謝したが、本音を言えば、あのガラクタみたいな部屋を手放して二度ともどらなくてすむのなら、床も希望価格もどうでもよかった。

ひとつだけやり残した仕事が、ナヤ・トゥリーンとの気まずい状況で、それはあまりに些細なことなので仕事と呼ぶのもはばかられる。最後に会ったとき、ハートンの娘についてのヘスの仮説は情緒不安定から生まれたものだと彼女は考えている、そんな印象をはっきりと受けた。ヘスはものごとをありのままに評価することができず、それはひとえに彼が対処すべき厄介ごとを抱えているからだと彼女は判断したのだと。ヘスの過去も、彼が人からそんなふうに思われる理由も、誰かからとっくに聞いているにちがいない――そしてたぶん彼女の判断は正しかったんだろう。いずれにしろ、あの晩から栗と指紋のことを考えるのはやめた。事件は解決したのだ――元食肉処理場で見つかった切断された手足があきらかにしてくれたとおり。いまこうして携帯電話に搭乗券を表示して搭乗ゲートの列に並びながら、あれほど必死になって異論を唱えたことを思い返すと妙な気分になる。コペンハーゲン滞在中のことでいまも頭から離れないのは、トゥリーンの凜《りん》とした澄んだ瞳と、彼女に電話をかけて別れの挨拶をしなかったという事実だ。しかし、それはなんとでもなる――少なくともそんな心持ちで、ヘスは機内に乗りこみ、十二Bの座席にすわる。

隣のビジネスマンの迷惑そうな視線から自分が酒くさいのだとわかるが、シートに深く身を沈めて一、二時間寝ておくことにする。気持ちよく熟睡できるように迎え酒のジントニックを一杯だけ飲もうと決めたとき、フランソワから携帯電話に英語のテキストメッセージが届く。

《空港まで迎えにいく。そこから本部へ直行する。到着までに案件を予習しておくように！》

最後の部分はうっかり忘れていたが、問題はない。昼寝をあとまわしにして、いまから案件の情報に目を通せばいい。しぶしぶ一週間以上ぶりに受信箱を開くが、資料は届いていなかった。フランソワとのほかのテキストメッセージのやりとりから、こちら側のミスだと判明する。

《要確認。十時三十七分に案件の資料を送った。なまけもののデンマーク野郎め》

フランソワからのメールが届かなかった理由がわかる。別のメールに添付された大容量のファイルのせいで受信箱のスペースがいっぱいになり、ほかのファイルが受信できなくなっていたのだ。問題のメールは鑑識のIT班からで、添付ファイルは、リーヌス・ベガを訪ねたあとトゥリーンがゲンスに入手を依頼していた資料だとわかる。その日の夜になってヘスが自分あてに送るよう鑑識に催促したもので、具体的には、犯行現場写真のアーカイブのなかで、逮捕されて自白する前のベガが特に好んで閲覧していた画像のリストだ。いまさら見てもしかたがないので、ヘスは削除しようとする――が、持ち前の好奇心には勝てない。リーヌス・ベガとの面会は楽しいものではなかったが、プロとしての見地から彼の心理には興味があるし、いまなら時間もある――乗客はまだ通路を半身になって通りながら自分の席をさがしている。ヘスはファイルをタップする。一瞬の間があり、リーヌス・ベガがもっとも楽しんだ画像が一覧となって表示される。携帯電話の画面が小さいせいもあるが、それにしてもすごい数だ。

ざっと見たところ、リーヌス・ベガの閲覧リストを構成するのはもっぱら殺された女性が写っている犯行現場の画像だ。歳はおおむね二十五歳から四十五歳のあいだで、周囲に散らばっているものや背景に見えるもの――プラスティックのトラクター、ベビーサークル、三輪車などなど――から判断すると、その多くはおそらく母親だ。白黒の画像もあるが、大部分はカラーで、長年にわたる殺人事件を網羅しており、一九五〇年代からベガが逮捕された時点にまで及ぶ。全裸の女性、着衣の女性、黒髪に金髪、大柄に小柄。銃殺、刺殺、絞殺、溺死に撲殺。あきらかにレイプ後のものもある。グロテスクでサディスティックなものの寄せ集めで、リーヌス・ベガはこういうものに性的興奮を覚えていた。その発想がヘスにはどうにも理解できない。スターバックスのクロワッサンが逆流しそうになったので、急いでスクロールし、トップにもどってファイルから抜けようとする――昔からの癖だ――が、データの量があまりに多すぎて画面が途中で固まり、ざっと見たときには気づかなかった画像でとまる。

それは三十年近く前の、浴室のなかで撮られた写真で、下部にタイプライターの文字で《一九八九年十月三十一日、ムーン島》とある。人造大理石の床で、全裸の女性の遺体が無残にねじれ、黒ずんで固まった血で汚れている。歳はおそらく四十前後だろうが、顔が判別できないほど痛めつけられているので、たしかなことはわからない。ヘスの目を惹いたのは切断だ。片腕と片脚が切り落とされ、胴体から離れている。何度も試みたように見える――大きくて扱いにくい斧を使ったのだろうか、時間をかけてようやく持ち主の手になじんでくるような。攻撃の残虐性は殺人犯の血への渇望を物語っていて、ヘスがこれまで目にしたどんな場面とも似ていないが、その写真に強く心を動かされる。

「お客さまは全員、座席におすわりください」

客室乗務員が最後の手荷物を急いで所定の位置に収め、男性乗務員が電話をコックピットのそばの壁にもどす。

浴室で撮られた全裸女性のその写真は一枚めで、同じ家のなかで起こったらしい複数の殺害場面の写真がそのあとに続き、どれも同じキャプションがついている――《一九八九年十月三十一日、ムーン島》。キッチンでティーンエイジの少年と少女が倒れていて、少年はオーヴンにぐったり寄りかかり、少女はオートミールのボウルに顔を突っこんでテーブルに身体を投げだしている。どちらにも銃創がある。スクロールしていくと、驚いたことにこの事件の次の犠牲者は年配の警官で、遺体は地下室の床に倒れている。顔の状態から察するに、やはり斧で殺されたようだ。これがこの事件の最後の画像で、そこから浴室の床に倒れている手足を切断された女性の画像にもどろうとしたとき、警官の写真に添えられた（三十七）という数字がふと目につく。しばらく考えて、その数字はリーヌス・ベガがこの画像を閲覧した回数を鑑識員がメモしたものだとわかる。

「すべての電子機器の電源をお切りください」

通路を歩きながら次の列に同じ指示を伝えている男性乗務員の合図に、ヘスはうなずく。ベガが殺された警官の写真を三十七回も見ていたのがどうも腑に落ちない。あれほど女性ばかりを好んで見ていたのに。素早くほかの写真も何枚か確認し、今度は一枚ずつに添えられた小さな数字に着目する。だが、殺された警官の写真ほど閲覧回数が多いものはほかにない。浴室の女性でさえ、その数字は（十六）となっている。地下室の床に倒れた警官の写真にはなにか重要
胃が締めつけられるような感じがする。

な意味があるはずで、鑑識員が単に書きまちがえた可能性をヘスは抑えこもうとする。視界の隅に男性乗務員が通路を引き返してくるのが見え、ヘスは小さな画面に呪いの言葉を吐く。二日酔いの震える指でその写真を拡大し、見落としていた細部はないかとさがす。かなりつらい作業だ。格子状にみっちり並んだピクセルにたちまち目が泳いでくるが、リーヌス・ベガが特にこの画像に注目した理由の手がかりは見つからない。

「お客さま、そろそろ電源をお切りください！」

今度は、乗務員はその場から動かない。観念しようとしたとき、指が画面に触れて画像が動き、警官の頭上にある棚に焦点が移る。ヘスは凍りつく。最初はなにを見ているのか脳が理解できないが、拡大した瞬間、時がとまる。

警官の遺体の上部にある壁に、崩れそうな木の棚が三段ある。どの段にも小さな子供っぽい人形がぎっしり並んでいる——男の栗人形、女の栗人形、動物の栗人形。大きいの、小さいの、まだ手足のない未完成のものもあれば、ほこりまみれのものもある。全員が無言で、虚ろな目をして、のけ者にされた小さな兵士たちの強大な軍隊のように、そこに並んでいる。

なぜだか説明はできないが、これがベガに三十七回もこの画像を閲覧させた理由だと、ヘスには瞬時にわかる。機体が動きだす気配がして、乗務員が制止する間もなく、ヘスはコックピットに向かっている。

100

コペンハーゲン空港のビジネスラウンジは閑散としていて、香水と淹れたてのコーヒーと焼きたてのパンの香りが漂っているが、入室を許されるまでヘスは入口の女性地上職員と五分以上も押し問答する。若々しい顔に完璧な化粧を施した笑顔で愛想よくうなずきながらも、ヘスの身なりやふるまいと、彼が重要な任務だと繰り返し説明しながら振りかざすユーロポールのバッジとを結びつけるのに、彼女はあきらかに苦労している。若いソマリア人の警備員が呼ばれてバッジを確認したのち、ようやく彼女は慈悲の心を見せ、ヘスをビジネスラウンジのがらんとした通路に入れてくれる。

ヘスはラウンジの奥にあるゲスト用パソコン三台のほうへ直行する。室内にいる数人の先客はみなスマートフォンやラウンジテーブルにある低カロリーのブランチに没頭しており、パソコンの前に置かれた背の高い空っぽの椅子は、出張に同伴させられた子供たちがたまに使う以外に利用されたことがあるのかどうか疑わしい。キーボードの前にすわると、ヘスは内心で悪態をつきながらログインし、ユーロポールのセキュリティシステムを通過して自分の受信箱にたどりつく。

ドイツで乗り継ぎの退屈な待ち時間があるにしろ、今日のブカレスト行きがまだ何便かあるのは知っているが、到着の遅れはフライマンの心証を悪くするだろう、もし当人の耳にはいれば。だとしても、ほかに選択の余地はないと感じる。そしてもう一度ベガの閲覧リストを開いて栗人形の列を見たとたん、上司のことは頭から吹っ飛ぶ。

大きな画面で見ると、三十年近く前に撮られた写真のなかの物言わぬ人形たちはひときわ異様な感じがするが、この発見がなにを意味するのかまだ確信はない。ベガがこの画像に大きな価値を見出していたのはたしかだ。この画像を三十七回閲覧していること、被害者が彼の好みのタイプではないことからも、それははっきりしている。だが、これに価値を見出したのはなぜだ？　ベガが最初にこれを見たとき――一年半ほど前、アーカイブに侵入したとき――女性たちを殺して犯行現場に栗人形を残していく謎めいた殺人犯のことは、メディアにもほかのどこにもいっさい登場していなかった。そもそもベガが最初にこの写真を見たとき、その殺人犯は存在してさえいなかった。その観点からすれば、彼が手作りの栗人形の軍隊にそこまで魅了されるのはどう考えてもおかしい。だとしても、ヘスの頭のなかでは、まちがいなく彼は魅了されていた。

ベガの興味をそそったのは、一九八九年にムーン島で起こった犯罪の事件ファイルに書かれていたなにかかもしれないと、ふと思いつく。この事件に関する警察の報告書が、その魅力を説明してくれるのではないか――たとえば、被害者たちか犯行現場に見覚えがあることに気づいたとか、あるいはなにか関連のある情報を偶然見つけて、それでこの殺された警官と栗人形の画像を何度も繰り返し確認したとか。だが、ベガが侵入した資料のなかに事件ファイルはなかった。ムーン島の事件にしろほかの事件にしろ。見たのはあくまでも犯行現場で撮られた写真のアーカイブだった。それだけ。報告書は別のデジタルアーカイブのなかにあり、ヘスの記憶がたしかなら、ベガは自分の性癖のはけ口を提供してくれる特定のアーカイブにしかアクセスしていない。

ヘスには依然としてわからない。二日酔いがぶり返して、頭がいかれたみたいにコックピットのドアをどんどん叩いてドイツ語を話すパイロットに無理やり飛行機から降ろしてもらったことを後悔しはじめる。あの飛行機はヘスをブカレストへ連れていくはずだった。定刻に出発してさえいた。目がつい出発時刻案内板のほうを向くが、代わりにリーヌス・ベガの顔が見え、笑い声が聞こえる。もう一度、画像を見直してみよう。一枚めからはじめて、おぞましい犯罪のむごたらしい画像が延々と続くのをどんどんスクロールしていく。一枚ごとに陰惨さは増すばかりで、なぜこの特定の写真がベガを大いに楽しませたのか、理由の説明にはならない。それはなにか病的なこと、ベガのような変質者でなければ気づかないことにちがいないとヘスは推測し、突然、ある可能性に思いあたる。目にする前からヘスには理解できる。理解できるのは、それが想像しうるもっとも恐ろしいことだから。と同時にそれは想像を絶することでもあり、だからこそリーヌス・ベガを興奮させたのかもしれない。

また最初にもどって、すでに知っている画像をざっと眺めながら、今度はあるものをさがして詳細に見ていく。見るのは写真の被写体ではなく、それ以外のもの――前景、背景、物、通常なら気にもとめないあらゆるものだ。そして、別の犯行現場に、《二〇〇一年九月二十二日、リーススコウ》と書かれた写真に、それが見つかる。一見しただけではほかの写真となんら変わりない。三十五歳前後のブロンド女性が一軒家かアパートメントの表側に位置する部屋で死んでいる。焦げ茶色のスカートに引き裂かれた白いスリップ、ハイヒールは片方のかかとが折れている。背景におもちゃとベビーサークルがあり、左側に見えるテーブルにはふたり分の食事が用意されている――が、料理は手つかず。怒りに駆られた凶悪な殺しはおそらく画像の右側で行なわれたと見え、そこではあらゆるものがひっくり返って血しぶきを浴びている。だが、ヘスの目を惹いたのはベビーサークルだ。ベビーサークルと、がらがらと並んで、手すりから恥ずかしそうにぶらさがっている小さな栗人形。

耳のなかで血がどくどく流れはじめる。ヘスは捜索を続け、目が慣れてきたのか、求めているパターンだけに引き寄せられるようになる。ほかのいっさいのものは無関係――この世には存在せず、あるのはただ小さな人形だけ。そして、二十三枚めの画像でふたたび手がとまる。

《二〇一五年十月二日、ニューボー》。今度は黒い小型車のなかにいる若い女性だ。フロントガラス越しに撮られている。運転席にすわり、上半身は助手席のチャイルドシートにもたれている。おしゃれをして、これから誰かと会うのかデートに行くのか、それとも帰りか。片目が叩きつぶされているが、写真に血はほとんどなく、犯行はリースコウのものより冷静に行なわれたようだ。前景のバックミラーに小さな栗人形がぶらさがっている。見えるのはシルエットだけだが、まちがいなくそこにある。

画像をあと四十枚ほど残して、ヘスはログアウトし、立ちあがる。エスカレーターで一階に下りながら頭をよぎるのは、三十年近くにわたる複数の殺しが同一犯の仕業であるはずがないということだ。そんなことはありえない。誰かが気づいたはずだ。誰かがなんとかしたはずだ。栗人形自体はとりたててめずらしいものではない、特に秋には。ひょっとしたら、自分の見たいものが見えているだけなのか？

それでも、レンタカー会社の受付で書類に記入してキーを渡されるのを待ちながら、リーヌス・ベガの顔を思い浮かべずにはいられない。ベガはこれを結びつけたのだ。栗人形は、何度も犯行を繰り返してきた殺人者のサインだ。キーを受け取って駐車場へと走るころには、雪がますます激しくなっている。

101

トゥリーンは、パソコンの画面から顔をあげたふたりの刑事と目を合わせないようにしながら、自分のロッカーを空にして、心のドアを少しばかり乱暴に閉める。今日が重大犯罪課での最後の日だという事実にあえて注意を惹かないように過ごしてきたし、いまさらそれを変える気はない。それでなにがどうなるというものでもないが。別れを惜しむ人などいないし、別れを惜しんでくれる人もたぶんいないだろう。ここへ来た初日から好んでそうしてきたので、この建物を出ていくまでなるべく鳴りをひそめて過ごすのが自分には似つかわしい。ついさっき、取り巻きの一団を引き連れてまたしても記者会見に向かうニュランダとたまたま廊下ですれちがった。記者会見はもうすでに何回も開いている。今日の口実は、検死官の最終検査とDNA検査の結果が出たというものだ。本当の理由は単にニュランダが注目を浴びたいからではないかとトゥリーンは思う。実際はどうであれ、いささか光沢のありすぎるスーツを着て法務大臣と並んでポーズをとったり、寛大なそぶりを見せて部下の刑事たちのシューハウネンでの捜索が捜査の重要な転機であったと強調したりする姿は、いかにもそんなふうに見える。

ニュランダはわざわざ足をとめて、トゥリーンの健闘を祈ってくれた。

「ではな、トゥリーン。ヴェンガーにわたしからよろしくと伝えてくれ」

ニュランダがNC3でのトゥリーンの新しい上司の名前をあげ、彼女はその言葉を、両部署の力関係はいまや変わったのだからおまえもきっと自分の選択を後悔しているのだろう、という意味に受け取った。自分から働きかけた転職のことはほとんど忘れていて、思いだしたのは、月曜日にそのNC3のボスからじきじきに電話をもらって、殺人事件を解決した祝いの言葉をかけられたときだった。

「じつは電話した理由はそれだけじゃない。まだうちの仕事に興味があるといいんだが」

結局トゥリーンは出願もしていなかったし、ニュランダから推薦状を取りつけてもいなかったのに、ヴェンガーは彼女のためにポストを用意してくれていた。もしその仕事を受けてくれるなら、ニュランダとの実務的な面は自分がうまく処理しておくので、晩秋の休暇明けからNC3の仕事をはじめてほしいという。それがいまのトゥリーンの予定だ――リーと水入らずの一週間を過ごす。言ってみれば予定どおりの展開になったというのに、いまいましいことに、トゥリーンはこの数日間、事件は正しく決着がついたのだと自分に言いきかせて過ごしてきた。

元食肉処理場の小型冷蔵庫から見つかったアネ・サイア＝ラッセンとジェッシー・クヴィウムの両手、それにジェッシーの片足はあまりにも歴然たる証拠で、ほかに論理的な説明がどうしても見つからず、ニュランダの解釈に従うしかなかった。たしかにヘスは答えのない疑問をいくつかあげていたが、どう見ても個人的問題が原因で意固地になっていたように思えてならない。

いずれにせよ、それがニユランダの客観的な見解であり、ヘスがそもそもこの重大犯罪課を去ってコペンハーゲンからも去ることになったのは、個人的な悲劇が原因だったことを彼はこっそり教えてくれた。当時ニユランダ本人はまだこの課にはいなかったので、詳しい事情までは知らなかったが、要約すると、五年半前の五月のある晩、ヘスの住んでいたヴァルビューのアパートメントで火災が発生し、彼の当時二十九歳だった妻が亡くなったのだという。

その情報はトゥリーンの心をざわつかせた。データベースで調べた警察の報告書によれば、火災は夜中の三時に発生して一気に広がった。住人たちは避難したが、火勢が激しく、消防士たちは最上階までたどりつけなかった。ようやく鎮火したとき、その若い女性は寝室で焼死体となって発見され、彼女の夫でストックホルムに出張中だった〝重大犯罪課のマーク・M・ヘス刑事〟は電話でそのことを知らされた。火災の原因は特定されずに終わった。誤配線、オイルランプ、放火などあらゆる捜査が行なわれたものの、いずれも結論には至らなかった。女性は妊娠七カ月で、ふたりはひと月前に結婚したばかりだった。

その報告書にトゥリーンは胸を締めつけられた。不意にヘスという人間の多くのことに納得がいったが、その一方で理解しがたいこともあった。いずれにしろ、ヘスがあげていた疑問点についていまさら考えてもどうにもならないし、だからこそ、副本部長がさっきニュランダに話していたことを小耳にはさんでほっとしたのだろう。へスは本部からの処分が解けて、ブカレストでの任務に向かっているという。つまりへスはこの国を離れるということで、それはなによりだった。今週、何度か連絡してみたが、折り返しの電話はなく、リーに、あの〝不思議な目をしたおじさん〟は自分が〈リーグ・オブ・レジェンド〉でどこまで行ったかいつ見にきてくれるのか、と訊かれたときは困った。同じことはマウヌス・ケーアの様子をうかがいに電話をかけたときにも起こった。マウヌスは養護施設へ移され、いま関係当局がふさわしい里親の家をさがしているところだった。担当者の話では、少年は快方に向かっているものの、やはり〝あの刑事さん〟のことを何度か尋ねられたそうだ。トゥリーンはなんと答えてよいかわからなかった。へスのことを気にかけるのはやめようと決め、通常ならそうやって誰かを忘れるのは簡単なことだった。たとえばセバスチャン――彼はまだボイスメールにメッセージを残すが、もう連絡する気はなかった。

「ナヤ・トゥリーンさん？」

空っぽの机のほうを振り返ると、自転車便の配達員がいて、その花束を見たとき、自分で決めたにもかかわらず、へスの顔が真っ先に浮かぶ。黄色とオレンジと赤の秋の花々、なんという花か名前は知らない。花に特別な関心をもったことはなかった。デジタルペンで受け取りのサインをすると、配達員は花を手渡し、サイクリングシューズでまたすみやかに外へもどっていく。同僚たちがカフェテリアの液晶テレビの前でニュランダの記者会見の生中継を観ているときでよかった。そう思いながらカードを開く。

《ランニング楽しかった。NC3でもがんばれよ。机にかじりつかないように😊》
トゥリーンは苦笑するが、ゲンスのカードはごみ箱行きになる。階段を下りて姿を消し、自由の身となってリーの学校のハロウィーン・パーティーに向かうころには、花束は管理部の受付に置かれている。そこならありがたく受け取ってもらえるはずだ。

警察署の外ではまだ雪が降っており、NC3で仕事をはじめる前に車を手配しておくことを思いつかなかったのが悔やまれる。スニーカーにたちまち水がしみてきて、トゥリーンは急ぎ足でベアンストーフ通りを中央駅に向かう。そこから地下鉄でデュブロスブロ駅まで行くつもりだ。

けさゲンスと会ったのは、まだ雪が降りだす前のこと――殺人課での最終日の記念にと思い、ようやくランニングの誘いに応じることにしたのだ。もう同僚ではなくなるのだし、ふたりの関係に区切りをつけるのにもってこいの方法のような気がした。加えて、自分なりの思惑もあった。海岸通りを走ることになったので、六時半にゲンスが住んでいるノーハウンの素敵な新しい複合ビルの前で待ち合わせをした。ゲンスがそんなところに住めるような金持ちであることにトゥリーンは驚いたが、彼の几帳面さを考えたら、資産管理に抜かりがないのも当然だろうと納得した。

ランニングの最初の部分、とりわけエーレ海峡にのぼる朝日を眺めたのは貴重な体験となり、ふたりは捜査についてもしばらく話し合った。ベネディクテ・スカンスとアスガー・ネアゴーが悲劇に見舞われたあと復讐心を燃やしていったこと、看護師のベネディクテが、犠牲者として選んだ母親たちとその虐待されていた子供たちの情報を集めていたと思われること、ふたりは密告メールを送るのに自分たちのパソコンではなくインターネットカフェからウクライナのメールサーバーを利用していたと思われること、小型冷蔵庫の中身が鑑識の事前捜索で見過ごされてしまったこと。被害者たちの殺害と切断に使われたと思われる棍棒とのこぎりはまだ見つかっていないが、看護師であるベネディクテなら手術室から器具を持ちだすことができただろうし、それについては現在、検査や実験が行なわれている。

ゲンスは捜査の結果が疑わしいとは考えていないようだったが、会話よりむしろランニングのほうに身がはいっているのではないかとトゥリーンには思えた。ランニングが好きだと言ってしまったことを彼女は悔やんだ。彼がトゥリーンの前に出ないようにペースを抑えているのがすぐにわかったからだ。八キロ走ったところでふたりは折り返し、トゥリーンはケニアの選手に引率された日曜日のジョガーのように後ろにさがっていった。彼女が数メートル遅れているのに気づいてようやく彼は足をゆるめ、会話を続けられるようになった。ゲンスの誘いがふたりの距離を縮めるための口実だとトゥリーンが考えていたとすれば、それは大きなまちがいだった。彼は鑑識の仕事に劣らず、ランニングにも心血を注いでいた。

ランニングの残りの部分は息があがってほとんど会話にならなかったが、シャーロッテンルンド要塞の赤信号で立ちどまったとき、トゥリーンは、犯行現場に残されていた栗人形にハートンの娘の指紋がついていた理由の説明がまだついていないことへの不満を口にした。スカンスとネアゴーの住まいには栗人形の痕跡がなかったし、ふたりがどうやってあの人形を手に入れたのかも謎だった。

「ニュランダの説がまちがってるとすれば、だ。クリスティーネ・ハートンが行方不明になる前に友だちと一緒に屋台で売っていたのを、たまたま買っていたとか」

「でもそんな偶然ってある？　スティーン・ハートンは、去年娘たちは栗人形を作ってないとまで言ってるのよ」

「彼の思いちがいってこともある。スカンスは当時ロスキレに入院していたけど、ネアゴーのほうは、そのころからあの界隈を車で流したりして下準備をはじめていたのかもしれない」

「で、たまたま土壇場でリーヌス・ベガに先を越されたって、そういうこと？　偶然、ほとんど同じようなタイミングで？」

ゲンスは肩をすくめて、にっこり笑った。

「ぼくの仮説じゃないよ。ぼくはただの鑑識員だ」

明確な答えが得られることはもうないのだろうが、栗人形については釈然としない気持ちが残った。なにかを確認し忘れているような、考慮に入れ忘れているような。そうこうするうちにふたりはスヴェーネミューーレン駅に到着し、そこで雪が降りだしたので、トゥリーンはよろめくようにしてプラットフォームにはいり、ゲンスは公園を少しだけ迂回しながらランニングを続けた。

「三Aをさがしてるんですけど」

「教室に行ってみて。騒がしいほうに向かっていけばいいから」

トゥリーンは雪を振り払いながら、ハロウィーンの飾りつけがされた談話室にいるふたりの教師の前を通り過ぎる。デュブロスブロ駅からほど近い脇道にあるこの学校に、トゥリーンは時間ぴったりに到着し、これからはいつもそうしようと心に誓う。学校のさまざまな行事に遅刻したことはこれまで数知れず、ときにはすっぽかしたこともあり、教室にはいっていくと、保護者の何人かの顔に驚きが走る。親たちは壁ぎわに並んでいるくり抜かれたかぼちゃのそばに立っていて、ハロウィーンの仮装をした子供たちがにぎやかに走りまわっている。正式なハロウィーンは明日だが、学校側は金曜日の今日にパーティーを開くことにしたのだ。女の子たちは魔女、男の子たちは怪物に扮し、その多くが血みどろのマスクをつけている。いずれ劣らぬ陰惨ぶりで、何人かの親は子供がそばを走り抜けると、わざと〝うわー〟とか〝きゃー〟といった恐怖の声をあげる。トゥリーンと同年代の女性教師も魔女の仮装をしている。胸もとの開いた黒いドレス、黒い網タイツ、黒いパンプス、そして仕上げは真っ青な顔に真っ赤な口紅、先の尖った黒い帽子。ティム・バートンの映画の登場人物かと思うほどで、この金曜日の午後にかぎって特に父親たちがいつもより機嫌な理由は想像に難くない。

保護者たちと血に飢えた小さなモンスターたちのなかに、リーとそのおじいちゃんのアクセルの姿はなかなか見つからず、でもそのとき、頭蓋骨が割れて黄色い脳みそが額にこぼれているゴム製のゾンビのマスクが目にとまる。そのゴム製マスクは〈プラント対ゾンビ〉というゲームに出てくるもので、きのうリーがトゥリーンを引っぱってスキーナ通りのコミック書店に行ったとき、本人がどうしてもこのマスクでなければならないと言い張ったのだ。いまリーはおじいちゃんと一緒にいて、彼は脳みそがリーの首のまわりに滑り落ちないように頭蓋骨を調整してやっている。

「ハーイ、ママ。あたしだってわかる?」

「全然、どこにいるの?」

トゥリーンはきょろきょろしてみせ、振り向くと、リーがゴム製マスクをはずして、汗ばんだ得意げな顔を見せている。

「パーティーにかぼちゃを持ってきたのはあたしがいちばん乗りだったんだよ」

「すごいね。見るのが楽しみ」

「今日はずっといて見学してくの?」

「もちろん」

「しばらくこの脳みそを持っててあげようか、熱中症にならないように」アクセルがリーの額をぬぐいながら尋ねる。

「大丈夫だよ、おじいちゃん」

ゾンビマスクを首からぶらさげたまま、リーは部屋を突っ切って、骸骨に扮したラマザンのところへ行く。

「問題なかったか？」

アクセルがこちらを見て、トゥリーンにはそれが警察署での最後の日を意味しているのがわかる。

「ええ、大丈夫。無事に終わった」

アクセルはなにか言いかけるが、そのとき教師が手を叩いて全員の注目を求める。「さて、そろそろはじめましょう！　子供たち、みんなこっちへ来て」きびきびした口調で言い、それから保護者に顔を向ける。「談話室のパーティーに行く前に、秋をテーマにした体験学習の仕上げをしたいと思います。子供たちは三つの発表を用意していて、みなさんに見てもらうのを楽しみにしています！」

この日のために教室の飾りつけはそのままになっていて、ファミリーツリーのポスターもまだ飾られている。子供たちが演じる催しに参加したことはこれまで一度しかなかった。そのときはサーカスかなにかで、出し物のひとつは、子供たちがライオンの格好をしてフラフープを三回這ってくぐり抜けるというものだった。親たちは喜んでやんやの喝采を浴びせ、トゥリーンを辟易《へきえき》させた。

今回はまったく様相がちがう。最初のグループは、森で集めた小枝と赤や黄色の葉っぱで表現したポスターを披露し、保護者たちはみな笑顔で、それぞれ携帯電話のカメラ越しに一部始終を観ている。トゥリーンは、赤や黄色の葉っぱからラウラ・ケーアやアネ・サイア＝ラッセンやジェッシー・クヴィウムを連想しなくなるには長い時間がかかりそうだと思い、さらに次のグループの発表——クラスの栗人形のコレクション——がその気分に拍車をかける。

ようやくリーの番になる。リーとラマザンとほかにも数人の生徒が先生の机に呼び集められ、そこで子供たちは、栗は食べることもできますと宣言する。

「でも、まず必要なのは皮に切れ目を入れることです！　じゃないと、オーヴンのなかで栗は破裂するでしょう！　かならずぴったり二二五度で焼いて、それからバターと塩で食べます！」

リーの口調ははきはきとしていて明るく、トゥリーンは驚きのあまり倒れそうになる。彼女の勇ましい小さな娘は、これまで料理にかかわることには興味のかけらも示したことがなかった。焼き栗のボウルが保護者たちに順にまわされ、教師がラマザンに顔を向ける。どうやら自分の台詞《せりふ》を忘れていたらしい。

「そしてラマザン、栗を焼いて食べるときに覚えておかなくちゃいけないことは？」

「正しい種類を選ぶことです。食用栗と呼ばれる栗です」

「そうですね。栗にはたくさんの種類がありますが、食べられる種類はわずかです」

ラマザンがうなずいて栗をひとつ手に取り、むしゃむしゃ食べると、彼のママとパパは誇らしげに満面の笑みを浮かべ、ほかの親たちからの賛同を得る。教師は、保護者たちが食べている栗は子供たちが用意したものだというエピソードを語りはじめるが、トゥリーンの耳にははいっていない。

「それはどういう意味でしょうか、栗にはたくさんの種類があるというのは」

その質問は遅すぎるし、文脈を無視している。教師が驚いてトゥリーンのほうを向き、何人かの親も笑うのをやめてこちらを見る。

「栗には二種類しかないと思ってました。食べられる栗と、栗人形を作る栗じゃないんですか？」

「いいえ、実際には何種類もあるんです。あの、これからラマザンが――」

「それはたしかですか？」

「たしかです。あの、わたしたちはこれから――」

「いくつですか？」

「なにがです？」

「栗にはいくつ種類があるんですか？」

教室のなかは静まり返っている。保護者たちはトゥリーンと教師の顔を交互に見やり、子供たちまでが黙りこくっている。トゥリーンの最後の質問は尋問口調で、最初の礼儀正しさはすっかり消えている。教師は不安げな笑みを浮かべながら口ごもる――どうして自分が突然テストされているのかさっぱりわからない。

「全部はわかりません。でも食用栗の種類はいくつかあります。たとえば、西洋栗《ヨーロピアン・チェスナット》とか、日本栗《ジャパニーズ・チェスナット》とか。あとは西洋栃の木《ホース・チェスナット》と呼ばれる種類もいくつかあります。例をあげると――」

「栗の動物を作るのはどの種類ですか？」

「えーと、全部ですね。でもこのあたりでいちばんよく見られるのはホース・チェスナットですが……」

誰もなにも言わない。親たちはトゥリーンを見つめ、彼女はぼんやりと教師を見ている。視界の片隅に見える娘の顔が、あたしの人生でこんなに恥ずかしかったことはない、と告げている。でも次の瞬間、トゥリーンはもうドアから飛びだしている。共有部分を走って出口に向かうころ、ハロウィーン・パーティーは佳境にはいっている。

102

「もう一回ランニングでぼくに挑みたいというなら、受けて立つのは来週になるな」

ゲンスがにっこり笑う。トゥリーンが大きな研究室にはいっていくと、長方形のフライトケースと小型のボストンバッグを脇に置いたゲンスが、あわただしくオイルスキンのコートをはおっている。犯行現場からもどってきたばかりで、これからヘアニング展示場で週末に開かれる会議に出席するために出かけることは、いま受付係から聞いたので知っている。それでも、ゲンスに会うために受付係を説き伏せてはいりこんだ。ここへ来るタクシーのなかから電話で彼をつかまえようとしたが、つながらなかったので、ここで見つけられてトゥリーンはほっとする。どう見ても間の悪いときに来てしまったけれど。

「そうじゃなくて。ちょっと協力してほしいの」

「話は車まで行くあいだに聞いてもいいかな」

「被害者の元に残されてた栗人形、クリスティーネ・ハートンの指紋がついてたやつ、あれの種類はなんだった?」

「種類?」

ハロゲンランプのスイッチをひとつずつ切っていたゲンスが、手をとめてトゥリーンを見る。

「どういうこと?」

階段を駆けあがってきたトゥリーンはまだ息が切れている。

「栗はただの栗じゃない。いくつか種類があるの。だからあれはなんていう種類?」

「すぐには思いだせないな――」

「ホース・チェスナットだった?」

「どうして? なにかあったのかい?」

「なんでもないかもしれない。思いだせなくても、鑑識の報告書には書かれてるでしょ」

「ああ、たしかに。でもいまは――」

「ゲンス、大事なことじゃなければ訊かないわ。いま確認できない?」

ため息をついて、ゲンスは大きなモニターの前にすわる。数秒後、ゲンスがシステムにはいると、トゥリーンは壁に掛けられたモニターでその作業を追いかける。彼があるフォルダーにアクセスし、番号がつけられたさまざまな報告書を迷わずスクロールしていって、そのうちのひとつをダブルクリックする。膨大な量の数字と分析結果が並んでいるが、ゲンスはあきらかに内容を熟知しているらしく、報告書を素早くスクロールして《品種と産地》と記された段落でとまる。

「最初の例、すなわちラウラ・ケーアの場合、指紋がついていたのは食用栗。正確には

〝栗属《カスタネア》・西洋栗《サティーヴァ》×日本栗《クレナタ》〟。これでいいかい?」

「ほかのは?」

ゲンスの視線が一瞬トゥリーンにとどまる。ここまでくると笑えないとばかりに。

「お願い、大事なことなの!」

ゲンスはふたたびデジタルの机をひっかきまわし、別の報告書をダブルクリックして、さらに三度めの同じ手順を繰り返す。作業が終わると、トゥリーンにはもうわかっている答えを、彼が口に出して言う。

「ほかの二件も結果は同じ。〝カスタネア・サティーヴァ×クレナタ〟。これでいいかい?」

「たしかなのね。絶対まちがいない?」

「トゥリーン、分析のこの部分は助手たちが担当したんだ。ぼくは指紋そのものに集中していたからね。だからぼくが断言するわけには——」

「でも助手たちが三回続けてまちがえることはまずないでしょう?」

「ああ、まずないね。みんな栗の専門家というわけじゃないから、専門家をさがして品種を特定してもらうのが通常の手順だ。彼らもそうしたと思うよ。じゃあ、そろそろ話してくれないか。これはいったいどういうことなのかな」

トゥリーンは黙りこむ。タクシーからかけた電話は二件——一件はゲンス、もう一件はスティーン・ハートンだ。スティーンは気の抜けたような声で電話に出てきた。罪の意識を痛いほどに感じながら、突然の電話をわび、いま報告書を仕上げているところだと説明した。クリスティーネが友だちと一緒に栗人形を作るのに使っていた、おたくの庭の栗の木の種類がどうしても思いだせないのだと。スティーンは驚く気力もないようで、これは形式的なものにすぎないと付け加えると、それ以上なにも言わずに答える。庭にある大きな栗の木は、ホース・チェスナットだった。

「ひとつ問題があるということ。その専門家に連絡する必要がある。いますぐ」

103

鹿公園にあるピーター・リープス・フース・レストランと赤いゲートのあいだの地面は雪にすっぽり覆われており、ローサ・ハートンは、つるつる滑りそうなアスファルトではなく砂利敷きの小道を走ることにする。道の突きあたりまで行くと、この時期は閉鎖されている遊園地と、打ち捨てられた亡霊のような乗り物をちらりと見て、それから右に折れ、両側の樹木に守られてほとんど雪の影響を受けない小道を選んで走っていく。脚は思うように進まないが、大気は冷たく澄んでいて、ランニングが沈みがちな気分を振り払ってくれるのではないかと、ローサは無理やり身体を前に押しだす。

この十日間、アウター・ウスタブロの自宅からほとんど出ていなかった。クリスティーネにもう一度会える望みが現実味を失ったと思い知らされたとき、社会問題省に復帰するために奮い起こした気力はすべて失われた。去年の冬と今年の春の大半がそうだったように、なにもかもが灰色になってどうでもよくなり、ヴォーゲルもリュウもエンゲルスも親身になって仕事への復帰を後押ししてくれたものの、効果はなく、ローサは家に引きこもった。なんと言われようと、大臣としての日々がもう終わりに近いことはよくわかっていた。首相も法務大臣も思いやりに満ちた公式声明を出してくれたが、裏では党内にもうローサの居場所がないのはあきらかだった。しばらくしてほとぼりがさめたころに要職をはずされることになり、おそらくその理由は、首相に対する不服従か、あるいは情緒不安定と見なされたからか、ローサにはもうどうでもよかった。

それでも、この深い悲しみをどうにかしたくて、けさかかりつけの精神科医を訪ねたところ、また抗鬱薬を服用してはどうかと薦められた。だから、帰宅するなり無理やりランニングウェアに着替えた――在宅で仕事をするときはいつも昼食後に走っていたように。だが今日のランニングの理由はもっぱら、エンドルフィンが分泌されてこの気分が多少なりとも上向き、薬に頼らずにすむ強さが得られるのではないかと期待したからだ。

ランニングのもうひとつの理由はもちろん、回収業者がクリスティーネの荷物を取りにくるからだ。精神科医との面談のあと、ローサは失意のあまり、娘の荷物をきっぱりと処分したほうがいいという助言に従うことにした。そうすれば過去を手放すのも少しは楽になるだろう。前に進むのを後押しする象徴的な行為だ、と精神科医も言った。そこでローサは引っ越し業者に電話をかけ、クリスティーネの部屋の処分する荷物をオーペアに伝えた。衣類と靴の大きな箱が四つ、それに机と、ローサがたびたび腰をおろしていたベッド。オーペアにノードラ・フリーハウン通りにあるチャリティーショップの電話番号を渡し、そこに電話をかけて、まもなく段ボール箱と家具を積んだヴァンが到着することを知らせてほしいと頼んでから、ローサは家を出て、車で鹿公園に向かったのだった。

車で走りながら、スティーンに電話してこの決断を知らせるべきだろうかと考えたが、その勇気はなかった。夫婦の会話はほとんどなくなっていた。殺人課のトップの人にあれだけはっきり言われたのに、スティーンはまだ希望にしがみつき、それはローサの許容範囲を超えていた。弁護士に書類を送るよう自分で依頼しておきながら、娘の死亡を宣告する書類にサインすることを拒み、本人は決して口にしなかったが、クリスティーネが姿を消した日に通ったかもしれない界隈の家を一軒一軒訪ね歩いていることをローサは知っていた。知らせてくれたのは、彼の共同経営者のビャーケだった。スティーンのオフィスの机が、いまだに下水設備や住宅街や道路網など仕事とはなんの関係もない図面であふれていると心配そうに話してくれた。毎朝、行き先も告げずに車で出かけていくと。きのうビャーケが思いきってあとをつけると、スティーンはスポーツ施設の近所の住宅街を落ち着かない様子でさまよっていたという。でもローサはあきらめたような返事しかできず、ビャーケはたぶん電話したことを後悔しただろう。スティーンの捜索は無意味だった。それを言うなら多くのことが無意味だった。団結してゴスタウのことを考えるべきなのに、いまのふたりにはその強さがない。

ようやく赤いゲートまで引き返すと、ローサはもうくたくたに疲れている。汗が冷えて不快に感じられる。息は口から煙を吐いているようで、しばらく木のゲートにもたれて休まないと車にもどれない。家に向かう途中、探検家クヌート・ラスムッセンの像と建築家アルネ・ヤコブセンがデザインしたガソリンスタンドを通り過ぎながら、頭上の分厚い雲

が、古い栗の木も含めて、降ったばかりの純白の雪に覆われ、残っている足跡は自分のも

手をつなぎ合って輪になっている。

ぎくりとして、ローサは警戒しながらあたりを見まわす。視界には誰もいない。庭一面

き、はじめてそれが栗人形で作られているのがわかる。ガーランドのような形で、人形が

のことが頭に浮かんだのは、たぶん雪のせいだろう。拾いあげようとして身をかがめたと

くと、繊細なリースか、なにかの飾りだとわかり、とっさにクリスマスとその前の降臨節

ドアの前のマットになにか置いてあるが、それがなにかすぐにはわからない。一歩近づ

ぱり音をたて、裏手のポーチの角をまわりこんだところで、ローサの足がぴたりととまる。

ネの荷物が永久になくなるという考えに打ちのめされてしまう前に。新雪が足の下でぱり

チは省略する。いまはとにかく家のなかにはいってソファに倒れこみたい、クリスティー

いつも使うドアだ。そうすれば玄関ホールに汚れや泥の跡をつけずにすむから。ストレッ

る。習慣でつい家の裏手にまわり、家事室のドアに向かう。ランニングに出かけたときに

のなかにヴァンの幅広のタイヤの跡があり、もう作業が終わっていることに少しほっとす

が詰まるように喉と胸のあいだのどこかに詰まっているのではなく。車から降りると、雪

多少は落ち着いている。息が横隔膜まできちんと届いているような感じだ、流しの排水管

ず顔をしかめる。自宅の私道にはいると、息づかいが出かけたときとちがうことに気づく。

かすかに光る水晶のカーペットのようにきらめき、目がくらみそうになってローサは思わ

の小さな切れ間に気づく。空がつかのま明るくなり、雲を突き抜けて陽光が差すと、雪が

のだけだ。リースに目をもどし、そっと拾いあげて、家のなかにはいる。栗人形と、それが暗示する可能性について、もう何度訊かれたかわからず、ローサは、毎年クリスティーネとマティルデが夕食用のテーブルで一生懸命作っていた栗人形以外のものとの結びつきは思いつかない。でも、濡れたランニングシューズのまま二階へ駆けあがってオーペアを呼びながら、ローサは強烈な違和感と、それ以上に得体の知れない不安感に襲われる。

オーペアは空っぽになったクリスティーネの部屋にいて、箱と家具があった場所に掃除機をかけている。ローサが掃除機のスイッチを切ってリースを見せると、彼女は驚いて顔をあげる。

「アリス、誰がこれをドアの前に置いていったの？　どうしてここにあるの？」

だがオーペアはなにも知らない。こんなリースは見たこともなく、家事室のドアの外にいつ置かれたのかも、誰が置いたのかもわからない。

「アリス、これは大事なことなのよ！」

困惑している少女に、ローサはなにか見たはずだと言い張って質問を繰り返すが、ローサが出かけてからは回収業者以外誰も見ていないという。オーペアの目に涙が浮かぶのを見てようやく、相手が持っていない答えを訊きだそうと必死になるあまり、自分がどなりはじめていたことに気がつく。

「アリス、ごめんなさい。ほんとにごめんなさい……」

「わたし警察に電話できます。警察に電話しますか？」

ローサはリースに目をやる。まだ鼻をすすっているオーペアの身体に両腕をまわすために、それはいま床に置かれている。小さなガーランドは五つの栗人形からなり、それぞれが針金でつながっている。警察が見せてくれた栗人形に似ているが、こうして見ると、なかのふたつはほかのものより背が高い。背の高い人形は両親のように見える。栗の両親が栗の子供たちと手をつないでいる、輪になって踊る家族のように。

ローサの脳裏に突然ひらめくものがある。このリースには見覚えがあり、その瞬間、なぜこれが、ほかのどこでもなく自分の使うドアの前に置かれていたのかを理解する。そうすればローサが自分でこれを見つけることになるからだ。最初に見たのがいつだったか、これを自分にくれたのが誰だったか、彼女は思いだす――その理由も。すべてがはっきりする。だがローサの常識が、そんなはずはないとまだ彼女に言いきかせようとする。そんなことはありえない。あれはもう大昔の話だ。

「わたしすぐ警察に電話します、ローサ。警察に電話したほうがいいです」

「いいの！　警察はいらない。大丈夫」

ローサはアリスから手を放す。急いで外に出て車で走りだすと、誰かに見られているような気がする――誰かにずっと前から見られていたような。

104

街までの道のりは長く、永久に着かないような気がする。隙を見ては車線を変更し、トライアングルで、そのあとはキャッスル・ガーデンズで、赤信号なのに無理やり交差点に突っこむ。記憶がどっとよみがえる。はっきり思いだせるものあれば、曖昧で断片的なものもあり、すべてのことに意味をもたせるためにあとから脳が縫い合わせたような感じだ。庁舎に着くと、なるべく人目につかないためにはどこにとめたらいいかと悩み、どうにか適当な場所を見つけたあと、ローサは裏口へと急ぐ。アクセスカードを忘れたことにはたと気づくが、警備員が手振りで通してくれる。

「リュウ、ちょっと手を貸して」

大臣室にはいると、見覚えのない新入りの若い女性職員二名とミーティング中の秘書を見つける。リュウはローサを見てあきらかに驚き、会話がそこで途切れる。

「はい、わかりました。じゃあこの件はまた改めて」

リュウが女性ふたりを立ち去らせ、ふたりはなにごとだろうとローサを横目でちらちら見ながら出ていく。まだランニングウェアを着たまま、汗をかいたまま、泥だらけのシューズのままだったことにローサはようやく気づく。

「なにかあったんですか？　大丈夫ですか？」

リュウの心配をなだめている暇はない。

「ヴォーゲルとエンゲルスは？」

「ヴォーゲルは今日はとうとう来なかったし、エンゲルスは省内のどこかで会議中だと思います。ふたりをつかまえましょうか？」

「いいえ、その必要はないわ。たぶんわたしたちで見つけられる。社会問題省なら、役所が扱った里親家族と里子の記録を見られるわね？」

「ええ……でもどうして？」

「ある里親家族の情報が必要なの。さがしたいのはオドセアー市役所の記録。たぶん一九八六年だと思うけど、確信はないわ」

「一九八六年？　あの、それだと電子化されてないかも――」

「とにかく調べてみて！　いいわね？」

リュウはあきらかに怖気づいており、ローサは申しわけなく思う。

「リュウ、理由は訊かないで。ただわたしを助けてほしいの」

「わかりました……」

リュウはテーブルに置いてあるノートパソコンの前にすわり、ローサは感謝の視線を向ける。リュウがオドセアー市役所の記録にログイン情報を打ちこんでアクセスの許可を待つあいだに、ローサは椅子を持ってきてパソコンの近くに寄せる。

「里親家族の名前はピーターセン」とリュウに告げる。「住所はオドセアー市、教会通り三五。父親の名前はポールで、教師。母親はキアステン、陶芸家」

リュウの指がキーボードの上を飛ぶように動いてその情報をタイプする。

「なにも出てこないですね。その人たちのID番号はわかりますか?」

「いいえ、わからない。でもその人たちに里子の娘がいたのはまちがいないわ。ローサ・ピーターセン」リュウは教えられたID番号を打ちこみはじめるが、ふと手をとめてローサを見る。

「でも、これってあなたのことでは……?」

「そう。いいから検索して。いまは事情を話せないの。わたしを信用してもらうしかない」

リュウは不安げにうなずいて検索を続け、数秒後、ふたりのさがしものが見つかる。

「ローサ、女児。ユール・アナセンとして誕生。里親のポール・ピーターセンとキアステン・ピーターセンの養女――」

「じゃ、そのふたりのID番号で一九八六年の記録を調べて」

リュウはローサの指示どおりにもう一度検索するが、しばらくキーボードを打ったあと首を横に振る。

「一九八六年はなにもありません。さっき言ったように記録の電子化がまだ完了してないので、もしかしたら――」

「八七年と八五年も試して。うちに男の子が来たの、その子の妹も」

「その男の子の名前はわかりますか、もしくは――」

「いいえ、なにもわからない。長くはいなかったから。数週間か数カ月か……」

それを聞きながらキーボードを打っていたリュウが、不意に手をとめる。目は画面に釘付けになっている。

「これだと思います、たぶん。一九八七年。トーケ・ベーリング……それに双子の妹、アストリッド」

リュウがファイル番号と長い文章のついたページにたどりついたのをローサは確認する。活字の書体は古めかしく、元のファイルはタイプライターで打たれたものだとわかる。ふたりの名前を見ても、ローサにはぴんとこない。彼らが双子だったという事実も。でもこのふたりにまちがいない。

「ふたりがおたくにいたのは三カ月で、そのあとよそに移されたようですね」

「どこへ移されたの？　ふたりがどうなったのか、どうしても知りたいの」

リュウはローサを近くに寄らせ、古いファイルを自分の目でたしかめられるようにする。そしてローサは読む。ソーシャルワーカーが三ページにわたってタイプした文章を読み終えたとき、ローサの全身は小さく震えている。涙が頬を流れ落ちて、吐きそうな気分になる。

「ローサ、どうしたんです？　もうやめましょう。スティーンに電話しましょうか、それとも……」

　ローサは首を横に振る。喉を詰まらせながら、勇気を奮い起こしてもう一度その文章を読む。今度は、そのなかに自分へのメッセージがあるはずだと思いながら。あの栗人形のリースの持ち主が彼女に読み取らせたいと思っているなにかが。それとも、もう手遅れだろうか。すべての原因はこれだという、ただそれだけの恐ろしいメッセージ？　これは、死ぬまでこの事実を抱えて生きていけという罰なのか？

　今度は、隅々までしっかりと読みこむ。次にとるべき行動の手がかりを必死にさがしながら。そして突然ローサは理解する。双子が引き取られた家の名称に目を落としたとき、それはあきらかとなり、自分はそこへ行くことになっているのだと悟る。そこにまちがいないと。

　ファイルに書かれた住所を記憶に刻みこんで、ローサは立ちあがる。

「ローサ、お願いだから、どういうことか話してください」

　リュウの言葉にローサは応えない。机に置いていた携帯電話に知らない番号からテキストメッセージが届いているのをたったいま見つけたのだ。口の前に指を一本立てた顔文字。口をつぐんでいろという意味だ。クリスティーネの身になにが起こったのか知りたければ。

105

雪はみっしりと降り続き、車のフロントガラス越しに見える景色は真っ白にぼやけている。高速道路では除雪車が往復運転をしていたのでまだどうにかしのげたが、E四七号線を降りて、田舎道をヴォアディングボーに向かっているいまは、スピードを落として、前の車に追突しないよう時速二十キロを維持しなければならない。

コペンハーゲンを離れてシェラン島を走りながら、ヘスはリーススコウとニューボーの地元警察に電話をかけたが、思ったとおりあまり役には立たなかった。特に情報がかぎられていたのは二〇〇一年のリーススコウの事件だった。十七年も前の犯罪なので、オーフス警察では質問してもまともに取り合ってもらえず、三回も電話をまわされたあと、ようやく憐れに思った女性巡査が事件のことを調べてくれたが、とうの昔に未解決のまま捜査が打ち切られていた。巡査は直接事件を知っているわけではなかったが、報告書の断片を快く電話で読みあげてくれた。どれも役には立たなかった。被害者は研究助手のシングルマザーで、殺害された夜は、友人と夕食の約束があったので一歳の娘の面倒を見てくれる人を見つけていた。部屋にやってきた友人が、居間の床で刺されて死んでいる彼女を発見し、警察に通報した。二年後、捜査の優先度はさがり、事件は迷宮入りとなる――容疑者が底を尽き、追うべき手がかりがなくなってしまったのだ。

二〇一五年のニューボーの事件となると、状況はちがっていた。被害者は三歳の男の子のいる母親で、捜査はいまも続いていた。子供の父親である元恋人が第一容疑者で、逮捕状が出ていたが、当人はタイに潜伏していると思われた。動機は嫉妬と金がらみらしい。男には〝バイカーギャングとのつながり〟があり、地元警察の警部補の仮説では、男が車に乗っていた被害者を尾行し、妻のいるプロサッカー選手との密会場面を目撃した。その帰りに男は彼女の車を路肩に押しやり、未確認の凶器で突くか刺すかして、左目から脳まで貫通させた。目下タイのパタヤにいると目される被害者の元恋人が、最近首都で起きた連続殺人の犯人である可能性はなかろうと思い、ほかに容疑者はいなかったのかとヘスは警部補に訊いてみた。親友や元恋人や親戚以外で、その女性と関係のあった人物なら誰でも可能性はある。だが警部補はそうは思わず、その質問を自分の仕事に対する暗黙の批判と受けとめているらしいのが感じられた。ヘスはそれ以上深追いしないことにした。代わりに、被害者の車のバックミラーにぶらさがっていた栗人形のことをさりげなく訊きだしてみた。

「誰かに事情聴取をしたり、犯行現場の写真を見せたりしたときに、気になるものや違和感を覚えるものに気づいた人はいなかった？」

「どうしてそのことを知ってるんだ？　なんでそんなことを訊く？」

「気づいたのが誰だったか、教えてもらえませんか」

「被害者の母親が、バックミラーにぶらさがってた栗人形を見て驚いていた。その母親が言うには、被害者は子供のころからナッツアレルギーだったから、ちょっと妙な話でね」

仕事をやり残すのが嫌いな警部補は、どうにかしてその謎を解こうとした。子供の幼稚園に問い合わせると、あるクラスで二週間前に栗人形を作ったことがわかったので、被害者は自分がアレルギーにもかかわらず子供の作品を車に飾ったと考えられなくもなかった。

その情報にヘスは寒気を覚えた。警部補の仮説はもっともらしく聞こえたが、それが事実だとは一瞬たりとも思わなかった。だが、九月や十月に栗人形の存在にあえて疑問を抱く人間がいるだろうか。おそらくひとりもいない。自分の質問が警部補に新たな疑問と自己審問の扉を開いてしまったような気がしたので、ヘスは急いでその扉を閉めた。これは前に進むための仮説にすぎないのに、わざわざ警告を発する理由などなかった。

さしあたり、このふたつの事件をそれ以上深く掘りさげることはできないので、残るムーン島の事件について話を聞ける人間が見つからないかと期待して、ヘスは南に向かった。幸い、ムーン島はデンマーク最南端の地域にあるヴォアディングボーの管轄区域なので、少なくとも現地まで延々と車を走らせる必要はない。しかし、ヘスは自分の決断を後悔しはじめていた。これは仮説にすぎないという理由から、トゥリーンにもニュランダにもまだ連絡はしておらず、ヴォアディングボー警察署の滑りやすい階段をのぼりながら、その必要があるかどうかも疑問に思った。空港でのあのひらめきの瞬間から、どれほど厄介な仕事を自分に課してしまったかは自覚していた。仮に同一人物が何十年ものあいだ女性たちを恐怖に陥れて殺してきたことが判明したとしても、それを証明するには、殺人犯が犯行に費やしてきたのと同じくらいの時間がかかるかもしれない。仮にそれが事実だとして。

ヴァアディングボー警察署の騒々しい受付で、ヘスはしれっと嘘をつき、自分はコペンハーゲン警察重大犯罪課の刑事で、ぜひ署長と話したいと告げる。署内は忙しそうだ。見るからに混乱しており、どうやら人々は絶えず車をぶつけ合っているらしいが、親切な人がわざわざヘスに廊下の先を指さして、ブレンクに訊くといいと教えてくれる。

散らかり放題の広々としたオフィスにはいると、あばた顔に赤毛、六十がらみで体重が百キロはありそうな男が、肩をすくめてパーカーをはおりながら電話で話している。

「だったらそのぽんこつはそのままにしておけ、動かないんなら。すぐそっちに行く！」

男は電話を切り、ヘスのために脇へ寄る気配も見せず、すたすたと戸口に向かってくる。

「ブレンクと話すことになってるんだけど」

「いま出かけるところだ。月曜まで待ってもらうしかないな」

ヘスはあわてて警察バッジを取りだすが、男はもう横をすり抜け、パーカーのファスナーをあげながら廊下に向かう。

「大事なことなんです。ある事件についてちょっと訊きたいことがあって――」

「ああ、だろうとも。だがわたしはもう週末の休みにはいる。受付で訊いてくれ。たぶん力になってくれるだろう。じゃあな！」

「受付じゃ無理でしょう。訊きたいのは一九八九年のムーン島の殺人事件のことです」

ブレンクのどっしりした身体が、廊下のど真ん中でぴたりととまる。しばらく背を向けたままでいるが、やがて向きを変えてヘスを見る。幽霊でも見たような顔で。

106

ブレンク警部補にとって一九八九年の十月三十一日は生涯忘れられない日なのだろう。あの日の記憶に比べれば、警察官として経験してきたほかのどんなことも全部色褪せて見えるという。あれから長い年月がたったいまでも、外で雪が舞う薄暗いオフィスでヘスの向かいにすわりながら、誰よりも図体の大きいこの男が、動揺を抑えきれずにいる。

ブレンク刑事がマリウス・ラーセン警部補からの応援の要請に応じてオーロム農場に駆けつけたのは、二十九歳の誕生日を迎える前日の午後のことだった。当時〝シェリフ〟と呼ばれていたラーセンが車を走らせてはるばるオーロムに会いにいったのは、近所の住人のひとりかふたりから、オーロム農場の家畜が自分の敷地をうろついているという苦情が寄せられたためだった。前にも同じことがあった。父親である四十代のオーロムは、小さな農場を経営しながらフェリーターミナルでパートタイムの仕事もしていた。家畜を育てる訓練など受けていないし、ましてや経験も仕事に対する熱意もなく、噂では単に家畜を飼うことで少しばかり余分の金を稼ごうとしていたらしい。農場は強制競売によって格安で手に入れたもので、家畜も畜舎も牧草地も込みだったから、それをちゃっかり利用しようとしたのだ。あいにくそうは問屋が卸さなかった。有り体に言えば、オーロムのことが話題になったとき、みんながいちばんよく口にしたのが〝金〟、というか特に〝金がない〟という言葉だった。オーロムとその女房が里親家族として登録したのは金が目当てだと考える者たちもいた。子供や若者がひとりオーロム農場に送られてくるたびにもれなく小切手もついてきて、長年のあいだにけっこうな額を稼いでいた。ムーン島という狭い地域のほかの住民たちは、この家族が社会的意識の高い人情味のある一団というわけではないのをおそらく察していたが、その一方で、オーロム家の庇護のもとに置かれた子供たちは、ここの売りである環境の恩恵を受けられるだろうとも感じていた。ふんだんにある新鮮な空気、野原、動物たち――そして子供たちは農場を手伝うことで自分の食いぶちを稼ぐことを覚えられる。オーロム家の子供たちは、里子も実子も、地元ではすぐにそれとわかった。教室ではほかの子たちよりみすぼらしいなりをしていたし、季節にそぐわない服を着ていることもしばしばだった。しかもこの一家はあまり人づきあいを好まない傾向があったようだ。もっとも、特に里子の場合、こうした内気は彼らの不運な境遇によるところもあった。そんなわけで、オーロム一家は特別好かれていたわけではないにしろ、それなりの立場を築いてはいた。というのも――金があろうとなかろうと――人生にあまり恵まれなかった子供たちにとってよいことをしていたからだ。フェリーターミナルで働いているときや、港のそばにとめた古いぽんこつのオペルにすわっているときに、オーロムがビールをがぶ飲みしていたとしても、それは彼の権利だった。

この程度のかぎられた情報しかない状態で、いまから三十年近く前、ブレンクともうひとりの同僚は、マリウス・ラーセンから要請された救急車と一緒に農場の庭に到着した。トラクターの陰にあった豚の死骸は、母屋のなかで彼らを待ち受けていた大虐殺の前ぶれだった。オーロムのティーンエイジの実子ふたりは朝食のテーブルで撃たれ、その母親は浴室でめった切りにされ、地下室ではまだ温かいマリウス・ラーセンの遺体が見つかった。彼は母親に使われたのと同じ斧で顔を何度か叩き切られて死んでいた。

オーロムは現場にはいなかった。彼の古いオペルは納屋のなかにあったが、本人は消えていた。ラーセンが殺されてから一時間とたっていなかったので、遠くへは行っていないはずだが、徹底的な捜索も無駄に終わった。それから三年後、オーロムの死体が見つかったのはまったくの偶然で、新しい農場主が農場のすぐ裏手にある泥灰土を掘った穴に落ちたのがきっかけだった。オーロムはそこで猟銃を使って自殺したようだった。ブレンクと同僚が到着する直前だったにちがいない。鑑識によれば、穴のなかにあった猟銃はキッチンにいたティーンエイジャーふたりと庭にいた豚を撃ったものと同じであり、それで話の辻褄が合った。事件は解決した。

「なにがあったんです？　オーロムはどうしてそんなことを？」

付箋にずっとメモをとっていたヘスは、ここで机の向かいにすわっている警官に顔を向ける。

「はっきりとはわからない。罪の意識、かな。里子の子供たちにあんなことをしてたからだろう。われわれはそう考えた」

「里子の子供たち？」

「双子だ。地下室で見つかった子供たち」

最初、ブレンクはその双子の女の子と男の子がまず生きているかどうかを確認しただけだった。そのあとは救急隊員が子供たちの世話を引き受け、応援の警官も到着したので、ブレンクと同僚は現場からいなくなったオーロムの捜索に専念した。ところが、そのあと地下室にもどって、はじめてその部屋の異様さに気づいた。

「まるで地下牢だった。南京錠が取りつけられてて、窓には鉄格子、服や教科書も何冊か、それにマットレス——あれがなにに使われていたか知りたくもなかった。古い戸棚のなかにVHSのテープが山ほどあるのを見つけて、それでなにがあったかすぐにわかったよ」

「なにがあったんです？」

「どうしてこれが重要なんだ？」

「どうしても」

ブレンクはヘスを見つめ、深いため息をつく。

「女の子は虐待されレイプされていた。ふたりがあの家に来た日から、あそこにいるあいだじゅう続いた。いろいろなセックス。オーロム本人と、ティーンエイジの子供たちと——オーロムと女房は実の子たちも無理やり参加させてたんだ。テープには女の子が豚小屋に引きずっていかれるところも……」

ブレンクは黙りこむ。耳をこすり、目をしばたたく。その目はうるんでいる。

「わたしはたいがいのことには耐えられる。だが、あの少年が母親に向かって叫んでる声がいまも聞こえるんだよ。母親にやめさせてもらおうとして叫んでる声が……」

「母親はなにをしてたんです？」

「なにも。撮影してたのは母親だった」

ブレンクはごくりとつばをのむ。

「別のテープでは、母親が少年を地下牢に閉じこめて、終わるまで栗人形を作っていろと命じていた。だから彼はそうした。あれを見るかぎり、毎回。地下室はあの妙な人形でいっぱいだった……」

ヘスはその場面を思い浮かべる。少年は養母の手で地下牢に閉じこめられ、壁の反対側では妹が恐ろしい目にあわされていて、それが幼い人間の心にどんな影響を及ぼしたのか、ヘスはつかのま想像をめぐらす。

「ファイルを見たいんですが」

「どうして？」

「詳しくは話せませんが、その少年と少女がいまどこにいるか知る必要がある。すぐにも知る必要が」

時間がないことを強調するためにヘスは立ちあがるが、ブレンクはすわったままだ。

「きみがスレーエルセの警備病棟にいる受刑者のプロファイリングをしているからか？」

ブレンクが片眉を吊りあげる。わたしをばかだと思っているのか、と言いたげに。ここへ来たときにヘスが自分で説明したことだった。新たに嘘をつくより、最初の嘘を拡張させたほうが話が早いと判断し、自分はデンマーク警察に協力して警備病棟の収監者リーヌス・ベガのプロファイリングをしていると言ったのだ。彼の脳が、妙なことに一九八九年のムーン島の事件の特定の写真に執着しているのだと。本当の目的は言わないに越したことはないだろう。

「茶番はそろそろ終わりにしよう。殺人課のきみの上司の名前を教えてもらおうか」

「ブレンク、これは大事なことなんだ」

「どうしてわけのわからないことに協力しなくちゃならないんだ？　きみにはもう三十分も費やしたんだぞ。姉を雪から救いだすのに使うはずだった時間を」

「おれには、あなたの同僚だったマリウス・ラーセンを殺したのがオーロムだとは思えないからです。ついでに言えば、ほかの被害者もみんな」

署長はヘスを凝視する。突拍子もない話だと笑い飛ばされるのだろうとヘスは一瞬考える。ところが、ブレンクの返事に驚きはなく、むしろ自分に言いきかせているように聞こえる。

「まさかあの少年のはずはない。当時もその点は議論になったよ。だがそんなことは不可能だ。あの子はまだ十か十一だったんだ」

ヘスは返事をしない。

107

ムーン島で起こった大量殺戮《さつりく》事件のファイルの内容は広範囲に及ぶ。ヴォアディングボー署では公文書の電子化が進んでいて、ヘスは周囲にあるようなほこりっぽい報告書をめくるのではなく、それを画面上で読むことができる。じつは紙をめくるほうが好きなのだが。電話で保留の音楽を延々と聞かされながら、ヘスの目は棚をざっと眺めまわし、信じられないほど膨大な数の人間の苦しみが、国によって文書に記され、全国の公文書や記録簿やサーバーのなかで人知れず眠っていることに思いをはせる。

〝ただいま順番待ちの――七番めです〟

ブレンクが地下室まで一緒についてきて保管庫の鍵を開けると、そこは昔ながらの煤けた部屋で、ずらりと並んだ棚に箱やフォルダーが置かれていた。窓はひとつもなく、学校で見たのが最後だったような昔懐かしい長い蛍光灯があるだけで、この部屋は自分が地階や地下室をどれほど厭《いと》わしく思っているかを思いださせてくれた。

ブレンクによれば、この事件はファイルの量があまりに膨大なので、数年前に電子化の作業に取りかかったとき真っ先に手をつけたそうだ――少しでもスペースを節約するために。そんなわけで、ヘスは部屋の片隅でやかましい音をたてる古めかしいパソコンを使って事件ファイルを読むことになった。ブレンクは自分も手伝うと言って強引に居座ろうとしたが、ヘスは誰にもじゃまされずに資料にじっくり目を通したかった。何度か電話が鳴り、うち数回はフランソワからで、あのフランス人はヘスがブカレストに到着しなかったことをもう知っているのだろうと思った。

資料のなかでさがすべきものはわかっていたが、それでもヘスは事件の細部にはまりこんで身動きがとれなくなった。警官たちが最初に双子と出会ったときの記述には、読んでいてぞっとさせられた。ふたりは地下室の隅でしっかりと抱き合った状態で発見され、少年は妹の身体に両腕をまわしていて、妹のほうはショック状態にあったのか、まったく無関心な様子だった。救急車に連れていかれるとき、少年は妹と引き離されることに抵抗し、そのふるまいは〝野獣〟のようだったとある。子供たちの診察で、地下室の様子が物語っている虐待と暴力は追認されたが、双子から事情を聞こうとしても無理なことがわかった。少年は完全に沈黙を通した。頑として口を開こうとしなかった。一方、妹のほうはすらすらと答えたが、あきらかに質問の意味がわかっていなかった。担当した精神分析医は、少女が一種のパラレルワールドにいると断言していた――おそらく自分の体験を抑圧しようとして。判事は子供たちの出廷を免除し、その時点でふたりはすでに国内の別の地域にある里親家族のもとへ送られていた。当局の判断で、双子は引き離された。互いに過去を忘れて新たに出直すにはそのほうがよかろうと。ヘスにはそれが特別賢明な判断とも思えなかった。

パソコンの横に置いた付箋に最初にメモしたのは、双子の名前——トーケ・ベーリングとアストリッド・ベーリング——とそれぞれのＩＤ番号で、報告書にはそれ以外にふたりの生い立ちに関する情報はあまりなかった。ソーシャルワーカーのメモによると、ふたりは一九七九年、まだ生後数週間のときにオーフスの産院の階段吹き抜けに置き去りにされていたところを発見され、助産師たちによって名づけられた。詳細は書かれていないが、そのメモには、双子が〝チェスナットファーム〟——オーロム農場の通称——に来たのは大量殺戮《さつりく》の二年前で、その前にも何軒かの里親家族のもとで暮らしていたとある。一行読み進めるごとに真相に近づきつつあるような気はしたが、とにかく双子の現在の居場所を知りたくて、警察の登録データでふたりのＩＤ番号を検索した。

〝ただいま順番待ちの——三番めです〟

広範囲にわたる警察の登録データは、警察業務に関連があると思われるさまざまなデータベースを相互参照しており、特定の個人がいつどこに住んでいたかを教えてくれる。それぞれのデータには、その人物の住所と移動した日付が年代順のリストになっていて、ほかにも結婚歴や離婚歴、犯罪の起訴歴はあるか、前科はあるか、国外退去もしくはなんらかの形で警察の目を惹く活動にかかわったことはあるか、といった情報も含まれる。

ところが、型どおりの検索になるはずのことが、新たな謎を呼ぶ結果になった。

登録データによれば、トーケ・ベーリングは恵まれない子供たちのための公共施設に滞在したあと、十二歳でランゲラン島にある里親家庭に引き取られた。そこからアルス島の里親へ、さらに三軒の里親家庭を経て、十七歳の誕生日のあと、足取りはぷっつりと途絶えた。彼のＩＤ番号と結びつけられた住所や出来事はほかになにもなかった。

トーケ・ベーリングが死亡したのならそう書かれているはずだが、単にシステムのなかで追跡がとまってしまっただけなので、説明を求めようと国のデータベースのほうに問い合わせた。しかし応答した女性もヘス以上のことはわからず、トーケ・ベーリングは国を離れたと考えるのがいちばん妥当だろうと言われた。

ついでに妹のことも尋ねてみたが、やはりヘスがすでに見つけた以上の情報は得られなかった。アストリッド・ベーリングはチェスナットファームのあと何軒かの里親家庭に送られたが、その後ソーシャルワーカーと小児精神科医たちはこの少女に対する方針を変えたらしく、彼女は里親制度を離れて精神疾患を抱えた若者のホームに送られていた。十八歳から二十七歳までは住所の記録がなく、外国にいたとも考えられるが、その後は同じようなホームを転々としていた。そしてほんの一年前、三十八歳でまた忽然と姿を消した。判明している最後の住所に連絡してみたが、管理人が変わっていて、アストリッド・ベーリングがそこを出たあとの行き先についてはなにも知らなかった。

〝ただいま順番待ちの――二番めです〟

そこでヘスは厄介な道を選んだ。過去に双子を預かったすべての里親家庭に電話をかけて、その後ふたりのどちらかから連絡はなかったか、ふたりの居場所に心当たりはないかと訊いてみるのだ。年代順に――〝チェスナットファーム〟に来る前から――はじめたが、二軒は徒労に終わった。里親たちは親切そうだったが、双子とは音信不通だというので、ヘスは三軒めの里親家庭にかけてみたのだった。

「オドセアー市役所、福祉課です。どのようなご用件でしょうか」

オドセアー市のピーターセンという里親家庭の固定電話が不通になっていたので、代わりに市役所にかけてようやくつながったところだ。ヘスは身分を告げ、オドセアー市教会通り三五番地の、ポールとキアステンのピーターセン夫妻をさがしていると説明する。一九八七年に預かっていた双子のことで話を聞かせてもらいたいのだと。

「天国に直通電話がなければ無理でしょうね。わたしの画面で見るかぎり、ポールとキアステンのピーターセン夫妻はどちらも亡くなってます。ご主人は七年前に、奥さんはその二年後に」

「死因は？」

つい習慣で尋ねるが、電話の向こうの疲れた声は、画面にはその情報がないという。夫妻は七十四歳と七十九歳で、二年の間隔をおいて亡くなっていることから、いずれにしてもあまり意味はなさそうだ。

「子供たちはどうです？　そこに住んでいたころ、夫妻に子供はいましたか？」

両親がもう生きていないとしても、その子供たちが連絡をとっているかもしれないので、訊いてみる。

「いいえ、いないようです」

「わかりました、どうも。じゃ」

「あ、ちょっと待って。夫妻には里子がひとりいて、その女の子は養女になってますね。ローサ・ピーターセン」

電話を切りかけていたヘスは、相手の言葉にひっかかる。たぶん偶然だろう、同じ名前の人間はごまんといる、と本能が告げる。だがそれでも。

「ローサ・ピーターセンのID番号はわかりますか？」

番号を教えてもらい、少し待っていてほしいと頼んで、パソコンに顔をもどす。すぐにデータベースを調べると、ローサ・ピーターセンは十五年前に結婚して夫の姓に変わったことがわかり、もはや疑いはなくなる——ローサ・ピーターセンはローサ・ハートンだ。ヘスは椅子のなかでそわそわする。

「双子がピーターセン家に住んでいたことについては、なにか書いてありますか？」

「なにも。わかるのは、ピーターセン家がふたりを三カ月預かっていたことだけです」

「それ以上預からなかった理由は？」

「わかりません。これで勤務時間が終わりましたので」

ヘスがまだ電話を耳にあてているうちに、ケースワーカーが通話を切る。双子がオドセアーでピーターセン夫妻やその養女のローサと一緒に過ごしたのはわずか三カ月だった。その後ふたりはムーン島のオーロム農場に移された。それ以上のことはなにもわからないが、ここにつながりがあるのはまちがいない——ピーターセン一家、チェスナットファームの地下室の少年、被害者たちのもとに残されていた栗人形、栗人形に似せて切断された被害者たち——犯人は人間の身体を使って自分だけの栗人形を作っている。

さまざまなイメージが、あるべき場所におさまろうとして頭のなかを駆けめぐり、ヘスの両手が震える。すべてはローサ・ハートンとつながっていた。最初から。あの指紋は繰り返し彼らをローサのほうへ導いていて、ただその理由がヘスにはわからなかったが、これこそがずっとさがしてきたものだ。そう直感して思わず立ちあがるが、次に起ころうとしていることが突然見えてきたとき、すべてが暗転する。

迷わずローサ・ハートンに電話をかける。呼びだし音がボイスメールに切り替わり、ヘスは電話を切る。かけ直そうとしたとき、知らない番号から電話がはいる。

「ブレンクだ。じゃましたのならすまない。あちこち訊いてみたんだが、双子のその後については誰もよく知らないようなんだ」

「気にしなくていいよ、ブレンク、いまちょっと時間がなくて」

ブレンクは地元の人たちに電話をかけるなら自分がやろうと言い、ヘスがそれに同意したのは作業のじゃまをされたくなかったからで、わざわざ報告の電話をよこされるのは少々わずらわしい。

「それから、ファイルのなかで情報がちょっと足りない部分がある。特にあの少年に関して。じつは姉の末娘が学校であの双子と一緒だったもんで、ちょっと訊いてみたんだが、何年か前にクラス会をやったとき、あのふたりには連絡がつかなかったそうだ」

「ブレンク、悪いけどいま急ぐんだ！」

ヘスは電話を切り、パソコンのそばに立っていらいらしながらもう一度電話をかけるが、ローサ・ハートンはやはり応答しない。メッセージを残して、夫のほうに電話をかけようとしたとき、テキストメッセージが届く。とっさにローサ・ハートンかと思うが、発信者はブレンクだ。

《一九八九年の五Aのクラス写真。役に立つかわからないが。姪の話では、この写真を撮った日、女の子は病欠だったそうだが、男の子は左端にいる》

すぐに添付された写真をタップしてじっくり眺める。田舎の学校だからだろう、色褪せた写真に写っている生徒は二十人足らず。後列の子は立っていて前列は椅子にすわっている。みんな淡い色の服を着ている――女子の何人かは肩パッド付きの服にパーマ、男子はカッパやラコステのセーターにリーボックのスニーカー。前列にすわっている女子のひとり、人工的に日焼けして大きなイヤリングをつけた少女が《五A》と書かれた小さな表示板を持っていて、ほとんどの生徒がカメラに笑顔を向けている。誰かが、たぶんカメラマンだろう、たったいまおもしろいジョークを口にしたみたいに。

だが、ひとたび彼を見つけると、見る者の注意を惹くのはやはりその左端の少年だ。年齢に見合うほど背は高くない。というか、ほかの男子生徒たちより成長が遅く、着ている服はだらしなくてみすぼらしい。でも目つきは鋭い。ひとりだけジョークが聞こえなかったみたいに、無表情にまっすぐカメラをにらんでいる。

ヘスはその子をじっと見つめる。髪、頬骨、鼻、あご、唇。顔立ちは青年期に大きく変わる。見覚えがあるような、ないような顔。拡大して目だけが見える状態にして、はじめてそれが誰だかわかる。わかるが、それは明白であると同時にありえない。徐々に納得がいったとき、真っ先に思ったのは、反撃するにはもう手遅れということだ。

108

彼女の足首は細くて華奢でハイヒールがよく似合っている。こうしてプレスルームから先に送りだして自分の前を歩かせながらこの足首を眺めるのを、彼は楽しみにしている。彼女が振り返ってなにか言うと、ニュランダは了解してうなずき、実際どうやって関係をはじめようかと考えながら、やるなら相手は彼女だともう決めていた。最初の一歩は今日にも踏みだせそうだ。鉄道駅周辺のホテルのバーでコーヒーでもどうかと誘うのがいいだろう。そうすれば今後のことを話し合えるからと。彼女の尽力に感謝し、警察お抱えのコミュニケーション・コンサルタントとしてきみはなにをすべきかといった話をあれこれするつもりだが、温度を読みちがえていなければ、階上の部屋へ連れこむのにたいした前ふりは必要ないだろうし、そこで一、二時間過ごしてからうちへ帰っても、妻が仕切っている恒例の金曜の内輪のパーティーに備えてカクテルをこしらえる時間は充分にある。ニュランダはとうの昔に決めていた。まだ妻を愛してはいる――少なくとも家庭生活という概念を愛してはいる――が、妻は子供たちや学校評議会や世間体を守ることにかかりきりだから、自分がひそかに自由を謳歌してもなんの不都合もないはずだと。特に今日は、この一週間のことを思えば褒美くらいもらっても罰はあたらないという気がする。

最終版の記者会見が終了し、警察はようやく事件を公に――ニュランダの望みどおりの形で――発表することができた。まじめで信頼できる印象をメディアに与えるにはどれほど微妙なバランスが必要かを理解している者は少ないが、賢明な判断による公的な発言は別の計画の地ならしにも利用できることをニュランダはとうに学んでいた。警察署だろうと、検察局だろうと、法務省だろうと。テレビやソーシャルメディアに登場する時間が長くなればそれだけ署内での立場が強くなることも実感していた。ニュランダに批判的な者が出世することはなかったし、脚光を浴びることに貪欲だと思われてもいっこうにかまわない。自分としては、部下たち、わけてもティム・ヤンセンには惜しみなく賛辞を送ったと思うが、ヘスやトゥリーンに注目を集める必要はさらさらなかった。たしかに切断された手足を見つけたのはトゥリーンだが、彼女は自分に逆らってリーヌス・ベガに会いにいった。トゥリーンを手放してよかったとけさも考えていたところだ。たとえ行き先がNC3だとしても。重大犯罪課にはまもなく新たな人員がどっさりはいってくる予定で、彼女のようなタイプにはまた苦労させられることだろう――あの変わり者の小娘にはたしかに特別なところがあったとは思うが。

一方のヘス、あの男については褒め言葉がない。むろんユーロポールの上司との会話では褒めちぎっておいたが、それは追い払うための方便でしかない。事件が解決してから署には一度も顔を出さないので、ヘスが責任をもって書くべき報告書をトゥリーンやほかの者に書かせなければならなかった。だから、あの男がいまこの国を離れようとしているのはなによりの朗報だ。そんなわけで、いま自分の携帯電話にかけてきている相手がヘスだとわかってニュランダはぎょっとする。

とっさに考えたのは、もちろん着信を拒否することだが、ヘスが電話してきた理由はわかっているし、その会話をじつは待ち望んでいることに不意に気づく。つい先ほど同僚が知らせてきたところによると、ユーロポールのフランス人から連絡があって、ヘスが待ち合わせに現われない理由を誰か知らないかと訊かれたらしいが、ニュランダはろくに聞いていなかった。どうでもよかった。しかし、いま想像するに、ヘスはブカレスト行きの便に乗り遅れたと言って、ニュランダからハーグに電話をかけて適当な言い訳をしてほしいと懇願してくるのではないか。だがあいつが首になるのは自業自得だ。ニュランダは電話に出ながら、あの男がまちがってもこちらのコートに打ち返されてこないようにするにはどうしたらいいかということしか考えていない。

それから三分三十八秒後、会話が終わる。ディスプレーに表示された正確な通話時間をニュランダは茫然と見つめる。足元にぽっかりと大きな穴が開いてしまった。通話を切る前にヘスが伝えてきた新事実に、脳はまだ抵抗しているが、腹の底ではそれが事実かもしれないと思っている。コミュニケーション・コンサルタントのかわいらしい口がまだなにか言っているが、ニュランダはいきなり走りだす。自分の課にもどるなり、手近にいた刑事をつかまえる。機動隊を集めろ。ローサ・ハートンを確保するんだ。ただちに！

109

戸別訪問している郊外の住宅地でも雪が降りだしていて、スティーン・ハートンはずぶ濡れになってしまう。小さなボトルの酒が身体を温めてくれる唯一のものだが、それも飲み尽くしてしまったので、ベアンストーフ通りのガソリンスタンドに寄ることを頭にメモする。スティーンは雪をかぶった庭の小道をまたとぼとぼと歩いて、雪をかぶったハロウィーンのかぼちゃの行列をまた通り過ぎ、そしてドアの呼び鈴をまた鳴らす。待ちながら、振り返って雪に残る自分の足跡を、スノードームの内側にはいりこんだようにあたり一帯を激しく舞う大きな雪片を、一瞬眺める。開かれるドアもあれば、そうでないドアもある。待ち時間からして、このドアは閉ざされたままだろう。でも向きを変えて階段を下りはじめたそのとき、背後でドアの開く音がする。こちらを見返す目にはなじみがある。見知らぬ相手なのに、スティーンはその男に見覚えがある気がする。だが成果のないまま何時間も歩きまわってくたくただし、極度の疲労のせいで自分に確信が持てない。こうして捜索しているのはただ自分の苦しみをやわらげたいからだと、心のどこかで気づいてはいた。地図や図面を検討してドアをノックするが、本音の部分では、こんなことをしても無駄だとわかっているのだ。

戸口の目に向かって、口ごもりながら訪ねてきたわけを話しはじめる。最初は状況を大まかに説明し、それから自分の期待していることを説明する。なにか覚えていないか、どんな些細なことでもいい、去年の十月十八日の午後、娘が自転車でちょうどこの界隈を通過し、まさにこの通りを走っていたかもしれないのだ、と。言葉に娘の写真も添えるが、その顔はもう雪で濡れてしまい、色がにじんで汚れたマスカラのようになっている。それなのに、話を最後まで聞きもせずに戸口の男は首を横に振る。スティーンは一瞬ためらい、話を続けようとするが、相手はまたしても首を振る。ドアが閉まりそうになると、スティーンは急に感情的になる。

「あんたの顔には見覚えがある。誰なんだ？　絶対にどこかで会ってるはずだ！」

その口調には、まるで容疑者を見つけたかのような不審感がこもっていて、片足を戸口に突っこんだせいで男はドアを閉められなくなる。

「こっちもあんたを覚えてるよ。別に不思議はない。あんたは月曜にもうちの呼び鈴を鳴らして、まったく同じ質問をした」

少し考えて、その男の言うとおりだと気づく。恥ずかしくなり、自分が謝罪する声を聞きながら玄関前の階段を引き返して通りに向かう。背後で大丈夫かと訊いている声がするが、スティーンは返事をしない。雪が大きく渦巻くなかを、通りのはずれにとめた車のところまで走っていき、そこで足が滑って、ころばないように車のボンネットにつかまるはめになる。前の座席に身体を押しこんで、不意に泣き崩れる。雪に覆われた車の暗がりで、スティーンは子供のように泣きじゃくる。内ポケットで携帯電話が振動しはじめるが、最初は無視する。ゴスタウかもしれないという考えが浮かんで、ようやくのろのろと電話に手を伸ばすと、何度も着信していたことがわかる。一瞬、怖くなる。応答すると、ゴスタウからではない。かけてきたのはオーペアで、とっさになにも言わずに切ろうかと思う。でもアリスが、急いでローサを見つけなくてはならないとかなんとか言っている――様子がおかしい。なにを言っているのかよくわからないが、〝栗人形〟と〝警察〟という言葉が、スティーンを住宅街での悪夢から引きずりだして別の悪夢へと叩きこむ。

110

警察のヴァンが三台、けたたましいサイレンを鳴らしながら道路から車をよけさせる。ニュランダはその後ろに続く車列のなかにいて、街を出るまでのあいだずっと、ヘスが提示した以外のつながりはないかと必死に頭を働かせる。ヘスがメールで送ってきたクラス写真に何度も目をやり、たしかに左端の子供っぽい顔に見覚えはあるものの、とうてい信じられない。

容疑者を警戒させないよう、到着する前にサイレンが切られ、ヴァンが科学捜査課のビルの前にとまると、隊員たちは打ち合わせどおりに散っていく。四十五秒後には建物が包囲され、最初の野次馬がビルのあちこちの窓から顔をのぞかせる。ニュランダが雪をかき分けるようにして正面玄関に向かうと、そこにはいつもどおりの風景がある。受付エリアには静かな音楽が流れ、職員たちは机に置かれた果物かごを前に、同僚と週末の予定を教え合ったりしている。レモンの香りのする人あたりのよい受付担当者が、ゲンスは研究室で急ぎのミーティング中だと教えてくれて、ニュランダはヘスの言うことを真に受けて警報を発してしまった自分を内心でののしる。

悪天候のために用意されたビニールの靴カバーは無視して、ガラスで仕切られたワークステーションから白衣の鑑識員たちが好奇の視線を向けてくるなか、ニュランダは三人の刑事を引き連れて研究室へと直行する。そこは、報告書で読んだり電話で聞いたりした証拠を自分の目で確認したいときにたびたび訪れている場所だ。

だが、研究室はもぬけの殻だ。隣接するゲンスの専用オフィスも。とはいえ、両方の部屋のいつもと変わらぬ様子に、ニュランダは安堵する――すべてのものがきちんと整理整頓され、コーヒーの最後の数滴が残るプラスティックのカップが机の上の大きなモニターの前に静かに置かれている。

研究室まで一緒についてきた受付担当者は、ボスの不在に動じるふうもなく、彼をさがしてみると宣言する。彼女がいなくなったとたん、ニュランダはどうやってヘスの人生とキャリアをもっとみじめなものにしてやろうかと策を練りはじめる――脅されて決断させられてしまったこの失策への報復として。ゲンスが現われたら説明してくれるだろう。この写真に写っているのは自分じゃないと言って笑い飛ばしさえするかもしれない。トーケ・ベーリングと呼ばれたことなど一度もないし、復讐を企ててその準備に何年も費やしたりしていないし、もちろんヘスが言っているような異常な殺人者でもないと。

ところが、そこで気がつく。研究室に立って室内をざっと眺め、ゲンスのオフィスに視線を向けて机の上にあるものを見たとき、さっきは気づかなかったものがあることに。ゲンスのＩＤカード、鍵、仕事用の携帯電話、アクセスカードが、机の上にきちんと並んでいる。置き去りにされ、二度と使われることもないかのように。だがニュランダをずっとさせたのは、それではない。その横で、マッチ箱の上に鎮座している素朴な小さい栗人形だ。

111

　ようやくニュランダに電話が通じたのは、ヘスがコペンハーゲンに向かう高速道路の最後の区間にはいったときだ。何度もかけていたのに、この間抜けはやっと電話に応じる。そしてあきらかにしゃべりたい気分ではなさそうだ。

「なんの用だ。いま忙しい！」

「ふたりは見つかったのか？」

　研究室はもぬけの殻だった。追っ手を出迎えるためにゲンスが残していったしるしがあるだけで、本人の影も形もなかった。部下たちはてっきりユトランドで開かれる会議に出ているものと思っていたが、調べてみると、会議をすっぽかしたことがわかった。

「自宅には？」

「いまそこにいる。ノーハウンにある新しい複合ビルの大きいペントハウスだ。だがここも空っぽで、文字どおり――家具もなにもない。きれいさっぱり引き払ってる。指紋も残してないだろう、たぶん」

　高速道路は二十メートル先も見えない状態だが、ヘスはアクセルをもう少し強く踏みこむ。

「でもローサ・ハートンは確保したんだろう？　すべての原因は彼女にある。もしゲンスが――」

「そっちも空振りだ。誰も居場所を知らないし、電話が切られているから追跡もできない。夫もなにも知らないが、勝手口のドアの前に栗人形でできた飾りかなにかを見つけたあと車で出かけるのを、オーペアが見たそうだ」

「飾りって？」

「まだ見ていない」

「ゲンスは追跡できないのか？　あいつの電話か車を――」

「無理だ。電話はオフィスに置いていったし、鑑識の車に追跡装置はついていない。ほかにすぐできることはないのか？」

「研究室のパソコンは？　トゥリーンを呼んでコードを解除させよう。そうすれば中身が見られる」

「もうIT班を呼んでアクセスさせている」

「トゥリーンをつかまえろ！　彼女ならきっとうまく――」

「トゥリーンも消えた」

ニュランダの言葉はどこか不吉に響く。ニュランダの声と、音の反響する階段室を下りていく足音が聞こえ、ゲンスの空っぽのアパートメントの捜索が終わったのだろうとヘスは考える。

「どういう意味だ？」

「トゥリーンは科学捜査課にゲンスをさがしに行って、今日やっと会ったようだ。ガレージにいた鑑識員が、二時間ほど前にふたりが裏階段を下りてきてゲンスの車で出かけるところを見た。わかっているのはそこまでだ」

「二時間ほど前？　もちろん彼女に電話はかけてるんだろうな」

「応答がなかった。ついさっきトゥリーンの電話が鑑識の外のごみ箱から見つかったと聞いた」

ヘスはブレーキを踏み、雪の降りしきる高速道路の路肩に向かって急ハンドルを切る。何台かの車がクラクションを鳴らし、ヘスは内側車線の大型トラックをかろうじてかわして、路肩に車をとめる。

「ゲンスに彼女は必要ないはずだ。どこかで車から降ろしたかもしれない。自宅にいるか、それとも誰かと――」

「ヘス、それはもう調べた。トゥリーンは行方不明だ。なにか使える情報はないのか？　ゲンスが行きそうな場所に心当たりは？」

その質問は聞こえている。車の列が轟音をたてて通過する。麻痺したような状態からどうにか抜けだそうとするが、動いているのはフロントガラスのワイパーだけで、それはなめらかに行ったり来たりしている。

「ヘス！」

「ない。わからない」

車のドアの閉まる音がして、通話が切れる。数秒たって、ヘスは電話を耳からおろす。車の列が雪のなかを苦労しながら通り過ぎ、フロントガラスのワイパーはキュッキュと音をたてながら律儀に行ったり来たりを繰り返す。

彼女に電話すべきだった。なにかがおかしいと気づいた瞬間に空港から電話すべきだった。そうしていたら、いまごろ彼女はベガのお気に入りの犯行現場写真の件に気を取られて、ゲンスに会いにいったりしなかったはずだ。でも自分は電話をかけなかった。喉に張りついた感情が、それは自分でも認めたくない理由があるからだと告げている。

ヘスは合理的な思考回路にしがみつこうとする。手遅れではないかもしれない。トゥリーンがどうしてゲンスに会いにいったのか見当もつかないが、もし自分から進んで一緒に車に乗ったとしたら、それはゲンスの正体をまだ知らないからだ。ゆえに、ゲンスには彼女に危害を加える理由がないし、ましてや彼女と一緒に過ごしたいとは思っていないはずだ。トゥリーンがなにかを見つけて、それを仲間と議論するためにゲンスのところに行ったのなら話は別だが。

その考えにぞっとする。だが、ゲンスにとってトゥリーンはせいぜいちょっと目ざわりな存在でしかなく、彼女のために計画を変えるようなことはしないだろう。こんなことになった原因はローサ・ハートンにある——原因は当初から一貫してローサ・ハートンにあったのだ。ローサ・ハートンとその過去に。

突然、ヘスにはどうすべきかわかる。当てずっぽうで、冷静な判断ではなくただの直感かもしれないが、それ以外の可能性にしたところで、やはりありそうにないか、もしくはニュランダとコペンハーゲンの刑事たちがすでにカバーしている。ヘスは肩越しに振り返り、黒い雪をまき散らしながら横を通過する車の列のフォグランプを凝視する。数秒の間があいたとき――少なくとも次の車の一団が迫ってきてじゃまされなければ充分だ――ヘスはアクセルペダルを床まで踏みこんですみやかに高速道路を横断し、ガードレールの隙間を目指す。タイヤがスピンして、一瞬、車がボウリングのピンのように回転するかに思える。だがそのあとタイヤは無事に路面をとらえ、中央分離帯を横切って反対車線にはいる。車の流れは見てもいなかったので、とにかくクラクションを鳴らして二台のヴァンのあいだに滑りこみ、低速車線にたどりついてようやく体勢を立て直す。

ヘスは来た道を引き返す。数秒後、速度計は時速百四十キロまであがり、高速車線をひとりじめする。

112

「森まで遠出するには気持ちのいい日だけど、こうして見ると、このあたりにあるのは普通のブナの木ばかりだな」

ゲンスの言葉に、トゥリーンはフロントガラスと横の窓からいっそう熱心に外を眺めるが、彼の言うとおりのようだ。雪がなかったとしても、栗の木を見分けるのはむずかしかっただろうし、一面雪に覆われたムーン島では、それはますます不可能な気がする。ふたりで曲がりくねった細い田舎道を走りながら、ハンドルを握っているゲンスが時計をちらりと見る。

「試すだけの価値はあったよ。でもそろそろ橋にもどろう。ヴォアディングボーの鉄道駅まできみを送って、ぼくはそのまま車でユトランドに行くよ。それでいいかい？」

「ええ……」

この遠出が無駄足だったとわかって、トゥリーンは座席に身を沈める。

「ごめんなさい、時間を無駄に使わせて」

「いいんだよ。きみも言ったように、どうせこっちのほうに来る予定だったんだ」

疲れと寒さで凍えそうになりながら、トゥリーンはゲンスの笑顔になんとか応じようとする。

栗の種類を特定するために科学捜査課に協力した専門家を突きとめるのに時間はかからなかった。

コペンハーゲン大学自然科学部の植物学教授、イングリッド・カルケは、教授とは思えない若さで、歳は三十五歳くらい、威厳のある話し方をするほっそりした女性だった。研究室からスカイプ経由で話してくれて、自分が種類を特定するよう依頼された栗は、デンマークでいちばん多く見られるホース・チェスナットとは別の種類だと断言した。

「あの人形に使われていた栗は食用の品種です。通常、この国の気候はあの栗には寒すぎるのですが、さがせば何本かは見つかります、たとえばリムフィヨルドの近くとか。正確にはヨーロピアン・チェスナットとジャパニーズ・チェスナットの交配種で、学名は〝カスタネア・サティーヴァ×クレナタ〟。一見するとマリグールという品種に似ていて、それならそうめずらしいものではありません。めずらしいのは、あの栗が、そのマリグールとブーシュ・ド・ブティザックを交配したものだったということ。ほとんどの専門家は、純粋なこの組み合わせはわが国では絶滅したと考えていて、わたしが最後にこの栗のことを聞いたのは数年前ですが、たしか最後の数本も、ある種の菌が原因で枯れてしまったという話でした。でもこれはもう全部お話ししましたよね」

この若い教授は、連絡してきた助手にこのことをひととおり話しており、トゥリーンがその話を鑑識に確認すると、ゲンスは黙りこんだ。あきらかに自分の部下がこの情報をもっと早く捜査班に伝えなかったことを恥じているのだろう。

捜査はそこで終わっていたかもしれない、トゥリーンが最後にもうひとつ質問しなかったら。

「その最後のマリグール・ベティザック種があった場所は、デンマークのどこですか?」

イングリズ・カルケ教授が念のため同僚にも再確認したところ、直近に登録されたこのタイプの栗の木はムーン島の複数の場所に存在していたことがわかったが、この品種はもう絶滅したはずだと教授は繰り返した。それでも、トゥリーンは念のため島のいくつかの場所をメモしてから教授に別れの挨拶をした。それから、この発見の重要性をあまり理解していないゲンスを説得するのに、少々時間を費やさねばならなかった。

トゥリーンは説明した。クリスティーネ・ハートンの指紋のついた栗がホース・チェスナットではないとしたら、それは彼女の屋台で買われたものではありえない。となるとその栗の出所は最初に考えたよりもはるかに大きな謎になると。ベネディクテ・スカンスとアスガー・ネアゴーがあれをどうやって入手したのか説明することはもはや論理的に不可能だし、ましてやクリスティーネ・ハートンの指紋のついたものとなればなおさらで、そうなるとニュランダの事件の解釈には疑いが生じる。一方、この品種が最後に確認されたのがデンマークの比較的かぎられた場所まで――とりわけ、ムーン島のひと握りの場所まで――絞られたのは、トゥリーンには朗報だった。もしこの品種が専門家の言うほど希少なものなら、それらの場所が捜査に新たな道筋をつけてくれるかもしれない。最良のシナリオとしては、犯人について――あるいはクリスティーネ・ハートンについて――新たな情報を提供してくれないともかぎらない。

そのころにはゲンスにもトゥリーンの考えていることがわかっていた。連続殺人事件はまだ解決していない可能性がある。ヘスは正しかったのかもしれない。誰かがあのカップルを犯人に見せかけたのではないかと。

「まさか本気じゃないだろうね。どうかしてるよ」

最初ゲンスは笑い飛ばして、その栗の木をさがすためにトゥリーンをムーン島まで車に乗せていくのを渋った。トゥリーンが、ユトランドまで車で行くのならどうせ通り道だと説き伏せようとしてみても。まあ、通り道と言えなくもない。それでもゲンスは首を横に振った――トゥリーンがどうあってもやるつもりだと悟るまでは。そして彼は降参し、トゥリーンは感謝した。ひとつには、今日は自分の車がなかったからで、もうひとつは、栗の品種を見極めるのに彼の協力があれば助かるからだ。本当に見つかるとして。

残念ながら、状況はトゥリーンが望んだようにはならなかった。ゲンスは予定よりも早く着いてくれた――雪にもかかわらず一時間半しかかからなかった――が、専門家が教えてくれたいくつかの場所に行ってみると、雪に覆われた切り株が残るのみか、とうに引き抜かれて新しい住宅地に変わっているかのどちらかだった。藁にもすがる思いで、トゥリーンは幹線道路からはずれて橋のほうへ引き返してもらった。田舎道を走るこのルートは、片側に森、反対側に原野が広がっていた。でも雪のせいでその道を走るのがだんだんむずかしくなり、ゲンスは陽気さを失わなかったが、どうやらこのプロジェクトは断念せざるをえない状況になりつつあった。

トゥリーンの意識は娘とアクセルのことに移る。学校のハロウィーン・パーティーはとっくに終わっているはずなので、電話をかけてこれから家に帰ることを知らせて安心させることにする。

「わたしの電話を見なかった？」

コートのあちこちのポケットをさがすが、どれだけ深く手を入れても見つからない。

「いや。でも、あの栗の実がムーン島の希少な木からどうやってハートンの家に来たのか、仮説ならあるよ。家族でムーン島に旅行して、切り立った崖を見に行って、そこで栗の実をいくつか拾い集めて持ち帰ったとか」

「ええ、そうかもね」

最後に電話を取りだしたとき、ゲンスの研究室の机に置いて、そのまま忘れてきたのだと、トゥリーンはがっくりする。通常なら考えられないことだ。念のためもう一度ポケットを全部探っているとき、目がたまたま道端のあるものをとらえる。すぐに確信したわけではないが、そのイメージは頭に残り、やがて自分の意識を別の方向に向かわせたものの正体を理解する。

「とめて！　ここでとめて！　とめて！」

「どうして？」

「いいからとめて！　とめてったら！」

ゲンスがようやくブレーキを踏み、車はわずかに横滑りしてから停止する。トゥリーンは急いでドアを開け、静寂のなかに足を踏みだす。まだ午後の半ばだが、日は沈みかけている。右手には雪をまとった広大な原野がどこまでも広がり、雪と空が地平線でひとつになっている。左手にある森は、暗く鬱蒼としている。そしてそこに、道路の端から少し奥へはいったところに、一本の大きな木が立っている。ほかの木より背が高い。幹は樽のように太く、樹高は二十メートルから二十五メートルほどで、骸骨を思わせる不格好な枝に雪が積もっている。実際は栗の木のようには見えない。雪がなければ完全な裸木で、それでもトゥリーンには確信がある。ひんやりした大気のなかで雪をざくざく踏みしめながら、その木のそばまで行って枝の下を歩くと、そこは雪がそれほど深くはなく、すぐに足の裏が小さな球体の感触をとらえる。手袋をはめていないので、素手で雪のなかを手探りし、落ちている栗の実を拾う。

「ゲンス！」

ゲンスは車のそばに立ったまま動かず、トゥリーンほど興奮してもいない。そのことに少しむっとする。栗の実から雪を払うと、左手のなかの冷たい焦げ茶色の球体は、クリスティーネ・ハートンの指紋がついていたものとそっくりに見える。トゥリーンは専門家が口にしていた際立った特徴を懸命に思いだす。

「ちょっと見にきて。これかもしれない！」

「トゥリーン、たとえ同じ栗だったとしても、なんの証明にもならないよ。ハートン一家が崖を見にきて、帰りにこの道を通った可能性だってある。娘がここで栗の実をいくつか拾ったとか」

トゥリーンは返事をしない。最初にこの木を通り過ぎたときは見えていなかったが、こうして木の下に立ってみると、森は思ったほど深くないのがわかる。木のそばに一本の道があり、それは曲がりくねって森のなかへ通じていて、まだ誰も通った形跡がない。

「この道にはいって、ちょっと見てみましょう」

「どうして？　その先にはなにもないよ」

「そんなのわからないでしょ。最悪でも途中で立往生するだけよ」

トゥリーンは元気よく車に引き返す。ゲンスは運転席側のドアの横に立っている。トゥリーンをじっと見ているが、彼女が横をすり抜けて車の反対側にまわると、ゲンスの視線は森のなかへ通じる細い道のはるか先にある見えない一点に注がれる。

「わかったよ、じゃあ。きみがどうしてもそうしたいのなら」

113

一九八七年、秋

男の子の両手は汚く、爪の下に土がたまっている。彼は錐で栗に穴を開けようとしているが、その手つきはぎこちなく、ローサは見かねてやり方を教える。突き立てるんじゃなくて、ねじこむの。錐をねじってまず刺してから、皮に突き通す。最初に両方の栗に首のところの穴を開けて、次は片方にマッチ棒を半分までしっかりねじこんだら、もうひとつの栗を上から差しこむ。そしたらもう一度錐をねじこんで腕と脚の穴を開ける——穴は深いほうがいいのよ、マッチ棒がしっかり固定されるように。

先にコツをつかむのは女の子のほうだ。男の子は指の動きがあまりにも荒っぽく無造作で、栗がしょっちゅう手から滑って濡れた芝生に落ちるから、もう一度やり直せるようにローサが拾ってやらなければならない。ローサと女の子は彼を見て笑う。ばかにしたのではなく、少年もそんなふうには受け取らない。そう、たぶんはじめは、最初の何回かは。彼らはパパやママと一緒に栗を集めに大きな木の下の草むらにはいった。それから、ちょうどいままみたいに、裏庭で、赤や黄色の葉っぱに囲まれた古いおもちゃの家の階段にすわり、そこでローサは彼が栗を不器用に扱うさまを見て笑った。彼は怯えたような顔になり、妹のほうも同じで、でもそれからローサがふたりを手伝ってやると、彼らもローサの笑いに悪気がなかったことをわかってくれた。

〝チェスナットマン、どうぞおはいり。チェスナットマン、どうぞおはいり――〟

少年に手本を見せながら歌を歌うのはローサで、やがてついに彼の栗人形《チェスナットマン》も完成して、木の板の上に、それまでに作ったものと並べて置かれるようになる。ローサは双子に、たくさん作れば作るほど、道端の屋台で売るときにたくさんお金が稼げると話す。ローサにはきょうだいがいたことはなく、双子もいつまでもここにいるわけじゃないし、たぶんクリスマスまでもいないだろうとわかっているけれど、そのことはなるべく考えたくない。朝起きたときにふたりがここにいてくれるとすごく楽しい。

学校のない土曜日か日曜日の朝早く、ママとパパの寝室の先にあるゲストルームにローサがこっそり忍びこんで、双子を起こしたとしても、ふたりは怒ったりしない。眠そうな目をこすって、ローサがその日みんなでなにをするか話すのを待っている。ふたりはローサが提案する遊びに真剣に耳を傾け、双子があまりしゃべらないことも、自分たちからはなにひとつ提案しないことも、ローサはまったく意に介さない。自分が思いついたことをふたりに話すのをいつも楽しみにしていて、ママとパパ以外に話を聞いてくれる人がいると、楽しいアイデアや発明で想像力がふくらむ。ママやパパはたいてい〝おお〟とか〝へえ〟とか〝それはもう見た〟としか言わないから。

「ローサ、ちょっと来てくれる？」

「いまはだめよ、ママ、遊んでるから」

「ローサ、いらっしゃい。すぐに終わるから」

ローサは芝生を走っていって菜園を通り過ぎる。菜園ではじゃがいもの苗とグースベリーの茂みのあいだでパパの鋤《すき》が土に刺してある。

「なあに？」

ローサは家事室のドアのそばでせかせかしながら訊くが、ママは長靴を脱いでちゃんとなかにはいりなさいと言う。両親が家事室に立ってなんとなくおかしな笑みを浮かべているのを見て、ローサは驚き、自分たちが庭で遊んでいるのをふたりはしばらく前から眺めていたらしいことがわかる。

「トーケやアストリッドと遊ぶのは好き？」

「うん。なんなの？　あたしたち忙しいんだけど」

双子がおもちゃの家のそばで待っているのに、自分がレインコート姿で家事室に立たされていることにちょっといらいらする。午前中に栗人形を作り終えてしまえば、ガレージから果物用の木箱を出してきて、お昼までに屋台をこしらえられる。だから遊んでいる暇はないのだ。

「わたしたち、トーケとアストリッドを引き取ることにしたの。あの子たちがずっとここにいられるようにね。ローサはどう思う？」

パパの後ろで洗濯機がブーンと音をたてはじめ、大人ふたりはじっとローサを見ている。

「あの子たちは大変な苦労をしてきたのよ。だからいい家庭が必要だし、それならここでわたしたちと暮らすのがいちばんいいって、あなたのパパもわたしもそう思ってるの。もしあなたもそう思ってくれるなら。どう？」

その質問にローサは意表をつかれる。自分がどう思うのかよくわからない。てっきりライ麦パンのおやつを食べるかどうか訊かれるとばかり思っていたのだ。でなければスカッシュか、もしくはマリー・ビスケットか。でも訊かれているのはそんなことじゃない。だからローサは、ふたりの笑顔が求めている答えを返す。

「うん。いいわよ」

すぐにママとパパは外に飛びだして濡れた庭を歩いていく。ママは長靴で、パパはサンダルで。ふたりとも見るからにうれしそうだ。レインコートもはおらず、暖かいセーターさえ着ずに、ふたりはおもちゃの家まで行く。そこの階段にすわっている双子は、まだ栗人形作りに没頭している。ローサは言われたとおり家事室のドアのそばに残っている。なんと言っているのか聞こえないけれど、ママとパパは双子と並んですわり、時間をかけている。ローサには双子の顔が見える。突然、女の子がパパをつかんで抱きつく。そして男の子が大声で泣きだす。ただすわって泣いている。ママがその肩に腕をまわしてなだめ、そしてママとパパは顔を見合わせて、ローサがいままで見たこともないような微笑みを浮かべる。空が裂ける。雨が土砂降りになり、ローサは戸口にたたずんでいて、ほかのみんなは小さな庇《ひさし》の下で身を寄せ合って笑っている。

「あなたがたの決断はよく理解していますよ。ふたりはどこですか？」

「ゲストルームに。わたしが連れてきます」

「おたくの娘さんの様子は？」

「なんとかやってます。この状況にしては」

ローサはキッチンのテーブルについているが、玄関ホールの話し声ははっきり聞こえている。ママが少しだけ開いたドアの前を通り過ぎてゲストルームに向かい、パパは男の人と女の人と一緒に玄関ホールに残っている。ローサはさっきそのふたりがキッチンの窓の外の道路にとめた白い車から降りてくるのを見た。玄関ホールの話し声がだんだん小さくなって、ローサには聞き取れないひそひそ話になる。この一週間、ひそひそ話が盛んに交わされていた。早く終わればいいのにと思う。それがはじまったのは、ローサが両親にあの話をしてからだ。どこで聞いた話かはわからない――まあ、たぶん幼稚園だろう、当時の。いまでも覚えているのは、ベーリットという女の子がクッションだらけの遊戯室での出来事を話したときの、大人たちの反応だ。彼女は男の子たちと遊んでいて、そのうちなかのひとりが彼女のあそこを見たがった。見せてくれたら五十エーレ払うとまで言った。だからベーリットはその子に見せて、ほかの男の子たちも見たいかと訊いた。多くが見たがり、ベーリットは男の子たちからがっぽりお金を稼いだ。男の子たちは自分のものをそこに押しつけることもでき、それには二十五エーレの追加料金がかかった。

大人たちは恐怖を覚えた、それはあきらかだった。その日から、遊戯室やトイレにいる保護者たちのあいだでひそひそ話が盛んに交わされるようになり、それからじきに、大人たちは新たにつまらない規則を山ほど作った。その一連の出来事をローサはすっかり忘れかけていた。ところが、ママとパパが一日がかりで、新しく買ったベッド二台を組み立ててゲストルームにペンキを塗った日の晩、あの話が、深く考えたわけでもなんでもなく、ごく自然に頭に浮かんでしまったのだ。

ドアのわずかな隙間から、ふたつの小さな影がうなだれたまま通過していくのが見える。ふたりの足音が玄関先の階段を下りていき、そこにはすでにパパが置いておいたふたりの荷物がある。廊下から、ママが女の人に、子供たちは次にどこへ送られるのかと訊いている声がする。

「新しい家はまだ見つかっていませんが、たぶんそう長くはかからないでしょう」

大人たちが別れの挨拶を交わし、ローサは自分の部屋に行く。双子には会いたくない、おなかがしくしく痛むから。なかにしこりがあるみたいに。でも、いまさらあの話をなかったことにはできない、口に出したことは取り消せないから。ああいうことで嘘をつくのはよくない。この気持ちは自分の胸にしまっておいて、誰にもひとことも言わないようにしよう。でも、自分のベッドに残されたプレゼントを見て、ローサは胸が張り裂けそうになる。五つの栗人形が輪になっている、手をつなぎ合っているみたいに。針金でつないであって、なかのふたつはほかの人形より大きく、ママとパパと三人の子供に見える。

「大丈夫よ、ローサ、あの子たちはもう行ったから……」

ローサはママとパパの横をすり抜けていきなり走りだす。驚いたふたりが呼びかける声を背中で聞きながら、ローサは玄関ドアから外に飛びだす。白い車は歩道脇から走りだし、スピードをあげて曲がり角に向かっている。ローサは靴下のまま必死に走る、車が見えなくなるまで。最後に目にしたのは、後ろの窓からじっとローサを見ていた男の子の黒い瞳だ。

114

ローサが幹線道路から道を折れて森にはいり、車を加速させるころには、日が暮れかけている。また雪が降りだして、ヘッドライトの光線に浮かびあがるうっすらとしたタイヤの跡もほとんど見えなくなっていた。一度は行き過ぎて、あわててどこかの家に駆けこんで道を訊かねばならなかった。ムーン島に来たのははじめてで、仮に来たことがあったとしても同じことだろう。その家の女性に教えられたとおり来た道を引き返し、大きな栗の木と、森のなかへ通じる脇道を完全に見落としていたことに気づく。その道は葉の落ちた古木や背の高い樅の木のあいだをくねくねと伸びていて、カーブの連続だが、タイヤの跡をたどればいいので、スピードを落とさず道路にとどまっていられる。そのわだちもだんだん薄れてきて、とうとう激しい雪にかき消されてしまうと、パニックが襲ってくる。あたりに農場はひとつもない。人もいないし、なにもないし、あるのは道路と森だけで、もしもまた曲がる道をまちがえたら、そのときはもう手遅れかもしれない。

だんだん自信がなくなってきたとき、急に目の前で森が開けて、道路が突然、大木に囲まれた農家の広々とした庭につながる。想像していたような場所ではない。庁舎で読んだ報告書にあった描写から思い描いていたのは、放置されて荒れ果てたむさ苦しい家だったが、これはまるでちがう。牧歌的で美しい。ローサは車をとめてエンジンを切り、ドアをロックすることなど思いもよらず、急いで雪のなかに飛びだす。周囲を見まわすと、顔を動かすたびに息が白い蒸気となる。

その農家はふたつの棟からなり――二階建て、茅葺《かやぶ》き屋根――一見すると美しく改修されたカントリーハウスのようだ。でも白い漆喰塗りの正面壁を照らしているのはモダンな外灯で、その明かりがローサの立っている庭まで届いており、茅葺き屋根の下の隙間には防犯カメラと思しき小さなガラスのドームがいくつかある。白い桟のある窓から居間のなかに暖かそうな光がちらつくのが見え、そこではじめて玄関ドアの上部に書かれた文字に気づき、きちんとした黒い活字で《チェスナットファーム》とあるのを見て、ローサは正しい場所に来たのを確信する。いてもたってもいられない。ローサは声をかぎりに叫ぶ。息を吸いこんで吐きだしたとき、その名前は庭を抜けて森のなかまで響く。

「クリスティーネーーーー！」

家の裏手の木立からカラスの群れがいっせいに飛び立つ。鳥たちは雪片をくぐり抜けて家の棟の上を飛んでいき、最後の一羽が見えなくなって、ローサはようやく納屋の扉のそばの人影に気がつく。

背が高く、百八十五センチほどある。オイルスキンのジャケットをはおって、片手に薪のはいった青い頑丈なバケツ、もう一方の手に斧を持っている。顔は穏やかで若々しく、すぐには彼だとわからない。

「見つけたんだね……ようこそ」

その声には感謝するような、親しみと言ってもいいような響きがあり、しばらく見つめたあと、彼は庭を横切って玄関ドアに向かい、足の下で雪がさくさく音をたてる。

「あの子はどこ？」

「この農家があのころとはちがって見えることをまずはあやまっておきたい。ここを買ったときは、当時の状況をわかってもらえるように復元するつもりだった——けど、そう考えたらあまりにも気が滅入った」

「あの子はどこ？」

「ここにはいない。よかったらなかを見てもいいよ」

ローサの心臓はどくどく鳴っている。なにもかも現実とは思えず、必死に息をする。男は玄関で足をとめて、歓迎するように大きくドアを開くと、一歩さがってブーツについた雪を叩き落とす。

「さあ、はいって、ローサ。これを終わらせてしまおう」

115

娘の名を呼びながら、ローサは暗く冷たい家の廊下を走る。階段を駆けあがって二階へ行き、傾斜した屋根の下を隈なくさがすが、結果は同じだ。なにもない。家具も、荷物もなく、ニスと新しい木の香りが家じゅうに漂っているだけ。ここは改修したばかりの空っぽの家で、はじめからなにもなかったような感じがする。階段を下りている途中で、彼の声がする。ハミングしているのは古い童謡だ。それがなんの歌かわかって、ローサの血管が凍りつく。玄関ホールから居間にはいるドアを抜けると、彼は背中を向けてしゃがみこみ、ストーブのなかでくすぶっている薪を火かき棒でつついている。横にある青いバケツのなかに斧があり、ローサはためらいもなくそれをつかむ。でも彼は微動だにしない。こちらを見あげるときもしゃがみこんだままで、ローサの両手は震えだすが、がんばって柄をしっかり握りしめる。いつでも使えるように。

「なにをしたのか教えて……」

彼はストーブの扉を閉めて、慎重に留め金をかける。

「彼女はいますばらしい場所にいる。よくそんな言い方をするだろう？」

「あなたがなにをしたのかって訊いてるの！」

「彼らもそんなふうに言ったよ、ぼくが妹のことを訊くたびに。ちょっと皮肉だね、実際。最初は双子を地下室に閉じこめてだんなにしたい放題させて、そのあいだママは一部始終を録画する。そのあとはふたりを引き離して、何年も連絡をいっさいとらせない。それが本人たちのためにいちばんいいからって……」

ローサはなんと言っていいのかわからないが、彼が立ちあがると、斧を握る手に力をこめる。

「だけど、すばらしい場所なんて言われても、たいして慰めにはならない。わからないというのが最悪だと思う。そうじゃないか？」

この男は正気じゃない。下りてくるときに思いついた考えはどれも役に立たない。静かにこちらを見つめるこの目の前では、どんな論法も戦略も計画も通用しない。代わりに、ローサは一歩近づく。

「あなたの望みがなんなのかわからない。そんなことはどうでもいいの。なにをしたのか、クリスティーネはどこにいるのか、それを話して。わかった？」

「いやだと言ったら？　それをぼくに使う？」

彼は無造作に斧を指さし、ローサは涙がこみあげるのを感じる。彼の言うとおりだ。絶対に斧を使うことはないだろう。そんなことをしたら永久にわからなくなる。必死にこらえているのに、涙があふれだし、ローサは彼の顔に微笑みの影を見る。

「この部分は飛ばそう。きみがなにを知りたいのかお互いわかっている。そしてぼくは話したい。問題はひとつ、きみがどれほど知りたがっているかってことだ」

「なんでもするわ……だから話して。いいからさっさと話し……」

一瞬のことで、ローサが反応する間もなく彼はすぐそばに立っていて、気がつくと濡れた柔らかいものを顔に押し当てられている。強烈な悪臭が鼻を突き抜ける。身をよじって逃れようとするが、相手の力はあまりに強く、その声が耳のすぐそばでささやいている。

「さあ、ほら……息をして。すぐに終わるから」

116

強烈な照明に、目がくらむ。必死にまばたきをしてなんとか目を開けると、最初に見えるのは白い天井と白い壁。左側の、壁から少し離れたところに、照明を浴びて光るステンレスの低い台、反対側の壁にはちらちら光るモニターが数台。ということは、ここはたぶん病院だろうと彼女は考える。病院のベッドに横たわっていて、なにもかも夢だったのだ。でも上体を起こそうとして、それができないとわかる。横たわっているのはベッドじゃない。手術台だ、同じくステンレスの。しかもむきだしの腕と脚が四方に広げられ、手術台にボルトで留められた革のストラップできつく縛られている。その光景に思わず大声をあげるが、頭を押さえつけているストラップが開いた口の上にもまわされているので、悲鳴はこもってほとんど聞こえない。

「お目覚めかな。大丈夫かい?」

意識が朦朧として、彼の姿が見えない。

「効果は十分もすれば薄れていく。一般にはあまり知られていないけど、ホース・チェスナットにはエスクリンが含まれていて、正しく配合すれば、クロロフォルムと同じくらい効果的な毒物になるんだ」

ローサはきょろきょろするが、やはり声が聞こえるだけだ。

「ともかく、やることがたくさんあるから、ここからは目を覚ましておいたほうがいい。それでいいかな？」

突然、彼が視界にはいってきて、白いビニールのつなぎを着ている。片手に長方形のフライトケースを持っていて、それを低い台の上に置き、身をかがめてロックを解除しながら、話しだす。クリスティーネの物語がはじまったのは、何年もかかってさがしていたローサをニュース番組で突然見つけた日だった。

「じつはもう永久に見つからないんじゃないかと思いはじめていた。ところが、きみは議会の後方席の新人議員から社会問題大臣にまで出世していた。その皮肉を想像してみてくれ。きみを見つけたのは、まさにあの役職のおかげだった……」

その白いつなぎが、いつか見た警察の鑑識員が着ていたのとそっくりだと気づいて、ローサは愕然とする。彼は白いマスクと青いヘアネットをつけ、ビニールの手袋をはめた手でフライトケースの蓋を開ける。無理やり頭を左に向けると、ケース内部の緩衝材にふたつの窪みがあるのがかろうじて見える。ひとつめの中身は彼の陰になっているが、奥のほうに、きらりと光る金属の棒が見える。片方の端に拳大の金属のボールがあり、小さな突起がびっしりついている。反対側の端が取っ手になっているが、取っ手が終わって棒が途切れるはずのところに金属が突きだしていて、長さ五、六センチの錐になっている。ローサは革のストラップをめいっぱい伸ばして引っぱり、そのあいだも彼の声が聞こえている。オドセアー市役所の古いファイルにアクセスして、自分と妹がチェスナットファームへ送られることになった理由を突きとめたのだと。

「もちろん、きみは先のことなんかなにも考えてないただの無邪気な女の子だった。でも、きみの小さな嘘はきみの手を離れてしまった。きみが登場してかわいそうな幼い子供たちの話をするたびに、そのしたり顔から、あのことをすっかり忘れてしまったのがわかった」

ローサは叫ぶ。それは事実じゃないと彼に言いたいのに、口から出るのは野生動物のような声だ。視界の隅で彼がひとつめの窪みにはいっている物体を取りだす気配を感じる。

「そうは言っても、きみをただ死なせるだけじゃ、あまりにも手ぬるいような気がした。ぼくが本当にしたかったのは、きみに自分が引き起こした苦しみを見せつけることだった。ただやり方がわからなかった。そのうちきみに娘がいるとわかった。しかもあの当時の妹と似たような歳ごろの――それで思いついた。ぼくはきみたちの、もちろん特にクリスティーネの、日課を調べはじめた。彼女はとりたてて賢くもなければ独創的でもないし、甘やかされた上流階級の生活を送っていたから、どういう子かを理解して計画を立てるのは簡単だった。あとは秋になるのを待てばよかった。それはそうと、あの子に栗人形の作り方を教えたのはきみかい？」

ローサは必死に自分の置かれた状況を把握しようとする。見える範囲には窓も階段もドアもないが、それでもあえて叫んでみる。口にまわされた革のストラップにさえぎられながらも、声は部屋じゅうに響き渡り、自由になろうと身をよじるために必要な瞬発的なエネルギーを与えてくれる。でもそのとき、声がいきなりすぐ近くで聞こえ、彼がなにかをいじくりながら横に立っているのがわかる。

「観察するのは本当に楽しかったよ。あの時点ではどう利用できるかわからなかったけど、彼女が友だちと一緒に道端で栗人形を売っているところはそれだけで詩のようだった。じつはそのせいで体育館から出てくる彼女のあとをつけるのを二、三日休んだくらいだ、それまで何度もやってたんだけど。きみの家から通りをほんの数本行ったところで彼女を呼びとめて、市庁舎前広場への行き方を尋ねたんだ。そうして彼女をヴァンに押しこめた。薬をのませ、自転車とスポーツバッグを森に残して警察がそっちに気を取られるようにしておいて、ぼくたちは車で走り去った。彼女はよくしつけられていたよ。きみのためにそれは言っておこう。人を疑うことを知らず、親切で、そう、ちゃんとした両親がいなければ、あんなふうには育たないだろうね……」

ローサは泣いている。嗚咽《おえつ》のリズムに合わせて胸が上下し、声は喉を無理やり通って口から逃げようとする。自分がここにいるのは当然の報いだという思いに打ちのめされる。悪いのはわたし、罰を受けて当然だと。たとえなにがあったにせよ、自分の娘を守ってやれなかったのだから。

「さてと。おもしろいことに、この物語には四つの章があって、いまのが第一章だ。ここで少し休憩をはさんで、それから続きを話してあげよう。それでどうかな？」

耳をつんざくような音がして、ローサは顔の向きを変えようとする。その道具は、スチールかアルミで、大きさはアイロンほど。取っ手がふたつと金属プレート、手で雑に溶接した継ぎ目のあるのこぎりガイドがあり、騒音を発しているのはその道具の前についている回転刃だと気づくまでに少し時間がかかる。そして不意に、両手と両足が台の端からはみだすような形で腕と脚を縛られている理由がわかり、刃が手首の骨に食いこんだとき、ローサはふたたび革のストラップの下で悲鳴をあげはじめる。


「大丈夫かい？　ぼくの声が聞こえる？」

その声が耳に届き、強烈な白い光がまた目の前でまたたく。ローサは状況を把握しようとして、気絶する前になにがあったかを思いだす。さっきとなにも変わっていないことにほっとしたのもつかのま、左半身が麻痺しているのがわかる。そちらに顔を向けた瞬間、パニックが湧き起こる。実験用の黒いプラスティックの大型の鉗子《かんし》が、左手のあった場所の傷口からあふれる血をとめていて、床の青いバケツのなかに指先のようなものが見える。

「第二章のはじまりはこの地下室だ。きみたちがなにかおかしいと気づきはじめたころ、クリスティーネとぼくはもうここにいたんだよ」

ローサがその声に耳を傾けているあいだに、彼は道具と青いバケツを持って反対側へ移動する。白いビニールのつなぎには血が、彼女の血が、肩と、口を覆うマスクにまで広がって飛び散っている。

「彼女が行方不明になれば国じゅうが大騒ぎになるのはわかっていた。だから周到に準備をした。当時のこの地下室はいまとちがっていたから、万一誰かがここへ来てこの家を発見しても、地下室は見つからないようにいろいろ工夫をこらした。でも、もちろんクリスティーネは、ここで目が覚めたときかなり驚いた。怯えた、と言うべきかな。彼女に、警察の注意を別の人間に向けさせるためにきみのＤＮＡが必要だから、その小さい華奢な手をちょっと切らなくちゃいけないんだと説明したら、彼女はとても勇敢に耐えた。でもかわいそうに、ほとんどの時間はひとりぼっちだった。ぼくはコペンハーゲンでやるべき仕事があったから。あの子はどんな気持ちだったたろうって、きみは思っているだろうね。悲しくて怖かっただろうかって。正直に答えると、そう、そのとおりだった。きみのいる家に帰らせてほしいと必死に頼んで訴えていた。それはもう胸が痛むような光景だったよ。けどなにごとも永遠には続かないもので、ひと月ほどして嵐が静まったころ、さよならを言う時がきた」

その言葉が、腕の痛みより強く突き刺さる。胸をざっくり切り裂かれるような痛みに、ローサはまたすすり泣く。

「ここまでが第二章だ。さて、もう一度休憩をはさむとしようか。今度はあんなに長く気絶しないでほしいね。一日じゅうつきあってる暇はないんだ」

青いバケツが右手の真下に置かれ、ローサはやめてくれと懇願するが、口から出るのは意味をなさない騒音だけだ。　道具がウィーンと鳴りだしてのこぎりの刃が回転し、それが手首に食いこむと彼女はまた絶叫する。刃が骨に触れてそこを刻みはじめると、身体が突っ張って大きく反り返る。想像を絶する痛みだ。その痛みが続くなか、道具が唐突に停止してスイッチが切られる。ローサのくぐもった悲鳴は鳴り響く警報にかき消され、その音が男の注意を惹いて作業の手を中断させている。彼は道具を手にしたまま、反対側の壁に並んだモニターを振り向き、ローサもその視線の先にあるものを見ようとする。モニターのひとつに動きがあるのがかろうじて見え、それが防犯カメラのとらえた映像だとわかる。なにかが遠くから徐々に見えてくる。車、だろうか。そんな考えが最後に頭をよぎったあと、世界は闇に包まれる。

117

　奮闘したせいで頭の傷から血が顔に流れ落ち、トゥリーンは気を失わないように深く激しい深呼吸を繰り返す。粘着テープがあまりにも雑に頭に巻かれているので片鼻でしか呼吸ができず、両手を縛られているのでそれをはがすこともできない。車のトランクのなかで横向きにころがりながら、トゥリーンは思いきり酸素を吸いこみ、ロックがあると思われる場所に向けて、暗闇のなかでまた膝蹴りをはじめる。全身の筋肉が悲鳴をあげ、首と背中の上部が後ろの壁に食いこむ。それでもやめず、ロックに何度も何度も膝をぶつけるうちに、鼻水と血の泡が鼻孔から垂れてくる。でもトランクの扉はびくともしない。どこかのねじが膝頭の下にできたばかりの傷口に深く食いこんで、酸素不足が限界に達したとき、トゥリーンはあきらめて倒れこみ、空気を求めて必死にあえぐ。

　トランクに入れられてからどれくらいたったのかわからない。この数分間は永遠にも思われた。遠くから機械のうなりと女性の悲鳴の入りまじった音が聞こえていたからだ。猿ぐつわをかまされているのか、その悲鳴はくぐもっている。音は通気孔からもれてくるようだが、トゥリーンはあれほど悲痛な声を聞いたことがなかった。できるものなら耳をふさぎたい――なにがあれほどの悲鳴をあげさせているのか、ありありと目に浮かぶ――が、手も足も縛られていて、両手はもう感覚がなくなっている。

意識がもどったとき、最初はどこにいるのかわからなかった。すっぽりと闇に包まれていて、でも側面と頭上の冷たい金属の感触から、車のトランクのなかだとわかった。たぶんゲンスと一緒にここまで乗ってきた車の。森が目の前で急に開けて、そのまま庭に車を乗り入れたとき、トゥリーンはその農家にすっかり気を取られていた。庭を取り囲む古い大きな栗の木立を眺めながら、足跡ひとつない雪のなかに降り立って、玄関ドアの上部の文字を目にしたとき、トゥリーンは制式拳銃を抜いた。その茅葺き屋根の農家は暗く、見るからに人を寄せつけない感じで、近づいていくと外灯がともって防犯カメラを照らしだした。ドアには鍵がかかっていて、なかをのぞいても、人影もなにも見えなかったが、トゥリーンにはここが目的地だとわかった。

どこかに侵入できそうな場所はないかと農家の周囲をまわり、一階の窓を割って忍びこもうと決めた瞬間、ゲンスが背後から現われて、玄関ドアの前のマットの下に鍵を見つけたと言った。トゥリーンは驚かなかった。むしろ自分がそれを思いついて確認すべきだったと思いながら、ふたりで家のなかにはいった。トゥリーンが先に足を踏み入れると、玄関ホールでニスと新しい木の香りに迎えられた。まだ一度も使われたことのない新築の家のように。でも、庭からは見えなかった居間の隅にあるストーブのところへ行くと、この家に人が住んでいることがはっきりした。白い机の左側に二台のノートパソコン、ほかにも電子機器や携帯電話、栗のはいったボウル、間取り図、底の丸いフラスコや実験器具などもあった。机の横の床にはポリ容器が二個。机の上部の壁には、ラウラ・ケーアとアネ・サイア゠ラッセンとジェッシー・クヴィウムの写真。いちばん上にはローサ・ハートンの写真、そしてトゥリーンとヘスを隠し撮りした写真もあった。

その光景はトゥリーンを戦慄させた。拳銃の安全装置をはずして、家のほかの部分を捜索する準備をし、自分の携帯電話がないので、ここで見つけたものをすぐニュランダに知らせるようゲンスに頼んだ。

「それは無理だと思うよ、トゥリーン」

「どういうこと？」

「もうじき客が来る予定だし、仕事をじゃまされると困るんだ」

ゲンスは居間の戸口のすぐ内側に立っていた。背後の庭の照明はまだともっていたので、トゥリーンには顔がわからず、見えるのはシルエットだけで、一瞬、自分のアパートメントの向かいの足場に見えた防水シートの陰のシルエットがよみがえった。

「いったいなんの話？　とにかくすぐ電話して！」

突然、ゲンスが斧を手にしているのに気づいた。腕の延長のように、だらりと垂らしていた。

「農場の栗を使うのはリスクがあった。もしかしたらあとできみにもわかるかもしれないな、ここの栗でないといけなかった理由が」

つかのまトゥリーンはぽかんと見つめた。それから、いまの言葉の意味を理解し、ゲンスに協力を求めたのが致命的なミスだったことを悟った。トゥリーンが腕を持ちあげて拳銃を向けると同時に、彼も斧を振りあげた。柄を前にして。とっさに頭を後ろにそらしたが、それは不充分で、次に気がつくと真っ暗なトランクのなかにいて頭が割れそうに痛かった。トゥリーンを目覚めさせたのは人の声だった――ゲンスと、ローサ・ハートンらしき女性の取り乱した声。声は庭から聞こえたが、そのあと聞こえなくなり、しばらくしてくぐもった悲鳴が聞こえたのだった。

トゥリーンは息を殺して耳をすます。機械の音がやんでいる。悲鳴も。その静寂は、まもなく自分の番が来て同じ拷問を受けることになるという意味なのか、トゥリーンにはわからない。家にいるリーとおじいちゃんのことを思いだし、あの子にもう二度と会えないかもしれないという考えが頭をかすめる。

そのとき静寂のなかに近づいてくるエンジンの音がする。最初は空耳かと思うが、やはり車が庭にはいってくる音のように聞こえ、その音がやんでエンジンが切られたとき、彼女は確信する。

「トゥリーン！」

聞き覚えのある声。最初に考えたのは、ありえないということ。彼のはずがない。こんなところにいるはずがない――どこか遠くへ行く予定だったはず。でも現に彼はここにいるという事実に希望がむくむく湧いてくる。トゥリーンは声をかぎりに叫び返す。出てきたのは蚊の鳴くような声だ。彼には聞こえない、少なくとも庭にいたら聞こえない。だから代わりに暗闇のなかで必死に蹴りはじめる。身体の側面の壁を叩くと、空洞のような鈍い音がするので、その箇所を何度も何度も蹴り続ける。

「トゥリーン！」

彼はまだ呼んでいる。その声がだんだん小さくなっていくと、家のなかにはいったのだとわかる。彼が来たことにゲンスも気づいている、でなければ機械をとめたりしない。そう確信して、トゥリーンは暗闇のなかでひたすら蹴り続ける。

118

玄関ドアに鍵はかかっておらず、ヘスは短時間で一階と二階に誰もいないことを確認する。拳銃を抜き、二階から階段を駆け下りて暗い家のなかを走り抜けるが、人の気配はどこにもなく、幅広の床板に自分の濡れた足跡があるだけだ。居間にはいってストーブのそばの作業机のところまで行くと、壁には三人の被害者の写真と、それにローサ・ハートン、トゥリーンと自分の写真もあり、そこで足をとめて耳をすます。なにも聞こえない。自分の息づかいのほかはなんの物音もしないが、ストーブはまだ温かいし、家じゅうにゲンスの存在が感じられる。

農場のたたずまいにはひどく驚かされた。警察の古い報告書で読んでいた荒れ果てて崩れそうな廃墟ではなく、その驚きがヘスを困惑させた。ほとんど雪に覆われてはいたが、庭にあるローサ・ハートンの車にはすぐに気づいて、ここにとめてから少なくとも一時間はたっていると見積もった。だがゲンスとトゥリーンが乗ってきた車は見当たらなかった。どこかに隠してあるのか、まったく別の場所にとめてあるのか。前者であることをヘスは祈った。ここへ着いたとき、防犯カメラが複数台、家の前壁の上部近くに設置されているのを見たので、ゲンスがここにいるとしたら、自分が来たことを知っているはずだ。だからヘスはためらいもなく大声で呼んだ。最初はトゥリーンを、それからローサ・ハートンを。ふたりが近くにいるなら――そして生きているなら――その声が耳に届く可能性はある。だが返事はなく、不気味な静寂があるばかりだった。荒い息をつきながら、いまもその静寂に耳をすましている。

家のなかはひととおり見たものの、また急いでキッチンへともどりながら、アーカイブで見た犯行現場の古い写真を必死に思いだそうとする。ティーンエイジャーふたりは取り散らかったテーブルのそばにいたが、気になるのはそこではない。写真の背景にドアが写っていたのを覚えている。おそらくそれが、マリウス・ラーセンと双子が発見された地下室に通じるドアのはずだが、いま立っている改修されたキッチンはイケアの展示並みに整然としていて、あのドアはどこにもない。壁が動かされて、角度が変わっている。中央にある真新しい大きなアイランド型キッチンには六口のガスコンロとクロムめっきのレンジフード、その周囲にはアメリカ風の冷蔵庫と、白い両開きの戸棚がふたつ、磁器のシンク、食洗器、ビニールフィルムに覆われたままの大型オーヴン。ドアというものがひとつもなく、地下室に通じるドアがないのは確実で、あるのは家事室へ行く通路だけだ。

玄関ホールへもどり、階段とその裏側の床を見ながら、そこに地下室へのドアか昇降口が突如として現われるのを期待する。が、どちらも現われない。そもそも地下室自体まだあるのだろうか、と一瞬考える。ゲンスは、いや本名がなんであれ、彼はとうの昔に地下室をコンクリートで埋めてしまったのではないか。双子の妹と一緒にこの家に住んでいたときの出来事を二度と思いだすことのないように。

どこか遠くでどすんという音がする。ヘスは凍りつくが、なんの音かわからない。どこから聞こえるのかも。視界に動くものはなく、外灯の明かりのなかで雪が降っているだけだ。急いでキッチンへ取って返し、今度は、そのまま家事室まで行って勝手口から建物の反対側に出て、地下室に関する疑問の答えになりそうな窓か換気口がないかたしかめようと考える。ところが、アイランド型キッチンを過ぎたところでふと足がとまる。陳腐な考えが浮かぶ。ひとつめの白い戸棚のところへ行き、古い写真のなかで地下室への階段があったのがだいたいそのあたりだったことを思いだす。両開きの扉を開けるが、空っぽの棚しかない。次に隣の戸棚を開けると、すぐに白い取っ手が目にはいる。棚と奥の壁が取り払われている。代わりにキッチンの壁に直接埋めこまれた白いスチールドアの輪郭が見える。空っぽの戸棚に足を踏み入れ、白い取っ手を押しさげると、重たいドアが外側に開いて階段が現われる。

コンクリートの階段の三メートルほど下にある床に、強烈な白い光があたっている。自分が地下室をどれほど厭わしく思っているか痛感する。オーデンのアパートメントの、ラウラ・ケーアの家のガレージの、都市計画団地の、ヴォアディングボー警察の、そして今度はここの。拳銃の安全装置をはずして、下にある床に注意を向けながら、一段、また一段と下りていく。五段下りたところで、なにかが見え、思わず足をとめる。次の段になにかが落ちている。しわくちゃでべたつくビニール製のなにかが。拳銃でつついてみると、同僚たちが犯罪現場でつける青いビニールの靴カバーだとわかる。ただし、このカバーは使用済みで血がついている。階段の下のほうへ目をやると、血のついた足跡が上に向かって続いているのが見えるが、それは靴カバーの落ちている段で終わっている。その意味がだんだんわかってくる。くるりと向き直って仰ぎ見ると、その人影はすでに戸口にいる。振り子のように斧がひゅんと飛んできて、死んだ警官、マリウス・ラーセンのことが頭をよぎった次の瞬間、それはヘスの額をかすめる。

119

祖母の家の地下室は黴《かび》くさく、湿気でしみができていた。石の床はでこぼこで、壁はざらざら、古めかしい黒い磁器のソケットにはめた裸電球が、すり切れた布張りのケーブルで天井からぶらさがり、部屋を陰気に照らしていた。無秩序と乱雑、奇妙な部屋と廊下がからみ合う世界、ふたつの階を隔てるドアの向こう側とは完全に異なる世界だ。

一階ではあらゆるものが黄ばんでいた。どっしりした家具、花模様の壁紙、漆喰塗りの天井、カーテン、祖母の吸う両切り葉巻煙草のいやなにおい。居間ではノーマン・コペンハーゲンのクレニットボウルのなかに灰の山が華麗なピラミッドよろしく積みあげられて、その脇にはクッション付きのガーデンチェアが置かれ、車で老人ホームへ連れていかれるその日まで、祖母はそこにすわっていた。ヘスはその部屋にいるのも好きではなかったが、地下はそれよりなおいやだった。窓がなく、換気口もなく、ぐらつく階段以外に出口もなく、ガーデンチェアの脇の小さなコンソールテーブルに置くボトルのお代わりを取りに地下へ下りるたびに、暗闇に追われるようにしてあわててもどったものだった。

そんな子供時代の嫌悪感と恐怖感を覚えながら、ヘスはチェスナットファームの地下室で目覚める。誰かに顔を思いきり引っぱたかれていて、血が片目の上を流れ落ちるのがわかる。

「おまえがここにいることを知ってるのは誰だ？　答えろ！」

ヘスは床まで引きずりおろされて壁に半分寄りかかっている。平手打ちを食らわせているのはゲンスだ。ビニールのつなぎを着て、血の飛び散ったマスクと青いヘアネットの隙間からわずかに目だけがのぞいている。ヘスは攻撃をかわそうとするが、できない――両手と両足が結束バンドらしきもので縛られている。

「誰も……」

「指を一本よこせ、じゃないと切り落とす。早く指をよこせ！」

ゲンスはヘスを床に突き倒し、その上に身をかがめる。床に押しつけられながら、ヘスは部屋を見まわして銃をさがすが、それは数メートル離れた床に落ちている。ゲンスがヘスの親指をつかんで携帯電話のタッチＩＤボタンに押しつけ、立ちあがって画面をじっと見ているので、それが自分の電話だとわかる。やってくる怒りに備えて身構えたものの、側頭部への蹴りは強烈で、またもや意識を失いそうになる。

「おまえは九分前にニュランダに電話をかけた。庭で車から降りる直前だろう」

「ああ、そうだった。すっかり忘れてたよ」

また顔の同じ側に蹴りを食らい、今度は窒息しないように血を吐きださねばならない。もう皮肉を言うのはやめようと自分に誓うが、その情報は役に立つ。庭に車を乗り入れ、ローサ・ハートンの車に気づいてニュランダに電話をかけてから九分たっているとしたら、ヴォアディングボー警察からブレンクとパトカーの隊列が到着するまでそう長くはかかるまい。雪で遅れなければ。

もう一度、血を吐きだし、そのとき足元に自分のものではありえない血だまりがあるのに気づく。床にしたたっている血を目で追っていくと、その先にあるのは、腕の先端にぽっかりあいた傷口だ。ローサ・ハートンが、手術室にあるようなステンレスの台に死んだように横たわっていて、左手があったはずの手首はプラスティックの鉗子で止血されている。右手もやはり切られている。途中までだが、その下の床には青いバケツが待機している。バケツの中身をちらりと見ただけで吐き気がこみあげる。

「トゥリーンをどうした？」

でもゲンスの姿はもうどこにも見えない。少し前に携帯電話をヘスの膝に放り投げて部屋の奥のほうへ歩いていき、そこからがちゃがちゃと騒々しい音が聞こえるので、そのあいだにヘスはなんとか立ちあがろうとする。

「ゲンス、あきらめろ。もう正体はばれているし、そのうち見つかるぞ。彼女はどこだ？」

「なにも見つからないさ。ゲンスがどういう人間か忘れたのか？」

紛れもないガソリンのにおいがして、ゲンスがポリ容器を手にふたたび現われる。すでに液体を壁に振りかけはじめていて、ローサのところまで来ると、ぐったりした全身にガソリンをかけ、さらに部屋じゅうにまき散らす。

「ゲンスは科学捜査について少しばかり経験がある。警察がここへ来ても、彼の痕跡はいっさいない。ゲンスはたったひとつの目的のために作りだされた。警察がそれを突きとめるころには、もう後の祭りだな」

「ゲンス、話を聞いてくれ――」

「いや、そこは飛ばそう。どうやら昔ここで起こったことを運よく探りあてたようだが、同情しているとか自首すれば罪が軽くなるとか、そんなご託はわざわざ聞かせてくれなくてけっこう」

「同情なんかしてない。きみはたぶん生まれつき異常者だったんだろう。残念なのはきみがあの地下室から外に出たことだ」

ゲンスがこちらを見返す。驚いたような、かすかな笑みが浮かび、ヘスが身構える暇もなく三度めの蹴りが顔に飛んでくる。

「もっと前におまえを始末しておくべきだったよ。ああ、おまえが背中を向けて立ってたとき、菜園であばずれのクヴィウムを見つけてあっけにとられてたあのときなら確実だった」

ヘスはまた血を吐きだし、舌で口のなかを探る。鉄の味がして、上の歯が何本かぐらついている。殺人犯は市民菜園の影に潜んでいたのだ。そんなことは考えもしなかった。

「はっきり言って、おまえのことなんか相手にしてなかった。ユーロポールから落ちこぼれたうぬぼれの強い役立たずのろくでなしって話だった。なのにいきなり現われて豚を解体したり、リーヌス・ベガのことをあれこれ訊きたがったりした。だから目を光らせておく相手はトゥリーンだけじゃないとわかった。そういえば、例の都市計画団地へのちょっとした遠足の前に、おまえらが幸せな家族ごっこをしてるところを見たよ。あの尻軽女に惚《ほ》れたようだな、ちがうか？」

「彼女はどこだ？」

「まあ、おまえが最初じゃないけど。彼女のアパートメントに出入りする男は何人も見てきたが、残念ながらおまえは彼女のタイプじゃない。でも心配するな——おまえがよろしく言ってたと彼女に伝えてやるよ、喉を切る前に」

ゲンスがヘスにガソリンを振りかけて、ポリ容器を空にしていく。それは頭の新旧の傷と目にしみ、ヘスが息をとめているうちにガソリンがなくなる。頭を振ってしずくを払いのけ、目を開けたとき、ゲンスはつなぎを脱いでいて、その白いかたまりとマスクとヘアネットを床に放り投げる。部屋の端にある白いスチールドアの前に立っている。コンクリートの階段とキッチンに通じるドアだろう。片手に栗人形を持っていて、ヘスの目を見ながら、マッチ棒でできた人形の脚の先端をマッチ箱にこすりつける。火花が散る。炎が充分に大きくなると、ゲンスは栗人形を濡れた床に放り、ドアの向こうに消える。

120

後部座席の裏側が大きな音をたてて割れ、車内に通じる隙間ができる。苦労の末、ついに明かりが見える。疲れ果てて汗だくになったトゥリーンは、トランクのなかから頭だけを隙間に差し入れたまま、しばらく横になる。首をまわして右上のほうに向けると、後部座席の横の窓から外が見える。庭の照明から届く縦に細長い明かりで、車が納屋のなかにとめられているのがわかる。

トランクのロックを解除するのが無理なことはもうはっきりしている。座席の裏側の壁は、膝を押しつけて踏ん張ると動くのがわかっていたので、背中の上部を破壊槌のように使って何度も打ち続けた。それからもう一度踏ん張って、後部座席の上にさらに身体を押しあげようとする。両手と両足に巻かれた粘着テープを切るための道具さえ見つかれば、まだ間に合う。家が静まり返っているのは耐えがたいが、なかにはいれさえすれば、拳銃が見つかるかもしれないし、そうなれば二対一だ。ヘスもばかではない。この農場までたどりついたということは、ゲンスが犯人だと探りあてたにちがいなく、だとすれば用心が必要なことはわかっているはず。そこまで考えたとき、ぱちぱちと火の燃えあがる音が聞こえてくる。帆を限界までふくらませる突風のような勢いで。それほど遠くではない。家のなかのどこか、たぶん悲鳴が聞こえた場所だろう。その悲鳴はとうにやんでいたが。

トゥリーンは息をとめて耳をすます。やっぱり、火がごうごうと燃え盛っていて煙のにおいもしてくる。全身を後部座席のほうに押しだそうと必死に身をくねらせながら、火事がなにを意味するのか懸命に考える。突然、居間の机の横の床に置かれていた二個のポリ容器を思いだす。部屋にはいってすぐ目についたのに、そのあと壁に、それとゲンスに、気を取られてしまった。火事もゲンスが書いたシナリオの一部だとしたら、それはヘスにとって災いの前兆となる。トゥリーンは胴体を小刻みに揺すって後部座席に身を乗りだしながら、横向きになれるように下半身を大きくまわす。肘を使ってどうにか上体を起こし、縛られた両手をドアの取っ手のほうへ伸ばす。脳内ではすでに道具を見つけてあり、それで自由の身になれば家のなかに駆けこめる。でもそのとき、納屋の扉の隙間を通して彼の姿が見える。

片手にあのポリ容器を持ったゲンスが玄関ドアから出てきて、そのまま階段の下まで液体をまき続ける。容器をドアのなかに放りこみ、マッチをすって投げると、すぐに納屋のほうへ顔を向ける。まっすぐこちらへ向かってくる。その背後では、火が恐るべき速さで家じゅうに広がるのがわかる。ゲンスが納屋の扉にたどりつくころ、窓から見える炎はすでに天井まで燃えあがり、彼の姿は輪郭しか見えない。

急いで運転席の裏にもぐりこむのと同時に、納屋の両開きの戸が引き開けられ、明滅する明かりがどっと流れこむ。トゥリーンはできるかぎり縮こまってうずくまる。運転席のドアが開き、ゲンスが乗りこむと、シートが頰に押しつけられる。キーが差しこまれ、エンジンがかかって、車が雪の積もる庭を走りだしたとき、熱気で最初の窓が吹き飛ぶ音がトゥリーンの耳に届く。

121

いつ死んでもかまわないとヘスは長いこと思ってきた。人生に嫌気がさしたというより、生きていること自体がつらかったから。助けを求めることも、当時いたわずかな友人に頼ることもしなかった。与えられた助言にも従わなかった。代わりに逃げた。追いかけてくる暗闇からできるだけ速く走って逃げ、それがうまくいくときもあった。ヨーロッパの見知らぬ地方にある小さな安息所の数々、そこで彼の心は自然と新しい観念や新しい挑戦になじんだ。でも暗闇はかならずもどってきた。少しずつためこんできた記憶や死者の顔とともに。自分には誰もいないし、自分は何者でもない。抱えている負債は生者に対するものではない。だから、いざ死が訪れたとしても騒ぐことはない。

そんなふうに思ってきたのに、いまこの地下室で感じているのはそんなことではない。

ゲンスが出ていってドアが閉まり、火が広がりはじめると、ヘスはすぐさまローサ・ハートンの向こう側の床に落ちているのを見ていた血まみれの道具のほうへ這っていく。それがなにに使われたかは考えるまでもなく、ダイヤモンド刃のおかげで、手首を縛ってあるバンドが一瞬で切断される。それを使って足のバンドも切り、火の手が部屋のなかほどまで届くころには——それはいまローサに向かっている——携帯電話と拳銃をつかんで、よろよろと立ちあがっている。黒い煙の雲はすでに天井まで這いあがり、迫りくる炎をにらみながら、ヘスは大急ぎで革のストラップをひとつずつはずす。火が床からステンレスの台にみるみる燃え移った瞬間、ローサのぐったりした身体を持ちあげて、ゲンスがガソリンをまかなかった一画へと運ぶ。

だがそれは小休止にすぎない。火はすでに壁のファイバーボードに牙をむき、まもなく天井にも広がるだろう。そしてヘスとローサはどちらも全身にガソリンを浴びている。ふたりのいる一画にまで燃え広がるのは、あるいは室温が異常にあがってふたりとも自然発火するのは、もう時間の問題だ。唯一の出口はゲンスが姿を消したドアだが、それを開けることはできない。取っ手はすでに熱すぎて、ジャケットを脱いで手に巻いてみたが、一瞬で燃えあがる。天井付近の黒い煙のカーペットがどんどん厚みを増してきたとき、小さな煙の渦が正面の壁のファイバーボードパネルの継ぎ目に吸いこまれていくのに気づく。ヘスはのこぎりをつかんでダイヤモンド刃をその継ぎ目に差しこみ、てこの要領で使う。最初の試みでどうにかパネルの角が折れて指先がはいるようになり、思いきり引っぱるとパネルがぱちんとはずれる。

そこにあるのは内側に二本の鉄のバーがついた地下室の窓で、見あげると、外の暗闇のなかを車のテールランプが素早く横切っていく。ヘスは絶望的な気分でバーをつかんで揺すり、車が影のなかに消えていくと、ついに自分もここで死ぬのかという考えが頭をよぎる。でも炎とローサ・ハートンのほうを振り向いたとき、足元に横たわる彼女の腕の先端を見て思いつく。のこぎりをつかんで窓に向き直り、最初に考えたのは、幸い鉄のバーはこの道具で切断された腕の骨ほど太くは見えないということだ。のこぎりの刃は一本めのバーを難なく切り離し、それをあと三回繰り返すとバーはなくなった。ヘスは窓を揺すって押し開ける。

背中に焼けるような熱さを感じながらローサを持ちあげて窓台にのせ、自分の身体も引きあげて這うようにその横をすり抜ける。ローサを引きずって後ろ向きで窓から出ながら、首のあたりと服のなかに炎を感じるが、そのあとどうにか背中が窓の外の湿った雪のなかに着地する。

咳きこみながら立ちあがり、ローサを庭の反対側へ引っぱりはじめる。身体が燃えるように熱く、すぐにも雪のなかをころがって身体を冷やしながら咳をして肺の中身を吐きだしたい。でも、そのまま燃えている家から二十メートルほど離れて、ローサを石の壁に寄りかからせる。そしてヘスは走りだす。

122

トゥリーンの全身が行動を起こせと叫んでいる。運転席の裏の暗がりにうずくまり、車のスピードと、特に車の動きに意識を向けながら、トゥリーンは森を抜ける道の状況を懸命に思いだし、ゲンスの注意がいちばんおろそかになるタイミングを推し測る。雪と暗闇はこちらに味方してくれるはずだ。ゲンスは道路に集中しなければならない。外は漆黒の闇だし、雪が五センチから十センチは積もっている。両の手足を縛られた状態で勝てる見込みはあるだろうかと必死に考えるが、なにもしなければ時間はどんどん無駄に過ぎていく。一刻も早く農場にもどらなければ。車が納屋から出て庭を走っているとき、あえて顔をあげて窓から様子を見ることはしなかったが、炎の獰猛《どうもう》さは感じられた。

突然スピードが落ちるのがわかる。ゆるいカーブにさしかかったような感じで、全身の筋肉が張りつめる。幹線道路までの途中にある長いカーブにはいったにちがいない。トゥリーンはだしぬけに起きあがり、縛られた両手を思いきり振りあげて、運転席へ輪縄のように放り投げる。ダッシュボードのライトでかすかに照らされたバックミラーのなかの目が、いち早く彼女をとらえる。まるで読まれていたみたいに、攻撃は片手の一撃でかわされ、両腕が押しもどされる。もう一度やると、彼はペダルもハンドルも放して後ろを向き、トゥリーンの頭に殴りかかってくる。ついに車がエンジンをアイドリングさせたまま停止し、後部座席に倒れて動けなくなったトゥリーンは、必死に鼻で呼吸しようとする。

「きみの名誉のために言っておくと、ぼくが本気で目を光らせる必要があると感じたのは殺人課できみだけだった。当然、きみのことはなにからなにまで知り尽くしてるってことさ。きみが奮闘して子豚みたいに汗をかいたときのにおいも含めて。大丈夫かい？」

まったく無意味な質問だ。彼女がここにいることはとうにお見通しで、口を覆っている粘着テープにナイフが差しこまれたとき、一瞬それで刺されるのかと思う。そうではなく、テープに切れ目がはいったので、トゥリーンは縛られた両手でそれをゆるめて息を吸いこめるようになる。

「ふたりはどこ？　あの人たちをどうしたの？」

「もうわかってるだろう」

トゥリーンは後部座席に横たわったまま空気を求めてあえぎながら、燃えている農場を思い浮かべる。

「ヘスは生きることにそれほど執着してないようだったな、実際。そうそう、きみの喉をかき切る前に、よろしく伝えてほしいと頼まれてたんだった。それが少しは慰めになるなら」

トゥリーンは両目をぎゅっとつぶる。あまりにも不利な状況に、涙がこみあげる。ヘスのために、ローサ・ハートンのために、でもなによりリーのために、彼女は泣き叫ぶ。あの子はいまごろ家にいて、なにひとつ悪いことなんかしていないのに。

「ハートンの娘。あれもあなただったの……？」

「そう。必要なことだった」

「でもどうして……？」

その声はか細くて頼りなく、自分でもいやになる。しばらく沈黙が続く。深々としたため息が聞こえ、そちらに目を向けると、物憂げに暗闇を見つめているようなシルエットが浮かぶ。それから彼は幻想を振り払い、影になった顔をこちらに向ける。

「話せば長くなる。ぼくは忙しいし、きみは眠らなくちゃいけない」

ナイフを握った手が動きだすと、彼女は両手を顔の前に振りあげる。

「ゲエーーーンス……！」

叫び声が沈黙を切り裂くが、そのしわがれた声にトゥリーンは聞き覚えがない。それは遠くから聞こえる。深い森の奥か、地の底から。ゲンスがはっとして、すかさず声のほうに顔を向ける。ゲンスの表情は見えないが、愕然としたようになにかを凝視している。もがきながら身体を起こすと、フロントガラスの向こうに、道路の先を照らすヘッドライトの光線の先端が見える。そしてトゥリーンは納得する。

123

胸はいまにも破裂しそうで、心臓は痛む肋骨《ろっこつ》をハンマーのように叩く。口から吐きだされる息は顔の前で白い不規則な雲となり、寒さのなか拳銃で前方の車に狙いを定めようとすると両腕が震える。距離は優に七十五メートルはあり、ヘスが立っているのは道路の真ん中、ヘッドライトの光線が届くぎりぎりのところで、ついいましがた漆黒の森のなかからゾンビよろしくふらふらとそこに出てきたのだった。

森を抜ける道の最初の直線は背後で燃えている農場に照らされていた。炎は彼を追いかけるように荒々しい輝きを放ち、ヘスは木々の長い影が伸びているほうへと走った。農場から幹線道路までの道は直線ではなく、大きな〝C〟の文字のように弧を描いていたのを思いだし、近道をして車の前に出られたらと思った。だが走って森の奥にはいったとたん、炎の明かりはどんどん弱くなった。雪明かりが少しは助けになったが、完全に森に囲まれてしまうと、目の見えない状態で走っているも同然だった。どこもかしこも真っ暗で、木々の輪郭はひときわ黒い影となったが、どんな障害に出くわそうが、その方向に突き進もうと決めた。何度かつんのめって雪のなかに倒れ、そのうちとうとう方向がわからなくなった。そのとき、左手の遠くでかすかに光がちらついた。最初ははるか前方にあったその明かりは、まだ動いていた。ところが、突然その動きが鈍くなり、ヘスがやっとのことで道路までたどりついたときには、車は後方にいて、エンジンはかかったまま、ライトもまだついていた。

車がどうしてとまったのか、ヘスにはわからないし、どうでもいい。ゲンスはフロントガラスの向こうのどこかにいて、ヘスにはもう動くつもりはない。拳銃をまっすぐ前方に向けて意地でも道路の真ん中に立っていると、風が静かな音をたてて木々のあいだを吹き抜けたそのとき、妙に現実離れした電話の鳴る音がする。それが自分の電話だとわかってくる。車を見ていると、運転席側に画面の明かりがかすかに見える。ためらいつつも、車から目を離さず、ポケットの電話を取りだす。

その声は冷ややかで抑揚がない。

「ハートンはどこだ」

運転席にいる人間の輪郭が見える。その質問で、ローサ・ハートンを苦しめることがゲンスにとって唯一心からの関心事なのだと改めて思い知らされる。できるだけ落ち着いて聞こえるよう、ヘスは懸命に呼吸を整える。

「彼女は無事だ。いま庭にすわっていて、娘がどうなったのかおまえが話してくれるのを待っている」

「嘘をつけ。あの女を連れだせたはずがない」

「きみの作ったあののこぎりで切れるのは骨だけじゃない。優秀な鑑識員なら、あれを残していく前にそれくらい考えただろうな。そう思わないか？」

電話の向こうで沈黙が続く。ゲンスが地下室の内部とそこで起こったことをひととおり検討し、ヘスの言葉の信憑《しんぴょう》性を天秤《てんびん》にかけることはわかっている。警察が現場に向かっているとしても、ゲンスはかまわず農場に引き返すかもしれない、一瞬そんな気がする。

「いずれまた会いにいくとあの女に伝えろ。どけ、こっちにはトゥリーンがいる」

「関係ない。車から降りて、両手を脇につけて地面に伏せろ」

沈黙。

「ゲンス、車から降りろ！」

ヘスは銃を車に向け、そのなかに見える唯一の焦点に狙いを定める。だがハンドルの向こうで光っていた画面が消え、通話が切れる。最初はその意味がよくわからない。そのとき車がうなりだす。エンジンの回転数が一気にあがる、アクセルを床まで踏みつけたように。雪のなかで車輪が激しく空転し、テールランプの赤い光のなかに排ガスがもうもうと噴きだすが、そのときタイヤが路面をつかんで車は急発進する。

ヘスは電話を放り投げて狙いをつける。車はまっすぐこちらに向かってきて、徐々にスピードをあげている。一発撃ち、次いでもう一発、そして三発め。最初の五発はラジエーターを狙う。だがなにも起こらず、震える両手がそのわけを教えてくれる。両手でグリップをしっかり握って、さらに何発か撃ちこむが、徐々に自信が失われてくる。まるで車が目に見えない盾で守られているようで、あと三十メートルほどに迫ったとき、トゥリーンにあたるリスクを考える。彼女が車内にいるとすればだが。引き金にかけた指が硬直する。拳銃をかまえて路上に立っていると、エンジンのうなりが聞こえてくるが、引き金の指はまだ動かない。このままでは車にはねられる——横っ飛びで逃げる時間はもうない。土壇場でフロントガラスの向こうに動くものが見え、車の角度が急に変わる。車体の熱を感じた瞬間、車は猛スピードでヘスの右腰をかすめ、振り返ると、飛ぶようにして道路を横切っていく。衝撃音が轟く。金属がつぶれ、ガラスが粉々に割れ、エンジンの騒音がどんどん大きくなって耳をつんざくような甲高い周波数になり、クラクションがけたたましく鳴りだす。からみ合うふたつの人影がフロントガラスを突き破って飛びだし、頼りない人形のように木立のなかへ投げだされる。飛びだしたときはしっかり抱き合っているように見えるが、途中で互いをつかんでいた手が離れ、一方はそのまま弧を描き、もう一方は鈍い衝撃音とともに木に激突して、暗闇の人となる。

ヘスは走る。車の前部は木の幹に巻きついているが、ヘッドライトはまだともっていて、最初に見えたのは大木のなかの人影だ。ねじ曲がった太い枝が胸から突き出ている。両脚は宙で揺れている。ヘスに気づくと、彼の表情が訴える。

「助けて……くれ……」

「クリスティーネ・ハートンはどこだ？」

見開かれたふたつのまなこがヘスを凝視する。

「ゲンス、答えろ」

そして命が消えてゆく。樹幹に寄り添うように吊るされたゲンスはその木とほとんど一体化し、頭をがっくりと垂らして両腕を脇につけた姿は自身の人形を思わせる。トゥリーンの名を呼びながら必死にあたりをさがすヘスの足の下で、雪に埋もれた栗の実が音をたててつぶれる。

十一月三日　火曜日

124

車三台の小さな車列が傾斜路を下ってフェリーターミナルを離れるころ、ようやく日が昇りはじめる。ロストックは寒くて風が強い。車列は数時間かかる目的地に向かって走りだす。ヘスは最後尾の車の運転席にすわっている。旅の結果は予測がつかないものの、脱出できるのは気分がいい。この数日間、警察署とそのさまざまな部署を支配していた空気は失望感で、みなこの状況にかかわるまいとさっさと手を引いていた。ドイツのアウトバーンでは十一月の太陽が輝いていて、内輪の泥仕合やスケープゴート狩りを否応なしに聞かされる心配もなく、安心してラジオのスイッチを入れられる。

ゲンスが〝チェスナットマン〟だったという新事実は誰にとっても衝撃だった。科学捜査課のトップとして、彼は同僚たちの手本となる人物だったし、彼が職権を濫用していくつもの命を奪ったことがいまだにどうしても信じられずにいる部下たちもいた。反対陣営では、彼に批判的な者たちが、ゲンスは権力を行使しすぎていたと主張した。だが、その批判と反省はそこで終わらなかった。メディアの世界ではそうはいかない。重大犯罪課――ゲンスと彼の技術をさんざん利用していながら、彼に対して疑念のかけらも持たなかった課——は集中砲火を浴びることとなった。むろん、そもそも彼をあそこまで昇進させた責任者である上層部も同類だった。苦境に立たされた法務大臣は、いまのところこうした失策に対する処分については言及していない。シモン・ゲンスの行動に説明がついてからということらしい。

メディアが大騒ぎするなか、ヘスとほかの刑事たちは残された仕事を片付けることに集中した。ヘスを驚かせたのは、ゲンスが捜査の誘導にかかわったその度合だった。捜査の開始当初から、彼はトゥリーンとヘスの目を指紋のついた栗人形に向けさせ、その結果ローサ・ハートンが舞台に引っぱりだされた。ラウラ・ケーアの携帯にメッセージを送った電話のはいった荷物がエリック・サイア＝ラッセンに届けられるのをトゥリーンとヘスに追跡させておいて、そのあいだにゲンス本人はクランペンボーの自宅でサイア＝ラッセンの妻を襲っていた。国立病院の小児科のデータベースに侵入して、ラウラ・ケーアとアネ・サイア＝ラッセンとジェッシー・クヴィウムの子供たちを調べる理由を見つけ——オリヴィア・クヴィウムも自宅での事故で入院していたことが判明した——役所あてに匿名の告発メールを送り、おかげで警察やほかの官庁はそのシステムの欠陥に直面した。都市計画団地で犯人に仕掛けた罠を逆手にとった抜け目のなさ。トゥリーンとヘスがリーヌス・ベガを訪ねたことは相当なプレッシャーになったにちがいなく、だからこそ公式の仕事としてスカンスとネアゴーの自宅を捜索したときに切断された手足を仕込んだ。最後に忘れてならないのは、レンタカーのヴァンに搭載されていた追跡装置を使ってあのカップルを森のなかまで尾行し、容疑者たちを確実に殺しておいて、それからニュランダに電話をかけてふたりの居場所を知らせたこと。こうした真相はどれもこれも不愉快なもので、おそらくほかにもまだいろいろあるのだろう。特に一年前のクリスティーネ・ハートン失踪事件でゲンスの果たした役割の捜査がまだ終わっていないことを思えば。

ゲンスの個人的な経歴に関しては、ヘスがデータベースで見つけた情報をもとにさらに詳しい調査が行なわれた。オーロム農場の事件のあと孤児の双子は引き離され、当局がトーケ・ベーリングのための里親はもう見つけられないと判断した十七歳のとき、彼はシェラン島の西部にある寄宿学校に入れられた。どうやらここで運命が彼に微笑んだ。以前この学校の恵まれない子供たちを支援する基金を設立していた高齢の実業家が、最終的に彼を養子にしたのだ。ゲンスという名のこの男性は、養子縁組でシモン・ゲンスとなった彼に、ソロにある一流高校で一から出直すチャンスを与え、そこで少年はめきめきと頭角を現わした。ここまでを表面的に見るなら、この男性の社会的実験は成功だった。二十一歳のとき、オーフスの大学で経営学とITを学んでいたゲンスは、リーススコウの事件の被害者である研究助手と接触するようになった。オーフス警察の事件ファイルをよくよく調べたところ、〝向かいの学生寮に住む学生シモン・ゲンスが、殺害当日に被害者の元恋人を目撃した可能性について事情を訊かれ〟ていたことが判明した。要するに、ゲンスは被害者の向かいに住んでいて、まずまちがいなく自分で手を下した殺人事件の解決に協力を申し出ていたのだ。

その後まもなく養父が心臓発作で亡くなって相当な額の遺産を相続したゲンスは、新たに自由を手にして首都に移り住み、科学捜査課の鑑識員という堅実なゴールを目指して警察学校にはいった。彼の素質と研究テーマに対する献身的態度はすぐに注目されたが、どうやら最初に学んだことのひとつは、国のデータベースに侵入して自分のID番号のデータを改竄《かいざん》し、トーケ・ベーリングとの結びつきを完全に断つことだったようだ。その後の出世ぶりはめざましく、かつおぞましいものだった。二〇〇七年から二〇一一年のあいだにも未解決の女性殺害事件が二件あり、犯行現場の写真に栗人形が写っていたことから再捜査が行なわれることになった。

すでに専門家として名をあげていた二〇一四年以降は、ドイツ連邦警察やロンドン警視庁で仕事をしていたが、その両方の職を辞したのは、およそ二年前、コペンハーゲンで科学捜査課のトップの地位を提示されたときだった。オファーに応じた真の理由は、その役職を悪用してローサ・ハートンに対する計画を進めるためと推測された。当時の彼女は社会問題大臣に就任して全国的に名を知られるようになったばかりだった。ゲンスはすぐにチェスナットファームを購入すると、相続遺産の残りを使って改修し、去年の秋、落ち葉が舞いはじめると同時に、計画の最初の部分を実行に移してローサ・ハートンへの恨みを晴らす準備に取りかかった。科学捜査課トップとして、捜査にかかわるさまざまな証拠を操作するのはたやすいことだった。まずはクリスティーネの誘拐事件でまちがった場所に置かれた証拠、そしてリーヌス・ベガの有罪の決め手になった証拠。週末のあいだ、研究室にあった彼のパソコンを調べていたトゥリーンは、リーヌス・ベガが犯行現場写真のアーカイブに侵入していたことを、ゲンスは警察が気づくずっと前から把握していたことを突きとめた。そのことを誰かに伝えたわけではない。ゲンスはリーヌス・ベガが自分の求めていたスケープゴートになると考えていたにちがいなく、血のついた鉈をベガの自宅ガレージに仕込んでから警察に匿名の垂れこみをすることなどわけもなかった。その後ベガが犯行を自白したことは、その必要はなかったとはいえ――なにしろすでに充分な証拠があるのだから――ゲンスにとって予想外のうれしいボーナスだったにちがいない。

ヘスにとってなにより重要な問題は、ゲンスのごくわずかな所持品のどこにも、クリスティーネ・ハートンの身に本当はなにがあったのかを知る手がかりがひとつもないことだった。すべての手がかりは削除され、破壊され、燃え尽きたチェスナットファームの残骸が立証しているように焼却されてしまったのだろう。当初ヘスは、森のなかで大破した車から見つかった二台の携帯電話に望みを託したが、どちらも新品で、発見された当日に使われただけだった。一方、車のＧＰＳの履歴から、ドイツ北部にあるロストック南東部の特定の区域を何度も訪れていることが判明した。ゲンスが過去にドイツ連邦警察の仕事をしていたことから、最初はそれほど意味があるとは思われなかったが、ヘスがきのうの午後に、ファルスター島とロラン島からのフェリーが入港するターミナルに連絡したことで、ロストックの線はにわかに興味深いものとなった。一台の濃い緑色のレンタカーが、まだロストックのフェリーターミナルで引き取られるのを待っており、その状態は金曜日——ゲンスが栗の木の枝に刺し貫かれて死んだ日——から続いていた。ヘスがドイツのレンタカー会社に連絡したところ、その車は女性の名前で借りられていることがわかった。

「借り手の名前はアストリッド・ベーリングです」電話の向こうの声がドイツ語で言った。

そこから捜査のスピードがあがった。ヘスはすみやかにドイツ警察とのコネを使い、何度かまわり道をしたあと、ゲンスの双子の妹が現在ドイツに在留していることがわかり、そこからブーゲヴィッツという小さい村のはずれの住所を突きとめた。そこはロストックから車で約二時間、ポーランドとの国境に近い村だった。データベースから、双子の妹が最後に施設を出たあと消息を断ったのがちょうど一年前だったことをヘスは思いだしたが、仮にこの間ふたりが連絡をとり合っていたとしたら——ゲンスの車のGPSの履歴が示唆しているように——この妹が、クリスティーネ・ハートンの運命についてなにかを知っている唯一の人間かもしれなかった。

「トゥリーン、起きろ」

ヘスの隣の座席にあるかたまりのなかで電話が鳴りだしていて、トゥリーンが、身体にかけていたキルトのジャケットから寝ぼけまなこで顔をのぞかせる。

「ドイツからかもしれない。おれは運転中だから、なにかあったらきみにかけるように頼んである。でもそのまま電話をこっちによこしてくれればいいから」

「わたしは病人じゃないし、ドイツ語だって流暢に話せます」

　ヘスは思わずにやりとし、朝早くから起こされてまだ機嫌の悪いトゥリーンは、おぼつかない手つきでジャケットのポケットから電話を取りだす。二カ所を骨折してまだ吊ったままの左腕と、痣だらけの顔の組み合わせは、さながら歩く交通事故といったところだ。かくいうヘスも似たり寄ったりで、三十分ほど前のフェリーでの朝食のビュッフェの席ではまさにお似合いのカップルだった。ふたりで車にもどると、彼女は少し眠ってもいいかと訊き、ヘスに異存はなかった。土曜の午後からふたりとも働きづめだった。どちらもそれぞれの上司から、事件のまとめと体力回復のために数日間の猶予をもらっており、トゥリーンはほとんど寝ていないのではないかとヘスは思う。彼女にはいまも心から感謝している。車のなかで彼女がゲンスを蹴飛ばさなかったら自分は轢《ひ》き殺されていただろう。ゲンスがひっかかっている木から少し離れた場所で、雪のなかに倒れて気を失っているトゥリーンを見つけたときは、負傷が深刻なものかどうかまだわからなかった。最初のサイレンが近づいてくると、ヘスはトゥリーンを抱きあげて道路まで運び、緊急車両が彼女を最寄りの病院まで搬送した。

「はい……なるほど《グート》……わかりました……ありがとう《ダンケ》」

　電話を切ると、トゥリーンの目が生き生きしている。

「なんだって?」

「機動隊が例の住所から五キロの駐車場でわたしたちを待ってるって。地元の人が言うには、その家にはたしかに女性が住んでいて、年格好もアストリッド・ベーリングと一致するらしい」

「でも?」

トゥリーンの顔つきから、まだなにかあるらしいことはわかるが、それがいいことか悪いことかまでは解読できない。

「人づきあいはほとんどないらしいけど、何度か森のなかを散歩してる姿が目撃されていて、十二、三歳の子供を連れていたって。たぶん彼女の息子と思われる子を……」

125

すりガラスの向こうは日が照っている。バッグを足元のコイヤーマットの上に置いて、アストリッドは玄関ホールでそわそわしながら、自転車に乗った家族連れが家からもう少し離れるのを待つ。玄関を開けて飛びだしていくところを見られないように。ガレージと古ぼけた小型車セアトまではたったの十五歩かそこらだが、彼女はじれったい思いで足を踏み替える。また別のサイクリストか車が通過しないうちに、車に荷物を積んで家に引き返し、ムッレを連れていきたい。

アストリッドはあまり寝ていなかった。昨夜は横になったまま、まんじりともせず、なにがあったんだろうとあれこれ考えをめぐらし、けさの六時十五分に、兄の命令に逆らってここを出ようと決めた。パントリーの鍵を開け、ムッレをそっと揺り起こし、着替えるように言って、そのあいだに朝食を作った。今日はジャムを塗った薄いビスケット数枚だけ、それとムッレにはりんごをひとつ——危険を避けて先週から店へ買い物にも行っていない。ふたりの荷物は金曜の夕方からバッグに詰めてある。自分が到着したらすぐ出発できるように準備をしておけと兄に言われたから。でも兄は来なかった。アストリッドはひたすら待ち続け、シンクの上のキッチンの窓から、息をひそめて田舎道をじっと見ながら、闇のなかにときおり現われるヘッドライトに目をこらした。でもライトはそのたびに、野原と森に囲まれてぽつんと立つこの家を通り過ぎた。ほっとすると同時に不安を感じ、それでも彼女は、あくる日も待つ以外なにもしようとしなかった。そのあくる日も、またあくる日も。普段の兄は規則正しく電話をかけてきた。朝と夕方、すべてがあるべき状態になっているのを確認するために。なのに金曜の朝を最後に一度も連絡がなく、こちらからかけることもできなかった、番号を知らないから。それは危険すぎるとずいぶん前に言われ、彼女はその取り決めに従った。兄が提案するどんなことにもほとんど従ってきたように。だって兄は強い人間だから。どうするのがいちばんいいかを知っているから。

兄がいなかったら、アストリッドはとうの昔にドラッグとアルコールと自己嫌悪でだめになっていた。彼女の傷を癒やせるような新たな手法を見つけてもらおうと、兄はあきらめることなくホームや治療センターのドアを叩き続けた。何度も何度も、医者やセラピストが彼女の心の傷について説明するのにじっくり耳を傾けてくれた。彼女は自分の苦しみが兄の苦しみでもあることを理解していなかった。もちろん、あの日オーロム農場で、この目で見たのだから、兄になにができるかは知っていたけれど、長いあいだ自分自身の苦悩にのみこまれていたから、兄の苦悩に気づいたときにはもう手遅れだった。

一年ほど前、また別の施設にいたとき、ある日兄が迎えにきて、車に乗せられた。ふたりでフェリーに乗って、それからロストックの南のどこかへ行くと、そこには兄が彼女の名前で買った小さなコテージがあった。わけがわからなかったけれど、その家ときれいな紅葉がその日を素敵な一日にしてくれて、彼女は胸がいっぱいになり、兄の愛情に心から感謝した。その家を買った理由と、そこを使う目的を聞かされるまでは。

それが起こったのは夜で、兄は薬をのませた女の子を車のトランクに入れて連れてきた。アストリッドは恐怖におののいた。先月、施設の共用部にあるテレビで観た女の子だとわかり、兄はその子の母親が誰かを得意満面で彼女に思いださせた。アストリッドがその計画に反対すると、兄は怒りを爆発させ、おまえが面倒をみないのならいますぐこの子を殺すしかないと言った。そうして兄はその子を特別仕様のパントリーに入れて立ち去ったが、その前に、この家にはカメラがたくさん設置されているから、おまえたちのどんな些細な行動も全部監視できるのだとアストリッドに言った。そのとき彼女は兄が怖くなった。兄が斧を手にして警察官の死体を見おろしていたときよりもずっと。

最初はその女の子とほとんど接触しなかった。近づくのは日に二回、パントリーのドアを開けて食事を与えるときだけだった。でも泣き声を聞くのがつらかったし、その女の子の嘆きは自分自身の監禁生活を思いださせた。まもなくアストリッドは、彼女を出してやってキッチンで一緒に食べるようになっていた。居間でドイツのテレビの子供向け番組を観せてやったりもした。自分たちはどちらもひとつ屋根の下で暮らす囚人だとアストリッドは感じ、一緒にいると時間も少しは早くたったけれど、女の子がドアから逃げようとしたときは、行く手をふさいで、またパントリーに閉じこめるしかなかった。隣人はいないので騒音を気にする必要がないとはいえ、不愉快なことにはちがいなく、アストリッドは自分が女の子をかわいそうに思っていることに気づいた。だから、クリスマスと新年が終わると——お祝いをする気力はなかった——彼女は決められた日課を導入することに決めた。ふたりで意味のある時間の使い方ができるように。

一日は朝食からはじまり、そのあとは勉強。近くの少し大きな街へ出かけ、アストリッドはピンクのペンシルケースと、それに数学と英語の教科書を買ってきて、キッチンのテーブルで精いっぱい教えた。ネットで見つけたサイトを利用してデンマーク文学も教えた。少女はこの新たな取り組みを喜んで受け入れた。午前中は三つの授業にあてられ、そのあとふたりで作ったランチを食べて、また次の授業。それは決まって居間で行なわれる適当な体育の授業だった。そのときはじめてふたりは一緒に笑った、同じ場所でずっと走ったり膝を高く持ちあげたりする姿があまりにも滑稽だったから。それが三月終わりのことで、アストリッドはもう何年も感じたことのなかった喜びを覚えた。彼女は少女をムッレと呼びはじめた。思いついたなかでいちばんかわいい名前だったから。

兄は少なくとも週に一度は訪ねてきたが、そのときは空気ががらりと変わった。アストリッドもムッレもおどおどして無口になった。まるで絞首刑の執行人が部屋にはいってきたみたいに。ふたりのあいだに絆《きずな》が生まれたことを察知した兄は、何度かアストリッドを叱りつけ、彼女がどれほど少女を自由にさせているかをカメラが暴露したときは電話でも叱った。三人でいるときはたいてい沈黙しているが、ムッレが皿を洗って片付けているあいだ、兄はしばしば陰鬱な顔で彼女を見ており、アストリッドは兄の動きに警戒の目を光らせた。しばらくはなにも起こらなかった。でも夏のあいだにまたムッレが脱走を試みたとき、兄は彼女を叩いた。ただし平手で。

この一件の前、暑さが耐えがたいほどになって、とても屋内にすわっていられなくなったので、ふたりは授業の場所を家の裏のパティオに移した、体育も含めて。ある日、ムッレが森へ散歩に行ってはいけないかと訊いた。危険はなさそうだと彼女は考えた。森はとても広くて、そこで人に会うことはめったになかった。いずれにしても、デンマークからは遠く離れているし、ムッレの外見もここへ来たときとはずいぶん変わっていた。髪は短く刈られ、少年のように見える服を着ている。ところが、兄が寛大にも許可を与えてくれたそんな散歩の途中で、ムッレは逃亡を謀った。いつものように、ほかの人たちが森をぞろ歩いているのを見て家に引き返そうとしたとき、ムッレがいきなり走りだして年配のカップルをつかまえようとした。アストリッドはわめきたてる少女を家まで引きずっていかねばならず、その様子がカメラに映っているのはあきらかだった。数時間後、兄がやってきて、罰は一カ月の隔離生活――三十日間、少女がパントリーから出られるのはトイレに行くときだけになった。その罰が終わると、アストリッドは少女をパティオに出してやり、買えるかぎりいちばん大きなアイスクリームを食べさせた。彼女がどんなに失望したかを説明すると、ムッレはあやまり、アストリッドはその細い身体を抱きしめた。それ以降、状況は落ち着き、ふたりはまた授業と運動の日課にいそしんで、アストリッドはこれがいつまでも続いてほしいと願った。でも、それから秋がやってきて、それに合わせて兄も、栗の実を持ってやってきたのだった。

「ここにいるのよ、ムッレ。すぐにもどってくるから」

サイクリストの家族連れがいなくなると、アストリッドは玄関のドアを開け、バッグを片手にひとつずつ持って冷たく澄んだ大気のなかへ出ていく。足早にガレージへ向かいながら、車を飛ばせば今日じゅうにどこまで行けるだろうかと考える。計画を立てる暇などなかった。そうしたことはいつも兄が引き受けていたが、いまはすべてが自分の裁量に任されている。でもムッレがいてくれるかぎり、きっと大丈夫。ふたりには絆があるとわかっていたし、あの子にここ以外の家があったことを考えるのはとうにやめていた。もしかしたら、兄はいないほうがむしろいいのかもしれない。アストリッドは心の奥底で恐れていた。すべてが終わったら兄はあの子をどうにかするのではないかと。

そんなことを考えながらガレージに足を踏み入れた瞬間、手袋をはめた手に口をふさがれる。

「家のなかには何人いる？《ヴィー・フィレ・ギーブト・エス・イム・ハウス》」

「女の子は、どこだ？《ダス・メエッテヒエン・ボウ・イスト・ズィ》」

「答えろ！《アントヴォルテ》」

バッグをもぎ取られ、アストリッドはショックのあまり声も出ない。左右の目の色がちがう傷だらけの長身の男にデンマーク語で話しかけられてはじめて、彼女はつかえながらも、女の子を渡すわけにはいかないと話しはじめる。喉に大きなかたまりができたような感じで、涙があふれだす。相手はまったく耳を貸そうとしない。

「子供はどこだ」と男は繰り返す。

この男たちはライフルと不気味なマスクで家に突入するつもりだとわかって、彼女は男の聞きたがっていることを教える。そして男の足元の床にくずおれる。

126

キッチンはがらんとして、なんとなくもうここへはもどってこないような感じになっている。コートを着て、彼女はしみだらけのリノリウムのテーブルのそばでスツールにすわり、ママが迎えにもどってくるのを待つ。ひとりで外に出てはいけないことになっているから。

本当のママじゃないけど、あの女の人から〝ママ〟と呼ぶように言われていた。アストリッドじゃなくて。特に家から外に出たときは。本当のママとパパと弟のことはちゃんと覚えているし、家族に会えることを毎日夢見ている。でも夢見ることはつらい。だから言われたとおりにしようと自分に言いきかせていた。いつか逃げられる日が来るまでは。もう何回もやってみた。実際にも、想像のなかでも。だけど一回も成功しなかった。でも、いまこうしてすわって警戒しながら窓からガレージのほうを見ていると、胸の内に不思議な希望が湧いてくる。

それはたぶん、何日か前、あの男が現われなかったときからはじまっていた。ママは、荷造りを全部すませてこのスツールにふたりですわって待っていろと言われていた。でも彼は来なかった。次の日も、その次の日も。電話もかかってこなかった。ママはいつも以上にそわそわして不安そうだった。そして今日の朝、起こされたとき、ママの声からなにか決心したんだとすぐにわかった。

いま逃げれば、もしかしたらうまくいくかもしれない。大嫌いなこの家から逃げて、あの男と、いつも追いかけてくるあのカメラから逃げる。でもどこへ、なにに向かって――もしかしたらもっとひどいことになるのでは？　その発想を突きつめて考える勇気はなかった。だから、希望はそこから湧いてきたものじゃない。希望は、開いた玄関ドアから差しこむ一条の日の光から湧いている。それと、ママがまだもどってこないという事実から。

両足をそっと床におろして立ちあがり、目はガレージの前の空間から離さない。これが最後のチャンスになるかもしれない。天井の片隅でカメラの赤いライトが点滅するなか、彼女はおそるおそる、片足をもう一方の足の前に踏みだす。

127

自分がドイツの機動隊と一緒に森のはずれに立って、クリスティーネ・ハートンがこの小さな木の家のなかにいるのかどうか判明するのを待っている、その事実がニュランダにはまったくもっておもしろくない。あらゆることが螺旋を描くようにどんどん手に負えなくなっていく。先週の金曜日、あの足をすくわれたときからずっとそうだ。そこへもってきて、彼の屈辱がライブで放送されてしまった。例のコミュニケーション・コンサルタント、彼がたぶらかしてホテルの部屋に連れこもうと考えていたあの女にそそのかされた上層部から圧力をかけられて、今回の事件で自分が判断を誤ったことを認めるはめになった。そして言うまでもなく、事件を解決したヘスとトゥリーンを称賛するはめに。

ニュランダから見れば、あのふたりにタマを切り取られて、それを警察署の表の壁に釘付けされたも同然だった。だが彼は上から命じられたとおりにし、そのあとは部下と専門家たちが、ハートンの娘の痕跡が見つかることを期待してゲンスの数少ない持ち物に飛びつくのを見守るしかなかった。それは、ニュランダがつい二、三日前、カメラのまわっているところでようやく沈静化させたばかりの事件だというのに。

　要するに、いまは泥沼にはまっているような気がしている。それでも、けさは夜明け前にコペンハーゲン警察を出発し、車三台の隊列を組んではるばるここまでやってきた。この緊張からはまもなく解放されるだろうし、致命的な打撃がもたらされるかどうかもわかるだろう。もしクリスティーネ・ハートンがこの家にいなかったら、そのときはまだダメージも修復可能で、事件はおそらく迷宮入りとなる——それについてはまたメディアでそれなりに適当なことを話せばいい。もしクリスティーネ・ハートンがこの家にいたら、そのときは地獄の釜の蓋が開くだろう。むろん、自分の失策は状況からして無理からぬことであり、そもそもは誰かが——自分以外の誰かが——ゲンスのような異常者を重要な地位につけるという大まちがいを犯したことに起因するものであると主張して、うまく責任を転嫁できれば話は別だが。

　ドイツの機動隊がその家を取り囲み、男たちは二人一組になってじわじわと包囲網をせばめていく。そして唐突に足をとめる。玄関のドアが勢いよく開き、痩せた人影が猛スピードで飛びだしてくる。ニュランダはその動きを目で追う。その人影は、露に濡れた庭の伸び放題の草の真ん中まで来ると、足をとめてこちらを見る。

　誰もが凍りつく。彼女の姿は変わっている。背が伸びているし、目は険しく暗い。だが彼女の写真をいやというほど見てきたニュランダには、本人だと即座にわかる。

128

時間がかかりすぎていて、ローサにはそれが悪い兆候のように思える。いま立っている幹線道路からコテージは見えないが、背の高い樹木や茂みからなる雑木林と野原の向こう側、距離にしてわずか五百メートルのところだと聞かされていた。太陽が出ているとはいえ、ドイツ警察の大型ヴァン二台の陰に避難していても風はかなり冷たい。

昨夜、警察がドイツにある手がかりを調べにいくと聞かされたとき、ローサとスティーンは同行すると言い張った。殺人犯の妹がポーランドとの国境に近いコテージに住んでいるらしく、チェスナットファームからさほど離れていない森の道で事故死するまで、彼は妹に会いにいくつもりだったと考えられる証拠がいくつかあった。妹は共犯で、クリスティーネについてなにか知っているかもしれない。その可能性が高いとのことで、ほかに期待できそうな手がかりもなかったことから、自分たちもその隊列に加わることを断固として主張したのだった。殺人犯が自分の口で話せなくなってしまった以上はなおさらだ。

病院で手術後に目覚めたローサが真っ先にした質問がそれだった。涙の跡が残る夫の顔をのぞきこみ、自分がどこにいるのかを――ちゃんとした病院で、悪夢のような白い地下室ではないと——知ったとき、あの男はなにか言ったかと訊いた。スティーンは首を横に振り、いまの彼にはそんなことはどうでもいいのだとわかった。彼はローサが生きていることに安堵し、ゴスタウの目にも同じ安堵感が見えた。もちろんふたりは悲嘆に暮れていた。ローサが拷問されて手を切断されたのだから。左腕の先端の止血が大量失血を防いで命を救うのに役立ったが、切断された手は火事の餌食になってしまった。医師団は痛みも徐々に治まるだろうと言った。いずれは彼女に合わせて作られた義手を与えられ、だんだんそれに慣れていくだろうし、痛みを忘れて自分の姿と包帯を巻かれた腕の先端を見たときにいちいち驚くこともなくなるのだろう。

不思議なのは、自分がそれを気に病んでいないことだ。そのことに打ちのめされてはいない。むしろこれを些細な犠牲と考えている自分がいる。すべてを差しだしてもかまわない。元どおりに縫い合わされた右手も、両足も、命さえも。それで時間を巻きもどしてクリスティーネを救えるなら。病院のベッドでは罪悪感に襲われ、遠い昔、まだ幼い少女だったころに犯した過ちを思って泣きながら自分を責めた。どう考えてもあれは自分のせいだった。大人になってからもずっと償いをしてきたつもりだけれど、それでどうにかなるものではなかった。そしてクリスティーネがその代償を払わされた。ただローサの娘だったというだけで、本人はなにもしていないのに。事実を知ったときは恐ろしかった。自分を責めてはいけないとスティーンには諭されたけれど、クリスティーネはもういない。そしてあの子を連れ去ったと言った男も。あの男がさらったのが娘ではなくこのわたしだったらどんなによかったか、そう思わない瞬間はなかった。

昨夜も後悔と自責の念にさいなまれていたさなかに、この手がかりの知らせが届き、ふたりは車の隊列のなかに場所を確保してもらって、夜も明けぬうちにドイツに向けて出発したのだった。数時間後、ドイツ警察のヴァンが待機していた駐車場に到着し、スティーンがデンマークとドイツの警察官たちのやりとりから拾い集めてきた情報によれば、問題の住所に住んでいる女性は夏のあいだ子供を連れて散歩しているところを目撃されていた。子供はクリスティーネと同じ歳ごろだという。デンマークの警察官はたしかなことはなにも教えてくれず、作戦の開始とともに、ローサとスティーンはドイツ人警察官二名と一緒に車のそばに残された。

クリスティーネが生きているかもしれないと期待してはいけない、だしぬけにそんな考えがローサを襲う。またしても、彼女は希望を抱き、夢を見、砂上に楼閣を建ててしまっていた。いまにも粉々に砕け散るかもしれないのに。昨夜、起きあがってこの旅のために着替えをしたとき、ローサは無意識のうちに、クリスティーネがすぐに母親だと気づいてくれるはずの服を選んでいた。グリーンのセーターにダークブルーのジーンズ、そしてクリスティーネがいつも〝テディベア・ブーツ〟と呼んでいた内側に毛皮のついたショートブーツ。どうせなにか着なくてはならないのだから、と自分に言い訳したけれど、その服装を選んだ理由はただひとつ——もしかしたら今日がわが子と再会できる日になるかもしれないと期待しはじめたからだ。クリスティーネに駆け寄り、壊れるほどに抱きしめて、持てるかぎりの愛情で包みこむ、そんな日になるかもしれないと。

「スティーン、うちへ帰らせて。いますぐ帰ったほうがいいと思うの」

「なにを言ってるんだ」

「車のドアを開けて。あの子はここにはいない」

「まだ警察はもどってきてないし……」

「あまり長く家を空けたくないの。ゴスタウのところにもどりたい」

「ローサ、われわれはここで待つんだ」

「ドアを開けて！　言いたいことはわかるでしょ？　ドアを開けて！」

ローサはドアの取っ手に手を伸ばすが、スティーンはキーを取りだして彼女を乗せようとはしない。彼女の背後のなにかに気を取られているので、ローサも振り返ってそちらを見る。

　樹木と茂みの雑木林のなかから、ふたつの人影がこちらへ向かってくる。ふたりは野原を横切り、道路と警察のヴァンのほうへ徐々に近づいてきて、足を高く持ちあげているのは、野原がぬかるんでいて泥が靴にくっつくからだろう。ひとりは女性刑事、たしかトゥリーンという名だ。もうひとりはトゥリーンと手をつないでいて、最初は十二、三歳くらいの男の子に見える。彼の髪は短く、みすぼらしいなりをしている。案山子《かかし》みたいに服がぶかぶかで、彼の視線はずっと地面に向けられている、ぬかるみのなかを歩くのはひと苦労だから。でもその少年が顔をあげ、ローサとスティーンのいる車の列のほうへなにかをさがすような視線を向けてきたとき、彼女にはわかる。胃がひっくり返りそうになり、同じものが夫にも見えているだろうかとそちらに目を向けると、彼はすでに顔をくしゃくしゃにして泣きじゃくっている。ローサは駆けだす。車の列を離れ、野原のなかへと走っていく。クリスティーネが女性刑事の手を放し、同じようにいきなり走りだしたとき、ローサはこれが夢でないことを知る。

十一月四日　水曜日

129

煙草はいつもの味がせず、ヘスは、普段は好むはずの国際的な雰囲気のなかへ急いではいっていこうとはしない。空港の第三ターミナルの入口の前に立ち、叩きつけるような激しい雨にもかかわらず、トゥリーンが現われるのを待っている。

きのうの余韻がまだ冷めやらず、たとえ一瞬忘れることがあったとしても、携帯電話やiPadのニュース画面が目にはいればすぐに思いださせられる。ハートン一家の娘との再会がシモン・ゲンスの記事に取って代わり、それは今日いちばんのビッグニュースとなって、この見出しの大きさを凌《しの》ぐのは、中東での新たな戦争の可能性くらいのものだろう。両親が野原で風に吹かれながら娘と抱き合うのを見たときは、さすがにヘスも涙をこらえきれず、昨夜オーデンのアパートメントでベッドに倒れこんだあとは、ここ何年かのあいだではじめて十時間ぶっ通しに眠った。

とうに忘れていた満ち足りた気分で目覚めたあと、遅ればせながら秋の休暇をとっているトゥリーンと彼女の娘と一緒に、マウヌス・ケーアが預けられている福祉施設を訪ねた。マウヌスの元義理の父親、ハンス・ヘンリック・ハウゲはユトランドで高速道路のサービスエリアにいるところを交通警官に発見され逮捕されていたが、ヘスがマウヌスを訪ねたかった理由はそれではなかった。子供たち、リーとマウヌスは〈リーグ・オブ・レジェンド〉という共通の趣味ですぐに意気投合し、そのあいだに施設の代表がこの少年によい里親家族が見つかったことを話してくれた。ギレライに住む家族で十年の経験があり、マウヌスより少し歳下の養子の息子がいて、兄か姉ができればありがたいという。マウヌスとその一家との面会はうまくいったようだが、そのあと本人は、もし自分で選べるのなら〝あの不思議な目の刑事さん〟と一緒に暮らしたかったと言ったらしい。もちろん、そんなことができるはずもないが、トゥリーンとリーが散歩に行っているあいだに、ヘスはマウヌスとしばらく一緒に遊んだ。タワーをひとつ破壊し、ミニオンの大群を壊滅させ、チャンピオンをひとり獲得したあと、ヘスは自分の電話番号を書いた紙片をマウヌスに渡して別れた。最後にもう一度、施設の代表に里親家族が善良な人たちであることを確認して、それからようやく外に出た。

科学博物館で、ヘスはトゥリーンと一緒に本日のおすすめ料理を食べ、リーが〝光の迷宮〟にあわただしくもどっていくと、ふたりは子供のいる家族連れにまじって、叫び声や悲鳴を聞きながら、そのままカフェにすわっていた。ヘスがブカレストへ発つことはどちらもわかっていたが、この数日間ふたりのあいだにあった親密で自然な雰囲気は、突如としてぎこちない会話へと変わっていた。トゥリーンの深みのある瞳に見とれて、ヘスはなにか言おうとした。でも、そのときリーが走ってもどってきて、ふたりを〝ライオンの巣〟へ引っぱっていった。そこでは、箱にあいた穴に頭を突っこんでめいっぱい大声で叫ぶことで自分の吠え声の強さを計ることができる。そのあとトゥリーンが帰らなければならない時間になったが、別れぎわに彼女は、あとで空港に寄って見送りをすると言った。その言葉に気をよくして、ヘスは急いでオーデン・パークにもどった。そこで管理人と不動産業者に会うことになっていたのだ。

ところが、不動産業者はしょげかえっていた。買い手がウスタブロ地区に〝もっと安全な〟物件を見つけたので手を引いてしまったという。あわてたのはヘスよりもむしろパキスタン人管理人のようだった。ヘスは礼を言って彼に鍵を渡した。空港へ向かう途中、気力に満ちていたヘスは、タクシーの運転手に頼んでヴェストレ墓地に寄ってもらった。ヘスがこの墓を訪れたのははじめてだった。正確な場所はわかっていなかったが、墓地の事務所で、小道を行った先の小さな森だと教えられた。墓地は案の定、悲しげに見えた。苔むした墓石、雑草、砂利――ついうしろめたい気持ちになった。森で摘んだ花を砂利の上に手向けたあと、結婚指輪をはずして、墓石の下に埋めた。彼女はもっと早くこうすることを望んでいたと思うが、いまでさえそれはむずかしいことだった。墓地に立って、ここ何年かではじめて心ゆくまで思い出に浸り、出口に足を向けたときには、はいってきたときよりも心が軽くなっていた。

また一台タクシーが第三ターミナルを通過すると、ヘスは煙草をもみ消して、雨に背を向ける。トゥリーンは来ないだろう。そのほうがいいのかもしれない。自分は根無し草のような人間だし、この人生にはたしかなものなどひとつもない。ポケットに手を入れて携帯電話を取りだし、搭乗券を見つける。エスカレーターで保安検査場へ向かう途中で、テキストメッセージが届いていることに気づく。

《よい旅を》としか書かれていない。誰からか見ようと添付された画像をタップする。

最初はなにかわからない。子供が描いたような大きな木の不思議な絵で、枝にセキセイインコとハムスターと、ヘスの写真が貼りつけてある。ヘスは笑いだす。腹の底から。保安検査場に着くまでに、その絵を何度か見て、まだ笑いがとまらない。

「送った？　もう見てくれたかなあ」

リーが見守る前で、トゥリーンは電話をおろし、キッチンの引き出しのほうに目をやって、そのポスターをどこにしまおうかと考える。

「うん、送った。じゃあ、行っておじいちゃんにドアを開けてあげて」

「あの人いつもどってくる？」

「わからない。ほら、早くドアを開けにいって！」

リーはしぶしぶ廊下に出て、呼び鈴のほうへ向かう。トゥリーンにとってこの写真を送ることは、奇妙な一日のなかでもとりわけ奇妙なことだ。ヘスやリーと一緒にケーア家の少年を訪ねたのは感傷からしたことで、リーにせがまれて家族連れでごった返す科学博物館まで足を延ばしたことも同様だった。カフェの真ん中で、叫び声をあげる子供たちやランチボックスに囲まれながら、不意に、周囲の家族連れのような型にはまった暮らしに陥る危険を感じた。ヘスがそういうものを好まないのはわかっていた。でもそのときの彼はなにか言いたそうにこちらを見ており、トゥリーンはつい、一戸建てや年金、核家族的暮らしの嘘っぽさといったことを考えずにいられなかった。少したって、あとで空港に立ち寄ると言ったのは、そこを離れて安全な自宅へ帰りたい一心からだった。

帰宅すると、リーが、自分の携帯電話で撮った〝ライオンの巣〟にいるヘスの写真をプリントすると言い張った。そればかりか、学校で作ったファミリーツリーのポスターにヘスの写真を貼りたがった。

トゥリーンはどう考えても気が進まなかった。でも、いざ写真を貼ってみたら、ヘスは隣にいる動物たちに劣らずしっくりとなじんでいて、それがこのファミリーツリーの写真というわけだ。リーはそれを送ると言ってきかなかった。

トゥリーンはキッチンの引き出しの前でためらいながら、つい笑みをこぼす。リーがおじいちゃんを玄関ホールに迎え入れる気配がして、トゥリーンはそのポスターをキッチンの壁にピンでとめてやることにする。目立つ場所ではなく。レンジフードのすぐ横に。とりあえず、一日か二日。

130

リーヌス・べガは新鮮な空気を吸いこむが、上空には暗く厚い雲が垂れこめている。スレーエルセ駅のプラットフォームはがらんとしていて、足元には、警備病棟から持ってきたかった所持品のはいった小さいリュックサックが置いてある。釈放されたばかりで、本当ならほっとして喜ぶべきなのに、そうはならない。自由――でもこれからどうする？

リーヌス・べガのなかには、弁護士の提案どおり精神的苦痛に対する慰謝料を請求することを考えている部分もある。実際に犯したたったひとつの罪、アーカイブに侵入した罪に対する刑期はもう充分に務めた。金もいいが、と彼は考える。金があってもいま感じている大きな失望感はどうにもならない。〝チェスナットマン〟事件は彼が望んでいたような結果には終わらなかった。去年の事情聴取のあいだに自分が機械の重要な歯車だと気づいてからは、それがうれしかった。自分のガレージに鉈を置くことができたのは誰なのか、最初はまったくわからなかったが、刑事たちが自白を引きだそうとして、棚に置かれた鋭い刃のついた凶器の写真を何度も突きつけるうちに、背景に写っている小さな栗人形に気づいた。べガはそこから推理を働かせた。彼は自白し、警備病棟という地獄のなかで毎日、

〝チェスナットマン〟が次の一歩を踏みだすであろう秋が来るのを楽しみに待った。待った甲斐あって、殺人事件のニュースがぽつぽつとはいりはじめたが、その後パーティーはあっけなく終わり、〝チェスナットマン〟が自分の信頼に応えるだけの技量もない素人だったとわかったのだ。

列車が到着すると、リーヌス・ベガはリュックサックを手に乗りこむ。窓ぎわの席に腰をおろしながら、この先まだまだ続く退屈な人生を思ってうんざりする——幼い娘を連れた若い母親がはす向かいにすわっているのに気づくまでは。母親はにっこり笑って会釈する。相手の礼儀正しさに応えて、ベガも微笑み返す。

列車が走りだす。暗い雲が消散し、どうやら退屈しのぎが見つかったようだとベガは考える。

謝辞

五、六年前、わたしに犯罪小説を書かないかと最初に勧めてくれたラース・グラーロップに。当時の彼はわたしが知り合ったころのデンマーク放送協会のメディア責任者ではなく、『ポリティケン』紙の電子版の編集主任だった。

ラース・グラーロップとともにわたしを説得したポリティケン社の代表リーネ・ユールに。ついにその挑戦を受けて立ったとき、途中で行き詰まったわたしに、リーネは約束どおり必要な時間と空間を与えてくれた。

文学の愛好家にしてプロデューサー、エミリー・レイベック・コー。彼女の多大なる支援と楽観主義に。そのふたつがわたしにはなにより必要だった。

友人のローラン・ヤールゴーとオーレ・サス・トラーネ。最初の草稿を読んでくれたことと、絶えずわたしを励まして執筆を続けさせてくれたことに。またIT関連の驚くべき知識を与えてくれたオーレには格別の感謝を。

脚本家のミカエル・W・ホーステン。まだ手探り状態だった当初からわたしの話に耳を傾けてくれたことに。調査を手伝ってくれたニナ・クヴィストとエスター・ニッセン。共有するスペースで毎日わたしと過ごしてくれる忍耐強いメータ・ルイーセ・フォーレアとアダム・プリーセに。

わが姉妹のトリーネ、彼女のすばらしい応援と信頼に。

わがエージェントのラース・レンホフ、彼の豊富な経験と、慧眼《けいがん》と、的確なアドバイスのすべてに。

手厳しくて、注文が多くて、そして才気煥発な、ポリティケン社のわが編集者、アネ・クリスティーネ・アナセンに。

スザンネ・オートマン・ライト、彼女の指導と感染力のあるユーモアに。

最大限の感謝をわが妻クリスティーナに贈る。彼女の愛情と、終始一貫して『チェスナットマン』を信じてくれたことに。

訳者あとがき

北欧ノワール・ミステリーの世界にまたひとり新星が誕生した。

本書『チェスナットマン』（原題 *Chestnut Man* 二〇一九）は、デンマークの人気テレビシリーズ『*THE KILLING*／キリング』の脚本・制作を担当したセーアン・スヴァイストロプの小説デビュー作である。

木々の葉があざやかに色づく秋、美しいのどかな森を抜けた先に、大きな栗の木に囲まれた農場がある。そこの家畜が逃げているという通報を受けて現地へ赴いた老刑事は、目を覆うばかりの凄惨な光景に出くわす。

それから三十年近い歳月が流れ、コペンハーゲンの美しい紅葉に囲まれた運動場で、片手を切断された若い母親の遺体が発見された。被害者はシングルマザーで、婚約中の恋人と同居しているごく普通の女性だった。現場には犯人の痕跡がなにもなく、手がかりはほぼ皆無だが、ただひとつ、遺体のそばに栗の実で作られた小さな人形〝チェスナットマン〟が残されていた。

その人形から一年前に誘拐されて殺された少女クリスティーネの指紋が検出される。母親のローサ・ハートンが現職大臣だったことから警察の威信をかけた捜査が行なわれ、物的証拠をもとに逮捕された犯人は、少女を殺害して埋めたと自供、有罪判決を受けていた。折しも、事件から一年がたったのを機に、ローサは国会の開会に合わせて大臣に復職したところだった。そして、その日から彼女に対する脅迫と嫌がらせがはじまる。

事件の担当刑事トゥリーンとヘスが手探りで捜査を進めるなか、警察をあざわらうかのようにまた若い母親が殺される。犯行現場にはやはり栗人形が残されていた。犯人のサインと思われる小さな〝チェスナットマン〟はいったいなにを伝えようとしているのか……。

最初にこの小説の原稿を読んだとき、あまりのリーダビリティーに途中からメモをとるのも忘れてのめりこんでしまった。その後あらためて読み返し、これは一級のエンターテインメント小説だと確信した次第だ。本書のカバーや帯の文言からも、そのおもしろさは折り紙付きであることがおわかりいただけるかと思う。

最大の魅力はなんといっても複雑にからみあうストーリーで、たたみかけるような短い章立てとめまぐるしい展開に誘導され、とにかく最後まで読ませられる（訳者の地元の北海道弁でいうと〝読まさる〟小説ですね）。

主人公のトゥリーンとヘスはどちらもなかなかの個性派だ。

コペンハーゲン警察重大犯罪課、通称〝殺人課〟に勤務するトゥリーンは、幼い娘と暮らすシングルマザー。頭は切れるが、人づきあいを嫌い、はっきりものを言うので、上司や同僚から煙たがられている。容疑者に対する尋問は容赦なく、ほかの刑事たちがみなぼんくらに見えるほど。

そんな女性刑事に押しつけられた相棒のヘスは、デンマーク警察からユーロポール（欧州刑事警察機構）へ派遣されている連絡担当官だ。本部のあるオランダのハーグを拠点に五年近くヨーロッパ各地を転々としてきた。根無し草のような暮らしが性に合っていたが、型破りな仕事ぶりが上司の不興を買い、一時的に古巣であるコペンハーゲン警察にもどされ、殺人課に身柄を預けられた。本人はその処遇が不本意でならず、当初はまったくやる気がない。だが、栗人形から指紋が検出されたことで持ち前の刑事魂に火がつき、危険なまでに捜査にのめりこんでいく。

クールなトゥリーンと熱しやすいヘスのチームワークは最悪で、行動を共にするうちに少しずつ絆が生まれるかに見えるが、互いに一匹狼なのでなかなか理解し合えない。それだけに、ふたりがそれぞれ独自の視点と推理から期せずして同時に真相に迫っていく終盤の展開はみごとで、警察小説として充分に読み応えがある。

北欧ミステリーは世界的なブームだそうで、日本でも多くの作品が翻訳出版されている。火つけ役と言われる『ミレニアム』のスティーグ・ラーソンをはじめ、ヘニング・マンケル、アンデシュ・ルースルンド、ヨハン・テリオン、レイフ・GW・ペーションといったスウェーデンの作家たち。ノルウェーのジョー・ネスボ、アイスランドのアーナルデュル・インドリダソン、そしてデンマークのユッシ・エーズラ・オールスンなどなど、いずれも高い評価を得て多くの読者を魅了している。

北欧といえば、ムーミンにサンタクロース、素敵な家具や雑貨、そして心地よい〝ヒュッゲ〟な暮らしがすぐに浮かぶが、なぜかそんなイメージとは裏腹に、北欧ミステリーというと〝重い・暗い・寒い〟とか〝事件があまりに陰惨〟とか〝スプラッターな描写が半端ない〟といった感想が多い。もちろん本書も例外ではない。テーマはとことん重く、物語のトーンはあくまでも暗く、天候は連日雨、しかもたいてい土砂降りで、あげくに雪も降る（十月なのに！）。事件は陰惨であり、血もたっぷり流れる。まさに北欧ノワール・ミステリーの本領発揮。この陰鬱な世界をとことんお楽しみください。

舞台であるデンマークは、面積が九州とほぼ同じというとても小さな国だ。ヨーロッパ最古の王室を擁する国で数多くの城があり、なかでもコペンハーゲン発祥の地と言われるのが、本書にたびたび登場するクリスチャンスボー城。もともと王室の居城だったが、現在は国会議事堂と最高裁判所と内閣府の三権が集結する国政の中心地である。その建物は文字どおりのお城で、大きな塔や迎賓館や女王の図書室があり、天井や壁には無数の絵画や彫刻、絢爛たるシャンデリアやタペストリー……どこを見てもうっとりするような壮麗さで、一見の価値はあるという。

トゥリーンとヘスが勤務する警察署も、ネオクラシック様式の立派な建物で、特に作中でふたりの上司のニュランダ課長がたびたびインタビューを受ける中庭は、四十四本の円柱に囲まれた壮観な回廊になっている。実際にこの場所から警察幹部の記者発表などが行なわれており、映像映えするので映画やドラマの撮影に使われることも多い。

国民の暮らしに関して言えば、福祉と教育が充実していて、多様性を認め合う自由な国といったイメージが強い。最新の〈報道の自由度ランキング〉では北欧が一位から四位までを独占し、〈環境に優しい国ランキング〉ではデンマークが世界のトップ、さらに〈幸福度ランキング〉では一位がフィンランド、二位がデンマークとなっている。女性の社会進出もめざましく、フィンランドで三十代の女性首相が誕生したことは記憶に新しい。北欧諸国では閣僚ポストの半数以上を女性が占め、〝女性の知識や経験を活用しない政党に未来はない〟と言われている（ちなみに日本の女性閣僚の比率は現在のところ約十パーセントで世界ランク百五十一位）。

そうした状況に鑑みれば、本書に登場する社会問題大臣が、夫とふたりの子供のいる母親という設定にもなんら違和感はない。建築家の夫は大臣である妻を支え、ヘスのアパートメントの管理人は電話に夢中の妻の横で家族のために食事を作っている。すばらしいお国柄だ。

物語にはこの大臣夫妻の娘の事件が大きな影を落としているのだが、子を思うこの両親の心理描写が細やかで切ない。また殺された被害者がみな母親ということで、遺された子供たちの行く末にもきちんと目が向けられている。北欧ミステリーにはこうした社会問題を扱った作品が少なからずあり、小説がエンターテインメントであると同時に社会問題に目を向けさせるひとつの手段にもなっているようだ。読後に重いものが胸の内に残り、つい考えさせられる点もまた人気の要因のひとつなのかもしれない。

著者のセーアン・スヴァイストロプは、本書がデビュー作であるが、デンマーク史上最高の視聴率を記録したテレビシリーズ『*THE KILLING*／キリング』の制作・脚本家としてヨーロッパでは広くその名を知られている。このドラマでは殺人事件の捜査活動が一日一話で描かれ、二十話でひとつの事件が解決する。流行りの一話完結の一時間ドラマでは事件周辺にある悲しみや感情を描き切れないとして、この形になったそうだ。その手法が功を奏し、二〇〇七年の放送開始と同時に熱狂的な支持を受け、じつに国民の三人にひとりが観たと言われている。その後、北欧諸国からヨーロッパ各国へと人気は広まり、イギリスBBCで英語圏ではめずらしい字幕版が放映されると、たちまちカルト的な人気を博し、英国アカデミー賞最優秀国際シリーズ賞を受賞した。さらにアメリカでも『*THE KILLING*／ザ・キリング』としてリメイク版が制作され、エミー賞六部門でノミネートされた。本国ではシーズン3がデンマーク・アカデミー賞のTVシリーズ主要五部門を受賞している。アメリカのシアトルを舞台にしたリメイク版は現在アマゾン・プライムビデオで視聴可能。これもまた観はじめたらやめられないおもしろさなので、興味のある方はぜひ観ていただきたい。

本国でテレビシリーズのシーズン3が終了したあと、スヴァイストロプは、本書巻末の謝辞にあるとおり、友人に勧められ説得されてこの『チェスナットマン』を書きはじめた。刊行と同時にデンマークはもちろん、オランダ、ノルウェーでベストセラーになり、二〇二〇年のバリー賞（アメリカの季刊推理雑誌『デッドリー・プレジャーズ』が主催するミステリー賞）の新人賞を受賞している。

このデビュー作について、ロンドンの『イブニング・スタンダード』紙のインタビューで著者はこんなふうに語っている。「北欧ノワールは血しぶきが飛んだり女性が襲われたりするだけの小説と思われがちだが、そこにはかならず情緒がかかわっていて、それこそがわたしの書くものです。そこに情緒がなければ、なにかを書く意味はない。たとえ犯罪小説といえども」

彼の言う〝情緒〟的なものはたしかに本書のそこかしこに感じられた。重訳ではあるが、原著者の意図するところが多少なりとも伝わっていればうれしい。

ネットフリックスの情報によれば『チェスナットマン』はすでに二十八カ国語に翻訳され、五十カ国で出版されているとのこと。映像化が決定しており、配信予定日はまだ発表されていないが、『キリング』に劣らぬおもしろいドラマになりそうだ。個人的には、長身でしょぼくれた雰囲気のワイルドなヘスがどう演じられるのか（左右の目の色はどうなる?)が気になっている。本書を楽しんで下さった方は、映像のほうもどうぞご期待ください。

二〇二一年六月

訳者紹介　高橋恭美子

英米文学翻訳家。おもな訳書にフィーゲル『ブラックバード』、ケラーマン『目隠し鬼の嘘』(ともにハーパーBOOKS)、クレイス『容疑者』『危険な男』(ともに東京創元社)、クリスティー『蒼ざめた馬』(早川書房)、共訳にキング『ビッグ・ドライバー』(文藝春秋)など。

ハーパーBOOKS

チェスナットマン

2021年 7 月20日発行　第1刷
2021年11月 5 日発行　第3刷

著　者　セーアン・スヴァイストロプ
訳　者　高橋恭美子《たかはしくみこ》
発行人　鈴木幸辰
発行所　株式会社ハーパーコリンズ・ジャパン
東京都千代田区大手町1-5-1
03-6269-2883（営業）
0570-008091（読者サービス係）
印刷・製本　中央精版印刷株式会社

定価はカバーに表示してあります。
造本には十分注意しておりますが、乱丁（ページ順序の間違い）・落丁（本文の一部抜け落ち）がありました場合は、お取り替えいたします。ご面倒ですが、購入された書店名を明記の上、小社読者サービス係宛ご送付ください。送料小社負担にてお取り替えいたします。ただし、古書店で購入されたものはお取り替えできません。
文章ばかりでなくデザインなども含めた本書のすべてにおいて、一部あるいは全部を無断で複写、複製することを禁じます。

この書籍の本文は環境対応型の植物油インクを使用して印刷しています。

© 2021 Kumiko Takahashi
Printed in Japan
ISBN978-4-596-54159-8